LA STRATÉGIE
DE L'OMBRE

ORSON SCOTT CARD

LA STRATÉGIE DE L'OMBRE

LA SAGA DES OMBRES-1

TRADUIT DE L'ANGLAIS PAR ARNAUD MOUSNIER-LOMPRÉ

Titre original :
ENDER'S SHADOW

© Orson Scott Card, 1999

Pour la traduction française :
© Librairie l'Atalante, 2001

À Dick et Hazie Brown.
Dans leur maison nul n'a faim
et dans leur cœur
nul n'est un étranger.

Avant-propos

Ce roman n'est pas à proprement parler une suite, parce qu'il débute à peu près au même moment que *La Stratégie Ender* et s'achève, peu ou prou, au même endroit. À vrai dire, il s'agit d'une autre façon de traiter l'histoire, qui conserve de nombreux personnages et décors originaux, mais observée d'un point de vue différent. Il est difficile de trouver un nom pour définir ce livre : un roman compagnon ? Un roman parallèle ? « Parallaxe » peut-être, si je puis me permettre d'introduire ce terme scientifique dans la littérature.

Dans l'idéal, cet ouvrage devrait intéresser autant ceux qui n'ont jamais lu *La Stratégie Ender* que ceux qui l'ont lue plusieurs fois. Étant donné qu'il ne s'agit pas d'une suite, on n'a rien à savoir de l'original : tout est contenu dans le présent roman ; et pourtant, si j'ai atteint mon but littéraire, ces deux livres se complètent et s'achèvent mutuellement. Quel que soit celui qu'on lit en premier, le second devrait quand même tenir debout par ses propres mérites.

Bien des années durant, j'ai vu avec plaisir *La Stratégie Ender* gagner en popularité, surtout parmi les étudiants. Bien que le roman n'eût pas particulièrement visé cette classe d'âge, nombre de jeunes adultes l'ont dévoré et nombre de professeurs ont trouvé moyen de l'utiliser dans leurs cours.

En revanche, je ne me suis pas étonné que les suites existantes – *La Voix des morts*, *Xénocide* et *Les Enfants de l'esprit* – n'aient pas eu le même attrait pour les jeunes lecteurs. À l'évidence, cela tient à ce que *La Stratégie Ender* est centrée sur un enfant, tandis que ses successeurs parlent d'adultes ; et, plus important peut-être, *La Stratégie Ender* est, du moins apparemment, un récit héroïque et plein d'aventures, alors que ses suites sont complètement différentes, plus lentes, plus contemplatives, plus axées sur la réflexion, et qu'elles traitent de sujets moins immédiatement attirants pour les jeunes.

Toutefois, je me suis récemment aperçu que le fossé de trois mille années qui sépare *La Stratégie Ender* de ses suites laissait largement assez de place pour d'autres romans plus intimement liés à l'original. D'ailleurs, en un sens, *La Stratégie Ender* n'a pas de suite, car les trois autres livres forment en eux-mêmes une histoire continue tandis que le premier livre demeure orphelin.

Pendant quelque temps, j'ai sérieusement songé à ouvrir l'univers de *La Stratégie Ender* à d'autres écrivains, et j'ai été jusqu'à inviter un auteur dont j'admire beaucoup l'œuvre, Neal Shusterman, à envisager de travailler avec moi pour créer des romans sur les compagnons d'Ender Wiggin à l'École de guerre. À mesure que nous en avons discuté, il est apparu clairement que le personnage par lequel il fallait évidemment commencer était Bean, l'enfant soldat qu'Ender traitait de la même façon que lui-même l'avait été par ses enseignants.

Puis il s'est produit un autre événement : plus nous parlions, plus j'en voulais à Neal d'être celui qui écrirait ce livre à ma place, et j'ai enfin compris que, loin d'avoir fini de rédiger des histoires de « mômes de l'espace », comme je décrivais notre projet avec cynisme, il me restait encore des éléments à y apporter, car j'avais mûri pendant la dizaine d'années qui avaient passé depuis la parution de *La stratégie*

8

Ender ; aussi, tout en continuant à espérer que Neal et moi travaillerions un jour sur un ouvrage commun, j'ai subrepticement laissé tomber le projet.

Je me suis aperçu qu'il est beaucoup plus difficile, malgré les apparences, de raconter deux fois la même histoire d'un point de vue différent : ce qui me gênait était que, si la perspective des personnages était autre, l'auteur restait lui-même et gardait les mêmes conceptions du monde. En revanche, le fait d'avoir appris deux ou trois choses durant toutes ces années m'a aidé et j'ai pu ainsi introduire des centres d'intérêt et une compréhension plus profonde dans le projet. Les deux romans sortent du même esprit, qui n'est cependant plus le même : ils puisent dans des souvenirs d'enfance saisis d'un point de vue différent. Pour le lecteur, l'effet de parallaxe provient de ce qu'Ender et Bean se trouvent légèrement décalés l'un par rapport à l'autre face aux mêmes événements ; pour l'auteur, cet effet résulte de la dizaine d'années pendant lesquelles mes enfants aînés ont grandi, les autres sont nés, et le monde a changé autour de moi ; de ce fait, j'en ai appris sur la nature humaine et l'art davantage que je n'en savais jusque-là.

Aujourd'hui, vous avez ce livre entre les mains ; que l'expérience littéraire réussisse ou non dépend entièrement de vous. Pour moi, il a été enrichissant de tirer de l'eau du même puits, car elle avait beaucoup changé cette fois-ci, et, même si elle ne s'était pas transformée en vin, elle avait au moins un goût différent parce que le récipient qui la contenait n'était plus le même, et j'espère que vous l'apprécierez autant, voire davantage, que la première fois.

Greensboro, Caroline du Nord, janvier 1999

PREMIÈRE PARTIE

LE PETIT

1

POKE

« Vous croyez avoir trouvé quelqu'un, alors, d'un seul coup, tout mon programme passe à la trappe ?

— Il ne s'agit pas de ce que Graff a trouvé ; il s'agit de la mauvaise qualité de ce que nous trouvons.

— Nous savions que la cote était haute ; mais les gosses avec qui je travaille mènent une véritable guerre rien que pour sauver leur peau.

— Vos gamins sont si mal nourris qu'ils souffrent de graves troubles mentaux avant même que vous les testiez. La plupart n'ont pas noué de relations sociales normales et ils sont tellement tordus qu'ils ne peuvent pas passer une journée sans voler, casser ou démolir quelque chose.

— Ils représentent aussi un ensemble de potentialités, comme tous les enfants.

— Ah ! Voilà bien le genre de sentimentalisme qui discrédite tout votre projet aux yeux de la F. I. »

Poke ne fermait jamais l'œil. Les plus petits devaient monter la garde, eux aussi, et parfois ils faisaient preuve de perspicacité, mais ils ne remarquaient pas tout ce qu'il fallait observer, ce qui signifiait que Poke ne pouvait compter que sur elle-même en cas de danger.

Il y avait de nombreux périls à surveiller ; les flics, par exemple. On ne les voyait pas souvent dans le coin mais, quand ils se pointaient, on aurait dit qu'ils s'acharnaient à éliminer les gosses des rues. Ils faisaient tournoyer leurs fouets magnétiques qui infligeaient des coups cruels et cuisants même aux petits, tout en les traitant de vermine, de voleurs, de pestes, de fléaux de la belle ville de Rotterdam. La mission de Poke consistait à noter les remue-ménage au loin qui pouvaient indiquer un nettoyage policier ; alors, elle poussait le sifflet d'alarme, et les petits se précipitaient dans leurs cachettes en attendant que le danger soit passé.

Mais les flics ne venaient pas souvent. C'étaient les grands qui constituaient un danger beaucoup plus immédiat. Poke, à l'âge de neuf ans, était la matriarche de sa petite équipe (dont personne ne savait si c'était vraiment une fille), mais cela ne faisait aucune impression sur les garçons et les filles de onze, douze et treize ans qui traversaient les rues en bousculant tout et tous sur leur passage. Les mendiants, les voleurs et les putains d'âge adulte ne faisaient attention aux enfants que pour les écarter à coups de pied. Et les enfants les plus mûrs, qui faisaient partie de ceux qui recevaient ces coups, se retournaient contre les plus jeunes. Chaque fois que le groupe de Poke trouvait à manger – surtout s'ils dénichaient un pigeon prêt à leur donner l'aumône ou un peu à manger –, il fallait surveiller jalousement ce qu'on avait gagné, car les grands, ces brutes, n'appréciaient rien tant que de s'approprier les maigres rations dont disposaient les petits : dépouiller des gosses plus jeunes qu'eux présentait beaucoup moins de risques que voler dans les magasins ou faire les poches d'un passant. En plus, cela les amusait, Poke s'en rendait bien compte : ils aimaient voir les petits trembler devant eux, leur obéir, pleurnicher et leur donner tout ce qu'ils exigeaient.

Aussi, quand le môme squelettique de deux ans s'installa sur une poubelle de l'autre côté de la rue, Poke, toujours attentive, le remarqua aussitôt. Il n'était pas au bord de la famine, non : il mourait carrément de faim ; il avait les bras et les jambes décharnés, des articulations qui paraissaient ridiculement disproportionnées et le ventre distendu. Si la faim ne le tuait pas bientôt, l'automne s'en chargerait, parce qu'il portait des vêtements légers et qu'il n'en avait pas beaucoup non plus.

Normalement, elle ne se serait pas attardée sur lui ; mais cet enfant-là se signalait par son regard. Il contemplait tout ce qui l'entourait avec intelligence ; on ne voyait en lui rien de cette stupeur des morts vivants qui ne cherchent même plus à manger ni à trouver une cachette confortable où aspirer leur ultime goulée de l'air de Rotterdam ; après tout, mourir ne changerait pas grand-chose pour eux ; chacun savait que, si Rotterdam n'était pas l'enfer lui-même, c'en était le port principal. La seule différence entre cette ville et la mort était qu'à Rotterdam la damnation n'était pas éternelle.

Mais ce petit garçon... que faisait-il ? Il ne cherchait pas à manger, il ne surveillait pas les piétons – ce qui était aussi bien, car nul n'aurait donné quoi que ce fût à un enfant aussi petit : tout ce qu'on pourrait lui donner lui serait volé par un autre ; pourquoi se tracasser, dans ces conditions ? S'il voulait survivre, il devait suivre les fouilleurs d'ordures plus vieux que lui et lécher les emballages d'aliments derrière eux, avaler le dernier lustre de sucre d'une sucette ou les traces de farine qui demeuraient sur les paquets, bref, tout ce que son prédécesseur avait laissé. Ce gosse ne pouvait rien attendre de la rue à moins de s'intégrer à une bande ; or Poke ne voulait pas de lui : ce ne serait qu'une bouche inutile à nourrir en plus, et ses gosses à elle avaient déjà du mal à s'en tirer sans cette charge supplémentaire.

Il va me demander de l'accepter, se dit-elle ; il va pleurnicher, me supplier, mais ça ne marche qu'avec les riches. Moi, je dois penser à ma bande et, comme il n'en fait pas partie, je me fiche bien de ce qui peut lui arriver, même s'il est tout petit. Je ne lui dois rien.

Deux tapineuses d'une douzaine d'années qui ne bossaient pas dans le coin d'habitude apparurent au coin de la rue et se dirigèrent vers la base de Poke. Elle siffla doucement, et aussitôt les mioches se dispersèrent pour éviter de donner l'impression qu'ils formaient un groupe.

Peine perdue : les tapineuses savaient que Poke était chef de bande et, naturellement, elles la saisirent par les bras, la collèrent à un mur et exigèrent leur droit de « permission ». Poke se garda bien de prétendre n'avoir rien à donner : elle s'efforçait toujours de mettre une réserve de côté pour apaiser les brutes affamées ; si celles-ci avaient faim, la raison en sautait aux yeux : elles n'avaient plus l'allure qui attirait les pédophiles. Elles étaient trop maigres et d'apparence trop âgée ; aussi, tant qu'elles n'étaient pas formées et ne commençaient pas à séduire une clientèle un peu moins perverse, elles étaient obligées de faire les fonds de poubelle. Bouillant de rage de se faire ainsi dépouiller, elle et sa bande, Poke jugea néanmoins préférable de les payer : si elles la passaient à tabac, elle ne pourrait plus veiller sur ses mômes ; elle les conduisit donc à l'une de ses planques d'où elle sortit un petit sac qui contenait encore un demi-gâteau.

La pâtisserie était rassise, car elle la gardait de côté depuis plusieurs jours, justement pour ce genre de circonstance, mais les deux tapineuses s'en emparèrent avidement, déchirèrent le sac, et l'une d'elles emporta d'un coup de dents plus de la moitié du dessert avant d'offrir le reste à son amie – ou, du moins, son ancienne amie, car c'est de telles attitudes rapaces que naissent les inimitiés. Les deux filles se mirent à se battre, à hurler, à se gifler et à se griffer le visage. Poke les observait attentivement dans l'espoir qu'elles laisseraient tomber le bout de gâteau restant, mais ce fut en vain : il disparut dans la bouche de celle qui avait déjà englouti le premier morceau – et ce fut elle aussi qui remporta le combat en obligeant l'autre à se sauver à la recherche d'un abri.

Poke se retourna, tomba nez à nez avec le petit garçon et faillit trébucher sur lui. Furieuse d'avoir dû abandonner de la nourriture aux deux putains, elle lui donna un coup de genou qui le jeta par terre. « Ne reste pas dans le dos des gens si tu ne veux pas te retrouver sur le cul ! » gronda-t-elle.

Sans répondre, il se releva et resta à la regarder d'un air suppliant, comme s'il attendait quelque chose.

« Non, petit morveux, tu n'auras rien de moi, dit Poke. Je ne vais pas priver ma bande d'un seul haricot pour toi : tu ne vaux même pas un haricot ! »

Les autres enfants commençaient à se rassembler, à présent que les deux grandes brutes étaient parties.

« Pourquoi tu leur as donné à manger ? demanda le petit. Vous en avez besoin, de cette bouffe.

— Oh pardon ! fit Poke en élevant la voix afin de se faire entendre de tous. C'est toi qui devrais être le chef, j'imagine ? Avec ta taille impressionnante, t'aurais pas de mal à garder les vivres, hein ?

— Non, pas moi. Je ne vaux même pas un haricot, c'est toi qui l'as dit.

— Ouais, je l'ai dit. Alors tu ferais bien de ne pas l'oublier et de fermer ton clapet. »

Sa bande s'esclaffa.

Mais pas le petit garçon. « Il faut vous trouver un gros bras à vous, dit-il.

— Les gros bras, je ne les trouve pas, je m'en débarrasse », rétorqua Poke. Elle n'aimait pas la façon dont il répondait, planté devant elle. D'ici peu, elle allait devoir lui taper dessus.

« Vous donnez à manger à des grosses brutes tous les jours. Donnez à manger à une seule pour qu'elle empêche les autres de s'approcher de vous.

— Parce que tu crois que je n'y ai pas pensé, crétin ? Seulement, ton gros dur, une fois que je l'ai acheté, comment je fais pour le garder ? Il ne voudra pas se battre pour nous.

— S'il refuse, tue-le », répliqua le petit garçon.

Poke sentit la rage l'envahir : cette idée était stupide, impossible, et pourtant d'une force indiscutable. Elle donna un nouveau coup de genou au petit, et y ajouta un coup de pied une fois qu'il fut à terre. « Et si je commençais par te tuer, toi ?

— Je ne vaux pas un haricot, n'oublie pas. Tue un gros bras et trouves-en un autre pour se battre pour toi ; tes réserves de bouffe l'attireront mais il aura peur de toi. »

Poke resta muette devant le ridicule de l'idée.

« Ils vous grignotent petit à petit, reprit l'enfant. Alors il faut en tuer un ; n'importe qui de ma taille peut le flanquer par terre, et, avec une bonne pierre, tu défonces n'importe quel crâne.

— Tu me dégoûtes ! fit Poke.

— Parce que tu n'y avais pas pensé toute seule », repartit le petit.

Il jouait avec sa vie, à parler ainsi. Si elle lui infligeait la moindre blessure, il était fichu, il le savait sûrement.

Mais, d'un autre côté, la mort le frôlait déjà, sous sa petite chemise légère. Quelle importance si elle s'approchait un peu plus de lui ?

Poke parcourut du regard les membres de sa bande sans parvenir à déchiffrer leur expression.

« Je n'ai pas besoin qu'un bébé vienne me dire de tuer ce que je ne peux pas tuer.

— Un petit se place derrière le grand, tu pousses un bon coup et le grand se retrouve par terre, dit l'enfant. Tu as préparé des grosses pierres ou des briques, tu lui tapes sur la tête et, quand tu lui vois la cervelle, c'est fini.

— Mort, il ne me sert à rien, rétorqua Poke. Il me faut un gros bras à moi qui nous protège, pas un cadavre. »

L'enfant eut un sourire ironique. « Alors elle te plaît, mon idée, maintenant ?

— On ne peut pas faire confiance à un gros bras, répondit Poke.

— Il fait le guet à la cuisine populaire, dit le môme, et tu peux y entrer. » Il ne quittait pas Poke des yeux, mais il s'adressait manifestement à toute la bande. « Vous pouvez tous y entrer.

— Si un petit pointe son nez dans la cuisine, les grands lui tapent dessus », intervint Sergent. Il avait huit ans et se conduisait la plupart du temps comme s'il se croyait le second de Poke, alors qu'elle n'en avait pas.

« Si tu as un gros bras, il les fera partir.

— Et comment il fera devant deux autres gros bras ? Ou trois ? demanda Sergent.

— Je vous l'ai déjà dit, répondit le petit garçon. Ils ne sont pas si grands que ça : tu les pousses, et tu as tes pierres prêtes. Tu n'es pas soldat ? On ne t'appelle pas Sergent ?

— Tais-toi, Sergent, fit Poke. De toute manière, je ne vois pas où ça nous mène de discuter avec un morveux de deux ans.

— J'ai quatre ans, rétorqua l'enfant.

— Comment tu t'appelles ? demanda Poke.

— Personne m'a jamais dit mon nom.

— Quoi, tu es tellement débile que tu ne te rappelles pas ton nom, c'est ça ?

— Personne m'a jamais dit mon nom », répéta-t-il. Toujours étendu à terre, entouré de la bande, il ne quittait pas la fillette des yeux.

« Et tu vaux pas un haricot, dit-elle.

— C'est vrai, répondit-il.

— Ouais, renchérit Sergent. Même pas un haricot.

— Eh ben, t'as un nom maintenant, fit Poke. Retourne t'asseoir sur la poubelle, que je réfléchisse à ce que t'as raconté.

— Il faut que je mange, dit Bean [1].

---

1. *Bean* signifie « haricot ». (Toutes les notes sont du traducteur.)

— Si je me trouve un gros dur et que ton idée marche, je te donnerai peut-être quelque chose.

— J'en ai besoin tout de suite », insista Bean.

Et c'était vrai, Poke le voyait bien.

Elle fouilla dans sa poche et en tira six cacahuètes qu'elle gardait en réserve. Il se redressa et en prit une qu'il mit dans sa bouche et mastiqua lentement.

« Prends-les toutes », fit Poke d'un ton impatient.

Il tendit une petite main manifestement si faible qu'il ne pouvait en faire un poing. « Je ne peux pas les prendre toutes, dit-il. J'ai du mal à les tenir. »

Et merde ! Elle gaspillait de bonnes cacahuètes pour un gosse qui allait crever de toute manière !

Mais elle essaierait son idée. Elle était audacieuse, mais, pour la première fois, on lui proposait un plan qui avait des chances d'améliorer la situation, de changer un peu leur misérable existence sans que Poke ait à mettre des habits de fille et à faire le tapin ; et, comme c'était l'idée du morveux, elle devait le traiter avec justice devant toute la bande. C'était comme ça qu'on restait chef de bande, en se montrant toujours juste.

Elle demeura donc la main tendue pendant qu'il avalait les six cacahuètes l'une après l'autre.

Quand il eut mangé la dernière, il regarda un long moment Poke droit dans les yeux, puis déclara : « Tu ferais bien de te tenir prête à le tuer.

— Je le veux vivant.

— Sois quand même prête à le tuer si c'est pas le bon. » Là-dessus, Bean retraversa la rue à pas incertains pour regagner sa poubelle, sur laquelle il grimpa non sans mal et s'installa, l'œil aux aguets.

« T'as pas quatre ans ! lui cria Sergent.

— Si, mais je suis pas très grand », répliqua Bean.

Poke fit taire Sergent et tous allèrent à la recherche de pierres, de briques et de parpaings. S'ils devaient déclencher une petite guerre, mieux valait être armés.

Bean n'aimait pas son nouveau nom, mais c'était quand même un nom, ce qui voulait dire que quelqu'un savait qui il était et avait besoin de pouvoir l'appeler, et ça c'était bien. Les six cacahuètes aussi. Il ne savait pas trop qu'en faire dans sa bouche : mâcher, ça faisait mal.

Voir Poke saloper le plan qu'il lui avait proposé aussi. Bean ne l'avait pas choisie parce que c'était le chef de bande le plus futé de Rotterdam, au contraire : son clan survivait tout juste par la faute de son manque de discernement. Et puis elle avait le cœur trop tendre ; elle n'était pas assez matoise pour veiller à se procurer assez à manger afin d'avoir l'air bien nourrie, alors, même si sa bande la trouvait gentille et l'aimait bien, aux yeux des autres elle n'avait rien de florissant. Elle ne donnait pas l'impression de savoir faire son boulot.

D'ailleurs, si elle avait su le faire, elle n'aurait jamais écouté Bean, et il n'aurait jamais pu l'approcher autant. Ou bien, si elle l'avait écouté et que son idée lui ait plu, elle l'aurait éliminé. C'était comme ça, dans la rue : les gentils mouraient, et Poke était presque trop gentille pour survivre. C'était là-dessus que Bean comptait, et, à présent, c'était ce qu'il redoutait.

Tout le temps qu'il avait investi à observer les autres pendant que son organisme dévorait ses propres réserves serait perdu si Poke ne réussissait pas. Toutefois, Bean avait lui-même perdu pas mal de temps : il avait commencé par regarder comment les petits s'y prenaient dans la rue, la façon dont ils se dépouillaient mutuellement, dont ils s'attaquaient les uns les autres, dont ils volaient dans les poches de leurs voisins, dont ils vendaient ceux de leurs propres organes dont ils pouvaient se passer, mais il ne se fiait pas à ses déductions ; un ou plusieurs éléments devaient encore lui échapper, il en était sûr. Aussi s'était-il attelé à en apprendre davantage, sur tout : à lire pour déchiffrer les signes sur les camions, les magasins, les camionnettes et les poubelles, à se débrouiller suffisamment en néerlandais et en F. I. standard pour comprendre ce qui se disait autour de lui. Il aurait sans doute trouvé davantage à manger s'il n'avait pas passé tant de temps à étudier les gens, mais pour finir il avait compris, et il le savait depuis le début : il n'y avait pas de secret et son jeune âge n'était pas en cause. Si tous ces enfants s'y prenaient si stupidement, c'était parce qu'ils étaient stupides.

Ils étaient stupides et lui intelligent. Dans ce cas, pourquoi mourrait-il de faim tandis qu'ils restaient en vie ? C'est alors qu'il avait décidé d'agir, de choisir Poke comme chef de bande. Et aujourd'hui il était assis sur une poubelle à la regarder tout foutre en l'air.

Elle jeta son dévolu sur le gros bras qu'il ne fallait pas, pour commencer ; il lui fallait quelqu'un d'intimidant par sa seule taille, de grand, de bête et de brutal, mais qu'elle puisse contrôler. Mais non : elle croyait avoir besoin d'un petit. Non, idiote ! Crétine ! eut envie de crier Bean tandis qu'elle regardait approcher sa cible, une brute qui se faisait appeler Achille, comme le héros de bande dessinée. Il était petit, hargneux, vif et futé, mais il boitait d'une jambe ; elle croyait donc pouvoir le jeter à terre plus facilement. Débile ! L'idée, ce n'était pas simplement de le mettre par terre – on peut faire tomber n'importe qui la première fois parce qu'il ne s'y attend pas ; il lui fallait quelqu'un qui reste au sol une fois tombé !

Mais Bean n'intervint pas. Son intérêt n'était pas de se mettre Poke à dos ; il devait observer ce qui allait se produire, la réaction d'Achille quand il se verrait battu. Alors elle se rendrait à l'évidence : ça ne marcherait pas, elle serait obligée de le tuer et de cacher son cadavre, puis de recommencer avec un autre gros dur avant que la rumeur se répande qu'une bande de petits éliminait les brutes de la rue.

Achille arriva donc d'un pas conquérant – à moins que ce ne fût la démarche chaloupée que sa jambe tordue lui imposait –, et Poke fit semblant de trembler et d'essayer de se sauver. Mauvaise comédie, se dit Bean : Achille s'est déjà rendu compte qu'il y a un coup fourré. Tu devais réagir comme tu le fais habituellement. Imbécile ! Achille jette maintenant de fréquents coups d'œil autour de lui. Il est sur ses gardes. Poke lui avoue qu'elle a une réserve – ça, c'est normal – et elle le guide vers le piège au bout de la ruelle. Mais attention : il reste en arrière, il fait gaffe. Ça ne va pas marcher.

Pourtant, ça marche à cause de sa mauvaise jambe. Achille voit le piège se déclencher mais il ne peut lui échapper ; quelques petits se massent derrière lui pendant que Poke et Sergent le poussent en arrière, et il s'écroule. Ensuite, quelques briques le heurtent à la poitrine et à sa jambe boiteuse, avec violence – les petits y vont franchement, ils font leur boulot, même si Poke est une idiote –, et, oui, ça y est : Achille est terrifié, il croit qu'il va mourir.

Entre-temps, Bean est descendu de son perchoir et il est entré dans la ruelle pour observer la scène de plus près. Il a du mal à y voir à cause de tous les gamins groupés ; il se fraye un chemin entre eux, et les petits – tous plus grands que lui – le reconnaissent ; ils savent qu'il a mérité un coup d'œil au spectacle et ils le laissent passer. Il parvient près de la tête d'Achille. Poke se tient debout au-dessus de sa victime, un parpaing levé, et elle s'adresse à lui.

« Tu nous feras une place dans la queue à la cuisine populaire.

— Ouais, d'accord, pas de problème, c'est promis. »

Ne le crois pas : regarde ses yeux, il cherche la moindre faiblesse parmi vous.

« Tu auras davantage à manger aussi, de cette façon, Achille. Tu entres dans ma bande, on a plus à manger, on est plus forts, on te rapporte davantage. Tu as besoin d'une bande. Les autres durs te dégagent de leur chemin – on les a vus faire ! –, mais avec nous, plus d'emmerdes. Tu piges ? On est une armée, voilà ce qu'on est. »

Ça y était, il commençait à comprendre. C'était effectivement une bonne idée, et il n'était pas stupide ; ce qu'elle racontait se tenait.

« Si ton plan est si astucieux, Poke, comment ça se fait que tu l'as pas appliqué plus tôt ? »

Elle ne sut que répondre, et jeta un regard à Bean.

Ce n'était qu'un coup d'œil fugitif, mais Achille le remarqua ; et Bean comprit à quoi il pensait. C'était trop évident.

« Tue-le, fit-il.

— Dis pas n'importe quoi, répliqua Poke. Il fait partie de la bande maintenant.

— C'est vrai, fit Achille. J'en fais partie. C'est une bonne idée.

— Tue-le, répéta Bean. Sinon, c'est lui qui te tuera.

— Tu laisses ce petit merdeux raconter des conneries comme ça sans réagir ? demanda Achille.

— C'est ta vie ou la sienne, Poke, dit Bean. Tue-le et prends le suivant.

— Le suivant, il aura pas ma mauvaise jambe, rétorqua Achille. Le suivant, il pensera pas qu'il a besoin de vous ; moi, je sais que si. Je suis de votre côté. C'est moi qu'il vous faut. C'est logique. »

Peut-être l'avertissement de Bean avait-il rendu Poke plus circonspecte, car elle ne céda pas tout de suite. « Tu ne vas pas trouver ensuite gênant d'avoir des petits dans ta bande ?

— C'est ta bande, pas la mienne », répondit Achille.

Menteur ! songea Bean. Tu ne te rends donc pas compte qu'il te ment ?

« Pour moi, reprit Achille, c'est ma famille. Eux, c'est mes petits frères et sœurs ; et il faut que je m'occupe de ma famille, non ? »

Bean comprit aussitôt qu'Achille avait gagné. C'était un gros dur, et il avait traité ces gosses de frères et de sœurs ; Bean observa la faim qui s'était

24

mise à briller dans leurs yeux, non la faim habituelle du ventre, mais la vraie, la profonde, celle d'avoir une famille, d'être aimé, de se sentir intégré ; à cette faim-là, la bande de Poke ne répondait guère. Achille promettait mieux ; il avait surenchéri sur la meilleure offre de Poke, et il était trop tard pour le tuer.

Trop tard, mais, l'espace d'un instant, Poke parut assez stupide pour vouloir l'éliminer quand même. Elle leva son parpaing au-dessus de sa tête, prête à l'abattre.

« Non, dit Bean. Tu ne peux pas. Il fait partie de la famille maintenant. »

Elle abaissa le parpaing au niveau de sa taille et se tourna lentement vers Bean. « Fous le camp, répondit-elle. T'es pas de ma bande. T'auras rien de nous.

— Non, intervint Achille. Si tu le traites comme ça, vas-y, tue-moi. »

Ah, quel courage ! Cependant, Bean savait qu'Achille ne faisait pas montre de bravoure mais d'astuce. Il avait déjà gagné ; qu'il soit par terre et que Poke tienne toujours son parpaing entre les mains ne signifiait rien : la bande appartenait à Achille, désormais. Poke était finie. Il faudrait quelque temps avant que tout le monde, à part Bean et Achille, s'en rende compte, mais l'épreuve de l'autorité du chef était en train de se dérouler, et Achille allait l'emporter.

« Ce petit mec, dit encore Achille, il ne fait peut-être pas partie de ta bande, mais il est de ma famille. Alors ne va pas lui dire de foutre le camp. »

Poke hésita un moment, puis encore un peu.

Ce fut suffisant.

Achille se redressa sur son séant. Il frotta ses meurtrissures, vérifia qu'il n'avait rien de cassé. Il jeta un regard d'admiration burlesque aux gosses qui l'avaient frappé. « Merde, vous tapez fort ! » Ils éclatèrent de rire – d'un rire inquiet, tout d'abord : allait-il leur faire du mal parce qu'ils s'en étaient pris à lui ? « Pas de panique, reprit-il. Vous m'avez montré ce que vous savez faire ; il faudra en faire autant à quelques autres gros bras, vous verrez. Je voulais être sûr que vous vous en tiriez bien, et c'est du bon boulot. Vous vous appelez comment ? »

Il apprit leurs noms l'un après l'autre ; il les mémorisait ou bien, quand l'un d'eux lui échappait, il en faisait des tonnes, il s'excusait et produisait un effort visible pour se le rappeler. Au bout d'un quart d'heure, tous l'adoraient.

S'il est capable de ça, songea Bean, s'il sait se faire aimer des gens, pourquoi ne l'a-t-il pas fait plus tôt ?

Parce que les crétins bavent toujours devant le pouvoir, et que ceux qui le détiennent ne veulent jamais le partager. Pourquoi attendre quelque chose d'eux ? Ils ne donnent jamais rien. Les subordonnés, on leur donne l'espoir, on leur donne le respect, et, eux, ils donnent l'autorité parce qu'ils croient ne pas en avoir, si bien qu'ils n'ont pas l'impression de faire un gros sacrifice.

Achille se releva, un peu tremblant, sa mauvaise jambe plus douloureuse que d'habitude. Chacun se recula pour lui laisser de l'espace. Il pouvait s'en aller s'il le désirait, s'en aller pour ne jamais revenir ou bien aller chercher quelques durs et revenir punir la bande. Mais il ne bougea pas, sourit puis sortit de sa poche un truc extraordinaire : des raisins secs ! Toute une poignée ! Les gosses regardèrent sa main comme s'il portait la marque d'un clou dans la paume.

« Les petits frères et les petites sœurs d'abord, dit-il. Les petits en premier. » Il se tourna vers Bean. « Toi.

— Non, pas lui, s'écria un des plus petits. On le connaît même pas !

— C'est Bean qui voulait qu'on te tue, renchérit un autre.

— Bean, fit Achille. Bean, tu cherchais seulement ma famille, non ?

— Si, répondit Bean.

— Tu veux un raisin sec ? »

Bean acquiesça.

« Toi d'abord. C'est toi qui nous as réunis, après tout. »

Achille l'éliminerait ou ne l'éliminerait pas, mais tout ce qui comptait pour l'instant était le raisin. Bean le prit et le plaça dans sa bouche. Sans le croquer, il laissa la salive imprégner le fruit et en exalter le goût.

« Tu sais, dit Achille, tu peux le garder aussi longtemps que tu veux dans ta bouche, il ne se transformera pas en raisin frais.

— C'est comment, un raisin frais ? »

Achille éclata de rire sans que Bean se décide à mâcher, puis il distribua les autres raisins secs alentour. Poke n'avait jamais partagé autant de fruits secs, parce qu'elle n'en avait jamais possédé autant ; mais cela dépassait la capacité de compréhension des petits, qui songeraient seulement : Poke nous fournissait des rebuts tandis qu'Achille nous a donné des raisins. Tout ça parce qu'ils étaient stupides.

2

LA CUISINE

« Je sais que vous avez déjà inspecté cette zone et que vous en avez sans doute presque fini avec Rotterdam, mais il s'est produit une modification, depuis votre dernière visite, qui... Enfin, j'ignore si c'est important. Je n'aurais pas dû vous appeler.

— Dites quand même, je vous écoute.

— Il y a toujours eu des bagarres dans les files d'attente. Nous nous efforçons de les éviter, mais nous ne disposons que de quelques volontaires et nous en avons besoin pour maintenir l'ordre dans le réfectoire et préparer les repas. Nombre d'enfants qui devraient avoir leur tour n'accèdent même pas à la queue, nous le savons, parce qu'ils se font éjecter ; et si nous parvenons à maîtriser ceux qui les maltraitent et que nous permettons aux petits d'entrer, ils se font rosser à la sortie et nous ne les revoyons plus. C'est moche.

— La survie du mieux adapté.

— Du plus brutal. Le but de la civilisation est d'inverser ce processus, si je ne m'abuse.

— Vous, vous êtes civilisé ; eux pas.

— En tout cas, il y a eu modification, tout d'un coup, au cours des derniers jours. J'en ignore la raison. Mais je viens de... Vous aviez dit que tout ce qui sortait de l'ordinaire... et l'auteur de ce changement... Bref, est-il possible qu'une nouvelle civilisation émerge d'une jungle d'enfants ?

— Elle ne peut émerger de nulle part ailleurs. J'en ai assez de Delft ; il n'y avait rien d'intéressant pour nous là-bas, et j'ai fait le plein d'assiettes bleues. »

Bean resta en retrait durant les semaines qui suivirent. Il n'avait plus rien à proposer, puisqu'il avait déjà fourni sa meilleure idée à la bande, et, il le savait, la gratitude qu'on lui manifestait ne durerait pas : il n'était pas grand, il ne mangeait guère, mais s'il passait son temps dans les jambes des autres, à les agacer par des bavardages constants, la bande ne tarderait pas à trouver non seulement amusant mais populaire de lui refuser à manger dans l'espoir qu'il mourrait ou disparaîtrait.

Pourtant, il sentait souvent le regard d'Achille sur lui. Il n'en éprouvait nulle crainte : si Achille le tuait, qu'il en soit ainsi ; de toute façon, il était passé à quelques jours de la mort. Cela signifierait que son plan ne fonctionnait pas si bien que ça, mais, comme c'était le seul dont il disposait, peu importait qu'il s'avère inefficace. Si Achille se rappelait que Bean avait incité Poke à le tuer – et il ne l'avait naturellement pas oublié – et s'il se demandait comment le tuer et à quel moment, Bean n'y pouvait rien.

Jouer les lèche-bottes ne servirait à rien non plus ; une telle attitude passerait pour de la faiblesse, et Bean avait observé depuis longtemps que les brutes – or Achille en restait une, fondamentalement – profitaient de la terreur des autres enfants, qu'ils les traitaient de façon encore pire quand ils laissaient voir leur infériorité. Proposer de nouvelles idées astucieuses ne serait non plus d'aucune utilité, d'abord parce que Bean n'en avait pas, ensuite parce qu'Achille considérerait cela comme un affront à son autorité ; quant aux autres enfants, ils n'apprécieraient pas que Bean se conduise comme s'il avait le seul cerveau de la bande ; déjà, ils étaient jaloux de lui parce qu'il avait imaginé le plan qui avait changé leur existence.

Car le changement avait été immédiat. Le premier matin, Achille avait envoyé Sergent prendre place dans la file d'attente devant la cuisine de Helga, sur Aert Van Nez Straat, parce que, avait-il dit, tant qu'à se faire massacrer, mieux valait tenter d'accéder aux meilleurs repas gratuits de Rotterdam, au cas où on arriverait à manger avant de crever. Après ce discours, il avait fait répéter aux enfants tous leurs déplacements jusqu'au soir, la veille. Ces exercices leur donnaient confiance en eux. Achille assurait : « Ils s'attendront à ceci » et « Ils essayeront cela », et, comme c'était un gros bras lui-même, les petits se fiaient à lui plus qu'ils ne s'étaient jamais fiés à Poke.

Stupidement, celle-ci continuait à se comporter comme si elle était toujours responsable du groupe, comme si elle avait seulement délégué la formation des enfants à Achille. De son côté, Bean admirait la façon dont Achille se gardait de se disputer avec elle sans pour autant modifier ses plans ni ses instructions en fonction de ce qu'elle disait. Si elle le poussait à agir comme il agissait déjà, il continuait simplement. Il n'y avait nulle provocation de sa part, nulle lutte de pouvoir. Achille se conduisait comme s'il avait déjà gagné, et, de fait, comme les enfants lui obéissaient, il avait gagné.

La queue se formait tôt devant chez Helga, et Achille observait soigneusement la façon dont les caïds s'y inséraient selon une sorte de hiérarchie – ils savaient à qui revenaient les places d'honneur. Bean, de son côté, essayait de comprendre d'après quel principe Achille choisissait le gros dur avec qui Sergent devait se disputer : il ne s'agissait pas du moins fort, ce qui était astucieux car tabasser le moins fort ne ferait qu'entraîner de nouvelles bagarres tous les jours. Il ne s'agissait pas non plus du plus costaud ; tandis que Sergent traversait la rue, Bean s'efforçait de discerner dans sa cible ce qui l'avait fait choisir par Achille. Et enfin il comprit : c'était celui qui n'avait aucun compagnon.

La brute ciblée était grande et avait l'air mauvaise, si bien que la battre apparaîtrait comme une victoire de poids. Mais le gars ne parlait à personne, ne saluait personne ; il se trouvait hors de son territoire, et plusieurs autres terreurs le toisaient avec des regards irrités. Même si Achille ne l'avait pas choisi, il aurait fini par se produire un affrontement dans la queue.

Tranquille comme Baptiste, Sergent se glissa dans la file juste devant le gars. L'espace d'un instant, le cador resta à le regarder, comme s'il n'arrivait pas à en croire ses yeux : le gosse allait sûrement se rendre compte de l'erreur mortelle qu'il avait commise et filer comme un dératé ! Mais Sergent ne fit même pas mine de remarquer le gros bras derrière lui.

« Eh ! » fit la terreur. Il poussa durement Sergent selon un angle qui aurait dû l'éjecter de la file d'attente ; mais, obéissant aux instructions d'Achille, l'enfant planta aussitôt un talon dans le sol et se lança en avant pour heurter l'autre gros dur devant lui.

En grondant, celui-ci se retourna vers Sergent qui se défendit d'une voix implorante : « C'est lui qui m'a poussé !

— Il t'est rentré dedans tout seul ! rétorqua la cible.

— J'ai vraiment l'air idiot à ce point ? » demanda Sergent.

La terreur de devant considéra la cible. Un inconnu, costaud mais pas imbattable. « Fais gaffe, l'avorton ! »

C'était la pire insulte entre gros bras, car elle impliquait incompétence et faiblesse.

« Fais gaffe toi-même ! »

Durant cet échange, Achille conduisit un groupe de petits triés sur le volet en direction de Sergent, qui risquait gros en demeurant entre les deux grands. Juste avant lui, deux petits traversèrent la file à toutes jambes et prirent position contre le mur, hors de vue de la cible ; à ce moment, Achille se mit à crier.

« À quoi tu joues, eh, PQ d'occase ? Je mets mon gars dans la queue pour lui faire tenir ma place et tu l'envoies chier ? Et en plus tu le pousses contre mon copain ? »

Naturellement, ce n'était pas son ami – Achille était le gros dur du plus bas étage de ce quartier de Rotterdam et prenait toujours sa place derrière toutes les autres terreurs dans la file d'attente. Mais la cible l'ignorait et n'aurait pas l'occasion de le découvrir, car, le temps qu'elle se tourne vers Achille, les petits de derrière s'accroupissaient déjà derrière ses jambes. Le combat commença sans l'échange habituel de coups et de fanfaronnades : Achille y mit fin vivement et sans douceur. Il donna au gars une brutale poussée à l'instant où les petits se massaient derrière ses mollets, et la brute heurta durement le revêtement de la rue, où il resta sonné, les paupières battantes. Mais, déjà, deux autres petits tendaient de gros pavés à Achille qui les projeta l'un après l'autre sur la poitrine du vaincu. Bean entendit les côtes craquer comme des brindilles.

Achille le releva par le devant de la chemise et le rejeta, inerte, par terre. Il gémit, s'efforça de se déplacer, puis gémit à nouveau.

Le reste de la file d'attente s'était écartée pendant la bagarre. C'était une violation du protocole : quand des durs se battaient, ils le faisaient entre eux, dans les ruelles, et ils ne cherchaient pas à s'infliger de blessures graves : ils se battaient jusqu'à ce que la suprématie de l'un fût évidente, et tout était dit. Mais là, se servir de pavés, briser des os, c'était nouveau. Et ils eurent peur, non d'Achille qui n'était pas effrayant à voir, mais parce qu'il avait enfreint l'interdit et ce devant tout le monde.

Achille fit signe à Poke d'amener le reste de la bande et de remplir l'espace libre de la file, puis il se mit à se pavaner le long de la queue en hurlant à tue-tête : « Vous pouvez m'insulter, je m'en fous, je suis rien qu'un infirme, j'ai une jambe boiteuse ! Mais vous en prenez pas à ma famille ! Essayez pas de jeter un de mes petits hors de la queue ! Vous m'entendez ? Parce que, sinon, un camion va dévaler la rue et vous écraser tous, vous écrabouiller les os, comme ça s'est passé pour cette petite vermine, et, la prochaine fois, ce sera peut-être bien votre crâne qui va éclater en répandant de la cervelle plein la rue. Vous avez intérêt à faire attention aux camions comme celui qui a renversé cet allégé du cerveau juste ici, devant ma cuisine ! »

Voilà, le défi était lancé. *Ma* cuisine. Et Achille ne donnait pas le moindre signe de faiblesse, ne paraissait pas le moins du monde intimidé par sa propre audace : il continua de vociférer en montant et en redescendant la queue tout en boitant, en regardant chaque terreur droit dans les yeux comme pour l'inviter à répondre. De l'autre côté de la file, les deux enfants qui l'avaient aidé à jeter la brute à terre suivaient ses déplacements, tandis que Sergent marchait d'un air important aux côtés d'Achille, la mine réjouie, apparemment à l'aise. Ils irradiaient l'assurance, tandis que les autres durs jetaient sans cesse des coups d'œil par-dessus leur épaule pour voir si les petits ne se préparaient pas à les faire tomber à leur tour.

Achille ne faisait pas le bravache : lorsqu'un des grands se montra agressif, il alla se placer devant lui. Cependant, comme il l'avait prévu, il ne se rendit pas aussitôt près du grand – il était prêt à la bagarre et il la cherchait ; non, les petits bondirent derrière la brute juste avant, Achille se retourna et poussa la nouvelle cible en s'exclamant : « Qu'est-ce que tu trouves de si drôle, nom de Dieu ! » Comme par enchantement, un nouveau pavé apparut dans sa main, et il se dressa de toute sa hauteur sur le garçon à terre, mais il ne le frappa pas. « Dégage à la fin de la queue, débile ! Tu as de la chance que je te laisse manger à ma cuisine ! »

L'agressif perdit contenance, car son voisin, jeté à terre, qui avait failli se faire écraser par un pavé, se retrouvait tout en bas de la hiérarchie. Il n'avait été ni menacé ni mis à mal, et pourtant il avait été témoin de la victoire d'Achille sans que celui-ci le touche.

La porte de la cuisine s'ouvrit. Aussitôt, Achille se plaça aux côtés de la femme qui poussait les battants et la salua comme une vieille amie. « Merci de nous donner à manger aujourd'hui, dit-il. Je serai servi le dernier ; merci de laisser entrer mes amis et merci de les nourrir. »

La femme connaissait les règles de la rue. Elle connaissait aussi Achille, et elle comprit qu'il se passait quelque chose de très curieux : Achille mangeait toujours parmi les derniers des plus grands, l'air contrit. Mais ce ton paternel n'eut pas le temps de l'agacer que déjà Poke poussait les premiers de sa bande. « Ma famille », annonça fièrement Achille en faisant entrer les petits les uns après les autres dans la salle. « Soignez bien mes petits. »

Même Poke, il l'appelait sa « petite », mais, si elle en ressentit de l'humiliation, elle n'en montra rien : elle ne s'intéressait qu'au miracle de se trouver dans la salle de la cuisine. Le plan avait fonctionné.

Et qu'elle considère ce plan comme le sien ou celui de Bean ne changeait rien à l'affaire pour ce dernier, du moins tant qu'il n'avait pas sa première cuillerée de soupe dans la bouche. Il l'avala le plus lentement possible, mais elle disparut si vite qu'il n'en crut pas ses yeux. C'est tout ? Et comment avait-il fait pour renverser tant du précieux bouillon sur sa chemise ?

Vivement, il fourra son bout de pain sous ses vêtements et prit la direction de la porte. Planquer du pain et s'en aller faisait partie du plan d'Achille, car certaines brutes encore présentes dans la cuisine risquaient de vouloir se venger : voir des petits en train de manger devait les irriter au plus haut point. Ils s'y feraient vite, Achille l'avait promis, mais le premier jour il était important que tous les enfants sortent pendant que les grands étaient encore en train de bâfrer.

Quand Bean parvint à la porte, la file d'attente avançait toujours, et Achille se tenait près de l'encadrement à bavarder avec la femme du tragique accident qui s'était produit dans la queue. On avait dû appeler une ambulance pour embarquer le blessé, car on ne l'entendait plus gémir. « Ça aurait pu être un des petits, disait Achille. Il nous faut un policier pour surveiller la circulation. Le conducteur aurait fait plus attention s'il y avait eu un flic dans le coin. »

La femme acquiesça. « Ça aurait pu être bien pire. Il paraît qu'il avait la moitié des côtes cassées et les poumons perforés. » Les mains tremblantes, elle avait l'air accablée.

« La file se forme alors qu'il fait encore noir ; c'est dangereux. On ne pourrait pas installer une lampe à l'extérieur ? Il faut que je pense à mes petits. Vous ne voulez tout de même pas qu'il leur arrive du mal ? Ou bien est-ce que je suis le seul à m'intéresser à eux ? »

La femme murmura quelque chose à propos d'argent et du petit budget de la cuisine.

À la porte, Poke comptait les enfants à mesure que Sergent les faisait sortir dans la rue.

Bean, constatant qu'Achille cherchait à obtenir la protection des adultes dans la file d'attente, jugea qu'il était temps de se rendre utile. La femme avait un caractère facilement attendri et lui-même était, de très loin, le plus petit de la bande : c'était donc lui qui aurait le plus d'influence sur elle. Il s'approcha et tirailla son tricot de laine. « Merci de nous protéger, dit-il. C'est la première fois que je suis entré dans une vraie cuisine. Papa Achille nous a dit que vous défendriez les petits pour qu'on puisse manger aujourd'hui.

— Oh, mon pauvre bébé ! Oh, regarde-toi ! » Des larmes se mirent à ruisseler sur le visage de la femme. « Oh, oh, mon pauvre chéri ! » Et elle le serra contre son cœur.

Achille observait la scène d'un air radieux. « Il faut que je prenne soin d'eux, dit-il à mi-voix. Il faut que je les protège. »

Et il emmena sa famille – qui n'était plus la bande de Poke – bien en file indienne jusqu'à ce qu'ils prennent un tournant et se mettent à courir comme des fous, se tenant par les mains, pour s'éloigner le plus possible de la cuisine de Helga. Ils allaient devoir passer le reste de la journée à se cacher, à présent, car les grands allaient les chercher par groupes de deux ou trois.

Mais se cacher ne présentait pas de problème, puisqu'ils n'avaient pas besoin de faire les poubelles : la soupe leur avait fourni déjà plus de calories qu'ils n'en absorbaient habituellement, et chacun possédait son morceau de pain.

Naturellement, le tribut du pain revenait à Achille, qui n'avait pas mangé de soupe. Avec révérence, chaque gosse tendit son morceau de pain à son nouveau papa, qui prit une bouchée de chacun, la mâcha lentement et l'avala avant de passer à l'offrande suivante. Ce fut un rituel un peu longuet. Achille prit du pain de chacun sauf de deux : Poke et Bean.

« Merci », dit Poke.

Quelle crétine de croire qu'il s'agissait d'un geste de respect ! Bean avait compris, lui : en ne prenant pas de leur pain, Achille les rejetait de la famille. Nous sommes morts, songea-t-il.

En conséquence, il demeura en retrait, retint sa langue et se montra discret les semaines suivantes ; en conséquence aussi, il s'efforça de ne jamais se trouver seul ; il restait toujours proche d'un autre petit.

Mais il ne s'attardait jamais près de Poke, car il voulait que personne ne fasse cette association : Poke et lui ensemble.

Dès le lendemain matin, un adulte faisait le planton devant la cuisine de Helga, et le troisième jour, une lampe avait été fixée à l'extérieur. À la fin de la semaine, le garde avait été remplacé par un policier.

Mais Achille ne faisait jamais sortir sa bande de sa cachette tant que l'adulte n'était pas présent, après quoi il menait toute sa famille à l'avant de la file d'attente et remerciait d'une voix forte le grand qui occupait la première position de l'aider à veiller sur ses enfants en leur gardant une place dans la queue.

Néanmoins, supporter le regard des grands sur eux était dur. Les brutes devaient jouer les enfants de chœur tant que le portier était là, mais ils éprouvaient manifestement des envies de meurtre.

Et cela ne s'améliorait pas. Les gros bras ne s'y habituaient pas, malgré les assurances suaves d'Achille. Ainsi, bien que toujours décidé à rester discret, Bean savait qu'il fallait trouver un exutoire à la haine des grands, et que ce n'était pas Achille, qui croyait la guerre finie et la victoire remportée, qui s'en chargerait.

Un matin donc Bean prit place dans la file d'attente, mais il se mit exprès en bout de la famille. C'était ordinairement Poke qui s'installait là – façon de prouver qu'elle participait à l'entrée des enfants dans la cuisine. Mais, cette fois, Bean se faufila derrière elle, la nuque brûlée par le regard haineux de la brute qui aurait dû se trouver en première position.

Arrivé à la porte, où la femme et Achille regardaient la famille avec fierté, Bean se retourna vers le gros bras et lui demanda à haute voix : « Où ils sont, tes enfants à toi ? Comment ça se fait que tu ne les aies pas amenés à la cuisine ? »

Le gros dur s'apprêtait à répondre méchamment d'une voix grondante, mais la femme à la porte le dévisagea, les sourcils levés. « Tu t'occupes de petits enfants, toi aussi ? » demanda-t-elle. À l'évidence, cette idée l'enchantait et elle attendait une réponse positive. Quant au gros dur, il avait beau être stupide, il savait qu'il fallait flatter les adultes qui distribuaient à manger. Aussi dit-il : « Bien sûr que oui.

— Eh bien, tu peux les amener, tu sais, comme papa Achille. Ça nous fait toujours plaisir de voir les petits venir chez nous.

— Et on laisse les gens avec de petits enfants entrer les premiers ! pépia Bean.

— C'est vraiment une très bonne idée, dit la femme. À mon avis, on devrait en faire une règle. Et maintenant, avançons, nous empêchons les petits affamés de passer. »

Bean ne jeta même pas un coup d'œil à Achille en pénétrant dans la cuisine.

Plus tard, après le petit-déjeuner, alors que, selon le rituel, chacun donnait de son pain à Achille, Bean offrit ostensiblement le sien, bien que ce fût risqué : les autres pouvaient se rappeler qu'Achille n'acceptait jamais sa part. Mais il lui fallait savoir comment Achille réagissait à son audace et à sa façon d'empiéter sur son terrain.

« Si tous les grands amènent des petits, la cuisine va tomber plus vite en panne de soupe », dit Achille d'un ton glacial. Son regard n'exprimait rien – mais cela, en soi, constituait un message.

« S'ils deviennent tous des papas, répondit Bean, ils n'essayeront plus de nous tuer. »

À ces paroles, une lueur s'alluma dans les yeux d'Achille. Il prit le pain dans la main de Bean, le porta à sa bouche et en arracha un gros morceau – plus de la moitié. Il le mâcha lentement, puis rendit le reste au petit.

Bean eut faim toute la journée ensuite, mais cela en valait la peine. Son geste n'empêcherait pas Achille de le tuer un jour, mais au moins il n'était plus séparé de la famille ; et ce qui lui restait de pain représentait bien plus à manger que ce qu'il se procurait d'habitude en un jour – ou une semaine, d'ailleurs.

Il reprenait du poids, ses bras et ses jambes se remusclaient, il n'était plus épuisé d'avoir simplement traversé une rue. Il suivait sans mal le petit trot des autres, qui tous avaient plus d'énergie ; ils étaient en bonne santé, comparés aux gosses des rues qui n'avaient pas de papa, et c'était visible. Les autres gros durs n'auraient pas de mal à former leurs propres familles.

Sœur Carlotta était recruteuse du programme de formation de la Flotte internationale pour les jeunes. Son choix de carrière avait soulevé de nombreuses critiques dans son ordre, et elle ne l'avait fait accepter qu'en insistant sur le Traité de défense terrienne, ce qui n'était qu'une menace voilée : si elle signalait que ses supérieures l'empêchaient d'effectuer son travail pour la F. I., son ordre risquait de perdre son exemption d'impôt et de conscription. Elle savait néanmoins qu'une fois la guerre achevée et le traité tombé en désuétude elle se retrouverait sans doute religieuse à la recherche d'un toit, car il n'y aurait plus de place pour elle chez les sœurs de Saint-Nicolas.

Mais sa mission dans l'existence, elle en était sûre, était de s'occuper des petits enfants, et, telle qu'elle se représentait la situation, si les doryphores remportaient la prochaine bataille, tous les petits enfants de la Terre mourraient. Ce n'était assurément pas la volonté de Dieu – mais, dans son jugement à elle, Dieu ne voulait pas non plus que ses serviteurs restent à se tourner les pouces en attendant qu'Il fasse un miracle pour les sauver, mais au contraire qu'ils s'échinent à ramener le droit et la justice dans le monde. Il était donc de son devoir, en tant que sœur de Saint-Nicolas, d'employer sa formation sur le développement des enfants à servir l'effort de guerre.

Tant que les responsables de la F. I. estimeraient nécessaire de recruter des enfants supérieurement doués pour les entraîner à jouer un rôle de commandement dans les batailles à venir, elle les aiderait en mettant la main sur ceux qu'on aurait autrement négligés. Ils ne payeraient jamais personne pour un travail aussi vain qu'explorer les rues crasseuses de toutes les villes surpeuplées du monde et examiner les enfants sous-nourris et à demi sauvages qui mendiaient, volaient et mouraient de faim, car la chance d'y découvrir un petit possédant l'intelligence, les aptitudes et le caractère nécessaires pour entrer à l'École de guerre était infinitésimale.

Cependant, tout était possible à Dieu. N'avait-il pas dit que le faible deviendrait fort, et le fort faible ? Jésus n'était-il pas né d'un humble charpentier et de son épouse dans la province campagnarde de Galilée ? L'intelligence des enfants nés dans un milieu privilégié où régnait l'abondance, ou même dans la simple aisance, ne témoignait en rien de la puissance miraculeuse de Dieu, or c'était un miracle que cherchait sœur Carlotta. Dieu avait fait l'humanité à son image et il l'avait créée mâle et femelle. Il n'était pas question que des doryphores venus d'une autre planète détruisent la création de Dieu.

Pourtant, les années passant, son enthousiasme, sinon sa foi, avait un peu fléchi. Aucun enfant n'avait fait mieux que réussir en partie les tests ; certes, on les sortait de la rue et on les formait, mais pas pour l'École de guerre, et ils ne suivaient pas le cursus qui les mènerait peut-être à sauver le monde. Aussi sœur Carlotta commençait-elle à songer que son véritable travail consistait à opérer un autre genre de miracle : donner de l'espoir aux enfants, en trouver quelques-uns à sortir de leur bourbier et faire que les autorités locales leur prêtent une attention particulière. Elle faisait son possible pour signaler les petits les plus prometteurs, et elle complétait ses découvertes par des courriers électroniques auprès des décideurs. Certains des premiers enfants qui avaient réussi possédaient déjà leur licence, et ils disaient devoir leur vie à sœur Carlotta, mais elle savait qu'ils la devaient à Dieu.

Vint alors l'appel de Helga Braun de Rotterdam qui lui rapportait certains changements chez les enfants habitués de sa cuisine populaire. Elle avait employé le mot « civilisation » : d'eux-mêmes, les enfants devenaient civilisés.

Sœur Carlotta s'y rendit sur-le-champ afin de constater ce qui ressemblait à un miracle ; et, de fait, quand elle eut le phénomène sous les yeux, elle ne parvint pas à y croire : la file d'attente du petit-déjeuner grouillait à présent de petits, et les grands, au lieu de les bousculer ou de leur interdire l'accès de la queue par intimidation, les surveillaient, les protégeaient et s'assuraient que chacun reçoive sa ration. Helga s'était affolée au début, craignant de manquer de vivres, mais, quand les bienfaiteurs potentiels avaient constaté la façon dont les enfants s'organisaient, les dons avaient augmenté. Il y avait toujours abondamment à manger, à présent, sans parler des volontaires de plus en plus nombreux.

« J'étais au bord du désespoir, raconta Helga à Carlotta, le jour où ils ont prétendu qu'un camion avait heurté un des garçons et lui avait brisé les côtes. C'était un mensonge, évidemment, mais il était étendu là, au milieu de la file d'attente ; ils n'essayaient même pas de me le cacher. J'ai failli abandonner, remettre le sort des enfants à Dieu et déménager avec mon fils aîné à Francfort, où aucun traité n'oblige le gouvernement à prendre à sa charge les réfugiés du monde entier.

— Je suis heureuse que vous n'en ayez rien fait, répondit sœur Carlotta. On ne peut pas remettre leur sort à Dieu alors que Dieu nous les a remis à nous.

— Eh bien, c'est justement là que ça devient curieux. Peut-être cette bagarre dans la file d'attente a-t-elle fait prendre conscience aux enfants de l'horreur de leur existence, car ce même jour un des grands, mais le moins fort d'entre eux, avec une jambe tordue, et qui se fait appeler Achille – d'ailleurs, je crois que c'est moi qui l'ai baptisé ainsi il y a des années, à cause du talon d'Achille, vous voyez –, bref, Achille s'est présenté accompagné d'un groupe de petits et il m'a pratiquement demandé ma protection ; il m'a appris ce qui était arrivé au pauvre garçon aux côtes cassées – c'était celui que j'appelle

Ulysse, parce qu'il vadrouille de cuisine en cuisine ; il est encore à l'hôpital, tant ses côtes étaient enfoncées, vous imaginez cette violence ? –, enfin, Achille m'a avertie que les petits risquaient le même sort ; j'ai donc fait un effort, je suis sortie tôt pour surveiller la queue et j'ai harcelé la police jusqu'à ce qu'on m'envoie des hommes, d'abord des volontaires en dehors de leurs heures de service, mais aujourd'hui des policiers réguliers. J'aurais pu surveiller toute la file, mais, comprenez-vous, ce n'est pas là que les grands terrorisaient les petits, mais ailleurs, où je ne pouvais pas les voir ; du coup, j'avais beau faire attention, ce n'étaient que les plus grands et les plus méchants qui formaient la file ; certes, je sais que ce sont des enfants de Dieu eux aussi, je leur donnais donc à manger et j'essayais de leur enseigner l'Évangile pendant le repas, mais je perdais courage peu à peu tant ils manquaient de cœur et de compassion. Achille, en revanche, avait pris sous son aile tout un groupe d'enfants, y compris le plus petit garçon que j'aie jamais vu dans les rues ; ça me brisait le cœur. On l'appelle Bean, il est tout petit, on lui aurait donné deux ans, alors que j'ai appris par la suite qu'il pense avoir quatre ans, et il s'exprime comme s'il en avait dix ; pour ça, il est précoce. J'imagine que c'est ce qui lui a permis de survivre assez longtemps pour se mettre sous la protection d'Achille, mais il n'avait que la peau sur les os ; je sais qu'on emploie cette expression pour quelqu'un d'un peu maigre, mais dans le cas du petit Bean c'était littéral. J'ignore où il trouvait la force de marcher, voire de simplement tenir debout ; il avait les bras et les jambes aussi décharnés que ceux d'une fourmi – oh, quelle horreur ! Le comparer à un doryphore ! Enfin, je devrais dire les Formiques, puisqu'il paraît maintenant que *doryphores* est un gros mot en anglais, même si le F. I. standard n'est pas de l'anglais, encore que c'en soit l'origine, vous ne croyez pas ?

— Ainsi, Helga, vous me disiez que tout avait commencé avec cet Achille ?

— Appelez-moi donc Hazie. Nous sommes amies maintenant, non ? » Elle saisit sœur Carlotta par la main. « Il faut que vous fassiez connaissance avec ce garçon. Il a du courage, c'est un visionnaire ! Testez-le, sœur Carlotta. C'est un meneur d'hommes ! C'est un civilisateur ! »

Sœur Carlotta se retint d'observer que les civilisateurs faisaient rarement de bons soldats. Le garçon était intéressant, cela suffisait, et elle l'avait négligé la première fois qu'elle était passée là. C'était une leçon : elle devait faire son travail à fond.

Dans la pénombre du petit matin, sœur Carlotta se présenta à la porte où la file d'attente avait déjà commencé à se former. Helga lui fit un signe de la main, puis désigna un jeune garçon assez beau entouré d'enfants plus petits. C'est seulement en s'approchant et en le voyant effectuer quelques pas qu'elle s'aperçut de la gravité de l'état de sa jambe. Elle s'efforça de poser un diagnostic : s'agissait-il d'un cas de rachitisme précoce ? D'un pied bot laissé sans soin ? D'une fracture mal ressoudée ?

C'était sans importance. L'École de guerre ne l'incorporerait jamais avec un tel handicap.

À ce moment, elle vit l'adoration dans le regard des enfants, la façon dont ils l'appelaient papa et recherchaient son approbation. Rares étaient les hommes adultes qui faisaient de bons pères ; ce garçon qui avait, quoi ? onze, douze ans ? avait déjà appris à en être un excellent, protecteur, nourricier, roi, dieu de ces petits. Ce que tu infliges au dernier de ceux-là, c'est à moi que tu l'infliges. Jésus-Christ réservait une place particulière dans son cœur pour cet Achille ; elle le testerait donc, et peut-être réussirait-on à réparer sa jambe ; et, si ce n'était pas possible, elle parviendrait sûrement à le faire entrer dans une bonne école des Pays-Bas – pardon : du Territoire international – qui ne soit pas complètement submergée par la pauvreté désespérante des réfugiés.

Il refusa.

« Je n'ai pas le droit d'abandonner mes petits, dit-il.

— Mais d'autres peuvent sûrement s'occuper d'eux. »

Une fille habillée en garçon prit la parole. « Moi, je peux ! »

Mais elle en était visiblement incapable, elle-même trop petite. Achille avait raison : ses enfants dépendaient de lui et les abandonner serait faire preuve d'irresponsabilité. Sœur Carlotta l'avait abordé parce qu'il était civilisé ; or un homme civilisé ne quitte pas ses enfants.

« Alors, c'est moi qui viendrai à vous, dit-elle. Quand vous aurez mangé, emmenez-moi là où vous passez vos journées, et laissez-moi constituer une petite école pour vous instruire. Cela ne durerait que quelques jours, mais ce serait bien, non ? »

Ce serait bien, en effet. Il y avait longtemps que sœur Carlotta n'avait pas fait la classe à des enfants, et jamais elle n'avait eu de tels élèves : au moment où son travail commençait à lui paraître futile, Dieu lui offrait une occasion en or. Peut-être même s'agissait-il d'un miracle. N'était-ce pas à Jésus-Christ que revenait de faire marcher le boiteux ? Si Achille réussissait les tests, Dieu permettrait certainement que la médecine soit en mesure de redresser sa jambe.

« L'école, c'est une bonne idée, déclara Achille. Aucun de ces gosses ne sait lire. »

Sœur Carlotta se doutait naturellement que, si Achille lui-même en était capable, il ne devait pas être très fort à cet exercice.

Mais, pour une raison qui lui échappa, peut-être à cause d'un geste infime, quand Achille affirma qu'aucun des enfants ne savait lire, le plus petit, celui qu'on appelait Bean, attira son regard. Elle plongea les yeux dans les siens, où brillaient des étincelles semblables à de lointains feux de camp par une nuit obscure, et elle comprit que lui savait lire. Elle comprit aussi, sans savoir comment, que ce n'était pas Achille mais cet enfant-là que Dieu voulait qu'elle trouve.

Elle se ressaisit : c'était Achille le civilisateur, celui qui accomplissait l'œuvre du Christ. C'était le chef que la F. I. désirait, pas le plus chétif et le plus petit des disciples.

Bean gardait le silence autant que possible pendant les cours, il ne prenait jamais la parole et ne répondait jamais, même lorsque sœur Carlotta insistait : il ne vaudrait rien pour lui, il le savait, que tout le monde apprenne qu'il savait déjà lire et calculer, ni qu'il comprenait toutes les langues parlées dans la rue, les assimilant comme d'autres enfants ramassaient des pierres. Sœur Carlotta pouvait bien faire ce qu'elle voulait, avoir beaucoup à partager, si jamais les autres enfants avaient l'impression que Bean essayait de leur en remontrer, d'avancer plus vite qu'eux, il ne retournerait pas à l'école le lendemain ; et, même si l'enseignement de la sœur se cantonnait à ce qu'il savait déjà, sa conversation laissait pressentir un monde beaucoup plus vaste, d'une science et d'une sagesse immenses. Jamais aucun adulte n'avait pris le temps de s'adresser à eux de cette manière, et Bean écoutait la haute langue bien parlée avec délices. Quand sœur Carlotta enseignait, c'était en F. I. standard, naturellement, le langage de la rue, mais comme beaucoup d'enfants avaient aussi appris le néerlandais, qui était même pour certains leur langue maternelle, elle expliquait souvent les points difficiles dans ce langage. Cependant, quand elle s'énervait et se mettait à marmonner tout bas, c'était en espagnol, la langue des commerçants de Jonker Frans Straat, et il s'efforçait alors d'intégrer logiquement ces nouveaux mots à ceux qu'il connaissait déjà. La science de la religieuse était un banquet, et, s'il se faisait assez discret, il arriverait à y participer.

Néanmoins, l'école n'avait commencé que depuis une semaine lorsqu'il commit une erreur. La sœur leur distribua des feuilles couvertes d'écriture. Bean lut la sienne aussitôt : il s'agissait d'un « prétest » où il fallait entourer les bonnes réponses à chaque question ; il s'y attela donc et avait atteint la moitié de la page quand il s'aperçut qu'un silence absolu régnait dans la classe.

Tout le monde avait les yeux fixés sur lui parce que sœur Carlotta le regardait.

« Que fais-tu, Bean ? demanda-t-elle. Je n'ai pas encore expliqué ce qu'il fallait faire. Donne-moi ta feuille, je te prie. »

Quel idiot de n'avoir pas fait plus attention ! Si tu meurs à cause de ça, Bean, tu l'auras bien mérité !

Il tendit sa feuille.

Elle l'examina, puis le dévisagea. « Termine le test », dit-elle.

Il reprit son papier, puis, le stylo à la main, hésita sur la page comme s'il cherchait la bonne réponse.

« Tu as entouré les quinze premières cases en une minute et demie, dit sœur Carlotta. N'essaie pas de me faire croire que la question suivante te pose tout à coup un problème, s'il te plaît. » Elle s'était exprimée d'un ton sec et sarcastique.

« Je n'y arrive pas, répondit-il. Je ne faisais que m'amuser.

— Ne me mens pas. Termine la feuille. »

Alors, baissant les bras, il acheva la liste de questions. Il ne lui fallut pas longtemps, tant elles étaient faciles. Il rendit sa feuille à la sœur. Elle y jeta un coup d'œil sans rien dire. « J'espère que les autres attendront que j'aie donné les instructions et lu les questions à voix haute. Si vous essayez de deviner seuls le sens des mots difficiles, toutes vos réponses seront fausses. »

Là-dessus, elle lut chaque question et toutes les réponses possibles à haute voix, après quoi seulement les élèves purent écrire sur leurs feuilles. Après cela, sœur Carlotta n'ajouta rien qui pût attirer l'attention sur Bean, mais le mal était fait. Dès la fin de la classe, Sergent vint le trouver. « Alors, comme ça, tu sais lire », dit-il.

Bean haussa les épaules.

« Tu nous as menti, poursuivit Sergent.

— Je n'ai jamais prétendu que je ne savais pas lire.

— Tu nous as tous frimés. Comment ça se fait que c'est pas toi qui nous fais la classe ? »

Parce que j'essayais de survivre, répondit Bean en son for intérieur. Parce que je ne voulais pas rappeler à Achille que c'était moi le petit malin qui avait imaginé son idée de famille. S'il s'en souvient, il se rappellera aussi qui a dit à Poke de le tuer.

Il se contenta de hausser les épaules.

« J'aime pas qu'on nous prenne de haut. » Et Sergent lui donna une bourrade du pied.

Bean n'avait pas besoin d'un dessin ; il se releva et s'éloigna du groupe au petit trot. Pour lui, l'école était finie, et le petit-déjeuner aussi peut-être ; il lui faudrait attendre le matin pour le savoir.

Il passa l'après-midi seul dans les rues. Il devait faire preuve de prudence ; en tant que membre le plus petit et le moins important de la famille d'Achille, on pouvait le négliger, mais, selon toute probabilité, ceux qui voyaient la famille d'un sale œil avaient dû le remarquer, et ils risquaient de se dire que le tuer ou bien le réduire en purée constituerait un chouette avertissement à Achille, comme quoi il en énervait certains, même s'il rendait la vie plus agréable à tout le monde.

De nombreux gros bras partageaient ce sentiment, Bean le savait ; surtout ceux qui n'arrivaient pas à conserver une famille parce qu'ils se montraient trop teigneux avec les petits, lesquels avaient vite appris que, quand un papa était trop méchant, on pouvait le sanctionner en le laissant seul au petit-déjeuner et en s'intégrant à une autre famille ; ainsi, ils entreraient avant lui, ils bénéficieraient de la protection d'un autre, tandis que lui mangerait le dernier. S'il n'y avait plus rien à la cuisine, il n'aurait rien du tout, et Helga s'en ficherait parce que ce n'était pas un papa, il ne surveillait pas des petits. Ces brutes-là, donc, les marginales, n'appréciaient pas du tout la tournure des événements, et ils n'oubliaient pas qu'Achille était responsable de ces changements. Ils n'avaient plus accès non plus aux autres cuisines, car la rumeur s'était répandue parmi les adultes qui servaient à manger, et, à présent, toutes les cuisines fonctionnaient selon une règle qui voulait que les groupes de petits reçoivent leur pitance les premiers. Si on n'appartenait pas à une famille, on risquait de finir par avoir très faim, et on ne suscitait plus le respect de personne.

Néanmoins, Bean ne put résister à l'envie d'observer les autres familles de plus près et d'écouter leurs conversations, pour savoir comment elles fonctionnaient.

Il eut la réponse très vite : elles ne fonctionnaient pas si bien que cela. Achille était vraiment un bon chef : le partage du pain, par exemple, aucun groupe ne le pratiquait. En revanche, les punitions étaient monnaie courante de la part des gros durs qui frappaient les petits parce qu'ils n'obéissaient pas ; ils s'emparaient de leur pain parce qu'ils n'avaient pas exécuté telle corvée ou qu'ils ne l'avaient pas effectuée assez vite.

Poke avait bien choisi, finalement, que ce soit par pure chance ou parce qu'elle n'était pas si bête que ça : elle avait repéré le gros dur non seulement le plus chétif, le plus facile à battre, mais aussi le plus intelligent, celui qui savait comment gagner et conserver la fidélité des autres. Il avait suffi d'offrir à Achille une occasion.

Oui, mais Achille ne partageait pas le pain de Poke, et elle commençait à se rendre compte que c'était plutôt mauvais signe ; Bean le lisait sur son visage quand elle regardait les autres accomplir le rituel du partage. Comme Achille mangeait de la soupe tous les jours – Helga la lui apportait elle-même à la porte –, il prenait des bouts de pain beaucoup plus réduits, et, au lieu de les arracher d'un coup de dents, il rompait les morceaux et les mangeait avec un sourire. Mais Poke n'avait jamais droit à un sourire. Achille ne lui pardonnerait jamais, et Bean se rendait compte qu'elle commençait à en souffrir, car elle aimait Achille à l'instar des autres petits, et cette mise à l'écart était pour elle une forme de torture.

C'est peut-être assez pour lui, se disait Bean ; sa vengeance s'arrête peut-être là.

Bean dormait roulé en boule derrière un kiosque à journaux quand il surprit la conversation de plusieurs gros bras. « Il raconte partout qu'il va faire payer Achille.

— Tu parles ! Comme si Ulysse pouvait le punir !

— Enfin, peut-être pas directement.

— Achille et sa famille de nuls vont le mettre en morceaux, et cette fois c'est pas sa poitrine qu'ils viseront. C'est ce qu'il a dit, non ? Qu'il allait lui exploser la tête et repeindre la rue avec sa cervelle ; voilà ce qu'Achille va faire.

— N'empêche que c'est toujours un infirme.

— Achille se tire toujours de tout. Laisse tomber.

— Non. J'espère qu'Ulysse y arrivera, qu'il le flinguera recta. Ensuite, on s'occupe d'aucun de ses petits salauds. Vous entendez ? Personne ne s'en occupe. Qu'ils crèvent tous ! Qu'on les foute tous dans le fleuve ! »

La conversation se poursuivit sur le même ton jusqu'à ce que les interlocuteurs s'éloignent du kiosque.

Alors Bean se leva et se mit en quête d'Achille.

3

REVANCHE

« Je pense avoir quelqu'un pour vous.

— Ce n'est pas la première fois.

— C'est un meneur-né – mais il ne correspond pas à vos spécifications physiques.

— Alors vous m'excuserez si je ne perds pas mon temps sur son cas.

— S'il répond à vos exigences rigoureuses de personnalité et d'intelligence, une minuscule fraction de votre budget pour les boutons de cuivre ou le papier toilette pourrait très bien être employée à réparer ses défauts physiques.

— Je ne me doutais pas que les bonnes sœurs pratiquaient l'ironie.

— Je ne peux pas vous atteindre par les règles ; je dois donc me rabattre sur l'ironie.

— Montrez-moi ses tests.

— Je vais plutôt vous montrer le petit. Et, tant qu'on y est, je vais vous en montrer un autre.

— Physiquement limité, lui aussi ?

— Rachitique et très jeune, mais Wiggin était comme lui, d'après ce qu'on m'a dit. Et celui-là... J'ignore comment, mais il a appris dans la rue à lire tout seul.

— Ah, sœur Carlotta, sans vous, je me demande ce que je ferais des heures creuses de mon existence !

— C'est en vous empêchant de commettre des erreurs que je sers Dieu. »

Bean alla tout droit raconter ce qu'il avait appris à Achille. La situation était dangereuse, maintenant qu'Ulysse était sorti de l'hôpital et que, selon la rumeur, il avait l'intention de se venger de son humiliation.

« Je pensais que c'était fini, fit Poke tristement. Les bagarres, je veux dire.

— Ulysse est resté au plumard tout le temps, répondit Achille. Même s'il est au courant des changements, il n'aura pas eu le temps d'apprendre comment ils marchent.

— Alors on se serre les coudes, intervint Sergent. On te protégera.

— Il y aurait peut-être moins de risque pour vous, repartit Achille, si je disparaissais quelques jours – pour vous protéger, *vous.*

— Mais comment on fera pour entrer à la cuisine ? demanda un des plus petits. On ne nous laissera jamais passer sans toi.

— Suivez Poke, dit Achille. Helga vous laissera la voie libre comme avant.

— Et si Ulysse te chope ? » fit un des plus jeunes. Il essuya les larmes de ses yeux pour cacher sa honte.

« Alors je suis mort, répondit Achille. Ça m'étonnerait qu'il se contente de me casser la gueule. »

L'enfant éclata en sanglots, imité aussitôt par un autre, et ce fut bientôt un concert de pleurs tandis qu'Achille secouait la tête en riant. « Je ne vais pas crever. Vous ne risquerez rien si je ne traîne pas dans le coin, et je reviendrai une fois qu'Ulysse aura eu le temps de se calmer et de s'habituer au système. »

Bean observait la scène en silence. À son avis, Achille s'y prenait mal, mais il avait été averti et c'était lui le responsable désormais. S'il allait se cacher, il s'attirerait des ennuis – ce serait regardé comme un signe de faiblesse.

Achille s'éclipsa ce soir-là sans dire à personne où il se rendait afin que nul ne puisse laisser échapper le secret de sa cachette. Bean joua avec l'idée de le suivre, mais il se rendit compte qu'il serait plus utile en demeurant avec le gros de la troupe ; après tout, Poke allait redevenir le chef de la bande, et ce n'était qu'un chef ordinaire – stupide, en d'autres termes. Elle avait besoin de Bean, même si elle l'ignorait.

Cette nuit-là, il tenta de monter la garde, pour une raison qu'il ne connaissait pas ; mais il finit par s'endormir et il rêva de l'école ; seulement, il ne s'agissait pas de l'école du trottoir ou de la rue de sœur Carlotta, mais d'une véritable école, avec des tables et des chaises. Cependant, dans le songe, Bean ne pouvait pas s'asseoir à un bureau : il flottait en l'air au-dessus de la classe et, quand il cherchait à gagner sa place, il s'en allait en planant à travers la pièce, contre le plafond, dans une fissure du mur, dans un trou noir et inconnu, s'élevant de plus en plus alors que la chaleur ne cessait d'augmenter, et...

Il s'éveilla dans l'obscurité. Une brise fraîche soufflait. Il avait envie de soulager sa vessie, et aussi de voler. Le chagrin que le songe eût pris fin faillit le faire pleurer. Il ne se rappelait pas avoir rêvé de voler jusque-là ; pourquoi était-il si petit, avec des jambes aussi courtes pour le transporter ? Quand il volait, il voyait tout le monde d'en haut, le sommet de leurs têtes ridicules ; il pouvait faire pipi ou caca sur eux comme un oiseau, et il n'avait rien à craindre parce que, s'ils s'énervaient, il pouvait toujours leur échapper en s'envolant.

Évidemment, si je pouvais voler, les autres aussi, et je resterais le plus petit, le moins rapide, et c'est sur moi qu'on ferait pipi et caca.

Impossible de retrouver le sommeil, Bean le sentait bien : il était trop effrayé, sans savoir pourquoi. Il se leva et gagna la ruelle pour se soulager.

Poke s'y trouvait déjà ; elle leva les yeux et le vit.

« Fous-moi la paix une minute, dit-elle.

— Non, répondit-il.

— Ne me fais pas chier, morveux.

— Je sais que tu dois t'accroupir pour pisser, dit-il, et de toute manière je ne regarde pas. »

L'œil furieux, elle attendit qu'il se soit tourné vers le mur pour uriner. « Si tu devais me cafarder à tout le monde, ce serait déjà fait, je suppose, dit-elle.

— Ils savent tous que tu es une fille, Poke. Quand tu as le dos tourné, papa Achille dit « elle » en parlant de toi.

— C'est pas mon papa.

— C'est bien ce que j'avais cru comprendre », répondit Bean. Il demeura face au mur.

« Tu peux te retourner maintenant. » Elle s'était redressée et refermait son pantalon.

« J'ai peur de quelque chose, Poke, fit Bean.

— De quoi ?

— Je n'en sais rien.

— Tu ne sais pas de quoi tu as peur ?

— C'est pour ça que ça me flanque tellement la trouille. »

Elle éclata d'un rire sec. « Bean, tout ce que ça veut dire, c'est que tu as quatre ans ; les petits voient des ombres dans le noir, ou bien ils n'en voient pas ; mais, de toute façon, ils ont la pétoche.

— Pas moi, répondit Bean. Quand j'ai peur, c'est que quelque chose ne va pas.

— Ulysse cherche Achille pour le massacrer, voilà ce qui ne va pas.

— Ça ne te rendrait pas triste, ça, si ? »

Elle le foudroya du regard. « On mange mieux que jamais et tout le monde est content. C'était ton plan, et je n'ai jamais eu envie d'être le chef.

— Mais tu détestes Achille », insista Bean.

Elle hésita. « J'ai toujours l'impression qu'il se fout de moi.

— Comment tu sais de quoi ont peur les petits, toi ?

— Parce que j'ai été petite moi aussi, et que je m'en souviens.

— Ulysse ne fera pas de mal à Achille, dit Bean.

— Je sais.

— Parce que tu comptes retrouver Achille et le protéger.

— Non ; je compte rester ici pour veiller sur les petits.

— Ou chercher Ulysse pour le tuer.

— Et comment ? Il est plus grand que moi, et de loin.

— Tu n'es pas venue ici faire pipi, déclara Bean. Ou alors tu as la vessie grosse comme un chewing-gum.

— Tu as *écouté ?* »

Bean haussa les épaules. « Tu ne voulais pas que je regarde.

— Tu réfléchis beaucoup, mais tu n'en sais pas assez pour comprendre ce qui se passe autour de toi.

— Je crois qu'Achille nous a raconté des craques sur ses intentions, et je crois que tu es aussi en train de me mentir.

— Il faut t'y faire, répliqua Poke. Le monde est plein de menteurs.

— Ulysse se moque de qui il tuera, dit Bean. Toi ou Achille, pour lui, ce sera du pareil au même. »

Poke secoua la tête d'un air impatient. « Ulysse n'est rien. Il ne fera de mal à personne ; ce n'est que du vent.

— Alors pourquoi tu es debout, réveillée ? » demanda Bean.

Poke haussa les épaules.

« C'est toi qui vas essayer de tuer Achille, c'est ça ? fit Bean. Et en faisant croire que c'est Ulysse le responsable. »

Poke leva les yeux au ciel. « Tu es vraiment débile ou tu fais semblant ?

— J'ai assez de bon sens pour savoir que tu me racontes des histoires !

— Va te coucher, dit Poke. Retourne avec les autres petits. »

54

Il la regarda un moment, puis obéit.

Ou plutôt, il fit mine d'obéir. Il se faufila dans l'espace réduit où ils dormaient ces jours-là, mais en ressortit aussitôt, escalada des caisses, des tambours, de hauts murs et gagna enfin un toit bas. Il arriva au bord à temps pour voir Poke sortir discrètement dans la rue. Elle allait donc bien quelque part, à la rencontre de quelqu'un.

Bean se laissa glisser le long d'une gouttière jusqu'à une barrique de récupération d'eau de pluie, et trottina sur Korte Hoog Straat à la suite de Poke. Il s'efforçait de marcher en silence, à la différence de la fillette, et, les bruits de la ville aidant, elle ne l'entendit pas. Il se plaquait dans les ombres mais sans dévier beaucoup de son chemin : Poke avançait relativement droit et ne tourna que deux fois. Elle se dirigeait vers le fleuve – à la rencontre de quelqu'un.

Bean envisageait deux possibilités : Ulysse ou Achille. Qui d'autre connaissait-elle qui ne fût pas endormi dans le nid ? Mais, d'un autre côté, pourquoi vouloir rencontrer l'un ou l'autre ? Pour supplier Ulysse de laisser la vie sauve à Achille ? Pour se sacrifier héroïquement à sa place ? Ou pour convaincre Achille de revenir et d'affronter Ulysse au lieu de se cacher ? Non, tout cela, Bean lui-même l'aurait peut-être envisagé, mais Poke ne poussait pas si loin la réflexion.

Elle s'arrêta au milieu d'un espace dégagé du quai de Scheepmakerhaven et promena le regard autour d'elle ; puis elle trouva ce qu'elle cherchait. Bean s'efforça de voir de quoi il s'agissait : c'était une silhouette parmi les ombres. Il grimpa sur une grosse caisse pour avoir un meilleur point de vue ; là, il entendit la voix des interlocuteurs – des enfants tous les deux – mais ne parvint pas à distinguer leur propos. Quel que fût l'inconnu, il était plus grand que Poke, ce qui pouvait s'appliquer aussi bien à Ulysse qu'à Achille.

Le garçon prit Poke dans ses bras et l'embrassa.

Voilà qui était singulier. Bean avait vu des adultes se comporter ainsi à de nombreuses reprises, mais pourquoi des enfants en feraient-ils autant ? Poke avait neuf ans ; naturellement, il existait des putains de cet âge, mais on savait bien que les clients qui se les payaient étaient des pervers.

Il fallait que Bean se rapproche pour entendre la conversation. Il se laissa tomber de l'autre côté de la caisse et se glissa lentement dans l'ombre d'un kiosque. Comme pour lui rendre service, les deux enfants se tournèrent vers lui, mais, dans l'obscurité, il restait invisible, du moins s'il évitait de bouger. Il ne les voyait pas plus qu'ils n'avaient conscience de sa présence, cependant il captait à présent des bribes de leurs propos.

« Tu avais promis », dit Poke. Le garçon marmonna une réponse.

Le projecteur d'un bateau qui passait sur le fleuve balaya la rive et illumina le visage du garçon avec qui discutait Poke. C'était Achille.

Dès lors, Bean ne voulut pas en voir davantage. Dire qu'il avait cru qu'Achille tuerait un jour Poke ! Ce truc entre garçons et filles le dépassait complètement, et il fallait que cela arrive au moment où il affûtait sa haine, où il commençait à comprendre le monde.

Il s'éclipsa et remonta en courant Posthoornstraat.

Mais il ne regagna pas tout de suite le nid, car, même s'il possédait toutes les réponses, son cœur battait toujours la chamade : quelque chose ne va pas, lui répétait-il ; quelque chose ne va pas.

Et soudain il se souvint que Poke n'était pas seule à lui faire des cachotteries ; Achille aussi avait menti. Il lui avait celé un secret, un plan quelconque. S'agissait-il uniquement du rendez-vous avec Poke ? Alors pourquoi tout ce foin pour faire semblant de se mettre à l'abri d'Ulysse ? Pour sortir avec Poke, il n'avait pas besoin de se cacher ; certains gros durs en faisaient autant, quoique pas avec des gamines de neuf ans, en général. Que dissimulait donc Achille ?

« Tu avais promis », avait dit Poke.

Quelle promesse avait faite Achille ? C'était pour cela que Poke lui avait donné rendez-vous : pour le payer de son serment. Mais qu'est-ce qu'Achille avait pu s'engager à lui donner qu'elle n'eût déjà reçu en tant que membre de la famille ? Achille ne possédait rien.

Il avait donc dû lui fournir l'assurance de ne *pas* exécuter un certain acte. De ne pas la tuer ? Dans ce cas, ç'aurait été une grossière erreur, même de la part de Poke, de rencontrer Achille seule.

De ne pas me tuer, songea Bean. C'est ça, la promesse : de ne pas me tuer, moi.

Seulement ce n'est pas moi qui suis en danger, ni qui représente la plus grande menace. Je demandais qu'elle le tue, mais c'est Poke qui l'a jeté par terre, qui s'est tenue au-dessus de lui pour l'intimider. Cette image, Achille devait encore l'avoir à l'esprit, il devait la revoir sans cesse, lui étendu au sol et une gamine de neuf ans qui le dominait, un parpaing brandi, prête à le tuer. Bien que handicapé, il faisait partie des durs ; par conséquent, c'était quelqu'un qui en voulait – mais dont les garçons aux jambes saines se moquaient toujours ; c'était un dur de bas étage. Et il avait dû toucher le fond quand une gosse de neuf ans l'avait jeté par terre au milieu d'un groupe de petits morveux.

Poke, c'est à toi qu'il en veut le plus. C'est toi qu'il doit éliminer pour effacer les affres de ce souvenir.

À présent, tout devenait clair. Tout ce qu'Achille avait raconté aujourd'hui n'était que mensonge. Il ne se cachait pas d'Ulysse ; au contraire, il l'obligerait à baisser les yeux devant lui, sans doute le lendemain. Mais, quand il l'affronterait, il aurait une grave accusation à porter contre lui : tu as tué Poke ! crierait-il, et Ulysse, après s'être vanté d'avoir sa revanche, passerait pour un imbécile et un faible. Peut-être même avouerait-il le meurtre, rien que pour frimer ; alors Achille lui tomberait dessus à bras raccourcis et nul ne lui reprocherait de le tuer. Il ne s'agirait pas de simple autodéfense, mais de protection de la famille.

Achille était vraiment trop astucieux et patient. Il avait attendu pour assassiner Poke que quelqu'un se présente pour porter le chapeau.

Bean fit demi-tour pour la prévenir. Il courut aussi vite que ses petites jambes le lui permettaient, avec des foulées les plus longues possibles. Il courut une éternité.

Il n'y avait plus personne sur le quai, là où Poke avait rencontré Achille.

Bean balaya le quai du regard, désarçonné. Il envisagea d'appeler Poke, mais ce serait stupide : ce n'était pas parce qu'elle était l'objet principal de la haine d'Achille que ce dernier lui avait pardonné, même s'il l'autorisait à partager son pain avec lui.

À moins que je ne me sois monté un bateau, se dit-il. Après tout, il la serrait contre lui, non ? Elle est venue le retrouver de son plein gré, non ? Il se passe des trucs entre les garçons et les filles que je ne comprends pas. Achille est un pourvoyeur, un protecteur, pas un meurtrier. C'est moi qui raisonne ainsi, moi qui songe à tuer une personne sans défense simplement parce qu'elle risque de représenter une menace plus tard. C'est Achille le gentil, et c'est moi le méchant, le criminel.

C'est Achille qui sait comment aimer. Moi, je l'ignore.

Bean s'approcha du bord du quai et contempla l'autre bord du canal. La brume couvrait l'eau. Sur la rive opposée, les lumières de Boompjes Straat brillaient comme au jour de Sinterklaas. Les vaguelettes faisaient un bruit de baiser mouillé contre les pilotis.

Il baissa les yeux vers l'eau à ses pieds. Un objet y flottait en heurtant le quai.

Bean l'observa un moment sans comprendre de quoi il s'agissait ; puis il se rendit compte qu'il le savait depuis le début, qu'il refusait simplement d'y croire. C'était Poke. Elle était morte, exactement comme il le redoutait. Dans la rue, tout le monde rendrait Ulysse responsable du crime, même s'il n'existait aucune preuve. Bean avait vu juste de bout en bout : ce qui se passait entre garçons et filles n'avait pas le pouvoir d'empêcher la haine ni l'envie de venger une humiliation.

Et là, devant le canal, Bean comprit soudain : il faut que j'apprenne immédiatement à tout le monde ce qui s'est produit, ou que je décide de n'en parler à personne, parce que si Achille a le moindre soupçon de ce que j'ai vu ce soir, il me tuera sans hésiter, et il prétendra que c'est encore la faute d'Ulysse ; alors il pourra faire semblant de venger deux morts au lieu d'une en tuant Ulysse.

Non : Bean ne pouvait que garder le silence, faire mine de n'avoir pas vu le corps de Poke flottant sur le canal, son visage clairement reconnaissable dans le clair de lune.

Quelle imbécile ! Elle n'avait pas été fichue de percer à jour les plans d'Achille, elle avait été stupide de lui faire confiance, stupide de ne pas l'écouter, lui, Bean ! Aussi stupide que lui-même, qui s'était éclipsé sans avertir tout le monde, ce qui aurait peut-être sauvé la vie à Poke en lui donnant un témoin qu'Achille ne pouvait espérer attraper et réduire au silence.

C'était grâce à elle que Bean vivait encore. C'était elle qui lui avait donné un nom, elle qui avait prêté l'oreille à son plan. Et elle en était morte, alors qu'il aurait pu la sauver. Bien sûr, au début, il lui avait conseillé de tuer Achille, mais finalement elle avait eu raison de le choisir : c'était le seul des durs qui soit capable de comprendre son projet et de l'exécuter aussi bien. Mais Bean aussi avait eu raison : Achille était un menteur toutes catégories et, quand il avait décidé la mort de Poke, il avait tissé les mensonges qui entouraient le meurtre, des mensonges qui attireraient Poke dans un endroit solitaire où il pourrait la tuer sans témoin, et des alibis qui l'innocenteraient aux yeux des plus petits.

Je lui faisais confiance, se dit Bean. Je savais ce qu'il était depuis le début, et pourtant je lui faisais confiance.

Ah, Poke, pauvre fillette idiote et gentille ! Tu m'as sauvé, et moi je t'ai laissé tomber.

Mais ce n'est pas que ma faute à moi ; c'est toi qui es allée le retrouver seule.

Seule avec lui, pour essayer de me sauver la vie ? Quelle erreur, Poke, de ne pas penser qu'à toi-même !

Ses erreurs vont-elles me coûter la vie, à moi aussi ?

Non. Ce sont les miennes qui me tueront, nom de Dieu !

Mais pas ce soir. Achille n'avait encore rien manigancé pour se débarrasser de lui ; pourtant, à partir d'aujourd'hui, quand il ne dormirait pas la nuit, incapable de trouver le sommeil, il penserait à Achille à l'affût, qui attendait son heure, jusqu'au jour où Bean lui aussi se retrouverait dans le canal.

Sœur Carlotta s'efforçait de partager le chagrin qu'éprouvaient ces enfants si peu de temps après que l'un d'entre eux se fut fait étrangler et jeter dans le canal ; mais la mort de Poke l'incitait seulement à pousser davantage les tests. On n'avait pas encore retrouvé Achille – Ulysse ayant déjà frappé une fois, il était peu probable qu'Achille se montre au grand jour avant un moment. Il ne restait donc d'autre solution à sœur Carlotta que de poursuivre avec Bean.

Tout d'abord, l'enfant se montra distrait et répondit lamentablement à ses tests. Sœur Carlotta n'arrivait pas à comprendre qu'il échoue aux questions les plus élémentaires alors qu'il était assez intelligent pour avoir appris à lire seul dans la rue. La cause devait en être la mort de Poke ; elle abandonna donc les tests et lui parla de la mort, de Poke dont l'esprit était sous la protection de Dieu et des saints qui prendraient soin d'elle et la rendraient plus heureuse qu'elle ne l'avait été de toute sa vie. Son discours ne parut pas l'intéresser, et même, ses résultats baissèrent encore lorsqu'ils entamèrent la phase suivante des tests.

Eh bien, si la compassion ne produisait aucun effet, peut-être la fermeté porterait-elle des fruits.

« Tu ne comprends pas le but de ce test, Bean ? demanda-t-elle.

— Non, répondit-il, et, au ton de sa voix, on saisissait clairement qu'il s'en fichait totalement.

— Toutes tes connaissances se résument à la vie dans la rue. Mais les rues de Rotterdam ne sont qu'une partie d'une grande ville, et Rotterdam n'est qu'une ville dans un monde qui en compte des milliers de semblables. Ce test concerne l'espèce humaine, Bean. Parce que les Formiques...

— Les doryphores », la coupa Bean. Comme à la plupart des gamins des rues, l'euphémisme ne lui inspirait qu'un sourire méprisant.

« Ils vont revenir, ils vont sillonner la Terre et tuer tout le monde. Ce test sert à déterminer si tu fais partie des enfants qu'on inscrira à l'École de guerre et qu'on formera pour commander les forces destinées à tenter de les arrêter. Il s'agit de sauver le monde, Bean. »

Pour la première fois, Bean porta toute son attention sur elle. « Où se trouve l'École de guerre ?

— Dans une plate-forme en orbite dans l'espace, répondit-elle. Si tu réussis ce test, tu deviendras un spatien ! »

Le visage de Bean n'exprima aucune ardeur enfantine, seulement un calcul forcené.

« J'ai tout raté jusqu'ici, non ? demanda-t-il.

— En effet, tes résultats montrent que tu es trop bête pour marcher et respirer en même temps.

« — Est-ce que je peux les reprendre depuis le début ?

— Je possède une autre version des tests, oui, dit sœur Carlotta.

— Allez-y. »

Comme elle prenait une nouvelle liasse de feuilles, elle sourit à Bean dans l'espoir de le détendre. « Alors, tu veux devenir spatien, c'est ça ? Ou bien c'est l'envie de faire partie de la Flotte internationale ? »

Il ne répondit pas.

Cette fois, il acheva tous les tests dans les temps, bien qu'ils fussent conçus pour qu'on ne puisse les terminer dans le délai imparti. Ses scores n'étaient pas parfaits, mais ils n'en étaient pas loin, à tel point que nul n'y croirait.

Elle lui fit donc passer une autre batterie de tests, celle-ci conçue pour des enfants plus âgés – les tests standard, en fait, auxquels étaient soumis les gamins de six ans quand on envisageait de les intégrer à l'École de guerre à l'âge normal. Bean ne réussit pas aussi brillamment : trop d'expériences lui manquaient encore pour comprendre le contenu de certaines questions. Mais il s'en sortit tout de même exceptionnellement bien, mieux qu'aucun des élèves que sœur Carlotta avait testés par le passé.

Et dire qu'elle avait prêté le véritable potentiel à Achille ! Cet enfant, ce bébé, en réalité, était stupéfiant ! Personne n'accepterait de croire qu'elle l'avait trouvé dans la rue, proche de la famine.

Un soupçon lui vint à l'esprit, et, une fois le second test achevé et les résultats enregistrés, elle s'adossa dans son fauteuil, sourit au petit Bean aux yeux troubles et lui demanda : « De qui était-ce, l'idée, cette histoire de famille des enfants des rues ?

— D'Achille », répondit Bean.

Sœur Carlotta attendit la suite.

« En tout cas, l'idée d'appeler ça une famille », dit Bean.

Elle attendit encore. L'orgueil ferait remonter le reste à la surface si elle lui laissait du temps.

« Mais faire protéger les petits par un dur, c'était mon plan, fit Bean. J'en ai parlé à Poke, elle y a réfléchi et elle a décidé d'essayer ; elle n'a commis qu'une erreur.

— Laquelle ?

— Le dur qu'elle a choisi n'était pas le bon.

— Parce qu'il ne pouvait pas la protéger d'Ulysse, c'est ce que tu veux dire ? »

Bean éclata d'un rire amer pendant que des larmes roulaient sur ses joues.

« Ulysse est quelque part en train de se vanter de ce qu'il va faire. »

Sœur Carlotta était au courant mais ne voulait pas le savoir. « Connais-tu l'assassin de Poke, alors ?

— J'ai dit à Poke de le tuer, que ce n'était pas le bon. J'avais vu dans son expression, alors qu'il était par terre, qu'il ne lui pardonnerait jamais. Mais c'est un vrai glaçon ; il a attendu tout du long. N'empêche qu'il n'a jamais accepté le pain de Poke. Ça aurait dû lui mettre la puce à l'oreille ; elle n'aurait jamais dû aller seule à ce rendez-vous avec lui. » Il se mit à pleurer pour de bon. « Je crois qu'elle cherchait à me protéger, moi, parce que je lui avais dit de tuer Achille le premier jour. Je crois qu'elle voulait le convaincre de ne pas me supprimer. »

Sœur Carlotta s'efforça de s'exprimer d'une voix sans émotion. « Crois-tu qu'Achille représente un danger pour toi ?

— Maintenant que je vous en ai parlé, oui. » Puis, après un instant de réflexion : « J'étais déjà en danger. Il ne pardonne pas. Il rembourse toujours.

— Ce n'est pas ainsi, tu t'en rends bien compte, qu'Achille m'apparaît, ni à Hazie – Helga, je veux dire. À nos yeux, il a l'air... civilisé. »

Bean la regarda comme si elle était folle. « Ce n'est pas ça, être civilisé ? Être capable d'attendre ce qu'on veut ?

— Tu veux quitter Rotterdam et aller à l'École de guerre afin d'échapper à Achille. »

Bean acquiesça de la tête.

« Et les autres enfants ? Penses-tu qu'ils aient à le redouter ?

— Non, répondit Bean. C'est leur papa.

— Mais ce n'est pas le tien, même s'il a partagé ton pain.

— Il l'a prise dans ses bras et il l'a embrassée, dit Bean. Je les ai vus sur le quai ; elle l'a laissé l'embrasser, et puis elle a parlé d'une promesse qu'il avait faite ; moi, je suis parti à ce moment-là, mais d'un seul coup j'ai compris et je suis revenu en courant ; je ne devais pas être très loin, à quelques pâtés de maison peut-être, mais elle était déjà morte, les yeux crevés, et elle flottait dans l'eau en se cognant contre le quai. Il est capable d'embrasser et de tuer n'importe qui, s'il a assez la haine. »

Sœur Carlotta tambourina du bout des doigts sur le bureau. « Quel dilemme !

— C'est quoi, un dilemme ?

— J'allais tester Achille aussi. Je pense qu'il pourrait entrer à l'École de guerre. »

Bean se raidit. « Alors ne m'y envoyez pas. C'est lui ou moi.

« Tu crois vraiment... » Sa voix mourut. « Tu crois qu'il essaierait de te tuer là-bas ?

— Qu'il essaierait ? répéta-t-il d'un ton méprisant. Achille n'essaie pas : il réussit. »

Sœur Carlotta le savait, ce caractère que décrivait Bean, cette résolution implacable, était un des traits que l'on recherchait pour l'École de guerre, ce qui rendrait peut-être Achille plus intéressant pour les dirigeants que Bean. Et, là-haut, ils avaient les moyens de canaliser une telle violence meurtrière, de la mettre à profit.

Mais l'idée de civiliser les brutes de la rue ne venait pas d'Achille ; c'était Bean qui y avait pensé. Incroyable, pour un enfant si jeune, d'avoir conçu ce projet et de l'avoir mis en pratique. C'était ce gosse le gros lot, pas celui qui vivait pour se venger froidement ; il existait en tout cas une certitude : les prendre tous les deux serait une erreur, bien qu'elle pût sûrement faire entrer l'autre dans une école de la Terre et le tirer ainsi de la rue. Assurément, Achille deviendrait vraiment civilisé, là où le désespoir ne conduisait plus les enfants à se comporter aussi horriblement les uns avec les autres.

Sœur Carlotta prit soudain conscience de l'absurdité de sa réflexion : ce n'était pas le désespoir régnant dans la rue qui avait poussé Achille à tuer Poke, mais l'orgueil. C'était Caïn persuadé qu'avoir été humilié constituait une raison pour ôter la vie à son frère ; c'était Judas qui n'avait pas craint de donner un baiser avant de tuer. À quoi pensait-elle donc, à considérer le mal comme le simple produit mécanique de la privation ? Tous les enfants des rues souffraient de peur, de faim, d'impuissance et de désespoir, mais tous ne devenaient pas des assassins calculateurs qui tuaient de sang-froid.

Du moins, si Bean disait vrai.

Mais elle n'avait pas de doute là-dessus. S'il mentait, elle renoncerait pour toujours à juger le caractère des enfants ; et, maintenant qu'elle y pensait, Achille était rusé ; c'était un flagorneur et ses propos étaient tous destinés à impressionner son public, tandis que Bean s'exprimait peu, et toujours franchement quand il parlait. De plus, il était très jeune, et sa peur et sa peine étaient réelles.

Évidemment, il avait aussi incité au meurtre d'un autre enfant.

Mais uniquement parce que cet enfant constituait un danger pour les autres. Il ne s'agissait pas d'orgueil.

Comment trancher ? N'est-ce pas le Christ qui est censé juger les vivants et les morts ? Pourquoi cette tâche m'incombe-t-elle, alors que je ne suis pas apte à l'exécuter ?

« Veux-tu rester ici, Bean, pendant que je transmets tes résultats à ceux qui prennent les décisions pour l'École de guerre ? Tu seras en sécurité. »

Il baissa les yeux sur ses mains, hocha la tête, puis posa le front sur ses bras et se mit à sangloter.

Achille revint au nid le lendemain matin. « Je ne pouvais pas me cacher plus longtemps, dit-il. N'importe quoi aurait pu aller de travers. » Il emmena les enfants au petit-déjeuner, comme toujours ; mais Poke et Bean manquaient à l'appel.

Puis Sergent alla faire sa tournée, l'oreille tendue, discutant avec d'autres enfants, s'adressant de temps en temps à un adulte pour savoir les dernières nouvelles, tout ce qui pouvait s'avérer utile. Ce fut sur le quai de Wijnhaven qu'il entendit des débardeurs parler du corps découvert dans le fleuve ce matin-là, celui d'une petite fille. Sergent apprit où l'on conservait le cadavre en attendant l'arrivée des autorités ; sans faiblir, il s'approcha de la bâche qui recouvrait le corps et, sans demander la permission des gens qui se trouvaient là, il la rejeta en arrière et regarda le cadavre.

« Eh ! Qu'est-ce que tu fais, petit ?

— Elle s'appelle Poke, dit-il.

— Tu la connais ? Tu sais qui aurait pu la tuer ?

— Un gars du nom d'Ulysse ; c'est lui qui l'a flinguée », répondit Sergent, puis il rabattit la bâche et considéra sa tournée comme terminée. Il fallait avertir Achille que ses craintes étaient justifiées, qu'Ulysse liquidait tous ceux de la famille qu'il pouvait atteindre.

« On n'a pas le choix : il faut le descendre, dit Sergent.

— Il y a déjà eu assez de sang versé, répondit Achille. Mais je crois bien que tu as raison. »

Certains des plus petits pleuraient. L'un d'eux expliqua : « Poke m'a donné à manger alors que j'allais mourir de faim.

— Ferme-la, dit Sergent. On bouffe mieux maintenant que quand c'était Poke le patron. »

Achille posa une main apaisante sur le bras de Sergent. « Poke a fait du mieux qu'un chef de bande peut faire ; et puis c'est elle qui m'a fait entrer dans la famille ; donc, dans un sens, tout ce que j'obtiens pour vous vient d'elle. »

Chacun hocha solennellement la tête.

Un petit demanda : « Tu crois qu'Ulysse a eu Bean aussi ?

— Si oui, c'est pas une grosse perte, dit Sergent.

— Une perte dans ma famille est toujours une grosse perte, rétorqua Achille. Mais il n'y en aura plus. Ulysse va quitter la ville, ou il est mort. Fais-le savoir partout, Sergent ; que tout le monde dans la rue soit au courant du défi : Ulysse ne mangera dans aucune cuisine de la ville tant qu'il ne m'aura pas affronté. C'est lui qui l'a voulu quand il a décidé de crever les yeux de Poke. »

Sergent salua et s'en alla en courant, image même de l'obéissance.

Sauf que, tout en courant, lui aussi pleurait, car il n'avait dit à personne comment Poke était morte, que ses yeux n'étaient que deux plaies sanglantes. Peut-être Achille l'avait-il appris par un autre moyen, peut-être en avait-il entendu parler sans le mentionner avant le retour de Sergent. Peut-être, peut-être. Mais Sergent savait la vérité ; Ulysse n'avait levé la main contre personne ; c'était Achille, si, tout comme Bean l'avait prévu depuis le début, Achille n'avait pas pardonné à Poke de l'avoir brutalisé ; il ne l'avait tuée que maintenant parce qu'Ulysse serait tenu pour responsable, et voilà qu'il ne disait plus que du bien d'elle, qu'il fallait faire montre de reconnaissance pour ce qu'elle et Achille leur avaient donné à tous, que c'était en réalité Poke qui l'avait obtenu.

Ainsi, Bean avait raison depuis le début, sur tout. Achille était peut-être un bon papa pour la famille, mais c'était aussi un tueur et il ne pardonnait jamais.

Poke le savait aussi ; Bean l'avait prévenue, mais elle avait quand même choisi Achille comme papa – et elle en était morte. Elle était comme Jésus dont parlait Helga dans la cuisine pendant qu'ils mangeaient : elle était morte pour les siens. Et Achille, il était comme Dieu : il faisait payer leurs péchés aux gens, quoi qu'ils fassent.

L'important, c'était de rester dans les petits papiers de Dieu. C'était bien ce qu'enseignait Helga, non ? Ne pas faire le con avec Dieu.

Eh ben, moi, je ne ferai pas le con avec Achille. J'honorerai mon papa, pas de problème, pour rester vivant jusqu'à ce que je sois assez vieux pour me débrouiller seul.

Quant à Bean, ouais, il était futé, mais pas assez pour rester en vie, et si on n'est pas assez futé pour rester en vie, mieux vaut être mort.

Le temps qu'il parvienne au premier coin de rue pour répandre la nouvelle de la proscription d'Ulysse de toutes les cuisines de la ville, Sergent avait cessé de pleurer. Fini le chagrin ; seul comptait de survivre, à présent. Même si Ulysse n'avait tué personne, il en avait quand même l'intention, et, pour la sécurité de la famille, il devait mourir. La mort de Poke fournissait un bon prétexte pour exiger que les autres papas restent à l'écart et laissent Achille s'occuper de lui. Quand tout serait fini, Achille serait le chef de tous les papas de Rotterdam, et Sergent resterait à ses côtés, en sachant le secret de sa vengeance mais sans rien en dire à personne, parce que c'était ainsi que Sergent, c'était ainsi que la famille, c'était ainsi que tous les mômes de Rotterdam survivraient.

4

SOUVENIRS

« Je me suis trompée pour le premier : ses tests sont bons mais son tempérament ne correspond pas à l'École de guerre.

— Je ne le vois nulle part sur les résultats que vous m'avez montrés.

— Il est très vif ; il donne les bonnes réponses mais il n'y croit pas lui-même.

— Et quel test avez-vous employé pour parvenir à ce résultat ?

— Il a commis un meurtre.

— En effet, c'est un inconvénient. Et l'autre ? Que dois-je faire d'un enfant aussi jeune ? Un poisson de cette taille, je le rejette à la rivière, d'habitude.

— Donnez-lui des connaissances et de quoi manger. Il va grandir.

— Il n'a même pas de nom.

— Si.

— Bean ? Ce n'est pas un nom, c'est une plaisanterie.

— Ça ne le sera plus quand il aura fini son cursus.

— Gardez-le jusqu'à cinq ans ; faites-en ce que vous pouvez, puis montrez-moi vos résultats.

— J'ai d'autres enfants à trouver.

— Non, sœur Carlotta. Au cours de toutes vos années de recherches, ce petit est le meilleur que vous ayez découvert, et nous n'avons plus le temps d'en trouver un autre. Dégourdissez-moi celui-ci et tout votre travail en aura valu la peine, du point de vue de la F. I.

« — Vous m'inquiétez quand vous dites qu'il ne reste plus de temps.

— Je ne vois pas pourquoi. Les chrétiens attendent la fin du monde depuis des millénaires.

— Et elle ne survient toujours pas.

— Jusque-là, tout va bien. »

Tout d'abord, Bean ne s'intéressa qu'aux repas. Il y avait plus qu'assez à manger ; il avalait tout ce qu'on lui présentait ; il avalait jusqu'à se sentir le ventre plein – cette expression miraculeuse qui jusque-là n'avait aucun sens pour lui ; il s'empiffrait à s'en rendre malade, et si souvent que son intestin fonctionnait tous les jours, quelquefois deux fois par jour. Il en parla en riant à sœur Carlotta : « Je passe mon temps à dévorer et à faire caca !

— Comme les animaux de la forêt, répondit la bonne sœur. Il est temps que tu apprennes à mériter ces repas. »

Elle lui faisait déjà l'école, naturellement ; il avait des leçons quotidiennes de lecture et d'arithmétique « pour le mettre à niveau », quoiqu'elle ne précisât jamais de quel niveau il s'agissait. Elle lui laissait aussi du temps pour dessiner, et, lors de certaines séances, elle le faisait asseoir et chercher à retrouver tous les détails de ses souvenirs les plus anciens. La « maison propre », comme disait Bean, la passionnait particulièrement ; mais il y avait des limites à la mémoire de l'enfant. Il était très jeune, alors, et ne possédait que des rudiments de langage. Tout lui était mystérieux. Il se souvenait d'avoir escaladé la rambarde de son lit et d'être tombé par terre ; il ne marchait pas bien tout le temps ; progresser à quatre pattes était plus facile, mais il aimait marcher parce qu'il imitait ainsi les grandes personnes. Il s'accrochait aux meubles, prenait appui sur les murs et avançait sur ses deux pieds, ne se servant de ses mains et de ses genoux que lorsqu'il devait franchir un espace vide.

« Tu devais avoir huit ou neuf mois, dit sœur Carlotta. Les souvenirs de la plupart des gens ne remontent pas si loin.

— Je me rappelle que tout le monde était bouleversé ; c'est pour ça que je suis sorti de mon lit. Tous les enfants avaient des ennuis.

— Tous les enfants ?

— Les petits comme moi, et de plus âgés aussi. Certaines des grandes personnes sont entrées, elles nous ont regardés et elles ont crié.

— Pourquoi ?

— De mauvaises nouvelles, c'est tout. Je savais qu'il allait se produire quelque chose de grave et que ça concernait tous ceux d'entre nous qui étions dans les lits ; alors je suis sorti du mien. Je n'étais pas le premier. Je ne sais pas ce que sont devenus les autres. J'ai entendu les adultes s'énerver et hurler en trouvant les lits vides ; moi, je me suis caché, et ils ne m'ont pas découvert. Les autres, je l'ignore. En tout cas, quand j'ai quitté ma cachette, tous les lits étaient déserts et la salle très sombre, à part un signe allumé qui disait *sortie*.

— Tu savais déjà lire ? » La bonne sœur avait pris un ton sceptique.

« Quand j'ai su lire, je me suis souvenu des lettres du signe, répondit Bean. C'étaient les seules que je voyais à l'époque ; je me les rappelais très bien.

— Tu te trouvais donc tout seul, les lits étaient vides et la salle était noire.

— Ils sont revenus ; je les ai entendus parler, mais je ne comprenais pas la plupart des mots ; alors je me suis caché encore une fois, et, cette fois, quand je suis ressorti, même les lits avaient disparu. À la place, il y avait des secrétaires et des armoires, un bureau – et non, je ne savais pas encore ce qu'était un bureau à l'époque, mais je l'ai appris depuis et je me rappelle que c'est ainsi qu'on avait transformé la pièce. Des gens venaient le jour y travailler, quelques-uns au début ; mais je me suis aperçu que ma cachette n'était pas si bonne que ça quand des gens travaillaient dans le bureau. Et puis j'avais faim.

— Où t'étais-tu dissimulé ?

— Allons, vous le savez bien. Non ?

— Si c'était le cas, je ne te le demanderais pas.

— Vous avez vu ma réaction quand vous m'avez montré les W-C.

— Tu t'étais caché dans les W-C ?

— Dans le réservoir. J'ai eu du mal à soulever le couvercle, et ce n'était pas confortable là-dedans. Je ne savais pas à quoi ça servait, mais des gens se sont mis à l'utiliser, l'eau montait et descendait, des pièces bougeaient et j'avais peur. Et, comme je l'ai dit, j'avais faim ; j'avais à boire tant que je voulais, mais je me faisais pipi dessus. Ma couche était si détrempée qu'elle est tombée et je me suis retrouvé tout nu.

— Bean, te rends-tu compte de ce que tu me dis ? Que tu as fait tout ça avant d'avoir un an ?

— C'est vous qui prétendez savoir mon âge d'alors, répondit Bean. Je ne connaissais rien aux années à ce moment-là. Vous m'avez demandé de me rappeler, et, plus je vous en raconte, plus les souvenirs reviennent. Mais si vous ne me croyez pas...

— C'est seulement que... Si, je te crois. Mais qui étaient les autres enfants ? Quel était cet endroit où tu habitais, cette « maison propre » ? Qui étaient ces grandes personnes ? Pourquoi ont-elles emmené les autres petits ? Il s'agissait sûrement d'une opération illégale.

— Peu importe, dit Bean. J'ai été soulagé de quitter les W-C, c'est tout.

— Mais tu étais tout nu, m'as-tu dit. Et tu es parti comme ça ?

— Non, quelqu'un m'a trouvé. Je suis sorti des W-C et un homme m'a trouvé.

— Que s'est-il passé ?

— Il m'a emmené chez lui ; c'est là que j'ai eu des vêtements. Je les appelais des changes à l'époque.

— Donc tu parlais.

— Un peu.

— Ainsi, cet homme t'a emmené chez lui et il t'a acheté des habits.

— C'était un gardien de nuit, je pense. J'en ai appris un peu sur les métiers et je crois que c'était le sien. Il faisait noir quand il travaillait, et il ne portait pas d'uniforme comme les autres gardiens.

— Et que s'est-il passé ?

— C'est là que j'ai découvert ce qui était légal et ce qui ne l'était pas : il n'avait pas le droit d'avoir d'enfant. Je l'ai entendu parler de moi à sa femme en hurlant – je n'ai pas compris grand-chose – , mais à la fin j'ai su qu'il avait gagné, et il m'a annoncé que je devais m'en aller, alors je suis parti.

— Il t'a lâché comme ça dans la rue ?

— Non, c'est moi qui ai fichu le camp. Aujourd'hui, je pense qu'il allait devoir me remettre à quelqu'un d'autre, alors j'ai pris peur et je me suis enfui avant. Mais au moins je n'étais plus tout nu et je n'avais plus faim. Il était gentil. Une fois que je suis parti, je parie qu'il n'a pas eu d'ennuis.

— C'est à ce moment-là que tu as commencé à vivre dans la rue ?

— Si on veut. Dans certains groupes, on me donnait à manger ; mais à chaque fois d'autres gosses plus grands s'en apercevaient et ils se pointaient en gueulant, en demandant leur part et en interdisant qu'on me nourrisse, sans quoi les plus grands me feraient dégager et me prendraient ce que j'avais à manger. J'avais la trouille. Une fois, un grand s'est tellement énervé parce que j'avais eu un repas qu'il m'a enfoncé un bâton dans la gorge et qu'il m'a tout fait gerber sur le trottoir. Il a même voulu manger mon vomi mais il n'a pas pu parce que ça lui a donné envie de vomir lui aussi. C'est là que j'ai eu le plus peur ; après ça, j'ai passé mon temps à rester planqué. Caché, je veux dire. Tout le temps.

— Et tu mourais de faim.

— J'ouvrais l'œil aussi, dit Bean. Je mangeais un peu, de temps en temps. Je ne suis pas mort.

— Non, en effet.

— Mais j'ai vu beaucoup d'enfants claquer, des grands et des petits, et je me demandais toujours combien d'entre eux venaient de la maison propre.

— En as-tu reconnu certains ?

— Non. Aucun n'avait l'air d'avoir vécu dans la maison propre. Tout le monde paraissait crever de faim.

— Bean, merci de m'avoir raconté tout cela.

— Vous me l'aviez demandé.

— As-tu conscience qu'en aucune façon un bébé n'aurait pu survivre à cette situation trois ans durant ?

— Ça doit vouloir dire que je suis mort.

— Je veux seulement... Je prétends que Dieu a dû veiller sur toi.

— Ouais, sûrement ; alors pourquoi n'a-t-il pas veillé sur tous ceux qui sont morts ?

— Il les a enlevés dans son cœur et il les a aimés.

— Alors, moi, il ne m'aimait pas ?

— Si, il t'aimait aussi, il...

— Parce que, s'il veillait si bien sur moi, il aurait pu me donner à manger de temps à autre !

— Il m'a menée à toi. Il a un grand dessein pour toi, Bean. Tu ne sais peut-être pas de quoi il s'agit, mais Dieu ne t'a pas gardé en vie si miraculeusement sans raison. »

Bean en avait assez de la conversation. Sœur Carlotta avait l'air parfaitement heureuse en parlant de Dieu, mais Bean n'avait pas encore réussi à débrouiller ce qu'était Dieu. On aurait dit qu'elle voulait le créditer de tout ce qui se produisait de bien, mais, pour les épisodes néfastes, elle ne parlait pas de lui ou trouvait un motif pour les rendre positifs. Du point de vue de Bean, toutefois, les gosses morts auraient préféré rester vivants, juste avec davantage à manger. Si Dieu les aimait tant, lui, tout-puissant, pourquoi ne les avait-il pas laissés mourir plus tôt ou même ne pas naître du tout, afin de leur éviter toutes ces épreuves et cette passion de demeurer en vie alors qu'il allait simplement les enlever dans son cœur ? Rien n'était logique là-dedans pour Bean, et, plus sœur Carlotta le lui expliquait, moins il comprenait, parce que, s'il y avait un responsable, il aurait dû se montrer juste, et, dans le cas contraire, pourquoi sœur Carlotta était-elle si heureuse qu'il soit responsable ?

Mais, quand il essayait de lui faire part de ses réflexions, elle se mettait dans tous ses états et parlait encore davantage de Dieu en employant des mots qu'il ne connaissait pas ; mieux valait la laisser dire ce qu'elle voulait et ne pas discuter.

C'était la lecture qui le passionnait, et le calcul. Il adorait cela. Et, qui mieux est, il disposait de papier et d'un stylo pour écrire.

Et la géographie. Tout d'abord, la bonne sœur ne la lui avait pas enseignée, mais des cartes étaient accrochées aux murs et les formes qu'elles décrivaient le fascinaient. Quand il s'en approchait, il lisait les mots écrits en tout petit, et un jour il vit le nom d'un fleuve et comprit que les filets bleus étaient des cours d'eau ; les grandes zones bleues contenaient encore plus d'eau, et il prit alors conscience que certains des autres mots étaient les mêmes qu'on retrouvait écrits sur les plaques des rues ; il comprit qu'il se trouvait devant une carte de Rotterdam, et tout alors devint clair. C'était la ville telle que la verrait un oiseau si tous les bâtiments étaient invisibles et les rues désertes. Il découvrit l'emplacement du nid, celui où était morte Poke, et toute sorte d'autres lieux.

Quand sœur Carlotta s'aperçut qu'il avait saisi le concept de carte, elle en fut tout excitée ; elle lui en montra une où Rotterdam n'était qu'une petite zone couverte de lignes, une autre où ce n'était qu'un point et une troisième où la ville était trop réduite pour rester visible, mais sœur Carlotta savait où la cité devait se situer. Bean ne s'était jamais rendu compte que le monde était si grand ni qu'il renfermait autant de personnes.

Cependant, la religieuse, s'en tenant à Rotterdam, l'encourageait à situer ses souvenirs les plus lointains ; toutefois, rien n'était pareil sur la carte, ce qui compliquait sa tâche, et il lui fallut longtemps avant de découvrir certains des emplacements où on lui avait donné à manger. Il les montrait à sœur Carlotta, qui faisait une petite marque sur la carte aux points indiqués ; et, au bout de quelque temps, il s'aperçut que tous ces emplacements étaient groupés dans un secteur de la ville mais formaient une sorte de chapelet, comme s'ils marquaient un chemin qui remontait le temps depuis l'époque où il avait rencontré Poke jusqu'à...

Jusqu'à son existence dans la maison propre.

Mais là, c'était trop difficile : il avait eu trop peur lorsqu'il avait quitté la maison propre en compagnie du gardien de nuit, et il ne se rappelait plus rien. En outre, comme sœur Carlotta le reconnut elle-même, le gardien de nuit pouvait habiter n'importe où par rapport à la maison propre, et tout ce qu'elle découvrirait en suivant à rebours le chemin que Bean avait parcouru s'arrêterait peut-être à l'appartement du gardien de nuit, ou du moins là où il résidait trois ans plus tôt ; et, même dans ce cas, que saurait cet homme ?

L'adresse de la maison propre, voilà ce qu'il saurait. Alors Bean comprit : il était très important pour sœur Carlotta de découvrir d'où il venait.

De découvrir sa véritable identité.

Seulement... il la connaissait déjà, et il essaya de l'exprimer. « Je suis ici, devant vous. C'est ce que je suis vraiment ; je ne fais pas semblant.

— Je le sais bien ! » fit-elle en riant, et elle le serra contre elle, ce qui était agréable. Les premières fois qu'elle l'avait pris contre elle, il ignorait que faire de ses mains et elle avait dû lui montrer comment lui rendre son étreinte. À l'époque, il avait vu des petits –

ceux qui avaient une maman ou un papa – agir ainsi, mais il avait toujours cru qu'ils s'agrippaient pour ne pas tomber dans la rue et risquer de se perdre ; il ne savait pas que ce comportement était simplement agréable. Il y avait des parties dures et d'autres molles dans le corps de sœur Carlotta et il était très étrange de la toucher. Il songeait à Poke et Achille, dans les bras l'un de l'autre, en train de s'embrasser, mais il n'avait pas envie d'embrasser sœur Carlotta et, même quand il eut appris le sens d'une étreinte, cela non plus ne l'intéressa pas vraiment. Il laissait la sœur le serrer contre elle, mais il ne pensait jamais à en faire autant. Cela ne lui venait pas à l'esprit, tout simplement.

Parfois, il le savait, elle agissait ainsi pour éviter d'avoir à lui donner certaines explications, et il n'aimait pas cela. Elle ne voulait pas lui dire quel était l'intérêt de découvrir la maison propre, aussi le prenait-elle contre elle en s'exclamant : « Oh, mon cher petit ! » ou bien « Oh, mon pauvre chou ! » Mais cela signifiait simplement que sa recherche était encore plus importante qu'elle ne le prétendait et qu'elle le croyait trop stupide ou ignorant pour comprendre si elle le lui expliquait.

Il continuait d'essayer de remonter dans ses souvenirs, mais désormais il ne les racontait plus tous à la sœur ; c'était équitable, après tout : elle aussi lui faisait des cachotteries. Il trouverait tout seul la maison propre, et ensuite il en informerait la religieuse s'il jugeait intéressant pour lui de la mettre au courant, parce que, si elle se trompait de réponse, que se passerait-il ? Le renverrait-elle à la rue ? L'empêcherait-elle d'aller dans l'école de l'espace ? Après tout, c'est ce qu'elle avait d'abord promis, et puis, après les tests, elle l'avait félicité en lui annonçant qu'il n'irait finalement dans l'espace qu'à cinq ans ; encore n'était-ce pas sûr parce que la décision ne dépendait pas complètement d'elle ; il avait alors compris qu'elle n'était pas en mesure de tenir ses propres promesses. Donc, si elle se trompait dans ses découvertes sur lui, elle risquait d'être incapable de tenir aucune des promesses qu'elle lui avait faites, pas même celle de le protéger d'Achille. C'est pourquoi il devait œuvrer de son côté.

Il étudiait la carte, essayait de retrouver des images, se parlait à lui-même alors qu'il s'endormait, réfléchissait et se rappelait, s'efforçant de revoir le visage du gardien de nuit, la chambre où il couchait et les escaliers, au dehors, où la méchante dame se tenait pour lui crier dessus.

Et un jour, considérant qu'il s'était rappelé assez de souvenirs, Bean se rendit aux toilettes – il aimait cette pièce, il aimait actionner la chasse, même si voir l'eau tout emporter l'effrayait –, puis, au lieu de revenir dans la classe de sœur Carlotta, il prit le couloir dans l'autre sens et sortit dans la rue sans que quiconque cherchât à l'arrêter.

Mais c'est alors qu'il prit conscience de son erreur. Trop occupé à essayer de localiser l'appartement du gardien de nuit, il ne s'était jamais rendu compte qu'il ignorait où il se trouvait aujourd'hui. En tout cas, ce n'était pas dans une partie de la ville qu'il connaissait ; on aurait même cru un autre monde : au lieu d'une rue pleine de gens allant et venant, affairés à pousser des carrioles ou à se déplacer à vélo ou à patins à roulettes, il n'avait devant les yeux qu'une artère presque déserte, avec des voitures garées partout et sans une seule boutique. Il n'y avait que des immeubles d'habitation, des bureaux ou des immeubles d'habitation transformés en bureaux, avec de petites enseignes sur la façade. Le seul bâtiment différent des autres était justement celui dont il venait de sortir : il était massif, cubique et plus grand que les autres, mais il n'affichait aucune enseigne.

Bean savait où il voulait aller, cependant il ignorait comment s'y rendre, et sœur Carlotta n'allait pas tarder à se mettre à sa recherche.

Sa première idée fut de se cacher, mais il songea que la religieuse connaissait tous les détails de son histoire et la cachette qu'il avait trouvée dans la maison propre, si bien qu'elle y penserait aussitôt et se mettrait en quête d'une retraite non loin du grand bâtiment.

Du coup, il se sauva. Sa propre vigueur l'étonna : il avait l'impression de pouvoir se déplacer aussi vite qu'un oiseau, de ne pas se fatiguer et de pouvoir courir éternellement. Il passa le coin de la rue et tourna dans une nouvelle artère.

Puis dans une autre, et encore dans une autre, au point qu'il aurait été complètement égaré s'il n'avait pas déjà été perdu au départ, et qu'il lui était donc difficile de se perdre davantage. Tandis qu'il allait, en marchant ou au trot, par les rues et les ruelles, il songea qu'il lui suffisait de trouver un canal ou un cours d'eau et de le suivre pour atteindre le fleuve ou un environnement qu'il reconnaîtrait ; ainsi, au premier pont qu'il franchit, il observa dans quel sens coulait l'eau, puis choisit ensuite des rues qui ne s'éloignaient pas du canal. Il ne savait toujours pas où il se trouvait, mais au moins il obéissait à un plan.

Et cela réussit : il aboutit au fleuve, qu'il longea jusqu'à ce qu'il reconnût, au loin, dans un méandre, Maasboulevard, qui conduisait au quai où Poke avait été assassinée.

Ce méandre, Bean le connaissait par la carte ; il savait aussi où se trouvaient les repères notés par sœur Carlotta ; il devait traverser la zone où il vivait naguère pour se rapprocher de celle où le gardien de nuit habitait peut-être, ce qui ne serait pas facile : il serait connu dans ce secteur de la ville, sœur Carlotta risquait de le faire rechercher et les flics commenceraient par ce quartier parce que c'était là que vivaient tous les gosses des rues et qu'ils s'attendraient à le voir redevenir un gosse des rues.

Ce qu'ils oubliaient, c'est que Bean n'était plus affamé ; et, comme il n'était plus affamé, il n'était pas pressé.

Il fit un large détour pour éviter la zone affairée du fleuve où vivaient les enfants. Chaque fois que les rues commençaient à paraître trop fréquentées, il agrandissait son cercle pour rester à distance des secteurs trop animés. Il passa la fin de la journée et la plus grande partie de la suivante à effectuer un crochet si vaste qu'il sortit même quelque temps de Rotterdam et vit quelques scènes campagnardes, comme sur les photos : des exploitations agricoles et des routes surélevées par rapport aux champs alentours. Un jour, sœur Carlotta lui avait expliqué que la plupart des terres cultivables se trouvaient en dessous du niveau de la mer et que seules d'immenses digues empêchaient les eaux de les inonder. Mais Bean savait à présent que jamais il n'approcherait des grandes digues ; pas à pied, en tout cas.

Il regagna peu à peu la ville par le quartier de Schiebroek et, le second jour, en fin d'après-midi, il reconnut le nom de Rindijk Straat ; de là, il trouva une rue transversale qui lui était familière, Erasmus Singel, et ensuite il n'eut aucun mal à se rendre au premier point auquel remontaient ses souvenirs, la porte arrière d'un restaurant où on lui avait donné à manger alors qu'il n'était encore qu'un bébé incapable de parler ; au lieu de le chasser à coups de pied, de grandes personnes s'étaient précipitées pour le nourrir.

Il resta immobile dans le crépuscule. Rien n'avait changé ; il revoyait presque la femme qui lui tendait un petit bol, une cuiller à la main, et s'adressait à lui dans une langue qu'il ne connaissait pas. À présent, il était en mesure de déchiffrer l'enseigne, celle d'un restaurant arménien, et c'était sans doute dans ce langage que la femme s'exprimait.

Quel trajet avait-il suivi pour arriver là ? Il avait senti l'odeur de cuisine alors qu'il passait... là-bas ? Il remonta la ruelle, puis la redescendit sans cesser de se tourner pour se réorienter.

« Qu'est-ce que tu fous ici, le petit gros ? »

C'étaient deux enfants d'une huitaine d'années ; ils avaient une attitude belliqueuse mais ce n'étaient pas des caïds ; ils faisaient sans doute partie d'une bande. Non, d'une famille, maintenant qu'Achille avait tout changé – si les changements s'étaient étendus jusqu'à ce secteur de la ville.

« Je dois retrouver mon papa dans cette rue, déclara Bean.

— Et c'est qui, ton papa ? »

Bean ignorait s'ils donnaient à ce mot le sens de « père » ou celui de papa d'une « famille ». Il prit le risque de répondre : « Achille. »

Ils s'esclaffèrent. « Il est beaucoup plus loin le long du fleuve ! Pourquoi il viendrait jusqu'ici chercher un petit gros comme toi ? »

La dérision de leurs propos n'avait aucune importance ; que la réputation d'Achille eût gagné cette partie de la ville, voilà ce qui comptait.

« Je n'ai pas à vous expliquer ses affaires, dit Bean. Et tous les gosses de la famille d'Achille sont bien nourris comme moi. On mange bien, nous.

— Et c'est tous des demi-portions comme toi ?

— Avant, j'étais plus grand, mais je posais trop de questions », répondit Bean en passant entre les deux enfants pour traverser la rue Rozenlaan en direction de la zone où il avait apparemment le plus de chances de trouver l'appartement du gardien de nuit.

Ils ne le suivirent pas. Telle était la magie du nom d'Achille – à moins que ce ne fût l'assurance de Bean qui ne leur prêta aucune attention, comme s'il n'avait rien à craindre d'eux.

Rien ne lui paraissait familier dans le quartier ; il ne cessait de se retourner pour vérifier s'il reconnaissait des détails sous l'angle où il les aurait vus en venant de chez le gardien, mais en vain. Il erra ainsi jusqu'à la tombée de la nuit, et continua ensuite.

Jusqu'au moment où, par pur hasard, il se trouva au pied d'un réverbère, à essayer de déchiffrer une enseigne, et eut l'œil attiré par une succession d'initiales gravées sur le poteau : pydvm. Il ignorait ce que cela signifiait, car il n'y avait jamais songé alors qu'il tentait de rassembler ses souvenirs, mais il savait qu'il avait déjà vu ces signes – et de nombreuses fois. L'appartement du gardien était tout proche.

Il pivota lentement, l'œil aux aguets, et il le vit : un petit immeuble avec des escaliers à la fois à l'intérieur et à l'extérieur.

Le gardien habitait au dernier étage. Rez-de-chaussée, premier, deuxième, troisième. Bean s'approcha des boîtes aux lettres pour essayer de lire les noms, mais elles étaient accrochées trop haut, les noms étaient tous à demi effacés et certaines plaques manquaient.

De toute façon, il n'avait jamais su l'identité du gardien ; il n'y avait donc aucune raison de croire qu'il l'eût reconnue même s'il avait pu déchiffrer les plaques des boîtes aux lettres.

L'escalier extérieur ne montait pas jusqu'au dernier étage ; on avait dû l'installer pour desservir un cabinet médical au premier ; de plus, comme il faisait nuit, la porte en haut des marches était fermée à clé.

Bean n'avait plus qu'à prendre patience ; il attendrait jusqu'au matin de pouvoir entrer par une issue quelconque, ou bien, profitant du retour tardif d'un résident, il se glisserait par la porte derrière lui.

Il s'endormit, se réveilla, se rendormit et se réveilla encore, inquiet de se faire repérer par un policier qui le chasserait de l'escalier ; aussi, à son deuxième réveil, il décida de cesser de se faire croire qu'il montait la garde, se faufila sous les marches et se pelotonna pour la nuit.

Un éclat de rire aviné le tira du sommeil. Il faisait toujours noir, et il commençait à pleuvoir – pas assez, heureusement, pour que l'eau goutte des marches, si bien que Bean restait au sec. Il tendit le col pour voir qui l'avait réveillé : c'étaient un homme et une femme, tous deux éméchés ; à gestes furtifs, l'homme tripotait la femme, qui le repoussait en lui donnant des tapes peu convaincues. « Tu ne peux donc pas attendre ? fit-elle.

« — Non ! répondit-il.

— Tu vas encore t'endormir sans rien faire.

— Pas cette fois », promit-il, sur quoi il vomit.

Elle eut l'air écœurée et poursuivit sa marche sans l'attendre. Il la rattrapa d'un pas titubant. « Ça va mieux, dit-il. Ça va aller.

— Le prix vient de monter, rétorqua-t-elle d'un ton glacial. Et tu te brosses d'abord les dents.

— Ouais, pas de problème. »

Ils se trouvaient à présent devant l'entrée de l'immeuble. Bean s'apprêtait à se glisser à l'intérieur derrière eux.

Puis il comprit soudain que c'était inutile : l'homme était le gardien de nuit qu'il cherchait.

Bean sortit de l'ombre. « Merci de l'avoir ramené à la maison », dit-il à la femme.

Ils le dévisagèrent, interdits.

« Qui tu es, toi ? » demanda le gardien.

Bean regarda la femme et leva les yeux au ciel. « Il n'est pas ivre à ce point, j'espère ! » À l'adresse du gardien, il ajouta : « Maman ne va pas être contente de te voir rentrer encore une fois dans cet état.

— Maman ? répéta l'homme. Mais de qui tu parles, nom de Dieu ? »

La femme le repoussa loin d'elle, et, déséquilibré, il alla heurter le mur, le long duquel il glissa pour se retrouver assis sur le trottoir. « J'aurais dû me douter d'un coup foireux comme ça ! fit-elle. Tu me ramènes chez toi alors que ta femme est là ?

— Je suis pas marié, dit le gardien de nuit. Il est pas à moi, ce gosse !

— Ben tiens ! C'est sûrement vrai, mais tu ferais quand même bien de le laisser t'aider à monter l'escalier. Maman t'attend ! » Et elle tourna les talons.

« Eh ! Et mes quarante gilders ? » fit-il d'un ton plaintif, connaissant la réponse alors même qu'il posait la question.

Avec un geste obscène, elle s'enfonça dans la nuit.

« Espèce de petit salaud ! dit l'homme.

— Il fallait que je vous parle seul à seul, répondit Bean.

— Mais qui tu es, putain ? C'est qui, ta mère ?

— Je suis ici pour le découvrir. Je suis le bébé que vous avez trouvé et ramené chez vous il y a trois ans. »

L'homme le regarda d'un air stupéfait.

Un projecteur s'alluma soudain, puis un second. Bean et le gardien se retrouvèrent baignés dans leur éclat entrecroisé. Quatre policiers convergèrent vers eux.

« Te fatigue pas à te sauver, petit, dit l'un d'eux. Toi non plus, le père Jambes-en-l'air.

— Ce ne sont pas des criminels, intervint une voix que Bean identifia comme celle de sœur Carlotta. J'ai seulement besoin de parler avec eux, chez ce monsieur.

— Vous m'avez fait suivre ? demanda Bean.

— Je savais que tu le cherchais ; je n'ai pas voulu intervenir avant que tu l'aies trouvé. Mais au cas où tu te croirais très malin, jeune homme, je te signale que nous avons intercepté quatre tueurs et deux pédophiles connus lancés sur ta piste. »

Bean leva les yeux au ciel. « Parce qu'à votre avis j'ai oublié comment me débrouiller avec eux ? »

Sœur Carlotta haussa les épaules. « Je ne voulais pas que tu commettes la première erreur de ta vie. » Elle avait un ton nettement ironique.

« Donc, comme je vous le disais, nous n'avons rien pu tirer de ce Pablo de Noches. C'est un immigrant qui passe tout son temps avec des prostituées, un de ces personnages sans valeur qui divaguent dans le pays depuis que les Pays-Bas sont devenus territoire international. »

Sœur Carlotta attendait patiemment que le discours condescendant de l'inspecteur arrive à son terme ; mais, quand il évoqua l'absence de valeur de l'homme, elle ne put laisser passer la remarque. « Il a pris ce bébé chez lui, fit-elle, il l'a nourri et il s'est occupé de lui. »

L'inspecteur écarta l'objection d'un geste. « Nous avions besoin d'un gosse de plus dans les rues ? Parce que c'est tout ce que des individus comme lui savent fabriquer.

— Vous avez quand même appris quelque chose de lui, insista sœur Carlotta : l'emplacement du bâtiment où il a découvert l'enfant.

— Et dont les locataires restent introuvables, ainsi que le nom d'une société qui n'a jamais existé. Rien à partir de quoi travailler ; impossible de remonter jusqu'à ces gens.

— Mais ce « rien » est déjà quelque chose. Je vous affirme qu'ils détenaient de nombreux enfants dans ce bâtiment, qu'ils ont abandonné en hâte en emmenant tous les petits sauf un ; vous me répondez que la société existait sous un faux nom et qu'on ne peut pas la retrouver. Alors dites-moi : selon votre expérience, cela ne suggère-t-il rien de ce qui se passait dans cette maison ? »

L'inspecteur haussa les épaules. « Si, bien sûr. C'était évidemment une banque d'organes. »

Les larmes montèrent aux yeux de sœur Carlotta. « Et c'est la seule possibilité ?

— De nombreux enfants mal formés naissent chez les riches, répondit l'inspecteur, et il existe un marché illégal d'organes de nourrissons et de tout-petits. Nous faisons fermer les banques d'organes chaque fois que nous arrivons à les localiser. À l'époque, nous nous rapprochions peut-être de celle dont nous parlons, les responsables en ont eu vent et ils ont plié bagage ; mais comme il n'y a aucun document dans le service sur une banque d'organes que nous aurions découverte alors, ils ont peut-être fermé boutique pour un autre motif. Là encore, rien. »

Visiblement, l'inspecteur était incapable de mesurer tout l'intérêt de ces renseignements. Sœur Carlotta continua : « D'où viennent les enfants ? »

Son interlocuteur la regarda d'un air inexpressif, comme si elle venait de lui demander de lui expliquer les faits de la vie.

« Les banques d'organes, reprit-elle ; d'où tirent-elles les bébés ? »

L'inspecteur haussa les épaules. « D'avortements tardifs, en général, et aussi d'arrangements avec les cliniques, de renvois d'ascenseur, vous voyez le tableau.

— Et c'est la seule source d'approvisionnement ?

— Ma foi, je n'en sais rien. Les enlèvements ? Ça ne doit pas compter beaucoup : il n'y a pas tant de nouveau-nés que ça qui passent à travers les systèmes de sécurité des hôpitaux. Les parents qui vendent leurs rejetons ? On en a entendu parler, oui : de pauvres réfugiés arrivent avec huit enfants, puis, quelques années plus tard, il ne leur en reste que six et ils pleurent sur ceux qui sont décédés, mais qui peut prouver quoi ? En tout cas, aucune piste à remonter.

— Si je vous pose ces questions, dit la bonne sœur, c'est que cet enfant est exceptionnel – très exceptionnel.

— Il a trois bras ?

— Il est extrêmement intelligent et précoce ; il s'est échappé de la banque d'organes avant d'avoir un an, avant de savoir marcher. »

L'inspecteur médita quelques instants. « Il s'est évadé à quatre pattes ?

— Non : il s'est caché dans le réservoir d'une cuvette de W-C

— Il a réussi à soulever le couvercle à moins d'un an ?

— D'après lui, il a eu du mal.

— Non, c'était sans doute du plastique bon marché, pas de la porcelaine. Vous connaissez les installations de plomberie des institutions.

— Vous saisissez néanmoins pourquoi je veux savoir de qui est cet enfant ; ses parents doivent représenter un mélange génétique extraordinaire. »

L'inspecteur haussa les épaules. « Il y a des gosses qui naissent doués.

— Il existe cependant un élément héréditaire dans cette affaire, inspecteur. Un enfant comme lui doit avoir des parents... remarquables, avec de hautes situations qu'ils doivent à leur propre intelligence.

— Peut-être bien que oui, peut-être bien que non, répliqua l'inspecteur. Certains de ces réfugiés sont peut-être surdoués, mais ils vivent des situations extrêmement difficiles ; alors, pour sauver leurs autres enfants, il est possible qu'ils vendent un nouveau-né. C'est même intelligent, comme réaction. Vous voyez qu'on ne peut pas écarter l'idée que les parents de ce petit génie soient des réfugiés.

— Peut-être, en effet.

— Et vous n'aurez pas plus de renseignements, parce que ce Pablo de Noches ne sait rien. C'est à peine s'il a pu nous dire le nom de la ville d'Espagne dont il vient.

— Il était ivre quand on l'a interrogé, objecta sœur Carlotta.

— Nous recommencerons quand il sera à jeun, dit l'inspecteur, et nous vous avertirons si nous en apprenons davantage. Mais en attendant il faudra vous débrouiller avec ce que je vous ai déjà révélé, parce que nous n'avons rien d'autre.

— Je sais tout ce dont j'ai besoin, répondit sœur Carlotta. Assez pour me rendre compte que cet enfant représente un véritable miracle, opéré par Dieu dans un grand dessein.

— Je ne suis pas catholique, dit l'inspecteur.

— Dieu vous aime quand même », rétorqua la religieuse d'un ton enjoué.

Deuxième partie

LE DÉPART

5

PRÊT OU NON

« Pourquoi me confiez-vous un gosse des rues de cinq ans ?

— Vous avez vu ses résultats.

— Parce que je dois les prendre au sérieux ?

— Étant donné que l'ensemble du programme de l'École de guerre repose sur la validité de notre système de tests sur les mineurs, oui, je crois que vous devez les prendre au sérieux. J'ai effectué quelques recherches : aucun enfant n'a jamais mieux réussi, pas même votre élève vedette.

— Ce n'est pas sur la validité des tests que j'ai des doutes, mais sur celui qui les a fait passer.

— Sœur Carlotta est religieuse. Il n'existe personne de plus probe au monde.

— Il arrive aux plus probes de s'aveugler ; ça s'est déjà vu. Elle peut avoir voulu à toute force, après tant d'années de recherche, trouver un enfant, un seul, qui donne sa valeur à son travail.

— Et elle l'a trouvé.

— Oui, mais dans quelles conditions ? Dans son premier rapport, elle porte cet Achille aux nues, et elle ne mentionne ce... ce Bean, ce haricot, qu'en passant ; ensuite, Achille disparaît et on ne parle plus de lui – est-il mort ? N'essayait-elle pas d'obtenir qu'on l'opère de la jambe ? –, et c'est *Haricot vert* [1] qui devient son favori.

---

1. En français dans le texte.

— C'est lui-même qui se donne le nom de Bean, un peu comme votre Andrew Wiggin se fait appeler Ender.

— Ce n'est pas mon Andrew Wiggin.

— Pas plus que Bean n'appartient à sœur Carlotta. Si elle était encline à donner un coup de pouce aux résultats ou à faire passer les tests de façon non équitable, il y a longtemps qu'elle aurait intégré d'autres élèves dans le programme, et nous saurions qu'on ne peut pas lui faire confiance. Mais ça ne lui est jamais arrivé. Elle écarte d'elle-même les enfants les plus prometteurs et leur trouve une place sur Terre ou dans un programme qui ne mène pas à des fonctions de commandement. À mon avis, ce qui vous agace, c'est simplement que vous avez déjà décidé de concentrer toute votre attention et votre énergie sur le petit Wiggin et que vous n'avez pas envie qu'on vous en détourne un instant.

— Je ne me rappelais pas m'être allongé sur votre divan.

— Si mon analyse est erronée, je vous en prie, pardonnez-moi.

— Je donnerai une chance à ce petit, naturellement – même si je ne crois pas une seconde à ces résultats.

— Ne lui donnez pas seulement une chance : améliorez-le, testez-le, poussez-le ; ne le laissez pas dépérir dans un coin.

— Vous sous-estimez notre programme ; nous améliorons, nous testons et nous poussons tous nos élèves.

— Mais certains sont plus égaux que d'autres.

— Certains tirent meilleur profit du système que d'autres.

— Je suis impatient de faire part de votre enthousiasme à sœur Carlotta. »

Sœur Carlotta pleura en annonçant à Bean qu'il était temps pour lui de partir. Bean, lui, ne versa pas une larme.

« Je comprends que tu aies peur, Bean, mais ne t'inquiète pas, dit-elle. Tu n'auras rien à craindre là-haut, et le savoir à acquérir est immense. Étant donné la façon dont tu dévores tout ce qu'il faut apprendre, tu y seras très vite heureux, et je ne te manquerai pas vraiment. »

Bean battit des paupières : qu'avait-il fait pour lui laisser penser qu'il avait peur ? Ou qu'elle allait lui manquer ?

Il n'éprouvait rien de tel. Au début de sa relation avec la religieuse, il aurait peut-être ressenti ce genre d'émotion : elle était bonne, elle lui donnait à manger, elle le protégeait et lui fournissait une existence.

Mais, depuis, il avait retrouvé Pablo, le gardien de nuit, et sœur Carlotta l'avait empêché de s'entretenir avec l'homme qui l'avait sauvé longtemps avant elle ; de plus, elle refusait de lui répéter ce que Pablo avait dit ou de lui révéler ce qu'elle avait appris sur la maison propre.

Dès lors, toute confiance était impossible. Bean ignorait ce que manigançait sœur Carlotta, mais ce n'était pas pour son bien à lui. Elle se servait de lui, il ne savait pas dans quel but – peut-être d'ailleurs s'y serait-il prêté si on l'avait mis dans la confidence ; mais elle ne lui disait pas la vérité, elle lui faisait des cachotteries, tout comme Achille autrefois.

Ainsi, au cours des mois où elle lui avait prodigué son savoir, il s'était de plus en plus éloigné d'elle. Il apprenait tout ce qu'elle lui enseignait – et beaucoup de détails qu'elle passait sous silence. Il acceptait tous les tests qu'elle lui présentait et s'en tirait très bien ; mais il ne lui laissait rien voir de ce qu'il avait appris sans son aide.

Naturellement, vivre auprès de sœur Carlotta valait mieux que vivre dans la rue, où il n'avait nulle intention de retourner ; néanmoins, il ne faisait pas confiance à la religieuse et il restait toujours sur ses gardes, aussi prudent qu'à l'époque où il faisait partie de la famille d'Achille. Les quelques jours du début où il avait pleuré devant elle, où il s'était laissé aller à lui parler franchement, constituaient une erreur qu'il ne répéterait pas. Il vivait mieux, mais il n'était pas en sécurité et il n'était pas chez lui.

Elle pleurait pour de bon, il en était convaincu ; elle l'aimait vraiment et il lui manquerait vraiment quand il partirait. Après tout, il s'était montré l'enfant parfait, docile, vif et obéissant. Pour elle, cela signifiait qu'il était « sage » ; pour lui, ce n'était qu'un moyen de conserver son accès au vivre, au couvert et à l'instruction. Il n'était pas fou.

Pourquoi croyait-elle qu'il avait peur ? Parce qu'elle avait peur pour lui, tout simplement ; par conséquent, un danger le guettait peut-être, ou plus d'un. Il ferait donc preuve de prudence.

Et pourquoi croyait-elle qu'elle allait lui manquer ? Parce qu'il lui manquerait, à elle, et elle était incapable d'imaginer qu'il n'éprouve pas les mêmes sentiments. Elle s'était créé une version chimérique de lui, comme lors des jeux de rôle dans lesquels elle avait essayé de l'entraîner à quelques reprises, et qui faisaient sans doute référence à sa propre enfance, dans une maison où il y avait toujours assez à manger. Bean, lui, n'avait pas besoin d'inventer des mondes fictifs pour exercer son imagination à l'époque où il vivait dans la rue ; il devait déjà se creuser la cervelle pour trouver à manger, pour s'insinuer dans une bande, pour survivre alors que, il le savait, il ne paraissait présenter d'utilité aux yeux de personne ; il devait imaginer quand et comment Achille déciderait d'agir contre lui pour avoir conseillé à Poke de le tuer ; il devait voir le danger à chaque coin de rue, tel le gros dur qui doit se tenir prêt à s'emparer de la moindre miette de nourriture. Ça, il ne manquait pas d'imagination, mais s'inventer un personnage ne l'intéressait en aucune façon.

C'était son jeu à elle, et elle y jouait tout le temps : faisons comme si Bean était un gentil petit garçon ; faisons comme si Bean était le fils que moi, religieuse, je ne pourrai jamais avoir ; faisons comme s'il allait pleurer à son départ – et, s'il ne pleure pas pour l'instant, c'est parce qu'il a trop peur de cette nouvelle école, de ce trajet dans l'espace, pour laisser libre cours à ses émotions. Faisons comme si Bean m'aimait.

Une fois qu'il eut compris cela, il prit une décision : que sœur Carlotta croie à ses rêves ne lui faisait pas de mal, à lui, Bean, et elle avait très envie d'y croire ; pourquoi ne pas leur donner corps, dans ces conditions ? Après tout, Poke lui avait permis de rester dans la bande non parce qu'elle avait besoin de lui mais parce que ça ne pouvait pas lui faire de mal. C'était une attitude que Poke aurait adoptée.

Alors Bean se laissa glisser de sa chaise, contourna la table et serra sœur Carlotta dans ses bras aussi fort qu'il le put. Elle referma les siens sur lui et le tint serré contre elle en pleurant dans ses cheveux. Il espérait qu'elle n'avait pas le nez qui coulait ; mais il l'étreignit aussi longtemps qu'elle, et ne la lâcha qu'au moment où elle le lâcha elle-même. C'était tout ce qu'elle attendait de lui, le seul paiement qu'elle lui eût jamais demandé, et, pour tous les repas, les leçons, les livres, la maîtrise du langage, l'avenir qu'elle lui avait ouvert, il ne pouvait faire moins que jouer le personnage qu'elle s'était inventé.

Enfin, l'instant d'émotion passa et Bean descendit des genoux de la religieuse. Elle se tapota les yeux avec un mouchoir, puis se leva, prit Bean par la main et le conduisit à la voiture qui l'attendait, entourée de gardes.

Comme il approchait du véhicule, il vit mieux les soldats qui le dominaient de toute leur taille ; ils ne portaient pas l'uniforme gris des policiers du T. I., ces brutaliseurs d'enfants, ces manieurs de matraque. Le leur était du bleu ciel immaculé de la Flotte internationale, et les badauds alentour ne manifestaient aucune crainte en leur présence, mais plutôt de l'admiration. C'était là l'uniforme du pouvoir lointain, de la sécurité de l'humanité, l'uniforme sur lequel reposaient tous les espoirs – et qui représentait le service dans lequel il allait entrer.

Mais il était très petit, et, comme ils le regardaient de tout leur haut, il eut peur pour de bon et s'accrocha plus fort à la main de sœur Carlotta. Allait-il devenir l'un de ces hommes ? Un soldat avec un uniforme semblable, objet de tant d'admiration ? Mais alors pourquoi était-il si effrayé ?

Parce que je ne vois pas comment je pourrais un jour grandir autant, songea-t-il.

Un soldat se courba vers lui, les mains tendues pour le prendre et l'installer dans la voiture. Bean lui lança un regard mauvais, le mettant au défi d'accomplir un tel geste. « Je peux y arriver seul », dit-il.

Avec un petit hochement de tête, le soldat se redressa. Bean prit appui sur le marchepied et se hissa dans le véhicule. Le plancher était très surélevé et le siège auquel se retenait Bean très glissant, mais il parvint à grimper et il s'assit au milieu de la banquette arrière, seule position d'où il pourrait voir, entre les sièges avant, où on l'emmenait.

Un des soldats prit place au volant. Bean supposa que l'autre allait s'asseoir à côté de lui à l'arrière et s'attendit à devoir disputer son droit à se trouver au milieu ; mais l'homme s'installa sur le siège du passager et Bean resta seul sur sa banquette.

Il regarda sœur Carlotta par la fenêtre. Tout en continuant à se tapoter les yeux avec un mouchoir, elle lui fit un petit signe de la main ; il le lui rendit et un sanglot agita la religieuse. La voiture se mit en route, flottant sur la piste magnétique de la route, et ils eurent bientôt quitté la ville pour traverser la campagne à cent cinquante kilomètres à l'heure. Ils se dirigeaient vers l'aéroport d'Amsterdam, un des trois seuls en Europe qui fussent équipés pour lancer une navette capable de se mettre en orbite. Bean en avait fini avec Rotterdam et, pour le moment, avec la Terre.

N'ayant jamais pris l'avion, Bean ne vit pas la différence avec la navette, bien que ce fût apparemment le sujet de conversation principal des garçons à leur arrivée. « Je m'attendais à ce qu'elle soit plus grande », « Elle ne décolle pas verticalement ? », « Ça, c'était l'ancienne navette, crétin ! », « Eh, il n'y a pas de table ! », « C'est parce que rien ne tient en place en gravité zéro, pauvre nul ! »

Pour Bean, le ciel, c'était le ciel, et tout ce qui l'avait intéressé jusque-là était de savoir s'il allait pleuvoir, neiger, venter ou faire beau temps. Aller dans l'espace ne lui paraissait pas plus étrange que monter dans les nuages.

Non, ce qui le fascinait, c'étaient les autres passagers, des garçons pour la plupart, tous plus vieux que lui et nettement plus grands. Certains d'entre eux lui jetaient des regards bizarres, et il entendit dans son dos l'un d'eux murmurer à son voisin : « C'est un môme ou une poupée ? » Mais les remarques insidieuses sur sa taille et son âge n'avaient rien de nouveau pour lui ; de fait, ce qui l'étonna fut que cette observation restât la seule et qu'elle eût été prononcée à voix basse.

Les enfants eux-mêmes étaient extraordinaires, si enveloppés, si mous qu'on aurait dit des édredons, avec leurs joues pleines, leurs chevelures épaisses, leurs habits bien coupés. Naturellement, Bean le savait, il était plus corpulent que jamais depuis qu'il avait quitté la maison propre, mais il ne se voyait pas lui-même ; eux, il les voyait, et il ne pouvait s'empêcher de les comparer aux gosses des rues. Sergent aurait pu massacrer n'importe lequel d'entre eux, et Achille... Bon, inutile de songer à Achille.

Bean tenta de les imaginer en train de faire la queue devant une cuisine populaire ou de chercher des emballages de sucette à lécher... Tu parles ! Ils n'avaient jamais sauté un repas de leur vie ! Bean eut envie de les frapper au ventre pour leur faire vomir tout ce qu'ils avaient mangé ce jour-là, qu'ils éprouvent cette souffrance, cette faim dévorante dans leurs tripes, et puis qu'ils la ressentent à nouveau le lendemain, l'heure suivante, le matin et le soir, éveillés ou endormis, cette faiblesse constante qui papillonnait au ras de la gorge, ce malaise derrière les yeux, cette migraine, ce vertige, ce gonflement des articulations, cette distension du ventre, cette émaciation des muscles au point de n'être plus qu'à peine capable de tenir debout. Ces enfants n'avaient jamais regardé la mort en face et choisi de continuer à vivre quand même. Ils étaient confiants, ils n'étaient pas sur leurs gardes.

Ils ne m'arrivent pas à la cheville.

Puis, avec la même certitude : Je ne pourrai jamais les égaler ; ils resteront toujours plus grands, plus forts, plus vifs, en meilleure santé. Plus heureux. Ils échangeaient des vantardises, évoquaient leur foyer avec nostalgie, se moquaient des enfants qui n'étaient pas parvenus à se qualifier pour les accompagner, feignaient de savoir de source autorisée ce qui se passait à l'École de guerre. Bean, lui, se taisait et se contentait d'écouter, d'observer les manœuvres de certains, résolus à s'imposer, et d'autres, plus discrets parce qu'ils se trouveraient plus bas sur l'échelle et le savaient ; une poignée de jeunes gens restaient détendus, insouciants, parce qu'ils n'avaient jamais eu à s'inquiéter de la hiérarchie sociale, s'étant toujours trouvés au sommet. D'un côté, Bean avait envie de se lancer dans la compétition et de l'emporter, de se battre bec et ongles pour gagner la plus haute marche ; d'un autre, il dédaignait ses compagnons de voyage dans leur ensemble. Quel intérêt, en fin de compte, de devenir le chef d'une meute aussi galeuse ?

Puis il regarda ses petites mains, et ensuite celles de son voisin.

C'est vrai que j'ai l'air d'une poupée à côté d'eux, se dit-il.

Certains se plaignaient de la faim : une règle stricte interdisait toute prise de nourriture au cours des vingt-quatre heures avant le vol en navette, et la plupart d'entre eux n'étaient jamais restés aussi longtemps sans manger. Pour Bean, un jour sans rien à se mettre sous la dent n'avait rien de remarquable : dans sa bande, on ne commençait à se soucier de la faim qu'à partir de la deuxième semaine.

La navette décolla comme un avion normal, en dehors du fait qu'elle disposait, à cause de son poids, d'une très longue piste afin d'acquérir un maximum d'élan. Bean s'étonna du mouvement de l'appareil, de la façon dont il fonçait en avant tout en donnant l'impression de rester immobile, de son léger tangage et de ses rebonds intermittents, comme s'il roulait sur les irrégularités d'une route invisible.

Une fois parvenus à haute altitude, ils se fixèrent à deux avions-réservoirs pour refaire la provision de carburant nécessaire à atteindre la vitesse de libération ; la navette n'aurait jamais pu quitter le sol avec autant de combustible embarqué.

Durant le réapprovisionnement, un homme sortit de la cabine de pilotage et se campa devant les rangées de sièges. Son uniforme bleu ciel était parfaitement ajusté et amidonné, et son sourire paraissait tout aussi amidonné, repassé et immaculé que sa tenue.

« Mes chers petits anges, dit-il, certains d'entre vous ne savent pas encore lire, dirait-on. Votre harnais doit rester en place pendant tout le vol. Pourquoi tant d'entre vous ne sont-ils pas attachés ? Vous avez rendez-vous quelque part ? »

De toutes parts, des cliquetis lui répondirent, tels des applaudissements épars.

« Autre chose : même si quelqu'un autour de vous vous énerve ou vous taquine, gardez votre calme. N'oubliez pas que les enfants de cette navette ont eu des résultats aussi bons que les vôtres aux examens, et certains meilleurs. »

C'est impossible, songea Bean ; quelqu'un parmi nous a eu nécessairement les meilleurs résultats.

De l'autre côté de l'allée centrale, un garçon partageait apparemment son avis. « Tu parles ! fit-il d'un ton ironique.

— Je faisais une simple observation, mais je suis prêt à m'en écarter un moment, dit l'homme. Je t'en prie, fais-nous profiter de l'idée qui te passionne tant que tu n'as pas pu t'empêcher de t'exprimer. »

L'enfant comprit qu'il avait commis une erreur, mais décida de faire front. « Quelqu'un ici a obligatoirement les meilleurs résultats. »

L'homme continua de le regarder comme pour l'inviter à poursuivre.

À creuser un peu plus sa tombe, songea Bean.

« Vous avez dit que tout le monde avait eu d'aussi bons résultats que les autres, et certains meilleurs ; ça ne peut pas être exact. »

L'homme attendit la suite.

« C'est tout ce que j'avais à dire, fit le garçon.

— Tu te sens mieux ? » demanda l'homme.

Son interlocuteur se tut, boudeur.

Sans modifier son sourire parfait, l'homme changea de ton, et à l'ironie caustique se substitua une pointe menaçante de sécheresse.

« Je t'ai posé une question, petit.

— Non, je ne me sens pas mieux.

— Comment t'appelles-tu ?

— Néron. »

Quelques enfants qui possédaient des notions d'histoire se mirent à rire. Bean aussi connaissait l'empereur Néron, mais il ne se moqua pas, lui : quand on se nomme Bean, on a intérêt à ne pas railler le nom des autres. De plus, un pareil patronyme pouvait représenter un réel fardeau à porter ; que le garçon n'ait pas donné un surnom en disait long sur sa force de caractère, ou, en tout cas, sur son sens de la provocation.

À moins que Néron ne fût son surnom...

« Néron ? C'est tout ? fit l'homme.

— Néron Boulanger[1].

— Tu es français ? Ou tu as simplement faim ? »

Bean ne comprit pas la plaisanterie. Le nom de Boulanger avait-il un rapport avec l'alimentation ?

« Je suis algérien.

— Néron, tu es un exemple pour tous les enfants de cette navette. La plupart d'entre eux sont tellement sots qu'ils croient intelligent de garder pour eux leurs idées les plus stupides ; toi, en revanche, tu comprends la vérité profonde selon laquelle il faut exposer ta stupidité au grand jour. La garder pour soi, c'est la retenir, s'y raccrocher, la protéger ; mais quand on la montre à tous, on se donne l'occasion de la faire repérer, corriger et remplacer par de la sagesse. Soyez courageux, vous tous, comme Néron Boulanger, et quand il vous vient une ânerie si incomparable que vous la croyez géniale, émettez un bruit afin de permettre à vos barrières mentales de lâcher votre pensée, comme un pet couinant, et d'avoir ainsi la possibilité d'apprendre. »

Néron marmonna quelques mots.

« Écoutez, fit l'homme : encore une flatulence, mais cette fois encore moins compréhensible que la première. Dis-nous, Néron, exprime-toi. Tu nous montres la voie par l'exemple de ton courage, aussi minable soit-il. »

Quelques élèves éclatèrent de rire.

« Tiens, ton pet en a entraîné d'autres, chez des enfants tout aussi stupides, car ils se croient meilleurs que toi et s'imaginent qu'on n'aurait pas pu les prendre aussi facilement comme exemples d'intelligence supérieure. »

Les rires se turent.

Bean éprouvait une sorte d'angoisse car il était sûr, sans savoir comment, que cette dispute, ou plutôt cet

---

1. En français dans le texte.

assaut verbal unilatéral, cette torture, cette mise à nu publique, allait suivre quelque chemin tortueux qui mènerait jusqu'à lui. Il ignorait comment il le pressentait, car l'homme en uniforme ne lui avait pas adressé le moindre regard, et Bean lui-même n'avait fait aucun bruit, n'avait rien fait pour attirer l'attention ; pourtant, il en était convaincu, c'était lui et non Néron qui recevrait le coup le plus cruel.

Et puis il comprit. La conversation hargneuse avait pour point de départ le fait de savoir si quelqu'un, à bord de la navette, avait de meilleurs résultats que tout le monde, et Bean avait pris pour acquis, sans raison particulière, que ce quelqu'un, c'était lui.

À présent qu'il avait mis le doigt sur sa propre conviction, il vit combien elle était absurde. Les enfants qui l'entouraient étaient tous plus âgés et avaient bénéficié de bien plus d'avantages que lui ; pour tout professeur, il avait eu sœur Carlotta – sœur Carlotta et la rue, naturellement, même si ce qu'il y avait appris n'était apparu que sous forme de rares traces dans les examens. Il était impossible qu'il ait les meilleurs résultats.

Néanmoins, il avait la certitude absolue que la conversation était extrêmement périlleuse pour lui.

« Je t'ai demandé de t'exprimer, Néron. J'attends.

— Je ne vois toujours pas en quoi ce que j'ai dit était stupide, répondit l'enfant.

— D'abord, parce que je détiens toute l'autorité ici alors que tu n'en as aucune, si bien que je peux te mener la vie dure sans que tu puisses te protéger ; à partir de là, dans ta position, quelle intelligence faut-il pour garder le silence afin d'éviter d'attirer l'attention sur soi ? Quelle décision plus évidente pourrais-tu trouver à prendre devant une répartition aussi inégale du pouvoir ? »

Néron se fit tout petit dans son siège.

« Deuxièmement, tu m'écoutais apparemment, non pour glaner des renseignements utiles, mais pour me surprendre en contradiction avec moi-même. Cela nous indique que tu as l'habitude d'être plus doué que tes professeurs, et que tu les écoutes uniquement pour les prendre en flagrant délit d'erreur et montrer ainsi ton intelligence aux autres élèves. C'est une façon si vaine et stupide de participer aux cours qu'à l'évidence tu vas nous faire perdre notre temps pendant des mois avant de comprendre enfin que la seule transaction qui compte est un transfert d'informations utiles entre des adultes qui les détiennent et des enfants qui en sont dénués, et que traquer l'erreur constitue un usage criminel de ton temps. »

Bean n'était pas d'accord mais il se tut : l'usage criminel du temps consistait à dénoncer publiquement les erreurs ; en revanche, les remarquer était essentiel. Si on ne faisait pas la distinction entre les données utiles et les données erronées, on n'apprenait pas, on remplaçait simplement l'ignorance par de fausses convictions, ce qui n'améliorait rien.

La déclaration de l'homme était exacte, toutefois, à propos de l'inutilité de montrer du doigt les erreurs. Si je m'aperçois qu'un professeur se trompe et que je ne dise rien, je reste le seul à le savoir et ça me donne un avantage sur ceux qui croient à ses affirmations.

« Troisièmement, poursuivit l'homme, mon assertion paraît illogique uniquement parce que tu n'as pas fouillé sous la surface. En réalité, il n'est pas obligatoire qu'un enfant ait de meilleurs résultats que tous les autres à bord de cette navette, cela parce que vous avez passé de nombreux tests, physiques, mentaux, sociaux et psychologiques, et qu'il existe de nombreuses façons de définir le terme « meilleur » puisqu'il y a de nombreuses façons d'être physiquement, socialement ou psychologiquement apte à commander. Les enfants qui ont obtenu les meilleurs résultats aux tests d'endurance n'ont peut-être pas aussi bien réussi aux examens de force brute ; ceux qui ont eu les meilleures notes aux examens de mémoire en ont peut-être eu de plus faibles en analyse anticipative ; ceux qui sont doués de talents sociaux remarquables réagissent peut-être plus tard quand la gratification se fait attendre. Commences-tu à te rendre compte du manque de profondeur qui t'a conduit à ta conclusion stupide et inutile ? »

Néron acquiesça de la tête.

« Fais-nous encore entendre le bruit de tes flatulences, Néron. Reconnais tes erreurs aussi haut et fort que tu les as énoncées.

— Je me suis trompé. »

En cet instant, tous les passagers de la navette auraient préféré la mort au sort que subissait Néron ; pourtant Bean ressentit aussi une sorte de jalousie, bien qu'il ne vît pas pourquoi il envierait la victime d'un tel supplice.

« Cependant, reprit l'homme, il se trouve que tu es moins dans l'erreur sur ce vol-ci que tu ne l'aurais été à bord de toute autre navette pleine de bleus en route pour l'École de guerre. Sais-tu pourquoi ? »

Le garçon choisit de ne pas répondre.

« Quelqu'un sait-il pourquoi ? Ou peut-il le deviner ? Faites-moi part de vos hypothèses. »

Nul n'accepta l'invitation.

« Dans ce cas, je vais désigner un volontaire. Il y a un enfant ici du nom – aussi improbable qu'il paraisse – de "Bean". Cet enfant aurait-il la bonté de s'exprimer ? »

Ça y est, songea Bean. L'angoisse l'envahit, mais aussi une sorte de fièvre, car c'était ce qu'il désirait sans en savoir la raison. Regarde-moi, parle-moi, toi qui détiens le pouvoir, toi qui détiens l'autorité. « Je suis ici, monsieur », dit-il.

L'homme balaya la cabine des yeux comme s'il était incapable de voir où se trouvait Bean. C'était de la comédie, naturellement : il savait précisément où le situer avant même qu'il réponde. « Je n'ai pas vu d'où venait ta voix. Veux-tu lever la main ? »

Bean obéit aussitôt et se rendit compte à sa grande humiliation que sa main n'arrivait même pas à la hauteur du dessus de son siège.

« Je ne te vois toujours pas, reprit l'homme, bien que ce fût évidemment faux. Je te donne la permission de dégrafer ta ceinture et de monter sur ton siège. »

Bean déboucla son harnais et se dressa d'un bond. Il dépassait à peine le dossier devant lui.

« Ah, te voilà ! dit l'homme. Bean, voudrais-tu, je te prie, essayer de deviner pourquoi, sur cette navette-ci, Néron s'est davantage approché de la vérité qu'à bord d'aucune autre ?

— Quelqu'un a peut-être obtenu les meilleurs résultats sur beaucoup d'examens ?

— Pas seulement sur beaucoup, Bean : sur tous les tests intellectuels, tous les tests psychologiques et tous les tests qui relèvent du commandement. Sur tous, il a obtenu de meilleurs résultats que quiconque à bord de cette navette.

— Donc j'avais raison, fit Néron, provocant.

— Non, répliqua l'homme. Parce que cet enfant remarquable, celui qui a le mieux réussi les examens ayant trait au commandement, a eu les moins bons résultats de tous aux examens physiques. Et savez-vous pourquoi ? »

Nul ne répondit.

« Bean, tant que tu es debout, peux-tu émettre une hypothèse sur la raison pour laquelle cet enfant a obtenu les plus mauvais résultats des examens physiques ? »

Bean savait qu'il s'était fait piéger, et il refusa d'esquiver la réponse évidente. Il la donnerait, bien que la question fût conçue pour que les autres le détestent d'avoir trouvé la solution. De toute manière, ils le détesteraient quel que soit celui qui fournisse la réponse.

« Peut-être parce qu'il est très petit. »

De toute part s'élevèrent des grognements, manifestations de l'écœurement des autres devant la morgue et la vanité que suggérait sa déclaration ; mais l'homme en uniforme se contenta de hocher gravement la tête.

« Comme on pouvait s'y attendre de la part d'un enfant aux aptitudes aussi remarquables, tu as absolument raison. Seule la stature exceptionnellement réduite de ce garçon a empêché Néron de mettre dans le mille quant à la présence parmi vous de quelqu'un qui aurait eu de meilleurs résultats que tout le monde. » Il se tourna vers Néron. « Tu es passé bien près de ne pas être un parfait imbécile, dit-il. Et pourtant... même si tu avais vu juste, ç'aurait été par accident. Une horloge arrêtée donne l'heure exacte deux fois par jour. Rassieds-toi maintenant, Bean, et remets ton harnais. Le réapprovisionnement en carburant est terminé, nous allons bientôt redémarrer. »

Bean obéit. Il sentait l'hostilité des autres envers lui, mais il n'y pouvait rien pour le moment, et il n'était même pas certain que ce fût un désavantage. Ce qui importait était cette question beaucoup plus troublante : pourquoi l'homme l'avait-il fait tomber dans un tel piège ? Si le but était d'obliger les enfants à se faire mutuellement concurrence, il suffisait de faire circuler une liste des résultats de chacun aux différents examens, afin que tous connaissent leur position, au lieu de quoi on avait braqué le projecteur sur Bean. Il était déjà le plus petit et savait par expérience qu'il représentait de ce fait une cible pour les pulsions agressives de la première brute venue ; dans ces conditions, pourquoi avoir tracé un grand cercle autour de lui et pointé sur lui toutes ces flèches qui le désignaient presque à coup sûr comme le point de mire des craintes et des haines de ses semblables ?

Vous pouvez toujours dessiner vos cibles et me viser de vos traits, je vais si bien tirer mon épingle du jeu dans cette école qu'un jour c'est moi qui détiendrai l'autorité, et alors savoir qui m'aime ou ne m'aime pas n'aura plus d'importance : ce qui comptera, ce sera ce que, moi, j'apprécie ou non.

« Vous n'avez peut-être pas oublié, reprit l'homme, qu'avant le premier pet de Néron la Boulange ici présent j'étais en train de faire une observation. Je vous disais que, même si un enfant parmi vous paraît constituer la meilleure cible de votre navrant besoin d'affirmer votre suprématie dans une situation où vous n'êtes pas sûrs d'être reconnus comme les héros pour lesquels vous vous prenez, vous devez vous dominer et vous abstenir de tout geste agressif, sournois ou franc, et même de toute remarque insidieuse et de toute moquerie digne d'un phacochère simplement parce que quelqu'un vous paraît la tête de Turc idéale. La raison en est que vous ignorez qui, dans votre groupe, deviendra votre commandant dans l'avenir, votre amiral quand vous ne serez que simples capitaines. Et si vous imaginez un instant qu'il aura oublié comment vous l'aurez traité aujourd'hui, c'est que vous êtes vraiment des imbéciles ; si c'est un bon commandant, il vous utilisera efficacement au combat même s'il vous méprise ; mais rien ne l'obligera à vous aider dans votre carrière, rien ne l'obligera à vous materner ni à vous tenir par la main, rien ne l'obligera à faire preuve de bonté ni de magnanimité envers vous. Réfléchissez-y : les enfants que vous voyez autour de vous vous donneront un jour des ordres dont dépendra votre vie. Je vous suggère donc de gagner leur respect et non d'essayer de les piétiner pour pouvoir frimer comme un coq de village. »

Le sourire glacé, l'homme se tourna de nouveau vers Bean.

« Et je parie que Bean ici présent se voit dans la peau de l'amiral qui vous donnera des ordres à tous. Il projette déjà de m'envoyer monter la garde tout seul dans un observatoire, sur un astéroïde perdu, jusqu'à ce que l'ostéoporose me ronge les os et que je me liquéfie comme une amibe dans la station. »

Pas un instant Bean n'avait songé à une joute avec l'officier qui se tenait devant lui ; il n'éprouvait aucun désir de revanche. Il n'était pas comme Achille – mais Achille était stupide ; et cet officier aussi, s'il croyait avoir compris la façon de penser de Bean. Pourtant, il pensait sans doute mériter sa reconnaissance parce qu'il venait de décourager les autres de s'en prendre à lui ; mais Bean avait été pris à partie par des zigotos beaucoup plus durs qu'aucun de ses voisins et il n'avait pas besoin de la « protection » de l'officier ; elle avait pour seul résultat d'agrandir le ravin qui séparait déjà Bean des autres. Si Bean avait eu l'occasion de perdre quelques affrontements avec eux, cela l'aurait humanisé à leurs yeux et ils l'auraient peut-être accepté parmi eux ; mais il n'y aurait pas d'affrontement désormais, et bâtir un pont entre eux et lui ne serait pas tâche facile.

Telle était la raison de l'expression agacée que l'homme lut sur son visage. « Laisse-moi te dire une bonne chose, Bean : je me fous de ce que tu peux m'infliger, parce qu'il n'y a qu'un seul ennemi qui compte : les doryphores. Alors, si tu es capable de devenir l'amiral qui nous donnera la victoire sur eux et qui assurera la sécurité de la Terre et de l'humanité, tu pourras m'ordonner de bouffer mes propres tripes et je te répondrai encore « Merci, amiral ». Ce sont les doryphores l'ennemi, pas Néron, pas Bean, pas même moi. Par conséquent, ne vous battez pas entre vous. »

Il eut un sourire sans joie.

« En outre, la dernière fois qu'un gosse a essayé de s'en prendre à un autre, il s'est retrouvé en train de filer à travers la cabine de la navette en gravité zéro et ça s'est terminé pour lui par un bras cassé. C'est une des règles de la stratégie : tant qu'on ignore si on est plus fort que l'adversaire, on louvoie et on n'engage pas le combat. Prenez ça comme votre première leçon à l'École de guerre. »

La première leçon ? Pas étonnant qu'on emploie ce type à s'occuper des gosses sur les navettes et non à enseigner ; si on suivait son petit conseil, on restait paralysé face à l'ennemi. Il faut parfois engager le combat quand on est faible, et on n'attend pas de savoir si on est le plus fort ou non : on gagne en force par tous les moyens possibles et puis on attaque par surprise, on s'insinue, on frappe dans le dos, on accule, on ment, on triche, bref on fait tout pour avoir le dessus.

Ce gars pouvait passer pour un dur en tant que seul adulte d'une navette d'enfants mais, si c'était un gosse des rues de Rotterdam, il crèverait de faim au bout d'un mois à force de « louvoyer » – s'il ne s'était pas fait tuer avant parce qu'il s'exprimait comme s'il croyait pisser du parfum.

L'homme s'apprêta à regagner la cabine de pilotage.

Bean lui cria : « Comment vous appelez-vous ? »

L'intéressé se tourna vers lui, l'œil méprisant. « On prépare déjà les ordres pour me faire réduire en bouillie, Bean ? »

L'enfant ne répondit pas et soutint son regard.

« Je suis le capitaine Dimak. Autre chose ? »

Autant l'apprendre tout de suite que plus tard. « Enseignez-vous à l'École de guerre ?

— Oui. Descendre récupérer des navettes de petits garçons et de petites filles, c'est notre façon de prendre une permission sur Terre. Comme pour vous tous, ma présence à bord de ce vol signifie que mes vacances sont terminées. »

Les avions de réapprovisionnement décrochèrent et s'élevèrent au-dessus d'eux – non, c'était leur navette qui tombait, la queue plus rapidement que le nez.

Des volets métalliques s'abaissèrent sur les hublots. La sensation de chute s'accentua, s'accentua... et puis, avec un rugissement assourdissant, les réacteurs s'allumèrent et la navette se mit à reprendre de l'altitude, de plus en plus vite, jusqu'au moment où Bean, écrasé dans son siège, eut l'impression qu'il allait passer à travers le dossier. L'accélération parut durer une éternité.

Et soudain... le silence.

Le silence, suivi aussitôt d'une onde d'affolement : ils tombaient à nouveau mais, cette fois, il n'y avait pas de haut ni de bas, rien qu'une sensation de nausée et un sentiment de terreur.

Bean ferma les yeux. Cela n'arrangea rien. Il les rouvrit et tenta de se réorienter, mais ne trouva d'équilibre dans aucune direction. Cependant, il avait appris dans la rue à ne pas succomber à l'envie de vomir – une bonne partie de ce qu'il mangeait était avarié mais il ne pouvait se permettre de le régurgiter –, aussi se mit-il à pratiquer ses exercices anti-vomissement en respirant profondément et en agitant les doigts de pied pour se distraire l'esprit ; en un laps de temps étonnamment court, il fut habitué à la gravité zéro. Tant qu'il ne cherchait pas à fixer de direction à ses sens, tout allait bien.

Les autres enfants ne connaissaient pas ses exercices, ou bien ils étaient plus sensibles que lui à la sensation brutale de déséquilibre permanent ; en tout cas, la raison de l'interdiction de manger avant le départ était devenue claire : on entendait des bruits de haut-le-cœur dans toute la navette mais, les estomacs étant vides, tout restait propre et sans mauvaises odeurs.

Dimak rentra dans la cabine en se tenant debout au plafond, la tête en bas. Très original, se dit Bean. Un nouveau cours magistral commença, cette fois sur la manière de se débarrasser des habitudes planétaires de direction et de gravité. Ces gosses étaient-ils donc stupides au point qu'il faille leur expliquer de telles évidences ?

Bean passa le temps du cours à observer quelle pression il lui fallait exercer pour se déplacer dans son harnais. En dehors de lui, tout le monde avait la taille nécessaire pour que les harnais soient étroitement serrés et empêchent tout mouvement ; lui seul disposait d'un peu de mou, et il en profita autant qu'il put. À l'arrivée à l'École de guerre, il était résolu à faire preuve d'au moins un peu d'adresse dans ses évolutions en gravité zéro, convaincu que, dans l'espace, sa survie pouvait un jour dépendre de ce qu'il sût ou non quelle force appliquer pour se déplacer, puis pour s'arrêter. Le savoir intellectuel, dans ce cas, ne valait pas, et de loin, la connaissance pratique du phénomène. Analyser, c'était très bien, mais posséder de bons réflexes pouvait éviter la mort.

6

L'OMBRE D'ENDER

« D'ordinaire, vos rapports sur les groupes en partance sont brefs : quelques fauteurs de troubles, un incident ou – mieux encore – rien du tout.

— Libre à vous de ne pas tenir compte d'une partie ou d'une autre, mon colonel.

— Mon colonel ? Vous voici bien pointilleux sur la hiérarchie aujourd'hui !

— Quel passage jugez-vous excessif, mon colonel ?

— Pour moi, ce rapport tout entier est un chant d'amour.

— Employer à chaque lancement la technique que vous avez appliquée à Ender Wiggin peut apparaître comme de la flagornerie, je m'en rends bien compte...

— Vous l'employez à chaque lancement ?

— Comme vous avez pu l'observer vous-même, elle donne des résultats intéressants. Un tri en découle immédiatement.

— Un tri en catégories qui n'existeraient peut-être pas autrement. Cela dit, j'accepte le compliment qu'implique votre façon de procéder. Mais sept pages sur Bean... En avez-vous vraiment appris autant d'une réaction qui n'était à la base que l'obéissance muette à un ordre ?

— C'est précisément là où je veux en venir, mon colonel. Ce n'était pas du tout de l'obéissance ; c'était... C'était moi qui pratiquais l'expérience, mais j'avais l'impression que c'était son œil qui regardait dans le microscope et moi qui jouais le rôle du spécimen sur la lame.

— Il vous a donc déconcerté.

— Il déconcerterait n'importe qui. Il est froid comme un glaçon, mon colonel ; et pourtant...

— Et pourtant brûlant. Oui, j'ai lu votre rapport – de la première à la dernière page.

— Oui, mon colonel.

— Je pense que vous le savez, il est recommandé chez nous de ne pas se prendre d'affection pour nos élèves.

— Pardon ?

— En l'occurrence, toutefois, je suis ravi que vous vous intéressiez tant à Bean, parce que, voyez-vous, ce n'est pas mon cas : je tiens déjà celui qui, à mon avis, représente notre meilleure chance de victoire. Cependant, à cause de ses pseudo-résultats, la pression est considérable pour qu'on accorde une attention particulière à ce fichu Bean. Très bien, il l'aura, et c'est vous qui la lui donnerez.

— Mais, mon colonel...

— Seriez-vous incapable de faire la différence entre une invitation et un ordre ?

— Ce qui m'inquiète, c'est seulement que... il a déjà mauvaise opinion de moi, je crois.

— Parfait : ainsi, il va vous sous-estimer. À moins qu'à vos yeux sa mauvaise opinion ne soit fondée ?

— À côté de lui, mon colonel, nous risquerions fort d'avoir l'air de débiles légers.

— Votre mission est de le surveiller de près ; tâchez de ne pas l'idolâtrer. »

Le premier jour qu'il passa à l'École de guerre, Bean n'eut qu'une idée en tête : survivre. Nul ne l'aiderait – le petit jeu de questions-réponses de Dimak dans la navette avait clarifié ce point ; on lui tendait des pièges afin qu'il se retrouve entouré de... de quoi ? Au mieux, de rivaux, au pire, d'ennemis.

Retour à la rue, donc ; bon, très bien : Bean avait survécu dans la rue, et il serait toujours vivant même si sœur Carlotta n'avait pas mis la main sur lui. Même sans Pablo, le gardien de nuit qui l'avait découvert dans les toilettes de la maison propre, il s'en serait tiré.

Alors il ouvrit l'œil et tendit l'oreille. Tout ce que les autres apprenaient, il devait l'apprendre aussi bien qu'eux, voire mieux ; et, par-dessus le marché, il devait découvrir ce à quoi ses condisciples ne pensaient pas : le fonctionnement du groupe, les systèmes propres à l'École de guerre, comment les enseignants s'entendaient entre eux, où se situait l'autorité, qui avait peur de qui. Tout groupe a ses chefs, ses lèche-bottes, ses rebelles, ses moutons de Panurge, ses liens internes, étroits ou lâches, ses amitiés et ses hypocrisies, ses mensonges dissimulés derrière d'autres mensonges, et Bean devait les détecter tous le plus vite possible afin de repérer les créneaux où il pouvait survivre.

On les emmena dans leurs quartiers, on indiqua à chacun son lit et son casier, et on lui remit un petit bureau portable beaucoup plus sophistiqué que celui que Bean employait pour étudier avec sœur Carlotta. Aussitôt, certains élèves se mirent à jouer avec l'appareil, à essayer de le programmer ou de charger les jeux inclus dans la mémoire, mais cela n'intéressait pas Bean. Le système informatique de l'École de guerre n'était pas une personne ; le maîtriser pouvait s'avérer utile à long terme mais pour l'instant la question n'était pas à l'ordre du jour. Tout ce que Bean voulait découvrir se trouvait à l'extérieur du casernement des bleus.

Ils ne tardèrent pas à le quitter. Ils étaient arrivés le « matin », selon le calcul du temps dans l'espace – qui correspondait, au grand agacement de beaucoup d'Européens et d'Asiatiques, à l'heure de la Floride, parce que c'est de là que les toutes premières stations orbitales étaient contrôlées. Pour les enfants partis d'Europe, on était en fin d'après-midi, ce qui signifiait qu'ils allaient souffrir d'un grave décalage horaire. Selon Dimak, la solution consistait à pratiquer de vigoureux exercices physiques, puis à faire une courte sieste – pas plus de trois heures – en début d'après-midi, après quoi ils reprendraient assez d'exercice pour s'endormir le soir au moment normal du coucher des élèves.

Ils se mirent en file indienne dans le couloir. « Vert-marron-vert », annonça Dimak, et il leur montra les lignes correspondantes aux murs en expliquant qu'elles les ramèneraient infailliblement à leurs quartiers. À plusieurs reprises, Bean fut éjecté de la queue à coups de coudes et se retrouva finalement à la dernière place ; cela lui était égal : se faire simplement bousculer ne déclenchait pas d'hémorragie et ne laissait pas d'ecchymoses, et le dernier rang était le meilleur poste d'observation.

D'autres enfants les croisaient dans le couloir, certains seuls, d'autres par deux ou trois, la plupart vêtus d'uniformes aux couleurs vives et de coupes très diverses. Une fois, un groupe passa devant eux, tous ses membres habillés semblablement, casqués et munis d'armes de poing extravagantes, avançant au petit trot avec une détermination qui laissa Bean perplexe. Ce doit être une équipe en route pour un combat, se dit-il.

Toutefois, toutes concentrées qu'elles fussent, les jeunes recrues en uniforme remarquèrent les nouveaux qui les regardaient avec admiration ; aussitôt, les lazzis fusèrent. « Bleus-bites ! », « Viande fraîche ! », « Qui a fait caca dans le couloir sans nettoyer derrière lui ? », « Même à l'odeur, ils sont débiles ! » Mais ce n'étaient que les taquineries inoffensives d'anciens qui affirmaient leur suprématie, sans plus ; leurs moqueries n'avaient rien d'agressif, et on y sentait même presque de l'affection. Ils n'avaient pas oublié qu'ils avaient été eux-mêmes des bleus.

Certains enfants du groupe de Bean prirent mal ces railleries et y répondirent par de vagues et pitoyables insultes qui n'eurent d'autre résultat que de relancer les sarcasmes et les rires des anciens. Bean, lui, avait vu des gosses qui détestaient les plus petits qu'eux parce qu'ils leur disputaient la nourriture et qui se fichaient totalement qu'ils meurent de faim ; il avait reçu de vrais coups destinés à faire mal, il avait été témoin d'actes de cruauté, d'exploitation, de brutalité, de meurtre. Les enfants de son groupe, eux, ne savaient pas reconnaître l'affection.

Ce que Bean voulait savoir, c'était comment était organisée cette équipe, qui en était le chef, comment on le choisissait, à quoi servait le groupe. Le fait que ses membres avaient leur propre uniforme indiquait qu'il possédait un statut officiel, ce qui signifiait que c'étaient les adultes qui le chapeautaient – à l'inverse des bandes de Rotterdam, que les adultes cherchaient à briser, que les journaux décrivaient comme des coalitions délictueuses et non comme de pitoyables petits regroupements sans autre but que de survivre.

Telle était donc la clé du système : les grandes personnes encadraient tout ce que faisaient les enfants à l'École, alors qu'à Rotterdam elles étaient hostiles, indifférentes ou, comme Helga avec sa cuisine populaire, impuissantes, si bien que les enfants pouvaient créer leur propre société sans ingérence extérieure ; le fondement en était la survie, la meilleure façon de trouver à manger sans se faire tuer ni blesser, ni tomber malade. À l'École, il y avait des cuisiniers, des médecins, de quoi se vêtir et des lits où dormir. Le pouvoir ne découlait pas de l'accès à la nourriture, mais de l'approbation des adultes.

C'était ce que symbolisaient les uniformes : choisis par l'autorité, des enfants les portaient parce que les adultes s'arrangeaient pour que cela en vaille la peine.

Par conséquent, pour comprendre le système, il fallait comprendre le fonctionnement des enseignants.

Toutes ces idées traversèrent l'esprit de Bean, non pas sous forme verbale, mais comme l'intuition nette et presque instantanée que, dans cette équipe, l'autorité n'existait pas à côté de celle dont disposaient les instructeurs. À ce moment, les railleurs en uniforme parvinrent à son niveau ; quand ils le virent, si petit comparé à ses condisciples, ils s'esclaffèrent en s'exclamant : « Il n'est même pas assez grand pour faire une merde, celui-là ! », « Il sait marcher ? Non, c'est pas possible ! », « Bébé a perdu sa môman ? », « Mais est-ce qu'il est humain, seulement ? »

Bean les chassa aussitôt de ses pensées ; cependant, il perçut l'exultation de ceux qui le précédaient dans la file. Ils avaient été humiliés dans la navette, c'était maintenant à son tour de se faire tourner en ridicule. Ils en étaient ravis – et Bean aussi, parce qu'ainsi on verrait moins le rival en lui. En l'infériorisant, les soldats le mettaient à l'abri de...

De quoi ? Quel était le danger ?

Car du danger, il y en aurait, il en était convaincu. Il y en avait toujours. Et comme les enseignants détenaient le pouvoir, c'était d'eux qu'il viendrait. Mais, il ne fallait pas l'oublier, Dimak avait déjà entrepris de faire de Bean la bête noire des autres élèves ; les enfants constituaient donc une arme de choix, et Bean devait apprendre à les connaître, non parce qu'ils allaient poser un problème en eux-mêmes, mais parce que les instructeurs pouvaient utiliser leurs faiblesses et leurs désirs contre lui. Pour se protéger, il allait devoir œuvrer à saper leur domination sur les autres enfants. La seule façon de s'abriter était de subvertir l'influence des enseignants. Cependant, c'était là que résidait le plus grand péril : celui d'être surpris à y travailler.

Chacun appliqua la main sur une plaque au mur, puis se laissa glisser le long d'un mât – c'était la première fois que Bean pratiquait cet exercice sur une tige lisse ; à Rotterdam, il avait ainsi dégringolé des gouttières, des panneaux de signalisation ou des réverbères. Ils arrivèrent dans un secteur de l'École à plus forte gravité, et c'est seulement en sentant son poids dans le gymnase que Bean prit conscience de sa légèreté dans les quartiers d'habitation.

« La gravité est ici un peu plus élevée que sur Terre, déclara Dimak. Vous devrez y passer au moins une demi-heure par jour, sans quoi votre squelette se dissoudra peu à peu ; et il faudra faire de l'exercice pendant cette période afin de vous maintenir à un niveau maximal de résistance. C'est un point essentiel : il s'agit d'exercices d'endurance, pas de musculation ; votre organisme ne serait pas assez développé pour supporter ce genre de contrainte, et, ici, l'excès de muscle est plutôt une gêne. De l'énergie, voilà ce qu'il faut. »

L'explication n'évoqua rien aux enfants, mais leur instructeur eut vite fait de la clarifier : il les fit courir sur des bandes sans fin, pédaler sur des vélos fixes, marcher sur des steppers, faire des pompes, des abdominaux, des tractions des bras et des extensions dorsales, mais pas de musculation. Il y avait bien quelques appareils à cet usage, mais ils étaient réservés aux enseignants. « Votre rythme cardiaque est sous surveillance dès votre entrée au gymnase, dit l'entraîneur. S'il ne grimpe pas dans les cinq minutes après votre arrivée et s'il ne reste pas élevé durant les vingt-cinq minutes suivantes, c'est non seulement inscrit dans votre dossier, mais ça s'affiche aussi sur mon panneau de contrôle.

— En outre, je reçois un rapport, ajouta Dimak, et vous vous retrouvez sur la liste des ânes afin que tout le monde soit au courant de votre fainéantise. »

La liste des ânes ! Tel était donc le moyen employé : l'humiliation publique. C'était stupide. Et complètement indifférent à Bean.

Ce qui l'intéressait, c'était le panneau de contrôle. Comment pouvaient-ils surveiller leur rythme cardiaque et savoir ainsi automatiquement ce qu'ils faisaient dès leur entrée ? Il faillit poser la question, puis

118

trouva la seule réponse possible : les uniformes. Chacun devait avoir un système de capteurs intégré, qui fournissait sans doute bien plus de renseignements que le seul rythme cardiaque. Tout d'abord, ils étaient sûrement en mesure de repérer à tout instant n'importe quel enfant où qu'il se trouve dans la station ; l'École comptait sûrement des centaines d'élèves, et des ordinateurs devaient signaler leurs déplacements, leur rythme cardiaque et transmettre une foule d'autres informations. Existait-il quelque part une salle où des enseignants guettaient leurs moindres mouvements ?

Mais peut-être les uniformes n'étaient-ils pas en cause : ils avaient dû poser la main sur une plaque avant de descendre, probablement pour s'identifier ; il était possible, dans ce cas, que le gymnase soit garni de capteurs spéciaux.

Il fallait en avoir le cœur net. Bean leva la main. « Monsieur ! fit-il.

— Oui ? » L'entraîneur se tourna vers l'enfant, puis eut un sursaut de surprise devant sa taille, et un sourire flotta sur ses lèvres. Il jeta un regard à Dimak, qui resta impassible.

« Est-ce que le capteur cardiaque se trouve dans nos vêtements ? Si on retire une partie de notre uniforme pendant les exercices, est-ce que...

— Il est interdit d'accéder au gymnase sans uniforme, le coupa l'entraîneur. On maintient exprès une température basse dans la salle, de façon à ce que vous n'ayez pas besoin de vous déshabiller. Vous resterez sous surveillance à chaque instant. »

Ce n'était pas vraiment une réponse, mais Bean avait appris ce qu'il souhaitait savoir : la détection passait par les habits. Un système d'identification y était peut-être intégré grâce auquel, lorsqu'on appliquait sa main sur le scanner d'entrée, les capteurs du gymnase savaient quel enfant portait quel uniforme. Cela se tenait.

Par conséquent, les vêtements demeuraient sans doute anonymes entre le moment où on les enfilait et celui où on posait la main sur un scanner. C'était important : cela signifiait qu'il était possible de ne pas se faire repérer tout en n'étant pas nu. La nudité, se dit Bean, ne devait pas passer inaperçue dans la station.

Ils se mirent tous à faire des mouvements de gymnastique, et l'entraîneur indiqua qui d'entre eux n'atteignait pas le rythme cardiaque attendu et qui allait s'épuiser en y allant trop fort. Bean se fit promptement une idée du niveau auquel il devait travailler, puis tourna ses pensées ailleurs ; à présent qu'il connaissait l'effort demandé, il s'en souviendrait automatiquement.

Arriva l'heure du repas, et ils entrèrent dans un réfectoire désert – en tant que nouveaux venus à l'École, ils suivaient un programme à part la première journée. La cuisine était bonne et copieuse, et Bean resta effaré quand certains des enfants, à la vue de leur portion, se plaignirent de son insuffisance. C'était un festin ! Bean ne parvint même pas à finir son repas. Les cuisiniers informèrent les mécontents que les quantités étaient adaptées aux besoins diététiques de chacun – la ration de chaque enfant apparaissait sur un écran quand il s'identifiait à l'entrée.

Donc on ne mangeait pas sans avoir posé sa main sur un scanner. Important à savoir.

Bean ne tarda pas à s'apercevoir que sa taille allait lui valoir une attention officielle. Quand il apporta son plateau à demi terminé à l'unité d'évacuation, un carillon électronique retentit et le diététicien de service apparut. « Comme c'est ton premier jour chez nous, nous ne serons pas trop stricts ; mais tes portions sont scientifiquement calculées pour satisfaire tes besoins nutritionnels, et, à l'avenir, tu les finiras jusqu'à la dernière miette. »

Bean le regarda sans répondre. Il avait déjà pris sa décision : si son programme d'exercices lui ouvrait davantage l'appétit, il mangerait plus ; mais s'ils espéraient le gaver, ils se mettaient le doigt dans l'œil. Il n'aurait guère de mal à refiler le surplus aux affamés de son groupe, qui en seraient ravis, tandis que lui-même ne mangerait que ce que son organisme exigeait. Il n'avait nullement oublié ce qu'était la faim mais, aux cours des mois passés auprès de sœur Carlotta, il avait appris à se fier à son estomac ; pendant quelque temps, la religieuse l'avait encouragé à manger plus qu'il n'en avait envie, et il s'était laissé faire ; il en avait ressenti une sensation de lourdeur, des difficultés à dormir ainsi qu'à rester éveillé. Aussi avait-il finalement préféré n'ingurgiter que ce que demandait son appétit, et il avait retrouvé toute sa vivacité en se fiant à sa faim : c'était le seul nutritionniste en qui il avait confiance. Que les bâfreurs s'alourdissent si ça les amusait !

Dimak fit son apparition après que plusieurs enfants eurent terminé leur repas. « Quand vous aurez fini, retournez à vos quartiers – si vous pensez les retrouver. En cas de doute, attendez-moi et je ramènerai moi-même les derniers. »

Les couloirs étaient déserts quand Bean sortit du réfectoire. Les autres enfants appliquèrent la main sur la paroi et leur bande vert-marron-vert s'alluma. Bean les regarda s'éloigner sans faire mine de les suivre. L'un d'eux se retourna. « Tu ne viens pas ? » Bean garda le silence : il ne bougeait manifestement pas ; la question était donc stupide et n'appelait pas de réponse. L'enfant reprit son trot en direction de ses quartiers.

Bean, lui, partit en sens inverse. De ce côté-là, nulle bande de couleur aux murs. Le moment était idéal pour fureter : si on le surprenait hors du secteur où on l'attendait, il prétendrait s'être perdu et on le croirait.

Le couloir s'élevait en pente douce devant et derrière lui. Bean avait la curieuse impression de monter sans arrêt, qu'il avance dans un sens ou regarde dans l'autre ; mais Dimak avait expliqué que la station était une immense roue qui tournait dans l'espace afin d'obtenir un effet de gravité. Par conséquent, le couloir principal de chaque niveau formait un cercle fermé, si bien qu'en le parcourant on revenait inévitablement à son point de départ, et le « bas » se trouvait toujours à l'extérieur du cercle. Bean effectua mentalement l'ajustement nécessaire. Il éprouva d'abord une sensation de vertige en s'imaginant qu'il marchait à l'horizontale, puis il modifia son orientation afin de se représenter la station comme la roue d'un véhicule et lui-même à l'intérieur, tout en bas. Du coup, les personnes diamétralement opposées à lui se retrouvaient la tête en bas, mais cela ne le gênait pas : où qu'il soit, il était en bas ; ainsi, les directions restaient fixes.

Les bleus logeaient au niveau du réfectoire, mais sûrement pas les anciens, car, après les cantines et les cuisines, il n'y avait plus que des salles de cours et des portes dépourvues d'indications, munies de scanners à une hauteur qui indiquait clairement que les enfants n'étaient pas autorisés à les franchir. De plus grands que lui pouvaient sans doute toucher ces plaques mais, même en sautant, Bean n'aurait jamais réussi à en effleurer une. C'était sans importance : elles ne réagiraient à l'empreinte palmaire d'aucun enfant, sinon en appelant un adulte qui viendrait voir ce que cherchait le fautif, à essayer d'entrer là où il n'avait rien à faire.

Par habitude – à moins que ce ne fût par instinct –, Bean considéra ces barrières comme des obstacles temporaires. À Rotterdam, il savait comment s'y prendre pour escalader les murs, pour grimper sur les toits ; malgré sa petite taille, il trouvait toujours le moyen de se rendre là où il le voulait, et ces portes ne l'arrêteraient pas s'il estimait nécessaire de les franchir. Pour le moment, il ignorait comment il se débrouillerait, mais il ne doutait pas d'y parvenir. Aussi mit-il tranquillement l'information de côté en attendant d'imaginer une façon de l'utiliser.

Tous les quelques mètres, une perche permettait de descendre ou une échelle de monter. Pour se rendre au gymnase, il avait dû appuyer la main sur un scanner ; cependant, la plupart des ouvertures étaient apparemment dépourvues de ces appareils, ce qui était logique : en majorité, les mâts et les échelles permettaient simplement de passer d'un niveau à l'autre – non, ici, on appelait ça des ponts ; la station appartenait à la Flotte internationale et on faisait semblant d'être à bord d'un navire – tandis qu'une seule perche donnait accès au gymnase, dont il fallait surveiller les entrées et sorties afin qu'il ne soit pas envahi par des gens se présentant hors planning. Ayant compris le système, Bean n'eut plus besoin d'y réfléchir et il gravit une échelle au hasard.

L'étage supérieur devait renfermer les quartiers des enfants plus âgés : les portes étaient plus largement espacées, et chacune affichait un insigne sur fond des couleurs d'un uniforme – sans doute celles de la bande de chaque groupe, même si les anciens n'avaient sûrement pas besoin de plaquer la main au mur pour retrouver leur chemin –, un insigne qui présentait la silhouette d'un animal ; Bean ne parvint pas à les identifier toutes, mais il reconnut par ailleurs divers oiseaux, quelques félins, un chien, un lion, tous les symboles en usage dans les graffitis de Rotterdam. Ni pigeon ni mouche : seulement des animaux nobles ou supposés d'un courage remarquable. Avec sa croupe fine, la silhouette de chien évoquait une bête de chasse et non un corniaud.

C'était donc là que se regroupaient les équipes, et elles avaient des symboles animaliers, ce qui signifiait sans doute qu'elles se désignaient par des noms d'animaux : la bande des Chats ou la bande des Lions. Non, pas « bande », probablement ; Bean apprendrait bien assez tôt quel était le terme employé. Il ferma les yeux et s'efforça de se rappeler les couleurs et l'insigne du groupe qui s'était moqué de lui dans le couloir, plus tôt dans la journée. Il se souvint de la silhouette mais ne la retrouva sur aucune des portes. Peu importait : inutile de la chercher tout le long du niveau, cela ne ferait qu'accroître les risques de se faire prendre.

Un étage au-dessus. Encore des quartiers d'habitation et des salles de cours. Combien d'enfants logeaient dans chaque casernement ? L'École était plus vaste qu'il ne l'avait imaginé.

Un carillon étouffé résonna ; aussitôt, plusieurs portes s'ouvrirent et des enfants commencèrent à envahir le couloir. C'était l'heure de la relève.

Tout d'abord, Bean se sentit en sécurité parmi les grands parce qu'il crut pouvoir se perdre parmi eux comme il le faisait toujours à Rotterdam. Mais il se trompait : il ne se trouvait pas au milieu d'une foule de gens préoccupés de leurs seules affaires personnelles. Ceux qui l'entouraient étaient peut-être des enfants mais c'étaient aussi des soldats. Chacun connaissait sa place et celle des autres, et Bean, dans son uniforme de nouvel arrivant, détonait clairement. Presque instantanément, quelques anciens l'arrêtèrent.

« Tu n'as rien à faire sur ce pont », dit l'un, sur quoi plusieurs autres grands se tournèrent vers Bean et le regardèrent comme un détritus que la pluie a entraîné dans le caniveau.

— Vous avez vu la taille de celui-ci ?

— Le pauvre ! Le nez au ras du cul de tout le monde !

— Dur !

— T'es pas dans ton secteur, le bleu ! »

Bean garda le silence et regarda chacun à mesure qu'il ou elle intervenait.

« C'est quoi, tes couleurs ? » demanda une fille.

Bean ne répondit pas. Son excuse étant qu'il ne s'en souvenait pas, il aurait été mal venu qu'il les désigne.

« Il est tellement petit qu'il pourrait passer entre mes jambes sans me toucher le...

— Ah, la ferme, Dink ! Tu as dit la même chose quand Ender...

— Ouais, Ender, tu parles !

— Tu ne crois tout de même pas que c'est ce gosse qui...

— Ender était petit comme ça quand il est arrivé ?

— ... serait le nouvel Ender ?

— Comme si cet avorton allait se classer direct dans les meilleurs !

— Ce n'était pas la faute d'Ender si Bonzo lui a interdit de se servir de son arme.

— Mais c'est un coup de veine, c'est tout ce que je dis...

— C'est lui dont tout le monde parle ? Celui qui a obtenu les meilleurs résultats, comme Ender ?

— Bon, allez, faut le ramener au niveau des bleus.

— Viens avec moi », dit la fille en prenant fermement Bean par la main.

Il la suivit docilement. « Je m'appelle Petra Arkanian », dit-elle.

Bean se tut.

« Allons ! Tu es petit, tu as la trouille, d'accord, mais on ne te fait pas entrer à l'École si tu es sourd ou idiot ! »

Bean haussa les épaules.

« Dis-moi ton nom avant que je te casse tous tes mignons petits doigts.

— Bean.

— Ce n'est pas un nom, ça ; c'est un légume de merde. »

Il ne répondit pas.

« Ça ne prend pas, reprit-elle. Tu peux jouer les muets, je sais que c'est une couverture ; tu n'es pas monté ici par hasard. »

Bean garda le silence, mais qu'elle l'ait percé à jour aussi facilement lui fit un coup.

« Les mômes de cette école, on les choisit pour leur intelligence et leur sens de l'initiative ; donc tu as eu envie d'explorer le coin. Mais le truc, c'est qu'ils s'y attendent, et ils savent sans doute que tu as fouiné à droite et à gauche ; alors, pas la peine de le cacher. Que veux-tu qu'ils te fassent ? Qu'ils te donnent un gros méchant mauvais point sur la liste des ânes ? »

Tiens ! Les anciens ne paraissaient pas avoir haute opinion de cette liste.

« Si tu t'entêtes à fermer ton clapet, tu vas te mettre tout le monde à dos et rien d'autre. Je serais toi, je laisserais tomber. Ça marchait peut-être avec tes parents, mais, ici, ça te donne seulement l'air ridicule et borné, parce que, quand tu auras quelque chose d'important à dire, tu le diras ; alors pourquoi ne pas parler tout de suite ?

— D'accord », fit Bean.

Petra ne chanta pas victoire : le sermon avait porté, il était donc terminé, point final. « Tes couleurs ? demanda-t-elle.

— Vert-marron-vert.

— Ça fait penser à ce qu'on peut voir dans des toilettes sales, tu ne trouves pas ? »

Ah ! Elle faisait donc partie de ces crétins qui jugeaient amusant de se moquer des bleus !

« C'est à croire qu'ils ont tout conçu pour que les anciens se moquent des bleus. »

Ou peut-être pas ; peut-être lui faisait-elle simplement la conversation. C'était une bavarde. Il n'y en avait pas beaucoup dans les rues de Rotterdam – parmi les enfants, en tout cas ; chez les pochards, en revanche, ça ne manquait pas.

« Le système est tordu, dans cette école ; on dirait qu'ils veulent nous obliger à nous conduire comme des bébés. Mais toi, évidemment, ça ne va pas te gêner : tu nous joues déjà le petit garçon perdu !

— Plus maintenant, répondit Bean.

— En tout cas, n'oublie pas ça : les profs sont au courant de ta balade et ils ont déjà une théorie débile sur ce que ça révèle de ta personnalité ou je ne sais quoi. À tous les coups, ils vont trouver le moyen de retourner contre toi ce qu'ils savent s'ils en ont envie, alors autant arrêter tout de suite. Je parie que ta petite excursion au moment où tu aurais dû aller au dodo est déjà inscrite dans ton dossier, et ça leur indique que tu "réagis à l'insécurité en recherchant la solitude tout en explorant les limites de ton nouvel environnement". » Elle avait pris une voix affectée pour sa pseudo-citation.

Peut-être avait-elle d'autres voix à son répertoire, mais Bean n'avait pas l'intention de s'attarder à le découvrir. Apparemment, Petra était du genre mère poule, et elle n'avait personne à prendre sous son aile avant son arrivée. Bean n'avait aucune envie de faire partie de ses projets. Avec sœur Carlotta, c'était différent parce qu'elle pouvait le sortir de la rue et l'envoyer à l'École de guerre ; mais cette Petra Arkanian, qu'avait-elle à lui offrir ?

À la première occasion, il se laissa glisser le long d'un mât, s'arrêta devant la première ouverture, pénétra dans le couloir, courut jusqu'à l'échelle la plus proche et passa deux niveaux avant d'émerger dans un nouveau couloir dans lequel il détala ventre à terre. Les affirmations de Petra étaient sans doute exactes, mais une chose était sûre : il ne la laisserait pas le ramener par la main aux quartiers vert-marron-vert. S'il voulait avoir sa place au soleil dans cette école, il ne fallait surtout pas qu'on le croie sous la protection d'une ancienne.

Sous ses pieds, quatre ponts le séparaient du niveau du réfectoire où il aurait dû se trouver. Des enfants circulaient autour de lui, beaucoup moins nombreux qu'à l'étage inférieur. La plupart des portes étaient anonymes, mais quelques-unes étaient ouvertes, dont une, large, en forme d'arche, donnait sur une salle de jeux.

Dans certains bars de Rotterdam, Bean avait déjà aperçu de loin des jeux informatiques, à travers les vitres et entre les jambes des hommes et des femmes qui entraient et sortaient dans leur quête incessante de l'oubli. Jamais il n'avait vu d'enfants y jouer, sauf dans les vidéos des vitrines des magasins. À l'École, c'était pour de vrai ; quelques garçons étaient en train de faire une partie à la sauvette entre deux cours, et, comme ils étaient peu nombreux, les effets sonores de chaque jeu étaient parfaitement audibles. Deux ou trois enfants jouaient seuls, et quatre s'étaient lancés dans une guerre spatiale quadrilatérale sur un affichage holographique. Bean se tint en retrait afin de ne pas les gêner et observa le spectacle. Chaque joueur disposait d'une escadre de quatre petits vaisseaux, et son but était d'éliminer les autres flottilles ou de capturer – sans les détruire – les lents vaisseaux mères de ses trois adversaires. Bean apprit les règles et la terminologie du jeu en écoutant les quatre participants bavarder entre eux.

Ce fut l'usure et non l'intelligence qui domina la partie, le survivant ayant employé ses vaisseaux de façon moins stupide que ses opposants. Les joueurs relancèrent le jeu. Personne ne mit de pièce dans une fente : l'accès aux jeux était gratuit.

Bean assista à la nouvelle partie. Elle fut aussi rapide que la précédente ; chaque enfant engageait maladroitement ses vaisseaux sans faire attention à ceux qui ne participaient pas au combat, comme s'il ne disposait que d'un bâtiment actif et de trois de réserve.

Peut-être les commandes ne permettaient-elles aucune autre manœuvre ? Bean s'approcha : non, on pouvait fixer le cap d'un vaisseau, basculer sur un autre, sur un troisième, et revenir au premier quand on le désirait pour modifier sa trajectoire.

Comment ces gars-là étaient-ils entrés à l'École de guerre s'ils n'avaient pas plus d'imagination ? Bean n'avait jamais participé à un jeu vidéo, mais il se rendit compte rapidement que n'importe quel joueur compétent pouvait gagner aisément s'il n'avait pas affaire à plus forte partie.

« Hé, le nain, tu veux jouer ? »

Un des garçons l'avait remarqué ; les autres se tournèrent vers lui, naturellement.

« Oui, dit Bean.

— Eh ben, débrouille-toi tout seul, riposta celui qui l'avait invité. Tu te prends pour Ender Wiggin ou quoi ? »

Tous quatre éclatèrent de rire et quittèrent la salle qui resta déserte. C'était l'heure des cours.

Ender Wiggin... Les anciens rencontrés dans le couloir en avaient parlé aussi. Quelque chose chez Bean leur évoquait Ender Wiggin, impression accompagnée parfois d'admiration et parfois de rancœur. Cet Ender avait dû battre des anciens à un jeu vidéo ou un truc comme ça ; et il était en haut du classement, avait dit quelqu'un. Mais le classement de quoi ?

Des enfants portant tous le même uniforme et courant au combat comme un seul homme – c'était le pivot de la vie à bord de la station. Il y avait un jeu central auquel tout le monde jouait, on vivait dans les quartiers correspondant à l'équipe à laquelle on appartenait, et le rang de chacun était du domaine public. Enfin, quel que soit le jeu, c'étaient les adultes qui le dirigeaient.

Tel était donc le schéma de l'existence à l'École de guerre, et le fameux Ender Wiggin se trouvait tout en haut, au premier rang.

Et Bean faisait penser à lui.

Il en ressentait une fierté mêlée d'agacement. Il aurait préféré passer inaperçu, mais, comme l'autre garçon tirait brillamment son épingle du jeu, Bean évoquait Ender à tous ceux qui le rencontraient et, de ce fait, ils ne l'oubliaient plus. Voilà qui allait limiter considérablement sa liberté ; il ne lui serait plus possible de disparaître comme il savait le faire au milieu des foules de Rotterdam.

Bah, quelle importance, après tout ? Il ne pouvait plus rien lui arriver de grave ; quoi qu'il advienne, tant qu'il restait à l'École de guerre, il ne connaîtrait pas la faim, il disposerait toujours d'un gîte. Il avait atteint le ciel. Il lui suffisait de se plier au minimum requis pour éviter de se faire renvoyer trop vite sur Terre ; dans ces conditions, qu'on le remarque ou non était indifférent. Que les autres s'inquiètent de leur rang si ça leur chantait ; pour sa part, il avait déjà gagné la bataille pour la survie, à côté de laquelle aucune compétition ne comptait.

Mais, alors même qu'il se faisait cette réflexion, il savait qu'elle était fausse : survivre ne suffisait pas et n'avait jamais suffi. Sous-jacente au besoin de manger, il y avait toujours eu en lui une envie d'ordre, une volonté de comprendre comment fonctionnait le monde qui l'entourait et de le maîtriser. Naturellement, à l'époque où il mourait de faim, il avait utilisé tout ce qu'il savait pour se faire intégrer dans la bande de Poke, puis lui permettre de trouver assez à manger pour que quelques miettes tombent jusqu'à lui, tout en bas de la hiérarchie ; mais, même quand Achille l'avait fait entrer dans sa famille et qu'il avait chaque jour de quoi se remplir l'estomac, Bean avait gardé l'esprit en éveil et cherché à comprendre les changements, la dynamique du groupe ; pareillement, auprès de sœur Carlotta, il s'était donné beaucoup de mal à essayer de déterminer pourquoi et comment elle avait obtenu le pouvoir de faire ce qu'elle faisait pour lui, et sur quels critères elle l'avait choisi. Il fallait qu'il le sache. Il devait acquérir une représentation mentale de tout.

À l'École aussi. Il aurait pu regagner ses quartiers et faire une sieste, mais non : il préférait risquer des ennuis simplement pour découvrir ce qu'il aurait sans doute appris avec le temps.

Que faisait-il sur ce pont ? Que cherchait-il ?

Les clés. Le monde était plein de portes fermées, et Bean voulait mettre la main sur toutes les clés.

Sans bouger, il tendit l'oreille. Un silence presque absolu régnait dans la salle ; cependant, il détecta un bruit blanc, composé d'un grondement et d'un sifflement sourds, qui empêchait les sons de porter d'un bout à l'autre de la station.

Les paupières closes, il localisa la source du souffle, puis rouvrit les yeux et se dirigea vers une bouche d'aération ; une brise un peu plus chaude que l'air ambiant s'en échappait. Le bruit ne provenait pas de l'ouverture elle-même ; c'était le son beaucoup plus puissant, mais beaucoup plus lointain, des machines qui envoyaient de l'air dans toute l'École.

Sœur Carlotta avait expliqué à Bean qu'il n'y avait pas d'atmosphère dans l'espace, si bien qu'il fallait préserver l'étanchéité des vaisseaux et des stations afin d'y conserver tout l'air qu'ils contenaient ; il fallait aussi le renouveler sans cesse parce que l'oxygène s'épuisait et qu'on devait le régénérer. C'était à cela que servait le système d'aération, qui desservait toutes les sections d'un bâtiment spatial.

Bean s'accroupit devant la grille et passa les doigts le long de ses bords. Elle n'était fixée par aucune vis ni aucun clou visible. Il enfonça les ongles sous le cadre, tira d'un côté puis de l'autre et parvint à glisser le bout de ses doigts. Alors il exerça une traction franche, la grille sortit brusquement de son logement, et Bean tomba à la renverse.

Il se redressa aussitôt, posa la grille de côté et jeta un coup d'œil dans l'ouverture. La gaine n'avait que quinze centimètres de profondeur ; le haut était clos, mais le bas était ouvert et menait au reste du système d'aération.

Bean prit les mesures de la bouche de ventilation de la même façon que, des années auparavant, debout sur un siège de toilettes, il l'avait fait pour le réservoir de la chasse d'eau afin de juger s'il pouvait s'y cacher ; et la conclusion fut semblable : il serait à l'étroit, ce serait pénible, mais il pouvait y arriver.

Il tâtonna dans l'ouverture mais ne parvint pas à toucher le fond ; cependant, avec des bras aussi courts que les siens, cela ne signifiait pas grand-chose, et, à l'œil, il était impossible de voir dans quelle direction partait le conduit en bas du puits. Peut-être passait-il sous la salle de jeux, mais Bean n'y croyait pas : sœur Carlotta lui avait dit que le moindre élément de la station avait dû être acheminé depuis la Terre ou les usines de la Lune ; par conséquent, les concepteurs n'avaient sûrement pas laissé entre les ponts de grands vides, espace perdu qu'il aurait fallu pressuriser en pure perte. Non, les gaines devaient courir dans les parois extérieures de l'École et n'avaient sans doute pas plus de quinze centimètres de côté.

Fermant les yeux, il s'efforça d'imaginer un système d'aération : des machines soufflaient dans les étroits conduits de l'air tiède qui pénétrait dans tous les coins et recoins de la station.

Non, ça ne marcherait pas ; il devait exister un moyen de récupérer l'air pour le renouveler ; et s'il arrivait par les parois, il repartait par... les couloirs.

Bean se leva et courut à la porte. En effet, le plafond à l'extérieur de la salle était plus bas de vingt centimètres qu'à l'intérieur, mais il n'y avait pas de grille de ventilation. Seulement des lampes.

Il rentra dans la salle et leva les yeux : en haut de la paroi contiguë au couloir s'étirait une fente apparemment plus décorative qu'utilitaire. Elle n'avait que trois centimètres de hauteur, si bien que Bean lui-même aurait été incapable de s'insinuer dans le système d'aspiration.

Il retourna vivement devant la bouche d'aération et se déchaussa : il n'avait pas envie de rester coincé dans le conduit parce que ses chaussures ne passaient pas.

Il pénétra dans l'ouverture les jambes les premières, puis se tortilla jusqu'à ce qu'elles fussent entièrement entrées et que ses fesses reposent au bord du puits. Il ne touchait toujours pas le fond ; ce n'était pas bon signe : et si la gaine descendait tout droit jusqu'aux machines ?

Il s'en extirpa et s'y introduisit à nouveau, mais de dos. C'était plus difficile et plus pénible, mais il pouvait au moins utiliser ses bras et ses mains pour se freiner sur le plancher de la salle tandis qu'il s'enfonçait dans le conduit jusqu'à la poitrine.

Ses pieds touchèrent le fond. Il tâtonna du bout des orteils. Oui, la gaine courait horizontalement le long de la paroi extérieure de la salle, et l'ouverture était assez grande pour qu'il puisse s'y introduire et progresser – toujours sur le flanc – de pièce en pièce.

Il n'avait pas besoin d'en savoir plus pour l'instant. Il fit un petit bond pour jeter ses mains plus loin sur le sol, avec l'intention d'utiliser la friction pour s'extraire du boyau, mais il glissa et retomba dans la gaine.

Ah, génial ! Quelqu'un qui serait à sa recherche ou bien un groupe d'enfants venus jouer finirait par le découvrir là, mais il n'avait pas envie de se faire surprendre dans cette position ; et, plus important, le système d'aération ne pouvait lui servir d'itinéraire de rechange pour se déplacer dans la station que s'il était en mesure d'en sortir. Une image lui vint à l'esprit : celle de quelqu'un qui ouvrait une grille et se retrouvait nez à nez avec son crâne et son corps desséchés par le courant d'air tiède du conduit où il serait mort de faim ou de soif.

Cependant, puisqu'il était là, autant vérifier s'il pouvait remettre en place la grille de l'intérieur.

Il tendit le bras et, non sans mal, parvint à l'accrocher d'un doigt, puis à la tirer vers lui. Une fois qu'il l'eut en main, il n'eut aucune difficulté à la positionner devant son logement, ni même à l'y enfoncer assez pour qu'un œil peu attentif ne remarque pas l'écart avec la paroi. Toutefois, une fois la grille en place, il devait garder la tête tournée de côté par manque d'espace ; ainsi, dans les gaines, il serait obligé de regarder toujours à droite ou à gauche. Fabuleux !

Il repoussa la grille, mais en douceur afin qu'elle ne tombe pas au sol. Il était temps de sortir de là pour de bon.

Au bout de quelques échecs, il s'aperçut que la grille était exactement l'instrument dont il avait besoin. Il la disposa à plat face à l'ouverture et s'agrippa du bout des doigts à son extrémité opposée ; il jouissait ainsi d'un point d'ancrage qui lui permit de se hisser suffisamment pour poser son torse sur le bord du puits. Peser de tout son poids sur une telle arête était douloureux, mais il put enfin se soulever sur les coudes, puis sur les mains, et se sortir tout entier de l'ouverture.

Mentalement, et avec soin, il se repassa la séquence musculaire qu'il avait employée, puis s'efforça de se rappeler les appareils dont disposait la salle de gymnastique. Oui, il pourrait renforcer les muscles nécessaires.

Il remit la grille en place, puis il souleva le devant de sa chemise pour examiner les éraflures rouges que portait sa poitrine. Il remarquait qu'un peu de sang en perlait. Intéressant. Comment l'expliquer si on lui posait des questions ? Il faudrait voir plus tard s'il ne pouvait pas s'infliger une écorchure au même endroit en grimpant sur sa couchette.

Au petit trot, il sortit de la salle de jeux et suivit le couloir jusqu'à la perche la plus proche, le long de laquelle il se laissa glisser jusqu'au niveau du réfectoire, sans cesser de se demander quelle urgence l'avait poussé à pénétrer dans le système de ventilation. Dans le passé, chaque fois qu'il avait eu cette réaction, cette impulsion à effectuer une tâche sans même savoir pourquoi, il s'était avéré qu'il existait un danger dont la perception n'avait pas encore atteint son esprit conscient. Quel était le risque, à présent ?

Soudain, il comprit : à Rotterdam, dans la rue, il avait toujours veillé à disposer d'une voie de retraite, quelle que soit la situation, d'un trajet de rechange pour s'enfuir. S'il était poursuivi, il ne se jetait jamais dans un cul-de-sac pour se cacher sauf s'il en connaissait une autre issue ; d'ailleurs, il ne se cachait jamais vraiment : il échappait à l'adversaire en restant toujours en mouvement. Devant le pire des périls, il était incapable de demeurer sans bouger. Être acculé lui faisait une impression horrible ; c'était un véritable supplice.

Ça faisait mal, c'était humide et froid, il avait faim, il n'y avait pas assez d'air, des gens marchaient près de lui, s'ils soulevaient le couvercle ils allaient le trouver, et il ne pourrait pas s'enfuir, il était obligé d'attendre immobile qu'ils s'éloignent sans le voir. S'ils se servaient des toilettes et tiraient la chasse, elle ne marcherait pas parce qu'il était assis de tout son poids sur le flotteur. L'eau avait débordé du réservoir quand il s'y était plongé. Ils allaient remarquer la grande flaque et découvrir sa cachette.

C'était la pire expérience de sa vie, et il ne supportait pas l'idée de se dissimuler ainsi encore une fois. Ce n'était pas le manque d'espace qui le gênait, ni l'humidité, ni la faim, ni la solitude : c'était que la seule issue le jetait dans les bras de ses poursuivants.

À présent qu'il avait analysé son réflexe, il put se détendre. Il n'avait pas exploré la gaine à cause de la perception subliminale d'un danger mais du souvenir de l'époque où, tout petit, il avait dû se cacher dans le réservoir des toilettes. Donc, si péril il y avait, il ne l'avait pas encore détecté. Ce n'était qu'une réminiscence de son enfance. Sœur Carlotta lui avait expliqué qu'une grande partie du comportement humain n'était que la répétition de nos réactions devant des dangers disparus depuis longtemps. À l'époque, cette idée n'avait pas paru tenir debout à Bean, mais il s'était tu, et il se rendait compte à présent qu'elle était exacte.

Et puis, après tout, peut-être cet étroit et dangereux chemin dans le système de ventilation lui sauverait-il un jour la vie.

Pas une fois il n'appliqua la main contre la paroi pour déclencher l'illumination de la bande vert-marron-vert, car il savait précisément où étaient

situés ses quartiers. Comment aurait-il pu l'ignorer ?
Il s'y était déjà rendu une fois et il connaissait par
cœur le trajet entre son casernement et les divers
secteurs de la station qu'il avait visités.

Quand il parvint à destination, il constata que
Dimak n'avait pas encore ramené les derniers
enfants du réfectoire. Son exploration n'avait pas pris
plus de vingt minutes, y compris sa conversation avec
Petra et les deux parties de jeu auxquelles il avait
assisté pendant le changement de classe.

Prenant pied sur une couchette du bas, il se hissa
sur celle d'au-dessus avec une maladresse délibérée
et resta un moment les jambes pendantes, appuyé
sur le rebord, assez longtemps pour se faire mal à
peu près là où il s'était éraflé en sortant de la gaine
d'aération. « Qu'est-ce que tu fais ? » demanda un
bleu non loin de lui.

Sachant que personne ne comprendrait, il répondit
la vérité : « Je m'esquinte la poitrine.

— J'essaye de dormir, dit l'autre. Toi aussi, tu dois
te reposer.

— C'est l'heure de la sieste, fit un troisième garçon. J'ai l'impression d'être un petit con de quatre
ans. »

Bean se demanda distraitement ce qu'avait pu être
l'existence de ses voisins pour qu'une sieste leur évo-
que l'âge de quatre ans.

Debout à côté de Pablo de Noches, sœur Carlotta
regardait les toilettes. « C'est un vieux modèle, dit
Pablo. *Norteamericano*. Très populaire pendant un
moment à l'époque où les Pays-Bas sont devenus
territoire international. »

La religieuse souleva le couvercle du réservoir. Il
était en plastique très léger.

Comme ils sortaient des W-C, la gérante de l'immeuble qui leur avait fait visiter l'étage dévisagea la
sœur avec curiosité.

« Il n'y a pas de risque à utiliser les toilettes, n'est-ce pas ? demanda-t-elle.

— Non. Je voulais les voir, c'est tout. Il s'agit d'une affaire dont s'occupe la Flotte ; je vous serais reconnaissante de ne pas ébruiter notre passage. »

Naturellement, une telle prière garantissait presque à coup sûr qu'elle ne parlerait de rien d'autre autour d'elle, mais sœur Carlotta espérait que l'histoire passerait simplement pour une rumeur bizarre.

Ceux qui avaient dirigé une banque d'organes dans l'immeuble n'avaient sûrement pas envie de se faire pincer, et il y avait beaucoup d'argent à la clé dans ce genre de sinistre activité. C'est ainsi que le diable récompensait ses amis : de l'argent à la pelle, jusqu'au moment où il les trahissait et les laissait seuls face aux tourments de l'enfer.

Dans la rue, elle demanda à Pablo : « Il était vraiment caché là-dedans ?

— Il était très petit. Il était à quatre pattes par terre quand je l'ai trouvé, mais trempé jusqu'aux épaules. J'ai d'abord cru qu'il avait fait pipi sur lui mais il a dit que non, et puis il m'a montré le réservoir. Et il avait des marques rouges ici et ici, là où il s'était appuyé contre le mécanisme.

— Il parlait ? fit la sœur.

— Pas beaucoup, quelques mots seulement. Il était tout petit ; j'avais du mal à croire qu'un môme aussi jeune sache parler.

— Combien de temps était-il resté dans l'eau ? »

Pablo haussa les épaules. « Il avait la peau fripée comme une vieille dame, sur tout le corps, et il crevait de froid. Je me suis dit : Il va claquer ; c'est pas de l'eau tiède comme dans une piscine, c'est de l'eau glacée. Il a tremblé de froid toute la nuit.

— Mais comment a-t-il réussi à survivre ? Voilà ce que je ne comprends pas », fit la religieuse.

Pablo sourit. « *No hay nada que Dios no puede hacer.*

— C'est vrai. Mais ce n'est pas pour autant que nous ne pouvons pas comprendre comment il opère ses miracles – ni pourquoi. »

L'homme fit la moue. « Dieu fait ce qu'il fait. Je fais mon travail, je vis, et j'essaye d'être aussi humain que possible. »

Elle lui serra le bras. « Vous avez sauvé un enfant perdu des griffes de ceux qui voulaient le tuer. Dieu vous a vu agir et il vous aime. »

Pablo garda le silence, mais sœur Carlotta devina ses pensées : combien de péchés son geste avait-il lavés, et serait-ce suffisant pour le préserver de l'enfer ? « Les actes de bonté n'effacent pas les péchés, dit-elle. *Solo el redentor puede limpiar su alma*. »

Pablo haussa les épaules : la théologie n'était pas son fort.

« Ces actes, on ne les accomplit pas pour soi-même, poursuivit la religieuse, mais parce que Dieu est en soi et qu'en ces moments-là on devient ses mains et ses pieds, ses yeux et ses lèvres.

— J'ai cru que ce bébé, c'était Dieu. Jésus a dit : Ce que vous infligez à cet enfant, c'est à moi que vous l'infligez. »

Sœur Carlotta éclata de rire. « Dieu fera le tri des points de détail à l'heure qui lui conviendra. Essayons de le servir, c'est déjà beaucoup.

— Il était tout petit, mais Dieu était en lui. »

La religieuse dit au revoir à Pablo quand il descendit du taxi devant son immeuble.

Pourquoi tenait-elle tant à voir ces toilettes de ses propres yeux ? Son travail avec Bean était terminé ; il avait pris la navette la veille. Pourquoi s'accrochait-elle tant à cette affaire ?

Parce qu'il aurait dû mourir ; et, même s'il avait survécu, après tant d'années passées dans les rues à souffrir de la faim, il était si dénutri que son cerveau aurait dû subir de graves dégâts. Ce gosse aurait dû être définitivement attardé.

Voilà pourquoi elle ne pouvait pas lâcher la question des origines de Bean : parce qu'il était peut-être atteint mentalement, parce qu'il était peut-être arriéré, parce qu'il était peut-être né doté d'un intellect si brillant qu'il pouvait en perdre la moitié et demeurer néanmoins un enfant prodige.

Elle se rappela les paroles de saint Matthieu : la mère de Jésus chérissait dans son cœur tout ce qui était arrivé à son fils pendant son enfance. Certes, Bean n'était pas Jésus et elle-même n'était pas la Sainte Mère, mais c'était un petit garçon et elle l'avait aimé comme un fils. Ce qu'il avait fait, aucun enfant de son âge n'en aurait été capable.

Aucun enfant de moins d'un an, qui ne marchait pas encore, n'aurait pu avoir une vision si claire du danger qu'il aurait agi comme Bean ; à cet âge, un petit était souvent en mesure de sortir tout seul de son berceau, mais il ne se cachait pas pendant des heures dans le réservoir des W-C pour s'en extraire ensuite vivant et demander de l'aide. C'était peut-être un miracle, mais sœur Carlotta n'aurait de cesse d'en comprendre le mécanisme. Dans ces banques d'organes illégales, on prenait les déchets de la société, alors que Bean, avec ses dons extraordinaires, ne pouvait avoir que des parents extraordinaires.

Et pourtant, malgré les recherches qu'elle avait effectuées pendant les mois où Bean avait vécu avec elle, elle n'avait pas découvert la moindre affaire d'enlèvement dont il aurait pu être la victime. Pas de kidnapping, pas même un accident dont le seul survivant, un enfant, aurait pu être escamoté et dont on n'aurait par conséquent jamais retrouvé le corps. Cela ne signifiait rien, évidemment : tous les bébés disparus ne laissaient pas une trace de leur existence dans les journaux, et tous les journaux ne possédaient pas d'archives accessibles par les réseaux informatiques. Cependant, les parents de Bean devaient être si doués intellectuellement qu'on avait sûrement parlé d'eux – non ? Un esprit comme le sien pouvait-il avoir été engendré par des parents ordinaires ? Était-ce là le miracle dont tous les autres découlaient ?

Elle avait beau faire, sœur Carlotta n'arrivait pas à le croire. Bean n'était pas ce qu'il paraissait ; il avait à présent intégré l'École de guerre, et il avait de bonnes chances de se retrouver un jour dans l'uniforme de commandant d'une grande flotte. Pourtant, que savait-on de lui ? Était-il possible que ce ne fût pas un humain normal, que son intelligence hors du commun lui eût été donnée, non par Dieu, mais par quelqu'un ou quelque chose d'autre ?

Telle était la question : en dehors de Dieu, qui aurait pu créer un enfant comme lui ?

La religieuse enfouit son visage dans ses mains. D'où lui venaient ces pensées ? Après toutes ces années de recherches, pourquoi persister à douter de sa grande réussite ?

Nous avons vu la bête de l'Apocalypse, songea-t-elle, le doryphore, le monstre formique qui apporte la destruction sur la Terre, comme il a été prophétisé. Nous avons vu la Bête et, il y a longtemps, Mazer Rackham et la flotte des hommes, au bord de la défaite, ont vaincu ce grand dragon. Mais il va revenir, et saint Jean, l'auteur des révélations, dit qu'alors un prophète l'accompagnera.

Non, non ! Bean est bon, c'est un garçon au cœur sensible. Ce n'est pas un démon, ce n'est pas un serviteur de la Bête, ce n'est qu'un enfant doué d'immenses talents, que Dieu a choisi pour rendre l'espoir au monde à l'heure où il affronte son plus grand ennemi. Je le connais comme une mère connaît son fils et je ne me trompe pas.

Néanmoins, de retour dans sa chambre, elle mit son ordinateur au travail pour une nouvelle recherche : celle de rapports écrits par des scientifiques, ou les concernant, qui avaient travaillé au moins cinq ans plus tôt sur des projets où intervenaient des modifications de l'ADN humain.

Et, tandis que le moteur de recherche passait en revue tous les grands index des réseaux et triait les réponses en catégories exploitables, sœur Carlotta alla prendre la petite pile de vêtements soigneusement pliés qui attendaient de passer à la machine. Non, elle ne les laverait pas, finalement. Elle les glissa dans un sac plastique en même temps que les draps et la taie d'oreiller de Bean. Il avait porté ces habits, dormi dans ces draps, et il y avait laissé un peu de lui-même, quelques squames, quelques cheveux, assez, sans doute, pour une analyse d'ADN sérieuse.

L'existence de Bean tenait peut-être du miracle, mais sœur Carlotta avait bien l'intention de prendre les mesures de ce miracle, car sa mission n'était pas de tirer les enfants des rues sans pitié des grandes villes du monde : c'était de contribuer à sauver la seule espèce faite à l'image de Dieu, et rien n'avait changé aujourd'hui. S'il y avait une anomalie dangereuse chez l'enfant qu'elle avait pris dans son cœur comme un fils bien-aimé, elle devait le découvrir et tirer le signal d'alarme.

7

EXPLORATION

« Ainsi, ce groupe de bleus a mis du temps à regagner ses quartiers.

— Il y a un trou de vingt et une minutes.

— C'est beaucoup ? Je n'étais même pas au courant qu'on vérifiait ce genre de détail.

— Question de sécurité ; et aussi pour savoir, en cas de besoin, où se trouvent les uns et les autres. En suivant les uniformes qui ont quitté le réfectoire et ceux qui sont rentrés au casernement, nous arrivons, tout compris, à un total de vingt et une minutes. Il pourrait s'agir de vingt et un enfants qui auraient chacun perdu une minute en traînant en chemin, ou d'un seul qui se serait évaporé dans la nature pendant vingt et une minutes.

— Voilà qui m'aide beaucoup. Et vous voulez que je me renseigne auprès des gosses ?

— Non ! Ils doivent ignorer que nous les suivons à la trace grâce à leurs uniformes. Il n'est pas bon qu'ils soient informés de ce que nous savons sur eux.

— Du peu que nous savons sur eux, en réalité.

— Comment ça ?

— S'il s'agit d'un élève, il vaudrait mieux qu'il ne sache pas que nos méthodes de surveillance ne nous ont pas révélé son identité.

— Ah ! Bonne remarque. Et... à vrai dire, je viens vous voir parce qu'il s'agissait en effet d'un seul élève – c'est du moins mon avis.

— Malgré l'absence de données irréfutables ?

— À cause du schéma de groupe des enfants à leur arrivée : ils étaient en petits groupes de deux ou trois, et certains étaient seuls ; la disposition n'avait pas changé quand ils ont quitté le réfectoire. Il s'était produit quelques agglutinations – trois enfants isolés avaient formé un groupe, deux groupes de deux s'étaient assemblés en une bande de quatre –, mais si un incident remarquable avait eu lieu dans le couloir, on aurait assisté à un phénomène de coalescence générale, d'où serait apparu, une fois l'incident terminé, un groupe beaucoup plus considérable.

— Donc, pour en revenir à nos moutons, nous avons vingt et une minutes pendant lesquelles nous ignorons ce qu'a fait un des élèves.

— Il me semblait nécessaire de vous en avertir.

— À quoi ce garçon aurait-il pu employer ce laps de temps ?

— Vous savez de qui il s'agit ?

— Je l'apprendrai bientôt. Les toilettes sont-elles sous surveillance ? Un enfant aurait pu être angoissé au point d'y aller vomir son déjeuner.

— Les statistiques d'entrée et de sortie des toilettes étaient normales.

— Très bien ; il faut découvrir de quel élève il s'agit. Et continuez à ouvrir l'œil sur les données de ce groupe de bleus.

— J'ai donc bien fait de vous prévenir ?

— Vous en doutiez ? »

Bean ne dormit que d'un œil, comme d'habitude, et s'éveilla à deux reprises au cours de la sieste, autant qu'il s'en souvint. Chaque fois, il demeura simplement allongé à écouter la respiration des autres et perçut de vagues murmures quelque part dans le dortoir ; c'étaient des voix d'enfants où ne perçait aucune inquiétude, mais elles suffirent à tirer Bean du sommeil le temps de se convaincre qu'il ne courait pas de danger.

Il se réveilla une troisième fois au moment où Dimak arriva. Avant même de se redresser sur sa couchette, Bean savait qui était là : le poids des pas et l'assurance de la démarche dénotaient l'autorité. Il avait les yeux ouverts avant même que Dimak dît un mot, et il était à quatre pattes, prêt à s'élancer dans n'importe quelle direction, avant que le capitaine eût achevé sa première phrase.

« La sieste est terminée, les gars et les filles ; il est l'heure de travailler. »

Sa présence n'avait donc rien à voir avec l'escapade à la sortie du réfectoire ; s'il savait ce que Bean avait fait après le repas et avant la sieste, il n'en montra rien. Il n'y avait pas de danger immédiat.

Bean se rassit sur sa couchette pendant que Dimak expliquait l'usage des casiers et des bureaux. Appuyer la main sur la paroi à côté du casier pour l'ouvrir ; ensuite, allumer le bureau et taper son nom et un mot de passe.

Bean posa aussitôt la main droite sur le scanner de son casier, mais pas sur son bureau ; au lieu de cela, il jeta un coup d'œil pour voir où se trouvait Dimak – il aidait un autre élève près de la porte – puis grimpa sur la couchette inoccupée au-dessus de lui et appliqua sa main gauche sur le scanner du casier correspondant. Un autre bureau s'y trouvait. Promptement, il alluma le sien et tapa son nom et un mot de passe : Bean, Achille. Puis il prit le second bureau et le mit en route. Nom ? Poke. Mot de passe ? Carlotta.

Il replaça l'appareil dans le casier dont il referma le battant, puis laissa tomber son propre terminal sur sa couchette, où il le rejoignit. Il ne vérifia pas si on l'avait remarqué ; si c'était le cas, on ne tarderait pas à le signaler ; dans le cas contraire, scruter trop visiblement les alentours ne ferait qu'attirer l'attention.

Naturellement, les adultes apprendraient ce qu'il avait fait ; d'ailleurs, Dimak n'allait pas tarder à s'en rendre compte, car un enfant se plaignait que son casier refusait de s'ouvrir. Cela signifiait donc que la station savait combien d'élèves se trouvaient dans le dortoir et bloquait l'accès aux casiers quand le total prévu était atteint. Mais, au lieu de demander qui avait ouvert deux armoires, Dimak appliqua sa main sur le scanner et la porte du casier s'ouvrit. Il la referma et, cette fois-ci, elle réagit à l'empreinte de l'enfant.

Ainsi, on laissait à Bean son deuxième casier, son bureau supplémentaire, sa seconde identité. On l'observerait sans doute avec un intérêt particulier pour voir ce qu'il en ferait, et il devrait donc l'utiliser de temps en temps, maladroitement, afin de donner l'impression à ceux qui le surveilleraient qu'ils comprenaient à quoi servait sa deuxième identité : il pourrait inventer une blague, ou tenir un journal intime. Ça, ce serait drôle – sœur Carlotta essayait toujours de connaître ses pensées secrètes, et ses enseignants en feraient sûrement autant. Ils goberaient tout ce qu'il écrirait.

Par conséquent, ils ne chercheraient pas son vrai travail privé, qu'il ferait sur son propre bureau – ou bien, si cela présentait un risque, sur celui d'un des deux garçons des couchettes en face de lui, de l'autre côté de l'allée centrale, dont il avait soigneusement noté et mémorisé les mots de passe. Dimak était justement en train d'annoncer que chacun devait veiller sur son bureau, mais, c'était inévitable, certains enfants feraient preuve de négligence et laisseraient traîner leurs terminaux.

Pour l'instant, cependant, Bean ne comptait rien entreprendre de plus risqué que ce qu'il avait déjà fait. Si les professeurs n'intervenaient pas, c'est qu'ils avaient leurs raisons ; l'important était qu'ils ignorent les siennes.

D'ailleurs, il ne les connaissait pas lui-même. Comme pour le système d'aération, quand il imaginait un moyen d'obtenir un avantage, il le préparait à l'avance, voilà tout.

145

Dimak poursuivit ses explications sur la façon de soumettre les devoirs aux enseignants, le dossier sous lequel se trouvaient leurs noms et le jeu intégré à chaque bureau. « Vous ne devez pas y jouer pendant vos heures d'étude, dit-il, mais, quand vous avez terminé votre travail, vous avez l'autorisation de passer quelques minutes à l'explorer.

Bean comprit aussitôt : les professeurs voulaient que les élèves s'adonnent au jeu en question, et ils savaient que la meilleure manière de les y pousser était d'établir des règles strictes – sans les appliquer. Un jeu... De temps en temps, sœur Carlotta se servait de jeux pour analyser la personnalité de Bean, lequel les retournait toujours à ses propres fins : comprendre ce que sœur Carlotta essayait d'apprendre sur lui à partir de sa façon de jouer.

En l'occurrence, toutefois, tous ses choix et ses mouvements dans le jeu révéleraient aux enseignants des éléments sur lui qu'il préférait ne pas dévoiler ; aussi n'y jouerait-il pas, à moins qu'on ne l'y oblige, et encore. Jouter avec sœur Carlotta ne présentait guère de difficulté, mais l'École devait disposer de vrais experts, et Bean n'avait pas l'intention de leur donner l'occasion d'en apprendre plus sur sa psychologie qu'il n'en savait lui-même.

Dimak emmena le groupe en visite ; Bean avait déjà vu la plupart des secteurs qu'il fit découvrir aux enfants, lesquels se pâmèrent devant la salle de jeu. Bean ne jeta pas le moindre coup d'œil à la grille de ventilation mais se fit un devoir de lancer le jeu auquel il avait vu les grands jouer, d'apprendre comment fonctionnaient les commandes et de vérifier que sa tactique était bel et bien efficace.

Suivit une séance d'entraînement au gymnase pendant laquelle Bean exécuta les exercices dont il pensait avoir besoin et dont les plus importants étaient les pompes et les tractions d'un seul bras. Il dut se procurer un tabouret pour atteindre la barre fixe la plus basse, mais ne s'inquiéta pas : très bientôt, il serait capable d'y parvenir d'un bond. Avec les quantités qu'on lui donnait à manger, les forces lui viendraient rapidement.

De fait, l'administration de l'École paraissait décidée à le gaver à une allure extraordinaire. Après le gymnase, il y eut la douche, puis ce fut l'heure du dîner. Bean n'avait pas encore faim, et, avec ce dont on chargea son plateau, il aurait eu de quoi nourrir toute sa bande de Rotterdam ; aussi s'approcha-t-il de certains des enfants qui s'étaient plaints de leurs rations insuffisantes et, sans demander la permission, transféra-t-il l'excédent de son plateau sur les leurs. L'un d'eux, étonné, commença d'ouvrir la bouche, mais Bean mit le doigt sur ses lèvres et l'enfant lui répondit par un sourire complice. Bean avait encore trop à manger, et pourtant, quand il rendit son plateau, on n'y voyait plus une miette. Le nutritionniste serait content. Restait à savoir si le personnel d'entretien signalerait le surplus de nourriture abandonné par terre.

Quartier libre : Bean se rendit à la salle de jeu en espérant y rencontrer cet Ender Wiggin dont tout le monde parlait. S'il s'y trouvait, il serait certainement au centre d'un groupe d'admirateurs ; mais il ne découvrit au cœur des divers petits cercles que des individus avides de prestige qui, se prenant pour le chef de leur chapelle, étaient prêts à suivre leur groupe n'importe où pour préserver leur illusion. Impossible qu'Ender Wiggin fût l'un d'entre eux, et Bean n'avait pas l'intention de se renseigner sur lui.

Aussi s'essaya-t-il à plusieurs jeux, mais chaque fois, dès qu'il perdait, d'autres enfants le poussaient pour prendre sa place, obéissant à un code social très intéressant : les élèves savaient que même le bleu le plus inexpérimenté avait droit à son tour ; toutefois, à l'instant où le tour s'achevait, la protection de la règle disparaissait. Et la brutalité particulière dont ils faisaient preuve envers Bean rendait le message on ne peut plus clair : « Tu m'as fait attendre alors que tu n'as rien à faire sur ce jeu. » Exactement comme dans les queues devant les cuisines populaires de Rotterdam – sauf que, dans le cas présent, absolument rien de crucial n'était en jeu.

Ce n'était donc pas la faim qui poussait certains enfants des rues à jouer les terreurs : c'était un caractère inné chez eux, et, quels que soient les enjeux, ils trouvaient toujours le moyen d'agir selon ce trait de leur personnalité ; s'il s'agissait de manger, les perdants mouraient ; s'il s'agissait de jouer, les rouleurs de mécaniques n'hésitaient pas à importuner les autres et à leur envoyer toujours le même message : Fais ce que je veux ou tu le payeras.

L'intelligence et l'instruction, points communs de tous ces enfants, ne changeaient donc rien de fondamental dans la nature humaine – ce dont Bean ne s'étonna pas.

La modestie de l'enjeu ne modifiait pas non plus sa réaction devant les gros bras : il leur obéissait sans récriminer et prenait note de leur identité. Il n'avait pas l'intention de les punir ni de les éviter : tout simplement, il gravait dans sa mémoire qui jouait les terreurs afin d'en tenir compte s'il se trouvait un jour dans une situation où ce renseignement avait son importance.

La susceptibilité n'était pas de mise car elle n'augmentait pas les chances de survie. Ce qui comptait, c'était de tout apprendre sur les circonstances, de les analyser, de déterminer une ligne d'action et de la suivre sans faiblir. Savoir, réfléchir, décider, agir. Les émotions n'avaient pas leur place sur cette liste. Certes, Bean avait des sentiments, mais il s'interdisait d'y penser, de les ruminer et de les laisser influer sur ses décisions quand l'enjeu était trop important.

« Il est encore plus petit qu'Ender à l'époque. »

Encore ! Bean en avait par-dessus la tête d'entendre toujours la même remarque.

« Ne me parle pas de ce *hijo de puta, bicho*. »

148

Bean redressa la tête : Ender avait un ennemi. Il se demandait quand il en repérerait un, car quelqu'un qui tenait la tête du classement ne pouvait pas susciter que l'admiration. Qui avait parlé ? Mine de rien, Bean s'approcha du groupe où il avait entendu la phrase. La même voix s'éleva de nouveau, et Bean aperçut celui qui avait traité Ender de *hijo de puta*.

Son uniforme était décoré de la silhouette d'une espèce de lézard, ainsi que d'un triangle sur la manche, à la différence des garçons qui l'entouraient. Tous lui prêtaient la plus grande attention. Le capitaine de l'équipe ?

Bean avait besoin de renseignements. Il tira sur la manche d'un garçon près de lui.

« Quoi ? fit l'intéressé, agacé.

— C'est qui, ce gars, là ? demanda Bean. Le capitaine d'équipe au lézard.

— Pas lézard, cervelle de mouche : salamandre ; c'est l'armée de la Salamandre. Et lui, c'est le commandant. »

Ainsi, les équipes s'appelaient des armées, et le triangle indiquait le grade de commandant. « Son nom, c'est quoi ?

— Bonzo Madrid, et il est encore plus con que toi. » Et, d'un mouvement d'épaule, le garçon dégagea sa manche de la main de Bean.

Donc Bonzo Madrid avait le courage de déclarer ouvertement son aversion pour Ender Wiggin, mais il était l'objet du mépris d'un gosse qui n'était pas dans son armée et n'hésitait pas à faire état de son dédain devant un inconnu. C'était bon à savoir : le seul ennemi – jusqu'à plus ample informé – qu'avait Ender était quelqu'un de méprisable.

Oui, mais... méprisable ou non, Bonzo était commandant, ce qui signifiait qu'on pouvait atteindre ce grade sans être obligatoirement respecté de tous. Sur quels critères attribuait-on les commandements, dans ce jeu de guerre qui sous-tendait toute la vie à l'École ?

Et, plus important, comment Bean lui-même pouvait-il obtenir un commandement ?

À cet instant, il prit soudain conscience que lui aussi poursuivait ce but. Il était arrivé à l'École en ayant les meilleurs résultats de son groupe, mais il était le plus petit et le plus jeune, et son professeur l'avait délibérément isolé encore davantage, ce qui avait fait de lui la cible de toutes les rancœurs de ses condisciples. Inconsciemment, il avait alors décidé qu'il ne répéterait pas sa façon d'agir à Rotterdam ; pas question de vivre en marge et de ne s'intégrer à une bande que lorsque c'était absolument essentiel à sa survie : il allait se mettre en position de commander une armée le plus vite possible.

Achille était devenu le chef parce qu'il était brutal et prêt à tuer. À ce jeu-là, l'intelligence était toujours battue, quand celui qui la possédait n'était pas à la hauteur physiquement et n'avait pas de puissants alliés. Mais à l'École les brutes ne pouvaient que rudoyer les autres et parler grossièrement, car les adultes contrôlaient étroitement les élèves ; en conséquence, l'attribution des commandements ne dépendait pas de la brutalité des candidats et l'intelligence avait une chance de l'emporter. En définitive, Bean ne serait peut-être pas obligé d'obéir aux ordres d'imbéciles divers et variés.

Si Bean désirait accéder à l'autorité – et pourquoi pas, tant qu'un objectif plus important ne se présentait pas ? –, il devait apprendre sur quelles bases les enseignants fondaient leurs choix en matière de commandement. Était-ce seulement sur les résultats scolaires ? Bean en doutait. La Flotte internationale avait dû placer des gens plus astucieux que ça à la tête de l'École ; la présence d'un jeu intégré à chaque bureau indiquait que la personnalité, le caractère, comptait aussi ; Bean soupçonnait même que, tout bien considéré, le caractère avait plus de poids que l'intelligence. Dans son credo de la survie – savoir, réfléchir, décider, agir –, l'intelligence n'intervenait que dans les trois premières étapes et ne constituait un facteur décisif que dans la deuxième. Les professeurs ne l'ignoraient pas.

Je devrais peut-être m'essayer au jeu, se dit Bean.

Et puis : Pas tout de suite. Voyons ce qui se passe si je n'y joue pas.

En même temps, il parvint à une conclusion dont il ne savait même pas qu'il la recherchait : il allait parler à Bonzo Madrid.

L'intéressé était au milieu d'une partie, et c'était visiblement le genre à prendre comme un affront à sa dignité toute intrusion inattendue. Donc, pour obtenir ce qu'il voulait, Bean ne devait pas l'aborder en se faisant le plus petit possible, comme les lèche-bottes qui l'entouraient et le félicitaient même de ses erreurs stupides.

Non : Bean se fraya un chemin parmi les spectateurs et s'approcha suffisamment pour voir mourir – une fois de plus – le personnage qu'incarnait Bonzo à l'écran. *« Señor Madrid, puedo hablar convozco ? »* L'espagnol lui vint assez naturellement – il avait écouté Pablo de Noches bavarder avec des compatriotes immigrants venus lui rendre visite et, au téléphone, avec des membres de sa famille restés à Valence. Et, de fait, l'emploi de la langue natale de Bonzo eut l'effet escompté : Bean retint son attention. Il se tourna vers lui et le foudroya du regard.

« Qu'est-ce que tu veux, *bichinho ?* » L'argot brésilien était courant à l'École de guerre, et Bonzo n'éprouvait apparemment pas le besoin de respecter la pureté de son espagnol.

Bean le regarda dans les yeux, bien qu'il fût moitié moins grand que son interlocuteur, et dit : « On n'arrête pas de me comparer à Ender Wiggin, et tu es le seul dans le coin qui n'a pas l'air de le mettre sur un piédestal. Je veux savoir la vérité. »

Le brusque silence des autres enfants lui indiqua qu'il avait bien estimé le personnage : il était dangereux de questionner Bonzo sur Ender Wiggin, et c'est pourquoi il avait formulé sa demande avec autant de prudence.

« Tu parles, que je ne le mets pas sur un piédestal, cette saloperie de traître d'insoumis ! Mais pourquoi je t'en parlerais, à toi ?

— Parce que tu ne me mentiras pas », répondit Bean, tout en se disant que Bonzo mentirait en réalité comme un arracheur de dents afin de passer pour le héros d'un incident où Ender l'avait manifestement humilié. « Et si on doit continuer à me comparer à ce gars-là, je veux savoir qui c'est. J'ai pas envie de marner en touche parce que je fais tout de travers. Tu ne me dois rien, mais quand on est aussi petit que moi, on a intérêt à dégotter quelqu'un qui sait ce qu'il faut faire pour survivre. » Bean ignorait une grande partie de l'argot en usage à la station, mais il employait ce qu'il en connaissait.

Un enfant près de lui intervint, comme si Bean avait écrit un scénario et qu'il lui donnât la réplique. « Va te faire voir, le bleu. Bonzo Madrid a pas le temps de changer tes couches. »

Bean lui fit face et répliqua d'un ton farouche : « Je peux pas demander aux profs, ils ne disent pas la vérité ! Si Bonzo veut pas me répondre, à qui je peux m'adresser ? À toi ? Tu ferais pas la différence entre ton pif et un furoncle ! »

La repartie était du plus pur style Sergent, et elle eut l'effet escompté : tout le monde éclata de rire aux dépens du garçon qui avait essayé de le chasser, et Bonzo se joignit à l'hilarité générale ; puis il posa une main sur l'épaule de Bean. « Je vais te dire ce que je sais, petit ; il est temps que quelqu'un entende la vérité sur ce trou du cul ambulant. » À l'adresse de celui que Bean venait de braver, il ajouta : « Tiens, termine ma partie ; c'est peut-être la seule fois où tu pourras jouer à ce niveau. »

Bean n'en crut pas ses oreilles : un commandant n'insultait pas gratuitement un de ses propres subordonnés ! Mais l'intéressé ravala sa colère, acquiesça en souriant et dit : « T'as raison, Bonzo », sur quoi il s'installa devant l'affichage holo. Le lèche-bottes parfait.

Le hasard voulut que Bonzo aille se placer devant la grille d'aération où Bean s'était trouvé coincé à peine quelques heures plus tôt. Le petit garçon n'y jeta qu'un bref coup d'œil en passant.

« Voici ce que je peux t'apprendre sur Ender : il ne pense qu'à battre tout le monde. Il ne cherche pas seulement à gagner, il veut écraser l'adversaire, l'écrabouiller, sinon il n'est pas content. Les règles, c'est pas pour lui ; tu lui donnes un ordre simple et il fait comme s'il allait y obéir, mais s'il trouve un moyen de faire le beau et qu'il lui suffit pour ça de désobéir, eh ben, tout ce que je peux te dire, c'est que je plains celui qui l'aura dans son armée.

— Il a fait partie des Salamandres ? »

Bonzo rougit. « Il a porté un uniforme à nos couleurs, il a eu son nom sur ma liste, mais il n'a jamais fait partie des Salamandres. Dès que je l'ai vu, j'ai senti qu'il allait nous amener des emmerdes, avec son air crâneur, comme si l'École de guerre n'était qu'un décor spécialement monté pour qu'il puisse frimer, et ça, j'en voulais pas. J'ai demandé son transfert dès qu'il s'est pointé, et je lui ai interdit de s'exercer avec nous : sinon, j'en étais sûr, il allait apprendre toutes nos techniques, les refiler à une autre armée et s'en servir contre nous. Je ne suis pas complètement idiot ! »

D'après l'expérience de Bean, on ne prononçait cette dernière phrase que si on était convaincu de sa propre inefficacité.

« Donc, il ne suivait pas les ordres.

— Pire que ça : il est allé se plaindre aux profs parce que je ne le laissais pas participer aux exercices ; ils savaient que j'avais demandé son transfert, mais il a pleurniché et ils lui ont permis de s'exercer seul dans la salle de combat pendant son temps libre. Seulement, il s'est mis à recruter des mômes de son groupe d'arrivée, puis des soldats d'autres armées, et ils ont tous commencé à s'exercer en suivant ses ordres, comme si c'était leur commandant. Il y en a pas mal chez nous que ça a foutu en rogne. Et, comme les profs accordaient toujours à ce petit lèche-cul tout ce qu'il voulait, quand nous, les commandants, on a exigé qu'ils interdisent à nos soldats de travailler avec lui, ils ont simplement répondu : « Pendant le temps libre, chacun est libre. » Mais tout est lié, ici, *sabe* ? Tout ! Et, comme les profs laissaient Ender tricher, les soldats les plus nuls, les petits faux culs le rejoignaient pour ces exercices, si bien que les techniques des différentes armées étaient dans les choux, *sabe* ? Tu préparais ta stratégie pour une bataille, mais tu ne savais jamais si tes plans n'allaient pas être répétés à un soldat de l'armée ennemie dès que tu les aurais annoncés, *sabe* ? »

Sabe, sabe, sabe. Bean avait envie de hurler « *Sí, yo sé !* » mais on ne faisait pas montre d'impatience devant Bonzo. Par ailleurs, ses explications étaient passionnantes ; Bean commençait à se faire une idée assez précise de la façon dont les jeux de guerre structuraient la vie à bord de la station ; ils permettaient aux enseignants d'observer non seulement comment les enfants assumaient l'autorité qui leur était confiée, mais aussi comment ils réagissaient face à des chefs incompétents comme Bonzo. Apparemment, il avait décidé de faire d'Ender la tête de Turc de son armée, rôle qu'Ender avait refusé de jouer. Il avait compris que les profs contrôlaient tout et il s'était servi d'eux pour obtenir le droit de s'exercer ; il ne leur avait pas demandé d'empêcher Bonzo de le brimer, mais de lui fournir un autre moyen de s'entraîner. C'était astucieux : les enseignants avaient dû être aux anges, et Bonzo était pieds et poings liés.

À moins que...

« Qu'est-ce que tu as fait, alors ?

— On y travaille. Moi, j'en ai ras le bol ; si les profs ne réagissent pas, il faudra bien que quelqu'un y mette bon ordre, non ? » Bonzo eut un sourire carnassier. « Alors, si j'étais toi, je ne me laisserais pas embarquer dans les exercices d'Ender.

— Il est vraiment numéro un du classement ?

— Numéro un, ça veut dire que dalle, répondit Bonzo. En loyauté, il est bon dernier. Aucun commandant ne l'accepterait dans son armée.

— Merci. Sauf que maintenant ça va m'énerver quand on me dira que je lui ressemble.

— C'est seulement à cause de ta taille. On l'a propulsé soldat alors qu'il était encore beaucoup trop jeune ; débrouille-toi pour que ça ne t'arrive pas et tout se passera bien, *sabe ?*

— *Ahora sé* », répondit Bean avec un grand sourire complice.

Bonzo le lui rendit et lui donna une claque sur l'épaule. « Tu t'en tireras bien. Quand tu auras grandi, et si je n'ai pas été promu, tu entreras peut-être chez les Salamandres. »

Si on te laisse commander une armée, songea Bean, c'est seulement pour que les autres élèves apprennent à se débrouiller le mieux possible sous les ordres d'un crétin galonné. « Je ne compte pas rester soldat très longtemps, dit-il.

— Travaille dur ; ça paye. » Là-dessus, Bonzo lui donna une nouvelle claque sur l'épaule puis s'éloigna, un grand sourire sur le visage. Il était fier d'avoir aidé un petit, et content d'avoir convaincu quelqu'un de partager sa vision déformée d'Ender Wiggin, dont les pets renfermaient manifestement plus d'intelligence que les discours de Bonzo.

Une menace de représailles planait sur ceux qui s'exerçaient en compagnie d'Ender Wiggin pendant leur temps libre. C'était bon à savoir. À présent, Bean devait réfléchir à la meilleure façon d'utiliser ce renseignement. Devait-il avertir Ender ? Les enseignants ? Devait-il se taire et rester simple observateur ?

La récréation prit fin ; chacun quitta la salle de jeu et regagna ses quartiers pour le temps d'étude individuelle et de silence. Cependant, la plupart des membres du groupe de Bean n'avaient rien à étudier, puisqu'ils n'avaient encore suivi aucun cours ; ils passèrent donc la soirée à découvrir le jeu intégré à leurs bureaux et à s'envoyer des piques pour affirmer leurs positions respectives. Sur le terminal de chacun apparaissait la suggestion d'écrire à sa famille, et certains enfants décidèrent d'y obéir, Bean le premier, apparemment.

Mais c'était une illusion. Il alluma son premier bureau, entra le nom de Poke et découvrit alors que, comme il s'en doutait, peu importait l'appareil employé : c'étaient le nom et le mot de passe qui seuls comptaient. Il ne lui serait donc pas utile de se servir du deuxième bureau enfermé dans son casier. Sous l'identité de Poke, il entama un journal intime, ce qui n'avait rien d'extraordinaire : c'était une des options du menu.

Quel caractère allait-il se donner ? Pleurnichard ? « À la salle de jeu, tout le monde m'a bousculé pour m'empêcher de jouer parce que je suis petit ! Ce n'est pas juste ! » Bébé ? « Sœur Carlotta me manque beaucoup, beaucoup, je voudrais bien retourner dans ma chambre à Rotterdam. » Ambitieux ? « Ils vont voir : je vais obtenir les meilleurs résultats dans toutes les disciplines. »

Finalement, il opta pour plus de subtilité.

Que ferait Achille à ma place ? Bien sûr, il est plus grand que moi, mais avec sa mauvaise jambe, ça revient presque au même. Achille savait attendre son heure sans rien manifester, et je dois en faire autant : attendre et voir ce qui se produit. Au début, personne ne voudra de moi comme ami ; mais au bout d'un moment on va s'habituer à moi et le tri s'effectuera lors des cours. Les premiers qui me laisseront m'approcher d'eux seront les plus faibles, mais ce n'est pas un problème. On fonde d'abord sa bande sur la loyauté ; c'est ainsi qu'opérait Achille : faire émerger la loyauté et former à obéir. On travaille avec ce qu'on a sous la main et on avance à partir de là.

Qu'ils se creusent la cervelle là-dessus ; ils allaient être convaincus qu'il essayait de recréer à l'École de guerre l'existence qu'il avait connue dans les rues, et, pendant ce temps, il aurait le loisir d'en apprendre le plus possible sur le véritable fonctionnement de l'École pour dégager une stratégie adaptée à la situation.

Dimak fit une dernière apparition avant l'extinction des feux. « Vos bureaux marchent même après l'heure du coucher, dit-il, mais si vous vous en servez alors que vous devriez être en train de dormir, nous en serons avertis et nous saurons ce que vous faisiez avec. Alors mieux vaut que ce soit important, sans quoi vous finirez sur la liste des ânes. »

La plupart des enfants rangèrent aussitôt leur appareil ; certains le gardèrent entre les mains, l'air provocant. Bean, lui, resta indifférent ; il avait bien d'autres sujets de réflexion. Il aurait tout le temps de s'occuper de son terminal le lendemain ou le surlendemain.

Allongé dans la quasi-obscurité – apparemment, les plus petits avaient besoin d'une veilleuse pour se rendre aux toilettes sans se casser la figure –, il tendit l'oreille pour apprendre à reconnaître les bruits du dortoir : des murmures çà et là, quelques « chut ! », la respiration de plus en plus régulière des garçons et des filles qui s'endormaient les uns après les autres et dont quelques-uns émettaient encore un léger ronflement de bébé. Mais, derrière ces sons humains, il y avait le souffle du système de ventilation, de temps en temps des cliquetis et des voix lointaines, les bruits de contraction et de dilatation des divers secteurs que la rotation de la station amenait au soleil ou engloutissait dans la nuit, les bruits des adultes de service de nuit.

La structure orbitale devait être immense pour accueillir des milliers d'enfants, leurs enseignants, le personnel administratif et les équipes d'entretien, et elle avait dû coûter un prix exorbitant – autant qu'une flotte de vaisseaux spatiaux, sûrement. Et tout ça rien que pour former des gosses. Les adultes enfermaient les élèves dans un univers de jeu, mais pour eux c'était une affaire sérieuse ; leur programme d'entraînement à la guerre n'était pas une expérience éducative loufoque qui avait perdu tout sens de la mesure, même si sœur Carlotta avait sans doute raison en disant que beaucoup de gens le pensaient. La F. I. n'aurait pas maintenu l'École à ce niveau si elle n'en attendait pas de résultats significatifs. Donc ces enfants qui ronflaient ou murmuraient dans le noir avaient une réelle importance.

Les adultes espèrent des résultats de moi, se dit Bean. Ce n'est pas une fête qui se tient ici, où on vient pour le buffet et où on fait ce qu'on veut : ils veulent vraiment faire de nous des officiers ; et, comme l'École existe déjà depuis un bout de temps, ils ont probablement la preuve de son efficacité – des enfants qui ont eu leur diplôme et ont continué dans la carrière pour se constituer de bons états de service. Je ne dois pas l'oublier : quel que soit le système en place ici, il fonctionne.

Un nouveau bruit. Une respiration courte et irrégulière entrecoupée de hoquets. Et puis... un sanglot.

Un garçon s'endormait en pleurant.

Au nid, Bean avait entendu certains enfants pleurer dans leur sommeil ou alors qu'ils y sombraient. Ils pleuraient parce qu'ils avaient faim, qu'ils étaient blessés, qu'ils avaient envie de vomir ou qu'ils avaient froid ; mais ceux-ci, pourquoi pleuraient-ils ?

De nouveaux sanglots se joignirent aux premiers.

Et Bean comprit : c'est la séparation. Ils n'ont jamais quitté maman et papa, et ils en souffrent.

Cette réaction lui était totalement étrangère. Il n'éprouvait rien de tel pour personne. On vit là où on se trouve, point final ; on ne se soucie pas de là où on était avant ni de là où on voudrait être : on est ici, c'est ici qu'il faut se débrouiller pour survivre, et ce n'est pas en restant dans son lit à pleurnicher qu'on y arrive.

Mais c'était égal ; cette faiblesse chez certains donnait à Bean un avantage supplémentaire ; c'était un rival ou deux en moins sur le chemin du commandement.

Était-ce ainsi qu'Ender Wiggin raisonnait ? Bean se remémora tout ce qu'il avait appris sur lui : c'était quelqu'un d'astucieux ; il ne se dressait pas ouvertement contre Bonzo, mais il ne se résignait pas non plus à ses décisions stupides. Cette attitude chatouillait l'intérêt de Bean, car, dans la rue, il ne connaissait qu'une seule règle certaine : on ne s'expose pas à moins que la mort ne soit de toute façon inéluctable. Si on a un chef de bande idiot, on ne le lui dit pas, on ne le lui montre pas, on suit le mouvement et on garde profil bas. Voilà comment on survivait chez les gosses de Rotterdam.

L'épée dans les reins, Bean avait pris un gros risque en s'imposant à la bande de Poke ; mais c'était pour manger, pour ne pas mourir. Pourquoi Ender se mettait-il en danger sans autre enjeu que son classement au jeu de guerre ?

Peut-être savait-il quelque chose que Bean ignorait ; peut-être le jeu était-il plus important qu'il n'y paraissait.

Ou peut-être Ender était-il un de ces gosses qui ne supportent pas de perdre, qui font bloc avec la bande tant qu'elle va dans la direction qui leur convient et qui font cavalier seul dans le cas contraire. C'était ce que pensait Bonzo – mais Bonzo était stupide.

Une fois encore, Bean dut s'avouer que certains éléments lui échappaient encore. Ender ne faisait pas cavalier seul ; il ne s'exerçait pas dans son coin mais ouvrait ses entraînements aux autres – et à des bleus, en plus, pas seulement à ceux qui pouvaient lui être utiles. Se pouvait-il qu'il agisse ainsi simplement par bonté d'âme ?

Comme Poke s'était offerte à Achille pour sauver la vie de Bean ?

Non, Bean n'était pas certain que c'était ce qu'elle avait fait, il n'était pas certain que c'était la raison de sa mort.

Mais la possibilité existait. Et, au fond de lui, cette possibilité était une certitude. Il avait toujours méprisé ce trait de caractère chez elle : elle jouait les dures à cuire mais c'était une faible en réalité. Or... c'était cette faiblesse même qui avait sauvé la peau de Bean, et, malgré tous ses efforts, il ne parvenait pas à prendre envers Poke l'attitude habituelle des gosses des rues et à l'enterrer d'un simple « tant pis pour elle ». Elle l'avait écouté parler, elle avait risqué sa propre vie dans l'espoir d'une existence meilleure pour toute sa bande, puis elle avait offert à Bean une place à sa table et, à la fin, elle s'était interposée entre le danger et lui. Pourquoi ?

Quel était ce grand secret ? Ender le connaissait-il ? Comment l'avait-il appris ? Pourquoi Bean n'arrivait-il pas à le percer lui-même ? Il avait beau faire, il ne comprenait pas Poke, ni sœur Carlotta. Ses bras qui le serraient contre elle, les larmes qu'elle versait sur lui n'éveillaient rien chez lui. Ces femmes ne comprenaient-elles pas que, malgré tout leur amour, il demeurait avant tout un individu qui n'avait rien de commun avec elles et que tout le bien qu'elles lui faisaient n'améliorait en aucune manière leur existence ?

Si Ender Wiggin entretenait lui aussi cette faiblesse, Bean n'avait aucune envie de lui ressembler. Il n'avait pas l'intention de se sacrifier pour quiconque ; et, pour commencer, pas question de pleurer sur Poke en train de flotter sur le fleuve, la gorge tranchée, ni de pleurnicher parce que sœur Carlotta ne dormait pas dans la chambre d'à côté.

Il s'essuya les yeux, roula sur le flanc et, par un effort de volonté, obligea son corps à se détendre. Quelques instants plus tard, il dormait d'un sommeil léger, prêt à se réveiller au plus petit bruit suspect. Son oreiller serait sec bien avant le matin.

Il rêva et ses rêves furent comme ceux de tous les humains : éclairs erratiques de la mémoire et de l'imagination que l'inconscient s'efforce d'organiser en histoires cohérentes. Bean prêtait rarement attention à ces visions et ne se les rappelait pas la plupart du temps ; mais ce matin-là, une image nette demeurait dans son esprit quand il s'éveilla.

Un grouillement de fourmis qui émergeait d'une lézarde dans le trottoir. De petites fourmis noires, et aussi des rouges, plus grosses, qui les attaquaient et les anéantissaient. Elles couraient en tous sens, et aucune ne voyait la chaussure qui s'abattait pour les écraser.

Quand la chaussure remonta, ce n'étaient pas des cadavres de fourmis qui gisaient broyés, mais des corps d'enfants, les corps des gosses des rues de Rotterdam : toute la famille d'Achille, et Bean lui-même – il reconnut son propre visage qui s'élevait de sa dépouille aplatie pour jeter un dernier coup d'œil au monde avant la mort. Au-dessus de lui, immense, il voyait la chaussure qui l'avait tué ; mais à présent elle se trouvait au bout de la patte d'un doryphore, et le doryphore éclatait d'un rire qui n'en finissait pas.

À son réveil, Bean se souvenait du doryphore qui riait, des cadavres des enfants réduits en bouillie et de son propre corps écrabouillé comme un chewing-gum sous une semelle. Le sens est évident, se dit-il : pendant que nous, les gosses, jouons à la guerre, les doryphores arrivent pour les annihiler. Nous devons dépasser nos querelles privées et ne pas oublier l'ennemi principal.

Mais à peine cette interprétation lui fut-elle venue à l'esprit qu'il la rejeta. Les rêves n'avaient aucune signification ; et, même s'ils en avaient une, elle révélait ses émotions et ses craintes personnelles, non pas une vérité générale et indiscutable. Les doryphores arrivaient, d'accord ; ils risquaient d'anéantir tout le monde comme on écrase une colonie de fourmis, c'était vrai ; et alors ? Pour l'instant, il devait s'occuper de survivre et de gagner une position où il pourrait se rendre utile dans la guerre contre les doryphores ; jusque-là, il ne pouvait rien faire pour les arrêter.

Il tira néanmoins une leçon de son rêve : il ne fallait pas faire partie des fourmis. Il fallait être la chaussure.

Les recherches de sœur Carlotta sur les réseaux étaient dans une impasse. Elle avait récolté quantité d'informations sur l'étude de la génétique humaine, mais rien qui s'approchât peu ou prou de ce qu'elle espérait.

Elle était donc à son bureau en train de jouer distraitement au morpion, tout en se demandant que faire et pourquoi elle se donnait tant de mal à chercher les origines de Bean, quand elle reçut un message sécurisé de la F. I. Comme il allait s'effacer automatiquement au bout d'une minute, puis revenir toutes les minutes jusqu'à ce que le destinataire le lise, la religieuse l'ouvrit aussitôt et fournit son premier, puis son second mot de passe.

De : Col.Graff@EcGuerre.FI
À : SrCarlotta@AsnSpec.RemCon.IF
Sujet : Achille
Prière de transmettre toutes infos sur « Achille » connu du sujet.

Comme d'habitude, le message était tellement sibyllin qu'on aurait pu se passer de le coder ; il s'agissait d'un courrier sécurisé, non ? Pourquoi donc ne pas employer le nom du petit ? « Prière de transmettre toutes infos sur « Achille » connu de *Bean*. »

Ainsi, Bean leur avait donné le nom d'Achille, et cela dans des circonstances telles qu'ils préféraient ne pas lui demander directement de s'expliquer. Sans doute un document qu'il avait rédigé. Une lettre pour elle ? Sœur Carlotta sentit l'espoir frémir en elle, puis elle le repoussa en se moquant d'elle-même : elle savait parfaitement que le courrier des enfants de l'École n'était presque jamais transmis aux familles ; par ailleurs, il était très peu probable que Bean lui écrive. Quoi qu'il en fût, ils connaissaient le nom d'Achille à présent, et ils voulaient savoir ce qu'il signifiait.

Mais elle ne livrerait pas cette information tant qu'elle ne saurait pas en quoi cela affecterait Bean.

Elle prépara donc une réponse également sibylline :

Ne répondrai que par conférence sécurisée.

Naturellement, Graff serait furieux, mais c'était un bénéfice supplémentaire ; il avait l'habitude de disposer d'une autorité bien supérieure à celle de son grade, et lui rappeler que l'obéissance était un acte volontaire qui ne dépendait en fin de compte que du libre choix de celui qui recevait les ordres ne pouvait lui faire que du bien. Et, de toute manière, sœur Carlotta finirait par obéir ; elle désirait seulement s'assurer que Bean ne souffrirait pas si elle fournissait le renseignement demandé. Si la F. I. apprenait qu'il avait fréquenté à la fois l'auteur et la victime d'un meurtre, elle risquait de l'écarter du programme. Et, même si elle avait la certitude que dévoiler cet épisode de la vie de Bean n'aurait pas de conséquences, elle arriverait peut-être à obtenir une contrepartie en échange de l'information.

Il fallut une heure pour organiser la conférence sécurisée, et, quand le visage de Graff apparut à l'écran de la religieuse, il n'avait rien de jovial. « À quoi jouez-vous aujourd'hui, sœur Carlotta ?

— Vous avez grossi, colonel Graff. Ce n'est pas bon pour la santé.

— Achille, répondit laconiquement son interlocuteur.

— Avait un point faible au talon. A tué Hector et traîné son cadavre autour des murs de Troie. Avait un sentiment pour une jeune fille captive du nom de Briséis.

— Ce n'est pas ce dont je parle, vous le savez bien.

— J'en sais bien davantage. Je sais que vous avez trouvé ce nom dans un document écrit par Bean, parce qu'il ne se prononce pas à la hollandaise, comme vous le faites, mais à la française.

— Il s'agit d'un habitant de Rotterdam ?

— À Rotterdam, la langue d'origine est le hollandais, même si le F. I. standard l'a supplanté au point de le reléguer au rang de curiosité.

— Sœur Carlotta, je n'apprécie pas que vous gaspilliez ainsi le temps de cette conférence qui nous coûte les yeux de la tête.

— Eh bien, moi, je ne dirai rien tant que je ne saurai pas pourquoi vous tenez à ce renseignement. »

Graff prit quelques longues inspirations. Sœur Carlotta se demanda si sa mère lui avait enseigné la patience en le faisant compter jusqu'à dix, ou s'il avait appris à tourner sept fois la langue dans sa bouche à force de travailler avec des religieuses de l'école catholique.

« Nous essayons de comprendre un texte que Bean a écrit.

— Montrez-le-moi et je vous aiderai si c'est dans mes moyens.

— Vous n'avez plus la responsabilité de Bean, sœur Carlotta, dit Graff.

— Dans ce cas, pourquoi m'interroger sur lui ? C'est vous qui l'avez en charge, non ? Je peux donc retourner sans plus tarder à mon travail, n'est-ce pas ? »

Graff poussa un soupir et manipula quelque chose en dehors du champ de l'écran. Un instant plus tard, le texte du journal de Bean apparut, superposé au visage du colonel. La religieuse le lut avec un léger sourire. « Eh bien ? fit Graff.

— Il vous fait un numéro, colonel.

— Comment ça ?

— Il sait que vous lisez ce qu'il écrit. Il vous met sur une fausse piste.

— Vous en êtes sûre ?

— Achille pourrait effectivement lui servir d'exemple, mais ce n'en serait pas un bon. Naguère, Achille a trahi quelqu'un à qui Bean portait beaucoup d'estime.

— Soyez plus claire, sœur Carlotta.

— Je suis très claire. Je vous ai appris exactement ce que vous vouliez savoir – tout comme Bean vous a raconté ce qu'il voulait vous faire entendre. Croyez-moi, ces notes sur son journal ne seront compréhensibles que si vous acceptez l'idée qu'il les écrit à votre intention dans le but de vous tromper.

— Pourquoi ? Parce qu'il ne tenait pas de journal quand il était chez vous ?

— Parce qu'il possède une mémoire infaillible, répondit la religieuse. Jamais, au grand jamais, il ne coucherait par écrit ce qu'il pense vraiment. Il garde toujours ses réflexions pour lui-même. Tous les documents que vous pourrez trouver écrits par lui l'auront été à votre intention.

— Et s'il les rédigeait sous une autre identité ? Une identité dont il croirait que nous ne savons rien ?

— Mais vous la connaissez, et lui sait que vous la connaissez, et cette seconde identité n'est là que pour vous égarer. Et ça marche.

— C'est vrai, j'oubliais : vous prêtez à ce gosse l'intelligence d'Einstein.

— Que vous acceptiez ou non mon évaluation m'importe peu. Plus vous l'observerez, plus vous vous apercevrez que j'ai raison. Vous finirez même par vous convaincre de la validité de ses résultats aux tests.

— Qu'exigez-vous en échange de votre aide ? demanda Graff.

— Commencez déjà par me dire la vérité : si je vous donne le renseignement que vous voulez, quelles en seront les répercussions pour Bean ?

— Son professeur principal est préoccupé : le gosse a disparu pendant vingt et une minutes en revenant de déjeuner – nous avons un témoin qui lui a parlé sur un pont où il n'avait rien à faire, et ça n'explique encore pas les dix-sept dernières minutes de son absence. Il ne joue pas avec son bureau...

— Parce que, pour vous, établir de fausses identités et tenir un pseudo-journal, ce n'est pas jouer ?

— On a intégré à ces bureaux un jeu à but diagnostique et thérapeutique auquel s'adonnent tous les enfants ; or il ne l'a pas lancé une seule fois.

— Il a dû comprendre que ce jeu avait une visée psychologique, et il n'y jouera pas tant qu'il ignorera ce que ça lui coûtera.

— Est-ce vous qui lui avez enseigné cette attitude de méfiance a priori ?

— Non, c'est lui qui me l'a apprise.

— Parlons franchement : d'après cette note dans son journal, on dirait qu'il compte organiser sa propre bande à l'École, comme s'il était encore dans les rues. Nous devons savoir qui est cet Achille pour découvrir ce qu'il mijote.

— Il n'a aucune intention de ce genre, répondit sœur Carlotta.

— C'est vous qui le dites ; mais vous ne me fournissez aucune preuve pour étayer votre conclusion.

— Je vous rappelle que c'est vous qui m'avez appelée, pas moi.

— Ce n'est pas suffisant, sœur Carlotta. Votre point de vue sur cet enfant est suspect.

— Jamais il n'imiterait Achille, et jamais il ne mettrait ses projets par écrit au risque de vous les révéler. Il ne forme pas de bandes : s'il s'y joint, il s'en sert pour ses propres buts et puis il les quitte sans un regard en arrière.

— Donc enquêter sur cet Achille ne nous donnera pas un indice sur la conduite future de Bean ?

— Bean se pique de n'être pas rancunier. Pour lui, l'esprit de vengeance est contre-productif ; mais je pense qu'à un niveau inconscient il a nommé Achille parce que vous alliez lire son journal, que vous voudriez en savoir davantage et qu'au bout de votre enquête vous tomberiez sur un crime grave qu'Achille a commis.

— Contre Bean ?

— Contre une amie à lui.

— Il est donc capable d'amitié ?

— Il s'agissait de la gamine qui lui a sauvé la vie quand il était ici, dans les rues de Rotterdam.

— Et comment s'appelle-t-elle ?

— Poke. Ne vous fatiguez pas à la chercher : elle est morte. »

Graff resta un moment songeur. « Et c'est Achille qui l'a tuée ?

— Bean a des raisons de le penser, bien qu'à mon avis les preuves soient sans doute insuffisantes pour obtenir une condamnation. Et, je le répète, tout cela reste peut-être inconscient ; je ne pense pas que Bean chercherait volontairement à se venger d'Achille, ni de quiconque, d'ailleurs ; mais il espère peut-être que vous vous en chargerez à sa place.

— Vous ne me dites pas tout, mais je n'ai pas le choix. Je dois m'en remettre à votre jugement, n'est-ce pas ?

— Je vous garantis qu'enquêter sur Achille ne vous mènera nulle part.

— Et si vous trouvez un jour une raison de penser le contraire ?

— Je souhaite que votre programme réussisse, colonel Graff, davantage même que je ne désire le succès de Bean, et le fait que je me préoccupe du sort de cet enfant ne modifie pas l'ordre de mes priorités. Croyez-moi, je vous ai tout dit ; mais j'espère que vous allez me renvoyer l'ascenseur.

— L'information ne se négocie pas à la F. I., sœur Carlotta. Elle transite naturellement de ceux qui la détiennent à ceux qui en ont besoin.

— Permettez-moi de vous dire ce que je veux ; ensuite, à vous de juger si j'en ai besoin ou non.

— Je vous écoute.

— Je veux savoir s'il a existé des projets illégaux ou top secret dans lesquels intervenait la modification du génome humain au cours des dix dernières années. »

Le regard de Graff se fit lointain. « Il est trop tôt pour que vous vous soyez déjà lancée dans une nouvelle entreprise, donc il s'agit toujours de la même : Bean.

— Il est bien venu de quelque part.

— Son cerveau, voulez-vous dire.

— Non : l'ensemble, corps et esprit. Je pense que vous finirez par vous en remettre entièrement à lui, par lui confier nos vies à tous, et que vous avez donc besoin de savoir comment il fonctionne génétiquement. Évidemment, c'est un pis-aller ; mieux vaudrait comprendre ce qui se passe dans sa tête, mais ça, à mon avis, ça restera toujours hors de votre portée.

— Vous nous l'envoyez, et ensuite vous tenez de tels propos ? Vous rendez-vous compte que je ne pourrai jamais le laisser arriver au sommet de notre groupe de sélection, maintenant ?

— Vous dites ça parce qu'il n'est chez vous que depuis un jour, répondit sœur Carlotta. Vous le voyez plus petit qu'il n'est.

— Eh bien, il a intérêt à ne pas rapetisser davantage, sinon il va se faire aspirer par le système de ventilation, nom de Dieu !

— Allons, allons, colonel Graff.

— Excusez-moi, ma sœur.

— Fournissez-moi une autorisation d'un niveau assez élevé et j'effectuerai les recherches moi-même.

— Non. Mais je vous ferai parvenir des résumés. »

On lui transmettrait seulement les renseignements qu'on jugerait bon de porter à sa connaissance, elle le savait ; mais quand Graff essaierait de lui fourguer de la camelote sans intérêt, elle saurait redresser la situation. Et tout d'abord elle allait s'efforcer de mettre la main sur Achille avant la F. I., de le tirer de la rue pour l'inscrire dans une école – sous un faux nom, parce que, si les agents de la F. I. le trouvaient, ils lui feraient très probablement passer des tests, ou bien ils dénicheraient les résultats des examens qu'elle-même lui avait fait passer ; et alors ils lui opéreraient le pied et l'enverraient à l'École de guerre. Or sœur Carlotta avait promis à Bean qu'il n'aurait plus jamais à affronter Achille.

8

Bon élève

« Il ne joue jamais au jeu ?

— Il n'a même pas choisi de personnage et il n'a donc pas franchi la porte.

— Il est impossible qu'il ne l'ait pas découvert.

— Il a modifié les préférences de son bureau pour empêcher l'invitation d'apparaître.

— D'où vous concluez...

— Qu'il sait que ce n'est pas un jeu. Il refuse de nous laisser analyser le fonctionnement de son esprit.

— Et pourtant il vise la promotion.

— Je n'en sais rien. Il s'absorbe dans ses études et, depuis trois mois, il obtient des résultats parfaits à tous les examens ; mais il ne révise qu'une seule fois ses leçons : ses recherches personnelles portent sur des sujets de son propre choix.

— Tels que ?

— Vauban.

— Les fortifications du dix-septième siècle ? Mais dans quel but ?

— C'est tout le problème.

— Comment s'entend-il avec les autres enfants ?

— Classiquement, je crois, on le décrirait comme un solitaire. Il est poli, il ne se porte jamais volontaire, il ne pose de questions que dans les domaines qui l'intéressent. Les gosses de son groupe le trouvent bizarre ; ils savent qu'il les bat dans toutes les disciplines, et pourtant

170

ils ne le détestent pas : ils le traitent comme une force naturelle. Il n'a pas d'amis, mais pas d'ennemis non plus.

— C'est important, ça, qu'ils ne le détestent pas. Face à une attitude aussi distante, c'est presque anormal.

— À mon avis, c'est un acquis de la rue : il a appris à détourner l'agressivité des autres. Lui-même ne se met jamais en colère ; cela explique peut-être qu'on ait cessé de le taquiner à propos de sa taille.

— Rien de ce que vous me dites ne suggère chez lui une prédisposition à commander.

— Si vous croyez qu'il cherche à la manifester et qu'il n'y parvient pas, vous avez raison.

— Alors... que pensez-vous qu'il cherche ?

— À nous analyser, nous.

— Il se documenterait sur nous sans rien céder en échange ? Vous lui prêtez vraiment une intelligence aussi élaborée ?

— Il a bien survécu à la rue.

— Eh bien, il est temps que vous le sondiez un peu, dans ce cas.

— Et qu'il apprenne au passage que son parti pris de réserve nous dérange ?

— S'il est aussi malin que vous le dites, il le sait déjà. »

La crasse ne gênait pas Bean. Il avait passé des années sans prendre un bain, après tout ; quelques jours sans se laver ne le dérangeaient pas. Et si certains en étaient incommodés, ils gardaient leur opinion pour eux-mêmes, ou bien ils l'ajouteraient à la rumeur qui courait déjà sur lui : plus petit et plus jeune qu'Ender, il obtient des résultats parfaits à tous les examens – et maintenant il pue comme un cochon !

Mais l'heure de la douche était précieuse pour lui ; c'est à ce moment-là qu'il pouvait accéder à son bureau sous l'identité d'un de ses voisins de couchette, alors en train de faire sa toilette. Tous se rendaient à la douche vêtus seulement d'une serviette, si bien que leurs uniformes ne pouvaient les mou-charder, et Bean profitait de cette période pour entrer dans le système et l'explorer sans que les professeurs s'aperçoivent qu'il en apprenait tous les trucs. Il avait abattu son jeu, de façon minime, lorsqu'il avait modifié les préférences de son bureau pour ne plus voir leur stupide invitation à participer à leur jeu fouille-méninges chaque fois qu'il changeait d'application. Mais c'était un bidouillage sans grande difficulté qui ne devait pas les avoir particulièrement alarmés.

Jusque-là, Bean n'avait pas trouvé grand-chose de vraiment utile, mais il avait l'impression qu'il était sur le point d'accéder à des éléments plus importants. Il existait un système virtuel prévu pour être piraté par les élèves, il en était sûr ; il avait entendu l'histoire selon laquelle Ender (naturellement) avait déplombé le système le premier jour de son arrivée et s'y était infiltré sous le pseudonyme de « Dieu », mais, même s'il avait fait preuve d'une vivacité d'esprit peu commune, ce qu'il avait accompli n'avait rien d'exceptionnel de la part d'un élève ambitieux et surdoué.

Le premier résultat de Bean fut de découvrir comment les professeurs surveillaient les activités informatiques des élèves ; à partir de là, en évitant les opérations automatiquement signalées, il fut en mesure de créer un secteur de fichiers privés que les enseignants ne détecteraient pas sans les chercher expressément. Dès lors, chaque fois qu'il tombait sur un élément intéressant tout en naviguant sous une identité d'emprunt, il en notait mentalement l'emplacement, puis téléchargeait l'information dans son secteur sécurisé pour l'étudier plus à loisir, pendant que son bureau signalait qu'il lisait des livres de la bibliothèque – livres qu'il lisait effectivement, mais beaucoup plus vite que son bureau ne l'annonçait au système.

Tous ces préparatifs achevés, Bean pensait progresser rapidement au cœur du réseau informatique de la station, mais il se heurta presque aussitôt aux pare-feu – les informations indispensables au système mais inaccessibles. Il trouva néanmoins plusieurs moyens de les contourner ; par exemple, à la recherche de plans complets de la station, il ne put mettre la main que sur ceux des secteurs autorisés aux élèves ; ils avaient de jolies couleurs mais ils étaient très schématiques et on avait fait exprès de ne pas respecter les proportions ; cependant, il découvrit toute une série de plans indiquant les trajets jusqu'aux sas de sécurité dans un programme destiné à les afficher automatiquement sur les parois des couloirs en cas de dépressurisation. Ceux-là étaient à l'échelle et, en les combinant pour n'obtenir qu'un seul plan dans son secteur sécurisé, il put reconstituer un schéma de la station tout entière. Aucune indication n'y était portée à part celle des sas, évidemment, mais il constata l'existence d'un réseau de couloirs de part et d'autre de la zone réservée aux élèves. La station devait être composée, non pas d'une, mais de trois roues parallèles reliées entre elles par de nombreuses connexions, et c'était dans les deux de l'extérieur que vivaient les enseignants et tout le personnel, que se trouvaient les appareillages d'entretien de la vie et le centre de communication avec la Flotte. L'ennui, c'est qu'elles possédaient des systèmes d'aération indépendants : les conduits de l'une ne le mèneraient pas dans les autres ; par conséquent, il pouvait sans doute observer tout ce qui se passait dans la roue des élèves mais les deux autres lui étaient interdites.

Cependant, même dans cette seule zone existaient quantité de cachettes à explorer. Les élèves avaient accès à quatre ponts outre le gymnase sous le pont A et la salle de bataille au-dessus du D, mais il y avait en réalité neuf ponts en tout, deux sous le A et trois au-dessus du D. Tout cet espace devait bien servir à quelque chose, et, puisque les autorités de la station estimaient nécessaire de dissimuler aux élèves ce qui s'y trouvait, Bean jugeait intéressant de l'explorer.

Et il devrait s'y mettre sans tarder. Grâce à ses exercices, il gagnait en force, et il restait mince en évitant de trop manger – les quantités qu'on essayait de lui faire ingurgiter étaient proprement extraordinaires et ses portions ne cessaient d'augmenter, sans doute parce qu'il ne prenait pas le poids prévu –, mais il ne pouvait maîtriser sa croissance. Les gaines d'aération allaient bientôt lui être impraticables, si ce n'était déjà le cas ; cependant, il n'avait pas le temps, pendant la période réservée aux douches, d'emprunter le système de ventilation pour accéder aux ponts cachés ; ne restait que la nuit, ce qui signifiait perdre du sommeil. Il remettait donc sans cesse ses investigations au lendemain : après tout, il n'était pas à une journée près.

Mais un matin Dimak entra dans la caserne à la première heure et annonça que chacun devait changer de mot de passe sur-le-champ, le dos tourné, et ne révéler le nouveau à personne. « Ne le tapez jamais alors qu'on peut vous observer, conclut-il.

— Quelqu'un s'est servi de mots de passe qui n'étaient pas à lui ? » demanda un enfant d'un ton manifestement horrifié.

Quelle indignité ! Bean dut se retenir d'éclater de rire.

« Tout le personnel de la F. I. doit s'y plier, alors autant que vous en preniez l'habitude tout de suite, fit Dimak. Si l'un de vous conserve le même mot de passe plus d'une semaine, il sera inscrit sur la liste des ânes. »

Bean, lui, comprit qu'on avait surpris son petit manège ; par conséquent, les surveillants avaient sans doute trouvé la trace de ses recherches dans le système au cours des mois passés et savaient parfaitement ce qu'il avait découvert. Il alluma son bureau et effaça ses fichiers sécurisés dans l'espoir qu'ils n'étaient pas encore tombés dessus ; de toute manière, il avait déjà mémorisé toutes les informations dont il avait besoin ; plus jamais il ne confierait à son bureau ce qu'il pouvait garder en tête.

Cela fait, il se dévêtit, se ceignit la taille de sa serviette et se dirigea vers les douches en compagnie des autres enfants. À la porte, Dimak l'arrêta. « Parlons un peu, dit-il.

— Mais ma douche ? fit Bean.

— Tu t'intéresses à ton hygiène, tout à coup ? » rétorqua Dimak.

Bean s'attendait à se faire taper sur les doigts pour avoir détourné des mots de passe, mais Dimak s'assit à côté de lui sur une couchette près de la porte et lui demanda : « Comment ça se passe pour toi, ici ?

— Très bien.

— Tes résultats sont bons, je sais, mais ce qui m'inquiète, c'est que tu ne te lies pas davantage avec d'autres enfants.

— J'ai beaucoup d'amis.

— Tu veux dire que tu connais le nom de beaucoup d'entre eux et que tu ne te disputes avec personne. »

Bean haussa les épaules. Finalement, ces questions ne lui plaisaient pas plus qu'il n'aurait apprécié une enquête sur l'usage de son ordinateur.

« Bean, l'École a été conçue dans un but précis. De nombreux facteurs interviennent dans notre estimation sur l'aptitude d'un élève à commander ; le travail scolaire y tient une place importante, mais les qualités de chef aussi.

— Le problème, c'est que tout le monde ici a ces qualités, non ? »

Dimak éclata de rire. « Ma foi, c'est vrai, vous ne pouvez pas être tous chefs en même temps.

— J'ai à peu près la taille d'un gosse de trois ans, dit Bean. Ça m'étonnerait que beaucoup d'élèves aient envie de saluer un gosse de trois ans.

— Mais tu pourrais commencer à nouer des amitiés. Tous les autres le font ; toi non.

— Sans doute que je n'ai pas le caractère requis pour devenir commandant. »

Dimak haussa les sourcils. « Quoi, tu veux rester gelé, c'est ça ?

— Mes résultats donnent l'impression que je cherche à échouer ?

— Mais que veux-tu, alors ? demanda Dimak. Tu ne participes pas aux jeux des autres, tu ne suis pas le programme d'exercices physiques habituel, alors qu'il est conçu pour te préparer à la salle de bataille et tu le sais ; est-ce à dire que tu ne veux pas participer à ce jeu-là non plus ? Parce que, si c'est ton intention, tu vas vraiment te faire geler. C'est notre moyen principal d'évaluation de l'aptitude à commander, et c'est pourquoi les armées sont le pivot de toute la vie de l'École.

— Je m'en tirerai parfaitement dans la salle de bataille, dit Bean.

— Si tu crois y arriver sans préparation, tu te trompes lourdement. La vivacité d'esprit ne remplace pas la force et l'agilité physiques. Tu n'imagines pas à quel point la salle de bataille peut être exigeante envers l'organisme.

— Très bien ; je participerai à l'entraînement classique, capitaine. »

Dimak s'adossa à la paroi derrière lui et ferma les yeux avec un petit soupir.

« Te voilà bien docile, Bean.

— J'essaye, capitaine.

— Quel gâchis !

— Pardon, capitaine ? » Ça y est, on y vient, songea Bean.

« Si tu mettais autant d'énergie à te faire des amis que tu en consacres à faire des cachotteries aux enseignants, tu serais l'élève le plus apprécié de l'École.

— C'est-à-dire Ender Wiggin, capitaine.

— Et ne crois pas que nous n'avons pas remarqué ton obsession pour Wiggin.

176

— Mon obsession ? » Après le premier jour, Bean n'avait plus posé de questions sur lui, n'avait participé à aucune discussion sur les classements et ne s'était jamais rendu à la salle de bataille pendant les séances d'entraînement d'Ender. Ah ! bien sûr ; il avait commis une erreur stupide, qui crevait les yeux !

« Tu es le seul bleu à s'être tenu à ce point à l'écart d'Ender Wiggin. Tu surveilles son emploi du temps de si près que tu ne te trouves jamais dans la même pièce que lui. Tu te donnes vraiment beaucoup de mal.

— Je suis un bleu, capitaine, et lui fait partie d'une armée.

— Ne joue pas les imbéciles, Bean. Tu ne convaincs personne et tu me fais perdre mon temps. »

Dans ce genre de situation, révéler une vérité simple et qui ne portait pas à conséquence, telle était la règle. « Tout le monde me compare à lui à cause de mon âge et de ma taille ; je voulais sortir de son ombre.

— J'accepte cette explication pour le moment parce que je n'ai pas envie de m'embourber à l'excès dans tes balivernes. »

Cependant, Bean se demandait si sa réponse n'était pas la bonne : pourquoi n'éprouverait-il pas une émotion aussi normale que la jalousie ? Il n'était pas une machine ! Il se sentit donc un peu vexé que Dimak soupçonne chez lui des motivations plus retorses, qu'il l'imagine toujours le mensonge à la bouche.

« Dis-moi pourquoi tu ne joues pas au jeu de ton bureau, fit Dimak.

— Il a l'air ennuyeux et idiot », répondit Bean. Ça, au moins, c'était vrai.

« Ça ne me suffit pas. D'abord, aucun autre enfant de l'École ne le trouve ennuyeux ni idiot ; d'ailleurs, il s'ajuste sur tes centres d'intérêt. »

Ça, je veux bien le croire, songea Bean. « C'est complètement imaginaire, dit-il. Il n'y a rien de réel dedans.

— Cesse une seconde de te dérober, je te prie ! fit Dimak d'un ton cassant. Tu sais parfaitement que nous nous servons de ce jeu pour analyser la personnalité du joueur, et c'est pour ça que tu refuses d'y participer.

— Apparemment, ça ne vous a pas empêchés d'analyser la mienne, en tout cas.

— Tu ne désarmes jamais, hein ? »

Bean se tut. Il n'y avait rien à répondre.

« J'ai examiné la liste de tes lectures, reprit le capitaine. Vauban ?

— Oui ?

— Les travaux de fortification sous le règne de Louis XIV ? »

Bean acquiesça de la tête. Il repensa à Vauban qui avait adapté la protection du pays aux finances toujours plus réduites du royaume ; la défense locale en profondeur avait laissé la place à une mince ligne d'ouvrages militaires ; la construction de nouvelles forteresses avait été en grande partie abandonnée tandis qu'on rasait les anciennes superflues ou mal situées. La pauvreté triomphant de la stratégie. Bean commença d'exposer ses réflexions, mais Dimak l'interrompit.

« Allons, Bean, pourquoi étudier un sujet qui n'a rien à voir avec la guerre dans l'espace ? »

Bean n'avait pas vraiment de réponse à donner à cette question. Il avait suivi l'histoire de la stratégie depuis Xénophon et Alexandre jusqu'à César et Machiavel. Vauban venait tout naturellement ensuite ; il ne suivait pas de plan préétabli : ses lectures lui servaient surtout de couverture pour son travail informatique clandestin. Mais, maintenant que Dimak l'interrogeait, quel pouvait être, en effet, le rapport entre les fortifications du dix-septième siècle et la guerre spatiale ?

« Ce n'est pas moi qui ai mis Vauban dans la bibliothèque.

— Nous possédons l'ensemble des ouvrages militaires qu'on trouve dans toutes les bibliothèques de la Flotte. Ça n'a rien de mystérieux. »

Bean haussa les épaules.

« Tu as passé deux heures sur Vauban, reprit Dimak.

— Et alors ? J'en ai passé autant sur Frédéric le Grand, or nous ne faisons pas d'exercices de campagne, je suppose, et nous ne passons pas non plus à la baïonnette ceux qui essayent de quitter les rangs lors d'une marche au feu.

— Et moi, je crois que tu ne lisais pas vraiment. Je veux savoir ce que tu faisais en réalité.

— Je lisais Vauban, je vous le répète.

— Tu t'imagines que nous ignorons à quelle vitesse tu lis ?

— Et si je réfléchissais sur Vauban ?

— D'accord, alors sur quoi portaient tes réflexions ?

— Sur ce que vous avez dit : en quoi sa stratégie s'applique à la guerre spatiale. » Et maintenant, il fallait gagner du temps : quel rapport y avait-il entre Vauban et la guerre dans l'espace ?

« J'attends, fit Dimak. Fais-moi part des cogitations qui ont occupé deux heures de ton temps hier.

— Eh bien, pour commencer, les fortifications sont naturellement irréalisables dans l'espace, répondit Bean. Dans leur conception traditionnelle, je veux dire. Mais il y a des applications possibles, comme les mini-forteresses de Vauban où on laisse une garnison avancée en dehors de la place forte principale : on peut poster des escadres de vaisseaux pour intercepter les assaillants, on peut mettre en place des obstacles comme des mines, des champs de débris que viendront percuter les bâtiments rapides et qui les cribleront de trous, des trucs comme ça. »

Dimak hocha la tête en silence.

Bean commençait à s'échauffer sur le sujet. « Le vrai problème, c'est que, à la différence de Vauban, nous n'avons qu'un seul site à défendre : la Terre. Or l'ennemi n'a que l'embarras du choix pour sa direction d'approche ; il peut surgir de n'importe quel côté, ou de tous les côtés à la fois. Nous nous heurtons donc à la difficulté classique de toute défense, mais à la puissance trois. Plus loin on déploie les systèmes défensifs de la zone à protéger, plus il en faut, et, si on est limité en personnel, on se retrouve bientôt avec plus de fortifications qu'on ne peut en équiper en soldats. À quoi bon des bases sur les lunes de Jupiter, Saturne ou Neptune si l'adversaire n'est pas obligé de se présenter par le plan de l'écliptique ? Il peut contourner nos citadelles de la même façon que Nimitz et MacArthur se sont enfoncés, en naviguant d'île en île, dans la défense japonaise pendant la Seconde Guerre mondiale – à ceci près que notre ennemi, lui, peut se déplacer dans trois dimensions. Par conséquent, il est impossible de fortifier la Terre en profondeur ; notre unique défense, c'est la détection anticipée et une seule force armée, mais de masse. »

Dimak acquiesça lentement, impassible. « Continue. »

Continuer ? Ça ne suffisait pas à expliquer deux heures de lecture ? « Eh bien, je me suis ensuite rendu compte que même cette dernière solution menait droit au désastre, parce que l'ennemi peut diviser ses forces ; même si nous interceptions quatre-vingt-dix-neuf pour cent de ses escadres, il suffirait qu'il réussisse à en faire passer une entre nos lignes pour infliger des destructions gigantesques à la Terre. Nous avons vu l'étendue de territoire qu'un seul de ses vaisseaux peut nettoyer, lorsqu'il est venu la première fois et qu'il a commencé à ravager la Chine. Que dix vaisseaux parviennent à franchir nos lignes l'espace d'un seul jour – et si les doryphores nous forcent à nous éparpiller assez, ils disposeront de bien plus de temps que ça ! – et ils seront en mesure de rayer de la carte la plupart de nos plus grands centres de population. Tous nos œufs sont dans le même panier.

— Et tu as tiré tout ça de Vauban », fit Dimak.

Enfin ! Il était apparemment convaincu. « De mes réflexions sur lui, et sur la complexité bien supérieure de notre problème défensif.

— Eh bien, quelle solution as-tu trouvée ? »

Une solution ? Pour qui Dimak le prenait-il donc ? Bean cherchait à prendre le contrôle de la situation à bord de l'École de guerre, pas à sauver le monde ! « Je ne pense pas qu'il y en ait », dit-il en s'efforçant encore une fois de gagner du temps. Pourtant, sa propre réponse lui parut satisfaisante. « Défendre la Terre ne sert à rien ; d'ailleurs, à moins qu'il ne dispose d'un moyen de protection inconnu qui lui permettrait par exemple de dresser un bouclier invisible autour de sa propre planète, l'ennemi est aussi vulnérable que nous. Par conséquent, la seule stratégie logique consiste à lancer une attaque maximale de toute notre flotte contre son monde d'origine et à le détruire.

— Et si les deux flottes se croisent sans se voir ? demanda Dimak. Chacune détruit le monde de l'autre et nous nous retrouvons avec nos seuls vaisseaux pour toute patrie ?

— Non, répondit Bean en réfléchissant à toute allure. Pas si nous envoyons une flotte aussitôt après la seconde guerre contre les doryphores. La force de frappe de Mazer Rackham les a vaincus une première fois, et il s'écoulera sans doute un certain laps de temps avant que la nouvelle de leur défaite parvienne jusque chez eux ; donc, nous construisons une flotte le plus vite possible et nous la lançons sans attendre contre leur planète ; ainsi, l'annonce de leur débâcle leur arrivera en même temps que notre contre-attaque. »

Dimak ferma les yeux. « Là, tu divagues.

— Non, répliqua Bean en s'apercevant soudain qu'il avait vu juste. Cette flotte est déjà partie, avant même la naissance des occupants de la station.

— Théorie intéressante, fit Dimak. Mais, évidemment, tu te trompes sur toute la ligne.

— Pas du tout. » Il savait qu'il avait raison parce que le masque de Dimak se fissurait ; des gouttes de transpiration perlaient sur son front. Bean avait levé un lièvre capital et Dimak le savait.

« Ta théorie sur la difficulté de la défense dans l'espace est exacte, dit l'officier, mais, aussi complexe le problème soit-il, nous devons y faire face, et tu es là pour ça. Quant à cette force de frappe que nous aurions envoyée en contre-attaque... La seconde guerre contre les doryphores a épuisé les ressources de l'humanité, Bean ; depuis, nous avons seulement réussi à mettre sur pied la flotte que tu connais et qui est de taille bien moyenne – et à perfectionner notre armement pour la prochaine bataille. Si tu as lu Vauban, tu dois savoir qu'on ne peut entreprendre davantage que les moyens de la population ne le permettent. Par ailleurs, tu poses l'hypothèse sans fondement que nous savons où se trouve le monde d'origine de l'ennemi. Mais ton analyse est valable en ce que tu as mesuré l'immensité du problème qui nous occupe. » Dimak se leva. « Je suis heureux de constater que tu ne perds pas tout ton temps d'étude à pirater le système informatique », dit-il.

Sur cette flèche du Parthe, il quitta le casernement.

Bean regagna sa couchette et s'apprêta à s'habiller. Il n'avait plus le temps de prendre sa douche, et c'était de toute façon sans importance : l'exposé qu'il avait fait à Dimak avait touché un point sensible. La seconde guerre contre les doryphores n'avait pas épuisé les ressources de l'humanité, il en avait la certitude, et les problèmes que posait la défense d'une planète étaient si criants qu'ils n'avaient pas pu échapper à la F. I., surtout à la suite d'une guerre qu'elle avait failli perdre. Il fallait contre-attaquer, il n'y avait pas d'autre solution ; une flotte avait donc été bel et bien construite et lancée. Elle était en route. Toute autre ligne d'action était inconcevable.

Alors pourquoi toutes ces balivernes sur la fonction de l'École de guerre ? Dimak disait-il la vérité ? S'agissait-il simplement de mettre en place une flotte défensive autour de la Terre pour détruire toute force ennemie que l'armada terrienne n'aurait pas interceptée ?

Si c'était le cas, il n'y avait pas de raison de le cacher ni de mentir ; sur Terre, la propagande rabâchait à la population qu'il était vital de se préparer à la prochaine invasion des doryphores. Donc Dimak s'était contenté de répéter l'histoire que la F. I. racontait à tout le monde depuis trois générations – mais il transpirait à grosses gouttes, ce qui laissait penser que cette histoire était fausse.

La force défensive qui entourait la Terre avait déjà son plein d'hommes, voilà quel était le problème ; le processus classique de recrutement avait dû y pourvoir ; en outre, la guerre de défense ne demandait pas de génie, seulement de la vigilance : détection anticipée, interception prudente, protection d'une réserve adéquate. La victoire reposait, non sur la compétence du commandement, mais sur la quantité de vaisseaux disponibles et la qualité de l'armement. L'École de guerre n'avait donc pas de raison d'être : son existence ne s'expliquait que dans le contexte d'une guerre offensive, où l'art de manœuvrer, la stratégie et la tactique jouaient un rôle prépondérant. Mais la flotte d'attaque était déjà partie. Pour ce qu'en savait Bean, la bataille avait eu lieu des années plus tôt et la F. I. attendait seulement l'annonce de la victoire ou de la défaite. Tout dépendait de la distance en années-lumière qui séparait la Terre de la planète des doryphores.

Et, si ça se trouve, songea encore Bean, la guerre est déjà finie, la F. I. sait que nous avons gagné, mais elle garde l'information secrète.

Et pour une raison évidente ; seule une cause commune avait réussi à mettre fin aux conflits de la Terre et à unir l'humanité : la nécessité de vaincre les doryphores. Dès que la nouvelle de l'élimination de la menace serait rendue publique, les vieilles hostilités reprendraient le dessus, fanatisme du monde musulman contre l'Occident, propension longtemps refoulée de la Russie à l'impérialisme et la paranoïa à l'encontre de l'Alliance atlantique, aventurisme de l'Inde, ou encore... ou encore tout en même temps. Ce serait la désorganisation totale. Des officiers mutins appartenant à telle ou telle faction accapareraient les moyens de la Flotte internationale, ce qui pouvait mener à la destruction de la Terre – et sans participation des extraterrestres.

Voilà ce qu'essayait d'empêcher la F. I. : l'effroyable conflit cannibale qui s'ensuivrait, comparable à la guerre civile qui avait déchiré Rome après l'anéantissement de Carthage – mais en bien pire, parce que les armes seraient beaucoup plus efficaces qu'à l'époque, et les haines beaucoup plus profondes car il s'agirait de haines nationales et religieuses, non plus de rivalités personnelles entre Romains de haut rang.

La F. I. était résolue à éviter un tel scénario.

Dans ce contexte, l'existence de l'École de guerre s'expliquait parfaitement. Depuis des années, presque tous les enfants de la Terre étaient testés, et ceux qui manifestaient un don potentiel hors du commun pour le commandement militaire quittaient leur pays natal pour l'espace. Il était très possible qu'on place les meilleurs des diplômés de l'École, ou du moins les plus dévoués à la F. I., à la tête d'armées quand la Flotte se déciderait à annoncer la fin de la guerre et pratiquerait des frappes préventives pour éliminer les diverses troupes nationales et unifier définitivement le monde sous l'égide d'un gouvernement unique. Mais le but premier de l'École de guerre était d'arracher ces enfants à la Terre afin d'éviter qu'ils ne commandent plus tard les armées de telle ou telle nation, de telle ou telle faction.

Après tout, l'invasion de la France par les grandes puissances européennes à la suite de la Révolution avait poussé le gouvernement français, acculé, à découvrir et à promouvoir Napoléon, lequel ne s'était pas contenté de défendre la nation mais s'était finalement emparé des rênes du pouvoir. La F. I. était déterminée à ne permettre l'éclosion d'aucun Napoléon qui pût prendre la tête de la résistance sur Terre : tous ses successeurs potentiels se trouvaient à l'École de guerre, affublés d'uniformes de carnaval et occupés à se bagarrer pour la première place dans un jeu stupide. Ils figuraient tous sur la liste des ânes. En les enlevant à la Terre, la F. I. avait dompté le monde.

« Si tu ne t'habilles pas, tu vas être en retard pour les cours, dit Nikolaï, le garçon qui occupait la couchette du bas, juste en face de Bean.

— Merci. » Bean enleva sa serviette et enfila rapidement son uniforme.

« Je m'excuse de leur avoir dit que tu te servais de mon mot de passe ; j'étais obligé », reprit Nikolaï.

Bean resta confondu. « En réalité, je ne savais pas que c'était toi, mais ils ont commencé à me demander ce que je cherchais dans les plans d'évacuation d'urgence, et moi je ne comprenais pas de quoi ils parlaient ; alors je n'ai pas eu beaucoup de mal à deviner que quelqu'un se faisait passer pour moi, et justement tu étais là, placé pile comme il faut pour voir mon bureau quand j'entrais mon mot de passe, et... Enfin, tu es vraiment doué. Mais ne crois pas que je t'ai dénoncé exprès.

— Ne t'en fais pas, répondit Bean. Ce n'est pas grave.

— Mais qu'est-ce que tu as appris de ces plans ? »

Jusqu'à cet instant, Bean aurait esquivé la question – et chassé le garçon de ses pensées. « Pas grand-chose, j'étais curieux, tout simplement », voilà ce qu'il aurait répondu. Mais sa vision du monde venait d'être bouleversée ; à présent, il devait établir des relations avec les autres enfants, non pour faire la preuve de ses qualités de chef aux yeux de ses enseignants mais afin de savoir, quand la guerre éclaterait sur Terre et que le petit plan de la F. I. échouerait, ce qui était inévitable, qui étaient ses alliés et ses ennemis chez les commandants des diverses armées nationales ou dissidentes.

Car le plan de la F. I. échouerait bel et bien – il était d'ailleurs miraculeux qu'il n'ait pas déjà avorté ; il se fondait sur la conviction que des millions de soldats et d'officiers choisiraient le camp de la Flotte plutôt que celui de leurs pays respectifs, or cela n'arriverait pas. La F. I. elle-même s'émietterait en de multiples factions, c'était inéluctable.

Mais les concepteurs du plan avaient certainement conscience de ce risque et ils avaient dû restreindre leur propre nombre au maximum ; peut-être leur groupe ne comprenait-il que le triumvirat formé par l'Hégémon, le Stratège et le Polémarque, plus quelques personnes à l'École de guerre parce que la station était au cœur de leur entreprise : c'était là que, depuis deux générations, on étudiait à la loupe et un par un tous les officiers les plus doués de la Terre. Des dossiers étaient établis sur chacun d'eux : qui étaient les plus compétents ou les plus précieux, quelles étaient leurs faiblesses en tant qu'individus et en tant que meneurs d'hommes, qui étaient leurs amis, où allait leur loyauté, bref, lesquels pouvaient se voir confier des fonctions dans le commandement de la F. I. lors des guerres intestines à venir, et lesquels devaient être maintenus au secret, loin des postes clés, en attendant la fin des hostilités.

Pas étonnant que l'absence de participation de Bean à leur petit jeu fouille-méninges les inquiète tant : cela faisait de lui un élément inconnu. Cela le rendait dangereux.

Et y jouer était désormais plus risqué que jamais pour lui. En s'en abstenant, il s'attirait peut-être les soupçons et la crainte des autorités, mais, si elles projetaient quelque chose contre lui, au moins ne sauraient-elles rien de son fonctionnement mental, tandis qu'en jouant il apaiserait peut-être leur méfiance, mais elles pourraient alors agir contre lui, armées des renseignements que le jeu leur aurait fournis. Or il n'était pas du tout sûr de sa capacité à tromper ce programme ; même s'il essayait de donner des résultats fallacieux, cette tactique risquait d'en apprendre davantage sur lui à la hiérarchie qu'il ne le souhaitait.

Et il existait encore une autre possibilité : celle qu'il se fourvoie complètement, qu'il lui manque des informations de premier ordre. Peut-être n'avait-on pas lancé d'armada, peut-être n'avait-on pas écrasé les doryphores sur leur monde natal, peut-être une flotte défensive était-elle en construction... Peut-être, peut-être, peut-être.

Bean avait besoin de données supplémentaires s'il voulait faire une analyse exacte de la situation et prendre des décisions efficaces.

Et il devait mettre fin à son isolement.

« Nikolaï, dit-il, tu ne croiras jamais ce que j'ai découvert grâce à ces plans. Tu savais qu'il y a neuf ponts dans la station et pas seulement quatre ?

— Neuf ?

— Et rien que dans la roue où nous sommes. Il existe deux autres roues dont on ne nous a jamais parlé.

— Mais les photos n'en montrent qu'une.

— Elles ont été prises alors qu'une seule roue avait été montée. Mais sur les plans on en voit trois, parallèles, qui tournent ensemble. »

Nikolaï prit l'air songeur. « Oui, sur les plans ; mais qui te dit qu'elles ont été construites, ces roues ?

— Dans ce cas, pourquoi les avoir maintenues dans le programme d'évacuation ? »

Nikolaï éclata de rire. « Mon père dit toujours qu'on ne jette jamais rien dans l'administration ! »

Évidemment ! Pourquoi Bean n'y avait-il pas pensé ? Le programme d'évacuation d'urgence avait sans doute été conçu avant même la mise en service de la première roue ; par conséquent, les plans y étaient inclus et y demeuraient, même si les autres roues n'avaient pas été ajoutées, même s'ils indiquaient des couloirs sur les parois desquels ils ne seraient jamais affichés. Personne n'allait prendre la peine d'entrer dans le programme pour les effacer.

« Ça ne m'était pas venu à l'esprit », dit-il. Il savait qu'étant donné sa réputation de petit génie il ne pouvait faire de plus grand compliment à Nikolaï, ce qu'attesta la réaction de leurs voisins de couchette : Bean n'avait jamais bavardé ainsi avec l'un d'eux, il pensait toujours à tout avant tout le monde. Nikolaï rougit de fierté.

« N'empêche, neuf ponts, c'est logique, dit-il.

— J'aimerais bien savoir ce qu'il y a dedans, répondit Bean.

— Les systèmes vitaux, intervint une fille nommée Corn Moon. Il faut bien que l'oxygène soit fabriqué quelque part ; ça demande de grosses installations. »

D'autres enfants se joignirent à l'échange. « Et du personnel. Ici, on ne voit que des profs et des nutritionnistes.

— Et puis peut-être que les deux autres roues ont été construites. On n'est pas sûrs qu'elles n'existent pas. »

Les spéculations allaient bon train dans le groupe, initiées par un seul individu : Bean.

Bean et son nouvel ami Nikolaï.

« Allez, viens, dit celui-ci. On va être en retard pour le cours de maths. »

TROISIÈME PARTIE

L'ÉLÈVE

9

LE JARDIN DE SOFIA

« Il a donc découvert le véritable nombre de ponts. Mais à quoi peut lui servir de le savoir ?

— C'est en effet toute la question. Qu'avait-il en tête pour avoir besoin de ce renseignement ? Personne d'autre n'a jamais mis son nez là-dedans, de toute l'histoire de l'École.

— Vous croyez qu'il projette une révolution ?

— Tout ce que nous savons de ce gosse, c'est qu'il a survécu aux rues de Rotterdam. Or il paraît que c'est l'enfer sur terre, là-bas. Les enfants sont de vrais démons ; ils feraient passer le monstre de Frankenstein pour Candide.

— Vous avez lu Candide, vous ?

— Ah, parce que c'est un livre ?

— Comment pourrait-il fomenter une révolution ? Il n'a aucun ami.

— Je n'ai jamais parlé de révolution ; c'est votre théorie à vous.

— Je n'ai aucune théorie. Je ne comprends pas ce gosse, je n'ai jamais voulu de lui ici et je pense qu'on devrait le renvoyer sur Terre.

— Non.

— "Non, mon colonel", vouliez-vous dire, je suppose.

— Après trois mois passés à l'École, il a compris qu'une guerre défensive ne servirait à rien et que nous devons avoir lancé une flotte à l'attaque des mondes des doryphores juste après la fin du dernier conflit.

— Il sait ça ? Et vous venez me bassiner parce qu'il a découvert combien de ponts existent dans la station ?

— Il n'a pas de certitude. C'est une hypothèse, et je lui ai dit qu'elle était fausse.

— Et il vous a cru, naturellement.

— Je suis sûr qu'il s'interroge.

— Raison de plus pour le renvoyer sur Terre ou sur une base perdue. Vous imaginez le cauchemar si le secret s'évente là-dessus ?

— Tout dépend de la façon dont il emploiera l'information.

— Oui, mais comme nous ignorons tout de lui, nous ne savons pas comment il l'utilisera.

— La sœur Carlotta...

— Vous voulez ma mort ? Cette femme se livre encore moins que votre nain !

— On ne jette pas un cerveau comme Bean aux oubliettes simplement parce qu'il y a un risque pour la sécurité.

— On ne jette pas non plus la sécurité aux oubliettes à cause d'un seul gosse surdoué.

— Ne sommes-nous pas assez astucieux pour inventer de nouveaux moyens de le fourvoyer ? Donnons-lui quelque chose à découvrir qu'il prendra pour la vérité. Il nous suffit de trouver un mensonge crédible. »

Sœur Carlotta était assise à une petite table, dans un jardin en terrasse, face à l'exilé au visage sec et ridé.

« Je ne suis qu'un vieux savant russe qui passe les dernières années de sa vie sur les bords de la mer Noire. » Anton tira longuement sur sa cigarette et souffla la fumée par-dessus la balustrade, ajoutant ainsi à l'atmosphère polluée qui se déversait de Sofia et se répandait sur l'eau.

« Je ne dispose ici d'aucune autorité pour faire appliquer la loi, dit sœur Carlotta.

— Non, mais vous représentez pour moi un danger beaucoup plus grand. Vous appartenez à la Flotte.

— Vous ne courez aucun risque.

— C'est exact, parce que je n'ai pas l'intention de vous dire quoi que ce soit.

— Merci de votre franchise.

— Vous appréciez la sincérité, mais je ne pense pas que vous aimeriez savoir les pensées que votre anatomie éveille chez le vieux Russe que je suis.

— Essayer de choquer une religieuse n'est pas très amusant. On n'y gagne aucun trophée.

— Vous prenez donc votre état de bonne sœur au sérieux. »

Sœur Carlotta soupira. « Vous croyez que je sais certains détails sur vous et vous ne voulez pas que j'en découvre davantage. Mais en réalité, si je suis ici, c'est à cause de ce que je n'arrive pas à découvrir sur vous.

— À savoir ?

— Tout. Je faisais des recherches sur un certain sujet pour la F. I., et on m'a remis une liste d'articles qui traitaient des études sur la modification du génome humain.

— Et mon nom y figurait ?

— Au contraire, il n'apparaissait nulle part.

— Comme on tombe vite dans l'oubli !

— Mais en lisant les rares documents des auteurs mentionnés – toujours des travaux de jeunesse, avant que les services de sécurité de la F. I. n'y mettent le holà – je me suis aperçu qu'ils avaient un point commun : votre nom revenait constamment dans les notes en bas de page ; et pourtant, impossible de mettre la main sur un seul article de vous, pas même sur des extraits. Apparemment, vous n'aviez jamais rien publié.

— Or on cite mon nom. Ça relève du miracle, hein ? Mais les miracles, vous en faites collection, vous, les gens d'Église, non ? Pour fabriquer des saints ?

— Je regrette, on ne canonise qu'après la mort.

— Bah, il ne me reste qu'un poumon, dit Anton. Si je continue à fumer, je ne devrais pas avoir trop longtemps à attendre.

— Rien ne vous empêche d'arrêter.

— Avec un seul poumon, il me faut le double de cigarettes pour inhaler autant de nicotine qu'avec deux. Par conséquent, j'ai dû augmenter ma consommation et non la réduire. C'est évident, mais il est vrai que vous ne pensez pas en scientifique : vous pensez en femme de foi. Vous pensez en personne obéissante. Quand on vous dit qu'une attitude est malsaine, vous vous en abstenez.

— Vos recherches portaient sur les limites de l'intelligence humaine.

— Vraiment ?

— Oui, parce qu'on vous cite toujours dans ce domaine. Naturellement, les articles où votre nom apparaît ne traitent jamais précisément de ce sujet, sans quoi ils auraient été classés top secret. Mais les titres des essais mentionnés dans les notes – essais que vous n'avez jamais écrits puisque vous n'avez jamais rien publié – ont tous un rapport avec ce champ de recherche.

— Au cours d'une carrière, il est très facile de retomber toujours dans la même ornière.

— Je voudrais donc vous poser une question hypothétique.

— Mes préférées, avec les rhétoriques. Ni les unes ni les autres ne m'empêchent de dormir.

— Imaginons que quelqu'un enfreigne la loi et tente de modifier le génome humain, plus précisément d'accroître l'intelligence humaine.

— Alors ce quelqu'un risquerait fort de se faire prendre et sanctionner.

— Imaginons encore que cette personne, en se fondant sur les recherches les plus pointues, découvre qu'il est possible de modifier certains gènes de l'embryon, ce qui aurait pour effet d'augmenter son intelligence ultérieure.

— L'embryon ! Vous me faites passer un examen ou quoi ? De tels changements ne peuvent intervenir que dans l'ovule, dans un organisme au stade unicellulaire !

— Supposons maintenant qu'un enfant soit né avec ces modifications, et qu'il soit devenu assez grand pour qu'on remarque son intelligence supérieure.

— Ce n'est pas du vôtre que vous parlez, je présume ?

— Je ne parle d'aucun enfant, sinon hypothétique. Comment identifier une modification génétique chez lui sans examiner ses gènes ? »

Anton haussa les épaules. « À quoi bon examiner ses gènes ? Ils seront normaux.

— Même si on y a touché ?

— Le changement est infime – hypothétiquement parlant.

— Il resterait dans la fourchette des variations normales ?

— Le gène responsable existe naturellement ; il dispose de deux interrupteurs, l'un qu'on bascule sur "marche", l'autre sur "arrêt".

— De quel gène s'agit-il ?

— Ce sont les idiots savants qui m'ont fourni la clé ; des anormaux, des autistes en général, mais dotés de capacités mentales inouïes : ils calculent à la vitesse de l'éclair, ils ont une mémoire phénoménale ; à côté de ça, dans les autres domaines, ils sont nuls, voire carrément débiles ; ils sont capables de vous donner la racine carrée de nombres à douze chiffres en quelques secondes, mais faire une simple course dans un magasin est hors de leur portée. Comment peuvent-ils être à la fois si géniaux et si stupides ?

— À cause de ce fameux gène ?

— Non, c'en était un autre, mais il m'a indiqué ce qui était possible : le cerveau humain pouvait être bien plus intelligent qu'il ne l'est. Mais il y a... comment dites-vous ? Un marchandage ?

— Une contrepartie.

— Oui, une contrepartie terrible : pour posséder cet intellect hors du commun, il faut renoncer à tout le reste. C'est ainsi que le cerveau des autistes savants parvient à de tels exploits : il ne s'occupe que d'un point précis, et tout ce qui n'en fait pas partie est considéré comme une gêne, une source de confusion, et ne présente strictement aucun intérêt. Toute son attention est concentrée à un degré inimaginable.

— Dans ces conditions, tous les surdoués devraient souffrir d'un retard intellectuel dans un domaine ou un autre.

— C'est ce que nous supposions, parce que nos observations le confirmaient. Apparemment, les seules exceptions se trouvaient chez les idiots doués d'un talent modéré, qui parvenaient de ce fait à conserver une partie de leur concentration pour la vie de tous les jours. Alors je me suis dit... Mais je ne peux pas vous révéler ce que je me suis dit : on m'a implanté un ordre d'inhibition. »

Il eut un sourire d'impuissance, et les espoirs de sœur Carlotta s'envolèrent. Quand une personne représentait un risque avéré pour la sécurité, on lui posait dans le cerveau un appareil qui, à la moindre angoisse, déclenchait une boucle rétroactive débouchant sur une crise de panique. On la conditionnait périodiquement afin qu'elle éprouve une forte angoisse dès qu'elle songeait à parler de sujets illégaux. D'un certain point de vue, c'était une intrusion monstrueuse dans la vie privée ; mais, si on comparait cette pratique à celle, traditionnelle, qui consistait à emprisonner ou à exécuter les individus jugés incapables de conserver un secret d'importance vitale, l'ordre d'inhibition pouvait sembler parfaitement humain.

Et cela expliquait naturellement pourquoi Anton paraissait s'amuser de tout. Il y était obligé : s'il se laissait aller à l'agitation ou à la colère – à n'importe quelle émotion négative d'une certaine puissance, en somme –, il risquait une crise de panique sans même avoir abordé de sujet interdit. Sœur Carlotta avait lu un article dans lequel l'épouse d'un homme muni d'un appareil semblable déclarait que leur vie commune n'avait jamais été plus harmonieuse, parce qu'il prenait tout désormais avec calme et bonne humeur. « Aujourd'hui, les enfants l'adorent au lieu de trembler de peur quand il est à la maison. » Elle avait prononcé ces paroles, disait l'article, quelques heures seulement avant qu'il se jette du haut d'une falaise. Apparemment, l'existence était plus heureuse pour tout le monde sauf pour lui.

Et voici qu'elle se trouvait devant un homme dont le même moyen avait rendu les souvenirs inaccessibles.

« Quel dommage ! dit sœur Carlotta.

— Que cela ne vous empêche pas de rester. Ma vie est bien solitaire, ici. Vous êtes sœur de la Charité, n'est-ce pas ? Eh bien, par charité envers un vieil homme, faites quelques pas avec moi. »

Elle eut envie de refuser, de s'en aller sur-le-champ, mais à cet instant Anton se laissa aller contre le dossier de son fauteuil et se mit à respirer profondément, régulièrement, les yeux fermés, tout en fredonnant.

Un exercice de détente. Donc... à la seconde où il l'avait invitée à se promener avec lui, il avait éprouvé une angoisse qui avait déclenché l'appareil ; en d'autres termes, sa proposition n'était pas gratuite.

« Bien sûr, j'accepte avec plaisir, dit la religieuse, même si, techniquement, mon ordre ne s'intéresse guère à la charité envers les individus. Nous sommes beaucoup plus prétentieuses que ça : notre objectif est de sauver le monde. »

Il eut un petit rire. « Une personne à la fois, ça prendrait trop de temps, c'est ça ?

— Nous mettons notre existence au service des grandes causes de l'humanité. Le Sauveur est déjà mort pour racheter les péchés du monde ; nous, nous travaillons à effacer les conséquences des péchés sur les hommes.

— Intéressante mission, fit Anton. Croyez-vous que mon ancien domaine de recherche aurait été considéré comme utile à l'humanité ou bien comme une souillure parmi d'autres que des gens de votre espèce devraient effacer ?

— Je me le demande moi-même.

— Nous n'en saurons jamais rien. » Ils traversèrent le jardin, prirent une allée qui passait derrière la maison et débouchait sur une rue qu'ils franchirent ; enfin, ils empruntèrent un chemin qui sinuait dans un parc laissé à l'abandon.

« Les arbres sont très vieux ici, observa sœur Carlotta.

— Et vous, quel âge avez-vous, Carlotta ?

— Objectivement ou subjectivement ?

— Tenez-vous-en au calendrier grégorien, s'il vous plaît, et à sa dernière révision.

— Les Russes n'ont toujours pas digéré la réforme du calendrier julien, n'est-ce pas ?

— Elle nous a obligés, plus de sept décennies durant, à fêter une révolution d'octobre qui, en réalité, avait eu lieu en novembre.

— Vous êtes beaucoup trop jeune pour vous rappeler l'époque où il existait encore des communistes en Russie.

— Au contraire : je suis assez vieux désormais pour avoir dans la tête tous les souvenirs de mon peuple. Je me rappelle des événements survenus bien avant ma naissance et d'autres qui ne se sont jamais produits. Je vis dans le souvenir.

— Et c'est agréable ?

— Agréable ? » Il haussa les épaules. « J'en ris parce que je n'ai pas le choix. Parce que j'éprouve une tristesse douce-amère devant toutes ces tragédies dont on n'a rien appris.

— Eh oui, la nature humaine ne change pas, dit la religieuse.

— J'ai songé, fit Anton, à ce que Dieu aurait pu améliorer lorsqu'il a fabriqué l'homme – à son image, il me semble.

— "Mâle et femelle il les créa" – ce qui rend son image assez vague sur le plan anatomique. »

Anton éclata de rire et assena une claque un peu trop brutale sur l'épaule de la religieuse. « J'ignorais que vous saviez rire de ces sujets-là ! Voilà une excellente surprise !

— Je suis ravie d'apporter un peu de joie dans votre terne existence.

— C'est ça, retournez donc le couteau dans la plaie. » Ils parvinrent à un belvédère d'où l'on voyait moins bien la mer que depuis la terrasse d'Anton. « Mon existence n'est pas terne, Carlotta, car je puis rendre hommage à Dieu pour le grand compromis que représente sa création des êtres humains.

— Un compromis ?

— Notre organisme pourrait vivre éternellement, vous savez ; il n'est pas obligé de s'user. Nos cellules sont vivantes, elles sont capables de s'entretenir et de se réparer toutes seules ou d'être remplacées par de nouvelles. Il existe même en nous des mécanismes conçus pour revitaliser nos os. Pour une femme ménopausée, ne plus pouvoir mettre d'enfants au monde n'est pas obligatoirement une fatalité, pas plus que le dépérissement de notre cerveau, la perte des souvenirs ou l'incapacité à en enregistrer de nouveaux. Mais Dieu nous a créés avec la mort en nous.

— Vous voilà bien grave sur le sujet de Dieu, on dirait.

— Dieu nous a créés avec la mort en nous, et aussi l'intelligence, et nous nous retrouvons avec une espérance de vie de soixante-dix ans – quatre-vingt-dix si on fait un peu attention –, même si on parle de vieillards de cent trente ans dans les montagnes de Géorgie. À mon avis, les gens de là-bas sont tous des menteurs ; ils se prétendraient immortels s'ils pensaient être crus. Pour en revenir à nos moutons, nous pourrions vivre éternellement pour peu que nous acceptions d'être bêtes à manger du foin.

— Vous n'allez tout de même pas me dire que Dieu a dû choisir entre l'intelligence et la longévité quand il a créé les hommes !

— C'est écrit en toutes lettres dans votre Bible, Carlotta. Deux arbres : la connaissance et la vie. Vous mangez de l'arbre de la connaissance et vous êtes sûr de mourir un jour ; vous mangez de l'arbre de vie et vous restez à jamais un enfant immortel dans le jardin d'Éden.

— Vous maniez bien la théologie pour quelqu'un que je croyais athée.

— Pour moi, la théologie est une plaisanterie du plus haut comique et j'en ris ! Je peux raconter des histoires drôles sur la théologie, blaguer avec des croyants. Vous saisissez ? Ça m'amuse et ça m'aide à conserver mon calme. »

La religieuse comprit enfin. Fallait-il qu'elle fût sourde ! Il lui fournissait l'information qu'elle cherchait, mais sous une forme codée, destinée à leurrer non seulement les éventuelles oreilles indiscrètes – qui savait si leurs moindres propos n'étaient pas enregistrés ? – mais encore son propre cerveau. Tout n'était que plaisanterie ; il pouvait donc révéler la vérité à sœur Carlotta, du moment qu'il lui gardait un aspect inconséquent.

« Dans ce cas, je suis prête à écouter vos élucubrations humoristiques sur la théologie.

— La Genèse parle d'hommes qui vivaient jusqu'à neuf cents ans et plus ; ce qu'elle ne nous dit pas, c'est que c'étaient des crétins finis. »

Sœur Carlotta éclata de rire.

« Voilà pourquoi Dieu a dû anéantir l'humanité avec son petit déluge, poursuivit Anton : pour se débarrasser de ces imbéciles et les remplacer par des créatures plus vives ; leur esprit, leur métabolisme fonctionnaient à toute vitesse et les précipitaient vers la tombe.

— Mathusalem et son quasi-millénaire, puis Moïse et ses cent vingt ans, et enfin nous. Pourtant notre espérance de vie augmente.

— Je laisse à la cour le soin d'en juger.

— Sommes-nous plus stupides qu'autrefois ?

— Si stupides que nous préférerions donner une plus grande longévité à nos enfants que les voir devenir trop semblables à Dieu et connaître... le bien et le mal... connaître... tout. » Sa main se crispa sur sa poitrine et il se mit à haleter. « Ah, Seigneur ! Dieu du ciel ! » Il tomba à genoux, la respiration courte et rapide. Soudain ses yeux se révulsèrent et il s'écroula face contre terre.

Il n'avait pas réussi à se tromper lui-même jusqu'au bout ; son cerveau avait fini par comprendre qu'il révélait son secret sous couvert d'une conversation sur la religion.

Sœur Carlotta le retourna sur le dos. À présent qu'il avait perdu connaissance, la crise d'angoisse s'apaisait. Certes, à l'âge d'Anton, une syncope n'était pas à prendre à la légère, mais il ne lui faudrait pas un grand courage pour rouvrir les yeux ; il se réveillerait calme.

Où étaient donc les agents chargés de le surveiller ? Où étaient les espions qui écoutaient leurs propos ?

Un bruit de pas pressés sur l'herbe, sur les feuilles.

« Vous avez le réflexe un peu lent, je trouve, dit la religieuse sans lever les yeux.

— Désolé, on ne s'y attendait pas. » L'homme était assez jeune et ne paraissait pas d'une intelligence supérieure : l'implant étant censé empêcher Anton de raconter son histoire, il n'était pas nécessaire que ses gardiens soient des génies.

« Il va se remettre, je pense, dit sœur Carlotta.

— De quoi parliez-vous ?

— De religion, répondit-elle, bien certaine que ses déclarations seraient confrontées à un enregistrement de leur conversation. Il critiquait Dieu qui, selon lui, avait mal fabriqué les hommes. Il prétendait plaisanter, mais, à mon avis, quelqu'un de son âge ne plaisante jamais tout à fait quand il s'agit de Dieu ; qu'en dites-vous ?

— Plus on vieillit, plus on a peur de la mort, déclara le jeune homme d'un ton pénétré – du moins aussi pénétré qu'il lui était possible.

— Vous croyez qu'il aurait pu se déclencher une crise d'angoisse en allant toucher de trop près sa peur de la mort ? » Formulé ainsi sous forme de question, ce n'était pas vraiment un mensonge, n'est-ce pas ?

« Je n'en sais rien. Tenez, il commence à s'agiter ; il ne va pas tarder à revenir à lui.

— Écoutez, je ne tiens pas à lui causer de nouvelles angoisses existentielles à son réveil. Quand il sera remis, dites-lui de ma part que je le remercie de notre conversation et qu'il a éclairci pour moi une des grandes questions sur les desseins de Dieu.

— Je n'y manquerai pas », répondit le jeune homme avec gravité.

Naturellement, il ferait du message un méli-mélo incompréhensible.

Sœur Carlotta se pencha pour déposer un baiser sur le front d'Anton où perlait une sueur glacée, puis elle se releva et s'en alla.

Tel était donc le secret : le génome qui permettait à un homme de jouir d'une intelligence hors norme agissait en accélérant de nombreux processus physiologiques ; l'esprit fonctionnait plus vite, l'enfant se développait plus rapidement. Bean était bel et bien le résultat d'une expérience visant à débrider le gène de l'intellect ; on lui avait fait don du fruit de l'arbre de la connaissance. Mais il y avait un prix à payer : il ne pourrait pas goûter à l'arbre de vie. Quoi qu'il fît de son existence, il devait le faire jeune parce qu'il ne vivrait pas vieux.

Ce n'était pas Anton qui avait pratiqué l'expérience. Il n'avait pas joué à Dieu, il n'avait pas donné le jour à des hommes vivant dans une explosion d'intelligence, dont l'existence était un feu d'artifice et non une chandelle solitaire à la lente combustion. Mais il avait découvert une clé que Dieu avait dissimulée dans le génome humain, et quelqu'un – un disciple, une âme à la curiosité insatiable, un visionnaire en herbe pressé de faire franchir à l'humanité l'étape suivante de son évolution ou un tenant d'un objectif du même genre, aussi dément et présomptueux – quelqu'un, donc, avait eu l'outrecuidance de tourner cette clé, d'ouvrir la porte et de déposer le fruit chatoyant et meurtrier dans la main d'Ève. Et, à cause de cet acte – ce crime vil et bien digne d'un serpent –, Bean avait été chassé du jardin d'Éden, Bean qui ne pouvait plus manquer de mourir, mais de mourir comme un dieu, en connaissant le bien et le mal.

10

Espionnage

« Je ne peux pas vous aider ; vous ne m'avez pas fourni les renseignements que je désirais.

— Mais enfin, nous vous avons donné les résumés !

— Vous ne m'avez rien donné du tout, vous le savez bien, et maintenant vous venez la bouche en cœur me demander une évaluation de Bean – mais sans me dire pourquoi, sans m'indiquer de contexte. Vous voulez une réponse mais vous m'empêchez de vous la fournir.

— C'est frustrant, n'est-ce pas ?

— Pas pour moi : vous n'obtiendrez aucune réponse de ma part, voilà tout.

— Alors Bean ne fait plus partie du programme.

— Si votre décision est déjà prise, que je réponde ou non n'y changera rien, d'autant moins que vous avez tout fait pour que ma réponse soit sans valeur.

— Vous détenez plus de renseignements que vous ne le prétendez, et je veux savoir lesquels.

— C'est prodigieux ! Vous devez être en parfaite communion avec moi, car c'est précisément la même question que je ne cesse de vous poser sur tous les tons !

— Œil pour œil ? Très chrétien comme attitude.

— Les mécréants veulent toujours que les autres se conduisent en chrétiens.

— Vous n'êtes peut-être pas au courant, mais nous sommes en guerre.

— Là encore, j'aurais pu prononcer la même phrase que vous : nous sommes en guerre, mais vous m'enfermez dans un secret ridicule. Comme il n'existe aucune preuve que les Formiques nous espionnent, ce secret ne doit pas concerner la guerre ; il est là pour aider le Triumvirat à conserver son pouvoir sur l'humanité – et cela m'intéresse de très près.

— Vous vous trompez. Les renseignements que vous cherchez sont classés top secret afin d'éviter qu'on pratique certaines expériences extrêmement dangereuses.

— Seul un fou ferme la porte du poulailler quand le renard est déjà à l'intérieur.

— Avez-vous la preuve que Bean est le produit d'une expérience génétique ?

— Et comment l'aurais-je, puisque vous m'avez interdit l'accès à toutes les pièces du dossier ? Par ailleurs, l'important, ce n'est pas qu'il porte ou non des gènes modifiés, mais le comportement que ces modifications, si elles existent, peuvent induire chez lui. Tous vos tests sont conçus pour vous permettre de prédire les réactions d'un être humain normal ; ils risquent de ne pas être applicables à Bean.

— S'il est aussi imprévisible que vous le dites, nous ne pouvons pas lui faire confiance. Nous devons l'expulser.

— Et si lui seul était en mesure de gagner la guerre ? L'éjecteriez-vous quand même du programme ? »

Ce soir-là, Bean ne voulait pas avoir l'estomac trop plein, aussi distribua-t-il la plus grande partie de son repas autour de lui et rendit-il un plateau vide bien avant tout le monde. Tant pis pour les soupçons des nutritionnistes : il avait besoin d'un moment seul dans son casernement.

Les concepteurs avaient placé toutes les prises d'aspiration d'air au-dessus des portes qui donnaient dans le couloir central ; par conséquent, l'atmosphère renouvelée devait arriver dans les quartiers par l'extrémité opposée, près des couchettes inoccupées. Comme il n'avait rien repéré en jetant un coup d'œil superficiel dans cette partie du dortoir, la grille devait être située sous une des couchettes du bas, et il n'avait pas pu la chercher en présence des autres parce qu'il voulait garder secret son intérêt pour le système de ventilation. Mais cette fois il était seul ; il se mit à plat ventre et, quelques instants plus tard, il travaillait à extraire la grille de son logement. Elle vint sans résistance, et il essaya de la remettre en place en prêtant attention au niveau sonore de l'opération, qu'il jugea excessif. Tant pis : le conduit devrait rester ouvert. Il déposa l'opercule au sol près de la bouche d'aération, mais assez à l'écart pour éviter de le heurter dans le noir ; puis, pour plus de précautions, il le tira de sous la couchette et le glissa sous celle d'en face.

Terminé. Il pouvait reprendre ses activités normales.

La nuit venue, il attendit que le bruit des respirations lui indique que la plupart des occupants du casernement, sinon tous, étaient endormis.

Bean dormait nu, comme la plupart des enfants ; ainsi, son uniforme ne le dénoncerait pas. Ils avaient ordre de porter leur serviette autour de la taille lorsqu'ils allaient aux toilettes la nuit, et Bean en déduisait qu'un émetteur devait être dissimulé dans le tissu ; aussi, tout en descendant de sa couchette, il décrocha sa serviette du montant et la ceignit autour de ses reins tout en se dirigeant au petit trot vers la porte des quartiers.

Il ne faisait rien d'inhabituel : après l'extinction des feux, se rendre aux toilettes était permis sans être encouragé, et Bean avait pris la précaution d'effectuer de temps à autre cet aller-retour nocturne depuis son arrivée à l'École de guerre. Ainsi, son comportement ce soir-là ne sortait en rien de l'ordinaire, et, de plus, mieux valait entreprendre sa première excursion la vessie vide.

Il ressortit des W-C, et, s'il y avait un insomniaque dans le dortoir, il ne vit qu'un enfant regagnant sa place, sa serviette autour des reins.

Mais Bean dépassa sa couchette, s'arrêta devant la dernière du couloir, se mit sans bruit à plat ventre et se glissa sous le sommier, où l'attendait la bouche d'aération ouverte. Il laissa sa serviette par terre, sous la couchette : si quelqu'un s'éveillait suffisamment pour remarquer l'absence de Bean, il noterait que sa serviette manquait également et conclurait que son propriétaire était aux toilettes.

S'introduire dans la gaine fut aussi pénible que la première fois mais, dès qu'il fut à l'intérieur, Bean constata qu'il avait bien fait de s'exercer préalablement : il parvenait à se déplacer à l'oblique, toujours avec lenteur afin de ne pas faire de bruit et d'éviter de s'égratigner sur d'éventuelles barbes métalliques ; il ne tenait pas à devoir expliquer comment il s'était blessé.

Dans l'obscurité absolue du conduit, il devait garder à l'esprit le plan de la station. La veilleuse de chaque casernement donnait juste assez de lumière pour lui permettre de distinguer les grilles d'aération, mais Bean ne s'intéressait pas à la localisation des différents quartiers de son niveau : il voulait atteindre un pont où il trouverait des logements et des bureaux d'enseignants. D'après le temps qu'il fallait à Dimak dans les rares occasions où une dispute exigeait son intervention, Bean supposait qu'il habitait sur un autre pont ; et comme il arrivait toujours un peu essoufflé, Bean supposait aussi que cet autre pont se situait en dessous du sien et que l'officier devait gravir une échelle pour parvenir au casernement.

Mais il n'avait pas l'intention de commencer par descendre : avant de se retrouver coincé sur un niveau inférieur, il devait s'assurer qu'il était capable de monter jusqu'à un pont supérieur.

Aussi, quand enfin – après qu'il eut passé trois casernements – une gaine verticale se présenta, il tâtonna pour se faire une idée de la taille de la nouvelle gaine. Elle était beaucoup plus large que les boyaux horizontaux – Bean ne parvint pas à toucher la paroi opposée – mais à peine plus profonde. Tant mieux : tant qu'il ne transpirerait pas trop sous l'effort, l'adhérence entre sa peau et les parois lui permettrait de s'élever petit à petit ; en outre, il ne serait plus obligé de garder la tête perpétuellement de côté, ce qui offrirait à son cou un soulagement bien nécessaire.

Descendre s'avéra presque plus ardu que monter, parce qu'une fois la glissade entamée il était difficile de s'arrêter. Bean n'oubliait pas non plus que plus bas il allait, plus lourd il pesait ; de plus, il devait constamment palper les parois à sa gauche et à sa droite en quête d'un nouveau conduit horizontal.

Mais il n'eut pas besoin de ses mains pour le trouver, finalement : il en émanait assez de lumière pour qu'il le vît. Les professeurs n'étaient pas soumis aux horaires d'extinction des feux chez les élèves ; en outre, leurs logements étant beaucoup plus petits que les dortoirs, les grilles d'aération se succédaient plus fréquemment dans les conduits qui, par le fait, étaient mieux éclairés.

Dans la première pièce, un professeur encore debout travaillait ; l'ennui, c'était que Bean, depuis la grille au ras du sol, ne put rien voir de ce qu'il tapait sur son clavier.

Et il en irait de même pour toutes les cabines : les bouches d'aération au niveau du sol ne lui serviraient à rien ; il devait s'introduire dans le réseau d'aspiration.

Il retourna à la gaine verticale. Le souffle d'air venait du haut ; c'était donc dans cette direction qu'il devait chercher un passage d'un réseau à l'autre. Il espérait qu'il existait une trappe d'accès avant d'arriver aux ventilateurs, et qu'il la trouverait dans le noir.

Se dirigeant toujours face au souffle et se sentant nettement plus léger après avoir gravi sept niveaux, il pénétra enfin dans une conduite plus spacieuse que les précédentes, éclairée par une bande lumineuse ; là, le bruit des ventilateurs était très sonore mais il ne les voyait pas encore. C'était sans importance : il allait quitter le réseau.

La trappe d'accès était parfaitement visible. Peut-être était-elle aussi munie d'un système d'alarme en cas d'ouverture imprévue, mais Bean ne le croyait pas : c'était nécessaire à Rotterdam pour éviter les cambriolages, mais, dans une station spatiale, le vol par effraction ne représentait pas un problème majeur. Si un avertisseur était branché sur la trappe qu'il avait sous les yeux, toutes les portes de l'École devaient en être munies. Il n'allait pas tarder à le savoir.

Il ouvrit le panneau, se glissa dans un espace faiblement éclairé et referma le battant derrière lui.

Là, la structure de la station apparaissait clairement : tout n'était que poutres et blindage métalliques, sans surfaces planes. Il faisait aussi sensiblement plus froid, et cela ne tenait pas seulement à la différence avec l'air tiède des conduits : de l'autre côté de ces plaques de métal régnait l'espace impitoyable et glacé. Les chaufferies se trouvaient sans doute dans ce volume inhabité, mais elles bénéficiaient d'une excellente isolation, et les concepteurs n'avaient pas jugé utile d'injecter de l'air chaud dans cette zone, comptant sur la déperdition pour la réchauffer. Bean n'avait pas eu aussi froid depuis Rotterdam... mais, à côté du vent venu de la mer du Nord qui soufflait en hiver dans les rues et traversait ses vêtements légers, l'atmosphère lui paraissait encore d'une douceur exquise ; en même temps, il ressentait un certain agacement : il s'était si bien habitué au confort qu'une température un peu basse le faisait frissonner, et pourtant il ne pouvait s'en empêcher. Même à Rotterdam, il n'était pas tout nu.

Suivant le réseau de gaines, il emprunta les échelles de service jusqu'aux chaufferies, où il trouva les conduits d'aspiration qu'il longea, repartant en sens inverse. Il n'eut aucune difficulté à découvrir une trappe d'accès et à s'introduire dans le boyau principal qui descendait à la verticale.

Comme il n'était pas nécessaire de maintenir le réseau d'aspiration sous pression positive, les gaines étaient plus spacieuses que dans le système de ventilation ; en outre, c'était le système aspirant qui assurait la collecte et l'élimination des poussières, par conséquent l'accès devait y être aisé ; quand l'air sortait des chaufferies, il était d'une pureté quasi absolue. Aussi, au lieu de monter ou de freiner dans des gaines en prenant appui du dos et des pieds sur les parois, Bean descendit lestement une échelle et n'eut aucun mal, malgré le faible éclairage, à déchiffrer les inscriptions indiquant le pont sur lequel donnait chaque ouverture.

Les orifices latéraux ne débouchaient pas sur de nouvelles conduites mais sur l'espace qui séparait un niveau d'un autre. Tout le câblage électrique passait là, ainsi que la plomberie – eau chaude, eau froide, évacuation des eaux usées ; et, en plus des bandes lumineuses destinées à l'entretien, les prises d'aspiration de part et d'autre des passages fournissaient souvent un éclairage d'appoint – ces mêmes fentes étroites proches du plafond que Bean avait remarquées lors de sa première excursion.

À présent, il jouissait d'une bonne vue sur les logements des professeurs. Il avança à quatre pattes le plus silencieusement possible – talent qu'il avait acquis à Rotterdam – et découvrit rapidement ce qu'il cherchait : un enseignant encore éveillé, mais qui ne travaillait pas à son bureau. Bean ne connaissait guère l'homme car il avait la responsabilité d'un groupe de bleus plus âgés et n'enseignait pas dans les cours que lui-même suivait. Il s'apprêtait à prendre une douche ; il allait donc revenir dans son bureau et, peut-être, relancer son terminal, ce qui permettrait à Bean d'apprendre son pseudonyme et son mot de passe.

Sans nul doute, les professeurs changeaient fréquemment de mot de passe, et Bean ne pourrait pas l'utiliser longtemps ; de plus, il était possible qu'entrer le mot de passe d'un enseignant dans le bureau d'un élève déclenche une alarme. Mais il ne le croyait pas : le système de sécurité tout entier était conçu pour maintenir les élèves à l'écart et observer leur comportement ; les professeurs ne devaient pas être soumis à une telle surveillance. Ils travaillaient souvent à leur moniteur en dehors des horaires réguliers, et ils entraient souvent leurs coordonnées dans les bureaux des élèves pendant la journée pour utiliser leurs propres outils informatiques, plus performants, afin de résoudre le problème d'un étudiant ou de lui fournir des moyens plus personnalisés. Bean était à peu près sûr que l'avantage d'endosser l'identité d'un professeur valait largement le risque de se faire pincer.

Tandis qu'il réfléchissait ainsi, il perçut des voix qui provenaient de quelques pièces plus loin. Il n'était pas assez près pour distinguer ce qu'elles disaient. Il manquerait peut-être le retour de l'enseignant qui prenait sa douche, mais...

Quelques instants plus tard, il avait sous les yeux le logement de... Dimak lui-même ! Intéressant. L'officier s'entretenait avec un homme dont l'image holographique apparaissait au-dessus de son bureau. Bean le reconnut : c'était le colonel Graff, commandant de l'École de guerre.

« J'ai employé une stratégie assez simple, disait Graff. J'ai cédé, je lui ai laissé libre accès aux renseignements qu'elle voulait. Elle avait raison : je ne peux pas attendre de réponse convenable de sa part si je lui interdis de voir les données qu'elle réclame.

— Eh bien, vous a-t-elle fourni des réponses ?

— C'est trop tôt ; mais elle m'a fourni une excellente question.

— Laquelle ?

— Ce gosse est-il humain ou non ?

— Allons donc ! Le prend-elle pour une larve de doryphore déguisée en Terrien ?

— Ça n'a rien à voir avec les doryphores. Le gamin

aurait été amélioré génétiquement – ce qui expliquerait pas mal de choses.

— Mais il resterait humain.

— C'est discutable, vous ne croyez pas ? Génétiquement parlant, la différence entre l'homme et le chimpanzé est faible ; entre nous et les Néandertaliens, elle doit être infime. De quel ordre serait-elle pour faire de ce gosse une espèce à part ?

— Philosophiquement, le problème n'est pas sans intérêt, mais sur le plan pratique...

— Sur le plan pratique, impossible de prévoir son comportement. Nous ne disposons d'aucune donnée sur son espèce. C'est un primate, ce qui présuppose certaines attitudes connues, mais nous ne pouvons faire aucune hypothèse sur les motivations qui...

— Mon colonel, sauf votre respect, c'est quand même un enfant. C'est un humain, pas une espèce d'extraterrestre qui...

— Voilà précisément ce que nous devons déterminer avant de décider jusqu'à quel point nous pouvons nous fier à lui. Et c'est pourquoi vous devez le surveiller encore plus étroitement ; si vous n'arrivez pas à le persuader de jouer au psycho-jeu, trouvez un autre moyen de savoir ce qui le motive. Nous ne pouvons pas l'utiliser tant que nous ignorons son indice de fiabilité. »

Ils employaient donc entre eux le terme de « psycho-jeu » ; intéressant.

Soudain, le sens de la conversation apparut à Bean. « Si vous n'arrivez pas à le persuader de jouer au psycho-jeu » : autant qu'il le sût, il était le seul à ne pas y participer. C'était donc de lui que parlaient les deux hommes. Une nouvelle espèce... génétiquement modifiée... Bean sentit son cœur marteler sa poitrine. Que suis-je ? Je ne suis pas seulement surdoué, mais aussi... différent.

« Et ses infractions à la sécurité ? demanda Dimak.

— C'est l'autre pan de la question : vous devez découvrir ce qu'il sait, ou du moins estimer la probabilité qu'il révèle tout à ses camarades. Pour l'instant, c'est le plus grand danger. La possibilité que ce gosse soit un jour le commandant que nous attendons équilibre-t-elle le risque de le laisser violer la sécurité, voire couler le programme ? Ender me donnait l'impression que nous jouions quitte ou double sur une grosse cote, mais, à côté de ce gosse, il a l'air d'une valeur sûre.

— Je ne vous savais pas joueur, colonel.

— Je ne le suis pas, mais parfois on est obligé de s'engager dans la partie.

— Je comprends, mon colonel.

— Codez tout ce que vous m'enverrez sur lui. Je ne veux ni noms ni discussions avec les autres enseignants, en dehors des échanges habituels. Votre mission doit rester confidentielle.

— Naturellement.

— Si le seul moyen de vaincre les doryphores est de nous faire remplacer par une nouvelle espèce, Dimak, pourra-t-on dire que nous avons vraiment sauvé l'humanité ?

— Un seul enfant ne remplace pas toute une espèce.

— C'est le pied dans la porte ; si on leur donne un doigt, ils voudront tout le bras.

— "Ils", mon colonel ?

— Eh oui, je suis paranoïaque et xénophobe. C'est pour ça que j'ai eu le poste que j'occupe. Cultivez ces qualités, Dimak, et vous atteindrez peut-être à votre tour une position aussi éminente. »

Le capitaine éclata de rire. Pas Graff : son image avait disparu.

Bean se rappela qu'il devait relever un mot de passe, et il recula jusqu'au bureau de l'homme qui prenait sa douche.

Toujours personne.

De quelle infraction à la sécurité parlaient-ils ? Ce devait être récent pour qu'ils en discutent d'un ton si pressant ; par conséquent, il devait s'agir de l'entretien de Bean avec Dimak sur la véritable raison d'être de l'École de guerre. Pourtant, l'hypothèse que Bean avait émise selon laquelle la bataille finale avait déjà eu lieu ne tenait pas, puisque la conversation de Dimak et Graff portait sur l'éventualité qu'il soit le seul à pouvoir vaincre les doryphores. Si l'ennemi n'avait pas encore été battu, c'est que le problème de sécurité ne concernait pas ce sujet.

Peut-être sa toute première supposition était-elle la bonne : l'École de guerre avait pour objet de rassembler tous les bons commandants de la Terre autant que d'écraser les doryphores ; dans ce cas, Graff et Dimak pouvaient craindre que Bean révèle le secret à ses condisciples, ce qui, chez certains tout au moins, risquerait de réveiller leur loyauté envers le pays, le groupe ethnique ou l'idéologie de leurs parents.

Or, comme Bean avait projeté de sonder les autres élèves sur ce terrain au cours des mois ou des années à venir, il devrait redoubler de prudence pour éviter que ses entretiens avec eux n'attirent l'attention de la hiérarchie. Ce qu'il voulait savoir, c'était lesquels parmi les étudiants les plus brillants ressentaient la plus forte loyauté envers leurs origines. Pour cela, naturellement, il devrait apprendre le mécanisme de ce sentiment avant d'imaginer un moyen de l'affaiblir ou le renforcer, de l'exploiter ou le contourner.

Cependant, ce n'était pas parce que sa première hypothèse expliquait les propos des deux officiers qu'elle était fondée – et, *a contrario*, ce n'était pas parce que la dernière bataille contre les doryphores restait à venir qu'il avait complètement tort. Par exemple, il était concevable qu'on ait lancé une flotte contre le monde des doryphores des années plus tôt, mais qu'on prépare encore des officiers supérieurs pour repousser une armada d'invasion en route pour la Terre ; dans ce cas, le problème de sécurité dont parlaient Graff et Dimak était le risque que Bean effraye ses camarades en leur apprenant la situation critique dans laquelle se trouvait l'humanité.

L'ironie de la chose était que, de tous les enfants que Bean avait connus, aucun n'était capable de garder un secret aussi bien que lui – pas même Achille, qui s'était trahi en refusant sa part de pain à Poke.

Bean, lui, savait garder un secret mais il savait aussi qu'il faut parfois abattre une ou deux cartes pour obtenir des renseignements, et c'est fort de cette conviction qu'il avait accepté de s'entretenir avec Dimak. C'était un jeu dangereux mais, à long terme, s'il se débrouillait pour qu'on ne le renvoie pas de l'École – ou pour qu'on ne l'élimine pas carrément – pour l'empêcher de parler, il aurait gagné plus d'informations qu'il n'en aurait fourni. En fin de compte, tout ce que la hiérarchie pouvait apprendre de lui ne concernait que sa petite personne tandis qu'il pouvait puiser chez elle des données sur le monde tout entier ; il avait ainsi à sa disposition un immense réservoir de connaissances.

Sa petite personne... C'était la question cruciale pour les dirigeants de la station : qui il était. Ils se demandaient s'il était humain ; c'était absurde : que pouvait-il être d'autre ? Jamais il n'avait rencontré chez d'autres enfants de désir ni d'émotion qu'il n'eût lui-même éprouvés. La seule différence, c'est qu'il était plus fort qu'eux et ne se laissait pas dominer par des passions ou des besoins passagers. Cela l'excluait-il de l'humanité ? Non ; c'était un humain, mais plus efficace, voilà tout.

Le professeur revint dans la pièce. Il accrocha sa serviette humide à une patère et, sans même s'habiller, il s'assit à son bureau et entra ses coordonnées dans son terminal. Bean observa le mouvement de ses doigts sur le clavier ; l'homme tapait très vite et Bean n'obtint qu'une image floue, qu'il devrait se repasser mentalement de nombreuses fois avant d'être sûr de tenir la bonne séquence de touches. Mais au moins il avait bien vu, sans rien pour bloquer son champ de vision.

Il recula à croupetons vers la gaine verticale. Il avait atteint le temps limite qu'il s'était fixé pour son expédition ; il avait besoin de dormir, et à chaque minute qui passait les risques augmentaient qu'on remarque son absence.

Pour sa première excursion dans les conduits, il avait vraiment eu beaucoup de chance : tomber à la fois sur Dimak et Graff qui discutaient justement de lui et sur un professeur qui lui avait laissé obligeamment relever ses coordonnées ! L'espace d'un instant, Bean se demanda si les autorités de la station n'étaient pas au courant de son escapade et si elles n'avaient pas mis en scène ces heureux hasards afin d'observer ses réactions ; peut-être avait-il simplement été soumis à une expérience ?

Non. Ce n'était pas seulement par chance qu'il avait pu noter le pseudonyme et le mot de passe du professeur : Bean avait décidé de surveiller l'homme parce qu'il allait prendre une douche et que son terminal était tourné de telle façon qu'il pouvait voir sans trop de difficulté ce que son utilisateur tapait. C'était un choix intelligent ; il avait joué le meilleur cheval et il avait gagné.

Quant à Graff et Dimak, c'était peut-être par hasard qu'il avait surpris leur conversation, mais c'était de sa propre initiative qu'il s'était rapproché pour mieux les entendre. Et, en y réfléchissant, s'il avait décidé d'explorer les gaines d'aération, c'était précisément à cause de l'incident qui inquiétait tant Dimak et Graff ; de même, il n'y avait rien d'étonnant à ce que leur entretien ait eu lieu après l'extinction des feux dans les dortoirs des élèves : la station était endormie, les tâches journalières terminées ; c'était le moment idéal pour une discussion officieuse, sans que Graff soit obligé de convoquer Dimak en réunion spéciale au risque de soulever des questions chez les enseignants. Non, la chance n'avait rien à voir là-dedans – ou, du moins, Bean s'était créé la sienne propre ; il avait obtenu les coordonnées du professeur et surpris les propos des deux officiers parce qu'il avait pris et appliqué aussitôt la décision de se promener dans le système d'aération.

De bout en bout, il avait été l'auteur de sa propre chance.

C'était peut-être une qualité concomitante à la modification génétique qu'avait découverte Graff.

Elle, avaient-ils dit ; *elle* se demandait si Bean était génétiquement humain. Une femme cherchait des informations sur ce sujet, et Graff avait cédé, il lui avait laissé l'accès libre à des données jusque-là secrètes. Cela signifiait qu'il obtiendrait davantage de réponses de cette femme à mesure qu'elle décortiquerait ces nouveaux éléments – des réponses sur les origines de Bean.

Était-ce sœur Carlotta qui mettait en doute l'humanité de Bean ? Sœur Carlotta qui pleurait quand il l'avait quittée pour l'espace ? Sœur Carlotta qui l'aimait comme une mère son enfant ? Comment pouvait-elle douter de lui ?

Si les autorités cherchaient un humain inhumain, un monstre à face d'homme, elles feraient bien de s'intéresser à une religieuse qui serrait un enfant sur son cœur comme si c'était le sien, puis s'en allait jeter le soupçon sur sa nature. Tout le contraire de la fée bleue de Pinocchio : elle touchait un vrai petit garçon pour le transformer en une horrible et effrayante créature.

Non, ce n'était sûrement pas de sœur Carlotta que les deux officiers parlaient. Bean devait se tromper, comme il s'était trompé en supposant que l'ultime bataille contre les doryphores avait déjà eu lieu. C'est pourquoi il ne faisait jamais entièrement confiance à ses propres intuitions : il fondait ses actes sur elles, mais il laissait toujours la porte ouverte à la possibilité d'une erreur de sa part.

Par ailleurs, en ce qui le concernait, la question n'était pas de savoir s'il était humain ou non ; il était lui-même et devait faire en sorte non seulement de rester en vie mais encore de devenir autant que possible maître de son propre avenir. Un seul danger le menaçait : l'inquiétude qu'éveillaient parmi les hautes instances les éventuelles manipulations génétiques dont il aurait été l'objet ; par conséquent, il devait s'efforcer de paraître normal au point de dissiper toutes leurs craintes à ce sujet.

Comment faire, cependant ? Si on l'avait fait entrer dans l'École, c'était précisément parce qu'il sortait de la normale. Mais, après tout, c'était aussi le cas de ses condisciples ; or ils subissaient une telle pression que certains devenaient carrément bizarres, tel Bonzo Madrid, avec sa vendetta dont il ne faisait pas mystère contre Ender Wiggin. Donc, loin de devoir paraître normal, Bean devait avoir l'air étrange, mais selon des schémas classiques.

Impossible : il ignorait quels signes les enseignants guettaient dans le comportement des élèves. Il pouvait découvrir dix attitudes typiques et les adopter sans jamais se douter qu'il passait à côté de quatre-vingt-dix autres qu'il n'avait pas remarquées.

Non, il ne devait pas contrefaire une conduite prévisible ; il devait devenir le commandant parfait qu'ils espéraient.

Il regagna son dortoir, remonta sur sa couchette et regarda l'heure : son expédition lui avait pris moins de soixante minutes. Il rangea son bureau, s'allongea et se repassa mentalement l'image des doigts du professeur tapant sur le clavier ; quand enfin il eut la quasi-certitude de tenir le pseudonyme et le mot de passe corrects, il se laissa aller au sommeil.

Et c'est alors seulement, au moment où il commençait à s'assoupir, qu'il comprit quel était le camouflage parfait, le camouflage qui apaiserait les craintes de la hiérarchie et lui assurerait à la fois la sécurité et la promotion.

Il devait devenir Ender Wiggin.

11

PAPA

« J'avais demandé un entretien privé, mon colonel.

— Dimak est ici parce que votre infraction à la sécurité gêne son travail.

— Une infraction à la sécurité ! C'est pour ça que vous me changez d'affectation ?

— Un enfant s'est servi de votre pseudonyme et de votre mot de passe pour pénétrer dans le programme maître d'éducation. Il a trouvé les fichiers de coordonnées et les a réécrits pour se procurer une fausse identité.

— Mon colonel, je respecte scrupuleusement toutes les règles ; je n'entre jamais mes coordonnées devant les élèves.

— C'est ce que tout le monde prétend, et on s'aperçoit ensuite que c'est faux.

— Pardon, mon colonel, mais ce n'est pas le cas d'Uphanad : il est sans arrêt en train de faire la leçon à ceux qu'il prend à cette négligence ; c'est pratiquement une obsession chez lui. Il nous rend tous dingues.

— Vous pouvez vérifier mon dossier d'accès : je n'entre jamais mes coordonnées pendant les heures de cours. D'ailleurs, je ne les entre jamais en dehors de mes quartiers.

— Alors comment ce gosse a-t-il pu les utiliser ?

— Mon terminal est posé sur mon bureau, ainsi... Puis-je me servir du vôtre pour vous montrer ?

— Naturellement.

— Je suis assis comme ceci, le dos tourné à la porte pour que, même si on l'ouvre, personne ne puisse voir ce que j'écris. Je n'entre jamais mes coordonnées dans une autre position.

— Mais enfin, il n'a pas pu vous observer par la fenêtre : il n'y en a pas !

— Si, il y en a une, mon colonel.

— Pardon, Dimak ?

— Il y a une fenêtre, mon colonel, une ouverture. La grille d'aération.

— Vous plaisantez ? Vous prétendez qu'il aurait pu...

— C'est l'enfant le plus petit que nous ayons...

— C'est le fameux Bean qui a détourné mes coordonnées ?

— Bravo, Dimak ! Vous avez réussi à laisser échapper son nom !

— Je regrette, mon colonel.

— Ah ! Encore une infraction à la sécurité. Vous allez renvoyer Dimak sur Terre avec moi ?

— Je n'ai jamais parlé de renvoyer qui que ce soit sur Terre.

— Mon colonel, je dois vous signaler que l'intrusion de Bean dans le programme maître d'éducation est une chance.

— Un enfant qui fait le clown dans les fichiers sur les élèves, vous appelez ça une chance ?

— C'est l'occasion de l'étudier. Il refuse de participer au psycho-jeu, mais nous pouvons l'observer dans le jeu qu'il a lui-même choisi, surveiller sa circulation dans le programme et ce qu'il fait du pouvoir qu'il s'est octroyé.

— Mais les dégâts qu'il risque de provoquer sont...

— Il ne provoquera aucun dégât ; il ne fera rien qui puisse le dénoncer. Ce gamin a survécu aux rues de Rotterdam ; il est trop astucieux pour se laisser prendre ainsi. C'est de l'information qu'il veut ; il regardera sans toucher.

— Ainsi, vous avez déjà analysé son fonctionnement ? Vous êtes capable de prévoir à tout moment ce qu'il va faire ?

220

— Je sais en tout cas que, si nous voulons lui faire avaler une couleuvre, il faut qu'il la découvre tout seul. Il faut qu'il nous la vole. C'est pourquoi je pense que sa petite atteinte à la sécurité constitue le moyen parfait pour en réparer une autre, beaucoup plus grave.

— Je me pose encore une question : s'il s'est baladé dans les conduits d'aération, qu'a-t-il appris d'autre ?

— Si nous bloquons l'accès aux gaines, il comprendra que nous avons repéré son manège et il se méfiera de tous les appâts que nous pourrons lui lancer.

— Je suis donc obligé de laisser un gosse se promener à sa guise dans le système de ventilation et de...

— Il ne pourra pas continuer très longtemps : il grandit, et les conduits sont extrêmement étroits.

— Piètre consolation. Et, malheureusement, nous devons quand même tuer Uphanad parce qu'il en sait trop.

— Rassurez-moi : vous plaisantez, n'est-ce pas ?

— Oui, je plaisante. Vous l'aurez bientôt comme élève, ne vous inquiétez pas, capitaine Uphanad. Observez-le soigneusement, et ne parlez de lui qu'à moi. Il est imprévisible et dangereux.

— Dangereux ? Le petit Bean ?

— Il vous a mouché le nez, non ?

— Le vôtre aussi, mon colonel, sauf votre respect. »

Bean étudiait les dossiers de tous les élèves de l'École de guerre, à raison de six ou sept par jour, et il s'était rendu compte que les résultats de leurs premiers tests, sur Terre, étaient l'élément le moins intéressant chez eux : chacun avait obtenu des notes si élevées que les différences étaient presque insignifiantes. Bean avait les plus hautes, et l'écart avec le second du classement, Ender Wiggin, était considérable – aussi considérable que l'écart entre les notes d'Ender et celles du suivant sur la liste. Mais tout était relatif : la différence entre Ender et Bean tournait autour d'un demi pour cent ; les résultats de la plupart des autres élèves se situaient entre quatre-vingt-dix-sept et quatre-vingt-dix-huit pour cent.

Naturellement, Bean savait ce que personne d'autre ne pouvait savoir : qu'il n'avait eu aucun mal à obtenir les meilleurs scores possibles aux examens ; il aurait pu faire plus, il aurait pu faire mieux, mais il avait été arrêté par les limites de ce que les tests cherchaient à mettre à jour. L'écart entre Ender et lui était beaucoup plus vaste qu'on ne le pensait.

Et pourtant... à la lecture des dossiers, Bean finit par s'apercevoir que ces résultats ne fournissaient qu'une indication sur les potentiels d'un enfant. Les enseignants parlaient davantage d'intelligence, d'astuce, d'intuition, de capacité à nouer des liens, à deviner à l'avance les mouvements de l'adversaire, d'intrépidité, de circonspection, de discernement ; et, en réfléchissant, Bean songea qu'il n'était pas obligatoirement meilleur que les autres dans ces domaines.

Ender Wiggin avait des connaissances que Bean ne possédait pas ; Bean aurait pu envisager de l'imiter, de pratiquer des exercices en dehors des horaires normaux pour compenser le fait de se trouver sous les ordres d'un chef qui refusait de le former ; il aurait même pu essayer d'amener quelques élèves à s'exercer avec lui, car il fallait être plusieurs pour certains mouvements ; mais Wiggin engageait tous les volontaires, malgré la difficulté croissante de s'entraîner dans une salle de bataille de plus en plus bondée, et, selon les observations des professeurs, il passait désormais plus de temps à former d'autres élèves qu'à perfectionner sa propre technique. Naturellement, cela tenait à ce que, ne faisant plus partie de l'armée de Bonzo Madrid, il avait à présent accès aux exercices classiques ; cependant, il continuait à travailler avec les autres, surtout avec les bleus qui souhaitaient acquérir des rudiments de technique de combat avant d'être assignés dans telle ou telle armée. Pourquoi ?

Étudiait-il comme Bean ses condisciples en vue d'une guerre sur Terre ? Montait-il un réseau qui étendrait ses ramifications dans toutes les armées ? Ou bien fournissait-il aux élèves une formation inadaptée, ce qui lui permettrait de profiter plus tard de leurs erreurs ?

D'après les dires des enfants de son groupe qui participaient à ces séances d'exercices, Bean finit par comprendre qu'il était très loin du compte. Apparemment, Wiggin s'intéressait vraiment aux élèves qui en voulaient. Avait-il donc tant besoin qu'ils l'aiment ? Parce que, si tel était son but, il avait réussi : ils étaient en adoration devant lui.

Pourtant, la soif d'amour n'expliquait pas tout ; il y avait autre chose, et Bean n'arrivait pas à mettre le doigt dessus.

Les observations des professeurs, bien qu'utiles, ne l'aidaient guère à percer la mentalité de Wiggin : pour commencer, les analyses tirées du psycho-jeu étaient notées dans une zone du système à laquelle Bean n'avait pas accès ; ensuite, les enseignants n'étaient pas vraiment en mesure de cerner le fonctionnement mental de Wiggin parce que leur intellect n'était absolument pas au même niveau que le sien.

Mais celui de Bean, si.

Toutefois, s'il voulait étudier Wiggin, ce n'était pas par curiosité scientifique ni pour lui faire concurrence, ni même pour le comprendre : c'était pour se mettre dans la peau d'un enfant auquel les professeurs pourraient faire confiance, qu'ils seraient prêts à considérer comme pleinement humain. Il avait choisi Wiggin comme modèle parce qu'il avait déjà parcouru tout le chemin que Bean devait emprunter.

Et il y était arrivé sans pour autant être parfait. Sans même être, autant que Bean pût en juger, tout à fait normal. Certes, personne n'était équilibré à cent pour cent, mais consacrer chaque jour plusieurs heures de son temps à entraîner des gosses incapables de lui rendre le moindre service... plus Bean y songeait, moins cette attitude lui paraissait logique. Wiggin n'était pas en train de constituer un réseau de partisans. À la différence de Bean, il n'était pas doté d'une mémoire absolue, par conséquent il n'était certainement pas non plus en train d'établir mentalement un dossier sur chaque élève de l'École. Les gosses avec lesquels il travaillait ne faisaient pas partie des meilleurs ; c'étaient même souvent les plus craintifs et les moins autonomes des bleus, et des perdants des armées régulières. Ils allaient à lui parce que, croyaient-ils, se trouver dans la même pièce que le soldat qui tenait la tête des classements leur porterait peut-être chance ; mais Wiggin, lui, pourquoi persistait-il à leur donner son temps ?

Pourquoi Poke s'est-elle fait tuer pour moi ?

C'était la même question, Bean le savait. Il dénicha plusieurs ouvrages sur la morale dans la bibliothèque et les téléchargea sur son bureau pour les lire. Il découvrit sans tarder que les théories sur les origines de l'altruisme ne tenaient pas debout, la plus stupide étant la vieille explication sociobiologique et son exemple de l'oncle mourant pour son neveu : les liens du sang n'existaient plus dans les armées modernes, et l'on mourait souvent pour de parfaits inconnus. La théorie communautaire était parfaite dans ses propres limites : elle expliquait pourquoi toutes les sociétés honoraient, dans leurs traditions et leurs cérémonies, les héros qui s'étaient sacrifiés pour elles, mais elle n'expliquait pas les héros eux-mêmes.

Car c'était ce que Bean voyait en Wiggin : l'essence du héros.

Wiggin se préoccupait moins de lui-même que d'une bande de mômes dont pas un seul ne valait cinq minutes de son temps.

Et pourtant, peut-être était-ce précisément le trait de caractère qui attirait sur lui tous les regards. Peut-être était-ce pour cela que, dans toutes les histoires que sœur Carlotta racontait à Bean, Jésus était toujours entouré d'une foule de gens.

Peut-être était-ce pour cela que Bean avait si peur de Wiggin : parce que c'était lui le monstre, l'élément incompréhensible, imprévisible. C'était lui dont les actes ne répondaient à aucun motif rationnel. Bean avait l'intention de survivre ; une fois qu'on savait cela, on savait tout de lui. Mais personne ne pouvait prédire ce qu'allait faire Wiggin.

Plus il l'étudiait, plus les énigmes s'accumulaient, et plus il était décidé à imiter Wiggin au point, un jour, de voir le monde selon son optique.

Mais, alors qu'il suivait son cheminement – toujours de loin –, Bean n'arrivait pas à faire comme les plus jeunes, comme les disciples de Wiggin : il n'arrivait pas à l'appeler Ender. Le désigner par son nom de famille le maintenait à distance – à bonne distance pour une étude au microscope, en tout cas.

Que lisait Wiggin quand il était seul ? Pas les ouvrages d'histoire militaire et de stratégie que Bean avait dévorés en un clin d'œil et qu'il relisait à présent méthodiquement, en appliquant toutes les tactiques décrites au combat spatial et à la guerre moderne sur Terre. Wiggin s'adonnait à la lecture lui aussi, mais, quand se rendait à la bibliothèque, il pouvait aussi bien regarder des vidéos de bataille, et celles qu'il demandait le plus souvent montraient des vaisseaux de doryphores ainsi que les extraits de la lutte héroïque de Mazer Rackham et de sa force de frappe qui avaient anéanti la Seconde Invasion.

Bean avait lui aussi regardé ces extraits, mais pas à plusieurs reprises comme Wiggin : une fois qu'il les avait vus, il se les rappelait parfaitement et pouvait se les repasser mentalement avec assez de précision pour remarquer à chaque fois des détails qui lui avaient échappé jusque-là. Wiggin voyait-il quelque chose de nouveau chaque fois qu'il étudiait ces vidéos ? Ou bien y cherchait-il un élément qu'il n'avait pas encore trouvé ?

Essayait-il de comprendre la façon de penser des doryphores ? Ne se rendait-il pas compte que les films dont disposait la bibliothèque étaient en nombre insuffisant pour être utilisables ? Ce n'étaient que des scènes de propagande ; on avait coupé les passages les plus horribles, ceux où l'on voyait des morts, des massacres au corps à corps lors d'abordages ; aucune vidéo ne montrait les défaites où les doryphores faisaient exploser les vaisseaux terriens en plein espace, mais seulement des bâtiments en mouvement sur fond d'étoiles, quelques minutes de préparation au combat.

La guerre dans l'espace ? C'était exaltant dans les romans, mais terriblement ennuyeux dans la réalité ; de rares éclairs dans une longue nuit.

Et, naturellement, l'inévitable victoire de Mazer Rackham.

Qu'est-ce que Wiggin pouvait bien espérer apprendre de ce fatras ?

Bean, pour sa part, en apprenait davantage de ce qui manquait que de ce qu'on présentait. Par exemple, la bibliothèque ne possédait aucun portrait de Mazer Rackham. C'était curieux : on en trouvait à profusion des membres du Triumvirat ainsi que des chefs militaires et politiques de la Terre. Pourquoi Rackham était-il absent ? Était-il mort au moment de la victoire ? Ou bien n'était-ce qu'un personnage inventé, une légende créée de toutes pièces, un nom auquel rattacher la victoire ? Mais si c'était le cas on lui aurait donné un visage ; c'était facile à réaliser. Avait-il un handicap physique ?

Était-il tout petit ?

Si je deviens un jour le commandant de la flotte qui vaincra les doryphores, songea Bean, cachera-t-on mon portrait, à moi aussi, parce qu'un héros de ma taille est inconcevable ?

Et alors ? Je n'ai pas envie de devenir un héros.

C'est le boulot de Wiggin.

Ah ! Nikolaï, le garçon de la couchette d'en face, assez intelligent pour émettre des hypothèses auxquelles Bean n'avait pas pensé, assez confiant en lui pour ne pas se mettre en colère en découvrant l'intrusion de Bean dans ses affaires. Bean nourrissait de grands espoirs sur lui en ouvrant son dossier.

L'évaluation des professeurs était négative. « Éternel second. » C'était cruel – mais était-ce exact ?

Bean prit alors conscience qu'il se fondait excessivement sur les évaluations des enseignants. Quelle preuve avait-il qu'ils avaient raison ? Se fiait-il à leurs estimations à cause des notes excellentes qu'ils lui donnaient ? S'était-il laissé bercer par leurs flatteries ?

Et si toutes leurs évaluations étaient complètement fausses ?

Ces dossiers, il ne les avait pas dans les rues de Rotterdam, et pourtant il connaissait le caractère des enfants qu'il côtoyait. Poke... il s'était fait une certaine idée de sa personnalité, et il avait presque mis dans le mille, à part quelques surprises çà et là. Sergent – rien d'inattendu. Et Achille... oui, il l'avait bien jaugé.

Alors pourquoi restait-il à l'écart des autres élèves ? Parce qu'ils avaient commencé par le rejeter, et aussi parce qu'il avait jugé que c'étaient les enseignants qui détenaient le pouvoir. Mais il n'avait que partiellement raison, il s'en rendait compte à présent : ils détenaient le pouvoir à l'École, mais lui-même n'y resterait pas éternellement ; une fois qu'il serait parti, quelle importance ce que les enseignants penseraient de lui ? Il pouvait bien se gaver de théorie et d'histoire militaires, cela ne lui servirait à rien si on ne lui confiait pas de commandement, et on ne lui donnerait jamais la responsabilité d'une armée ni d'une flotte si on n'avait pas lieu de le croire capable de se faire respecter des hommes.

Les hommes en question n'étaient encore que des enfants, des garçons pour la plupart, mais ils grandiraient. Comment choisiraient-ils leurs chefs ? Comment les pousser à obéir à quelqu'un d'aussi petit et d'aussi jalousé que Bean ?

Comment s'y prenait Wiggin ?

Bean demanda à Nikolaï quels enfants de leur groupe s'entraînaient avec Wiggin.

« Y en a pas des masses, et c'est tous des margeux, s'pas ? Lèche-culs, frimeurs et compagnie.

— Mais leurs noms ?

— T'essayes de taper l'incruste chez Wiggin ?

— Non, je me renseigne sur lui.

— Qu'est-ce que tu veux savoir ? »

Les questions de Nikolaï agaçaient Bean : il n'aimait pas en dire trop long sur ses activités. Cependant, il ne percevait aucune malice chez son interlocuteur ; Nikolaï était simplement curieux.

« Son histoire. Il est au top, s'pas ? Comment il s'est débourbé pour atterrir là ? » Bean se demanda si son argot de soldat sonnait tout à fait naturel. Il ne s'en servait guère, et il n'en possédait pas encore la musique.

« Si tu trouves le truc, tu me préviens ! » Et Nikolaï leva les yeux au ciel dans une mimique d'autodérision.

« Je te préviendrai, répondit Bean.

— Parce que tu carbures que j'ai une chance d'être au top comme lui ? » Nikolaï éclata de rire. « Non, mais toi, ouais, vu ta façon d'imprimer tout ce que t'apprends.

— La morve de Wiggin, c'est pas du miel, fit Bean.

— Et ça veut dire quoi ?

— Qu'il est humain comme tout le monde. Je trouve le truc, je te préviens, OK ? »

Bean se demanda pourquoi Nikolaï désespérait déjà de figurer parmi les premiers. L'évaluation des professeurs était-elle exacte, en fin de compte ? Ou bien avaient-ils inconsciemment laissé transparaître leur mauvaise opinion de lui et l'avait-il faite sienne ?

Des élèves que Nikolaï avait décrits comme des lèche-culs et des frimeurs, ce qui était une appréciation fondée, du moins jusqu'à un certain point, Bean apprit ce qu'il voulait savoir : le nom des amis les plus proches de Wiggin.

228

Shen, Alaï, Petra – tiens, encore elle ! Mais Shen était le plus ancien.

Bean le trouva dans la bibliothèque pendant la période d'étude. On ne se rendait là que pour consulter les vidéos, puisqu'on pouvait lire tous les ouvrages disponibles depuis les terminaux ; pourtant, Shen ne regardait pas de film : il avait apporté son bureau et il jouait au psycho-jeu.

Bean s'assit près de lui et observa l'écran. Un homme à tête de lion vêtu d'une cotte de mailles se tenait devant un géant qui paraissait lui offrir le choix entre deux boissons. Le son était filtré de telle façon que Bean, sur le côté, n'entendait rien, mais Shen devait le capter, car il tapa quelques mots sur son clavier. Son personnage à tête de lion but un des deux verres et mourut aussitôt.

En marmonnant, Shen repoussa son bureau.

« C'est le Verre du géant ? demanda Bean. J'en ai entendu parler.

— Tu n'y as jamais joué ? répondit Shen. Impossible de passer – du moins, je croyais.

— Il paraît. Ça n'a pas l'air marrant.

— "Pas l'air" ? Tu n'as jamais essayé ? Ce n'est pourtant pas difficile d'arriver jusque-là. »

Bean haussa les épaules d'un air détaché, attitude à la mode chez les élèves. Shen parut amusé. Pourquoi ? Parce que Bean imitait mal le look cool ? Ou parce qu'un tel geste chez quelqu'un d'aussi petit était comique ?

« Alors, tu n'as jamais joué ? »

Bean évita la question. « Tu as dit que tu croyais impossible de passer le géant.

— J'ai vu un gars dans une zone que je n'avais jamais explorée. Je lui ai demandé où il était, et il m'a répondu : "Après le Verre du géant."

— Il t'a indiqué comment y arriver ?

— Je n'ai pas posé la question.

— Pourquoi ? »

Shen détourna les yeux avec un sourire entendu.

« C'était Wiggin, s'pas ? » demanda Bean.

Le sourire s'effaça. « Je n'ai pas dit ça.

— Je sais que c'est ton copain ; c'est pour ça que je suis venu.

— C'est quoi, ce plan ? Tu l'espionnes ? Tu bosses pour Bonzo ? »

La conversation partait mal. Bean n'avait pas prévu une attitude aussi protectrice chez les amis de Wiggin. « Non, je bosse pour moi. Écoute, il n'y a pas de bogue, OK ? Je veux... Je veux seulement savoir... Tu le connais depuis le début, non ? Il paraît que tu étais déjà copain avec lui quand vous étiez des bleus.

— Et alors ?

— Alors, il a des copains, d'accord ? Des copains comme toi. C'est le plus fort en classe, le plus fort en tout, et pourtant vous ne le détestez pas.

— Il y a un max de *bichão* qui ne peuvent pas le blairer.

— Je voudrais bien me faire des amis, moi aussi. » Bean ne devait pas avoir l'air de supplier, il le savait : il devait avoir l'air d'un gosse qui supplie mais qui fait tout ce qu'il peut pour ne pas le laisser paraître ; il ponctua donc sa phrase d'un éclat de rire forcé, comme s'il voulait faire croire à une plaisanterie.

« Tu es drôlement rase-moquette, fit Shen.

— Pas sur la planète d'où je viens », répondit Bean.

Pour la première fois, un vrai sourire apparut sur le visage de Shen. « La planète des pygmées ?

— Tout le monde est trop grand pour moi, ici.

— Je sais ce que c'est, dit Shen. Moi, j'avais une démarche bizarre, et certains gosses me charriaient. Ender les a fait arrêter.

— Comment ?

— Il les a charriés encore plus fort.

— Il s'est foutu d'eux devant tout le monde ?

— Oh non, il n'a rien dit, *nada*. Il s'est servi de son bureau pour envoyer un message, et il l'a signé "Dieu". »

Ah oui ! Bean en avait entendu parler. « C'est pour toi qu'il l'a fait ?

— Ils balançaient des vannes sur mon cul – à l'époque, j'avais un gros cul, avant qu'on commence les entraînements. Alors il s'est foutu d'eux parce qu'ils regardaient mon cul, et il a signé "Dieu".

— Comme ça, ils ne pouvaient pas savoir que ça venait de lui.

— Oh, ils ont tout de suite compris. Mais il n'avait rien dit, il n'avait pas prononcé un seul mot, et ils ne pouvaient rien faire.

— Et c'est comme ça que vous êtes devenus amis ? Il protégeait les petits ? » Comme Achille...

« Les petits ? répéta Shen. Mais c'était le plus petit de notre groupe ! Pas autant que toi, mais drôlement quand même. C'était le plus jeune, faut dire.

— C'était le plus jeune, mais c'est devenu votre protecteur.

— Non, ce n'est pas ça. Il a empêché tout le monde de continuer à se tirer dans les pattes, c'est tout. Dans le groupe, il y avait Bernard qui rassemblait autour de lui les plus grands, les costauds...

— Les grandes brutes.

— Ouais, si tu veux. Mais Ender, il est allé trouver le bras droit de Bernard, son meilleur ami, Alaï, et il est devenu copain avec lui.

— Il a donc affaibli Bernard en le privant de son soutien ?

— Non, mec, non, ce n'est pas ça non plus. Il est devenu copain avec Alaï, et ensuite, grâce à Alaï, il est devenu copain avec Bernard.

— Bernard... c'est lui à qui Ender avait cassé un bras dans la navette, non ?

— Exact. Et, à mon avis, Bernard ne le lui avait pas pardonné, mais il a compris comment se présentait la situation.

— Et elle se présentait comment ?

— Ender, c'est un type bien, mec. On ne peut pas... Il ne déteste personne. Si tu es quelqu'un de bien, tu l'aimes et tu as envie qu'il t'aime aussi. Et s'il t'aime, tout va bien pour toi. Mais si tu es un pourri, il te fait péter les fusibles – rien que par sa façon d'être, tu piges ? Ender, il cherche à faire sortir ce qu'il y a de bon en toi.

— Et comment on s'y prend pour faire sortir ce qu'il y a de bon chez quelqu'un ?

— Je n'en sais rien, mec, qu'est-ce que tu crois ? Mais... si tu fréquentes Ender assez longtemps, tu finis par avoir envie qu'il soit fier de toi. On dirait... on dirait un bébé quand je parle comme ça, s'pas ? »

Bean fit non de la tête. Pour lui, on aurait dit un dévot. Il n'avait jamais vu ça : les amis étaient des amis, comme Sergent et Poke avant la venue d'Achille, mais il n'y avait pas d'amour entre eux. Quand Achille était arrivé, les gosses l'avaient aimé, mais presque avec adoration, comme... comme un dieu ; il leur fournissait du pain, et ils le lui rendaient en offrande. Le titre qu'il s'était donné lui allait bien : papa. Était-ce la même situation ? Ender était-il un nouvel Achille ?

« Tu es futé, petit, reprit Shen. Moi, j'y étais, mais je ne me suis jamais demandé comment Ender s'y prenait, comment l'imiter, comment devenir comme lui. Non, je crois que je me disais : C'est Ender, il est génial, mais je suis incapable de faire ce qu'il fait. J'aurais peut-être dû essayer. Mais j'avais seulement envie de... d'être avec lui.

— Parce que tu es quelqu'un de bien toi aussi », fit Bean.

Shen leva les yeux au ciel. « Ouais, ça doit être ça que je voulais dire. C'était sous-entendu, en tout cas. Alors je suis un frimeur, non ?

— Un frimeur de première, répondit Bean avec un sourire complice.

— Ender, c'est... enfin, il te donne envie de... Moi, je tuerais pour lui. C'est un peu grandiloquent, s'pas ? Mais c'est vrai : je mourrais pour lui, je tuerais pour lui.

— Tu te battrais pour lui. »

Shen saisit aussitôt le sens de la remarque de Bean. « Exact. C'est un chef-né.

— Alaï se battrait aussi pour lui ?

— On est nombreux dans ce cas.

— Mais certains refuseraient, non ?

— Je te l'ai dit : les pourris le détestent parce qu'il les rend dingues.

— Donc le monde se répartit en deux camps : les gentils qui aiment Wiggin et les méchants qui le détestent. »

Shen prit une expression soupçonneuse. « Je ne sais pas pourquoi je te raconte toute cette *merda*. Tu fonctionnes trop avec la tête pour comprendre.

— Si, je comprends, répondit Bean. Ne te mets pas en colère contre moi. » C'était une astuce qu'il avait apprise longtemps auparavant : quand un petit enfant dit « ne te mets pas en colère contre moi », le grand en face se retrouve tout désarmé.

« Je ne m'énerve pas, dit Shen ; j'ai cru que tu te moquais de moi, c'est tout.

— Et moi, je cherche à savoir comment Ender se fait des amis, c'est tout.

— Si je connaissais le truc, j'aurais davantage de copains, mec. Mais j'ai Ender, et tous ses amis sont les miens, alors... c'est comme une famille. »

Une famille. Papa... Achille, encore.

La vieille angoisse revint. La nuit après la mort de Poke, son corps qui flottait sur le fleuve, et puis Achille, le matin, et la comédie qu'il avait jouée... Ender était-il comme lui ? Tenait-il son rôle de papa en attendant son heure ?

Achille était mauvais et Ender était bon ; pourtant, ils avaient tous deux créé une famille, tous deux étaient entourés de gens qui les aimaient, prêts à mourir pour eux. À la fois protecteurs, papas, nourriciers, mamans, parents d'une foule d'orphelins. Nous sommes tous des enfants des rues, ici, à l'École de guerre, songea Bean. Nous avons beau avoir l'estomac rempli, nous avons tout de même faim, faim d'une famille.

Sauf moi. Je n'ai surtout pas envie d'un papa qui m'attende en souriant, un couteau à la main.

Mieux vaut être un papa qu'en avoir un.

Comment faire ? Comment se faire aimer des autres comme Ender est aimé de Shen ?

Non, impossible. Je suis trop petit, personne ne me prendrait au sérieux. Je n'ai rien qui puisse faire envie. Je ne peux que me protéger, utiliser le système. Ender a matière à enseigner à ceux qui ont l'espoir de suivre ses traces, mais, moi, je dois apprendre tout seul, à ma façon.

Cependant, alors même qu'il parvenait à cette conclusion, Bean savait qu'il n'en avait pas fini avec Wiggin : il ignorait quelles connaissances possédait Wiggin, mais il les acquerrait lui aussi.

Les semaines et les mois passèrent. Bean effectuait sa scolarité normalement ; il participait aux cours en salle de bataille, où Dimak expliquait la façon de se déplacer, de tirer, bref, les rudiments du combat spatial, et, pendant son temps libre, il suivait les programmes de perfectionnement qu'on pouvait télécharger sur son bureau et passait haut la main les examens dans toutes les disciplines. Il étudiait l'histoire, la philosophie et la stratégie militaires ; il lisait des ouvrages sur l'éthique, la religion, la biologie ; il surveillait tous les élèves, depuis les bleus à peine débarqués jusqu'aux étudiants sur le point de passer leurs diplômes ; quand il les voyait dans les diverses salles qu'il fréquentait, il en savait davantage sur eux qu'eux-mêmes : il connaissait leur pays d'origine, il savait dans quelle mesure leur famille leur manquait et quelle importance ils attachaient à leur terre natale, à leur groupe ethnique ou à leur communauté religieuse. Il avait une idée précise de la valeur qu'ils auraient pour un mouvement de résistance nationaliste ou idéologique.

Et il lisait toujours les livres que lisait Wiggin, il regardait les mêmes émissions que lui, il recueillait les dernières nouvelles qui circulaient sur lui, il observait au jour le jour son classement sur les panneaux d'affichage, il abordait ses amis et les faisait parler de lui. Bean mémorisait toutes les citations qu'on prêtait à Wiggin et s'efforçait de les agencer entre elles afin d'en tirer une philosophie cohérente, une optique, une attitude, un plan d'ensemble.

Et il finit par découvrir un élément intéressant : malgré son altruisme, malgré son empressement à se sacrifier, Wiggin ne parlait jamais de ses problèmes, d'après ses amis. Tous s'épanchaient sur lui, mais lui, sur qui s'épanchait-il ? Il n'avait pas plus de véritables amis que Bean, et, comme Bean, il gardait le secret sur lui-même.

Ayant rapidement appris et retenu toutes les matières des cours de sa classe d'âge, Bean se retrouva bientôt submergé de travail, propulsé de groupes en groupes de plus en plus avancés dont les membres le considéraient d'abord avec agacement, puis avec stupéfaction quand ils le voyaient les dépasser en trombe et intégrer la classe supérieure bien avant eux. Avait-on aussi fait suivre un cursus accéléré à Wiggin ? Oui, mais pas aussi vite. Était-ce parce que Bean était meilleur que lui ? Ou parce que l'échéance de la guerre était plus proche ?

En tout cas, il ressortait des observations des professeurs un sentiment d'urgence : les élèves ordinaires – si l'on pouvait parler d'élèves ordinaires à l'École – n'avaient droit qu'à des remarques de plus en plus brèves. Les enseignants ne les négligeaient pas à proprement parler, mais ils poussaient davantage les meilleurs.

Ou plutôt les soi-disant meilleurs : Bean se rendait compte que les évaluations des professeurs étaient souvent biaisées par les rapports qu'ils entretenaient avec les élèves. Ils se prétendaient neutres et impartiaux, mais en réalité ils étaient manifestement sensibles au charisme de certains, tout comme les élèves eux-mêmes. À un enfant sympathique ils appliquaient un commentaire positif sur ses capacités à commander, même si ce n'était qu'un beau parleur musclé qui avait besoin de s'entourer d'une cour. Il n'était pas rare qu'ils étiquettent ainsi les élèves les moins aptes à faire des chefs efficaces et ne prêtent aucune attention à d'autres qui, selon Bean, avaient un vrai potentiel. Les voir commettre de telles erreurs était exaspérant : ils avaient Wiggin sous le nez, le parangon de ce qu'ils recherchaient, et ils persistaient à se tromper sur tous les autres, à s'emballer pour des gosses pleins d'énergie, d'assurance et d'ambition mais dont les résultats n'avaient rien d'exceptionnel.

Le but de l'École de guerre n'était-il pas de trouver et de former les meilleurs commandants possibles ? Les tests sur Terre atteignaient le résultat voulu : il n'y avait pas de véritables nullités parmi les élèves ; mais le système avait omis un facteur essentiel : comment choisissait-on les professeurs ?

C'étaient tous des militaires de carrière, des officiers confirmés et compétents ; mais, dans l'armée, on n'est pas nommé à un poste de confiance à cause de sa seule compétence : il faut aussi attirer l'attention des officiers supérieurs, savoir se faire apprécier, ne pas faire de vagues, se conformer à l'image qu'attend la hiérarchie, ne pas avoir d'idées qui sortent des sentiers battus.

Au final, on obtient une structure de commandement au sommet de laquelle se retrouvent des hommes qui portent bien l'uniforme, défendent des valeurs militairement correctes et se débrouillent pour ne jamais faire un pas de travers, tandis que les gens réellement compétents exécutent le travail sérieux dans l'ombre, tirent leurs supérieurs des guêpiers dans lesquels ils se fourrent et portent le chapeau quand des erreurs sont commises malgré leurs mises en garde.

Les enseignants de la station étaient tous des hommes qui vivaient dans cet environnement comme des poissons dans l'eau, et ils triaient les élèves en se fondant sur une grille de priorités faussée.

Pas étonnant qu'un gosse comme Dink Meeker ne s'y laisse pas prendre et refuse de jouer le jeu ; c'était un des rares élèves de la station à la fois sympathiques et doués. À cause de son caractère attirant, les enseignants essayaient de le pousser à devenir commandant de sa propre armée ; à cause de son talent, il n'était pas dupe et résistait à leurs efforts parce qu'il était incapable de se plier à un système aussi stupide. D'autres enfants se trouvaient dans le même cas, comme Petra Arkanian, par exemple, qui n'avait pas une personnalité extravertie mais était en mesure de résoudre des problèmes de stratégie et de tactique les yeux fermés et possédait l'assurance nécessaire pour mener des soldats au combat, pour se fier à leurs décisions et agir en se fondant sur elles. Comme ces enfants-là ne manifestaient aucune envie de faire partie du sérail, on les négligeait, on exagérait leurs défauts et on rabaissait leurs qualités.

Bean commença donc à monter sa propre anti-armée avec les laissés-pour-compte qui étaient pourtant les vrais talents de l'École, ceux qui avaient du cran et de l'intelligence, pas seulement une belle gueule et du bagout. Il essaya de repérer ceux qui devaient devenir officiers, chefs de section sous l'autorité de...

D'Ender Wiggin, naturellement. Bean ne pouvait imaginer personne d'autre dans cette position. Wiggin saurait se servir d'eux.

Et Bean savait aussi où lui-même devait se trouver : près de Wiggin. Chef de section comme les autres, mais celui en qui Wiggin aurait le plus confiance, son bras droit, de façon que, quand Wiggin serait sur le point de commettre une erreur, Bean soit là pour la lui signaler. Et de façon à comprendre pourquoi Wiggin était humain et lui pas.

La plupart du temps, sœur Carlotta employait son certificat d'habilitation tout neuf comme un scalpel pour s'ouvrir délicatement un chemin dans le monde des renseignements, recueillant des réponses ici et des questions là, parlant à des gens qui restaient dans l'ignorance de son dessein et de la raison pour laquelle elle en savait tant sur leur travail top secret, et accumulant des données qu'elle faisait parvenir sous forme de mémos au colonel Graff.

Mais parfois elle maniait aussi son autorisation d'accès comme un tranchet de boucher pour franchir le barrage des gardiens de prison et des officiers de sécurité qui, effarés par la confidentialité des renseignements qu'elle exigeait, en référaient en haut lieu pour s'assurer que ses papiers n'étaient pas de simples contrefaçons et se faisaient enguirlander par des officiers tellement gradés qu'ils finissaient par se demander si la religieuse n'était pas Dieu en personne.

Et c'est ainsi qu'enfin elle se retrouva face à face avec le père de Bean. Ou du moins ce qui se rapprochait le plus d'un père.

« Je désire parler avec vous de votre organisation de Rotterdam. »

Il lui adressa un regard revêche. « J'ai déjà tout balancé là-dessus. C'est pour ça que je suis toujours en vie, encore que je me demande si j'ai fait le bon choix.

— On m'avait prévenu que vous étiez un geignard, dit sœur Carlotta sans une ombre de compassion, mais je ne m'attendais pas à ce que ce trait de caractère apparaisse si rapidement.

— Allez au diable. » Il lui tourna le dos.

Comme si ça voulait dire quelque chose. « Docteur Volescu, les dépositions indiquent que vous aviez vingt-trois bébés dans votre banque d'organes de Rotterdam. »

L'homme se tut.

« Mais c'est faux, évidemment. »

Silence.

« Et, curieusement, l'idée de ce mensonge n'est pas de vous, parce que, je le sais, votre établissement n'était pas une banque d'organes, et, si vous êtes toujours en vie, c'est parce que vous avez accepté de reconnaître avoir dirigé une telle organisation, en échange de quoi vous vous êtes engagé à ne jamais parler de ce qui s'y passait réellement. »

Il se retourna lentement et jeta un regard oblique à la religieuse. « Faites-moi voir cette autorisation que vous vouliez me montrer. »

Elle lui présenta de nouveau le document, et il l'étudia.

« Que savez-vous ? demanda-t-il enfin.

— Je sais qu'on vous reproche d'avoir poursuivi un projet de recherche alors qu'on y avait mis fin : vous aviez à votre disposition tout un stock d'ovules fertilisés et soigneusement modifiés, alors vous avez utilisé la clé d'Anton ; vous vouliez mener ces embryons à terme pour voir ce qu'ils allaient donner.

— Si vous savez tout ça, que faites-vous ici ? Tout est dans les documents que vous avez dû lire.

— Non, répondit sœur Carlotta. Ni les aveux ni la logistique de votre organisation ne m'intéressent. Je veux savoir ce que sont devenus les enfants.

— Ils sont tous morts. Nous les avons tués quand nous avons appris que nous allions être découverts. » Il jeta un regard plein d'un défi acerbe à la religieuse. « Eh oui, un infanticide ! Vingt-trois meurtres. Cependant, comme le gouvernement ne pouvait pas reconnaître l'existence de ces enfants, je n'ai jamais été inculpé pour ces crimes. Mais Dieu me juge et il reprendra l'accusation. C'est pour ça que vous êtes venue ? C'est lui qui vous a donné votre certificat d'habilitation ? »

Il osait plaisanter sur un tel sujet ? « Tout ce que je désire savoir, c'est ce que vous avez appris de ces enfants.

— Rien ; nous n'avons pas eu le temps, et ce n'étaient que des nourrissons.

— Vous les avez eus sous les yeux pendant presque un an ; vous les avez vus grandir. Le travail effectué depuis la découverte de la clé par Anton était purement théorique, mais vous, vous avez assisté à leur développement. »

Un sourire apparut lentement sur le visage de l'homme. « C'est l'histoire des médecins nazis qui recommence ? Vous déplorez mes crimes, mais vous êtes curieuse du résultat de mes recherches ?

— Vous avez surveillé leur croissance, leur santé, leur développement intellectuel...

— Non, nous nous apprêtions à suivre leur développement intellectuel, mais, comme nous n'étions pas subventionnés, naturellement, nous pouvions seulement leur fournir une salle propre et chauffée, et pourvoir à leurs besoins physiques de base.

— Eh bien, leur développement physique, alors ; leurs capacités motrices.

— Ils étaient très petits à la naissance et ils grandissaient lentement. Ils étaient tous en dessous des normes en taille et en poids.

— Mais très brillants mentalement ?

— Ils ont marché très tôt à quatre pattes et commencé à former des sons préarticulatoires beaucoup plus jeunes que les enfants ordinaires. C'est tout ce que nous avons appris. Personnellement, je ne les voyais pas souvent : je ne pouvais pas courir le risque de me faire repérer.

— Alors, quel était votre pronostic ?

— Mon pronostic ?

— Comment les voyiez-vous dans l'avenir ?

— Morts. C'est l'avenir de tout le monde, non ? Je ne comprends pas votre question.

— S'ils n'avaient pas été massacrés, docteur Volescu, que seraient-ils devenus ?

— Ils auraient continué à grandir, évidemment.

— Et ensuite ?

— Il n'y a pas d'ensuite. Ils auraient continué à grandir. »

La religieuse réfléchit un moment pour saisir tous les sous-entendus de la phrase.

« Eh oui, ma sœur, vous avez bien compris : ils auraient grandi lentement, mais sans arrêt. C'est ça, l'effet de la clé d'Anton : elle déverrouille l'esprit parce que le cerveau ne cesse jamais de se développer – et le reste en même temps : le crâne grossit –

ses os ne se soudent jamais complètement –, les bras et les jambes s'allongent toujours davantage.

— Si bien que quand ils atteignent leur taille adulte...

— Il n'existe pas de taille adulte, seulement la taille au moment de la mort. On ne peut pas grandir ainsi éternellement ; si l'évolution a prévu un système d'arrêt dans le mécanisme de croissance des organismes à longue durée de vie, ce n'est pas pour rien : on ne peut pas grandir sans qu'un organe ou un autre finisse par lâcher. Le cœur, en général. »

Les implications de cette déclaration emplirent sœur Carlotta d'angoisse. « Et quel est le taux de croissance chez ces enfants ? Combien de temps faut-il pour qu'ils atteignent une taille normale pour leur âge ?

— À mon avis, ils parviendraient à la norme à deux reprises, dit Volescu. Une fois juste avant la puberté, après quoi les enfants ordinaires reprendraient de l'avance, mais *chi va piano va sano, n'est-ce pas*[1] ? Vers vingt ans, ce seraient déjà des géants ; et puis ils mourraient, avant vingt-cinq ans presque à coup sûr. Avez-vous idée de la taille qu'ils auraient alors ? Les avoir tués... c'était un acte de miséricorde.

— C'est vous qui le dites. Aucun d'entre eux, à mon sens, n'aurait voulu manquer les vingt et quelques années dont vous les avez privés.

— Ils ne se sont rendu compte de rien ; je ne suis pas un monstre. Nous les avons drogués, ils sont morts dans leur sommeil et leurs corps ont été incinérés.

— Et la puberté ? Auraient-ils atteint la maturité sexuelle ?

— Ah, ça, nous n'en saurons jamais rien. »

Sœur Carlotta se leva, s'apprêtant à partir.

« Il a survécu, n'est-ce pas ? demanda Volescu.

— Qui ça ?

---

1. *N'est-ce pas ?* En français dans le texte.

— Celui que nous avons perdu ; celui dont le corps n'était pas parmi les autres. Quand nous les avons brûlés, je n'en ai compté que vingt-deux.

— Lorsqu'on adore Moloch, docteur Volescu, on n'obtient de réponses que du dieu qu'on s'est choisi.

— Dites-moi à quoi il ressemble. » Son regard avait une expression avide.

« Vous savez que c'était un garçon ?

— C'étaient tous des garçons, répondit Volescu.

— Quoi, vous aviez éliminé les filles ?

— D'où croyez-vous que je tenais les gènes sur lesquels je travaillais ? J'avais implanté mon propre ADN modifié dans des ovules énucléés.

— Seigneur Dieu ! C'étaient tous vos jumeaux ?

— Je ne suis pas le monstre que vous pensez, dit Volescu. J'ai ranimé ces embryons congelés parce que je voulais savoir ce qu'ils allaient donner ; les détruire m'a causé un immense chagrin.

— Mais vous les avez quand même tués – pour sauver votre peau.

— J'avais peur ; et puis je me disais : « Ce ne sont que des copies. Ce n'est pas un meurtre d'éliminer des copies. »

— Leur âme et leur vie leur appartenaient.

— Croyez-vous que le gouvernement les aurait laissés vivre ? Êtes-vous absolument certaine qu'ils auraient survécu ?

— Vous ne méritez pas d'avoir un fils, dit sœur Carlotta.

— Et pourtant j'en ai un, n'est-ce pas ? » Il éclata de rire. « Et vous, mademoiselle Carlotta, épouse éternelle du Dieu invisible, combien en avez-vous ?

— C'étaient peut-être des copies, Volescu, mais, même mortes, elles ont plus de valeur que l'original. »

Le rire de l'homme accompagna la religieuse dans le couloir, mais il paraissait forcé. Elle savait qu'il masquait un profond chagrin ; mais ce n'était pas le chagrin de la compassion ni même du remords : c'était l'affliction d'une âme damnée.

Bean... Béni soit Dieu, se dit-elle, que tu ne connaisses pas ton père et que tu ne doives jamais le connaître. Tu ne lui ressembles en rien ; tu es beaucoup plus humain que lui.

Au fond d'elle-même, pourtant, un doute persistait : Bean avait-il vraiment en lui plus de compassion et d'humanité que cet homme, ou bien avait-il le cœur aussi dur ? Était-il aussi peu capable d'empathie que lui ? N'était-il que pure intelligence ?

Et puis elle l'imagina grandissant et grandissant encore, passant d'une taille anormalement réduite à celle d'un géant dont l'organisme n'était plus en mesure d'entretenir la vie en lui-même. Tel était l'héritage que lui avait légué son père : la clé d'Anton. Elle se rappela le cri de David en apprenant la mort de son fils : Absalom ! Ô Absalom ! Que ne suis-je mort pour toi, Absalom, mon fils !

Mais Bean n'était pas encore mort. Volescu pouvait mentir ou simplement se tromper ; peut-être existait-il un moyen de prévention ; et, même s'il n'en existait pas, Bean avait encore bien des années devant lui, et c'était la façon dont il les vivrait qui comptait.

Dieu crée les enfants dont il a besoin, il en fait des hommes et des femmes, et puis il les retire du monde selon son bon plaisir. Pour lui, la vie n'est qu'un instant de l'éternité, et l'important est de savoir à quoi cet instant a été employé. Bean, lui, l'emploierait bien, elle en était sûre.

Ou, du moins, elle l'espérait avec une ferveur telle que cela ressemblait à une certitude.

12

Tableau de service

« Si Wiggin est celui que nous cherchons, envoyons-le sur Éros.

— Il n'est pas encore prêt pour l'École de commandement. C'est prématuré.

— Alors il faut choisir un des suppléants.

— C'est à vous de voir.

— À nous ! Nous n'avons que ce que vous nous dites pour prendre nos décisions.

— Je vous ai aussi parlé des plus grands. Vous disposez des mêmes données que moi.

— Nous les avons toutes ?

— Vous les voulez toutes ?

— Possédons-nous toutes les informations sur tous les enfants à un si haut niveau de résultats et d'évaluation ?

— Non.

— Et pourquoi ?

— Certains ont été exclus pour diverses raisons.

— Exclus par qui ?

— Par moi.

— Pour quels motifs ?

— L'un d'eux est à la limite de la maladie mentale. Nous cherchons une structure dans laquelle ses compétences soient utilisables ; mais il serait incapable de supporter la responsabilité d'une autorité absolue.

— Ça en fait un.

— Un autre est actuellement en chirurgie pour corriger un défaut physique.

— Un défaut qui réduit sa capacité à commander ?

— Qui réduit sa capacité à être formé au commandement.

— Mais on est en train de le remettre en état.

— Il s'apprête à subir sa troisième opération. Si elle réussit, il arrivera peut-être à quelque chose ; mais, vous le dites vous-même, le temps manquera.

— Combien d'autres enfants nous avez-vous dissimulés ?

— Je n'en ai dissimulé aucun. Si vous voulez savoir combien je ne vous en ai pas désignés comme commandants potentiels, la réponse est : tous. À part ceux dont vous avez les noms.

— Je vais être direct : nous avons entendu des rumeurs concernant un très jeune enfant.

— Ils sont tous très jeunes.

— D'après ces rumeurs, cet enfant ferait passer Wiggin pour une limace.

— Chacun d'eux a ses points forts.

— Il y a des gens chez nous qui veulent vous voir relevé de votre commandement.

— Si on doit m'empêcher de sélectionner et de former correctement ces gosses, je préfère en effet être relevé. Considérez cette requête comme officielle.

— C'était donc une menace stupide. Entraînez-les le plus vite possible, mais n'oubliez pas qu'ils doivent aussi passer un certain temps à l'École de commandement. Votre formation ne servira à rien s'ils n'ont pas le temps d'acquérir la nôtre. »

Dimak retrouva Graff dans le centre de contrôle des salles de bataille. Graff y tenait toutes ses réunions sécurisées en attendant d'être sûr que Bean avait trop grandi pour pénétrer dans les conduits de ventilation : les salles de bataille possédaient un système d'aération indépendant.

Une dissertation était affichée sur l'écran de son bureau. « Vous avez lu ça ? "Les problèmes d'une guerre entre systèmes solaires séparés par plusieurs années-lumière".

— Oui, cet article a beaucoup circulé parmi les enseignants.

— Mais il n'est pas signé, dit Graff. Vous ne sauriez pas qui l'a écrit, par hasard ?

— Non, mon colonel. C'est vous ?

— Je ne suis pas un théoricien, Dimak, vous le savez bien. Non, ce document a été rédigé par un élève.

— De l'École de commandement ?

— Un élève d'ici. »

À cet instant, Dimak comprit le motif de sa convocation. « Bean !

— Oui, un gosse de six ans. Et cette étude a l'air d'avoir été pondue par un spécialiste de la question.

— J'aurais dû m'en douter. Il prend le style des stratèges dont il lit les ouvrages, ou de leurs traducteurs. J'aimerais d'ailleurs savoir ce que ça va donner maintenant qu'il lit Frédéric et Bülow dans le texte – en français et en allemand. Il apprend les langues comme il respire.

— Qu'avez-vous pensé de cet essai ?

— Vous le savez, je trouve complètement absurde de dissimuler des faits essentiels à ce garçon. S'il est capable d'écrire un tel article à partir de ses connaissances actuelles, que se passerait-il si nous lui révélions tout ? Mon colonel, pourquoi ne pas lui donner tout de suite une promotion, lui faire quitter l'École et lui confier un poste de théoricien pour voir ce qu'il va nous sortir ?

— Notre boulot ne consiste pas à débusquer les théoriciens, et, de toute manière, pour la théorie, c'est trop tard.

— C'est que je pense... Écoutez, qui accepterait de servir sous les ordres d'un gamin aussi petit ? Il

246

gaspille ses talents, ici. Mais quand il écrit personne ne connaît sa taille, personne ne connaît son âge.

— Je comprends votre raisonnement, mais il n'est pas question d'enfreindre les règles de sécurité, point final.

— Ne représente-t-il pas déjà en lui-même un grave risque pour la sécurité ?

— La petite souris qui se promène dans les conduits d'aération ?

— Non, à mon avis, il n'a plus la carrure pour ça : il a cessé ses exercices de traction et de pompes sur un bras. Le risque auquel je songeais est le suivant : il a deviné qu'une armada a été lancée il y a plusieurs générations, et il se demande pourquoi on continue à former des enfants au commandement.

— D'après l'analyse de ses essais et de ses activités lorsqu'il pénètre dans le système informatique sous l'identité d'un enseignant, nous pensons qu'il a échafaudé une théorie et qu'elle est magnifiquement erronée ; mais il y croit uniquement parce qu'il ignore tout de l'ansible. Vous comprenez ? Tout lui dire reviendrait à lui révéler son existence.

— C'est évident.

— Par conséquent, nous ne pouvons rien lui dire.

— Et quelle est sa théorie ?

— Selon lui, nous réunissons des enfants à l'École en vue d'une guerre internationale ou entre certains pays et la F. I. Une guerre sur Terre.

— Mais à quoi servirait d'emmener des gosses dans l'espace pour préparer une guerre sur Terre ?

— Réfléchissez une minute, vous allez trouver.

— Eh bien... une fois que nous aurons liquidé les Formiques, il se produira sans doute un petit conflit sur Terre. Et... tous les officiers de talent se trouveront déjà chez nous, à la F. I.

— Et voilà pourquoi il n'est pas possible de permettre à ce gosse de publier ses articles, même au sein de la F. I., où il subsiste des sentiments de fidélité à diverses communautés terrestres.

— Alors pourquoi m'avoir convoqué ?

— Parce que je tiens à ce que nous utilisions les compétences de cet enfant. Nous ne dirigeons pas la guerre, mais nous dirigeons une école. Avez-vous lu son essai sur l'inefficacité de l'emploi d'officiers comme enseignants ?

— Oui. J'ai eu l'impression de recevoir une gifle.

— Il est en grande partie dans l'erreur, parce qu'il ne peut pas savoir que notre système de recrutement des professeurs n'a rien d'orthodoxe ; mais il se peut qu'il ait vu juste sur certains points, parce que les examens destinés à repérer les officiers potentiels ont été conçus pour trier les candidats chez qui on retrouve les qualités des commandants les plus éminents de la Seconde Invasion.

— Aha !

— Vous voyez où ça nous mène ? Certains de ces commandants considérés comme les meilleurs s'étaient bien comportés au combat, mais la guerre n'avait pas assez duré pour éliminer le mauvais bois, et le groupe d'officiers testés inclut précisément le genre d'individus que Bean critique dans son papier. Ainsi...

— Ainsi, il part d'une mauvaise raison pour aboutir à une conclusion valable.

— Exactement. Et nous obtenons de petits péteux comme Bonzo Madrid. Vous avez déjà eu affaire à des officiers de ce genre, n'est-ce pas ? À partir de là, ne nous étonnons pas que nos tests lui donnent la responsabilité d'une armée alors qu'il ne sait pas quoi en faire. Il a toute la vanité et la bêtise d'un Custer, d'un Hooker ou... bref, de n'importe quel incompétent glorieux ; ce n'est pas ce qui manque chez les généraux d'armée.

— Puis-je vous citer ?

— Inutile, je démentirais. Ce qui compte, c'est que Bean est en train d'éplucher les dossiers de tous les élèves ; nous pensons qu'il cherche à déterminer leur niveau de loyauté envers leur communauté d'origine, ainsi que leur aptitude de futurs officiers supérieurs.

— Selon ses propres critères.

— Il faut que nous donnions une armée à Ender : on nous met la pression pour envoyer nos meilleurs candidats à l'École de commandement ; mais casser un de nos commandants actuels pour faire une place à Ender provoquerait un trop grand ressentiment dans les rangs.

— Donc vous devez lui donner une nouvelle armée.

— Le Dragon.

— Il reste des élèves ici qui n'ont pas oublié la précédente armée du Dragon.

— L'armée porte-malheur, oui. Ça me plaît.

— Je vois. Un départ lancé, en quelque sorte.

— Ce sera pire que ça.

— Je m'en doutais.

— Oui : nous lui fournirons uniquement des soldats choisis sur la liste de transfert des différents commandants.

— Les déchets ? Mais pourquoi vous acharner ainsi sur ce gosse ?

— Oui, les déchets, si on juge selon nos critères habituels ; mais ce n'est pas nous qui choisirons l'armée d'Ender.

— Bean ?

— Pour ce cas particulier, nos tests sont sans valeur, d'accord ? Certains de ces fameux rebuts sont les meilleurs élèves de l'École, d'après Bean ; de plus, il a aussi étudié les bleus. Alors vous allez lui confier une mission ; ordonnez-lui de résoudre un problème hypothétique : comment créer une armée uniquement de bleus, avec permission de prendre des soldats des listes de transfert.

— À mon avis, je ne peux pas lui demander ça sans lui révéler que nous sommes au courant de la fausse identité sous laquelle il se connecte.

— Eh bien, révélez-le-lui.

— Mais il n'aura plus confiance dans les résultats de ses recherches en sous-main !

— Il n'a rien trouvé, répondit Graff. Nous n'avons pas eu besoin de lui fournir de fausses informations, parce qu'il s'appuyait sur une théorie erronée. Vous me suivez ? Par conséquent, qu'il croie ou non avoir obtenu des données falsifiées, il se trompe et nous restons en sécurité.

— Auriez-vous percé son fonctionnement psychologique pour vous appuyer dessus de cette manière ?

— Sœur Carlotta assure que son génome ne diffère de l'ADN humain que dans une tranche réduite.

— Tiens ? Il est de nouveau humain, maintenant ?

— Il faut bien que je me fonde sur quelque chose pour prendre des décisions, Dimak !

— Ah ! Donc la question est encore en débat.

— Dites à Bean de rédiger une liste des soldats qu'il choisirait pour une armée, que nous puissions la remettre à Ender.

— Il y inscrira son propre nom, vous le savez.

— Il a intérêt, ou alors c'est qu'il n'est pas aussi futé que nous le pensons !

— Et Ender ? Est-il prêt ?

— Anderson en est convaincu. » Graff soupira. « Pour Bean, ça reste un simple jeu parce qu'il n'a pas encore senti le poids de la situation lui tomber sur les épaules. Mais Ender... je crois qu'il sait, au fond de lui-même, vers quoi nous allons ; et je pense qu'il se sent prêt.

— Mon colonel, ce n'est pas parce que, vous, vous sentez le poids de la responsabilité qu'il le mesure lui-même. »

Graff éclata de rire. « C'est ce qui s'appelle ne pas y aller par quatre chemins !

— Bean meurt d'envie de commander, mon colonel. Si ce n'est pas le cas d'Ender, pourquoi ne pas confier cette charge à qui la demande ?

— Si Bean la désire tant, ça prouve tout bonnement qu'il est trop jeune ; en outre, les gens trop pressés ont toujours quelque chose à prouver ; prenez Napoléon, prenez Hitler : téméraires au début de leur carrière, certes, mais téméraires encore par la suite, alors qu'il fallait se montrer prudent, voire battre en retraite. Patton, César, Alexandre, tous ont eu les yeux plus grands que le ventre et n'ont jamais vraiment achevé ce qu'ils avaient commencé. Non, il nous faut Ender, pas Bean ; si Ender ne veut pas de ce boulot, c'est qu'il n'a rien à prouver.

— Êtes-vous certain de ne pas simplement être en train de choisir un commandant sous lequel vous aimeriez servir ?

— Si, précisément, répondit Graff. Vous connaissez un meilleur critère ?

— Le problème, c'est que vous n'arriverez pas à berner Ender en lui racontant que vous vous êtes seulement appuyé sur les tests, les résultats ou je ne sais quoi.

— Ce n'est pas une machine ; on ne peut pas le traiter comme tel.

— Ah, voilà pourquoi vous ne voulez pas de Bean ! Parce qu'il a été fabriqué, comme une machine.

— Ce n'est pas moi que j'analyse ; c'est eux.

— Alors, si nous gagnons, qui aura vraiment remporté la victoire ? Le commandant que vous aurez choisi ou vous-même, parce que vous l'aurez choisi ?

— Le Triumvirat, parce qu'il m'aura fait confiance – à sa façon. Mais si nous perdons...

— À coup sûr, ce sera vous le responsable.

— L'humanité sera condamnée. Comment réagira le Triumvirat ? M'exécutera-t-il d'abord ou bien me laissera-t-il vivre jusqu'au dernier moment pour que je puisse contempler les conséquences de mon erreur ?

— Mais Ender – si c'est lui que vous choisissez – ne vous accusera jamais ; il prendra tout sur lui. Pas l'honneur de la victoire, mais la responsabilité de l'échec.

— Que nous gagnions ou perdions, le gosse que je désignerai passera de toute façon un sale moment. »

Bean reçut sa convocation pendant le déjeuner. Il se présenta aussitôt chez Dimak.

Son professeur était à son bureau, occupé à lire un document. La lumière était réglée de telle façon que son éclat empêche Bean de déchiffrer l'écran. « Assieds-toi », fit Dimak.

D'un bond, Bean s'installa sur le bord du lit de l'officier, les jambes pendantes.

« Je voudrais te lire quelque chose, dit le capitaine. "Il n'y a pas de fortifications, pas de magasins, pas de places fortes... Dans le système solaire ennemi, il n'est pas question de compter sur le terrain pour subsister, car il ne sera possible d'accéder aux planètes habitables qu'après la victoire complète... La protection des convois de ravitaillement n'est pas un problème, car ces convois n'existent pas, mais il y a un prix à payer : la flotte d'invasion doit transporter tous les vivres et le matériel nécessaires... Dans les faits, le lancement d'une flotte interstellaire d'invasion est une mission suicide, parce que la dilatation du temps assure que, même si les vaisseaux reviennent intacts, presque toutes les personnes que les équipages connaissaient à leur départ seront mortes. Tout retour étant donc impossible, il faut veiller à ce que la force de frappe qu'on envoie soit assez puissante pour obtenir une victoire décisive, et par conséquent que son sacrifice ne soit pas inutile... La mixité à bord des vaisseaux ouvre la possibilité de transformer le contingent en colonie et/ou en force d'occupation permanente sur la planète ennemie vaincue." »

Bean écoutait, satisfait : il avait laissé ce texte dans ce bureau pour qu'on le trouve, et c'était le cas.

« C'est toi qui as écrit ça, Bean, mais tu ne l'as jamais soumis à personne.

252

— On ne nous a jamais donné de devoir où j'aurais pu appliquer ces idées.

— Tu n'as pas l'air étonné que nous ayons découvert ce document.

— Je suppose que vous inspectez régulièrement nos bureaux.

— Comme tu inspectes régulièrement les nôtres ? »

Bean sentit son estomac se nouer. Ils savaient !

« Amusant, ton pseudonyme de "Graff" avec un signe d'omission devant. »

Bean garda le silence.

« Tu épluches les dossiers de tous les élèves. Pour quoi faire ?

— Je cherche à les connaître. Je n'ai pas beaucoup d'amis.

— Et aucun qui soit proche.

— Je suis plus petit et plus intelligent qu'eux. On ne se bouscule pas autour de moi.

— Alors tu te sers de leurs dossiers pour en apprendre davantage sur eux. Pourquoi ce besoin de les comprendre ?

— Un jour, je serai à la tête d'une de ces armées.

— À ce moment-là, tu auras tout le temps de faire connaissance avec tes soldats.

— Non, mon capitaine, fit Bean. Au contraire, le temps me sera compté.

— Qu'est-ce qui te fait dire ça ?

— La vitesse de ma promotion et celle de Wiggin. Nous sommes les deux meilleurs élèves de l'École et on nous fait franchir les étapes à toute allure. Je n'aurai pas beaucoup de temps quand on m'affectera une armée.

— Bean, il faut être réaliste : il faudra longtemps avant que quiconque accepte de te suivre au combat. »

Bean se tut. C'était faux, même si Dimak croyait le contraire.

« Nous allons voir jusqu'à quel point ton analyse est fondée. Je vais te donner un devoir.

— Pour quel cours ?

— Aucun, Bean. Je veux que tu constitues une armée hypothétique. Avec seulement des bleus, tu vas me tracer un tableau de service pour quarante et un soldats.

— Et pas un seul vétéran ? »

Bean avait posé la question de façon neutre, simplement pour s'assurer qu'il avait bien saisi les règles ; mais Dimak parut la prendre pour une critique.

« Après tout, si : tu pourras inclure les vétérans portés sur les listes de transfert à la demande de leurs commandants. Ça te donnera quelques éléments aguerris. »

Les soldats avec lesquels les commandants n'arrivaient pas à travailler... Certains étaient de vrais nuls, mais d'autres, au contraire... « Très bien, dit Bean.

— Combien de temps te faudra-t-il, à ton avis ? »

Bean avait déjà repéré plus d'une dizaine d'enfants intéressants. « Je peux vous donner la liste tout de suite.

— Non, je tiens à ce que tu y réfléchisses sérieusement.

— C'est déjà fait. Mais j'ai encore quelques questions à vous poser : vous parlez de quarante et un soldats ; commandant compris ?

— D'accord, quarante, et tu laisses vierge la case du commandant.

— Autre question : est-ce moi qui dois commander cette armée ?

— Tu peux rédiger ta liste dans ce sens, si ça te fait plaisir. »

Au ton détaché de Dimak, Bean comprit que l'armée n'était pas pour lui. « C'est pour Wiggin que vous me demandez ça, n'est-ce pas ? »

Dimak le foudroya du regard. « Ce devoir est hypothétique, je te l'ai dit.

— Oui, c'est sûrement pour Wiggin, reprit Bean. Vous ne pouvez virer personne pour lui donner une place de commandant, alors vous lui fournissez une nouvelle armée. Je parie qu'elle s'appellera le Dragon. »

Dimak fut sidéré bien qu'il s'efforçât de le cacher.

« Ne vous inquiétez pas, dit Bean. Je vais lui donner la meilleure armée qu'on puisse former à partir de ces règles.

— Je te répète qu'il s'agit d'une hypothèse !

— Parce que vous croyez que je ne me rendrai compte de rien quand je me retrouverai sous les ordres de Wiggin et que tous ceux qui m'entoureront feront partie de ma liste ?

— Il n'est pas question d'utiliser ta liste pour de bon !

— Mais si, parce que j'aurai raison et que vous serez forcés de le reconnaître. Et je peux vous promettre que ce sera une armée du feu de Dieu. Avec Wiggin pour nous former, on va cracher des flammes.

— Contente-toi de faire ce devoir et n'en parle à personne, jamais. »

La conversation était manifestement close, mais pas pour Bean ; après tout, c'étaient eux qui étaient venus le chercher, eux qui lui faisaient faire leur boulot ; il tenait à dire son mot tant qu'il avait leur attention.

« Cette armée sera excellente parce que votre système pousse à la promotion de quantité d'incompétents ; la moitié des meilleurs éléments de l'école sont des bleus ou se trouvent sur les listes de transfert parce qu'ils n'ont pas encore été réduits à la soumission par les crétins à grande gueule que vous placez à la tête des armées ou des sections. Ces marginaux et ces nouveaux venus, ce sont eux qui peuvent gagner, et Wiggin s'en apercevra. Il saura comment les former.

— Bean, tu ne peux pas avoir raison sur tout comme tu sembles le croire !

— Si, mon capitaine, répondit Bean. C'est bien pour ça que vous me confiez cette mission. Puis-je me retirer ? Ou désirez-vous que je vous donne tout de suite la liste ?

— Tu peux te retirer. »

Je n'aurais sans doute pas dû le provoquer, songea Bean ; maintenant, il est fichu de modifier ma liste rien que pour prouver qu'il en est capable. Mais non : ce n'est pas son genre. Si je me trompe sur son compte, alors je me trompe sur tout le monde.

Et puis il était bien agréable de dire la vérité à quelqu'un qui avait du pouvoir.

Après avoir travaillé un moment, Bean s'estima heureux que Dimak ne l'ait pas pris au mot quand il avait proposé de lui soumettre le tableau de service sur-le-champ : le problème ne se résumait pas à pointer les quarante meilleurs soldats parmi les bleus et ceux des listes de transfert.

Wiggin était très jeune pour commander, et beaucoup de ses aînés accepteraient mal de se voir assignés dans l'armée d'un petit ; Bean écarta donc tous ceux qui étaient plus vieux que Wiggin.

Cela lui laissa une soixantaine d'enfants assez doués pour être enrôlés, et Bean les classait par ordre de valeur quand il s'aperçut qu'il commettait une nouvelle erreur : bon nombre de ces soldats faisaient partie du groupe qui s'entraînait avec Wiggin pendant leur temps libre ; ils seraient bien connus de leur futur commandant, qui les choisirait naturellement comme chefs de section, comme noyau de son armée.

L'ennui, c'était que, si certains feraient de bons chefs de section, Wiggin, en ne s'appuyant que sur eux, négligerait de nombreux autres éléments, Bean y compris.

Il n'allait pas le choisir comme chef de section ; et alors ? De toute manière, il ne le choisirait pas du tout : Bean était trop petit ; Wiggin ne verrait pas en lui un chef.

Tout ne se réduisait-il donc qu'à lui ? Bean était-il en train de magouiller dans le seul but de se donner l'occasion de montrer ce qu'il savait faire ?

Après tout, qu'y avait-il de mal à cela, si c'était vrai ? Il était conscient de ses compétences, mais il était bien le seul ; les enseignants le tenaient pour un élève surdoué, aux connaissances étendues, et ils se fiaient à son jugement au point de lui faire mettre sur pied une armée, mais pas pour lui : pour Wiggin. Il devait encore faire la preuve de ce dont il était capable ; et, s'il faisait vraiment partie des meilleurs, le faire savoir le plus vite possible ne pouvait qu'être à l'avantage du programme.

Soudain, une question lui vint : Est-ce ainsi que les imbéciles rationalisent leur propre stupidité ?

« Ho, Bean ! fit Nikolaï.

— Ho ! » répondit Bean. Il passa la main devant son bureau pour effacer l'écran. « Qu'est-ce que tu racontes ?

— Rien ; mais toi, tu as l'air sinistre.

— Je fais un devoir, c'est tout. »

Nikolaï se mit à rire. « Tu n'as jamais cette mine sérieuse quand tu travailles pour les cours ; tu lis un moment, puis tu tapes un moment sur ton clavier, comme si ce n'était rien à faire. Là, c'est du costaud.

— Un devoir en plus.

— Difficile ?

— Pas trop, non.

— Excuse-moi, je ne voulais pas être indiscret, mais j'ai cru que tu avais des ennuis. Une lettre de chez toi, peut-être. »

Tous deux éclatèrent de rire. On ne recevait guère de courrier sur la station – une fois par trimestre dans le meilleur des cas – et les lettres ne contenaient pas grand-chose. Certains ne recevaient rien du tout ; Bean était de ceux-là, et Nikolaï en savait la raison. Ce n'était pas un secret, mais il était le seul à l'avoir remarqué et à se renseigner. « Tu n'as pas de famille du tout ? s'était-il exclamé. – Tu sais, quand je vois la famille de certains, je me dis que j'ai peut-être de la chance, avait répondu Bean, et Nikolaï était tombé d'accord avec lui. – Mais tu ne connais pas la mienne. Je te souhaiterais d'avoir des parents comme les miens. » Et il avait raconté à Bean qu'il était fils unique et que ses parents s'étaient donné bien du mal pour l'avoir. « Ils ont eu recours à la chirurgie : on a fertilisé cinq ou six ovules, on a laissé les plus sains se développer un peu, et puis on m'a choisi. On m'a élevé comme si je devais devenir un roi ou la réincarnation du Dalaï-Lama, et puis un jour la F. I. s'est pointée en disant : On a besoin de lui. Répondre oui était un crève-cœur pour mes parents, mais j'ai dit : "Et si j'étais le nouveau Mazer Rackham ?" Alors ils m'ont laissé partir. »

La conversation avait eu lieu plusieurs mois plus tôt, mais elle avait créé un lien entre eux. En général, les enfants ne parlaient guère de chez eux, et Nikolaï ne faisait pas exception à la règle, sauf avec Bean ; en retour, celui-ci lui avait un peu parlé de la vie dans les rues, sans trop de détails pour ne pas avoir l'air de chercher à exciter la pitié ou à jouer les blasés ; il lui avait expliqué l'organisation des enfants, d'abord en bande avec Poke, puis en famille avec Achille, et le cérémonial quotidien de la cuisine populaire. Ensuite il avait attendu de voir ce qui allait circuler de son histoire parmi les élèves.

Rien. Nikolaï n'en avait soufflé mot à personne, et Bean avait alors eu la certitude qu'il valait la peine de l'avoir comme camarade : il savait garder pour lui ce qu'on lui confiait sans qu'on eût à le lui demander.

Et voilà que, tandis que Bean était en train de préparer la liste de sa grande armée, il venait lui demander ce qu'il faisait. Dimak avait exigé le secret sur l'affaire, mais Nikolaï savait garder bouche close. Quel mal cela pouvait-il faire ?

Soudain, Bean retrouva ses esprits. Une fois au courant, Nikolaï ne serait pas plus avancé : soit il entrerait dans l'armée du Dragon, soit il n'y entrerait pas ; s'il n'y était pas admis, il saurait que c'était Bean qui lui avait fermé la porte au nez et dans le cas contraire ce serait encore pire parce qu'il se demanderait si Bean ne l'avait pas inscrit en s'appuyant sur leur amitié au lieu de tenir seulement compte de ses qualités.

D'ailleurs, il n'avait rien à faire dans l'armée du Dragon. Bean l'appréciait et lui faisait confiance, mais Nikolaï ne faisait pas partie des bleus les meilleurs. Il était intelligent, il était vif, il était doué – mais il n'avait rien de spécial.

Sauf pour moi, songea Bean.

« En réalité, c'était une lettre de tes parents, dit-il à Nikolaï. Ils arrêtent de t'écrire ; c'est moi qu'ils préfèrent.

— C'est ça ; et le Vatican va s'installer à La Mecque.

— Et on va me nommer Polémarque.

— *No jeito*, fit Nikolaï. Tu es trop grand, *bicho*. » Puis il prit son bureau. « Pas la peine de me demander de t'aider pour ton travail, Bean ; ce soir, je ne peux pas. » Il s'allongea sur sa couchette et lança le jeu.

Bean s'étendit à son tour, alluma son écran et se remit à étudier les noms qu'il avait notés. S'il éliminait tous les enfants qui s'entraînaient avec Wiggin, combien de candidats valables cela lui laissait-il ? Quinze vétérans des listes de transfert et vingt-deux bleus en se comptant lui-même.

Pourquoi ces bleus ne participaient-ils pas aux exercices de Wiggin ? Pour les vétérans, c'était compréhensible : ils étaient déjà mal vus de leurs commandants et n'avaient pas envie de se les mettre à dos davantage. Mais ces bleus n'avaient-ils donc aucune ambition ? Ou bien étaient-ce des intellectuels qui essayaient d'acquérir des connaissances par le seul travail scolaire sans comprendre qu'on apprenait tout dans la salle de bataille ? Bean ne pouvait pas le leur reprocher : il lui avait fallu du temps pour s'en rendre compte, lui aussi. Étaient-ils si confiants dans leurs propres capacités qu'ils ne pensaient pas avoir besoin d'une préparation supplémentaire ? Ou si orgueilleux qu'ils ne voulaient pas voir imputer leur réussite à Ender Wiggin ? Ou si timorés que...

Non. Il était impossible de deviner leurs motivations ; elles étaient trop complexes. Ces gosses étaient intelligents et ils avaient de bonnes évaluations – bonnes selon les critères de Bean, qui n'étaient pas obligatoirement ceux des enseignants ; il n'avait pas besoin d'en savoir plus. S'il fournissait à Wiggin un contingent qui ne comptait aucun enfant s'étant entraîné avec lui, tous les membres de l'armée partiraient sur un pied d'égalité à ses yeux ; par conséquent, Bean aurait les mêmes chances que n'importe quel autre soldat d'attirer l'attention de Wiggin et peut-être d'obtenir le commandement d'une section. Si les autres n'étaient pas capables de rivaliser avec lui pour accéder à cette position, tant pis pour eux.

Mais cela ne lui laissait que trente-sept noms sur le tableau de service. Il restait trois cases à remplir.

Hésitant entre quelques candidats, il finit par choisir Tom le Dingue, un vétéran qui détenait le record peu enviable d'être le soldat le plus transféré de l'école sans avoir été renvoyé chez lui – jusque-là. Le problème était que Tom le Dingue, tout en étant très doué et possédant un esprit vif, ne supportait de se trouver sous les ordres d'un chef stupide et injuste, et quand il s'énervait ce n'était pas à moitié. Une fois, il s'était mis à hurler, à lancer des objets à travers son dortoir, et il avait arraché la literie de toutes les couchettes ; en une autre occasion, il avait rédigé un texte sur l'imbécillité de son commandant et l'avait expédié à tous les élèves de l'école ; quelques-uns l'avaient reçu avant que les enseignants ne l'interceptent, et ils affirmaient n'avoir jamais rien lu d'aussi virulent. Tom le Dingue était capable de crises de violence, mais il attendait peut-être d'avoir trouvé le bon commandant. Enrôlé.

Il y avait aussi une fille, Wu, naturellement surnommée « Wahou ! » ; elle était brillante dans ses études, imbattable aux jeux d'arcade, mais elle refusait d'être nommée chef de section et, dès qu'un commandant le lui proposait, elle s'inscrivait sur la liste de transfert et ne participait plus aux batailles tant qu'elle n'avait pas obtenu gain de cause. Bean ignorait les raisons d'une telle attitude, tout comme les professeurs ; rien dans ses tests ne fournissait le moindre indice. Et puis zut ! se dit Bean. Enrôlée.

Dernière case. Il tapa le nom de Nikolaï.

Était-ce un service à lui rendre ? Il n'était pas mauvais, seulement un peu plus lent que les autres de la liste, un peu moins agressif. Cela serait dur pour lui. Et si Bean ne l'inscrivait pas, il n'en ferait pas une maladie ; il donnerait le meilleur de lui-même dans n'importe quelle autre armée où on l'affecterait.

Et pourtant... l'armée du Dragon allait devenir une légende, et pas seulement à l'École de guerre : ses membres finiraient dans les hautes instances de la F. I. ou d'ailleurs, et ils évoqueraient l'époque où ils formaient l'armée du Dragon sous les ordres du célèbre Ender Wiggin. Alors, si Bean inscrivait Nikolaï sur son tableau, même si ce n'était pas le meilleur des soldats, même si c'était le plus lent de tous, il ferait partie du groupe et pourrait lui aussi un jour se remémorer ce passé glorieux. En outre, il n'était pas mauvais, il ne se ferait pas montrer du doigt, il ne ferait pas baisser le niveau de l'armée. Il s'en tirerait. Alors pourquoi pas ?

Et puis Bean voulait l'avoir auprès de lui. C'était le seul avec lequel il avait parlé – parlé de sujets personnels, en tout cas –, le seul qui connaissait le nom de Poke. Bean n'avait pas envie de se séparer de lui, et il restait une case à remplir dans le tableau.

Bean revérifia sa liste, puis en classa les noms par ordre alphabétique et la transmit à Dimak.

Le lendemain matin, Bean, Nikolaï et trois autres bleus reçurent leur ordre d'affectation à l'armée du Dragon, des mois avant qu'ils eussent dû être promus soldats, ce qui provoqua tour à tour chez les autres la jalousie, la mortification et la colère – surtout quand ils apprirent que Bean faisait partie des élus. « Ça existe, des combinaisons de combat à sa taille ? »

C'était une bonne question, et la réponse était non. Les couleurs de l'armée du Dragon étaient gris, orange, gris ; or, comme les soldats étaient d'habitude beaucoup plus âgés que Bean quand ils étaient promus, il fallut retailler un uniforme pour le mettre à ses mesures, et ce ne fut pas une réussite. Les combinaisons aux couleurs des armées n'étaient pas confectionnées dans l'espace et nul dans la station n'était équipé pour effectuer des retouches de première qualité.

Quand ce fut enfin terminé, Bean se présenta le dernier au casernement du Dragon. Wiggin arrivait à la porte à l'instant où il s'apprêtait à entrer. « Après toi », dit son aîné.

C'était la première fois que Wiggin lui adressait la parole – et même, pour autant qu'il le sût, qu'il remarquait son existence ; Bean avait caché si efficacement la fascination que le personnage exerçait sur lui qu'il s'était rendu pratiquement invisible.

Wiggin pénétra dans le casernement derrière lui. Bean suivit le couloir entre les couchettes vers le fond de la salle, là où les plus jeunes étaient toujours relégués ; tout en marchant, il regardait les autres enfants qui le contemplaient avec un mélange de consternation et d'amusement. Si ce microbe était là, c'est que leur nouvelle armée devait être vraiment nulle !

Pendant ce temps, Wiggin avait entamé son premier discours. Il avait la voix assurée, forte sans être criarde, et où on ne sentait pas trace de trac. « Je m'appelle Ender Wiggin et je suis votre commandant. L'affectation des couchettes se fera par ordre d'ancienneté. »

Certains bleus poussèrent des gémissements plaintifs.

« Les vétérans au fond, les nouveaux devant. »

Les gémissements cessèrent : c'était l'inverse de la disposition habituelle. Wiggin commençait déjà à secouer le cocotier. Chaque fois qu'il entrerait dans le dortoir, les soldats les plus proches de lui seraient les plus jeunes et, au lieu d'être perdus parmi les plus grands, ils auraient toute son attention.

Bean fit demi-tour et repartit vers l'entrée de la salle. Il était le plus jeune élève de l'École de guerre, mais cinq des nouveaux soldats sortaient de groupes arrivés plus récemment, si bien qu'ils obtinrent les places les plus proches de la porte ; Bean se vit affecter une couchette exactement en face de Nikolaï, puisqu'ils avaient la même ancienneté.

Il grimpa sur son lit, gêné par son uniforme mal taillé, et appliqua la main sur le scanner de son casier. Rien ne se produisit.

« Pour ceux qui intègrent pour la première fois une armée, dit Wiggin, il suffit de tirer la porte des casiers pour les ouvrir. Il n'y a pas de verrou. Rien n'est privé ici. »

Laborieusement, Bean ôta son uniforme pour le ranger dans son placard.

Wiggin suivit l'allée centrale en vérifiant que l'ordre d'ancienneté avait été respecté pour l'affectation des couchettes, puis il revint à la porte à petites foulées. « Très bien, tout le monde ! Enfilez vos combinaisons et en route pour l'entraînement ! »

Bean le dévisagea, exaspéré : Wiggin le regardait quand il avait commencé à enlever ce fichu machin ! Pourquoi ne lui avait-il pas conseillé de le garder ?

« Voici le programme de la matinée, poursuivit Wiggin : entraînement tout de suite après le petit-déjeuner. Officiellement, vous avez une heure de liberté entre le petit-déjeuner et les exercices, mais on verra ça une fois que j'aurai vérifié ce que vous valez. »

Bean se sentait idiot : il était évident que Wiggin les mènerait à l'entraînement sans attendre ; il n'aurait pas dû avoir besoin qu'on le prévienne de ne pas enlever son uniforme de combat : il aurait dû le savoir.

Il lâcha le vêtement dans l'allée centrale et se laissa glisser au sol le long des montants des couchettes. Parmi les autres enfants, beaucoup bavardaient, se jetaient leurs habits à la tête ou jouaient avec leurs armes. Bean, lui, essaya de remettre son uniforme retaillé, mais ne parvint pas à saisir comment fonctionnaient certaines fermetures bricolées ; il retira plusieurs parties du vêtement pour les examiner afin de comprendre comment elles s'ajustaient entre elles, puis il renonça, se dévêtit complètement et entreprit d'assembler la combinaison par terre.

Wiggin, l'air détaché, jeta un coup d'œil à sa montre ; apparemment, le délai limite était de trois minutes, car il déclara : « Allez, tout le monde dehors, maintenant ! En route !

— Mais je suis tout nu ! » s'exclama un garçon – Anouar, originaire d'Équateur, fils d'immigrants égyptiens. Son dossier défila dans la tête de Bean.

« Habille-toi plus vite la prochaine fois », répliqua Wiggin.

Bean aussi était nu, et, par-dessus le marché, Wiggin se tenait devant lui, à l'observer en train de se colleter avec son uniforme. Il aurait pu l'aider, ou au moins attendre qu'il ait fini ! Bean se demanda ce qu'allait lui valoir son retard.

« Trois minutes entre le premier appel et la sortie du dortoir au pas de course : c'est la règle pour cette semaine, dit Wiggin. La semaine prochaine, ce sera deux minutes. Magnez-vous ! »

Dans le couloir, des élèves qui avaient quartier libre ou qui se rendaient en classe s'arrêtèrent pour observer le défilé des uniformes inconnus de l'armée du Dragon – et pour se moquer de ceux qui arboraient une tenue encore plus inhabituelle.

Bean avait en tout cas une certitude : il allait devoir apprendre à enfiler sa combinaison retaillée s'il voulait éviter de courir tout nu dans les couloirs. Et, si Wiggin ne faisait pas d'exception pour lui le premier jour, alors qu'il venait de recevoir son costume hors normes, Bean n'avait certainement pas l'intention de demander de faveurs particulières.

C'est moi qui ai décidé d'entrer dans cette armée, se dit-il en suivant le groupe au petit trot et en s'efforçant de ne pas perdre des bouts de son uniforme en route.

Quatrième partie

SOLDAT

1 3

L'ARMÉE DU DRAGON

« J'ai besoin d'accéder au dossier génétique de Bean, dit sœur Carlotta.

— Ce n'est pas possible, répondit Graff.

— Je croyais que mon niveau d'accréditation m'ouvrait toutes les portes ?

— Nous avons inventé une nouvelle division de sécurité intitulée "Interdit à sœur Carlotta". Nous ne voulons pas que vous fassiez part à quiconque des données génétiques concernant Bean ; or vous comptiez les remettre à un tiers, n'est-ce pas ?

— Pour effectuer un test, c'est tout. Mais, dans ces conditions, c'est vous qui devrez le faire ; je veux une comparaison entre l'ADN de Bean et celui de Volescu.

— Ne m'avez-vous pas dit que Volescu était le donneur de l'ADN cloné ?

— J'y ai réfléchi depuis, colonel Graff : Bean n'a pas la moindre ressemblance avec Volescu, et je ne vois pas comment il pourrait lui ressembler en grandissant.

— Son aspect tient peut-être aussi à son schéma de croissance.

— Peut-être. Mais peut-être aussi que Volescu a menti. Cet homme est bouffi d'orgueil.

— Il aurait menti sur tout ?

— Sur tout, et donc sur sa paternité ; ça n'aurait rien d'impossible. Et s'il a menti là-dessus...

— Le pronostic sur la suite du développement de Bean ne serait peut-être pas aussi terrible qu'on le pensait ? Voyons Vous croyez que nous n'avons pas demandé leur avis à nos généticiens ? Volescu ne mentait pas à ce sujet : la clé d'Anton va probablement opérer comme il l'a prédit.

— Je vous en prie, faites le test et donnez-moi le résultat.

— Parce que vous n'aimeriez pas que Bean soit le fils de Volescu ?

— Je n'aimerais pas que ce soit son frère jumeau, et vous non plus, je pense.

— Ce n'est pas faux. Je dois quand même vous prévenir que ce gosse a une nette tendance à l'orgueil, lui aussi.

— Quand on possède le cerveau de Bean, savoir évaluer ses propres capacités avec précision peut passer pour de la prétention aux yeux des autres.

— D'accord, mais il n'est pas obligé de les étaler excessivement.

— Ciel ! Dois-je comprendre qu'il a froissé l'ego de quelqu'un ?

— Pas le mien – pas encore –, mais un de ses professeurs se sent un peu meurtri.

— Je remarque que vous ne m'accusez plus d'avoir trafiqué ses résultats.

— En effet, sœur Carlotta, vous aviez raison depuis le début. Il mérite sa place chez nous, de même que... Enfin, disons que vous avez décroché le gros lot après toutes vos années de recherches.

— C'est l'humanité qui a décroché le gros lot.

— J'ai dit qu'il méritait d'appartenir à l'École, pas que ce serait lui qui nous mènerait à la victoire. La roulette tourne toujours sur cette question, et j'ai misé sur un autre numéro. »

Grimper les échelles avec une combinaison de combat dans les bras n'était pas commode ; sur l'ordre de Wiggin, les soldats déjà habillés s'échauffèrent en courant dans le couloir tandis que Bean et les autres enfants nus, tout ou partie, terminaient de se vêtir. À sa grande humiliation, Bean dut accepter l'aide de Nikolaï pour enfiler son uniforme, mais il aurait été encore pire de finir le dernier et de se retrouver dans la peau du sale petit morveux qui ralentit tout le monde. Nikolaï lui permit d'éviter ce sort.

« Merci.

— De rien. »

Quelques instants plus tard, ils gravissaient à la queue leu leu les échelles qui menaient au niveau des salles de bataille. Wiggin les fit monter jusqu'à la porte supérieure, celle qui s'ouvrait au milieu de la paroi de la salle, celle qu'on utilisait pour entrer lors d'un véritable combat. Des poignées sur les côtés, au plafond et au sol permettaient aux élèves de se propulser dans le volume à gravité zéro. Il était généralement admis que la gravité était plus faible qu'ailleurs dans les salles de bataille parce qu'elles se trouvaient près du moyeu de la station, mais Bean s'était déjà rendu compte que c'était faux : on sentait encore à la porte une certaine force centrifuge et un effet Coriolis prononcé. En revanche, à l'intérieur de la salle, c'était l'apesanteur totale. Cela signifiait que la F. I. disposait d'un système capable de bloquer la gravité ou, plus probablement, de produire une fausse pesanteur qui contrebalançait parfaitement les forces de Coriolis et centrifuge à partir de la porte d'accès. Il s'agissait d'une technologie extraordinaire – dont il n'était jamais fait mention à la F. I., du moins dans les documents à la disposition des élèves, et complètement inconnue du monde extérieur.

Wiggin répartit ses soldats en quatre files dans le couloir, puis leur ordonna de sauter et de se servir des poignées du plafond pour se propulser dans la salle. « Rassemblez-vous sur le mur du fond comme si vous alliez attaquer la porte de l'ennemi. » Les vétérans comprirent, mais, pour les bleus qui n'avaient jamais participé à un combat ni même franchi la porte supérieure, ces instructions n'avaient aucun sens. « Quand j'ouvrirai, lancez-vous par groupes de quatre, un groupe par seconde. » Wiggin gagna l'arrière de son peloton et, à l'aide de son crochet, un appareil de commande fixé à son poignet gauche et incurvé pour s'adapter à sa paume, il fit disparaître la porte qui semblait pourtant jusque-là bien matérielle.

« Go ! » Les quatre premiers enfants s'élancèrent vers l'ouverture. « Go ! » Le groupe suivant se mit en branle avant même que le premier eût franchi la porte ; aucune hésitation n'était permise, sans quoi on se faisait heurter par-derrière. « Go ! » Les premiers soldats agrippèrent les poignées et se jetèrent dans la salle de bataille avec plus ou moins de maladresse et dans des directions variées. « Go ! » Les groupes suivants s'efforcèrent de ne pas répéter les erreurs de leurs prédécesseurs.

Bean se trouvait en fin de rangée, dans le dernier carré. Wiggin posa la main sur son épaule. « Tu peux te servir d'une poignée de côté si tu veux. »

Ben tiens ! se dit Bean. C'est maintenant que tu te décides à me materner, pas parce qu'on m'a refilé un uniforme mal foutu, mais parce que je suis le plus petit ! « Cause toujours, répondit-il.

— Go ! »

Bean resta à la hauteur de ses trois camarades quand ils obéirent, bien qu'il dût effectuer deux enjambées pour chaque pas qu'ils faisaient, et, arrivé près de la porte, il bondit en l'air, effleura la poignée du plafond du bout des doigts et poursuivit son vol dans la salle en tournoyant sur trois axes à la fois, incapable de maîtriser sa trajectoire.

Mais il n'avait pas espéré mieux pour une première fois, et, au lieu de lutter contre son mouvement giratoire, il rassembla son sang-froid, pratiqua ses exercices antinausée et se détendit jusqu'à ce qu'il arrivât près d'un mur et dût se préparer à l'impact. La zone qu'il toucha ne comportait pas de poignée en renfoncement et, même s'il y en avait eu une, il n'était pas tourné dans le bon sens pour s'y accrocher ; il rebondit donc contre la paroi, mais, cette fois, il avait acquis un peu plus de stabilité et il atterrit sur le plafond tout près du mur du fond. Il lui fallut moins de temps qu'à certains pour descendre rejoindre le gros de la troupe qui s'alignait sous la porte intermédiaire du mur du fond – la porte de l'ennemi.

Wiggin traversa calmement la salle en flottant. Pendant l'entraînement, grâce à son crochet, il pouvait effectuer des manœuvres impossibles aux soldats dans le vide ; mais, pendant les batailles, l'appareil était déconnecté, ce qui obligeait les commandants à veiller à ne pas en devenir dépendants. Bean se réjouit d'observer que Wiggin ne paraissait pas s'en servir du tout ; il arriva de biais, agrippa une poignée au sol à une dizaine de pas du mur du fond et y resta suspendu – à l'envers.

Il regarda un des enfants du groupe et demanda d'un ton sec : « Pourquoi as-tu la tête en bas, soldat ? »

Aussitôt, certains entreprirent de se placer les pieds en l'air.

« Garde à vous ! » aboya Wiggin. Tout mouvement cessa sur-le-champ. « Je répète : pourquoi as-tu la tête en bas ? »

Bean s'étonna que l'intéressé ne réponde pas. Avait-il oublié la leçon de son instructeur à bord de la navette qui l'avait amené à la station ? Ou bien Dimak était-il le seul à donner un avant-goût de la désorientation dans l'espace ?

« J'ai demandé pourquoi vous avez tous les pieds en l'air et la tête en bas ! »

Wiggin ne regardait pas spécialement Bean, lequel n'avait aucune envie de répondre à la question : il existait plusieurs possibilités, toutes exactes, et il ignorait laquelle attendait le commandant ; dans ces conditions, à quoi bon ouvrir la bouche si c'était pour se la faire refermer aussitôt ?

273

Ce fut un enfant surnommé Shame – diminutif de Seamus – qui prit finalement la parole. « Commandant, c'est dans cette position qu'on a passé la porte d'entrée. » Pas mal, songea Bean ; c'était toujours mieux, en tout cas, que d'arguer qu'il n'existait ni haut ni bas en gravité zéro.

« Et alors ? Qu'est-ce que la gravité du couloir vient faire là-dedans ? Allons-nous nous battre dans le couloir ? Y a-t-il de la pesanteur ici ?

— Non, commandant, murmurèrent les soldats.

— À partir de maintenant, quand vous franchissez la porte, vous oubliez la gravité. Elle a disparu, on n'en parle plus. Compris ? Quelle que soit la direction de la pesanteur avant d'entrer dans la salle, dites-vous que la porte de l'ennemi est en bas. Vos pieds sont dirigés vers la porte de l'ennemi, le haut se trouve du côté de la vôtre, le nord est par là (il indiqua le plafond), le sud par là, l'est par là et l'ouest... L'ouest est où ? »

Tous tendirent le doigt.

« C'est bien ce que je pensais, reprit Wiggin. Tout ce que vous savez, c'est comment vous vider les intestins, et vous n'y arrivez que parce que ça se passe dans les toilettes ! »

Bean observait la scène, amusé : ainsi, Wiggin adoptait l'attitude de l'instructeur confronté à des élèves si bêtes qu'il fallait encore les torcher. Bah, c'était peut-être nécessaire ; cela faisait peut-être partie des rites obligés de l'entraînement. C'était sans intérêt, mais... c'était le choix du commandant.

Le regard de Wiggin se posa sur Bean, mais sans s'y arrêter. « Qu'est-ce que c'était que ce chantier que je vous ai vu mettre ? Vous appelez ça un vol en formation ? Vous appelez ça voler ? Allez, tout le monde, décollez et reformez-vous au plafond ! Vite, magnez-vous ! »

Bean vit tout de suite le piège et, avant même que Wiggin ait fini de lancer l'ordre, il se projeta vers la paroi par laquelle ils étaient entrés. La plupart des autres comprirent aussi où était l'astuce, mais bon nombre partirent dans la mauvaise direction – celle que Wiggin avait baptisée « nord » au lieu de celle qu'il avait identifiée comme le « haut ». Cette fois, Bean arriva par hasard près d'une prise, qu'il agrippa avec une facilité inattendue. Il avait déjà pratiqué cet exercice lors des entraînements de son groupe en salle de bataille, mais il était si petit qu'à la différence de ses camarades il risquait toujours d'atterrir sur une zone où les prises se trouvaient hors de sa portée. Avoir les bras trop courts constituait un net désavantage dans la salle de combat ; sur les sauts à distance réduite, il pouvait viser une poignée et l'atteindre avec une certaine précision, mais quand il s'agissait de traverser toute la salle les chances de trouver une prise à l'autre bout étaient très minces. Il se réjouit donc d'éviter, cette fois au moins, de passer pour un balourd ; en outre, s'étant élancé le premier, il était parvenu à destination le premier.

Il se retourna pour regarder ceux qui s'étaient trompés effectuer, gênés, un second saut pour rejoindre le gros de l'armée, et s'étonna de l'identité de certains. On peut tous avoir l'air de clowns par inattention, se dit-il sentencieusement.

Les yeux de Wiggin se posèrent à nouveau sur lui et, cette fois, y restèrent. « Toi ! » Wiggin le désigna du doigt. « Où est le bas ? »

Mais il vient de nous l'expliquer ! songea Bean. « En direction de la porte ennemie.

— Ton nom, petit ? »

Wiggin aurait ignoré comment s'appelait le microbe qui avait les meilleurs résultats de l'école ? Allons donc ! Enfin, s'il fallait jouer la malheureuse recrue face au méchant sergent, autant suivre le scénario. « Je m'appelle Bean, commandant.

— C'est le volume de ton cerveau qui t'a valu ce surnom ? »

Certains soldats éclatèrent de rire, mais ils n'étaient pas nombreux : la plupart connaissaient sa réputation. Pour eux, sa taille n'était plus un sujet de plaisanterie : ils étaient simplement gênés qu'un gosse aussi petit fasse des sans-faute à des examens dont certaines questions leur restaient incompréhensibles.

« Eh bien, Bean, tu as raison. » Et, s'adressant au groupe tout entier, Wiggin expliqua que franchir la porte les pieds devant offrait à l'ennemi une cible réduite, difficile à toucher et à geler. « Et que se passe-t-il quand vous êtes gelés ?

— On ne peut plus bouger, répondit quelqu'un.

— Ça, c'est l'effet d'être gelé, riposta Wiggin. Mais qu'est-ce qui vous arrive ? »

Bean trouvait que Wiggin formulait mal sa question et qu'il n'était pas utile de prolonger le malaise des autres qui se torturaient les méninges ; il décida de répondre. « On continue dans la direction et à la vitesse qu'on avait au moment de se faire geler.

— Exact, dit Wiggin. Vous cinq, là, en bout de file, décollez ! » Il désigna du doigt cinq soldats, lesquels échangèrent des regards pour s'assurer que le commandant parlait bien d'eux ; Wiggin eut tout le temps de les geler sur place. Pendant l'entraînement, il fallait quelques minutes avant de commencer à dégeler, à moins que le commandant ne se serve de son crochet auparavant.

« Les cinq suivants, décollez ! »

Sept enfants s'élancèrent – sans prendre le temps de se compter. Wiggin les gela aussi rapidement que les premiers mais, comme ils avaient déjà quitté le sol, ils continuèrent à toute vitesse dans leur direction initiale.

Les cinq premiers flottaient en l'air, immobiles.

« Regardez ces soi-disant soldats ; leur commandant leur a donné l'ordre de décoller, et voyez le résultat : non seulement ils sont gelés, mais ils sont gelés sur place, où ils peuvent gêner leurs camarades. En revanche, les autres ont obéi et se retrouvent gelés en bas, où ils bloquent à la fois le passage et la vue de l'ennemi. J'imagine que vous n'êtes pas plus de cinq à comprendre l'intérêt de cette démonstration. »

On a tous compris, Wiggin. On n'envoie pas les crétins à l'École de guerre, et je t'ai donné la meilleure armée de la station.

« Et Bean en fait sans doute partie. Exact, Bean ? »

Il n'en croyait pas ses oreilles : Wiggin le plaçait encore une fois sous le projecteur ! Il se sert de ma taille pour ridiculiser les autres : si le petit sait répondre, pourquoi n'y arrivez-vous pas, les grands ?

Mais, c'était vrai, Wiggin ne s'était pas encore rendu compte du potentiel de son armée ; il croyait commander une bande de bleus et de rebuts incompétents. Il n'avait pas encore eu l'occasion de voir qu'il disposait en réalité d'un groupe trié sur le volet, et, par conséquent, il considérait Bean comme l'élément le plus risible d'une troupe lamentable. Il s'était aperçu que Bean n'était pas bête, mais il supposait toujours que les autres l'étaient.

Wiggin continuait à le regarder. Ah oui, il avait posé une question ! « Exact, commandant, dit-il.

— Eh bien, quel en est l'intérêt ? »

Il fallait lui répondre exactement ce qu'il venait d'expliquer. « Quand on reçoit l'ordre de décoller, on doit se lancer le plus vite possible de façon que, si on se fait geler, on rebondisse à droite et à gauche au lieu de gêner les opérations de sa propre armée.

— Excellent. J'ai au moins un soldat qui comprend ce que je dis. »

Bean se sentit révolté. C'était ça, le commandant qui devait faire du Dragon une armée d'élite ? Wiggin était considéré comme l'alpha et l'oméga de l'École de guerre, et il s'amusait à désigner Bean comme bouc émissaire ? Il n'avait sûrement pas vu les résultats de ses soldats et n'avait sûrement pas non plus discuté d'eux avec ses enseignants, sans quoi il saurait déjà que Bean était l'élément le plus brillant de l'École. Tous les autres étaient au courant, eux, et ils échangeaient des regards gênés : Wiggin révélait sa propre ignorance.

Cependant, alors que Bean l'observait, il parut se rendre compte du mécontentement général ; cela ne dura qu'une fraction de seconde mais Wiggin dut comprendre soudain que sa stratégie du haro-sur-le-plus-petit lui retombait sur le nez, car il revint aussitôt à l'entraînement. Il apprit à sa troupe à s'agenouiller en l'air – quitte à se geler les jambes pour les bloquer en position – et à tirer entre ses genoux tout en descendant vers l'ennemi, utilisant les jambes comme un bouclier qui permettait d'absorber le feu de l'adversaire et de mitrailler plus longtemps à découvert. C'était une bonne tactique, et Bean songea que, tout compte fait, Wiggin n'était peut-être pas le commandant catastrophique qu'il croyait. Il sentit que les autres aussi commençaient à lui accorder enfin un certain crédit.

Quand tous eurent compris la manœuvre, Wiggin se dégela lui-même et en fit autant pour les soldats qu'il avait mis à contribution dans sa démonstration. « Et maintenant, dit-il, où est la porte ennemie ?

— En bas ! répondirent-ils à l'unisson.

— Et quelle est notre position d'attaque ? »

Comme si on pouvait expliquer ça tous en chœur ! se dit Bean. La seule façon de répondre, c'était la mise en pratique ; il s'élança donc du mur en direction de la paroi opposée et se mit à tirer entre ses genoux repliés. La manœuvre n'était pas parfaite – il tournait légèrement sur lui-même – mais, tout compte fait, il s'en sortit bien pour une première fois.

Au-dessus de lui, il entendit Wiggin crier aux autres : « Bean est-il le seul à savoir s'y prendre ? »

Le temps qu'il s'agrippe à une poignée, toute l'armée suivait son exemple en hurlant comme à l'attaque. Seul Wiggin demeura au plafond, et Bean observa avec amusement qu'il avait conservé l'orientation du couloir, la tête au « nord », l'ancien « haut ». Il connaissait peut-être la théorie par cœur, mais, pour la pratique, il avait du mal à se défaire des habitudes fondées sur la gravité. Bean, lui, avait veillé à s'orienter de côté, la tête à l'ouest, et les soldats proches de lui l'avaient imité. Si Wiggin s'en rendit compte, il n'en montra rien.

« À présent, revenez tous en m'attaquant ! »

Aussitôt, son uniforme s'illumina des tirs de quarante soldats qui convergeaient sur lui en le mitraillant.

« Ouille ! fit Wiggin à leur arrivée. Vous m'avez eu. »

La plupart éclatèrent de rire.

« Et maintenant, à quoi servent vos jambes au combat ? »

À rien, répondirent certains.

« Ce n'est pas l'avis de Bean », rétorqua Wiggin.

Ah ! Donc il ne lui avait pas encore lâché le coude ! Bon, que voulait-il entendre cette fois ? Quelqu'un marmonna le mot « bouclier », mais Wiggin n'accrocha pas ; il attendait une autre réponse. Bean avança une hypothèse. « C'est le meilleur moyen de s'élancer d'une paroi, dit-il.

— Exact, fit Wiggin.

— Hé, mais s'élancer d'une paroi, c'est du déplacement, pas du combat ! » intervint Tom le Dingue. Un murmure approbateur monta de quelques-uns de ses voisins.

Et c'est parti, songea Bean : Tom le Dingue commence à discuter un détail sans intérêt, son commandant s'énerve et...

Mais Wiggin ne prit pas ombrage de la remarque ; il se contenta de la corriger d'un ton posé : « Il n'y a pas de combat sans déplacement. Quand vous avez les jambes gelées en position repliée, comment faites-vous pour vous élancer des murs ? »

Bean n'en avait aucune idée, pas plus qu'aucun de ses camarades, manifestement.

« Bean ? fit Wiggin – naturellement.

— Je n'ai jamais essayé, répondit l'intéressé, mais peut-être qu'en faisant face à la paroi et en se pliant au niveau de la taille...

— Bonne idée, mais erronée. Regardez-moi : je me trouve dos au mur, les jambes gelées. Comme je suis à genoux, mes pieds appuient contre la paroi. D'habitude, quand vous vous élancez, vous devez pousser vers le bas, si bien que vous vous étirez comme un fil de *haricot*, d'accord ? »

Tout le monde éclata de rire, et Bean songea soudain que la stratégie de Wiggin consistant à faire rire du plus petit n'était peut-être pas un signe de stupidité ; peut-être savait-il parfaitement que Bean était le plus doué de tous et l'avait-il épinglé parce qu'il pouvait compter sur la rancœur des autres. En tout cas, au sortir de la séance d'entraînement, tous les soldats de l'armée seraient persuadés que se moquer de lui, le mépriser malgré son intelligence n'avait rien de répréhensible.

Génial, Wiggin, d'anéantir l'efficacité de ton meilleur soldat en faisant en sorte qu'il n'ait l'estime de personne !

Cependant, apprendre ce qu'enseignait Wiggin était plus important que ronchonner sur ses méthodes pédagogiques, aussi Bean observa-t-il attentivement la démonstration d'un décollage du mur jambes gelées. Il remarqua que Wiggin s'imprimait exprès un mouvement giratoire : il aurait davantage de mal à tirer en vol, mais un ennemi éloigné aurait aussi beaucoup de difficultés à maintenir sur lui le faisceau d'un projecteur assez longtemps pour l'abattre.

Bean était révolté, mais cela ne l'empêchait pas d'apprendre.

La séance se poursuivit par la mise en pratique longue, pénible et répétée des connaissances nouvellement acquises. Bean nota que Wiggin s'efforçait d'empêcher les soldats d'apprendre chaque technique séparément : ils devaient les intégrer toutes ensemble en une séquence de mouvements ininter-rompue et sans heurt. C'est comme une danse, se dit-il ; on n'apprend pas d'abord à tirer, puis à décoller et enfin à tournoyer sur soi-même de façon maîtrisée : on apprend à tirer en décollant avec un effet de rota-tion.

À la fin, tous les enfants étaient en nage, épuisés et rouges de plaisir à l'idée d'avoir appris des tacti-ques que personne d'autre ne connaissait. Wiggin les fit s'assembler à la porte inférieure et annonça une nouvelle séance d'entraînement pendant leur quar-tier libre. « Et n'objectez pas que dans "quartier libre" il y a "libre" ; je le sais, et vous avez absolument le droit de faire ce que vous voulez. Je vous invite sim-plement à participer à des exercices supplémentaires et volontaires. »

L'éclat de rire fut général : le groupe était entière-ment constitué d'enfants qui avaient choisi de ne pas suivre ses entraînements particuliers avant leur affec-tation, et il leur faisait comprendre qu'il espérait les voir modifier leurs priorités. Mais ils ne lui en vou-laient pas : après la séance qu'ils venaient de subir, chacun savait que pas une seconde n'était gaspillée lors d'un exercice sous sa conduite, et qu'un seul cours manqué reléguerait le tire-au-flanc très loin derrière les autres. Leur temps libre appartiendrait à Wiggin ; personne n'avait d'objection à soulever, pas même Tom le Dingue.

Mais Bean savait qu'il devait changer sans attendre la relation qu'il nouait avec Wiggin, sans quoi jamais il n'aurait l'occasion d'obtenir un commandement ; en s'appuyant sur la rancune générale à l'encontre de l'avorton de service, Wiggin avait pratiquement fermé au nez de Bean toutes les portes d'accès à un poste d'autorité à l'intérieur de l'armée. Si on le méprisait, qui accepterait de lui obéir ?

Aussi attendit-il Wiggin dans le couloir pendant que les autres regagnaient leurs quartiers.

« Ho, Bean, fit le jeune garçon.

— Ho, Ender », répondit Bean. Wiggin avait-il perçu le ton sarcastique avec lequel il avait prononcé son surnom ? Fut-ce pour cela qu'il ne répondit pas tout de suite ?

« Commandant », le corrigea doucement Wiggin.

Oh, arrête de faire *cagar*, j'ai vu les vidéos et, comme tout le monde, je me suis marré. « Je sais à quoi tu joues, Ender, commandant, et je veux te prévenir.

— Me prévenir ?

— Je peux devenir ton meilleur soldat, mais ne me chatouille pas de trop près.

— Sinon ?

— Sinon je deviendrai ton pire soldat. C'est l'un ou l'autre. » Wiggin ne comprendrait sûrement pas ce que sous-entendait Bean : que son efficacité dépendait de la confiance et du respect que Wiggin lui témoignait, qu'autrement il resterait le petit bon à rien de la compagnie. Le commandant ne verrait sans doute dans sa remarque que la menace de semer le désordre s'il le laissait végéter dans son coin – et, de fait, peut-être y avait-il un peu de ça aussi.

« Et qu'attends-tu de moi ? demanda Wiggin. De l'affection et des gros bisous ? »

Il fallait répondre carrément, de façon si claire qu'il ne pourrait pas feindre d'avoir mal compris. « Je veux une section. »

Wiggin s'approcha et le regarda de tout son haut. Bean prit néanmoins comme un bon présage qu'il n'ait pas éclaté de rire. « Et pourquoi devrais-je te confier une section ?

— Parce que je saurais quoi en faire.

— Savoir que faire d'une section, ce n'est pas difficile. Ce qui est dur, c'est de persuader les hommes d'obéir. Pourquoi un soldat aurait-il envie d'obéir à un petit peigne-cul comme toi ? »

Il avait été droit au cœur du problème, mais Bean n'appréciait pas le ton malveillant qu'il avait employé.

« C'est comme ça qu'on t'appelait, à ce qu'il paraît. Et Bonzo Madrid continue, à ce qu'on m'a dit. »

Wiggin ne mordit pas à l'hameçon. « Je t'ai posé une question, soldat.

— Je gagnerai leur respect, commandant, si tu ne me mets pas de bâtons dans les roues. »

À sa grande surprise, un grand sourire détendit les traits de Wiggin. « Tu ne t'en rends pas compte, mais je t'ai rendu service, ce matin.

— Mon cul !

— Sans moi, personne n'aurait fait attention à toi, sauf pour te plaindre de ta taille ; mais j'ai fait en sorte que tout le monde te remarque. »

Tu aurais dû te renseigner avant, Wiggin ; il n'y a que toi qui ne savais pas qui je suis.

« Désormais, le moindre de tes mouvements sera surveillé, continua Wiggin. Pour gagner le respect des soldats, tu n'as plus qu'à te montrer parfait.

— Je n'ai donc même pas l'occasion d'apprendre avant de me faire juger. » Ce n'est pas ainsi qu'on aide les autres à accoucher de leurs talents !

« Pauvre petit ! En butte à l'injustice générale ! »

Voir Wiggin jouer les obtus mit Bean en fureur. Il valait mieux que ça !

Devant cette colère, le jeune commandant le poussa du plat de la main jusqu'à lui faire toucher le mur des épaules. « Je vais te dire comment obtenir une section : prouve-moi que tu sais ce que tu fais en tant que soldat, prouve-moi ensuite que tu sais utiliser les autres soldats, et enfin prouve-moi que quelqu'un est prêt à t'obéir au combat. Alors tu l'auras, ta foutue section ; mais pas avant ! »

Bean ne réagit pas à la main qui l'écrasait. Il en aurait fallu bien davantage pour l'intimider. « C'est équitable, dit-il. Si c'est vraiment ta politique, je serai chef de section dans un mois. »

Ce fut au tour de Wiggin de se mettre en colère. Il saisit Bean par le devant de son uniforme et le hissa jusqu'à ce que leurs yeux soient à la même hauteur.

« Quand je dis que je travaille d'une certaine façon, Bean, c'est que je travaille comme ça ! »

Bean lui répondit par un sourire moqueur. Si haut dans la station, à si faible gravité, soulever un petit garçon n'avait rien d'un exploit ; en outre Wiggin n'était pas une brute. Son geste ne recelait pas de vraie menace.

Wiggin le lâcha. Bean glissa le long du mur, atterrit sur ses pieds, rebondit légèrement et reprit contact avec le sol. Son commandant gagna la perche la plus proche et descendit au niveau inférieur. Bean avait remporté la confrontation en parvenant à le mettre hors de lui ; de plus, Wiggin savait qu'il s'y était mal pris et il ne l'oublierait pas ; de fait, il y avait même perdu un peu de respect et il s'efforcerait de le récupérer.

Je ne suis pas comme toi, Wiggin : moi, je laisse toujours aux autres la possibilité d'apprendre avant d'exiger la perfection de leur part. Tu t'y es pris comme un manche avec moi aujourd'hui, mais je te donnerai l'occasion de te rattraper demain et après-demain.

Pourtant, quand il atteignit la perche et voulut s'y accrocher, Bean s'aperçut que ses mains tremblantes ne lui permettaient pas une bonne prise, et il dut attendre un moment de se calmer, appuyé à la tige métallique.

Il n'était pas sorti vainqueur de son face-à-face avec Wiggin, et c'était peut-être préférable. Wiggin l'avait bel et bien touché par ses remarques insidieuses et moqueuses. Bean avait fait de lui l'objet d'étude essentiel de sa théologie personnelle, et il venait de découvrir qu'il ignorait jusqu'à son existence. Tout le monde comparait Bean à Wiggin mais, apparemment, ce dernier n'y avait pas prêté l'oreille ou n'y avait pas attaché d'importance. Il avait traité Bean comme s'il n'était rien, et, après s'être donné du mal pendant toute une année pour gagner le respect général, Bean acceptait difficilement de n'être à nouveau plus rien ; cela réveillait en lui des émotions qu'il pensait avoir laissées à Rotterdam : celles qui accompagnent la peur horrible d'une mort imminente. Il avait beau savoir que nul à la station ne lèverait la main sur lui, il n'oubliait pas qu'il était au seuil de l'agonie quand il avait rencontré Poke et avait remis sa vie entre ses mains.

Ai-je refait le même geste aujourd'hui ? En inscrivant mon nom sur la liste, j'ai confié mon avenir à ce gosse ; je comptais sur lui pour discerner ce que je vois clairement, mais naturellement je me trompais. Je dois lui laisser du temps.

S'il restait du temps : les enseignants s'agitaient de plus en plus, et Bean ne disposerait peut-être pas d'une année pour prouver sa valeur à Wiggin.

1 4

Frères

« Vous avez des résultats ?

— Oui, des résultats intéressants. Volescu a bel et
bien menti – un peu.

— Vous allez vous montrer plus précis que ça, j'espère.

— La modification génétique qui a produit Bean n'a
pas été effectuée sur un clone de Volescu, mais ils ont
quand même un lien de parenté. Volescu n'est pas le
père de Bean, mais un demi-oncle ou un cousin issu de
germain. Il faut que Volescu ait un demi-frère ou un
cousin, parce que c'est le seul père possible de l'ovule
fertilisé qu'il a modifié.

— Vous disposez d'une liste des membres de la
famille de Volescu, je présume ?

— Aucun parent n'a été appelé lors du procès, et la
mère de Volescu n'était pas mariée. C'est son nom de
jeune fille qu'il porte.

— Donc son père a eu un autre enfant, mais vous
ignorez jusqu'à son nom. Et moi qui croyais que vous
saviez tout !

— Nous savons tout ce qu'il nous fallait savoir à l'époque. La distinction est essentielle : nous n'avons pas fait
de recherches sur le père de Volescu parce qu'il n'était
accusé de rien. Nous ne pouvons pas enquêter sur tout
le monde.

— Autre point : puisque vous savez tout ce qu'il vous
faut savoir, peut-être pourriez-vous me dire pourquoi

un certain jeune infirme a été retiré de l'école où je l'avais placé ?

— Ah, lui ? Quand vous avez cessé tout à coup de nous vanter ses mérites, ça nous a mis la puce à l'oreille ; nous l'avons étudié, nous lui avons fait passer des examens ; ce n'est pas Bean, mais il a sa place chez nous.

— Et il ne vous est pas venu à l'esprit que j'avais de bonnes raisons de l'empêcher d'entrer à l'École de guerre ?

— Vous craigniez que nous ne choisissions Achille de préférence à Bean, qui était après tout beaucoup trop jeune, et vous ne nous présentiez donc que votre favori ; c'est ce que nous avons supposé.

— Vous avez supposé ! Je vous traitais comme si vous étiez intelligents, et vous me traitiez comme si j'étais débile. Je m'aperçois aujourd'hui que le contraire eût été plus cohérent.

— J'ignorais qu'une chrétienne pouvait se mettre à ce point en colère.

— Achille est-il déjà arrivé à l'École de guerre ?

— Il est en convalescence de sa quatrième opération. Il fallait réparer sa jambe sur Terre.

— Je vais vous donner un bon conseil : ne le faites pas entrer à l'École de guerre tant que Bean s'y trouve.

— Bean n'a que six ans ; il ne devrait même pas encore se trouver à l'École, a fortiori décrocher un diplôme.

— Si vous y laissez entrer Achille, faites-en sortir Bean, un point c'est tout.

— Pourquoi ?

— Si vous êtes trop stupide pour me faire confiance alors que tous mes jugements se sont avérés jusqu'ici, pourquoi vous donnerais-je les moyens d'évaluer le problème à ma place ? Je vous avertis simplement que les mettre ensemble à l'École équivaut sans doute à condamner l'un des deux à mort.

— Lequel ?

— Ça dépend de qui verra l'autre le premier.

— Achille affirme qu'il doit tout à Bean. Il le place sur un piédestal.

— Dans ces conditions, écoutez-le, lui, et ne me croyez pas ! Mais ne m'envoyez pas le cadavre du perdant : enterrez vous-mêmes vos propres erreurs !

— Voilà des propos bien insensibles de votre part !

— Il n'est pas question que je pleure sur la tombe de l'un ou de l'autre. J'ai essayé de leur sauver la vie à tous les deux, mais vous êtes apparemment décidé à voir lequel est le plus apte à survivre selon le système darwinien.

— Calmez-vous, sœur Carlotta. Nous prendrons en considération toutes vos remarques ; nous ne courrons pas de risques irréfléchis.

— C'est déjà fait. Je n'espère plus grand-chose de vous désormais. »

À mesure que les semaines s'écoulaient, l'armée de Wiggin commençait à prendre forme, et Bean observait le processus avec un mélange d'espérance et de désespoir. Espérance parce que Wiggin était en train de mettre sur pied une armée adaptable presque à l'infini ; désespoir parce qu'il ne faisait aucune place à Bean dans cette entreprise.

Après quelques séances d'entraînement seulement, il avait choisi ses chefs de section, tous vétérans des listes de transfert ; de fait, tous les vétérans étaient soit chef, soit second. En outre, au lieu de s'en tenir à l'organisation classique – quatre sections de dix soldats –, il avait créé cinq sections de huit soldats, puis il les avait fait longuement s'exercer en demi-groupes de quatre hommes, l'un commandé par le chef de section, l'autre par le second.

Nul n'avait jamais fragmenté une armée de cette façon, et ce n'était pas une simple façade : Wiggin faisait tout pour laisser le plus de liberté possible aux chefs et aux seconds de section ; il leur annonçait leur objectif et les laissait décider de la façon de le remplir, ou bien il groupait trois sections sous le commandement d'un des trois chefs pour effectuer une opération, tandis que lui-même prenait la tête du restant de l'armée. C'était de la délégation de pouvoir poussée à l'extrême.

Au début, certains soldats s'étaient montrés critiques. Une fois, Bean avait surpris les propos de vétérans qui déambulaient à l'entrée du casernement ; ils parlaient des exercices du jour, en dix groupes de quatre soldats.

« Tout le monde sait qu'on court à la catastrophe quand on divise une armée », dit Molo la Mouche, qui commandait la section A.

Bean ressentit une certaine indignation à entendre le soldat le plus gradé après Wiggin dénigrer la stratégie de son commandant. Certes, la Mouche était en apprentissage lui aussi, mais c'était quand même de l'insubordination.

« Il n'a pas divisé l'armée, intervint Bean. Il l'a organisée, c'est tout. Et les règles de stratégie sont faites pour être violées. Le principe, c'est de concentrer l'armée au point et au moment décisifs, pas de la tenir groupée tout le temps. »

La Mouche le foudroya du regard. « C'est pas parce que tu écoutes aux portes que tu comprends de quoi on parle, microbe !

— Si tu ne veux pas me croire, libre à toi. Rien de ce que je pourrai dire ne risque de te rendre plus idiot que tu n'es ! »

La Mouche se précipita sur lui, le saisit par le bras et l'attira jusqu'au bord de sa couchette.

Aussitôt, Nikolaï bondit de la sienne et atterrit sur le dos de la Mouche en se cognant la tête contre le montant du lit de Bean. Quelques instants plus tard, les autres chefs de section séparaient la Mouche et Nikolaï – dont le combat était de toute façon inégal, Nikolaï n'étant guère plus grand que Bean.

« Laisse tomber, la Mouche, dit Hot Soup [1] – Han Tzu, chef de la section D. Nikolaï se prend pour le grand frère de Bean.

— Non, mais vous l'avez entendu jouer les grandes gueules devant un chef de section, ce morpion ? s'exclama la Mouche.

— Tu faisais preuve d'insubordination envers ton commandant, répondit Bean. Et tu te plantais complètement, en plus ; à t'écouter, Lee et Jackson se seraient conduits comme des imbéciles à Chancellorsville.

— Mais c'est qu'il continue !

— Tu es trop bête pour reconnaître la vérité simplement parce que c'est quelqu'un de petit qui te la dit ? » Bean s'épanchait de toute sa rancœur de ne pas faire partie des officiers, il le savait, mais il n'avait pas envie de se maîtriser. Il fallait révéler la réalité aux yeux de tous ; et puis Wiggin avait besoin d'un appui alors qu'on sapait son autorité.

Nikolaï se tenait à présent sur la couchette du bas, aussi près de Bean qu'il lui était possible, affirmant le lien qui les unissait. « Réfléchis, la Mouche, dit-il. N'oublie pas que c'est Bean que tu as en face de toi. »

Au grand étonnement de Bean, cette remarque réduisit la Mouche au silence. Jusqu'à cet instant, il n'avait pas pris conscience de la puissance de sa réputation ; il n'était peut-être que simple soldat dans l'armée du Dragon, mais il restait le meilleur étudiant d'histoire militaire et stratégique de l'école et, apparemment, tout le monde – à part Wiggin – le savait.

« Je n'aurais pas dû être aussi insultant, dit Bean.

— Y a intérêt ! répondit la Mouche.

— Mais toi non plus. »

La Mouche essaya de nouveau de se jeter sur lui ; ses camarades le retinrent.

« Envers Wiggin, poursuivit Bean. Tu lui as manqué de respect. "Tout le monde sait qu'on court à la catas-

---

1. « Soupe chaude ».

trophe quand on divise une armée." » Son imitation de l'intonation de la Mouche était presque parfaite et plusieurs enfants éclatèrent de rire. L'intéressé finit par se mettre lui aussi à rire, un peu crispé.

« Bon, d'accord, dit-il. J'ai dérapé. » Il s'adressa à Nikolaï. « Mais je suis quand même officier.

— Pas quand tu tires de force un petit de son lit. Là, tu es une brute. »

La Mouche battit des paupières. Chacun se tint prudemment sur son quant-à-soi en attendant sa réaction. « Tu as raison, Nikolaï ; tu as raison de défendre ton copain contre une brute. » Son regard fit l'aller-retour entre Nikolaï et Bean. « Poucha, vous vous ressemblez comme des frangins, en plus ! » Et il passa entre eux pour se diriger vers sa propre couchette, suivi par les autres chefs de section. Le conflit était terminé.

Nikolaï se tourna vers Bean. « Je n'ai jamais été aussi moche et racho que toi, dit-il.

— Et moi, si je dois te ressembler en grandissant, je préfère me flinguer tout de suite, riposta Bean.

— Tu es vraiment obligé de t'en prendre à des armoires à glace comme lui ?

— Je ne m'attendais pas à ce que tu lui tombes dessus comme un essaim d'abeilles.

— C'est que j'avais sans doute envie de tomber sur quelqu'un.

— Toi ? Le gentil Nikolaï ?

— Je ne me sens pas vraiment gentil en ce moment. » Il grimpa sur la couchette à côté de celle de Bean afin de pouvoir parler à voix basse. « Je ne suis pas à la hauteur, ici, Bean. Je n'ai rien à faire dans cette armée.

— Comment ça ?

— Je n'étais pas prêt pour cette promotion. Je suis un élève moyen, et encore ; or, même si les autres n'étaient pas au sommet des classements, ils sont tous bons. Tout le monde apprend plus vite que moi ; moi, je suis obligé de réfléchir alors que tout le monde a déjà compris.

— Eh bien, travaille davantage.

— C'est ce que je fais. Toi, tu piges tout du premier coup. Ce n'est pas que je sois stupide ; je pige aussi, mais... avec du retard.

— Je m'excuse, dit Bean.

— De quoi tu t'excuses ? Ce n'est pas ta faute. »

Si, Nikolaï. « Allons, tu ne vas tout de même pas me dire que tu regrettes de faire partie de l'armée d'Ender Wiggin ? »

Nikolaï eut un petit rire. « C'est quelqu'un, ce type, hein ?

— Tu y arriveras. Tu es un bon soldat, tu verras. Quand les batailles commenceront, tu t'en tireras aussi bien que n'importe qui.

— Ouais, sûr : on peut toujours me geler et m'utiliser comme un gros projectile bien rembourré !

— Tu n'es pas si rembourré que ça.

— Tout le monde en a l'air à côté de toi. Je t'ai observé : tu donnes la moitié de tes repas à tes voisins.

— On me donne trop à manger.

— Bon, il faut que j'étudie. » D'un bond, Nikolaï rejoignit sa couchette.

Bean avait parfois des remords d'avoir placé son ami dans cette situation. Mais il songeait que de nombreux autres gosses qui n'appartenaient pas à l'armée du Dragon auraient volontiers échangé leur place contre la sienne. En outre, il était étonnant que Nikolaï se fût aperçu qu'il n'était pas aussi doué que les autres : après tout, les différences n'étaient pas prononcées à ce point. Sans doute tout un tas d'autres enfants éprouvaient-ils les mêmes sentiments que lui. Mais Bean ne l'avait pas vraiment rassuré ; il avait même probablement accentué son impression d'infériorité.

Belle sensibilité de la part d'un ami !

Toute nouvelle entrevue avec Volescu était inutile si c'était pour entendre autant de mensonges que la première fois. Ces histoires de clones dont il aurait été l'original… non, il n'avait aucune circonstance atténuante : c'était un assassin, un serviteur du prince de la duplicité, et sœur Carlotta ne pouvait pas compter sur lui. Elle avait trop besoin de savoir à quoi s'attendre du seul enfant qui avait réchappé de son mini-holocauste pour se reposer sur la parole d'un homme pareil.

D'ailleurs, Volescu avait dû prendre contact avec son demi-frère ou son cousin issu de germain car, sinon, comment aurait-il pu obtenir un ovule fertilisé contenant son ADN ? Sœur Carlotta devait donc être en mesure de remonter la piste de Volescu ou bien d'effectuer les mêmes recherches que lui.

Elle apprit rapidement que Volescu était l'enfant illégitime d'une Roumaine qui vivait en Hongrie, à Budapest. Après quelques vérifications – et grâce à l'emploi judicieux de son accréditation –, elle obtint le nom du père, un officier de la Ligue, d'origine grecque, qui venait d'être promu au service de l'Hégémon. Cela aurait pu constituer un obstacle pour l'enquête de la religieuse, mais elle n'avait pas besoin de parler au grand-père, seulement de connaître son identité afin de retrouver les noms de ses trois enfants illégitimes. Elle élimina d'office la fille parce que le cogéniteur était aussi de sexe masculin, puis elle s'intéressa aux deux fils et décida de rendre visite d'abord à celui qui était marié.

Julian habitait l'île de Crète où il dirigeait une société de logiciels dont l'unique client était la Ligue internationale de défense. Ce n'était évidemment pas une coïncidence, mais le népotisme était une pratique presque honorable dans la Ligue où pots-de-vin et renvois d'ascenseur relevaient de l'endémie. À long terme, cette corruption restait pourtant inoffensive car la Flotte internationale avait pris depuis longtemps le contrôle de son propre budget sans plus jamais laisser la Ligue y fourrer son nez ; de ce fait, le Polémarque et le Stratège disposaient de fonds bien supérieurs à ceux de l'Hégémon, qui était, bien qu'au premier rang par le titre, le plus faible des trois par le pouvoir et l'autonomie de mouvement.

Et ce n'était pas parce que Julian Delphiki devait sa carrière aux relations politiques de son père que sa maison fabriquait obligatoirement de mauvais produits et que lui-même n'était pas un honnête homme – du moins selon les critères du monde des affaires.

Sœur Carlotta n'eut pas besoin de son accréditation pour obtenir un rendez-vous avec Julian et sa femme, Elena ; elle les appela, les informa qu'elle désirait les voir à propos d'une question concernant la F. I., et ils lui ouvrirent aussitôt leur agenda. À son arrivée à Cnossos, une voiture l'attendait pour la conduire jusqu'à leur domicile, une maison nichée sur une falaise qui dominait la mer Égée. Ils paraissaient inquiets – Elena tordait son mouchoir d'une façon presque hystérique.

« S'il vous plaît, demanda sœur Carlotta après avoir accepté une collation de fruits et de fromage, dites-moi ce qui vous met dans cet état. Il n'y a rien dans ma visite qui doive vous effrayer. »

Le mari et la femme échangèrent un coup d'œil, et Elena bredouilla : « Notre garçon n'a rien ? »

L'espace d'un instant, sœur Carlotta s'interrogea : étaient-ils au courant pour Bean ? Mais comment aurait-ce été possible ?

« Votre garçon ?

— Il va bien, alors ! » De soulagement, Elena éclata en larmes et, quand son mari s'agenouilla près d'elle, elle s'agrippa à lui en sanglotant.

« Il nous a été très dur de le voir partir pour le service, vous comprenez, expliqua Julian. Alors, quand vous, une religieuse, nous avez appelés en disant que vous vouliez nous voir pour affaire concernant la F. I., nous avons cru... nous avons conclu un peu hâtivement que...

— Oh, je suis navrée ! J'ignorais que vous aviez un fils à l'armée, sans quoi j'aurais pris la précaution de vous assurer que... Vous vous êtes mépris sur le but de ma visite ; la question dont j'aimerais vous entretenir est d'ordre personnel, à tel point que vous ne souhaiterez peut-être pas y répondre ; cependant, elle a une certaine importance pour la F. I., et je vous promets que vous ne risquez rien à me donner des réponses franches. »

Elena se reprit, Julian se rassit, et ils regardèrent tous deux sœur Carlotta d'un air presque joyeux. « Oh, posez toutes les questions que vous voulez, dit Julian. Nous sommes si soulagés que... Demandez ce que vous voulez.

— Nous répondrons si c'est dans nos moyens, renchérit Elena.

— Vous dites avoir un fils. Il y a donc une possibilité que... J'ai certaines raisons de désirer savoir si, à un moment ou à un autre, vous n'auriez pas... Enfin, votre fils a-t-il été conçu dans des conditions qui auraient permis le clonage de son ovule fertilisé ?

— Oh oui ! répondit Elena. Ce n'est pas un secret. J'avais une trompe de Fallope déficiente et j'avais fait une grossesse extra-utérine ; à cause de ça, j'étais incapable de concevoir *in utero*. Comme nous voulions quand même un enfant, on m'a prélevé plusieurs ovules, on les a fertilisés avec le sperme de mon mari, puis on a cloné ceux que nous avions choisis : quatre en tout, deux filles et deux garçons, chacun copié à six exemplaires. Jusqu'ici, nous n'en avons fait implanter qu'un seul ; c'était un enfant si... si particulier que nous n'en désirions pas d'autre pour pouvoir nous concentrer sur lui. Mais maintenant que son éducation est en d'autres mains, nous songeons à donner naissance à une des filles. Il est temps. » Elle prit la main de Julian en souriant, et il lui rendit son sourire.

Quel contraste avec Volescu ! Il était difficile d'imaginer que cet homme et lui partageaient le même matériel génétique.

« Ainsi, on a créé six copies de chacun des quatre ovules fertilisés, dit sœur Carlotta.

— Six y compris l'original, répondit Julian. De cette façon, nous optimisons les chances de réussite pour l'implantation et le développement jusqu'à terme de chaque embryon.

— Ce qui nous donne un total de vingt-quatre ovules fertilisés ; et un seul d'entre eux a été implanté ?

— Oui, pour notre plus grand bonheur, le premier a parfaitement marché.

— Il en reste donc vingt-trois.

— Oui.

— M. Delphiki, ces vingt-trois ovules sont stockés quelque part en attendant leur implantation ?

— Naturellement. »

Sœur Carlotta réfléchit un moment. « Quand les a-t-on vérifiés pour la dernière fois ?

— La semaine dernière, répondit Julian, quand nous avons commencé à parler d'avoir un autre enfant. Le médecin nous a assuré qu'ils étaient en parfait état et qu'il suffisait d'avertir quelques heures à l'avance pour qu'on les prépare à l'implantation.

— Mais les a-t-il vraiment vérifiés ?

— Je l'ignore. »

Elena avait pris une expression tendue. « On vous a dit qu'il y avait un problème ? demanda-t-elle.

— Non, répondit sœur Carlotta. Je cherche l'origine du matériel génétique d'un enfant, et je dois simplement m'assurer qu'il ne s'agit pas de vos ovules fertilisés.

— Mais bien sûr que non ! Ils n'ont servi que pour notre fils !

— Ne vous affolez pas, je vous en prie ; je désirerais connaître le nom de votre médecin et celui de l'établissement où ils sont stockés ; ensuite, je vous saurais gré d'appeler votre praticien et de lui demander de se rendre en personne à la clinique et d'exiger de voir les ovules.

— Ils ne sont visibles qu'au microscope, objecta Julian.

— Qu'il vérifie que personne n'y a touché. »

L'homme et la femme paraissaient de nouveau saisis d'une inquiétude extrême, aggravée par leur ignorance de la situation, mais sœur Carlotta ne pouvait rien leur dire. Dès que Julian lui eut fourni le nom du médecin et de la clinique, elle sortit sous la véranda et, tout en contemplant la mer Égée mouchetée de voiles de bateau, elle se servit de sa connexion mondiale pour appeler le Q.G. de la Flotte à Athènes.

Plusieurs heures s'écouleraient peut-être avant que son appel ou celui de Julian apporte la réponse attendue ; elle fit donc un effort héroïque pour adopter une attitude détachée. Ses hôtes l'imitèrent et l'emmenèrent visiter les environs, où elle put admirer des bâtiments aussi bien antiques que modernes et des paysages marins, verdoyants ou désertiques. L'air sec était pourtant rafraîchissant grâce à la brise qui soufflait de la mer, et c'est avec plaisir que sœur Carlotta écouta Julian parler de sa société et son épouse de son travail d'enseignante. Ils devaient peut-être leur réussite professionnelle à la corruption qui régnait dans le gouvernement, mais sœur Carlotta l'oublia lorsqu'elle se rendit compte que, quelle que fût la façon dont il avait obtenu son contrat, Julian était un créateur de logiciels sérieux et consciencieux, tandis qu'Elena considérait son métier comme un sacerdoce. « Dès que j'ai commencé à lui donner des rudiments d'instruction, j'ai compris que notre fils était exceptionnel, dit-elle. Mais c'est seulement au moment des examens préliminaires à l'entrée à l'École que nous avons appris que ses dons convenaient particulièrement à la F. I. »

Une sonnette d'alarme retentit dans la tête de la religieuse. Elle avait supposé jusque-là que leur fils était adulte : après tout, ils n'étaient plus tout jeunes, ni l'un ni l'autre. « Quel âge a-t-il ?

— Huit ans, répondit Julian. On nous a envoyé une photo de lui ; il a l'air d'un petit homme dans son uniforme. Malheureusement, la F. I. ne permet pas l'échange de beaucoup de lettres. »

Leur fils était à l'École de guerre ! Ils avaient apparemment une quarantaine d'années, mais ils n'avaient peut-être songé à bâtir une famille que tardivement, après quoi ils avaient essayé en vain d'avoir un enfant et découvert à la suite d'une grossesse tubaire qu'Elena ne pouvait plus concevoir. Leur fils n'avait que quelques années de plus que Bean.

Graff pouvait donc comparer le code génétique de Bean avec celui du petit Delphiki et vérifier s'ils provenaient tous les deux du même ovule cloné. Ils disposeraient ainsi d'un modèle témoin, aux gènes non modifiés, à mettre en parallèle avec le génome de Bean dont on avait manipulé la clé d'Anton.

Maintenant que sœur Carlotta y songeait, un demi-frère de Bean ne pouvait que présenter les caractéristiques recherchées par la F. I. La clé d'Anton faisait un génie de n'importe quel enfant, sans affecter le mélange particulier de talents qui intéressait la Flotte. Bean aurait eu ces dons de toute manière ; la modification génétique lui permettait simplement de soutenir des capacités innées par une intelligence supérieure.

Du moins s'il était bien l'enfant de ces gens. Cependant, vingt-trois ovules fertilisés d'un côté, vingt-trois enfants créés par Volescu dans la « maison propre » de l'autre... À quelle autre conclusion pouvait-on parvenir ?

La réponse qu'ils attendaient tous arriva bientôt, d'abord à sœur Carlotta et tout de suite après aux Delphiki : les enquêteurs de la F. I. s'étaient rendus à la clinique avec le médecin et avaient découvert que les ovules avaient disparu.

Ce fut un rude coup pour le couple, et sœur Carlotta alla faire un tour à l'extérieur pour laisser à Elena et Julian un moment de solitude ; mais ils la rappelèrent rapidement. « Qu'avez-vous le droit de nous révéler ? demanda Julian. Vous êtes venue parce que vous soupçonniez que nos enfants avaient peut-être été dérobés. Dites-moi, sont-ils nés ? »

Sœur Carlotta fut tentée d'invoquer le secret militaire, mais, à la vérité, il n'y avait pas de secret dans cette affaire : le crime de Volescu était de notoriété publique. Et pourtant... ne valait-il pas mieux pour eux qu'ils restent dans l'ignorance ?

« Julian, Elena, il arrive que des accidents se produisent dans les laboratoires. Ces embryons seraient peut-être morts quand même. Rien n'est certain. N'est-il pas préférable d'y voir simplement un coup du sort malheureux ? Pourquoi ajouter encore à votre douleur ? »

Elena la regarda d'un air farouche. « Vous allez tout me dire, sœur Carlotta, si vous aimez le Dieu de vérité !

— Les ovules ont été volés par un criminel qui... les a menés à terme de façon illégale. Quand il a vu son méfait sur le point d'être découvert, il les a euthanasiés. Ils n'ont pas souffert.

— Et cet homme va passer en jugement ?

— Il a déjà été jugé et condamné à la prison à perpétuité, répondit sœur Carlotta.

— Déjà ? fit Julian. Mais quand donc ont été volés nos enfants ?

— Il y a plus de sept ans.

— Oh ! s'écria Elena. Alors nos petits... quand ils sont morts...

— C'étaient des nourrissons ; ils n'avaient pas encore un an.

— Mais pourquoi nos enfants ? Pourquoi les a-t-il volés ? Voulait-il les vendre à des parents adoptifs ? Était-il...

— Est-ce important ? Il n'a pas pu mener ses projets à leur fin », dit sœur Carlotta. La nature des expériences de Volescu tombait, elle, sous le secret militaire.

« Comment s'appelle cet assassin ? » demanda Julian. Devant l'hésitation de la religieuse, il insista : « Son nom a été inscrit dans les minutes du procès, n'est-ce pas ?

— Oui, à la cour d'assises de Rotterdam, répondit sœur Carlotta. Il s'appelle Volescu. »

Julian réagit comme s'il venait de recevoir une gifle, mais il se ressaisit aussitôt. Elena ne se rendit compte de rien.

Il est au courant de l'aventure de son père, se dit la religieuse, et il connaît maintenant en partie les motivations de Volescu : les enfants du fils légitime enlevés par le bâtard, soumis à des expériences et enfin assassinés, tandis que le fils légitime n'apprenait l'affaire que sept ans plus tard. Quelles que soient les privations que Volescu reprochait à son géniteur, il s'était bien vengé. Quant à Julian, les appétits coupables de son père étaient revenus lui causer cette perte, cette douleur. Les enfants expient les péchés des pères jusqu'à la troisième et la quatrième génération...

Mais la Bible ne disait-elle pas que les troisième et quatrième générations haïraient Dieu ? Ce n'était pas le cas de Julian ni d'Elena – ni de leurs enfants innocents.

Le geste de Volescu n'avait pas plus de sens que le massacre des nouveau-nés par Hérode. En fin de compte, seule la foi qu'un Dieu de miséricorde avait recueilli l'âme des enfants dans son sein pouvait apporter du réconfort aux parents.

« Écoutez, reprit sœur Carlotta, je ne dis pas que vous ne devez pas pleurer les enfants que vous ne porterez jamais, mais vous pouvez vous réjouir de celui que vous avez.

— Il est à un million de kilomètres d'ici ! s'exclama Elena d'une voix plaintive.

— Je suppose que... Vous ne sauriez pas, par hasard, si on laisse rentrer les élèves de l'École de guerre chez eux de temps en temps ? demanda Julian. Il s'appelle Nikolaï Delphiki. Étant donné les circonstances, on lui permettrait sûrement...

— Je suis vraiment navrée », le coupa sœur Carlotta. Leur rappeler leur enfant était finalement assez malvenu alors qu'il n'habitait plus sous leur toit. « Je regrette que ma visite vous ait conduit à une découverte aussi affreuse.

— Mais vous avez appris ce que vous vouliez savoir, fit Julian.

— Oui », répondit la religieuse.

L'expression de son interlocuteur se modifia tout à coup, comme si une révélation venait de se faire dans son esprit ; il ne dit pourtant rien devant son épouse. « Désirez-vous retourner à l'aéroport ?

— Oui, la voiture m'attend toujours. Les soldats sont beaucoup plus patients que les chauffeurs de taxi.

— Je vous y accompagne.

— Non, Julian, ne me laisse pas seule ! fit Elena.

— Je n'en ai que pour un instant, mon amour. Sachons nous montrer bien élevés malgré tout. » Il serra un long moment sa femme dans ses bras, puis conduisit sœur Carlotta jusqu'à la porte qu'il ouvrit devant elle.

Comme ils s'approchaient de la voiture, il déclara : « Si le fils naturel de mon père est en prison, ce n'est pas à cause de lui que vous êtes venue.

— Non.

— Un de nos enfants est toujours en vie, poursuivit Julian.

— Je ne devrais pas vous le dire, parce que je n'en ai pas le droit, répondit sœur Carlotta ; mais ma fidélité va d'abord à Dieu, pas à la F. I. Si les vingt-deux enfants que Volescu a tués étaient les vôtres, il est possible qu'un vingt-troisième ait survécu. Il faut encore effectuer des examens génétiques pour en être sûrs.

— Mais on ne nous dira rien.

— Pas tout de suite, et pas avant longtemps. Jamais peut-être. Mais, si c'est en mon pouvoir, un jour viendra où vous retrouverez votre second fils.

— Est-il... Le connaissez-vous ?

— Si c'est bien votre fils, répondit la religieuse, oui, je le connais. Son existence a été dure, mais il a bon cœur et il ferait la fierté de n'importe quels parents. Ne m'en demandez pas davantage, je vous en prie, je ne vous en ai déjà que trop dit.

— Dois-je en parler à mon épouse ? Qu'est-ce qui serait le plus dur pour elle ? Savoir ou ne pas savoir ?

— Les femmes ne sont pas très différentes des hommes ; or vous avez préféré savoir. »

Il acquiesça. « Vous n'avez été que la messagère, pas la responsable de notre douleur, mais votre visite ne laissera pas un souvenir heureux. Cependant, sachez-le, je me rends compte de la bonté avec laquelle vous avez rempli cette triste mission. »

Elle hocha la tête. « Vous-même avez été d'une courtoisie inaltérable en cette heure difficile. »

Julian ouvrit la portière. La religieuse entra dans la voiture et ramena les jambes à l'intérieur ; mais, avant qu'il pût refermer derrière elle, une dernière question, très importante, lui vint à l'esprit.

« Julian, je sais que vous comptiez avoir une fille, mais si vous aviez voulu un autre fils, quel prénom lui auriez-vous donné ?

— Le premier a reçu celui de mon père, Nikolaï, répondit-il. Elena aurait désiré, si nous en avions eu un second, qu'il se prénomme comme moi.

— Julian Delphiki, dit sœur Carlotta. Si cet enfant est vraiment votre fils, je pense qu'il serait fier de porter un jour le prénom de son père.

— Comment s'appelle-t-il aujourd'hui ?

— Je n'ai pas le droit de vous le révéler, vous vous en doutez bien.

— Mais... pas Volescu, tout de même ?

— Non. Si ça ne tient qu'à moi, jamais il ne portera ce nom. Dieu vous bénisse, Julian. Je prierai pour vous et votre épouse.

— N'oubliez pas l'âme de nos enfants, ma sœur.

— J'ai prié pour eux, je prie encore et je prierai toujours pour eux. »

Le commandant Anderson regarda le jeune garçon assis derrière la table en face de lui. « Je t'assure qu'il n'y a rien de grave, Nikolaï.

— Alors il n'a pas d'ennuis ?

— Non, non. Nous avons simplement remarqué que tu paraissais particulièrement proche de Bean ; il n'a pas beaucoup d'amis.

— Dimak avait déjà commencé à le désigner comme tête de Turc à bord de la navette, et le fait qu'Ender continue dans le même sens n'arrange rien. Bean est capable de le supporter, mais, comme il est plus malin que tout le monde, ça en énerve pas mal.

— Pas toi ?

— Oh, si, moi aussi il m'énerve.

— Mais ça ne t'a pas empêché de devenir son ami.

— Je ne l'ai pas fait exprès ; j'avais simplement la couchette en face de la sienne au dortoir des bleus.

— Je te signale que tu avais échangé cette couchette contre une autre.

— Ah bon ? Bah, peut-être.

— Et cela avant de savoir à quel point Bean était intelligent.

— Non, dans la navette Dimak nous avait appris que c'était lui qui avait les meilleurs résultats.

— C'est pour ça que tu as voulu te rapprocher de lui ? »

Nikolaï haussa les épaules.

« C'était un acte de pure bonté, reprit le commandant Anderson, et je ne suis peut-être qu'un vieux cynique, mais un geste aussi incompréhensible éveille ma curiosité.

— Il a tout à fait ma tête sur les photos de moi tout petit. C'est idiot, hein ? Quand je l'ai vu, je me suis dit : « On dirait vraiment le mignon petit Nikolaï. » C'est comme ça que ma mère me décrivait sur mes photos, et je n'ai jamais eu l'impression que c'était moi dont elle parlait ; moi, j'étais le grand Nikolaï et, sur les photos, c'était le mignon petit Nikolaï. Je me racontais pour rire que c'était mon petit frère et que, par hasard, il portait le même prénom que moi. Le grand Nikolaï et le mignon petit Nikolaï.

— Tu es gêné, je le vois, mais tu n'as pas de raison ; ce genre d'histoire n'a rien d'anormal chez un enfant unique.

— Je voulais avoir un petit frère.

— Beaucoup de ceux qui en ont un le regrettent.

— Oui, mais on s'entendait bien, le frère que je m'étais inventé et moi. » L'absurdité de sa remarque fit éclater de rire Nikolaï.

« Et quand tu as vu Bean tu l'as considéré comme le frère que tu t'imaginais autrefois.

— Au début, oui. Maintenant je le connais bien et c'est encore mieux. C'est comme... Parfois c'est lui le petit frère et c'est moi qui l'aide, à d'autres moments c'est l'inverse.

— Par exemple ?

— Comment ça ?

— Eh bien, en quoi quelqu'un d'aussi petit que Bean peut-il t'aider ?

— Il me donne des conseils, il me file un coup de main pour mes devoirs, on s'entraîne ensemble. Il est meilleur que moi dans presque tous les domaines. Moi, je suis simplement plus grand que lui, et je crois que j'ai plus d'affection pour lui qu'il n'en a pour moi.

— C'est possible, Nikolaï, mais, autant qu'on puisse en juger, il t'aime plus que quiconque. Peut-être que... pour l'instant, il n'est pas aussi doué que toi pour l'amitié. J'espère que mes questions ne changeront ni tes sentiments ni ton attitude envers Bean. Nous n'obligeons pas les gens à être amis, mais je souhaite que tu restes le sien.

— Je ne suis pas l'ami de Bean, fit Nikolaï.

— Ah ?

— Je vous l'ai dit : je suis son frère. » Le jeune garçon eut un sourire ironique. « Une fois qu'on a un frère, on ne s'en débarrasse pas facilement. »

15

COURAGE

« Génétiquement, ce sont de vrais jumeaux. La seule différence entre eux est la clé d'Anton.

— Les Delphiki ont donc deux fils.

— Non, les Delphiki ont un seul fils, Nikolaï, et il est chez nous pour la durée de la guerre. Bean est un orphelin qu'on a trouvé dans les rues de Rotterdam.

— Parce qu'il a été enlevé.

— La loi est claire : les ovules fertilisés sont la propriété de l'État. Pour vous, je sais, c'est une affaire de sensibilité religieuse, mais la F. I. est tenue par la loi, pas...

— La F. I. tourne la loi à son avantage chaque fois qu'elle le peut. Je sais que vous menez une guerre et que vous n'êtes pas omnipotent ; mais la guerre ne continuera pas éternellement. Je vous demande simplement ceci : intégrez cette information dans les archives, dans le plus d'archives possibles, de façon qu'à la fin du conflit la preuve des origines de Bean survive ; que la vérité ne reste pas enterrée.

— Naturellement.

— Non, pas naturellement ! Vous savez bien que, dès l'instant où les Formiques auront été vaincus, la F. I. n'aura plus lieu d'être ; elle s'efforcera de perdurer afin de maintenir la paix dans le monde, mais la Ligue n'est pas assez forte politiquement pour résister aux tempêtes nationalistes qui se lèveront alors. La F. I. partira en miettes dont chaque fragment suivra son propre chef, et que Dieu nous aide si une partie de la Flotte utilise ses armes contre la surface de la Terre.

— Vous passez trop de temps à lire l'Apocalypse.

— Je ne fais peut-être pas partie de vos petits sur-doués mais ça ne m'empêche pas d'observer les fluc-tuations de l'opinion ici bas, sur Terre : sur les réseaux, un démagogue qui se fait appeler Démosthène enflamme les pays occidentaux contre les manœuvres secrètes et illégales du Polémarque pour avantager le Nouveau Pacte de Varsovie, et la propagande en provenance de Moscou, Bagdad, Buenos Aires et Pékin est encore plus virulente. Quelques voix rationnelles se font entendre, comme celle de Locke, auxquelles on rend hommage mais qu'on n'écoute pas. Ni vous ni moi ne pouvons rien au fait qu'une guerre mondiale éclatera presque à coup sûr, mais nous pouvons faire notre possible pour que les enfants dont vous vous occupez ne deviennent pas des pions dans ce jeu.

— Le seul moyen d'y parvenir, c'est d'en faire des joueurs.

— Vous avez la charge de leur éducation ; vous n'avez sûrement pas peur d'eux. Donnez-leur l'occasion de prendre une part active à la partie.

— Sœur Carlotta, tout mon travail vise à préparer l'affrontement avec les Formiques, à faire de ces enfants des officiers de confiance, le gratin des commandants. Je n'ai pas à voir plus loin.

— Je ne vous demande pas de voir plus loin, mais simplement de laisser la porte ouverte pour qu'ils puis-sent retrouver leurs familles et leurs pays.

— Je n'ai pas le temps d'y songer pour l'instant.

— Pourtant, c'est maintenant et non plus tard que vous avez le pouvoir d'agir.

— Vous me surestimez.

— Non : c'est vous qui vous sous-estimez. »

L'armée du Dragon ne s'entraînait que depuis un mois quand Wiggin entra dans le dortoir quelques secondes après l'ouverture des lumières, un bout de papier à la main : l'ordre de bataille. Ils allaient affronter l'armée du Lapin à 0700 – et sans prendre de petit-déjeuner.

« Je n'ai pas envie d'en voir vomir dans la salle de combat.

— On peut au moins pisser un coup avant ? demanda Nikolaï.

— Oui, mais pas plus d'un décalitre », répondit Wiggin.

Tous éclatèrent d'un rire où perçait néanmoins une certaine inquiétude : soldats d'une nouvelle armée qui ne comptait qu'une poignée de vétérans, ils ne s'attendaient pas à gagner, mais ils ne tenaient pas non plus à se faire humilier. Chacun réagit à la tension à sa façon : certains se turent, d'autres furent pris de logorrhée, les uns se mirent à plaisanter et à plastronner, les autres s'assombrirent, et quelques-uns s'allongèrent simplement sur leur couchette, les yeux fermés.

Bean les observa en essayant de se rappeler si les gosses de la bande de Poke avaient jamais eu ce genre d'attitude ; et puis l'évidence le frappa : les enfants de Rotterdam redoutaient la disette, pas l'humiliation. La honte est un sentiment qu'on peut se permettre quand on a le ventre plein ; par conséquent, c'étaient les brutes de la rue, ceux qui trouvaient aisément à se nourrir, qui éprouvaient la même peur que ces jeunes soldats, celle de se faire écraser ; et, de fait, dans l'armée de Wiggin, c'étaient les tyranneaux qui présentaient ces symptômes. Ils étaient constamment en représentation, toujours conscients du regard des autres, et ils craignaient le combat tout en le désirant ardemment.

Et lui, Bean, que ressentait-il ? Et qu'y avait-il donc d'anormal chez lui, qu'il doive se poser la question pour le savoir ?

Eh bien... il faisait partie de ceux qui restaient assis à regarder autour d'eux, voilà.

Il sortit sa combinaison de combat, puis se rendit compte qu'il devait d'abord faire sa toilette. Il se laissa tomber sur le pont, décrocha sa serviette et s'en ceignit les reins. L'espace d'un instant, il revécut la nuit où il l'avait cachée sous une couchette pour se glisser dans le système de ventilation. Cela ne lui serait plus possible aujourd'hui : il était trop grand et trop musclé. Il restait le plus petit de toute l'École et nul, sans doute, n'avait remarqué qu'il avait grandi, mais il savait que ses bras et ses jambes s'étaient allongés : il atteignait plus facilement les objets haut placés, et il n'était plus obligé de toujours sauter pour accomplir des gestes quotidiens comme plaquer la main sur le scanner de la salle de gymnastique.

J'ai changé, se dit-il. Physiquement, bien sûr, mais aussi dans ma façon de penser.

Nikolaï n'avait pas quitté son lit et avait mis son oreiller sur sa tête. Chacun affrontait la peur comme il pouvait.

Les autres étaient tous aux toilettes ou en train de boire aux robinets, et Bean fut le seul à se doucher. Dans ces occasions, on le taquinait souvent en lui demandant si l'eau était encore chaude en arrivant à lui, mais la plaisanterie commençait à être éculée. Ce que Bean cherchait, lui, c'était à s'envelopper de vapeur, cette buée qui aveuglait tout, jusqu'aux miroirs, et qui lui permettait de devenir n'importe qui, de n'importe quelle taille.

Un jour, on le verrait tel qu'il se représentait, plus grand que les autres, dépassant tout le monde de la tête et des épaules, en mesure de regarder plus loin, doué d'une plus grande envergure, capable de porter des charges dont il se contentait pour l'instant de rêver. À Rotterdam, tout ce qui l'intéressait était de rester en vie, mais à l'École, le ventre plein, il avait découvert ce qu'il était, ce qu'il pouvait devenir. On le prenait pour un extraterrestre, un robot ou Dieu sait quoi parce qu'il était génétiquement différent, mais une fois qu'il aurait accompli les hauts faits qui l'attendaient, on s'enorgueillirait de le dire humain et on rabattrait méchamment son caquet au premier qui oserait en douter.

Un jour, il serait plus célèbre que Wiggin.

Il chassa cette idée de sa tête, ou du moins s'y efforça. Ce n'était pas une compétition ; il y avait assez de place dans le monde pour deux grands hommes ; Lee et Grant étaient contemporains et s'étaient combattus, comme Bismarck et Disraeli, Napoléon et Wellington.

Non, la comparaison n'était pas bonne. C'était Lincoln qu'il fallait accoler à Grant : deux grands hommes travaillant main dans la main.

Il était cependant troublant de constater à quel point ce cas de figure était rare : Napoléon n'avait jamais su déléguer la moindre autorité à ses lieutenants ; toutes les victoires devaient être les siennes exclusivement. Quel grand homme s'était tenu aux côtés d'Auguste ou d'Alexandre ? Ces personnages avaient eu des amis, des rivaux, mais jamais d'associés.

Voilà pourquoi Wiggin empêchait l'ascension de Bean bien qu'il sût, grâce aux dossiers remis à tous les commandants d'armée, qu'il possédait l'intellect le plus puissant de tout le Dragon : c'était un rival trop évident. Bean l'avait averti dès le premier jour qu'il comptait gagner du galon, et Wiggin lui faisait comprendre qu'il n'y parviendrait pas dans son armée.

Quelqu'un pénétra dans la salle d'eau. Bean ne put voir de qui il s'agissait à cause de la vapeur et n'entendit pas un mot. Tous les autres devaient avoir fini leurs ablutions et regagné le dortoir pour se préparer.

Le nouveau venu s'approcha du box de douche de Bean et sa silhouette devint plus précise. C'était Wiggin.

Bean, couvert de savon, resta figé, l'air idiot. Il s'était tellement laissé emporter par ses rêveries qu'il en avait oublié de se rincer. Il alla rapidement se placer sous le jet d'eau.

« Bean ?

— Commandant ? » Bean se tourna vers Wiggin. Il se tenait à l'entrée du box.

« Je croyais avoir donné l'ordre de se rendre à la salle de gym. »

Bean fouilla sa mémoire et revécut les minutes précédentes. En effet, Wiggin avait bien ordonné à tout le monde d'emporter sa combinaison à la salle de gymnastique.

« Excuse-moi. Je... j'avais la tête ailleurs...

— On est tous stressés avant la première bataille. »

Bean serra les dents : se faire pincer par Wiggin à se conduire aussi stupidement ! Ne pas se souvenir d'un ordre, lui qui avait une mémoire sans faille ! Mais il n'avait pas enregistré l'information, et maintenant Wiggin prenait des airs protecteurs avec lui ! On est tous stressés, tu parles !

« Toi, tu n'étais pas stressé », dit Bean.

Wiggin, qui s'apprêtait à sortir des douches, revint sur ses pas. « Ah bon ?

— Bonzo Madrid t'avait interdit de te servir de ton arme ; tu devais rester dans ton coin sans bouger. Ça ne devait pas t'angoisser, comme perspective.

— Non, répondit Wiggin ; ça me mettait dans une rogne noire.

— C'est mieux que d'avoir peur. »

Wiggin fit mine de s'en aller, puis il revint à nouveau. « Et toi, tu es en rogne ?

— Si tu parles de me faire chier, je l'ai fait avant de prendre ma douche », répondit Bean.

Wiggin éclata de rire, puis son sourire s'effaça. « Tu es en retard, Bean, et tu n'as toujours pas fini de te rincer. J'ai déjà fait descendre ta combinaison à la salle de gym. Il ne manque plus que toi dedans. » Il décrocha la serviette de Bean. « Ça aussi, ça t'attendra en bas. Maintenant, grouille. » Et il sortit.

Bean coupa l'eau, furieux. Cette brimade était absolument inutile, et Wiggin le savait parfaitement. L'obliger à traverser les couloirs tout nu et tout mouillé au moment où d'autres armées revenaient du petit-déjeuner ! C'était mesquin et stupide !

Wiggin profitait de la moindre occasion pour le rabaisser.

Et toi, Bean, pauvre couillon, tu restes là les bras ballants ; tu aurais pu courir jusqu'à la salle de gym et y arriver avant lui, mais non, tu préfères encore t'embourber davantage. Et pourquoi ? C'est absurde, et ça ne va pas arranger ta situation : tu veux qu'il te nomme chef de section, pas qu'il te méprise ; alors pourquoi te débrouiller pour te donner l'air d'un gamin sans cervelle, apeuré et indigne de confiance ?

Il ne bougeait toujours pas, comme pétrifié.

Je suis un lâche.

Cette pensée traversa l'esprit de Bean comme un éclair et l'emplit de terreur, mais elle refusa de disparaître.

Je suis de ceux qui restent paralysés ou agissent de façon complètement irrationnelle quand ils ont peur, qui perdent leur sang-froid et se retrouvent incapables de réfléchir.

Pourtant, je n'étais pas comme ça à Rotterdam ; sinon, je serais mort.

Mais peut-être que si, finalement ; c'est peut-être pour ça que je n'ai pas révélé ma présence à Poke et Achille quand je les ai vus seuls sur le quai ; il ne l'aurait pas tuée s'il avait su qu'il y avait un témoin. Je me suis sauvé avant de me rendre compte du danger qu'elle courait ; mais pourquoi ne m'en étais-je pas rendu compte avant ? Si, je connaissais le péril de sa situation, tout comme j'ai bel et bien entendu Wiggin nous donner rendez-vous dans la salle de gym ; je connaissais la situation, je la comprenais parfaitement, mais j'étais trop lâche pour intervenir, j'avais trop peur que ça tourne mal.

Et c'est peut-être aussi ce qui s'est passé le jour où Achille était étendu par terre et que j'ai dit à Poke de le tuer. J'avais tort et elle avait raison, parce que n'importe quel gros dur capturé grâce au piège que j'avais mis au point lui en aurait voulu de toute façon, et aurait réagi aussitôt en la tuant dès qu'on l'aurait laissé se relever. Achille était le meilleur candidat, et peut-être le seul, pour l'arrangement que Bean avait imaginé. Il n'y avait pas le choix. Mais Bean avait eu peur, et il avait incité Poke à tuer Achille pour chasser cette peur.

Et il restait immobile ; l'eau était coupée, il était trempé et il avait froid, mais il était incapable de bouger.

Nikolaï apparut à l'entrée des douches. « Désolé pour ta diarrhée, fit-il.

— Quoi ?

— J'ai dit à Wiggin que tu avais eu la courante toute la nuit et que c'était pour ça que tu étais aux toilettes ; que tu étais malade mais que tu ne voulais pas le lui avouer par peur de manquer la première bataille.

— J'ai tellement la trouille que je ne pourrais pas aller aux chiottes même si j'en avais envie.

— Il m'a donné ta serviette en disant que c'était idiot de sa part de l'avoir prise. » Nikolaï s'avança et la remit à Bean. « Il dit aussi qu'il a besoin de toi au combat et qu'il est content de voir que tu t'accroches.

— Il n'a pas besoin de moi ; il ne veut même pas de moi.

— Allons, Bean ! Tu sais que tu peux y arriver. »

Bean se mit à s'essuyer, heureux de pouvoir bouger, faire quelque chose.

« À mon avis, tu es assez sec maintenant », dit Nikolaï.

Et Bean s'aperçut qu'il se frottait machinalement avec sa serviette alors que ce n'était plus nécessaire depuis longtemps.

« Nikolaï, qu'est-ce qui m'arrive ?

— Tu as peur de t'apercevoir que tu n'es qu'un petit garçon. J'ai une info, si ça peut t'aider : tu n'es bien qu'un petit garçon.

— Toi aussi.

— Donc ça n'a pas d'importance si on se débrouille comme des manches. Ce n'est pas ce que tu n'arrêtes pas de me répéter ? » Nikolaï éclata de rire. « Allez ! Si j'en suis capable, nul comme je suis, tu dois pouvoir le faire aussi !

— Nikolaï...

— Quoi encore ?

— Il faut vraiment que j'aille aux chiottes, maintenant.

— J'espère que tu ne comptes pas sur moi pour te torcher ?

— Si je ne suis pas sorti d'ici trois minutes, viens me chercher. »

En nage mais glacé – mélange qu'il n'aurait pas cru possible –, Bean entra dans les W-C et ferma la porte derrière lui. Une douleur violente lui déchirait les entrailles mais il ne parvenait pas à relâcher ses sphincters.

Mais de quoi ai-je peur à ce point ?

Enfin son système digestif eut raison de son système nerveux, et Bean eut l'impression de se vider de tout ce qu'il avait mangé depuis sa naissance.

« Fin des trois minutes, fit Nikolaï de l'autre côté de la porte. J'arrive !

— Au péril de ta vie, répondit Bean. J'ai terminé ; je sors. »

Purgé, propre et humilié devant son seul véritable ami, Bean émergea des W-C et ceignit sa serviette autour de sa taille.

« Merci de ne m'avoir pas fait mentir, dit Nikolaï.

— Comment ça ?

— Quand j'ai raconté que tu avais la diarrhée.

— Ah ! Pour toi, j'attraperais la dysenterie.

— Ça, c'est un vrai copain ! »

Le temps qu'ils descendent à la salle de gymnastique, tous les autres avaient déjà enfilé leur uniforme et se tenaient prêts à partir. Pendant que Nikolaï aidait Bean à mettre le sien, Wiggin fit faire au reste de la troupe des exercices de relaxation sur des tatamis, et Bean eut même le temps de s'allonger lui aussi quelques minutes avant que Wiggin donne l'ordre de se relever. 0656 : quatre minutes pour se rendre à la salle de bataille. Le commandant profitait vraiment du plus infime instant.

Tandis qu'ils couraient dans le couloir, Wiggin sautait de temps en temps pour toucher le plafond ; derrière lui, les soldats en faisaient autant au même endroit – tous, sauf les plus petits. Bean, le cœur toujours serré de honte, de rancœur et de peur, n'essaya même pas : ce genre d'imitation était bon pour ceux qui appartenaient au groupe, or il n'en faisait pas partie. Sur le plan scolaire, il avait des dons exceptionnels, mais il ne pouvait plus se cacher la vérité désormais : il était lâche. Il n'avait rien à faire dans l'armée. S'il était incapable d'affronter un jeu, à quoi serait-il bon à la guerre ? Les vrais généraux s'exposaient au feu ennemi ; ils devaient se montrer intrépides et donner l'exemple du courage.

Moi, je reste paralysé, je prends des douches qui n'en finissent plus et je balance le menu d'une semaine dans la cuvette des toilettes. C'est un exemple pour les hommes, ça ?

À la porte, Wiggin prit le temps de former les pelotons et de faire une révision. « Où se trouve la porte de l'ennemi ?

— En bas ! » répondirent les soldats à l'unisson.

Bean se contenta de bouger les lèvres. En bas. En bas en bas en bas.

Comment fait-on pour descendre d'un mauvais cheval ?

Et d'abord qu'est-ce que tu fiches dessus, crétin ?

La paroi grise s'évapora devant eux et la salle de bataille apparut. Il y faisait sombre ; ce n'était pas le noir complet, mais elle était si peu éclairée que seules les lumières des combinaisons de l'armée du Lapin, à l'autre bout, permettaient de repérer la porte ennemie.

Wiggin ne montra aucun empressement à franchir la leur. Il se tint à l'entrée et observa la salle arrangée en grille ouverte, avec huit « étoiles » – de gros cubes qui jouaient à la fois le rôle d'obstacles, d'abris et de plates-formes de relais – distribuées de façon relativement uniforme quoique aléatoire dans l'espace.

La section C reçut la première mission ; c'était le groupe de Tom le Dingue, celui dont Bean faisait partie. Chacun passa les instructions au soldat derrière lui. « Suivez le mur, ordre d'Ender. » Et puis : « Gelez-vous les jambes pliées. Mur sud. Ordre de Tom. »

Sans bruit, ils se lancèrent dans la salle en se servant des poignées pour se propulser le long du plafond vers la paroi est. « Ils sont en train de préparer leur formation de combat. On va seulement essayer de les démonter un peu, de les désorienter, de les inquiéter parce qu'ils ne pourront pas prévoir nos mouvements. Nous sommes des pirates ; on les dégomme et on se planque derrière cette étoile, là. Surtout ne restez pas bloqués en l'air, et visez bien. Il faut que chaque tir fasse mouche. »

Bean obéit machinalement. Se mettre en position, se geler les jambes puis se lancer avec le corps dans le bon axe, tout cela était désormais automatique ; il l'avait répété des centaines de fois, et il ne commit pas une seule erreur, pas plus que les sept autres soldats de sa section. Personne ne surveillait personne ; il se trouvait exactement là où on l'attendait et faisait son travail.

Ils longèrent la paroi, toujours à portée de main d'une poignée. Leurs jambes gelées étaient sombres et bloquaient les lumières du reste de leur combinaison. Wiggin s'activait près de la porte pour attirer l'attention de l'armée du Lapin ; la surprise serait totale.

Comme ils se rapprochaient de l'entrée ennemie, Tom le Dingue annonça : « On se sépare et on rebondit jusqu'à l'étoile, moi par le nord, vous par le sud. »

C'était une manœuvre à laquelle il s'était entraîné avec sa section, et le moment était bien choisi pour la mettre en pratique : devant deux groupes qui partaient dans des directions opposées, l'ennemi ne saurait plus où donner de la tête.

Tous s'accrochèrent aux poignées ; naturellement, cela les fit pivoter sur eux-mêmes et les lumières de leurs uniformes devinrent soudain visibles d'en bas. Un Lapin les aperçut et donna l'alarme.

Mais C était déjà en mouvement, une moitié de la section en direction du sud, l'autre vers le nord, et les deux en diagonale vers le sol. Bean se mit à tirer et l'ennemi en fit autant ; il entendit la plainte sourde indiquant que quelqu'un le tenait dans son rayon, mais, comme il tournoyait lentement sur lui-même et se trouvait assez loin de l'adversaire, personne ne pouvait le garder en joue assez longtemps pour lui faire du mal. Il s'aperçut à cette occasion que son bras ne tremblait pas et s'adaptait parfaitement à la rotation de son corps ; il s'y était longuement entraîné et avait acquis un solide savoir-faire ; quand il tira, il ne toucha pas un bras ni une jambe : il tua du premier coup.

Il avait le temps pour un second tir avant de heurter le mur et de rebondir vers l'étoile. Il liquida encore un ennemi avant d'arriver au point de rendez-vous, puis il agrippa une poignée de l'étoile et dit : « Ici Bean.

— J'ai perdu trois hommes, répondit Tom le Dingue, mais leur formation est dans les choux.

— Et maintenant ? » demanda Dag.

D'après les cris qu'ils entendaient, la bataille principale était engagée. Bean se remémora ce qu'il avait vu en se dirigeant vers l'étoile. « Ils ont envoyé une dizaine de gars nous éliminer, dit-il. Ils vont arriver par l'est et l'ouest. »

Tous le regardèrent comme s'il était devenu fou. Comment pouvait-il savoir cela ?

« Il nous reste un peu plus d'une seconde, reprit-il.

— Tout le monde vers le sud ! » ordonna Tom.

Ils obéirent. Il n'y avait pas de Lapins sur cette face de l'étoile, mais Tom lança sans perdre un instant sa section à l'attaque sur la face ouest et, de fait, des Lapins s'y trouvaient, en train de prendre d'assaut ce qu'ils considéraient manifestement comme l'« arrière » de l'étoile – le bas, pour l'armée du Dragon. Pour eux, donc, l'ennemi parut surgir d'en bas, la direction dont ils se méfiaient le moins. Quelques instants plus tard, les six Lapins présents sur la face se retrouvèrent gelés, flottant sous l'étoile.

Quand l'autre moitié de leur troupe les verrait, ils comprendraient ce qui s'était passé.

« Tout le monde au sommet de l'étoile », fit Tom le Dingue.

C'est-à-dire, pour l'ennemi, l'avant, la position la plus exposée au tir de la formation principale, celle où il s'attendrait le moins à voir se présenter la section.

Et, une fois arrivé, au lieu de continuer à essayer de repousser la troupe qui se précipitait vers eux, Tom ordonna à ses hommes de mitrailler le gros de l'armée du Lapin, ou du moins ce qui en restait – des groupes désorganisés qui se cachaient derrière les étoiles et tiraient sur les Dragons en provenance de toutes les directions. Les cinq soldats de la section C eurent le temps de toucher plusieurs Lapins avant que la troupe d'assaut les retrouve.

Sans attendre qu'on lui en donne l'ordre, Bean s'élança aussitôt de la surface de l'étoile afin de pouvoir tirer de haut en bas sur l'adversaire. À aussi courte distance, il réussit à faire mouche quatre fois avant que le gémissement cesse brutalement et que son uniforme devienne complètement sombre et rigide. Le Lapin qui l'avait eu ne faisait pas partie de la troupe d'assaut mais du gros de l'armée au-dessus de lui. À sa grande satisfaction, Bean constata que, grâce à son action, un seul soldat de la section avait été touché par la troupe ennemie ; puis son mouvement giratoire lui fit tourner le dos à la scène et il ne vit plus rien.

C'était désormais sans importance : il était sur la touche mais il avait bien tiré son épingle du jeu. Sept morts, peut-être plus. Et, à part le plaisir de son score personnel, il y avait aussi la satisfaction d'avoir fourni à Tom le Dingue le renseignement dont il avait besoin pour prendre une bonne décision tactique, ainsi que d'avoir pris une mesure hardie pour empêcher le groupe d'assaut de faire trop de victimes. Résultat, la section C restait en position de frapper l'ennemi par l'arrière, et, sans nulle part où battre en retraite, l'armée du Lapin allait se faire balayer en quelques instants – et Bean avait sa part dans cette victoire.

Je ne suis pas demeuré paralysé une fois dans la mêlée ; j'ai fait ce que j'ai appris à l'entraînement, je suis resté vigilant et je n'ai pas perdu la tête. Je peux sans doute faire mieux, agir plus vite, avoir l'œil plus vif ; mais, pour un premier combat, je m'en suis bien tiré. J'y suis arrivé.

Étant donné le rôle décisif de la section C dans la victoire, Wiggin ordonna aux quatre autres chefs de section de poser leurs casques aux quatre coins de la porte ennemie et rendit hommage à Tom le Dingue en le laissant franchir le premier l'ouverture ; le jeu prit alors fin officiellement, et les lumières se rallumèrent dans la salle de bataille.

Le major Anderson vint en personne féliciter le commandant vainqueur et superviser le nettoyage. Wiggin dégela rapidement ses blessés et ses morts, et c'est avec soulagement que Bean sentit son uniforme reprendre sa souplesse. À l'aide de son crochet, Wiggin rassembla ses hommes et les reforma en cinq sections avant de commencer à dégeler l'armée du Lapin. Les soldats du Dragon se tenaient au garde-à-vous en l'air, les pieds vers le bas, et, à mesure qu'ils se faisaient dégeler, ceux du Lapin les imitaient. Ils ne pouvaient pas le savoir mais, pour le Dragon, c'est alors que la victoire fut absolue : l'ennemi était désormais orienté comme si sa propre porte était en bas.

Bean et Nikolaï avaient déjà attaqué leur petit-déjeuner quand Tom le Dingue s'approcha de leur table. « Ender a décidé qu'au lieu d'un quart d'heure pour le petit-déjeuner on avait jusqu'à 0745, et qu'on arrêterait l'entraînement un peu plus tôt pour avoir le temps de prendre une douche. »

C'étaient de bonnes nouvelles ; ils pouvaient déjeuner plus lentement.

Naturellement, cela ne concernait guère Bean : il y avait peu à manger sur son plateau, et il l'avait vidé presque aussitôt. À son entrée dans l'armée du Dragon, il s'était fait prendre par Tom à distribuer son repas, et il lui avait expliqué qu'on lui donnait toujours des rations trop abondantes ; Tom en avait parlé à Ender, qui avait obtenu des nutritionnistes qu'ils cessent d'essayer de gaver Bean. Aujourd'hui, pour la première fois, Bean regrettait de ne pas avoir un plateau mieux garni, mais, il le savait, c'était seulement le contrecoup de la bataille.

« C'est bien joué, dit Nikolaï.

— Quoi donc ?

— Ender commence par déclarer qu'on dispose d'un quart d'heure pour manger, et on tord le nez parce que ça ne nous laisse pas beaucoup de temps, puis tout de suite après il envoie les chefs de section annoncer qu'on a jusqu'à 0745. Ça ne nous donne que dix minutes de plus mais on a l'impression que ça fait bien davantage. Et le coup de la douche : le règlement prévoit qu'on doit avoir le temps de se doucher après l'entraînement, mais, présenté comme ça, on a envie de le remercier.

— Et, en plus, ça donne l'occasion aux chefs de section d'apporter de bonnes nouvelles, ajouta Bean.

— C'est important ? On sait bien que les décisions viennent d'Ender.

— Oui, mais la plupart des commandants s'arrangent pour annoncer eux-mêmes les bonnes nouvelles en laissant les mauvaises à leurs chefs de section. Or toute la technique de Wiggin repose sur ses chefs de section. Quand Tom le Dingue est entré dans la salle de bataille, il n'avait rien d'autre que sa formation, sa cervelle et un objectif : frapper le premier depuis la paroi et contourner l'ennemi. C'était à lui de décider comment s'y prendre.

— Ouais, mais si les chefs de section se plantent, c'est sur le dossier d'Ender que ça fait moche », observa Nikolaï.

Bean secoua la tête. « Le truc, c'est que dans cette première bataille Wiggin a séparé nos forces dans un but tactique ; résultat, la section C a pu continuer à attaquer même après avoir épuisé toutes ses stratégies parce que Tom en était totalement responsable ; nous ne sommes pas restés à tourner en rond en nous demandant ce que Wiggin attendait de nous. »

Nikolaï acquiesça. « *Bacana*. Tu as raison.

— Oui, d'un bout à l'autre », répondit Bean. Tous les soldats assis à leur table l'écoutaient désormais. « Et tout ça parce que Wiggin n'est pas obnubilé par l'École de guerre, les classements ni ce genre de *merda*. Vous saviez qu'il regarde sans arrêt les vidéos de la Seconde Invasion ? Il réfléchit sur la façon de battre les doryphores, et il a compris que le seul moyen d'y arriver, c'est d'avoir autant d'officiers prêts à les combattre que possible. Il n'a pas envie de se retrouver l'unique commandant capable de les affronter : il veut arriver au combat avec tous ses chefs de section, tous leurs seconds et, si possible, tous ses soldats prêts à former une flotte contre les doryphores. »

Bean le savait, son enthousiasme lui faisait sans doute prêter à Wiggin plus de plans sur l'avenir qu'il n'en avait réellement, mais il était encore sous le coup de l'émotion de la victoire ; et puis ce qu'il disait était juste : Wiggin n'avait rien d'un Napoléon qui tenait les rênes de l'autorité si serré qu'aucun de ses officiers supérieurs n'avait assez d'autonomie pour déployer ses talents militaires. Tom le Dingue avait bien résisté au poids de sa responsabilité ; il avait pris les bonnes décisions – y compris celle d'écouter son subordonné le plus petit et apparemment le moins utile –, et cela parce que Wiggin avait donné l'exemple en prêtant l'oreille aux avis de ses chefs de section. On apprend, on analyse, on décide, on agit.

Après le petit-déjeuner, alors qu'ils se rendaient à l'entraînement, Nikolaï demanda à Bean : « Pourquoi tu l'appelles toujours Wiggin ?

— Parce qu'on n'est pas amis.

— Ah ! C'est donc monsieur Wiggin d'un côté et monsieur Bean de l'autre ?

— Non. "Bean", c'est mon prénom.

— Ah bon ! Alors c'est monsieur Wiggin et monsieur Machin ?

— Tu as pigé. »

Tout le monde pensait disposer au moins d'une semaine pour se vanter du score parfait de l'armée du Dragon mais, le lendemain matin à 0630, Wiggin se présenta au casernement avec un nouvel ordre de combat. « Messieurs, j'espère que vous avez appris quelque chose hier parce qu'on recommence aujourd'hui ! »

Tous furent surpris et certains se mirent en colère : ce n'était pas juste, ils n'étaient pas prêts ! Sans répondre, Wiggin tendit les ordres à Molo la Mouche qui s'apprêtait à se rendre au réfectoire pour le petit-déjeuner. « Combinaisons de combat ! » cria la Mouche, manifestement ravi de faire partie de la première armée à se battre deux jours de suite.

Hot Soup, le chef de la section D, avait une opinion différente. « Pourquoi ne nous as-tu pas prévenus plus tôt ?

— J'ai pensé que vous auriez besoin d'une douche, répondit Wiggin. Hier, les Lapins ont prétendu que si nous avions gagné c'est uniquement parce que notre puanteur les avait foudroyés. »

Le groupe qui l'entourait s'esclaffa, mais Bean n'avait pas envie de rire : il savait que les ordres avaient déjà été déposés quand Wiggin s'était éveillé ce matin-là ; les enseignants s'y prenaient toujours tard le soir. « Tu n'as vu le papier qu'en revenant de ta douche, c'est ça ? »

Wiggin le regarda d'un air impavide. « Évidemment ; je ne vis pas au ras du sol comme toi. »

Le ton était si méprisant que Bean eut l'impression de recevoir un coup, et il comprit que Wiggin avait pris sa question comme une critique : on lui reprochait d'avoir été inattentif et de n'avoir pas remarqué les ordres. Encore une mauvaise note dans le dossier mental de Wiggin sur Bean ! Enfin, il était déjà étiqueté comme lâche, alors un peu plus, un peu moins... Tom le Dingue avait-il parlé au commandant de la contribution de Bean à la victoire de la veille ? Peut-être ; en tout cas, cela ne changeait rien à ce que Wiggin avait vu de ses propres yeux : Bean en train de tirer au flanc sous la douche – le même Bean qui maintenant se moquait de lui parce qu'il obligeait ses soldats à se presser pour leur seconde bataille. Avec de la chance, je passerai chef de section le jour de mes trente ans – et seulement à condition que les autres soient morts noyés dans un naufrage en mer !

Wiggin, pendant ce temps, expliquait que les règles habituelles ne s'appliquaient plus et qu'il fallait s'attendre à devoir combattre à tout moment. « Je ne peux pas dire que j'apprécie la façon dont on nous balade, mais il y a une chose qui me plaît dans cette affaire : c'est d'avoir une armée capable d'affronter ce genre de traitement. »

Tout en enfilant sa combinaison de combat, Bean réfléchit aux implications de la nouvelle attitude des enseignants. Ils avaient accru la pression sur Wiggin, et ce n'était qu'un début, rien que les prémisses de la tempête à venir.

Pourquoi ? Pas à cause des talents exceptionnels de Wiggin ; au contraire, il formait très bien son armée, et l'École aurait eu intérêt à lui accorder tout le temps nécessaire. La cause devait donc être extérieure.

Il n'y avait qu'une seule explication, tout bien considéré : l'invasion des doryphores approchait. Il ne devait rester que quelques années de battement, durant lesquelles Wiggin devait achever sa formation.

Wiggin. Pas tout le monde : rien que Wiggin, parce que, sinon, c'est le programme de batailles de toutes les armées qui aurait été accéléré, pas seulement celui du Dragon.

Il était donc déjà trop tard pour Bean. Wiggin était l'élu sur lequel reposaient tous les espoirs de la F. I. Que Bean devienne ou non chef de section n'avait désormais plus d'importance. Seule comptait cette question : Wiggin serait-il prêt à temps ?

S'il remportait la victoire, Bean aurait encore le loisir par la suite d'accéder aux plus hauts niveaux. La Ligue se disloquerait, la guerre éclaterait entre les hommes ; il pourrait trouver une place dans la F. I. pour maintenir la paix, ou bien s'enrôler dans une armée sur Terre. Il avait toute la vie devant lui – à moins que Wiggin, aux commandes de la Flotte, ne soit vaincu par les doryphores, auquel cas plus personne n'aurait aucun avenir.

Il pouvait seulement faire de son mieux pour aider Wiggin à acquérir toutes les connaissances disponibles à l'École ; l'ennui, c'était qu'il n'était pas assez proche de lui pour exercer la moindre influence.

La bataille opposa le Dragon à Petra Arkanian, commandant de l'armée du Phénix. Elle se montra plus efficace que Carn Carby et ses Lapins, et elle avait aussi l'avantage de savoir que Wiggin opérait sans formations et se servait au contraire de petits groupes d'attaque pour désorganiser l'ennemi avant le combat principal ; néanmoins, le Dragon termina avec seulement trois soldats gelés et neuf partiellement invalides. C'était une défaite écrasante pour le Phénix, et Bean vit bien que Petra l'acceptait mal ; elle devait avoir l'impression que Wiggin ne lui avait pas laissé la moindre chance, qu'il l'avait piégée pour mieux l'humilier. Mais elle ne tarderait pas à comprendre qu'il avait simplement laissé la bride sur le cou à ses chefs de section et que chacun d'eux était formé à n'avoir d'autre but que la victoire totale. Son système était plus efficace et les anciennes stratégies avaient vécu.

Bientôt, tous les autres commandants s'adapteraient et tireraient la leçon des victoires de Wiggin ; bientôt, le Dragon affronterait des armées divisées en cinq sections et non plus quatre, qui se déplaceraient souplement sous la direction de chefs de section beaucoup plus libres de leurs mouvements. Les élèves de l'École n'étaient pas idiots ; la seule raison pour laquelle la technique de Wiggin avait porté ses fruits la seconde fois était qu'une seule journée s'était écoulée depuis la première bataille et que personne ne s'attendait à devoir le combattre si tôt. À présent, tout le monde saurait que les modifications devaient être opérées le plus vite possible. Bean se dit qu'on ne reverrait sans doute plus jamais d'armée en ordre de bataille.

Et maintenant ? Wiggin avait-il brûlé ses dernières cartouches ou bien gardait-il d'autres atouts dans sa manche ? Le problème avec les innovations, c'est qu'elles ne garantissaient pas la victoire sur le long terme : il était trop facile pour l'adversaire de les imiter et de les améliorer. Le véritable test du talent de Wiggin interviendrait lorsqu'il participerait à des batailles avec des armées formées aux mêmes tactiques que les siennes.

Et le véritable test pour Bean serait de voir s'il arriverait à supporter de regarder Wiggin commettre une erreur stupide sans pouvoir rien faire.

Le troisième jour, il y eut un nouveau combat, et encore un le quatrième. Victoire et victoire, mais chaque fois le score était plus serré. Bean prenait confiance en ses capacités de soldat – et s'exaspérait de ne pouvoir faire mieux, à part employer ses talents de tireur, que de glisser de temps en temps une suggestion à Tom le Dingue ou de lui signaler un détail qu'il avait négligé.

Bean écrivit à Dimak en lui expliquant qu'il s'estimait mal employé et qu'il acquerrait une meilleure formation chez un commandant de moindre qualité, auprès duquel il aurait néanmoins une chance d'obtenir une section.

La réponse fut laconique : « Qui d'autre voudrait de toi ? Apprends avec Ender. »

C'était brutal mais exact. Même Wiggin ne voulait sans doute pas de lui, mais on avait dû lui ordonner de ne transférer aucun soldat, ou bien il avait tenté d'échanger Bean contre quelqu'un d'autre et personne n'avait accepté le marché.

C'était le soir de la quatrième bataille et le Dragon avait quartier libre. La plupart des soldats s'efforçaient de rattraper leur travail scolaire en retard – les combats leur prenaient un temps considérable, d'autant plus qu'ils se rendaient compte de la nécessité de s'entraîner dur pour rester en tête des classements. Bean, lui, abattit son travail à toute allure, comme d'habitude, et, quand Nikolaï lui annonça qu'il n'avait plus besoin d'aide pour ses fichus devoirs, il décida d'aller faire un tour.

En passant devant la cabine de Wiggin – encore plus réduite que celles des enseignants, avec tout juste la place pour une couchette, une chaise et une table minuscule –, Bean fut tenté de frapper à la porte pour s'expliquer une fois pour toutes ; mais le bon sens l'emporta sur la colère et l'orgueil, et il continua sa promenade jusqu'à la salle de jeux.

Elle n'était pas aussi bondée que naguère, sans doute, se dit Bean, parce que tout le monde suivait désormais des séances d'entraînement supplémentaires pour mettre en pratique les techniques supposées de Wiggin avant d'avoir à l'affronter au combat. Néanmoins, il restait quelques élèves pour tripoter des boutons et faire bouger des objets sur des écrans ou des holo-affichages.

Bean découvrit un jeu sur écran 2D dont le héros était une souris. Comme nul ne s'y intéressait, il se mit à faire parcourir au personnage un labyrinthe qui, rapidement, se transforma : c'était l'intérieur des cloisons et des espaces entre les planchers et les plafonds d'une vieille maison, avec des pièges distribués çà et là mais faciles à éviter. Des chats se mirent à le pourchasser – aïe ! Il sauta sur une table et se retrouva face à un géant.

Un géant qui lui offrait à boire.

Il était dans le psycho-jeu, celui auquel tout le monde sauf lui jouait sur son bureau. Pas étonnant que personne n'y touchât ici : on venait chercher d'autres distractions à la salle de jeux.

Bean avait clairement conscience d'être le seul élève de l'école à n'y avoir jamais joué. Les dirigeants de la station avaient réussi à l'inciter à y participer cette fois-ci, mais ils n'avaient pas dû apprendre grand-chose d'intéressant sur lui jusque-là. Eh bien, qu'ils aillent se faire voir ! Par ruse, ils étaient parvenus à le pousser à jouer jusqu'à un certain point, mais rien ne l'obligeait à continuer.

Oui, mais le géant venait de changer de visage. Il arborait celui d'Achille.

Un moment, Bean resta pétrifié d'épouvante. Comment pouvaient-ils savoir ? Pourquoi faisaient-ils ça ? Le placer par surprise face à face avec Achille ! Les salauds !

Il quitta le jeu.

Quelques instants plus tard, il revint à la console. Le géant avait disparu de l'écran, remplacé par la souris qui tournait en rond en essayant de s'échapper du labyrinthe.

Non, il ne jouerait pas. Achille se trouvait loin et ne pouvait plus lui faire de mal. Ni à Poke. Rien ne le forçait à penser à lui et surtout pas à accepter un verre de sa part.

Bean s'éloigna de nouveau et cette fois ne revint pas.

Il se rendit au réfectoire, qui venait de fermer. N'ayant rien de mieux à faire, Bean s'assit dans le couloir près de la porte, posa le front sur les genoux et se mit à penser à Rotterdam ; il se revit sur une poubelle à regarder Poke travailler avec sa bande. C'était le meilleur chef de bande qu'il ait jamais connu : elle écoutait toujours les petits, elle leur donnait une part équitable et leur permettait de survivre, même si elle devait se priver pour cela. C'était à cause de cette qualité que Bean l'avait choisie : la compassion – la compassion qui la poussait à se montrer attentive à un petit garçon.

La compassion qui l'avait tuée.

Non, se dit Bean, c'est moi qui l'ai tuée en la choisissant.

J'espère que Dieu existe, pour condamner Achille à passer l'éternité en enfer.

Quelqu'un donna un coup dans le pied de Bean.

« Dégage, dit-il. Je ne te gêne pas. »

Un nouveau coup faillit le faucher. Il se rattrapa à la console et leva les yeux. Bonzo Madrid le dominait de toute sa taille.

« Il paraît que c'est toi le plus petit morpion accroché aux poils du cul de l'armée du Dragon », fit-il.

Trois garçons l'accompagnaient, des grands avec des faciès de brutes.

« Salut, Bonzo.

— Je veux te parler, petite tête.

— Tu fais de l'espionnage, maintenant ? demanda Bean. Tu sais que tu n'as pas le droit de parler aux soldats des autres armées.

— Pas besoin d'espionner pour savoir comment battre l'armée du Dragon, répondit Bonzo.

— Alors tu cherches les plus petits des Dragons et tu les brutalises pour les faire chialer ? »

Une expression de colère apparut sur les traits de Bonzo – ce qui ne le changeait pas beaucoup de son air habituellement renfrogné. « Tu tiens vraiment à ce que je te fasse sortir la tête par le cul, petit con ? »

Bean n'appréciait pas du tout les brutes, et, comme il se sentait coupable du meurtre de Poke, il lui était parfaitement égal que Bonzo Madrid soit chargé d'exécuter la sentence de mort. Il n'avait pas envie de mâcher ses mots.

« Tu es au moins trois fois plus lourd que moi, dit-il, sauf en ce qui concerne ta cervelle ; tu n'es qu'un minable qui a obtenu le commandement d'une armée, on se demande encore comment, et qui n'a jamais su quoi en faire. Wiggin va te réduire en bouillie sans même y faire attention. Alors, ce que tu peux m'infliger n'a aucune importance : je suis le soldat le plus petit et le plus chétif de toute l'École. Et naturellement c'est moi que tu choisis pour taper dessus.

— Ouais : le plus petit et le plus chétif », répéta un des trois acolytes.

Mais Bonzo, lui, se tut : le discours de Bean avait porté. Il avait sa fierté et il savait maintenant que, s'il faisait du mal à Bean, il en éprouverait de l'humiliation au lieu d'y prendre plaisir. « Ender Wiggin ne me battra pas avec cette bande de bleus et de rebuts qu'il appelle une armée. Il a peut-être réussi à frimer des paumés comme Carn et... *Petra* (on aurait dit qu'il crachait), mais nous, quand on tombe sur une merde, on sait l'écraser sur le trottoir ! »

Bean le regarda de son air le plus méprisant. « Tu n'as toujours pas compris, Bonzo ? C'est Wiggin qu'ont choisi les profs. C'est le meilleur des meilleurs ; et ils ne lui ont pas donné une armée de nuls : ils lui ont fourni la plus efficace. Ces vétérans que tu traites de rebuts, c'étaient des soldats si doués que leurs crétins de commandants n'ont pas su s'adapter à eux et ont voulu les transférer. Wiggin sait employer les bons soldats, au contraire de toi, et c'est pour ça qu'il gagne. Il est plus astucieux que toi, et ses hommes sont plus astucieux que les tiens. Tu joues perdant, Bonzo ; arrête de rêver. Quand ta minable petite armée de la Salamandre nous affrontera, tu vas prendre une telle avoine que tu ne pourras plus pisser droit. »

Bean aurait pu continuer ainsi longtemps – il suivait son inspiration et avait encore beaucoup à dire – mais il fut brutalement interrompu par deux des amis de Bonzo. Ils se saisirent de lui, le soulevèrent et le plaquèrent au mur au-dessus de leurs têtes. Bonzo lui prit la gorge sous la mâchoire, les autres lâchèrent prise et Bean se retrouva suspendu par le cou, incapable de respirer. Par réflexe, il se mit à donner des coups de pied pour trouver un point d'appui, mais Bonzo avait le bras trop long pour que Bean le touche.

« Il n'y a pas que le jeu dans la vie, dit Madrid à mi-voix. Les profs peuvent bien le magouiller au profit de leur petit Wiggin chéri, mais un jour ce ne sera plus un jeu ; et ce jour-là, si Wiggin ne peut plus bouger, ce ne sera pas parce qu'il aura été gelé dans sa combinaison de combat. *Comprendes ?* »

Qu'espérait-il comme réponse ? Bean était totalement impuissant à parler ou à hocher la tête.

Bonzo le regarda s'étouffer avec un sourire sadique.

La vision de Bean commençait à s'obscurcir quand Bonzo le laissa enfin tomber par terre. Il resta au sol à tousser et à hoqueter.

Qu'avait-il fait ? Il avait mis Bonzo en fureur, une brute dépourvue de la subtilité d'un Achille. Quand Wiggin le vaincrait, il ne supporterait pas sa défaite, et il ne s'arrêterait pas à une simple démonstration de force. Sa haine envers Wiggin était trop profonde.

Dès qu'il eut repris son souffle, Bean regagna son casernement. Nikolaï remarqua aussitôt les traces qu'il avait autour du cou. « Qui est-ce qui t'a étranglé ?

— Je n'en sais rien, répondit Bean.

— Ne me prends pas pour une pomme. Vu la disposition des empreintes, il était devant toi.

— J'ai oublié qui c'était.

— Tu parles ! Tu te souviens encore du dessin des artères sur le placenta de ta mère !

— Je ne compte pas te le dire. » À cela, malgré qu'il en eût, Nikolaï ne trouva pas de réponse.

Bean entra le pseudonyme de « Graff » et rédigea un mot à l'intention de Dimak, sans pourtant se faire d'illusions.

« Bonzo est fou. Il est capable de tuer quelqu'un, et c'est Wiggin qu'il déteste le plus. »

La réponse lui parvint aussitôt, comme si Dimak n'avait attendu que son message. « Nettoie ta pagaille toi-même. Ne viens pas pleurer dans les jupes de maman. »

Bean fut touché au vif : ce n'était pas lui qui avait mis la pagaille mais Wiggin – et, en fin de compte, les enseignants qui avaient commencé par intégrer Wiggin dans l'armée de Bonzo. Et puis cette allusion à sa mère qu'il n'avait jamais connue... Depuis quand les professeurs étaient-ils les ennemis des élèves ? Leur travail était de les protéger de dingues comme Bonzo Madrid, non ? Comment croyaient-ils qu'il allait s'y prendre pour remettre de l'ordre dans ce fourbi ?

Le seul moyen d'arrêter Bonzo Madrid était de l'éliminer.

Soudain, Bean se revit regardant Achille allongé par terre et disant : « Il faut le tuer. »

Pourquoi n'avait-il pas su se taire ? Pourquoi était-il allé chercher noise à Bonzo Madrid ? Wiggin allait connaître le même sort que Poke, et ce serait encore la faute de Bean.

16

COMPAGNON

« Ainsi, voyez-vous, Anton, on a tourné votre clé, et c'est peut-être elle qui va assurer le salut de l'espèce humaine.

— Mais ce pauvre gosse... Vivre une existence aussi brève et mourir atteint de gigantisme...

— L'ironie de son sort... l'amusera peut-être.

— J'ai du mal à imaginer que ma petite clé s'avère l'instrument du salut de l'humanité – contre l'invasion des doryphores, en tout cas. Qui nous sauvera quand nous nous affronterons de nouveau entre nous ?

— Vous et moi ne sommes pas ennemis.

— Comme la plupart des gens ; mais il en est qui ne sont gouvernés que par la cupidité, la haine, l'orgueil ou la peur, et leurs passions sont assez puissantes pour faire basculer le monde dans la guerre.

— Si Dieu a pu susciter une grande âme pour nous sauver d'un péril, ne pourra-t-il pas recommencer quand nous en aurons besoin ?

— Mais, sœur Carlotta, ce n'est pas Dieu qui a créé le gosse dont vous parlez : c'est un kidnappeur, un tueur d'enfants, un savant hors la loi.

— Savez-vous pourquoi Satan a toujours si mauvais caractère ? C'est parce que, chaque fois qu'il invente une méchanceté particulièrement tordue, Dieu la détourne pour ses propres desseins.

— Ainsi Dieu se sert des gens comme d'outils.

— Dieu nous laisse libres de commettre le pire si nous le désirons ; ensuite, il emploie son propre libre arbitre à transformer le mal que nous faisons en bien, car tel est son choix.

— Donc, à long terme, il triomphe toujours.

— Oui.

— Même si, à court terme, ses actes nous font parfois passer de mauvais quarts d'heure.

— Dites-moi quand, dans le passé, vous auriez préféré mourir plutôt que d'être vivant aujourd'hui ?

— C'est tout le problème : nous nous habituons à tout, et nous puisons de l'espoir dans n'importe quoi.

— C'est pourquoi je n'ai jamais compris qu'on se suicide. Même ceux qui traversent une profonde dépression ou sont rongés par le remords, ne sentent-ils pas la présence dans leur cœur du Christ consolateur qui leur rend espoir ?

— C'est à moi que vous posez la question ?

— Dieu n'étant pas immédiatement disponible, je me rabats sur un de mes semblables mortels.

— Selon moi, le suicide ne résulte pas vraiment du désir de mettre un terme à l'existence.

— De quoi, alors ?

— Quand on est réduit à l'impuissance, c'est le seul moyen d'obliger les autres à détourner le regard de la honte qu'on éprouve. On ne souhaite pas mourir mais se dissimuler.

— Comme Adam et Ève se sont cachés du Seigneur.

— Oui, parce qu'ils étaient nus.

— Si seulement les malheureux dont vous parlez se rappelaient cette vérité simple : nous sommes tous nus, nous cherchons tous à nous cacher, mais la vie reste si douce qu'on a quand même envie de la poursuivre.

— Vous ne considérez donc pas les Formiques comme les bêtes de l'Apocalypse, ma sœur ?

— Non, Anton. Je crois que ce sont aussi des enfants de Dieu.

— Et pourtant vous avez déniché ce gamin dans le but spécifique de les détruire.

— De les vaincre, nuance. En outre, s'il n'est pas dans la volonté de Dieu qu'ils meurent, ils ne mourront pas.

— Et s'il veut que nous mourions, nous mourrons. Pourquoi vous donner tant de mal, dans ces conditions ?

— Parce que ces deux mains que j'ai là, je les lui donne, et je le sers du mieux que je puis. S'il n'avait pas voulu que je découvre Bean, je chercherais encore.

— Et s'il désire que les Formiques gagnent ?

— Il trouvera d'autres mains. Pour ce travail, je ne lui laisserai pas les miennes. »

Bean s'était aperçu que Wiggin s'absentait souvent pendant que ses chefs de section entraînaient leurs soldats, et, se servant de « ^Graff » comme code d'entrée, il avait décidé de découvrir ce que son commandant faisait pendant ce temps. Il s'avéra que Wiggin s'était remis à étudier les vidéos de la victoire de Mazer Rackham, mais avec beaucoup plus d'attention et d'application qu'auparavant ; et, à présent que son armée livrait quotidiennement des batailles et les gagnait toutes, les autres commandants, de nombreux chefs de section et de simples soldats commençaient eux aussi à fréquenter la bibliothèque pour regarder ces mêmes films dans l'espoir d'y trouver un indice de ce que Wiggin y voyait.

Quels crétins ! se disait Bean. Wiggin ne cherchait rien à utiliser dans le cadre de l'École ; il avait créé une armée puissante et d'une grande souplesse qu'il adaptait à tout moment à ses besoins. Non, s'il examinait ces vidéos, c'était pour apprendre comment vaincre les doryphores, parce que c'était inéluctable désormais, et il le savait : il devrait un jour les affronter. Les enseignants n'auraient pas mis à mal toute l'organisation de l'École de guerre si le choc n'était pas imminent ; c'est pourquoi Wiggin étudiait les doryphores avec tant d'acharnement en s'efforçant de comprendre leurs motivations, leur façon de combattre et de mourir.

334

Mais pourquoi les enseignants ne se rendaient-ils pas compte qu'il n'avait plus rien à faire à l'École de guerre ? Il n'y pensait même plus ! Ils auraient dû le faire passer à l'étape suivante de sa formation, que ce soit l'École tactique ou une autre institution. Pourtant, non, ils persistaient à lui mener un train d'enfer et à l'épuiser.

Comme ses soldats : tous étaient à bout de force.

Bean le constatait surtout chez Nikolaï, qui était obligé de trimer plus que les autres pour ne pas se laisser distancer. Si nous formions une armée ordinaire, songeait Bean, la plupart d'entre nous seraient dans le même état que lui ; or, malgré leurs dons exceptionnels, beaucoup étaient fatigués – Nikolaï n'était pas le seul à manifester sa lassitude : certains laissaient tomber leurs couverts ou leurs plateaux aux repas, un soldat au moins avait déjà mouillé son lit, les disputes éclataient plus souvent lors des entraînements, et le travail scolaire s'en ressentait. Tout le monde a ses limites, se disait Bean ; même moi, la machine à réfléchir génétiquement modifiée, j'ai besoin de temps pour refaire le plein d'huile et de carburant, et je n'y arrive pas.

Il écrivit même au colonel Graff un mot bref : « Il y a une nette différence entre former des soldats et les éreinter. » Il n'y eut pas de réponse.

Fin d'après-midi, une demi-heure avant le dîner. Le Dragon avait remporté une nouvelle victoire le matin même, puis s'était entraîné après les cours ; sur la suggestion de Wiggin, les chefs de section avaient libéré les soldats assez tôt pour leur laisser le temps de se doucher. La plupart étaient en train de se rhabiller, et certains étaient déjà partis tuer le temps à la salle de jeux, à la vidéothèque ou... à la bibliothèque. Plus personne ne prêtait attention aux devoirs scolaires, même si certains faisaient encore semblant.

Wiggin apparut à la porte du dortoir, de nouveaux ordres à la main.

Une deuxième bataille dans la même journée !

« Celle-ci va être rude et on n'a pas le temps de se préparer, dit Wiggin. Bonzo a été prévenu il y a une vingtaine de minutes et, le temps qu'on arrive à la salle, il y sera depuis cinq bonnes minutes. »

Il envoya les quatre garçons les plus proches de la porte – tous très jeunes mais à présent vétérans – chercher les absents. Bean se vêtit rapidement – il avait appris à se débrouiller seul, non sans faire l'objet de plaisanteries sur l'unique soldat de l'École qui devait suivre un entraînement spécial pour s'habiller, mais le processus restait lent.

Les plaintes fusaient dans le casernement : ça devenait vraiment n'importe quoi, l'armée du Dragon avait droit à une pause de temps en temps ! Le plus éloquent était Molo la Mouche, mais même Tom le Dingue, qui riait d'ordinaire de tout, était furieux. Quand il déclara « on se bat pas deux fois le même jour ! », Wiggin rétorqua : « On ne bat pas non plus l'armée du Dragon. Tu veux commencer à perdre aujourd'hui ? »

Non, bien sûr. Personne ne voulait perdre ; c'était juste histoire de gueuler un peu.

Enfin, toute l'armée fut rassemblée dans le couloir qui menait à la salle de bataille, même si quelques retardataires en étaient encore à enfiler leur combinaison de combat. La porte était déjà ouverte. Bean, qui se trouvait derrière Tom le Dingue, jeta un coup d'œil dans la salle : elle était illuminée et ne contenait rien, pas une seule étoile, aucune cachette ni le moindre abri. La porte de l'ennemi elle aussi était ouverte, pourtant aucun soldat de la Salamandre n'était visible.

« Le pot ! dit Tom le Dingue. Ils ne sont pas encore entrés ! »

Bean leva les yeux au ciel. Bien sûr qu'ils étaient entrés ! Mais, dans une salle nue, ils s'étaient simplement rassemblés au plafond tout autour de la porte du Dragon, parés à éliminer les soldats ennemis à mesure qu'ils la franchiraient.

Wiggin surprit l'expression de Bean et sourit tout en plaçant son doigt sur ses lèvres pour demander le silence général. De l'index, il désigna le pourtour de la porte, puis fit signe à ses hommes de reculer.

La stratégie était évidente et sans fioritures : puisque Bonzo Madrid avait eu l'amabilité de plaquer son armée contre une paroi, toute prête à se faire massacrer, il suffisait de trouver le bon moyen d'entrer et d'exécuter l'abattage.

La solution de Wiggin – que Bean approuva – fut de transformer les soldats les plus grands en véhicules blindés en les faisant se geler les jambes avec les genoux pliés à quatre-vingt-dix degrés ; ensuite, un soldat de plus petite taille devait s'agenouiller sur les mollets de son camarade, lui enserrer la taille d'une main et se préparer à faire feu de l'autre. Les plus costauds de l'armée serviraient à propulser chaque paire à l'intérieur de la salle de bataille.

Pour une fois, être petit présentait un avantage, car c'est Bean et Tom le Dingue qu'Ender désigna pour faire la démonstration de ce qu'il attendait, et, quand les deux premières paires furent lancées, c'est Bean qui ouvrit le carnage. Il fit trois morts presque aussitôt – à si courte distance, le rayon de son arme était encore étroit et meurtrier ; puis, quand ils commencèrent à trop s'éloigner, il prit appui sur Tom pour se projeter vers l'est en prenant de l'altitude tandis que son porteur continuait avec un surcroît de vitesse en direction du fond de la salle. Quand les autres Dragons virent la façon dont Bean s'était débrouillé pour demeurer à distance de tir tout en se déplaçant de biais afin d'offrir une cible malaisée, beaucoup l'imitèrent. Bean finit par se retrouver complètement gelé, mais c'était sans importance : la Salamandre avait été balayée jusqu'au dernier soldat. Même quand il était devenu évident que, stationnaires, ses soldats formaient des cibles trop faciles, Bonzo n'avait pas compris qu'il était condamné ; ensuite, il s'était fait lui-même geler, et aucun de ses subalternes n'avait pris l'initiative de contremander ses instructions et d'ordonner aux survivants de se déplacer pour être plus difficiles à toucher. C'était l'exemple type de la raison pour laquelle une armée dont le commandant régnait par la peur et prenait seul ses décisions ne pouvait qu'être vaincue un jour ou l'autre.

Entre le moment où Bean était entré dans la salle, accroché à Tom, et celui où la dernière Salamandre s'était fait geler, il s'était écoulé moins d'une minute.

À la grande surprise de Bean, Wiggin, habituellement si calme, était furieux et ne faisait rien pour le cacher. Sans laisser au major Anderson le temps d'adresser les félicitations officielles au vainqueur, il s'exclama : « Je croyais que vous alliez nous mettre face à une armée capable de nous résister en combat loyal ! »

Pourquoi disait-il cela ? Il avait dû avoir un entretien avec Anderson, qui lui avait sans doute fait une promesse qu'il n'avait pas tenue.

Mais Anderson ne répondit pas au reproche. « Félicitations pour cette victoire, commandant. »

Cependant, Wiggin ne voulait rien entendre, et tant pis pour la tradition. Il se tourna vers ses soldats et appela Bean. « Si tu avais commandé l'armée de la Salamandre, qu'aurais-tu fait ? »

Comme un autre Dragon s'était servi de lui pour se propulser à travers la salle, Bean flottait du côté de la porte ennemie, mais il entendit parfaitement la question : Wiggin n'avait pas fait dans la discrétion. Bean aurait préféré ne pas répondre : parler avec autant de mépris de la Salamandre et demander au plus petit des soldats du Dragon de corriger la tactique stupide de Bonzo était une grave erreur. À la différence de Bean, Wiggin n'avait pas senti la poigne de Bonzo autour de sa gorge. Néanmoins, c'était le commandant, la tactique de Bonzo avait été effectivement stupide, et le dire haut et fort était un plaisir.

« J'aurais maintenu les hommes en mouvement autour de la porte, répondit Bean d'une voix sonore afin que tous pussent l'entendre – même les Salamandres, toujours collées au plafond. On ne reste pas en place quand sa position est connue de l'ennemi. »

Wiggin se retourna vers Anderson. « Si vous devez tricher, pourquoi n'apprenez-vous pas à l'autre armée à tricher intelligemment ? »

Anderson, toujours calme, négligea la sortie de Wiggin. « Je vous suggère de remobiliser vos hommes. »

Wiggin n'avait pas envie de perdre de temps avec les rites. Il enfonça les boutons pour dégeler les deux armées en même temps et, au lieu de rassembler ses soldats en formation pour recevoir la reddition officielle de l'adversaire, il cria aussitôt : « Dragons, rompez ! »

Bean se trouvait près de la porte ennemie, mais il attendit que tous l'eussent franchie pour la passer en même temps que Wiggin. « Commandant, dit-il, tu as humilié Bonzo, et il est...

— Je sais, le coupa Wiggin, et il s'éloigna au petit trot, faisant la sourde oreille.

— Il est dangereux ! » lui cria Bean. Peine perdue : Wiggin s'était déjà rendu compte qu'il aurait mieux fait de ne pas provoquer une brute comme Bonzo, ou bien cela lui était indifférent.

Avait-il agi intentionnellement ? Il était toujours maître de lui-même et il avait toujours un plan d'avance sur tout le monde ; mais Bean était bien en peine de concevoir un plan qui nécessitât d'enguirlander le major Anderson et de baisser la culotte de Bonzo Madrid devant toute son armée.

Pourquoi Wiggin s'était-il conduit aussi stupidement ?

Bean avait les plus grandes difficultés à se tenir à ses révisions de géométrie, bien qu'il y eût un examen prévu le lendemain. Le travail scolaire n'avait plus aucune importance, mais les élèves continuaient à passer des examens et à rendre – ou à ne pas rendre – des devoirs. Depuis quelques jours, les notes de Bean n'étaient plus aussi parfaites qu'auparavant ; pourtant, il connaissait les réponses, ou du moins savait comment les trouver, mais ses idées tournaient autour de sujets autrement graves : quelles nouvelles tactiques employer pour surprendre l'ennemi, quels nouveaux tours les professeurs risquaient d'inventer, quelles nouvelles péripéties s'étaient produites dans la guerre contre les doryphores pour que le système s'effondre ainsi, quelles seraient les conséquences d'une victoire sur les envahisseurs pour la Terre et la F. I. – si victoire il devait y avoir. Difficile, dans ces conditions, de s'intéresser aux volumes, aux aires, aux faces et aux dimensions des solides. La veille, lors d'un examen portant sur les problèmes de gravité près des masses planétaires et stellaires, Bean, renonçant finalement, avait écrit :

$$2 + 2 = \pi\sqrt{2 + n}$$

QUAND VOUS CONNAÎTREZ LA VALEUR DE N, JE FINIRAI CE DEVOIR.

Les enseignants étaient évidemment au courant de la situation, et s'ils avaient envie de feindre que le travail scolaire avait encore la moindre importance, grand bien leur fasse ; Bean, lui, ne se sentait pas tenu de jouer la comédie.

Cependant, il savait que les problèmes de gravité n'étaient pas négligeables pour quelqu'un dont le seul avenir se trouvait sans doute au sein de la Flotte ; il avait aussi besoin d'acquérir des bases complètes en géométrie, sachant le niveau de mathématiques qu'il allait devoir assimiler par la suite. Il ne deviendrait pas mécanicien, artilleur, spécialiste balistique ni même, selon toute probabilité, pilote, mais il devait connaître les disciplines de ces métiers mieux que les professionnels eux-mêmes, sans quoi ils n'éprouveraient jamais assez de respect envers lui pour l'accepter à leur tête.

Mais pas ce soir, se dit-il. Ce soir, je me repose, et demain j'étudierai ce que j'ai besoin d'apprendre, quand je serai moins fatigué.

Il ferma les yeux.

Il les rouvrit aussitôt, tira la porte de son casier et prit son bureau.

Quand il vivait dans les rues de Rotterdam, il était souvent épuisé, usé par la faim, les carences et le désespoir, mais il restait toujours vigilant, l'esprit en éveil, et c'est ainsi qu'il avait réussi à survivre. Dans l'armée du Dragon, tout le monde était de plus en plus harassé, ce qui provoquerait des erreurs toujours plus nombreuses ; or, de tous les soldats, Bean était le dernier qui pût se permettre de commettre des fautes stupides : son intelligence était son seul atout.

Il tapa ses coordonnées au clavier. Un message apparut sur l'écran :

Viens me voir tout de suite. Ender.

Il ne restait que dix minutes avant l'extinction des feux. Peut-être Wiggin avait-il envoyé son mot trois heures plus tôt, mais mieux valait tard que jamais ; Bean descendit de sa couchette et, sans prendre la peine de se chausser, sortit dans le couloir. Il frappa à la porte sur laquelle on lisait :

COMMANDANT
ARMÉE DU DRAGON

« Entrez », dit Wiggin.

Bean obéit. Le jeune officier avait le même air las que le colonel Graff affichait le plus souvent : les yeux cernés, le visage sans énergie, les épaules voûtées ; pourtant, ses yeux toujours vifs et perçants dénonçaient une vigilance et une réflexion qui ne se relâchaient pas. « Je viens seulement d'avoir ton message, fit Bean.

— Parfait.

— C'est bientôt l'extinction des feux.

— Je t'aiderai à retrouver ton chemin dans le noir. »

Ce ton sarcastique étonna Bean. Comme d'habitude, Wiggin s'était mépris sur le sens de sa remarque. « Je me demandais seulement si tu savais l'heure qu'il est...

— Je sais toujours l'heure qu'il est. »

Bean soupira moralement. Cela ne ratait jamais : dès qu'il commençait à discuter avec Wiggin, la conversation tournait invariablement à la confrontation où chacun s'efforçait d'énerver l'autre et où Bean finissait toujours perdant quand Wiggin faisait exprès de ne pas comprendre ce qu'on lui disait. Il avait horreur de cela : il reconnaissait le génie de Wiggin et l'en respectait ; pourquoi la réciproque n'était-elle pas vraie ?

Mais il se tut ; rien de ce qu'il aurait pu répondre n'aurait arrangé la situation. C'était Wiggin qui l'avait convoqué ; qu'il s'occupe de faire avancer l'entrevue.

« Tu te rappelles, il y a quatre semaines, Bean, quand tu m'as demandé de te nommer chef de section ?

— Oui.

— J'en ai désigné cinq depuis, ainsi que cinq seconds, et tu n'en fais pas partie. » Il haussa les sourcils. « Ai-je eu raison ?

— Oui, commandant. » Mais seulement parce que tu n'as pas pris la peine de me donner l'occasion de prouver ma valeur avant d'assigner ces postes, ajouta Bean *in petto*.

« Eh bien, dis-moi comment tu t'en es tiré au cours de ces huit batailles. »

Bean eut envie de souligner qu'à chaque fois les conseils qu'il avait prodigués à Tom le Dingue avaient fait de la section C la plus efficace de toute l'armée, que ses inventions tactiques et son attitude innovatrice face à des situations très différentes avaient été reprises par les autres soldats, mais cela aurait été prétentieux et à la limite de l'insubordination. Un soldat qui voulait devenir officier ne tenait pas de tels propos. Tom le Dingue avait-il signalé les contributions de Bean ? Il n'en savait rien, et ce n'était pas à lui de rapporter sur lui-même des faits inconnus de la hiérarchie. « Aujourd'hui, c'est la première fois que je me suis retrouvé invalidé aussi vite, mais l'ordinateur a compté onze tirs au but avant que je ne sois obligé de cesser le feu. Je n'ai jamais touché l'ennemi moins de cinq fois au cours d'une bataille ; j'ai aussi mené à bonne fin toutes les missions qu'on m'a confiées.

— Pourquoi t'a-t-on enrôlé si jeune, Bean ?

— Pas plus jeune que toi. » C'était inexact, techniquement parlant, mais relativement proche de la vérité.

« Mais pourquoi ? »

À quoi rimait cette question ? C'étaient les enseignants qui en avaient pris la décision. Wiggin avait-il découvert que c'était lui l'auteur de la composition de son armée ? Savait-il que Bean s'y était inclus de son propre chef ? « Je l'ignore.

— Si, tu le sais, et moi aussi. »

Ah ! Donc ses interrogations ne portaient pas sur Bean en particulier : il s'étonnait de voir des bleus promus si jeunes. « J'ai bien quelques idées, mais ce ne sont que des suppositions. » Mais les suppositions de Bean n'étaient jamais des hypothèses en l'air – pas plus que celles de Wiggin, d'ailleurs. « Tu es... très doué. Ils s'en sont rendu compte et ils t'ont fait brûler les étapes...

— Dis-moi *pourquoi*, Bean. »

Alors Bean comprit ce qu'il voulait vraiment savoir. « Ils ont besoin de nous, voilà pourquoi. » Il s'assit par terre et regarda, non le visage de Wiggin, mais ses pieds. Il était au courant de faits qu'il n'aurait pas dû connaître et que les professeurs ignoraient qu'il savait ; or, selon toute vraisemblance, on écoutait leur conversation ; il devait donc ne rien révéler de ses réflexions ni de ses déductions. « Ils ont besoin de quelqu'un qui soit capable de battre les doryphores. C'est tout ce qui les intéresse.

— Il est important que tu t'en rendes compte, Bean. »

Bean eut envie de demander : « Pourquoi moi spécialement ? » ; à moins que Wiggin ne parle de façon générale ? Avait-il enfin pris conscience de ce qu'était Bean ? Qu'il était son alter ego, en plus intelligent encore mais en moins populaire, meilleur stratège mais moins bon commandant ? Que si Wiggin échouait, s'il craquait, s'il tombait malade ou mourait, ce serait Bean son remplaçant ? Était-ce pour cela qu'il devait savoir que les autorités avaient besoin de quelqu'un pour vaincre l'ennemi ?

« Parce que, poursuivit Wiggin, la plupart des gosses de l'école croient le jeu essentiel en lui-même, alors que c'est faux. Il n'est essentiel qu'en ce qu'il permet aux enseignants de repérer les officiers potentiels qui participeront à la vraie guerre. Le jeu n'a aucun intérêt, et c'est pour ça qu'ils sont en train de le foutre en l'air.

— C'est marrant, fit Bean : je me disais que c'est exactement ce qu'ils sont en train de nous faire à nous. » Si Wiggin pensait que Bean avait besoin de ce genre d'explication, c'est qu'il ne le comprenait pas vraiment. Mais enfin il se trouvait dans ses quartiers et il discutait avec lui. C'était déjà quelque chose.

« Le jeu a débuté avec neuf semaines d'avance ; on a commencé avec une bataille par jour, et aujourd'hui on en est à deux. Bean, j'ignore à quoi jouent les profs, mais mon armée se fatigue et moi aussi. Ils se balancent totalement des règles ; je suis allé chercher les archives dans le système informatique : personne n'a vaincu autant d'ennemis ni conservé autant de ses propres soldats indemnes dans toute l'histoire du jeu. »

Était-il en train de se vanter ? Bean répondit comme si c'était le cas. « Tu es le meilleur, Ender. »

Wiggin secoua la tête ; s'il avait perçu l'ironie du ton de Bean, il n'en montra rien. « Peut-être. Mais ce n'est pas un hasard si on m'a donné les soldats que j'ai ; ce n'étaient que des bleus et des rebuts d'autres formations, mais on les a rassemblés et le plus mauvais d'entre eux pourrait être chef de section dans n'importe quelle autre armée. On m'a avantagé au début, mais maintenant on me tombe dessus à bras raccourcis. On veut nous casser, Bean. »

Ainsi, il avait compris comment les soldats du Dragon avaient été sélectionnés, même s'il ignorait qui avait opéré le tri – à moins qu'il ne le sût et n'eût pas envie de le révéler à Bean ; avec Wiggin, il était difficile de savoir ce qui relevait du calcul et ce qui relevait de la pure intuition. « On n'arrivera pas à te casser.

— Ça reste à voir. » Wiggin prit une brusque inspiration, comme s'il venait de recevoir un coup ou qu'il essayait de respirer par grand vent. Bean le dévisagea et comprit que l'impossible se réalisait : loin de jouer au chat et à la souris avec lui, Ender Wiggin s'épanchait sur son épaule. Pas beaucoup, mais un peu quand même. Il lui laissait voir son côté humain, l'incluait dans son intimité, le prenait comme... comme quoi ? Conseiller ? Confident ?

« Tu vas peut-être t'étonner toi-même, dit Bean.

— Je ne peux pas produire un nombre infini d'idées géniales tous les jours. Quelqu'un va finir par inventer un truc auquel je n'aurai pas pensé, et je ne saurai pas quoi faire.

— Et alors ? Au pire, tu perdras une bataille.

— Oui, c'est bien le pire. Je n'ai pas le droit d'en perdre une seule, parce que sinon... »

Il n'acheva pas sa phrase. Qu'imaginait-il comme conséquences ? se demanda Bean. L'effondrement de la légende d'Ender Wiggin, le soldat idéal ? La perte de la confiance de ses hommes en lui ou en leur propre invincibilité ? Ou bien s'inquiétait-il de la guerre et craignait-il qu'une bataille perdue à l'École ébranle la conviction des enseignants qu'il était la planche de salut de la Terre, le commandant qui dirigerait la Flotte s'il parvenait au bout de sa formation avant l'arrivée de l'envahisseur ?

Comme Bean ignorait ce que les enseignants savaient de ses déductions sur la guerre en cours, il préféra se taire.

« J'ai besoin de ton intelligence, Bean, dit Ender. Il faut que tu inventes des solutions à des problèmes que nous n'avons pas encore rencontrés ; je veux que tu essayes des tactiques auxquelles personne n'a pensé parce qu'elles sont complètement folles. »

C'était donc pour cela qu'il avait fait venir Bean chez lui ? Pour lui annoncer ce qu'il avait décidé pour lui ? « Pourquoi moi ?

— Parce que, même si l'armée du Dragon compte quelques soldats meilleurs que toi – il n'y en a pas beaucoup, mais quelques-uns quand même –, personne n'a le cerveau aussi rapide ni aussi efficace que toi. »

Enfin ! Il l'avait remarqué ! Et, au bout d'un mois de frustration, Bean comprit que c'était mieux ainsi. Ender l'avait vu à l'œuvre au combat et l'avait jugé sur pièces au lieu de s'en remettre à sa réputation en cours ou aux rumeurs selon lesquelles il détenait le record des meilleures notes de toute l'histoire de l'École. Bean avait gagné par son seul mérite cette appréciation, et elle était portée sur lui par l'unique personne dont l'estime comptait à ses yeux.

Ender lui tendit son bureau. Douze noms étaient inscrits à l'écran, deux ou trois de chaque section. Bean comprit aussitôt sur quel critère Ender les avait choisis : c'étaient tous de bons soldats, qui avaient confiance en eux-mêmes et sur lesquels on pouvait se reposer, mais ni fanfarons ni crâneurs. C'étaient, à vrai dire, les garçons qu'appréciait le plus Bean parmi ceux qui n'étaient pas chefs de section. « Prends cinq de ces douze-là, dit Ender, un de chaque section. Ils composeront une escouade spéciale et c'est toi qui les entraîneras – mais seulement pendant les séances d'exercice supplémentaires. Tiens-moi au courant de ce à quoi tu les formes, et ne passe pas trop de temps sur une seule tactique. La plupart du temps, ton escouade et toi ferez partie intégrante de l'armée et de vos sections respectives ; mais j'aurai besoin de vous quand il s'agira d'accomplir des missions que vous seuls serez à même de mener à bien. »

Bean fit une autre constatation sur les douze noms de l'écran. « Ce sont tous des bleus ; il n'y a pas un seul vétéran parmi eux.

— Après la semaine que nous venons de passer, Bean, tous nos soldats sont des vétérans. Te rends-tu compte qu'au classement individuel nos quarante hommes se trouvent dans les cinquante premières places ? Qu'il faut descendre jusqu'à la dix-septième position pour dénicher un soldat qui ne fasse pas partie du Dragon ?

— Et si je n'ai aucune idée de nouvelle tactique ? demanda Bean.

— Eh bien, c'est que je me serai trompé sur ton compte. »

Bean eut un sourire entendu. « Tu ne t'es pas trompé. »

Les lumières s'éteignirent.

« Tu vas arriver à retrouver ton chemin, Bean ?

— Ça m'étonnerait.

— Alors reste ici. Si tu tends bien l'oreille, tu pourras entendre la bonne fée entrer doucement cette nuit déposer l'ordre de bataille pour demain.

— On ne va tout de même pas nous faire combattre dès demain, si ? » Bean s'était exprimé sur le ton de la plaisanterie, mais Ender ne répondit pas.

Bean l'entendit monter sur son lit.

Ender était encore petit pour un officier : ses pieds n'arrivaient pas, et de loin, au bout de sa couchette, si bien que la place n'y manquait pas pour que Bean se roule en boule. Il grimpa à son tour, s'installa et ne bougea plus afin de ne pas déranger le sommeil d'Ender – s'il dormait, s'il n'était pas encore éveillé dans le noir, à essayer de comprendre... quoi ?

La mission qu'il avait confiée à Bean était d'imaginer l'inimaginable, les ruses imbéciles qu'on pouvait employer contre eux et les moyens de les contrer, les innovations farfelues que le Dragon pourrait utiliser pour semer la confusion chez les autres armées, ainsi que, comme Bean s'en doutait, pour les mener à imiter des stratégies absolument sans intérêt. Étant donné que peu de commandants discernaient la raison des victoires successives du Dragon, ils persistaient à copier les tactiques inventées pour la circonstance à chaque bataille au lieu de chercher la méthode sous-jacente d'Ender pour entraîner et organiser son armée. Comme disait Napoléon, tout ce qu'un commandant maîtrise vraiment, c'est son armée : exercices, moral, confiance, initiative, autorité et, à un moindre degré, approvisionnement, positionnement, déplacement, fidélité et courage au combat ; les mouvements de l'ennemi et le hasard sont des éléments qui défient toute planification ; aussi le commandant doit-il être capable de modifier ses plans au dernier moment lorsque surgissent des obstacles ou des occasions. Et si son armée n'est pas prête à obéir à sa volonté, ou si elle traîne les pieds, toute sa vivacité d'esprit ne lui sert à rien.

À l'École, cela restait lettre morte pour les officiers les moins doués ; incapables de comprendre qu'Ender gagnait grâce à la souplesse et à la rapidité de réaction de ses soldats devant l'imprévu, ils se contentaient de reproduire les tactiques particulières qu'ils lui avaient vu employer. Même si les manœuvres inventées par Bean n'avaient aucune influence sur le résultat des batailles à venir, elles induiraient les autres commandants à perdre leur temps à imiter des stratégies inutiles. Bien sûr, de temps en temps, il inventerait peut-être quelque chose qu'Ender pourrait employer, mais, dans l'ensemble, ses actions resteraient secondaires.

Bean ne s'en plaignait pas, si c'était ce que désirait Ender ; qu'il l'eût choisi pour organiser ces actions, voilà l'important, et Bean comptait y travailler d'arrache-pied.

Mais si Ender n'arrivait pas à dormir ce soir-là, ce n'était pas parce qu'il s'inquiétait des batailles des jours suivants. Non, il pensait aux doryphores et à la façon dont il les combattrait une fois qu'il aurait achevé sa formation et se retrouverait propulsé dans la vraie guerre : de vraies vies d'hommes dépendraient de ses décisions et la survie de l'humanité de l'issue de son combat.

Dans ce schéma, où est ma place ? se demanda Bean. Je suis plutôt content que ce soit Ender qui soit chargé du boulot, non parce que je n'ai pas les reins assez solides – j'arriverais peut-être à supporter cette responsabilité – mais parce que je le crois plus apte que moi à le mener à bien. J'ignore ce qui, chez un commandant, fait que les hommes l'idolâtrent alors que c'est lui qui décide quand ils vont mourir, mais Ender possède cette qualité, tandis que personne ne l'a encore observée chez moi. En outre, même sans avoir subi de manipulation génétique, il a des capacités que les tests ne mesurent pas et qui ne relèvent pas de la seule intelligence.

Mais il ne doit pas être seul à porter ce fardeau. Je peux l'aider, moi ; je peux laisser tomber la géométrie, l'astronomie et toutes ces balivernes pour me concentrer sur les problèmes qu'il affronte. Je vais faire des recherches sur la guerre chez les animaux, en particulier chez les insectes qui vivent en communauté, puisque les doryphores ressemblent aux four-

mis au même titre que nous ressemblons aux prima-
tes.

Et je vais surveiller ses arrières.

À nouveau, Bean pensa à Bonzo Madrid et à la
fureur meurtrière des brutes de Rotterdam.

Pourquoi les enseignants avaient-ils placé Ender
dans une telle position ? C'était la cible toute désignée pour la haine des autres enfants. Les élèves de
l'École de guerre étaient par nature violents, ils
avaient soif de triomphe et détestaient perdre : s'ils
n'avaient pas possédé ces traits de caractère, ils n'auraient jamais été recrutés dans l'armée. Cependant,
dès le début, Ender s'était trouvé à part des autres :
le plus petit mais le plus intelligent, il était vite devenu
le meilleur soldat de la station, puis le commandant
qui faisait passer ses pairs pour des nouveau-nés.
Certains réagissaient à la défaite par l'humilité : Carn
Carby, par exemple, ne tarissait plus d'éloges sur lui
et ne cessait d'étudier ses batailles dans l'espoir d'apprendre comment on gagne, sans se rendre compte
qu'il fallait observer la méthode d'entraînement d'Ender et non ses combats pour comprendre ses victoires. Mais la plupart des autres éprouvaient à son
égard de la rancœur, de la crainte, de la honte, de la
colère, de la jalousie, et leur tempérament les poussait à traduire ces émotions par des actes de violence... s'ils étaient sûrs de gagner.

On se serait cru dans les rues de Rotterdam, où
les durs se battaient pour la suprématie, la position
dans la hiérarchie, le respect. Devant tout le monde,
Ender avait déculotté Bonzo, qui ne l'avait pas
accepté ; il aurait sa revanche, aussi sûrement
qu'Achille s'était vengé de son humiliation.

Et les professeurs le savaient pertinemment. Ils
l'avaient voulu. Ender avait manifestement passé
haut la main tous les tests auxquels ils l'avaient soumis ; tout ce que l'École de guerre pouvait enseigner,
il l'avait acquis ; dans ces conditions, pourquoi ne le
faisait-on pas progresser jusqu'au niveau suivant ?

Parce qu'il restait une leçon qu'on souhaitait lui faire apprendre ou un test qu'on essayait de lui faire réussir, qui ne faisait pas partie du cursus habituel. Seulement, c'était peut-être la mort qui l'attendait au bout de cet examen. Bean avait senti les doigts de Bonzo l'étrangler, et Bonzo, une fois débondé, était de ceux qui savourent la puissance absolue qu'éprouve le meurtrier à l'instant de la mort de sa victime.

On avait placé Ender dans les rues de Rotterdam pour tester sa capacité de survie.

Ces fous ne se rendaient pas compte de ce qu'ils faisaient : la rue n'est pas un espace de test, c'est une loterie.

Bean en était sorti gagnant : il avait survécu. Mais la survie d'Ender ne dépendrait pas que de ses dons ; la chance jouait un trop grand rôle, sans compter l'adresse, la détermination et la force de l'adversaire.

Bonzo avait beau être incapable de maîtriser les émotions qui l'affaiblissaient, sa présence à l'École de guerre prouvait qu'il n'était pas sans talent. Il avait été promu commandant parce qu'un certain type de soldat était prêt à l'accompagner dans la mort et l'horreur. Ender courait un danger mortel ; et les enseignants, qui considéraient les élèves comme de simples enfants, n'avaient aucune idée de la vitesse foudroyante à laquelle la mort pouvait frapper. Il suffisait qu'ils regardent ailleurs pendant quelques minutes, qu'ils s'éloignent un peu trop pour revenir à temps, et ils pouvaient dire adieu au précieux Ender Wiggin sur qui reposaient tous leurs espoirs. Bean avait été témoin de ce genre de drame à Rotterdam, et cela pouvait se reproduire très facilement, même à bord d'une jolie station spatiale bien propre.

Ce soir-là, couché aux pieds d'Ender, Bean décida de mettre le travail scolaire de côté pour de bon ; il avait deux nouvelles disciplines à étudier : comment aider son commandant à préparer la guerre contre les doryphores, et comment venir à son secours dans le combat de rue auquel on le forçait.

Certes, Ender n'était pas complètement désarmé : après une petite rixe dans la salle de bataille pendant les premières séances d'entraînement qu'il avait instaurées, il avait suivi des cours d'autodéfense et possédait quelques rudiments de combat d'homme à homme ; mais Bonzo ne se présenterait pas seul devant lui. Sa défaite lui restait en travers de la gorge, et son but ne serait pas de rejouer la bataille mais de se venger personnellement, de punir Ender, de l'éliminer. Et, pour cela, il s'entourerait d'une bande.

Or les enseignants ne se rendraient compte du danger que trop tard. Pour eux, les enfants, quoi qu'ils fassent, s'amusaient.

Aussi, après avoir réfléchi à diverses tactiques, astucieuses ou complètement stupides, à mettre en pratique avec sa nouvelle escouade, Bean essaya d'imaginer par quel moyen, au moment critique, obliger Bonzo à faire face seul à Ender, voire pas du tout ; il fallait le dépouiller de son soutien, anéantir le moral et la réputation de ses hommes de main.

C'était une des rares tâches auxquelles Ender ne pouvait pas répondre. Mais quelqu'un d'autre pouvait l'accomplir.

Cinquième partie

COMMANDANT

17

FILIN

« Je ne sais même pas ce que je dois penser. Le psycho-jeu a pour une fois l'occasion d'accrocher Bean et il lui sort l'image de l'autre gosse devant laquelle Bean a une réaction de... quoi ? de peur ? de colère ? en tout cas, une réaction hors de toute proportion. Est-ce que quelqu'un sait seulement comment fonctionne ce programme ? Il a déjà passé Ender à la moulinette en lui mettant sous le nez des images de son frère auxquelles il lui était pourtant impossible d'avoir accès, et voilà qu'il recommence ! Est-ce qu'il s'agit d'une manœuvre de sondage pour tirer de puissantes conclusions sur la psyché de Bean, ou bien le logiciel lui a-t-il montré la seule personne qu'il connaissait et dont la photo se trouvait dans les archives de l'École ?

— Vous videz simplement votre sac, ou bien vous voulez que je réponde à une de ces questions ?

— Répondez à celle-ci : comment pouvez-vous qualifier quelque chose de "très significatif" alors que vous ne savez même pas ce que ce quelque chose signifie, nom de Dieu ?

— Si vous voyez quelqu'un courir derrière votre voiture en criant et en agitant les bras, vous comprenez que son attitude est significative, même si vous n'entendez pas ce qu'il dit.

— C'est ce qu'a fait Bean ? Il a crié en agitant les bras ?

355

— C'était une analogie. L'image d'Achille s'est avérée extraordinairement importante pour lui.

— Importante de façon positive ou négative ?

— Ce n'est pas aussi tranché ; si c'est de façon négative, est-ce parce qu'Achille est responsable d'un grand traumatisme chez Bean, ou bien parce qu'on les a séparés et que Bean meurt d'envie de le retrouver ?

— Donc, si une source d'informations indépendante nous conseille de les maintenir à l'écart l'un de l'autre...

— Eh bien, soit elle a parfaitement raison...

— Soit elle se trompe complètement.

— Je regrette de ne pouvoir me montrer plus précis. Nous n'avons eu qu'une minute pour l'étudier.

— Ça, c'est une mauvaise excuse. Le psycho-jeu est toujours branché sur ses recherches lorsqu'il se connecte sous l'identité d'un enseignant.

— Et nous vous tenons régulièrement au courant de nos résultats. Ce comportement provient en partie de sa volonté de tout maîtriser autour de lui ; c'est du moins ce qui l'a provoqué au début, car depuis c'est devenu une façon de prendre des responsabilités : il s'est fait enseignant lui-même, d'une certaine manière. Il se sert également de cette position pour se donner l'illusion qu'il fait partie intégrante de la communauté de l'école.

— Il en fait partie, ce n'est pas une illusion.

— Allons, il n'a qu'un ami proche, et leur relation s'apparente plutôt à celle de deux frères, le grand et le petit.

— Je dois décider si je peux faire entrer Achille à l'École de guerre pendant que Bean s'y trouve, ou bien si je dois en écarter un pour garder l'autre ; alors, d'après la réaction de Bean devant l'image d'Achille, quelle recommandation pouvez-vous me faire ?

— Ça ne va pas vous plaire.

— Essayez toujours.

— À la lumière de cet incident, nous pouvons vous dire que les placer face à face sera soit une très grave erreur, soit...

— Je sens que je vais étudier de très près votre budget !

— Colonel, le but du programme, sa façon de procéder, consiste à permettre à l'ordinateur d'établir des rapprochements auxquels nous ne penserions pas et d'obtenir des réactions que nous ne cherchions pas. Nous ne le maîtrisons pas réellement.

— Le fait qu'un programme soit sous contrôle ne préjuge en rien de l'intelligence du logiciel ni du programmeur.

— Nous ne parlons pas d'"intelligence" en matière de logiciels ; c'est une conception naïve de la question. Nous préférons le terme de "complexité", ce qui signifie que nous ne comprenons pas toujours le comportement du programme. Nous n'obtenons pas toujours d'informations décisives.

— Est-ce qu'il vous arrive seulement d'en obtenir sur quoi que ce soit ?

— Pardon, cette fois, c'est moi qui ai employé le mauvais terme. On ne parvient jamais à rien de "décisif" quand on étudie l'esprit humain, et ce n'est d'ailleurs pas notre but.

— Essayez le terme "utile". Avez-vous quelque chose d'utile ?

— Colonel, je vous ai dit ce que nous savons. C'était à vous de prendre la décision avant que nous vous fassions notre rapport, et c'est toujours à vous de la prendre. Libre à vous de ne pas vous servir des éléments que nous vous avons apportés, mais est-il judicieux d'exécuter le messager ?

— Quand le messager refuse de me délivrer son message, croyez-moi, j'ai la gâchette qui me démange ! »

Le nom de Nikolaï figurait sur la liste d'Ender mais Bean se heurta aussitôt à des problèmes. « Je ne veux pas », dit Nikolaï.

Bean n'avait pas envisagé que quelqu'un puisse refuser sa proposition.

« J'ai déjà bien assez de mal comme ça à rester à la hauteur des autres.

— Mais tu es un bon soldat !

— Je suis à la limite, et seulement grâce à un gros coup de main de la chance.

— Comme tous les bons soldats.

— Bean, si je manque un seul entraînement avec ma section, je vais me retrouver derrière tout le monde ; comment rattraper ça ? Une séance d'exercice par jour avec toi n'y suffira pas. Je ne suis pas idiot, Bean, mais je ne suis ni comme Ender ni comme toi. C'est ce que tu ne veux pas comprendre : ce que c'est de ne pas être comme toi. Tout n'est pas aussi facile ni clair que tu le crois.

— Ce n'est pas facile pour moi non plus.

— Je le sais bien, Bean, et je suis prêt à beaucoup pour toi, mais pas à ça. Je t'en prie ! »

C'était la première fois que Bean devait manier l'autorité, et il n'y arrivait pas. Il sentit la moutarde lui monter au nez et il eut envie d'envoyer Nikolaï sur les roses et de chercher quelqu'un d'autre ; mais il ne pouvait pas se fâcher contre le seul ami qu'il avait – pas plus qu'il ne pouvait accepter un refus de sa part. « Nikolaï, on ne fera rien de difficile ; juste des exercices d'esbroufe et de manœuvres par en dessous. »

Nikolaï ferma les yeux. « Bean, tu me mets dans une situation intolérable.

— Je ne te veux pas de mal, Sinterklaas : c'est la mission qu'Ender m'a confiée, parce qu'il la juge nécessaire à l'armée du Dragon. C'est lui qui t'a inscrit sur la liste, pas moi.

— Mais rien ne t'oblige à me choisir.

— C'est ça, et le prochain que je vais voir me demandera : "Nikolaï fait partie de l'escouade, non ?" Et moi je serai obligé de répondre que tu as refusé ; résultat, tous les autres auront l'impression d'avoir le droit de dire non ; et c'est ce qu'ils me répondront parce que personne n'a envie de recevoir des ordres de moi.

— Il y a un mois, d'accord, ça aurait été vrai, mais aujourd'hui tout le monde te reconnaît pour un soldat de valeur. J'ai surpris des conversations sur toi : on te respecte. »

Là encore, il aurait été facile d'accéder aux désirs de Nikolaï et de le laisser tranquille – en tant qu'ami, c'est même l'attitude qu'aurait dû adopter Bean. Mais il ne pouvait se permettre de raisonner en ami ; il devait prendre en considération le fait qu'on lui avait confié un commandement et qu'il devait remplir sa fonction.

Avait-il vraiment besoin de Nikolaï ?

« Tu es le seul à qui je puisse confier mes sentiments, Nikolaï, et, tu sais, j'ai la trouille. Je voulais devenir chef de section mais c'est parce que je ne connaissais rien à ce boulot. J'ai eu une semaine de combats pour observer la façon dont Tom le Dingue maintient la cohésion entre nous, le ton qu'il emploie pour commander, pour apprécier la formation que nous donne Ender, la confiance qu'il place en nous : c'est une véritable danse, avec pointes, sauts et entrechats ; j'ai peur d'échouer, or il n'y a pas le temps d'échouer. Je dois réussir, et, si tu es auprès de moi, je saurai qu'il y a au moins une personne dans mon groupe qui n'attend pas de façon plus ou moins consciente de voir le petit génie se planter.

— Ne te raconte pas d'histoires, puisque tu es en veine de sincérité », dit Nikolaï.

Bean fut piqué au vif, mais un chef devait savoir supporter la vérité. « Quoi que tu en penses, Nikolaï, avec toi j'aurai une chance de réussir. Et, si tu me laisses cette possibilité, les autres en feront autant. J'ai besoin de... fidélité.

— Moi aussi, Bean.

— Tu as besoin de ma fidélité d'ami pour que je te laisse vivre heureux, répliqua Bean. Moi, j'ai besoin de fidélité en tant que chef, pour accomplir la mission que nous a confiée notre commandant.

— C'est cynique, dit Nikolaï.

— Oui, mais c'est vrai.

— C'est un tour de vache que tu me joues, Bean.

— Je t'en prie, aide-moi, Nikolaï.

— Notre amitié est à sens unique, si je comprends bien. »

Jamais Bean n'avait éprouvé cette impression de recevoir un coup de couteau dans le cœur, simplement à travers quelques mots, simplement parce que quelqu'un lui en voulait, et ce n'était pas seulement qu'il tenait à la bonne opinion de Nikolaï : c'était aussi que Nikolaï avait en partie raison. Bean se servait de leur amitié pour lui forcer la main.

Ce ne fut pourtant pas à cause de cette douleur que Bean décida finalement de renoncer, mais parce qu'un soldat qui ferait partie de son groupe contre son gré ne le servirait pas bien, même si c'était un ami. « Bon, écoute, si tu ne veux pas, tu ne veux pas. Je regrette de t'avoir mis en colère. Je me débrouillerai sans toi ; et tu as raison : je m'en sortirai très bien. On est toujours copains ? »

Nikolaï lui serra la main et la tint plus longtemps que nécessaire. « Merci », murmura-t-il.

Bean alla aussitôt trouver la Pelle, le seul de la liste qui fît partie comme lui de la section C. Il n'était pas dans les recrues prioritaires de Bean, à cause d'une légère tendance à tergiverser, à exécuter les ordres avec un entrain mitigé, mais, appartenant à la section C, il était présent quand Bean donnait des conseils à Tom le Dingue ; il l'avait vu en action.

La Pelle mit son bureau de côté quand Bean lui demanda s'ils pouvaient parler une minute puis, comme pour Nikolaï, grimpa sur la couchette du grand garçon. La Pelle était originaire de Cagnes-sur-Mer, une petite ville de la Côte d'Azur, et il avait le caractère amical et ouvert des Provençaux ; Bean l'aimait bien, comme tout le monde.

Rapidement, Bean le mit au fait des intentions d'Ender, en omettant toutefois la mission d'esbroufe de la future escouade : personne n'accepterait de délaisser les entraînements quotidiens pour des exercices qui n'étaient pas essentiels à la victoire. « Tu es sur la liste qu'Ender m'a donnée, et j'aimerais que...

— Bean, qu'est-ce que tu fais ? »

Tom le Dingue se tenait devant le lit de la Pelle.

Bean comprit aussitôt son erreur. « Commandant, dit-il, j'aurais dû commencer par te mettre au courant. Mais je débute et je n'y ai pas pensé.

— Tu débutes dans quoi ? »

Bean expliqua de nouveau la mission que lui avait confiée Ender.

« Et la Pelle est sur la liste ?

— Oui.

— Donc je vais vous perdre tous les deux, la Pelle et toi, aux entraînements ?

— Ce ne sera que pour une séance par jour.

— Je suis le seul chef de section qui perd deux hommes.

— Ender m'a dit : un soldat de chaque section. Ça fait cinq, plus moi. Je n'y peux rien.

— *Merda !* fit Tom. Ender et toi, vous ne vous êtes pas rendu compte que je suis le plus désavantagé de tous les chefs de section. Votre truc, là, vous ne pouvez pas le faire avec cinq hommes au lieu de six ? Toi et quatre soldats – tirés des autres sections ? »

Bean faillit discuter, puis comprit qu'un affrontement ne mènerait nulle part. « Tu as raison, je n'y avais pas pensé ; il est très possible qu'Ender change son fusil d'épaule quand on lui aura expliqué le tort qu'il fait à tes entraînements. À son arrivée demain matin, tu pourrais lui parler et m'annoncer ensuite ce que vous aurez décidé tous les deux, d'accord ? En attendant, la Pelle va peut-être refuser, et alors la question sera réglée, non ? »

Tom le Dingue réfléchit ; Bean le sentait bouillant de colère, mais l'autorité lui avait changé le caractère et il n'explosait plus à la moindre occasion, comme naguère. Il se maîtrisa, se contint et attendit de se calmer. « OK, dit-il enfin, je vais en parler à Ender – si la Pelle a envie de participer à ton escouade. »

Bean et lui se tournèrent vers l'intéressé.

« Pour moi, un truc tordu comme ça, ça marche, fit la Pelle.

— En tout cas, ne comptez pas sur moi pour vous faire des fleurs, ni l'un ni l'autre, répondit Tom. Et je ne veux pas entendre un mot de votre escouade de zozos pendant l'entraînement. Gardez ça pour votre temps libre. »

Tous deux acceptèrent. Tom avait raison d'insister sur ce point : leur nouvelle affectation allait déjà les placer à part du reste de la section ; s'ils se mettaient aussi à le crier sur les toits, les autres risquaient de se sentir exclus d'une élite. Le problème serait moins prégnant dans les autres sections, qui ne verraient qu'un seul de leurs membres rejoindre l'équipe de Bean. Là, pas de risques de bavardage, donc pas de frictions.

« Finalement, dit Tom, je ne suis pas obligé d'en parler à Ender, du moment que tout se passe bien. D'accord ?

— Oui ; merci », répondit Bean.

Le chef de section regagna sa couchette.

Je m'en suis plutôt bien tiré, songea Bean. Je n'ai pas cafouillé.

« Bean ? fit la Pelle.

— Hmm ?

— Un truc, s'il te plaît.

— Quoi ?

— Ne m'appelle pas la Pelle. »

Bean réfléchit. Le vrai nom du garçon était Ducheval[1]. « Tu préfères "Cheval fou" ? Ça fait un peu guerrier sioux. »

---

1. « Pelle » : *shovel* en anglais, déformation de « cheval » dans le cas présent.

La Pelle eut un sourire entendu. « Ça vaut mieux que d'évoquer l'outil qui sert à nettoyer les écuries.

— D'accord, ce sera "Ducheval" désormais.

— Merci. Quand est-ce qu'on commence ?

— Aujourd'hui, à la séance d'entraînement pendant le temps libre.

— *Bacana*. »

Bean faillit esquisser un pas de danse en s'éloignant de la couchette de Ducheval : il y était arrivé ! Il avait su s'y prendre ! Cette fois-là, en tout cas.

Graff se trouvait en compagnie de Dimak et de Dap dans son bureau improvisé de la passerelle des salles de combat quand Bean s'y présenta. Dap et Dimak se disputaient comme d'habitude ; la querelle était partie d'un rien, d'une banale violation d'un sous-protocole ou d'un autre, et elle s'était rapidement envenimée pour se transformer en un étalage en règle de plaintes variées. Ce n'était qu'une escarmouche parmi tant d'autres entre les deux hommes qui rivalisaient pour obtenir des avantages pour leurs protégés respectifs, Ender et Bean, tout en s'efforçant d'empêcher Graff de les exposer au danger physique qu'ils pressentaient tous les deux. Le ton était déjà vigoureux entre les trois hommes depuis un moment quand on frappa à la porte, et Graff se demanda ce que le visiteur avait pu surprendre de leurs échanges.

Des noms avaient-ils été mentionnés ? Oui, ceux de Bean et d'Ender, ainsi que celui de Bonzo. Et celui d'Achille ? Non ; il avait été question de sa venue comme d'« une nouvelle décision irresponsable qui mettait en danger l'espèce humaine, tout cela à cause d'une théorie imbécile qui établissait une distinction entre les jeux et la véritable lutte pour la survie, distinction que rien ne prouvait et que nul ne pouvait prouver sinon dans le sang d'un enfant ! » *Dixit* Dap, qui avait une nette tendance à l'emphase.

Graff, naturellement, se sentait déchiré intérieurement parce qu'il était d'accord avec les deux enseignants, non seulement en ce qui concernait les arguments qu'ils s'envoyaient réciproquement à la tête, mais aussi ceux qu'ils soulevaient tous deux contre sa politique. Bean était manifestement le meilleur candidat au vu des résultats des tests ; Ender était tout aussi manifestement le meilleur candidat au vu de ses performances en matière de commandement. Et, de fait, Graff faisait preuve d'irresponsabilité en les exposant tous les deux à un danger physique.

Mais, dans les deux cas, ces enfants nourrissaient de graves doutes sur leur propre courage. Ender portait une longue histoire de soumission à son frère aîné, Peter, et le psycho-jeu indiquait qu'inconsciemment Ender liait son frère aux doryphores. Graff savait qu'Ender possédait le courage nécessaire pour frapper sans retenue quand il le faudrait, qu'il serait capable de tenir seul face à un ennemi et de l'anéantir. Mais Ender lui-même l'ignorait, et il devait l'apprendre.

Quant à Bean, il avait présenté des symptômes de panique avant sa première bataille, et, bien qu'il s'en tirât à présent honorablement, Graff n'avait pas besoin de tests psychologiques pour savoir que le doute existait. La seule différence avec Ender était que Graff partageait les interrogations de Bean : rien ne prouvait qu'il fût prêt à frapper l'ennemi.

Douter de soi était un luxe qu'aucun des deux candidats ne pouvait se permettre. Contre un ennemi qui n'hésiterait pas – qui ne pouvait pas hésiter –, le temps manquerait pour l'introspection. Les deux garçons devaient affronter leurs pires cauchemars en sachant que nul ne viendrait les aider ; ils devaient être certains que, dans une situation où l'échec serait fatal, ils n'échoueraient pas. Ils devaient réussir le test et avoir conscience qu'ils l'avaient réussi. Et ils étaient tous deux si fins et si intelligents qu'il n'était pas question de les placer face à un danger simulé, auquel ils ne croiraient pas ; il fallait qu'il soit réel.

Les exposer à un tel risque était complètement irresponsable ; cependant, il le serait tout autant de s'en abstenir. Si Graff jouait la sécurité, nul ne lui ferait de reproche si, lors de la vraie guerre, Ender ou Bean perdait la partie ; mais ce serait une piètre consolation étant donné les conséquences, car, s'il s'était trompé, c'est toute l'humanité qui encourrait la peine suprême. La seule autre possibilité de ne pas les mettre délibérément en danger était que l'un des deux ait un accident où il trouve la mort ou bien dont il ressorte diminué physiquement ou mentalement, auquel cas l'autre resterait l'unique candidat.

Et si tous les deux échouaient face à leurs cauchemars ? Les enfants brillants ne manquaient pas, mais aucun n'était beaucoup plus exceptionnel que les commandants déjà en fonction sortis de l'École de guerre bien des années plus tôt.

Quelqu'un devait jeter les dés, et c'était la main de Graff qui les tenait. Je ne suis pas un bureaucrate, se dit-il, qui place sa carrière au-dessus de la fonction qu'on lui a confiée ; pas question que je remette ces dés à un autre ni que je feigne de n'avoir pas le choix.

Pour le moment, il pouvait seulement écouter Dap et Dimak, écarter leurs attaques et leurs manœuvres chicanières contre lui et les empêcher de se sauter à la gorge.

Quand on frappa à la porte, il sut tout de suite qui était le visiteur.

S'il avait entendu la dispute, Bean n'en montra rien – mais ne rien manifester était justement sa spécialité. Seul Ender parvenait à être encore plus secret que lui, mais lui au moins avait joué assez longtemps au psycho-jeu pour permettre aux enseignants de dresser une carte de sa psyché.

« Mon colonel, fit Bean.

— Entre, Bean. » Entre, Julian Delphiki, enfant que des parents pleins d'amour ont longtemps attendu ;

entre, enfant kidnappé, otage du Destin. Viens parler aux Parques qui s'amusent à de petits jeux tordus avec ton existence.

« Je peux attendre, dit Bean.

— Les capitaines Dap et Dimak peuvent entendre ce que tu as à dire, n'est-ce pas ? demanda Graff.

— Comme vous voulez, mon colonel. Ce n'est pas un secret. J'aimerais avoir accès aux fournitures de la station.

— Refusé.

— Cette réponse est irrecevable, mon colonel. »

Graff vit l'expression avec laquelle Dap et Dimak le regardaient. L'audace de l'enfant les amusait-elle ? « Pourquoi ça ?

— On nous prévient au dernier moment, nous avons des combats tous les jours, les soldats sont épuisés et on continue à les presser d'obtenir de bons résultats scolaires – tout ça, Ender et nous arrivons à nous en arranger. Mais la seule explication à une telle pression, c'est que vous essayez de tester notre capacité à trouver les moyens de nous débrouiller. Je viens donc chercher des moyens.

— Tu n'es pas commandant de l'armée du Dragon, que je sache, répondit Graff. Je ne prêterai attention à une demande de matériel précis que si elle est formulée par ton officier supérieur.

— Impossible. Il n'a pas de temps à perdre avec des procédures paperassières et ridicules. »

Des procédures paperassières et ridicules. C'étaient les termes exacts qu'avait employés Graff lors de la dispute quelques minutes plus tôt ; pourtant, il n'avait pas parlé fort. Combien de temps Bean était-il resté à écouter derrière la porte ? Graff se morigéna intérieurement : il avait installé son bureau dans la passerelle précisément parce que Bean fourrait son nez partout et collectait des renseignements dès qu'il en avait l'occasion, mais il n'avait pas pensé à poster une sentinelle pour empêcher le gosse de venir simplement coller l'oreille contre la porte !

« Et toi, tu l'as, ce temps ? demanda Graff.

— Il m'a donné comme mission d'imaginer tous les systèmes stupides que vous risquez d'inventer contre nous et de réfléchir aux moyens d'y parer.

— Et que penses-tu trouver ?

— Je l'ignore, répondit Bean. Tout ce que je sais, c'est que nous ne disposons que de nos uniformes, nos combinaisons de combat, nos armes et nos bureaux, alors qu'il y a d'autres fournitures ici. Du papier, par exemple. On ne nous en donne jamais, sauf lors des examens, quand nous n'avons pas accès à nos bureaux.

— Et à quoi te servirait du papier dans la salle de bataille ?

— Je n'en sais rien. On pourrait le chiffonner en boules qu'on jetterait un peu partout, ou bien le déchirer en petits morceaux pour créer une sorte d'écran de brouillard.

— Et qui ferait le ménage, après ?

— Ça, ça ne me regarde pas.

— Autorisation refusée.

— Cette réponse est irrecevable, mon colonel, répéta Bean.

— Sans vouloir te faire de peine, dit Graff, que tu acceptes ou non ma réponse n'a pas plus d'importance qu'un pet de cafard.

— Sans vouloir vous faire de peine, mon colonel, vous n'avez aucune idée de ce que vous êtes en train de faire. Vous improvisez, vous désorganisez tout le système. Il va falloir des années pour réparer les dégâts que vous provoquez, et ça vous est visiblement égal. J'en déduis que l'état de l'École d'ici un an n'a aucune importance, ce qui signifie que les meilleurs éléments vont bientôt obtenir leur diplôme. La cadence de formation s'accélère parce que l'invasion des doryphores approche trop vite pour perdre du temps ; par conséquent, vous nous mettez la pression, et en particulier sur Ender Wiggin. »

Graff se sentit mal. Il savait que Bean possédait des capacités d'analyse phénoménales, mais aussi qu'il était extraordinairement retors. Certaines de ses hypothèses étaient erronées, mais était-ce parce qu'il ignorait la vérité ou bien parce qu'il voulait cacher ce qu'il savait, ou ce dont il se doutait ? Je ne voulais pas de toi dans cette école, Bean ; tu es trop dangereux.

L'enfant poursuivait son argumentation. « Le jour où Ender cherchera comment empêcher les doryphores d'atteindre la Terre pour la détruire, comme ils avaient commencé à le faire lors de la Première Invasion, vous allez aussi lui faire une réponse à la gomme sur les moyens auquel il aura ou n'aura pas accès ?

— En ce qui te concerne, les fournitures de la station n'existent pas.

— En ce qui me concerne, répliqua Bean, Ender est à la limite de vous dire de prendre votre jeu de combat, de le rouler serré et de vous le mettre où vous voulez. Il en a plein le dos, et, si vous ne vous en rendez pas compte, c'est que vous ne valez pas grand-chose comme instructeur. Les classements ne l'intéressent pas, battre les autres armées ne l'intéresse pas ; tout ce qui compte pour lui, c'est de se préparer à combattre les doryphores. Dans ces conditions, vous croyez que je vais avoir du mal à le convaincre que votre programme est bon pour la poubelle et qu'il est temps de cesser de jouer ?

— Ça suffit, dit Graff. Dimak, préparez la cellule. Bean est cantonné en attendant que la navette le remmène sur Terre. Cet élève ne fait plus partie de l'École de guerre. »

Bean eut un petit sourire. « Allez-y, colonel Graff. J'ai fini ce que j'avais à faire ici, de toute façon. J'ai obtenu ce que je voulais : une instruction de haut niveau. Je ne serai plus jamais obligé de vivre sous les ponts. Je rentre de mon plein gré ; fichez-moi à la porte de votre jeu, je suis prêt.

— Tu ne seras pas plus libre sur Terre. Il n'est pas question qu'on te laisse raconter partout tes calembredaines sur l'École de guerre.

— C'est ça, vous virez le meilleur élève que vous ayez jamais eu et vous le mettez en prison parce qu'il a demandé la clé du placard à fournitures et que ça ne vous a pas plu. Allons, allons, colonel Graff. Respirez un bon coup et calmez-vous. Vous avez bien plus besoin de ma coopération que moi de la vôtre. »

Dimak eut du mal à dissimuler un sourire.

Si seulement tenir tête à Graff de cette façon suffisait à prouver le courage de Bean ! se dit-il. Quant au colonel, malgré ses doutes, il ne pouvait nier que l'enfant avait habilement manœuvré ; il aurait donné une fortune pour que Dap et Dimak n'aient pas été présents lors de l'entretien.

« C'est vous qui avez voulu que nous ayons cette conversation devant témoins », dit Bean.

Quoi, il était télépathe, en plus ?

Non ; Graff avait simplement lancé un bref coup d'œil à ses deux officiers, et Bean avait déchiffré son regard. Rien ne lui échappait ; c'est pourquoi il était si précieux pour le programme.

Mais, après tout, n'était-ce pas la raison pour laquelle la F. I. fondait de tels espoirs sur ces gosses : parce que c'étaient des manœuvriers exceptionnels ?

Et Graff était assez bon officier pour reconnaître qu'en certaines occasions il faut savoir quitter le champ de bataille pour éviter d'alourdir les pertes.

« Très bien, Bean. Je t'autorise à étudier la liste du matériel.

— Avec quelqu'un pour m'expliquer l'usage des articles.

— Tiens, je croyais que tu avais la science infuse ? »

Bean avait le triomphe poli : il ne répondit pas au sarcasme. Graff savait que sa moquerie n'était qu'une petite compensation à sa retraite forcée, mais sa fonction ne lui offrait guère d'avantages en nature.

« Les capitaines Dimak et Dap t'accompagneront, dit-il. Tu n'auras accès à cette liste qu'une seule fois, et ils auront le droit de refuser ce que tu demanderas. Ils seront responsables des conséquences des blessures résultant de ton utilisation des articles qu'ils t'auront laissé prendre.

— Merci, mon colonel, répondit Bean. Selon toute vraisemblance je ne trouverai rien d'utile, mais je vous remercie de l'esprit d'équité dont vous faites preuve en nous autorisant à puiser dans le matériel de la station afin de soutenir les objectifs pédagogiques de l'École de guerre. »

Il connaissait le jargon bureaucratique par cœur ; au cours des mois passés à fouiller les dossiers des élèves et à en lire les notations, il ne s'était manifestement pas contenté d'enregistrer seulement leur contenu factuel. Et il se permettait en plus d'indiquer à Graff comment présenter le rapport qu'il allait devoir rédiger sur sa décision, comme si l'officier n'était pas capable de l'imaginer lui-même.

Ce petit salaud croyait tenir la situation en main, avec ses airs protecteurs.

Eh bien, Graff lui réservait quelques surprises.

« Rompez, tous autant que vous êtes », dit-il.

Les deux officiers et l'enfant se levèrent, saluèrent et sortirent.

Désormais, songea Graff, je vais devoir réfléchir à deux fois à chacune de mes décisions pour savoir si elle n'est pas influencée par le fait que ce môme m'énerve au plus haut point.

Absorbé dans l'examen de la liste du matériel, Bean cherchait quelque chose qu'Ender ou certains de ses soldats puissent porter pour défendre leur commandant contre une attaque de Bonzo ; mais il ne trouva rien qu'on puisse à la fois cacher aux enseignants et qui soit assez solide pour donner un avantage aux plus petits soldats contre les plus grands.

C'était une déception, mais il finirait bien par trouver un moyen de neutraliser la menace. Et, puisqu'il en était à étudier l'inventaire, ne pouvait-il dénicher un article utilisable dans la salle de combat ? Les produits de nettoyage ne l'inspiraient guère, et il ne voyait pas à quoi pourrait servir la quincaillerie dans la salle de bataille : lancer une poignée de vis à la figure de l'adversaire, franchement...

Mais le matériel de sécurité, en revanche...

« Le "filin", c'est quoi ? demanda Bean.

— C'est un fil très solide et très fin, expliqua Dimak, qui sert à assurer les ouvriers d'entretien et de construction quand ils travaillent à l'extérieur de la station.

— Quelle longueur fait-il ?

— En en liant plusieurs segments, on peut obtenir des kilomètres de filin de sécurité, mais chaque rouleau mesure une centaine de mètres.

— Montrez-moi ça. »

Les deux officiers l'emmenèrent dans des secteurs de la station où les élèves n'avaient pas accès ; le décor y était beaucoup moins peaufiné qu'ailleurs : vis et rivets apparaissaient sur les plaques des parois, les prises d'aspiration n'étaient pas cachées dans le plafond ; les murs ne portaient aucune bande pour permettre aux élèves de retrouver le chemin de leur casernement, les scanners palmaires étaient trop haut placés pour des enfants, et les membres du personnel qu'ils croisaient regardaient d'abord Bean, puis dévisageaient Dap et Dimak comme s'ils étaient fous.

Le rouleau était d'un encombrement étonnamment réduit. Bean le soupesa : il était très léger aussi. Il en déroula quelques mètres : le fil restait presque invisible. « Quelle est sa résistance ?

— Le poids de deux adultes, fit Dimak.

— Il est très fin ; est-ce qu'on risque de se couper ?

— Non : il est fabriqué de telle façon qu'il ne risque pas d'entailler ce à quoi on l'attache, comme une combinaison spatiale.

— On peut le découper en plus petites longueurs ?

— Seulement au chalumeau.

— Il m'en faut un rouleau, dit Bean.

— Rien qu'un ? demanda Dap d'un ton railleur.

— Et un chalumeau, ajouta Bean.

— Refusé, fit Dimak.

— Je plaisantais. » Bean quitta la salle du matériel et enfila le couloir au petit trot, reprenant en sens inverse le trajet qu'ils avaient suivi en venant.

Les deux officiers l'imitèrent avec retard. « Moins vite ! cria Dimak.

— Rattrapez-moi, rétorqua Bean. Moi, j'ai une escouade qui m'attend pour s'entraîner avec ce fil !

— S'entraîner à quoi ?

— Je l'ignore ! » Arrivé à la tige de métal, il se laissa glisser jusqu'aux niveaux réservés aux élèves. Là, il n'avait plus besoin d'autorisation spéciale.

Ses soldats l'attendaient dans la salle de bataille. Depuis quelques jours, ils travaillaient dur sous sa direction à essayer différentes tactiques apparemment sans intérêt : mise au point de formations capables d'exploser en l'air, écrans protecteurs, attaques à mains nues, désarmement de l'ennemi à l'aide des pieds, déclenchement et arrêt de rotation, ce qui les rendait presque impossibles à toucher mais les empêchait aussi de tirer.

Le plus encourageant était le fait qu'Ender, quand il n'était pas occupé à répondre aux questions de soldats et de chefs d'autres sections, passait presque tout son temps à observer l'escouade de Bean. Quoi qu'ils inventent, il en serait informé aussitôt et trouverait un moyen de l'utiliser. En outre, se sachant sous le regard de leur commandant, les soldats de Bean travaillaient d'arrache-pied, et l'intérêt d'Ender pour leurs manœuvres donnait une plus grande stature à Bean.

Il est vraiment doué, se dit Bean pour la centième fois au moins : il sait donner la forme qu'il désire à n'importe quel groupe, il sait faire coopérer les gens entre eux, et le tout en douceur, sans avoir à employer de grands moyens.

Si Graff avait le même talent que lui, je n'aurais pas été obligé de le bousculer comme aujourd'hui.

Bean essaya d'abord de tendre le fil en travers de la salle de bataille ; il était assez long pour le nouer aux deux extrémités. Mais quelques minutes d'expérimentation démontrèrent qu'il serait complètement inefficace pour faire trébucher les ennemis : la plupart le manqueraient et ceux qui s'y heurteraient resteraient peut-être désorientés un moment ou verraient leur déplacement modifié, mais, une fois sa présence connue, il serait considéré comme faisant partie des obstacles de la salle, ce qui signifiait qu'un adversaire inventif pourrait en tirer profit.

Le filin était conçu pour empêcher les ouvriers de se perdre dans l'espace ; que se passait-il quand on arrivait au bout ?

Bean en attacha une extrémité à une poignée murale et enroula l'autre autour de sa propre taille. Le fil avait désormais une longueur moindre que la salle. Bean fit un nœud pour fixer le filin à sa combinaison, puis s'élança vers la paroi opposée.

En vol, la ligne se déroulant derrière lui, il ne put s'empêcher de songer : J'espère que ce fil est effectivement conçu pour ne pas être tranchant. Quelle façon de mourir ! Coupé en deux au milieu de la salle de bataille ! Je vois d'ici le nettoyage qu'il y aurait à faire !

Quand il parvint à un mètre de la paroi, le filin se tendit. La progression de Bean fut stoppée net au niveau de sa taille, ses jambes partirent vers l'avant et il eut l'impression de recevoir un coup de pied dans le ventre. Mais le plus inattendu fut que son énergie cinétique fut transférée d'un mouvement rectiligne à un déplacement de côté selon un arc de cercle qui le projeta rapidement à travers la salle de combat vers la zone où la section D s'entraînait. Il heurta la paroi si violemment que ses poumons éjectèrent le peu d'air qu'ils contenaient encore.

« Vous avez vu ça ? » s'écria-t-il dès qu'il eut repris son souffle. Il avait mal aux abdominaux : il ne s'était peut-être pas fait couper en deux mais il aurait de méchantes ecchymoses, c'était évident, et, s'il n'avait pas porté sa combinaison de combat, il aurait pu subir des lésions internes. Mais il allait bien, et le fil lui avait permis de changer brusquement de direction en plein vol. « Vous avez vu ? Vous avez vu ?

— Tu n'as pas de mal ? » cria Ender.

Bean comprit qu'il le croyait blessé. Parlant moins vite, il répondit : « Tu as vu la vitesse à laquelle j'allais ? Tu as vu comment j'ai changé de direction ? »

L'armée entière cessa l'entraînement pour l'observer en train de jouer avec son fil. Attacher deux soldats ensemble donnait des effets intéressants dès que l'un d'eux s'arrêtait, mais il avait du mal à rester fixe ; Bean obtint un résultat plus efficace quand, demandant à Ender de sortir une étoile de la paroi à l'aide de son crochet et de la disposer au milieu de la salle, il accrocha le fil à sa combinaison et prit appui sur le cube pour s'élancer ; quand le fil se tendit, l'arête de l'étoile agit comme point de pivot et raccourcit le filin tandis que Bean changeait de direction, et il en alla de même à chaque arête, à mesure que le fil s'enroulait autour de l'étoile. À la fin, Bean se déplaçait si vite qu'il perdit un instant connaissance en heurtant le cube ; mais l'armée du Dragon était stupéfaite du spectacle auquel elle venait d'assister : le filin était invisible et on aurait dit que le petit garçon, après s'être propulsé dans le vide, s'était mis à modifier sans cesse sa direction en plein vol tout en accélérant de plus en plus. C'était extrêmement troublant à regarder.

« On remet ça pour voir si j'arrive à tirer en même temps », dit Bean.

L'entraînement du soir durait jusqu'à 2140, ce qui ne laissait guère de temps avant de se coucher ; mais, ayant assisté aux tours que préparait l'escouade de Bean, l'armée, normalement épuisée, était ce soir-là surexcitée et courait en folâtrant dans les couloirs. La plupart des soldats se rendaient sans doute compte que les inventions de Bean étaient plus spectaculaires qu'efficaces et n'auraient aucun effet décisif au combat ; mais c'était amusant, c'était nouveau et c'était propre au Dragon.

Bean sortit en tête de la salle de bataille, sur l'ordre d'Ender qui voulait lui rendre hommage. C'était son heure de gloire et, même s'il n'ignorait pas que le système le manipulait – modification du comportement par le biais des honneurs publics –, c'était quand même agréable.

Il n'en restait pas moins vigilant et, à peine eut-il fait quelques pas dans le couloir qu'il se rendit compte du nombre excessif de Salamandres parmi les soldats qui traînaient dans le secteur. À 2140, la plupart des armées avaient regagné leurs quartiers, et seuls quelques retardataires se dépêchaient de rentrer de la bibliothèque, de la vidéothèque ou de la salle de jeux. Aujourd'hui, il y avait trop de Salamandres, et les autres soldats étaient souvent des costauds issus d'armées dont les commandants ne portaient aucune affection particulière à Ender. Pas besoin d'être génial pour détecter le piège.

Bean revint sur ses pas au petit trot et aborda Tom le Dingue, Vlad et Hot Soup qui rentraient ensemble au casernement. « Il y a trop de Salamandres dans le coin, leur dit-il. Restez près d'Ender. » Ils comprirent aussitôt – les menaces de Bonzo sur ce que « quelqu'un » devrait infliger à Ender Wiggin pour le remettre à sa place étaient de notoriété publique. Bean poursuivit sa course rapide pour rattraper l'arrière-garde de l'armée sans prêter attention aux plus petits, mais avertissant les deux autres chefs de section et leurs seconds – les enfants les plus anciens, ceux qui seraient le mieux à même de tenir tête à l'équipe de Bonzo en cas de bagarre. Leurs chances n'étaient guère élevées, mais il suffisait qu'ils protègent Ender en attendant l'intervention des professeurs : l'autorité n'allait pas rester les bras croisés si un combat en règle se déclenchait dans les couloirs, tout de même !

Bean croisa Ender et se plaça derrière lui. Il vit, arrivant à pas pressés, Petra Arkanian dans son uniforme de l'armée du Phénix. Elle cria : « Ho, Ender ! »

Au grand mécontentement de Bean, Ender se retourna. Ce garçon était trop confiant.

Quelques Salamandres emboîtèrent le pas à Petra. Bean regarda de l'autre côté du couloir et aperçut d'autres Salamandres accompagnés de quelques garçons au visage fermé, appartenant à d'autres armées, qui croisaient les derniers Dragons en s'avançant mine de rien vers Ender. Hot Soup et Tom le Dingue se dirigeaient eux aussi vers leur commandant, suivis des Dragons les plus robustes, mais ils n'allaient pas assez vite. Bean leur fit signe d'accélérer et vit Tom presser le pas. Ses compagnons l'imitèrent.

« Ender, je peux te parler ? » demanda Petra.

Bean éprouva une profonde amertume : c'était donc Petra qui jouait le rôle de Judas. Qui aurait cru qu'elle trahirait Ender pour le compte de Bonzo ? Elle le détestait quand elle se trouvait dans son armée !

« Accompagne-moi, répondit Ender.

— Je n'en ai que pour un instant », dit Petra.

Ou c'était une excellente comédienne, ou elle ignorait ce qui se tramait, car elle ne semblait consciente que des uniformes de l'armée du Dragon et ne jetait aucun regard aux autres. Non, elle ne fait pas partie du complot, songea Bean. Ce n'est qu'une simple idiote.

Enfin, Ender parut se rendre compte du danger de sa situation : en dehors de Bean, tous les Dragons l'avaient dépassé, et cela suffit pour le mettre finalement mal à l'aise. Il tourna le dos à Petra et s'éloigna d'un pas vif vers les plus grands de ses Dragons.

Un instant vexée, Petra trotta rapidement pour le rattraper. Bean resta où il se trouvait pour surveiller la progression des soldats de la Salamandre, qui, sans lui prêter la moindre attention, accélérèrent l'allure et continuèrent, à l'instar de Petra, à gagner du terrain sur Ender.

Bean fit trois pas et donna une claque sur la porte du casernement de l'armée du Lapin, qui s'ouvrit. Il lui suffit de déclarer « Les Salamandres vont faire un mauvais sort à Ender » pour qu'aussitôt des Lapins se mettent à affluer dans le couloir. Ils émergèrent de leurs quartiers alors que les Salamandres arrivaient à leur hauteur et ils suivirent le mouvement.

Ça nous fera des témoins, se dit Bean, et des renforts au cas où le combat paraîtrait inégal.

Devant, Ender et Petra s'entretenaient, entourés par les plus grands des Dragons. Les Salamandres continuaient à les suivre de près, rejoints par de nouveaux hommes de main, mais le danger était passé grâce à l'entrée en scène de l'armée du Lapin et des costauds du Dragon. Bean respira un peu plus librement. Pour l'instant du moins, tout risque était écarté.

Quand Bean rattrapa Ender, il entendit Petra déclarer d'une voix furieuse : « Mais tu me prends pour qui ? Tu ne sais pas qui sont tes amis ? » Là-dessus, elle s'en alla en courant et grimpa le long d'une échelle.

Carn Carby mit la main sur l'épaule de Bean. « Tout va bien ?

— Oui. J'espère que tu ne m'en veux pas d'avoir fait appel à ton armée.

— Mes gars sont venus me prévenir. On ramène Ender à sa cabine sous protection rapprochée ?

— Oui. »

Carn se laissa rattraper par le gros de sa troupe. Les Salamandres se trouvaient désormais à trois contre un. Ils ralentirent encore le pas et certains même quittèrent la troupe pour disparaître par des échelles ou des tiges.

Quand Bean revint à la hauteur d'Ender, il le trouva entouré par ses chefs de section. Plus question de discrétion à présent : ils constituaient manifestement sa garde personnelle, et certains des Dragons les plus jeunes qui avaient compris ce qui se passait complétaient la formation. Ils menèrent Ender jusqu'à la porte de sa cabine, et Tom le Dingue entra ostensiblement avant lui puis permit à son commandant de l'imiter une fois assuré que nul ne l'attendait en embuscade – comme si un soldat de la Salamandre pouvait passer le scanner de la porte d'un commandant ! Mais les enseignants avaient modifié tant de règles ces derniers temps que tout pouvait arriver.

Bean resta allongé sur sa couchette à réfléchir aux possibilités qui s'offraient à lui. Il ne pouvait matériellement pas rester sans arrêt en compagnie d'Ender : il y avait les cours, où l'on dispersait délibérément les armées ; Ender avait seul le droit de manger au mess, ce qui faisait que si Bonzo décidait de lui tomber dessus à ce moment... Mais non, il n'oserait pas, au milieu de tant d'autres officiers. Il y avait les salles de douche, les boxes des W-C Et puis il suffisait à Bonzo de rassembler un groupe efficace d'hommes de main pour balayer les chefs de section d'Ender comme des ballons de baudruche.

Saper le soutien de Bonzo, voilà ce à quoi Bean devait s'employer. Avant de s'endormir, il avait mis au point un petit plan qui ne valait pas grand-chose mais qui pouvait faire avancer la situation, et ce n'était pas rien ; de plus, son exécution se passerait en public, si bien que les enseignants ne pourraient pas prétendre après coup n'être au courant de rien, selon leurs bonnes habitudes de fonctionnaires soucieux de se dégager d'abord de toute responsabilité.

Il pensait pouvoir agir au petit-déjeuner mais, naturellement, on annonça que la matinée commencerait par une bataille, contre Pol Slattery, de l'armée du

Blaireau. En outre, les professeurs avaient découvert un nouveau moyen de bidouiller les règles : quand un Blaireau se faisait tuer, au lieu de rester paralysé jusqu'à la fin du jeu, il se dégelait au bout de cinq minutes comme lors des entraînements. Mais les Dragons, eux, une fois touchés, restaient gelés. Et comme la salle était pleine à craquer d'étoiles – ce qui fournissait quantité de cachettes –, il fallut un bon moment aux hommes d'Ender pour comprendre qu'ils devaient tirer les mêmes soldats à plusieurs reprises tandis qu'ils manœuvraient entre les étoiles, et l'armée du Dragon passa plus près que jamais de la défaite. Ce fut d'un bout à l'autre un combat au corps à corps, où une dizaine de Dragons survivants durent monter la garde auprès de groupes de Blaireaux paralysés en les regelant périodiquement tout en surveillant les alentours, à l'affût d'un ennemi qui essaierait de les prendre à revers.

La bataille dura si longtemps que, lorsqu'ils sortirent enfin de la salle, on ne servait plus le petit-déjeuner au réfectoire. Les soldats du Dragon étaient furieux : ceux qui s'étaient fait geler les premiers, avant d'avoir compris l'avantage de l'adversaire, avaient passé plus d'une heure à flotter dans leurs combinaisons rigides et à s'énerver de plus en plus à mesure que le temps s'écoulait ; les autres, qui avaient dû se battre contre un ennemi supérieur en nombre et dans un environnement sans guère de visibilité pour repérer les Blaireaux ressuscités, étaient épuisés, y compris Ender.

Il réunit son armée dans le couloir et déclara : « Voici le programme d'aujourd'hui : pas d'exercices, reposez-vous, amusez-vous ou passez un examen. »

Ce répit fut accueilli avec soulagement mais la privation de petit-déjeuner n'incita personne à se réjouir outre mesure. Comme ils regagnaient leur casernement, un Dragon grommela : « Je parie qu'on sert le petit-déjeuner aux Blaireaux en ce moment même.

— Non, on les a réveillés et ils ont mangé avant la bataille.

— Tu parles ! Ils ont eu leur repas, et cinq minutes plus tard on leur en sert un deuxième ! »

Bean, pour sa part, était mécontent parce qu'il n'avait pas pu mettre son plan à exécution : il allait devoir attendre le déjeuner.

Contrepartie positive, en l'absence d'entraînement du Dragon les sbires de Bonzo ne sauraient pas où attendre Ender ; mais, s'il allait faire un tour en solitaire, nul ne serait là pour le protéger.

Ce fut donc avec soulagement que Bean vit son commandant se rendre dans ses quartiers. D'accord avec les chefs de section, il instaura un tour de garde : un Dragon devait rester une demi-heure à l'extérieur du casernement, puis taper à la porte pour appeler son remplaçant ; ainsi, Ender ne pourrait pas sortir sans que l'armée en soit avertie.

Mais Ender ne mit pas le nez dehors et l'heure du déjeuner arriva. Les chefs de section envoyèrent leurs soldats au réfectoire pendant qu'eux-mêmes se rassemblaient devant la porte d'Ender. Molo frappa bruyamment – ou plutôt il tapa cinq fois du plat de la main sur le battant. « À table, Ender !

— Je n'ai pas faim. Allez manger. » À travers la porte, sa voix leur parvenait étouffée.

« Non, on t'attend, répondit la Mouche. Pas question que tu te rendes seul au mess des commandants.

— Je ne prendrai pas de repas ce midi, dit Ender. Allez manger, je vous verrai plus tard.

— Vous l'avez entendu, dit la Mouche à ses camarades. Ici, il ne risquera rien. »

Bean avait remarqué qu'Ender n'avait pas promis de rester chez lui pendant tout le déjeuner, mais au moins les gars de Bonzo ignoreraient où il se trouvait. L'imprévisibilité avait ses avantages, et Bean souhaitait avoir l'occasion de faire son petit discours pendant le repas de midi.

Il courut donc jusqu'au réfectoire mais, au lieu de faire la queue, il sauta sur une table et claqua des mains pour obtenir l'attention générale. « Eh, tout le monde ! »

Il attendit qu'un silence relatif s'établît autour de lui.

« Certains ici ont besoin qu'on leur rappelle quelques points des règles de la F. I. Si un soldat reçoit de son officier commandant l'ordre de faire quelque chose d'illégal ou de malhonnête, il a l'obligation de refuser de l'exécuter et de le signaler. Un soldat qui obéit à un ordre illégal ou malhonnête est entièrement responsable des conséquences de ses actes. Au cas où certains d'entre vous seraient un peu lents de la comprenette, ça veut dire que, selon la loi, si un commandant vous ordonne de commettre un crime, l'obéissance ne constitue pas une excuse. Vous avez l'interdiction d'obéir. »

Tous les soldats de la Salamandre avaient détourné le regard mais un des hommes de main de Bonzo, qui portait l'uniforme de l'armée du Rat, intervint d'un ton hargneux. « À qui tu penses, petite tête ?

— À toi, Briquet. Comme tes résultats te classent dans les dix pour cent les plus faibles de l'école, je me suis dit qu'un peu d'aide ne te ferait pas de mal.

— Ce qui ne me ferait pas de mal, ce serait que tu fermes ton clapet !

— Je ne sais pas ce que Bonzo vous avait demandé de faire, Briquet, tes vingt copains et toi, mais si vous aviez tenté quoi que ce soit, vous vous seriez tous fait virer de l'École de guerre. Tous gelés, tous à la rue parce que vous auriez écouté Débilo Madrid. Tu as compris ou je recommence ? »

Briquet s'esclaffa – son rire paraissait forcé, mais il n'était pas le seul à rire. « Tu ne sais même pas ce qui se passe, petite tête ! dit quelqu'un d'autre.

— Je sais que Débilo tente de faire de vous une bande de tueurs, tas de nuls ! Il est incapable de battre Ender dans la salle de bataille, alors il envoie une dizaine de terreurs lui régler son compte, même si Ender est moitié moins grand qu'eux. Vous entendez ça, vous tous ? Vous connaissez Ender : c'est le meilleur commandant qu'ait jamais connu l'école, et il se pourrait bien que lui seul soit en mesure d'imiter Mazer Rackham et de vaincre les doryphores quand ils reviendront, d'accord ? Et on a de l'autre côté ces rigolos qui se croient tellement intelligents qu'ils veulent le démolir. Alors, à l'arrivée des doryphores, quand il ne restera plus que des commandants à la tête vide comme Bonzo Madrid pour conduire nos flottes à la défaite, quand les doryphores ravageront la Terre en tuant tout le monde, hommes, femmes et enfants, les survivants sauront que ce sont les crétins ici présents qui ont éliminé le seul gars qui aurait pu nous mener à la victoire ! »

Un silence de mort régnait sur le réfectoire, et Bean constata, en regardant les soldats qui faisaient partie du groupe de Bonzo la veille, que ses paroles les avaient touchés.

« Mais vous avez oublié les doryphores, c'est ça ? Vous avez oublié que l'École de guerre n'a pas été créée pour vous permettre d'écrire à maman et de vous vanter de votre classement, alors vous n'hésitez pas à venir au secours de Bonzo ; tant que vous y êtes, vous pourriez aussi bien vous trancher la gorge, parce que ça reviendra exactement au même si vous éliminez Ender Wiggin. Mais pour nous autres... voyons, combien ici considèrent Ender Wiggin comme le commandant qu'ils voudraient suivre au combat ? Allons, combien ? »

Et Bean se mit à taper dans ses mains, lentement, rythmiquement. Aussitôt, tous les Dragons l'imitèrent et, très vite, la plupart des autres soldats. Ceux qui n'applaudissaient pas se faisaient tout petits et voyaient bien le regard de mépris des autres posé sur eux.

Bientôt, tout le réfectoire tapait dans ses mains, même les employés qui servaient les repas.

Bean leva les bras en l'air. « Le seul ennemi, ce sont ces saletés de doryphores ! Les humains sont tous dans le même camp ! Celui qui porte la main sur Ender Wiggin est un ami des doryphores ! »

L'auditoire se dressa d'un bond et se mit à l'applaudir et à l'acclamer.

C'était la première fois que Bean s'essayait à enflammer une foule, et il était heureux de constater qu'il s'y montrait doué pour peu que la cause défendue soit juste.

C'est un peu plus tard, alors qu'il prenait son repas en compagnie de la section C, que Briquet s'approcha de lui. Il arriva par-derrière, et la section C fut debout, prête à lui tomber dessus, avant même que Bean se fût aperçu de sa présence. Mais Briquet leur fit signe de se rasseoir, puis se pencha et dit à l'oreille de Bean : « Écoute bien, le roi des cons : les soldats qui ont l'intention de démonter Wiggin ne se trouvent pas dans le réfectoire. Alors, autant pour ton discours à la gomme. »

Et il s'en alla.

Un instant plus tard, Bean en faisait autant, imité par la section C qui rassemblait derrière lui le reste de l'armée du Dragon.

Ender n'était pas dans sa cabine, ou du moins il ne répondit pas quand ils frappèrent à sa porte. Molo la Mouche, en tant que commandant de la section A, prit la direction des opérations et répartit les soldats en groupes chargés d'aller visiter les casernements, la salle de jeux, la vidéothèque, la bibliothèque et la salle de gymnastique.

Mais Bean réunit son escouade et se rendit à la salle de bains : c'était le seul endroit de la station où Bonzo et ses hommes étaient sûrs qu'Ender irait à un moment ou à un autre.

Mais le temps qu'il y parvienne, tout était déjà fini. Les couloirs étaient encombrés d'enseignants et de personnel médical ; Dink Meeker sortait de la salle de bains, un bras passé autour des épaules d'Ender, qui ne portait que sa serviette ; il était trempé, du sang lui couvrait tout l'occiput et lui dégouttait dans le dos. Il ne fallut pourtant qu'un instant à Bean pour comprendre qu'il ne s'agissait pas du sien. Son escouade resta sans bouger à regarder Dink ramener Ender à sa cabine et l'aider à entrer, mais Bean se dirigeait déjà vers la salle de bains.

Les enseignants lui ordonnèrent de dégager le terrain et de retourner dans le couloir, mais Bean put voir ce qu'il voulait voir : Bonzo allongé par terre et des médecins en train de pratiquer sur lui des massages cardiaques. Bean savait qu'on n'emploie pas ce genre de technique sur quelqu'un dont le cœur bat encore ; et, à l'air indifférent des assistants, il comprit que cette tentative n'était qu'une formalité : personne ne pensait que le cœur de Bonzo repartirait. Et pour cause : il avait le nez complètement enfoncé dans le crâne et son visage n'était qu'une masse ensanglantée – ce qui expliquait le sang sur la tête d'Ender.

Les efforts de Bean et de ses amis n'avaient servi à rien, mais Ender avait quand même gagné. Il avait prévu ce qui l'attendait, il avait pris des cours d'autodéfense et il s'en était servi. Et pas à moitié.

Si Ender avait été l'ami de Poke, elle ne serait pas morte.

Et si Ender avait compté sur Bean pour le sauver, il serait aussi mort que Poke.

Des mains se saisirent rudement de lui et le plaquèrent contre un mur. « Qu'as-tu vu ? demanda sèchement le major Anderson.

« Rien, répondit Bean. C'est Bonzo qui est là ? Il est blessé ?

— Ça ne te regarde pas. Tu n'as pas entendu qu'on t'ordonnait de t'en aller ? »

Le colonel Graff arriva sur ces entrefaites, et Bean vit que les enseignants qui l'entouraient étaient furieux contre lui – mais se taisaient à cause du protocole militaire, ou peut-être à cause de la présence d'un élève.

« Je crois que Bean a fourré son nez une fois de trop là où il ne fallait pas, déclara le major Anderson.

— Est-ce que vous allez renvoyer Bonzo ? demanda Bean. Parce que, sinon, il va recommencer. »

Graff lui adressa un regard méprisant. « J'ai entendu ton discours au réfectoire, dit-il. J'ignorais qu'on t'avait amené chez nous faire de la politique.

— Si vous ne gelez pas Bonzo et que vous ne le renvoyez pas, Ender ne sera jamais en sécurité, et, ça, on ne le supportera pas !

— Occupe-toi de tes oignons, petit, répondit Graff. Ici, ce sont les grandes personnes qui travaillent. »

Bean se laissa emmener par Dimak sans opposer de résistance mais, au cas où le capitaine se demanderait s'il était au courant de la mort de Bonzo, il continua de jouer la comédie. « Il va s'en prendre à moi aussi, fit-il. Je n'ai pas envie que Bonzo me tombe dessus !

— Il ne te tombera pas dessus. Il est renvoyé, tu peux nous faire confiance. Mais n'en parle à personne autour de toi ; de toute manière, la nouvelle sera bientôt rendue officielle. Compris ?

— Oui, mon capitaine.

— Et où as-tu pêché toutes ces bêtises sur l'obligation de ne pas obéir à un commandant qui donne des ordres illégaux ?

— Dans le Code général de conduite militaire, répondit Bean.

— Eh bien, pour ta gouverne personnelle, sache que personne n'a jamais été poursuivi pour avoir obéi à un ordre.

— Parce que, dit Bean, personne n'a jamais rien commis d'assez scandaleux pour que le grand public en soit informé.

— Le Code général ne s'applique pas aux élèves, du moins pas cette partie-là.

— Mais il s'applique aux enseignants, répliqua Bean. Il s'applique à vous, au cas où vous auriez obéi à un ordre illégal ou malhonnête aujourd'hui, en... je ne sais pas, en n'intervenant pas alors qu'une bagarre éclatait dans une salle de bains ? Uniquement parce que votre supérieur vous aurait ordonné de laisser un grand passer un petit à tabac. »

Si cette supposition mit Dimak mal à l'aise, il n'en montra rien. Il s'arrêta devant la porte du casernement du Dragon et regarda Bean la franchir.

L'atmosphère était survoltée à l'intérieur. Les Dragons se sentaient incompétents et stupides, et ils étaient furieux et humiliés. Bonzo Madrid les avait roulés ! Il avait réussi à approcher Ender seul ! Où étaient les soldats d'Ender quand leur commandant avait besoin d'eux ?

Les esprits furent longs à se calmer. Pendant ce temps, Bean resta assis sur sa couchette, perdu dans ses pensées. Ender n'avait pas seulement gagné le combat, il ne s'était pas contenté de se défendre : il avait tué Bonzo. Il avait porté un coup si destructeur que son ennemi ne reviendrait plus jamais l'ennuyer.

Ender Wiggin, se dit Bean, tu es né pour devenir le commandant de la flotte qui défendra la Terre contre la Troisième Invasion, parce que nous avons besoin de quelqu'un qui frappe le plus violemment possible, avec une précision impeccable et sans considération pour les conséquences. Quelqu'un qui pratique la guerre totale.

Moi, je ne suis pas comme toi. Je ne suis qu'un gosse des rues qui a pour seul talent de savoir survivre par tous les moyens. L'unique fois où je me suis trouvé en danger, je me suis sauvé comme un écureuil et je me suis jeté dans les jupes de sœur Carlotta. Ender est allé seul au combat, tandis que je suis allé seul dans mon refuge. Moi, je fais de grands discours guerriers, debout sur une table dans le réfectoire ; toi, tu affrontes nu l'ennemi et tu le vaincs alors que toutes les chances sont contre toi.

Je ne sais pas quels gènes on a modifiés chez moi, mais ce n'étaient pas les bons.

Ender a failli mourir à cause de moi, parce que j'ai mis Bonzo en fureur, parce que je n'étais pas là au moment crucial, parce que je n'ai pas pris le temps de me mettre à la place de Bonzo et de comprendre qu'il attendrait Ender dans les douches.

Si Ender était mort aujourd'hui, ça aurait encore été de ma faute.

Bean avait envie de tuer.

Pas Bonzo : il était déjà mort.

Achille. Voilà celui qu'il avait envie de tuer, et, s'il avait été présent, Bean aurait essayé, et il y serait peut-être parvenu si une rage violente et une honte absolue suffisaient à contrebalancer la taille et l'expérience qu'Achille avait acquises. Et si c'était Achille qui devait gagner, ça n'aurait pas été un sort pire que celui que Bean méritait pour avoir failli si complètement à Ender.

Il sentit un choc sur sa couchette. Nikolaï venait de franchir d'un bond l'espace qui séparait les deux lits supérieurs.

« Tout va bien », dit-il en posant la main sur l'épaule de Bean.

Bean roula sur le dos pour faire face à son ami.

« Ah ! fit celui-ci. Je croyais que tu pleurais.

— Ender a gagné, répondit Bean. Pourquoi je pleurerais ? »

18

AMI

« La mort de ce garçon n'était pas nécessaire.

— Elle n'était pas prévue.

— Pourtant elle était prévisible.

— Il est toujours facile de faire des prévisions après coup. Nous avons affaire à des enfants, après tout ; nous ne nous attendions pas à un tel degré de violence.

— Je ne vous crois pas. Je suis convaincu, au contraire, que c'est précisément le degré de violence que vous espériez. Vous avez monté votre expérience et vous considérez qu'elle a réussi.

— Je ne peux pas influer sur vos opinions ; je me contente de ne pas être d'accord avec elles.

— Ender Wiggin est prêt à entrer à l'École de commandement. Tel est mon rapport.

— J'ai un autre rapport de Dap, l'enseignant qui a pour mission de l'observer de près, et, dans ce rapport – pour lequel il est bien entendu que le capitaine Dap ne sera pas sanctionné –, il est dit qu'Andrew Wiggin est "psychologiquement inadapté au service".

— Si c'est le cas, ce qui m'étonnerait, ce n'est que temporaire.

— De combien de temps croyez-vous que nous disposions ? Non, colonel Graff, pour le moment nous devons considérer votre ligne de conduite en ce qui concerne Wiggin comme un échec et le garçon comme impropre à nos buts et peut-être même à tout projet. Par conséquent, si cela est réalisable sans nouveaux meurtres, je veux qu'on pousse l'autre enfant en avant. Je veux qu'il intègre l'École de commandement, sinon immédiatement, du moins le plus vite possible.

— Très bien, mon général. Je dois tout de même vous avertir que je considère Bean comme indigne de confiance.

— Pourquoi ? Parce que vous n'avez encore réussi à en faire un tueur ?

— Parce qu'il n'est pas humain, mon général.

— La différence génétique avec nous ne dépasse pas, et de loin, la gamme des variations habituelles.

— C'est un produit manufacturé, et le fabricant était un criminel doublé d'un authentique cinglé.

— J'entreverrais un risque si c'était son père qui était un criminel, ou sa mère. Mais son chirurgien ? Ce garçon correspond exactement à ce que nous cherchons, et il nous le faut le plus vite possible.

— Il est imprévisible.

— Et Wiggin ? Il n'était pas imprévisible lui aussi ?

— À un moindre degré, mon général.

— Voilà une réponse prudente, eu égard à votre insistance sur le fait que le meurtre d'aujourd'hui n'était pas prévisible.

— Il ne s'agit pas d'un meurtre, mon général.

— Le décès accidentel, alors.

— Wiggin a fait la démonstration de son tempérament, au contraire de Bean.

— J'ai en ma possession le rapport de Dimak – pour lequel lui non plus ne doit...

— Pas être sanctionné ; je sais, mon général.

— Le comportement de Bean durant ces derniers événements a été exemplaire.

— Le rapport du capitaine Dimak est incomplet. Ne vous a-t-il pas informé que c'est peut-être Bean qui a poussé Bonzo à la violence en enfreignant les règles de sécurité et en lui révélant que l'armée d'Ender était composée d'éléments exceptionnels ?

— Personne n'aurait pu prévoir les conséquences d'une telle déclaration.

— Bean essayait de sauver sa peau et, ce faisant, il a transféré le danger sur Ender Wiggin. Le fait qu'il ait tenté par la suite de rattraper le coup ne change rien à l'évidence que, soumis à la pression, Bean se conduit en traître.

— Comme vous y allez !

— N'est-ce pas vous qui parliez de "meurtre" pour décrire ce qui était à l'évidence un acte d'autodéfense ?

— Suffit. Vous êtes en congé de votre poste de commandant de l'École de guerre le temps que Wiggin se remette et se repose. S'il se rétablit assez pour entrer à l'École de commandement, vous pourrez l'accompagner et continuer à exercer votre influence sur l'instruction des enfants que nous intégrons ; sinon, vous pourrez attendre sur Terre de passer en cour martiale.

— À partir de quand mon congé est-il effectif ?

— À partir du moment où vous embarquerez dans la navette en compagnie de Wiggin. Le major Anderson restera pour faire fonction de commandant.

— Très bien, mon général. Wiggin reprendra sa formation, croyez-moi.

— Si nous voulons toujours de lui.

— Une fois passée la consternation que nous ressentons tous devant la mort du jeune Madrid, vous vous rendrez compte que j'ai raison et qu'Ender est le seul candidat valable, aujourd'hui encore plus qu'hier.

— Je vous accorde cette flèche du Parthe. Et, si vous avez raison, je vous souhaite de réussir dans votre travail avec Wiggin. Rompez. »

Ender n'était encore vêtu que de sa serviette quand il pénétra dans le casernement. Bean le vit s'arrêter à la porte, remarqua aussitôt le rictus d'horreur qui déformait son visage et songea : Il sait que Bonzo est mort et il est rongé de remords.

« Ho, Ender ! fit Hot Soup qui se tenait non loin de lui avec les autres chefs de section.

— On a entraînement ce soir ? » demanda un des plus jeunes soldats.

Ender tendit un ruban de papier à Hot Soup.

« J'ai l'impression que non », dit Nikolaï à voix basse.

Hot Soup lut le document. « Les salauds ! Deux en même temps ? »

Tom le Dingue regarda par-dessus son épaule. « Deux armées !

— Bah, elles vont se marcher dessus, c'est tout », répondit Bean. Ce qu'il trouvait de plus consternant chez les professeurs n'était pas qu'ils essayent de combiner des armées, système aberrant dont l'inefficacité avait été démontrée au cours de l'histoire, mais leur mentalité bornée qui les poussait à rajouter de la pression sur Ender après ce qui lui était arrivé. Ne se rendaient-ils pas compte du mal qu'ils lui faisaient ? Leur but était-il de le former ou de le briser ? Sa formation était achevée depuis longtemps, et il aurait dû quitter l'École de guerre depuis une semaine au moins ; et voici qu'on lui mettait une nouvelle bataille dans les pattes, une bataille sans objet, alors qu'il frôlait déjà le désespoir ?

« Je dois faire ma toilette, dit Ender. Faites préparer vos soldats et rassemblez-les à la porte, je vous y retrouverai. » Bean perçut dans sa voix une absence totale d'intérêt – non, c'était plus profond encore : Ender n'avait pas envie de gagner cette bataille.

Quand il fit demi-tour pour se rendre à sa cabine, tout le monde vit le sang qui lui couvrait l'arrière du crâne et avait dégoutté sur ses épaules et dans son dos.

Chacun fit comme s'il n'avait rien remarqué. « Deux armées en peau de lapin ! s'écria Tom le Dingue. On va leur flanquer la pâtée ! »

Tous les soldats paraissaient partager ce point de vue tandis qu'ils enfilaient leurs combinaisons de combat.

Bean coinça le rouleau de fil dans sa ceinture. Si Ender avait jamais eu besoin d'une invention originale, c'était aujourd'hui, alors que la victoire le laissait indifférent.

Comme promis, Ender les rejoignit à la porte avant qu'elle soit ouverte – à quelques secondes près. Il parcourut le couloir bordé par ses soldats qui le suivirent d'un regard empli d'amour, d'admiration, de confiance. Bean, lui, l'observait avec angoisse. Ender Wiggin n'était pas plus grand que nature, il le savait bien ; ce n'était qu'un être humain, et le fardeau terrible qu'on lui faisait porter était excessif pour lui. Pourtant, il le supportait – jusqu'à présent.

La porte devint transparente.

Quatre étoiles étaient placées juste devant l'ouverture et bloquaient toute vue de la salle de combat. Ender allait devoir déployer ses forces à l'aveuglette alors que, si cela se trouvait, l'ennemi avait déjà pénétré dans la salle depuis un quart d'heure. Pour ce qu'il en savait, les armées s'étaient déployées comme l'avait fait celle de Bonzo, tout autour de la porte, avec cette différence que, cette fois-ci, la manœuvre serait efficace.

Mais Ender se taisait et restait à regarder l'obstacle.

Bean s'y était à demi attendu, et il était prêt. Il ne fit rien de spectaculaire : il alla simplement se placer aux côtés de son commandant devant la porte. Mais il savait que ce rappel de sa présence suffirait.

« Bean, dit Ender, prends tes gars et va voir ce qu'il y a de l'autre côté de cette étoile.

— Oui, commandant. » Le jeune garçon tira son rouleau de fil de sa ceinture puis, avec ses cinq soldats, effectua un petit bond jusqu'à l'étoile désignée. Aussitôt, la porte qu'il venait de franchir devint le plafond et la face de l'étoile où il atterrit le sol provisoire. Il attacha une extrémité du filin autour de sa taille pendant que ses compagnons déroulaient le reste en anneaux lâches sur l'étoile. Quand ils en eurent tiré à peu près un tiers, Bean déclara la longueur suffisante. Il avait la conviction que les étoiles visibles en cachaient quatre avec lesquelles elles formaient un cube parfait. S'il se trompait, il disposait d'une longueur de fil excessive et il irait heurter le plafond au lieu de revenir par l'arrière de l'étoile. Ce ne serait pas très grave.

Il s'avança jusqu'au bord de l'étoile : il avait raison, il y en avait bien huit qui composaient un cube. Il faisait trop sombre dans la salle pour distinguer les mouvements des autres armées, mais elles paraissaient en train de se déployer. On ne leur avait donc pas donné d'avance sur le Dragon, cette fois ; il en fit rapidement part à Ducheval, qui le répéterait à Ender pendant que Bean effectuerait sa manœuvre, et, avant qu'il l'ait achevée, le commandant commencerait sans doute à faire entrer le reste de l'armée dans la salle.

Bean s'élança tout droit vers le bas. Au-dessus de lui, son escouade veilla à ce que le fil se déroule convenablement jusqu'à ce qu'il atteigne brusquement sa tension maximale.

Le choc que ressentit Bean au niveau du ventre n'eut rien d'agréable, mais il éprouva une sorte d'exaltation en se sentant partir brutalement vers le sud avec un surcroît de vitesse. Il vit les éclairs lointains du feu ennemi dirigé contre lui ; seuls les soldats d'une moitié de la zone occupée par l'adversaire tiraient.

Quand le fil toucha l'arête suivante du cube, Bean accéléra encore et repartit vers le haut selon un arc qui, un instant, lui donna l'impression qu'il allait heurter le plafond par la tangente ; puis la dernière arête bloqua le filin, et Bean passa derrière l'étoile, où son escouade le récupéra adroitement. Il agita bras et jambes pour indiquer qu'il était sorti indemne de son trajet. Ce que l'ennemi pensait de ses acrobaties aériennes ne pouvait être sujet qu'à hypothèses ; ce qui comptait, c'était qu'Ender n'avait toujours pas franchi la porte ; or le temps imparti devait être bientôt écoulé.

Enfin Ender apparut, seul. Bean lui fit son rapport aussi brièvement que possible. « Il fait sombre, mais pas assez pour repérer facilement l'ennemi grâce aux lumières de ses combinaisons. On est dans les pires conditions de visibilité. L'espace est dégagé entre l'étoile où nous nous tenons et la zone du côté de l'ennemi. Lui aussi a huit étoiles en formation de cube autour de sa porte. Je n'ai vu personne à part des sentinelles cachées derrière les boîtes. Ils nous attendent sans bouger. »

Au loin, l'ennemi commença à lancer des railleries : « Hé, on a les crocs ! Venez nous donner à manger ! Viens, on va te draguer, le Dragon ! »

Bean poursuivit son rapport sans même savoir si Ender y prêtait attention. « Ils m'ont tiré dessus, mais le feu ne venait que d'un côté de leur espace ; ça veut dire que les deux commandants ne sont pas d'accord entre eux et qu'ils n'ont pas désigné de chef suprême.

— Dans une vraie guerre, dit Ender, un commandant avec un minimum de cervelle battrait en retraite pour sauver son armée.

— Et merde ! répliqua Bean. Ce n'est qu'un jeu.

— Ce n'en est plus un depuis qu'il n'existe plus de règles. »

Ça se présentait mal, songea Bean. Combien de temps restait-il pour faire entrer toute l'armée ? « Alors, toi aussi tu fous les règles en l'air ? » Il planta son regard dans celui d'Ender, l'implorant de se réveiller, de l'écouter, d'agir.

Ender perdit son air inexpressif et un sourire complice détendit ses lèvres ; Bean ressentit un immense soulagement. « D'accord, pourquoi pas ? Voyons comment ils réagissent devant une formation de combat. »

Et il appela le reste de son armée. Ils allaient être un peu à l'étroit au sommet de l'étoile mais ils n'avaient pas le choix.

Le plan d'Ender, comme il l'expliqua aussitôt, consistait à employer une autre des idées saugrenues de Bean qu'il l'avait vu pratiquer avec son groupe spécial : un écran de soldats gelés manœuvré par-derrière par les soldats de l'escouade. Ayant exposé à Bean ce qu'il attendait de lui, Ender se joignit à la formation comme n'importe quel soldat et lui laissa le reste de l'organisation. « C'est à toi de jouer », dit-il.

Bean n'aurait jamais cru entendre un jour Ender prononcer ces mots, mais, dans les circonstances présentes, ils étaient prévisibles : Ender ne voulait pas de cette bataille ; en faisant partie de l'écran de soldats gelés et en se laissant pousser, inerte, dans la mêlée, il s'arrangeait autant que faire se pouvait pour ne pas y participer.

Bean se mit aussitôt à l'œuvre, bâtissant l'écran en quatre parties constituées chacune d'une section. Les hommes des sections A, B et C s'alignèrent en rangées de quatre, les bras entrecroisés, auxquelles se superposèrent des rangées de trois soldats qui glissèrent les pieds sous les aisselles des garçons en dessous d'eux. Quand tous les éléments des écrans furent imbriqués les uns dans les autres, Bean et son escouade les gelèrent, puis chacun d'eux se chargea d'une partie de l'écran et, en prenant garde de se déplacer avec lenteur afin de ne pas perdre le contrôle du bloc de soldats à cause de l'inertie, l'amena avec précaution sous l'étoile. Alors ils assemblèrent le tout en un écran unique, l'escouade de Bean assurant la liaison de l'ensemble.

« Quand est-ce que vous vous êtes entraînés à ce truc ? demanda Dumper, le chef de la section E.

— On n'avait jamais fait ça jusqu'à présent, répondit Bean. On s'est exercés à enfoncer les rangs ennemis et à effectuer des liaisons avec des écrans formés d'un seul homme, mais sept soldats à la fois, c'est une nouveauté pour nous. »

Dumper éclata de rire. « Et Ender qui se laisse bloquer dans ton écran comme le premier bidasse venu ! Ça, c'est de la confiance, mon vieux Bean ! »

Non, c'est du désespoir, songea Bean. Mais mieux valait ne pas le dire tout haut.

Quand tout fut prêt, la section E prit place derrière l'écran et, sur l'ordre de Bean, le poussa en avant de toutes ses forces.

La muraille vivante descendit vers la porte ennemie à bonne allure, et le feu ennemi, bien que nourri, ne toucha que des soldats déjà gelés. La section E et l'escouade de Bean restèrent toujours en mouvement, sans excès mais assez pour éviter d'être atteints par un tir perdu, et s'arrangèrent pour faire eux-mêmes feu quand ils en avaient l'occasion, touchant quelques soldats ennemis et forçant les autres à demeurer à couvert.

Quand Bean estima qu'ils s'étaient avancés autant qu'ils le pouvaient avant que le Griffon ou le Tigre lance une attaque, il donna le signal et son escouade se sépara, fractionnant du même coup l'écran dont les différentes parties se dirigèrent de biais vers les quatre angles du cube d'étoiles dans lequel le Griffon et le Tigre étaient rassemblés. La section E accompagna les écrans et mitrailla à tout va en essayant de compenser ainsi son effectif réduit.

Les quatre membres de l'escouade de Bean qui dirigeaient les écrans comptèrent jusqu'à trois, puis prirent appui sur leurs murailles de soldats pour se lancer vers le bas, si bien qu'ils rejoignirent Bean et Ducheval avec assez d'élan pour foncer droit sur la porte ennemie.

Ils se tenaient parfaitement rigides, et la ruse opéra : comme ils étaient tous de petite taille et qu'ils se déplaçaient apparemment au hasard, l'ennemi les prit pour des soldats gelés. Certains furent touchés par des tirs perdus, mais ils conservèrent toutefois leur immobilité et les armées adverses ne leur prêtèrent bientôt plus attention.

Quand les quatre garçons parvinrent à la porte ennemie, sous la direction muette de Bean qui s'exprima par gestes discrets, sans un mot, ils placèrent leurs casques aux quatre coins de la porte, puis appuyèrent dessus, comme lors du rite de fin de combat, et enfin Bean donna une poussée à Ducheval qui franchit la porte tandis que Bean partait en sens inverse.

Les lumières se rallumèrent dans la salle de bataille et toutes les armes se désactivèrent. Le combat était terminé.

Il fallut quelques instants au Griffon et au Tigre pour comprendre ce qui s'était passé. Presque tous les soldats du Dragon étaient gelés ou estropiés alors que les deux armées adverses étaient quasi indemnes, s'étant reposées sur une stratégie conservatrice. Si l'une ou l'autre avait fait preuve d'agressivité, Bean le savait, la manœuvre d'Ender aurait échoué ; mais après avoir vu Bean accomplir l'impossible, tourner autour d'une étoile, puis observé la lente approche de ces écrans improbables, leur stupéfaction les avait laissés sans réaction. La légende d'Ender les avait empêchés d'engager leurs forces de crainte de tomber dans un piège. Or c'était là le piège : intimider l'ennemi.

Le major Anderson entra dans la salle par la porte des professeurs. « Ender ! » fit-il.

Gelé, l'intéressé ne put répondre que par un grognement, réaction peu commune chez un commandant victorieux.

Anderson se servit de son crochet pour aller se placer près de lui et le dégeler. La moitié de la salle le séparait des deux officiers, mais, dans le silence général, Bean entendit clairement la remarque d'Ender : « Je vous ai encore battu, major. »

Bean observa que les hommes de son escouade lui jetaient un bref coup d'œil, curieux de savoir s'il en voulait à Ender de s'attribuer le mérite d'une victoire qu'il avait entièrement projetée et obtenue lui-même. Mais Bean avait compris le sens des paroles d'Ender : il ne parlait pas du fait que les armées du Griffon et du Tigre avaient été battues, mais de la victoire sur les professeurs ; et cette victoire-là tenait à sa décision de confier l'armée à Bean et de ne pas intervenir dans le combat. S'ils croyaient placer Ender face au test suprême en l'obligeant à lutter contre deux armées à la fois juste après qu'il avait dû se battre pour sa survie personnelle dans les toilettes, ils les avaient enfoncés – en esquivant le test.

Anderson avait bien compris le sens de la remarque, lui aussi. « Ridicule, Ender », dit-il. Il s'exprimait à mi-voix mais il régnait un tel silence dans la salle que chacun de ses mots était audible. « C'est contre le Griffon et le Tigre que tu te battais.

— Vous me prenez pour un imbécile ? » demanda Ender.

Bien répondu, se dit Bean *in petto*.

Anderson s'adressa à tous les soldats présents. « Après la petite manœuvre d'aujourd'hui, les règles sont modifiées : dorénavant, tous les soldats de l'ennemi devront être gelés ou estropiés avant qu'on puisse inverser sa porte.

— Les règles ? Quelles règles ? » murmura Ducheval en rentrant dans la salle. Bean lui fit un sourire de connivence.

« De toute manière, ça ne pouvait marcher qu'une fois », dit Ender.

Anderson remit le crochet à Ender. Au lieu de dégeler ses soldats l'un après l'autre, puis ensuite seulement l'ennemi, Ender tapa la commande de dégel général, puis rendit le crochet à Anderson, qui le prit et se dirigea en flottant vers le centre de la salle, où se tenait traditionnellement le rituel de fin du jeu.

« Hé ! lui cria Ender. Ce sera quoi, la prochaine fois ? Mon armée enfermée dans une cage, sans armes, et le reste de l'École de guerre contre elle ? Un peu d'égalité, ça ne ferait pas de mal ! »

Un puissant murmure approbateur monta des soldats, et pas seulement des Dragons ; mais Anderson n'y prêta nulle attention.

Ce fut William Bee, de l'armée du Griffon, qui exprima le sentiment général : « Ender, quelles que soient les conditions, si tu participes à une bataille, les chances ne sont pas égales. »

Ses soldats exprimèrent leur accord haut et fort, et beaucoup d'entre eux éclatèrent de rire ; Talo Momoe, pour ne pas être en reste, se mit à taper dans ses mains en cadence, tout en criant : « Ender Wiggin ! » D'autres enfants reprirent son cri.

Mais Bean, lui, savait la vérité – qu'Ender connaissait aussi : quelle que soit la valeur d'un commandant, sa capacité à affronter des situations nouvelles, si bien que soit préparée son armée, si doués que soient ses lieutenants, si acharnés et courageux ses soldats, la victoire revenait presque toujours au camp qui disposait des moyens de destruction les plus puissants. Il arrive que David tue Goliath, et l'exploit reste dans les mémoires ; mais, avant cela, Goliath a réduit en bouillie tout un tas de gens, et nul ne chante ces combats-là parce que le résultat a été conforme à ce qu'on attendait, voire inéluctable, sauf miracle.

Les doryphores ignoreraient le commandant légendaire qu'Ender était devenu pour ses troupes, ou bien cela leur serait égal ; les vaisseaux humains ne posséderaient pas de dispositifs magiques comme le filin de Bean pour en mettre plein les yeux aux Formiques et les démonter. Ender le savait, Bean aussi. Que se serait-il passé si David n'avait pas eu sous la main une fronde et une poignée de cailloux, et s'il n'avait pas eu le temps de tirer ? À quoi lui aurait servi de savoir bien viser, dans ces conditions ?

Aussi, il était certes réconfortant d'entendre les soldats des trois armées acclamer Ender et répéter son nom pendant qu'il se dirigeait vers la porte ennemie où l'attendaient Bean et son escouade ; mais, en définitive, ces démonstrations ne signifiaient rien, sinon que tout le monde plaçait trop d'espoir dans les capacités d'Ender. Le fardeau qui pesait sur ses épaules n'en devenait que plus lourd.

J'en prendrais ma part si je le pouvais, se dit Bean, comme je l'ai fait aujourd'hui. Tu peux me confier ta responsabilité et je l'assumerai si je le puis. Tu n'es pas tout seul.

Mais, alors même que ces pensées lui traversaient l'esprit, Bean les savait inexactes. Si quelqu'un pouvait réussir, c'était Ender. Si Bean avait passé des mois à refuser de le voir, à se cacher de lui, c'était parce qu'il ne supportait pas le fait qu'Ender représentait ce qui restait seulement un rêve pour lui : devenir un personnage sur lequel on peut fonder tous ses espoirs, sur qui on peut se décharger de toutes ses peurs en sachant qu'on pourra toujours compter sur lui, qu'il ne trahira jamais.

Je voudrais être celui que tu es, Ender, songea Bean ; mais je ne voudrais pas vivre ce que tu as vécu pour y parvenir.

Et puis, comme Ender franchissait la porte, Bean, en lui emboîtant le pas, se rappela qu'il avait suivi Poke, Sergent et Achille de la même façon dans les rues de Rotterdam, et il faillit éclater de rire : il n'aurait pas voulu non plus revivre ce qu'il avait dû vivre pour en arriver là où il en était !

Une fois dans le couloir, Ender s'éloigna sans attendre ses soldats. Mais il marchait à pas lents et ils le rattrapèrent bientôt, l'entourèrent et le forcèrent à s'arrêter par leur simple effervescence. Seuls son silence et son absence de réaction les empêchèrent de laisser libre cours à leur exultation.

« On a entraînement ce soir ? » demanda Tom le Dingue.

Ender fit non de la tête.

« Demain matin ?

— Non.

— Ben, quand, alors ?

— Plus jamais, en ce qui me concerne. »

Les soldats qui avaient entendu sa réponse se mirent à murmurer entre eux. « Hé, c'est pas juste ! fit un garçon de la section B. Ce n'est pas notre faute si les profs bousillent le jeu. Tu ne peux pas arrêter de nous entraîner simplement parce que... »

Ender tapa violemment contre la paroi du plat de la main et cria : « Je ne veux plus jamais entendre parler du jeu ! » Il regarda les autres soldats dans les yeux pour s'assurer qu'ils l'écoutaient. « Vous comprenez ? Le jeu est fini », ajouta-t-il dans un murmure.

Et il s'éloigna.

Certains firent mine de le suivre, mais Hot Soup en attrapa deux par le col de leur combinaison et dit : « Foutez-lui la paix. Vous ne voyez pas qu'il a envie de rester seul ? »

Évidemment, songea Bean. Il a tué quelqu'un aujourd'hui, et, même s'il ignore ce qui va en sortir, il sait ce qui était en jeu : les professeurs voulaient le laisser affronter la mort tout seul. Pourquoi continuerait-il à se prêter à leur jeu ? Tu as raison, Ender.

Pour nous, ce sera plus dur, mais tu n'es pas notre père ; plutôt notre frère, et, dans une fratrie, c'est chacun à son tour qui surveille les autres. Parfois, on peut s'asseoir dans son coin et laisser le rôle de gardien à un autre frère.

Molo la Mouche ramena la troupe au casernement. Bean suivit le mouvement en regrettant de ne pas pouvoir aller chez Ender, lui parler, l'assurer qu'il était d'accord avec lui, qu'il le comprenait. Mais cela aurait été futile : quelle importance pour Ender que Bean le comprenne ou non ? Bean n'était qu'un gosse, un simple élément de son armée. Ender le connaissait et savait comment l'employer, mais en quoi le fait que Bean le connaissait aussi aurait-il pu l'affecter ?

Bean grimpa sur sa couchette et y trouva une bande de papier.

Transfert
Bean
Armée du Lapin
Commandant

C'était l'armée de Carn Carby. Carn était cassé de son commandement ? C'était un brave type – pas un chef exceptionnel, mais pourquoi n'avait-on pas attendu qu'il ait son diplôme ?

Parce que l'École est finie, tout simplement. On promeut tous ceux dont on pense qu'ils ont besoin d'expérience dans le domaine du commandement, et, pour faire de la place, on donne leur diplôme à d'autres élèves. On me confie l'armée du Lapin, mais je parie que je ne la garderai pas longtemps.

Il prit son bureau et voulut entrer sous l'identité de « Graff » pour consulter les tableaux d'avancement et découvrir ce qu'il advenait de chacun. Mais le pseudonyme ne fonctionnait plus : apparemment, on ne jugeait plus utile de lui laisser son accès à l'intérieur du système.

Au fond de la salle, les plus âgés de l'armée discutaient d'un ton énervé. Bean entendit la voix de Tom le Dingue s'élever au-dessus des autres. « Ça veut dire que je dois trouver un moyen pour battre le Dragon ? » La nouvelle se propagea bientôt jusqu'à l'entrée du dortoir : les chefs de section et les seconds avaient tous reçu des ordres de transfert. L'armée du Dragon était mise à nu.

Au bout d'une minute environ où régna la plus grande confusion, Molo la Mouche se dirigea vers la porte, suivi des autres chefs de section. Naturellement : il fallait apprendre à Ender la nouvelle crasse que les professeurs lui avaient faite.

Mais, à la grande surprise de Bean, la Mouche s'arrêta près de sa couchette, le regarda, puis jeta un coup d'œil à ses compagnons.

« Bean, quelqu'un doit avertir Ender. »

L'intéressé hocha la tête.

« Alors on s'est dit... comme tu es son copain... »

Bean garda une expression impassible mais il était ahuri. Lui, le copain d'Ender ? Mais non, pas plus que quiconque dans le dortoir !

Et puis il comprit : dans l'armée du Dragon, tout le monde aimait et admirait Ender, et savait avoir sa confiance. Mais seul Bean avait pénétré dans son intimité quand il lui avait confié son escouade ; et, quand Ender avait refusé de jouer le jeu, c'était à Bean qu'il avait remis son armée. De tous les soldats du Dragon, il était celui qui se rapprochait le plus d'un ami depuis qu'Ender était leur commandant.

Bean regarda Nikolaï qui se fendait la pipe sur la couchette d'en face. Nikolaï lui adressa un salut militaire et forma le mot *commandant* avec les lèvres.

Bean lui rendit son salut mais ne put se résoudre à sourire par respect pour Ender. Il se tourna vers Molo la Mouche, hocha la tête, descendit de son lit et sortit du dortoir.

Il ne se rendit pourtant pas tout de suite à la cabine d'Ender et fit un détour par celle de Carn Carby. Il frappa mais personne ne répondit, aussi poursuivit-il jusqu'au casernement du Lapin. « Où est Carn ? demanda-t-il.

— Il a eu son diplôme, répondit Itú, chef de la section A. Il l'a appris il y a une demi-heure.

— Nous étions au combat, à ce moment-là.

— Je sais ; deux armées en même temps. Vous avez gagné, non ? »

Bean acquiesça. « Je parie que Carn n'est pas le seul à avoir obtenu son diplôme en avance.

— Oui, tout un tas de commandants sont dans le même cas ; plus de la moitié.

— Y compris Bonzo Madrid ? Il a eu son diplôme ?

— C'est ce que prétend la circulaire officielle. » Itú haussa les épaules. « Tout le monde sait bien qu'on l'a sans doute plutôt gelé : il n'y avait même pas le nom de son affectation. Rien que "Carthagène", sa ville natale. Si ce n'est pas ce qui s'appelle se faire geler, ça... Mais les profs racontent bien ce qu'ils veulent, hein ?

— Je parie qu'au total ce sont neuf commandants qui ont eu leur diplôme, dit Bean. Non ?

— Si, neuf. Tu flaires quelque chose ?

— De mauvaises nouvelles, à mon avis. » Il montra son ordre de transfert à Itú.

« *Santa merda* », fit Itú. Puis il salua, sans ironie mais sans enthousiasme non plus.

« Tu veux bien annoncer mon affectation aux autres, qu'ils aient le temps de se faire à l'idée avant que je me pointe pour de bon ? Il faut que je parle à Ender ; il sait peut-être déjà qu'on lui a retiré tous ses chefs de section et qu'on leur a confié d'autres armées ; mais, dans le cas contraire, il faut que je le prévienne.

— Tous ses chefs de section ? Sans exception ?

— Et leurs seconds. » Il envisagea d'ajouter : « Désolé que le Lapin soit tombé sur moi. » Mais Ender n'aurait jamais tenu de propos sur lui-même aussi dévalorisants, et, si Bean voulait devenir un bon commandant, mieux valait qu'il ne débute pas sa carrière en s'excusant. « Je trouvais que l'organisation de Carn Carby était bonne, dit-il, donc je ne compte pas introduire de modification dans la hiérarchie pendant la première semaine ; je veux attendre de voir comment l'armée se débrouille à l'entraînement et dans quel état elle se trouve compte tenu des batailles que nous allons devoir affronter maintenant que la plupart des autres commandants sortent de l'armée du Dragon. »

Itú comprit aussitôt. « Dis donc, ça va faire un drôle d'effet, non ? Ender vous a tous formés, et maintenant vous allez devoir vous battre entre vous.

— En tout cas, je peux t'assurer que je n'ai pas l'intention de faire de l'armée du Lapin un clone du Dragon d'Ender. Nous sommes différents, lui et moi, et nous n'affronterons pas les mêmes adversaires. Le Lapin est une bonne armée. Nous n'avons pas besoin de copier sur les autres. »

Itú eut un sourire entendu. « Même si c'est des conneries, c'est des conneries de première. Je transmettrai le message. » Et il salua.

Bean en fit autant, puis il se dirigea au petit trot vers les quartiers d'Ender.

Devant la porte, un matelas, des couvertures et un oreiller gisaient pêle-mêle dans le couloir, et Bean resta un moment sans comprendre ; puis il s'aperçut que les draps et le matelas étaient humides et tachés de sang. L'humidité provenait de la douche qu'avait prise Ender, le sang du visage de Bonzo. Apparemment, Ender ne voulait plus de ces objets dans sa cabine.

Bean frappa à la porte.

« Allez-vous-en », répondit Ender à mi-voix.

Bean frappa encore, puis une troisième fois.

« Entrez », dit Ender.

Bean appliqua la main sur le scanner pour ouvrir la porte.

« Va-t'en, Bean », fit Ender.

Bean hocha la tête. Il comprenait ce que ressentait le garçon devant lui, mais il devait livrer son message ; il resta donc les yeux baissés en attendant qu'Ender lui demande la raison de sa présence – ou se mette à lui hurler à la figure. Bean était prêt à tout, parce que les autres chefs de section se trompaient : il n'avait pas de relation privilégiée avec Ender en dehors du jeu.

Ender se taisait.

Bean finit par relever les yeux et le vit en train de le regarder. Il n'avait pas l'air en colère ; il le regardait, simplement. Que voit-il chez moi ? se demanda Bean. Jusqu'à quel point me connaît-il ? Que pense-t-il de moi ? Qu'est-ce que je représente à ses yeux ?

Il n'en saurait sans doute jamais rien, et il n'était pas là pour l'apprendre, de toute façon. Il était temps de cracher le morceau.

Il fit un pas en avant et tourna la main de manière que le ruban de papier fût visible. Il ne le tendit pas à Ender, mais il savait que son ancien commandant le remarquerait.

« Tu es transféré ? » demanda Ender. Il s'était exprimé d'un ton monocorde, comme s'il s'en ressentait aucune surprise.

« Oui, dans l'armée du Lapin. »

Ender hocha la tête. « Carn Carby est un type bien. J'espère qu'il saura reconnaître ta valeur. »

Venant d'Ender, ces mots firent à Bean l'effet d'une bénédiction longtemps attendue, mais il refoula l'émotion qu'il sentit monter en lui : il lui restait une partie de son message à délivrer.

« Carn Carby a eu son diplôme aujourd'hui, dit-il. Il a reçu l'avis pendant que nous nous battions.

— Ah ! Qui commande le Lapin, alors ? » La réponse lui paraissait indifférente : il avait posé la question seulement parce qu'elle allait de soi.

« Moi », dit Bean. Il se sentit gêné, et un sourire involontaire apparut sur ses lèvres.

Ender hocha la tête, les yeux au plafond. « Naturellement. Après tout, tu n'as que quatre ans d'avance sur l'âge normal.

— Il n'y a rien de comique là-dedans, répliqua Bean. Je ne sais pas ce qui se passe. » Sauf que le système ne semble plus dirigé que par la plus grande panique. « On commence par modifier toutes les règles du jeu, et maintenant ceci. Je ne suis pas le seul qu'on ait transféré, tu sais ; la moitié des commandants ont reçu leur diplôme, et on a pris une grande partie de nos gars pour commander leurs armées à leur place.

— Lesquels de nos gars ? » Ender avait enfin perdu son expression indifférente.

« À ce qu'il paraît, tous les chefs de section et les seconds.

— Évidemment. S'ils ont décidé d'abattre mon armée, ils lui coupent la tête. Ils ne font pas les choses à moitié.

— Tu gagneras encore, Ender, on le sait tous, rétorqua Bean. Tom le Dingue l'a bien dit : "Et ils espèrent que je vais trouver le moyen de battre le

Dragon ?" Tout le monde sait que tu es le meilleur. »
Même à ses propres oreilles, ses mots sonnaient
creux. Il se voulait encourageant mais Ender n'était
pas dupe ; néanmoins il poursuivit sa diatribe. « Ils
peuvent faire ce qu'ils veulent, ils n'arriveront pas à
te briser, parce...

— C'est déjà fait. »

Bean eut envie de répondre : Ils ont brisé ta
confiance en eux. Ce n'est pas pareil. Ce sont eux
qui sont brisés. Mais il ne parvint à prononcer que
des paroles vides, boiteuses : « Non, Ender, ils ne
peuvent pas...

— Leur jeu ne m'intéresse plus, Bean, dit Ender.
Je refuse d'y participer désormais ; plus de séances
d'entraînement, plus de batailles. Ils peuvent glisser
tous les petits bouts de papier qu'ils veulent sous ma
porte, je n'irai pas. Je l'avais déjà décidé avant d'entrer dans la salle de combat ce matin ; c'est pour ça
que je t'ai donné l'ordre d'attaquer la porte ennemie.
Je ne pensais pas que ça marcherait mais ça m'était
égal. Je voulais seulement quitter la partie avec panache. »

Je sais, songea Bean. Tu crois que je ne m'en étais
pas douté ? Mais, si on parle de panache, ça, tu en
as. « Tu aurais dû voir la tête de William Bee. Il était
là, les bras ballants, à essayer de comprendre comment il avait pu perdre alors que tu ne disposais que
de sept hommes encore capables d'agiter les orteils
et qu'il n'en avait que trois de gelés.

— Quelle importance, la tête de William Bee ?
demanda Ender. Pourquoi devrais-je avoir envie de
battre quiconque ? »

Bean se sentit rougir de gêne. Il avait dit ce qu'il
ne fallait pas ; l'ennui, c'est qu'il ignorait ce qu'il fallait
dire ; il aurait voulu trouver la phrase qui remonterait
le moral d'Ender, le mot qui lui ferait comprendre le
respect et l'amour dont il était l'objet.

Oui, mais le respect et l'amour faisaient partie du
fardeau qu'il portait. Si Bean ouvrait encore la bouche,

il ne ferait qu'ajouter au poids de cette charge ; il se tut donc.

Ender appuya le talon de ses mains sur ses yeux.

« J'ai salement amoché Bonzo aujourd'hui. Je l'ai gravement blessé. »

Mais oui, évidemment ! Tout le reste n'était rien à côté de ce drame ! C'était cet affreux combat dans les toilettes qui écrasait Ender, ce combat que ni ses amis ni son armée n'avaient pu empêcher ; et le plus pénible pour lui n'était pas le danger qu'il avait couru mais le mal qu'il avait fait en se défendant.

« Il l'avait bien cherché », dit Bean. Ses propres mots le firent grimacer : n'était-il pas capable de trouver mieux ? Mais que répondre d'autre ? Ne t'inquiète pas, Ender ; d'accord, il avait l'air bel et bien mort quand je l'ai vu, et je suis sans doute le seul élève de l'école qui sait à quoi ressemble un macchabée, mais... ne t'en fais pas ! N'aie aucun remords ! Il l'avait bien cherché !

« Je l'ai sonné debout, reprit Ender. On aurait dit qu'il était mort, mais j'ai continué à taper. »

Donc il savait. Et pourtant, non, il ne savait pas vraiment, et Bean n'avait pas l'intention de lui révéler la vérité. Il y avait des moments où la franchise absolue était nécessaire entre amis, mais ce n'était pas le cas en l'occurrence.

« Je voulais simplement m'assurer qu'il n'essaierait plus jamais de me faire du mal.

— Il n'en aura plus l'occasion, crois-moi, dit Bean : on l'a renvoyé chez lui.

— Déjà ? »

Bean lui répéta les paroles d'Itú, sans cesser d'éprouver le sentiment qu'Ender se rendait compte qu'il lui cachait quelque chose. On ne pouvait sûrement pas tromper Ender Wiggin.

« Je suis content qu'il ait eu son diplôme », fit Ender.

Inhumation, crémation ou tout autre moyen de se débarrasser des cadavres en Espagne, comme diplôme, cela se posait là !

En Espagne... Pablo de Noches, l'homme qui avait sauvé la vie de Bean, en était originaire ; et voici qu'un corps sans vie y retournait, celui d'un garçon qui s'était laissé posséder par ses instincts meurtriers et qui en était mort.

Arrête ! se dit Bean. Quelle importance que Bonzo ait été espagnol et Pablo de Noches aussi ? Quelle importance que quelqu'un soit ceci ou cela ? Et, tandis que ces pensées lui traversaient l'esprit en un éclair, il continuait à parler en essayant de faire celui qui ne sait rien, en s'efforçant de réconforter Ender tout en sachant que, si Ender le croyait ignorant de la réalité des faits, ses paroles n'avaient aucun sens, mais que s'il se rendait compte qu'il jouait la comédie son discours n'était que mensonges. « C'est vrai qu'il avait amené toute une bande pour te tomber dessus ? » Bean avait envie de se sauver de la cabine tant il se sentait minable.

« Non, répondit Ender. Il n'y avait que lui et moi. Il s'est battu avec honneur. »

Bean fut soulagé : son ex-commandant était tellement plongé dans ses remords de conscience qu'il n'avait même pas prêté attention à ses boniments.

« Moi, je ne me suis pas battu avec honneur, poursuivit Ender. Je me suis battu pour gagner. »

Eh oui, songea Bean : tu as lutté de la seule façon valable, la seule qui mène quelque part. « Et tu as bel et bien gagné. Tu l'as carrément flanqué sur orbite. » Il n'osait pas se rapprocher davantage de la vérité.

On frappa à la porte qui s'ouvrit aussitôt sans qu'Ender eût seulement le temps de répondre. Avant même de se retourner, Bean sut que le visiteur était un adulte : Ender regardait trop haut pour qu'il s'agît d'un enfant.

C'était le major Anderson, accompagné du colonel Graff.

« Ender Wiggin », dit ce dernier.

L'intéressé se leva. « Oui, mon colonel. » Il avait repris son ton monocorde.

« Ton éclat de ce matin dans la salle de combat relevait de l'insubordination et ne doit pas se répéter. »

Tant de stupidité laissa Bean pantois. Après ce qu'avait vécu Ender – ce que les enseignants lui avaient fait vivre –, ils continuaient à jouer les tyrans avec lui ? À lui donner l'impression qu'il était seul contre tous ? Ces types étaient impitoyables !

Ender se contenta de répondre un « Bien, mon colonel » atone, mais Bean était outré.

« En ce qui me concerne, il était grand temps que quelqu'un dise à un de nos dirigeants ce que nous pensons de la façon dont on nous traite ! »

Ni Anderson ni Graff ne manifestèrent qu'ils l'eussent entendu, et Anderson tendit à Ender une feuille. Ce n'était pas le petit ruban de papier qui signalait un transfert, mais une liste complète d'ordres. Ender quittait l'école.

« Tu as ton diplôme ? » demanda Bean.

Ender hocha la tête.

« Pourquoi ça a pris si longtemps ? demanda Bean. Tu n'as que deux ou trois ans d'avance, et tu avais fini d'apprendre à marcher, à parler et à t'habiller tout seul. Qu'est-ce qu'on pouvait bien encore t'enseigner ? » Bean ne savait plus s'il devait rire ou pleurer. Croyaient-ils vraiment tromper qui que ce soit ? Ils réprimandaient Ender pour insubordination, mais ils lui donnaient son diplôme parce qu'ils avaient une guerre sur les bras et qu'ils n'avaient guère de temps pour le préparer. Il représentait leur seul espoir de victoire et ils le traitaient comme une saleté qu'on racle de sa semelle.

« Le jeu est fini, voilà tout ce que je sais », répondit Ender. Il plia la feuille. « Ce n'est pas trop tôt. Puis-je prévenir mon armée ?

— Tu n'as pas le temps, dit Graff. Ta navette part dans vingt minutes. De toute manière, mieux vaut que tu ne t'adresses pas aux soldats maintenant que tu as reçu tes ordres. Ça facilitera les choses.

— Pour eux ou pour vous ? » demanda Ender.

Il se tourna vers Bean et lui serra la main. Bean eut l'impression d'être touché par le doigt de Dieu, de sentir une lumière le traverser de part en part. Je suis peut-être son ami, finalement, se dit-il. Il éprouve peut-être un peu du... sentiment que j'ai pour lui.

Puis l'instant passa. Ender lâcha sa main et se dirigea vers la porte.

« Attends ! fit Bean. Où vas-tu ? À l'École tactique ? de navigation ? de logistique ?

— De commandement, répondit Ender.

— De *pré*commandement, tu veux dire ?

— Non : de commandement. » Et Ender sortit.

Droit à l'École de commandement, l'établissement pour l'élite, dont même la localisation était secrète ! C'étaient des adultes qu'on y envoyait, d'habitude ; il fallait que la guerre soit imminente pour faire sauter à Ender l'École tactique et de précommandement et tout ce qu'il aurait dû y apprendre.

Bean agrippa la manche de Graff. « On n'entre pas à l'École de commandement avant d'avoir seize ans ! »

D'un mouvement brusque, le colonel dégagea son bras et quitta la cabine. S'il avait senti l'ironie dans la remarque de Bean, il n'en avait rien montré.

La porte se referma. Bean se retrouva seul dans les quartiers d'Ender.

Il jeta un coup d'œil alentour. Sans Ender pour l'occuper, la cabine n'était rien, et la présence de Bean n'y avait aucun sens. Pourtant, quelques jours plus tôt, moins d'une semaine, c'était là même qu'Ender lui avait appris qu'il lui confiait une escouade.

Sans raison apparente, Bean revit la scène où Poke lui avait donné six cacahuètes. Par ce geste, c'était la vie qu'elle lui offrait.

Était-ce la vie qu'Ender lui avait offerte ? S'agissait-il des deux mêmes épisodes ?

Non : Poke lui avait donné la vie, tandis qu'Ender lui avait donné un sens.

Tant qu'Ender l'habitait, cette cabine était la pièce la plus importante de l'École de guerre ; à présent, ce n'était plus qu'un placard à balais.

Bean suivit le couloir jusqu'à la cabine qui était encore celle de Carn Carby une heure plus tôt. Il plaqua la main sur le scanner et la porte s'ouvrit. Son identité se trouvait déjà programmée.

La pièce était vide. Plus rien ne s'y trouvait.

C'est ma cabine, se dit Bean.

C'est ma cabine et pourtant elle est toujours vide.

De puissantes émotions montèrent en lui. Il aurait dû être fou de joie, fier d'avoir son propre commandement, mais cela lui restait égal. Comme l'avait dit Ender, le jeu n'était rien. Bean s'en tirerait honorablement, mais ses soldats le respecteraient uniquement parce qu'il réfléchirait une partie de la gloire d'Ender, Napoléon rachitique qui s'empêtrerait dans des souliers d'adulte tout en pépiant des ordres d'une voix flûtée de mioche. Le mignon petit Caligula, « Petite Sandale », orgueil de l'armée de Britannicus ; mais quand il portait les chaussures militaires de son père, elles étaient vides, Caligula le savait, et rien de ce qu'il faisait n'y pouvait rien changer. Sa folie venait-elle de là ?

Moi, je ne deviendrai pas fou, se dit Bean, parce que je ne convoite pas ce qu'Ender possède ni ce qu'il est. Un seul Ender Wiggin suffit ; je n'ai pas besoin d'en devenir une copie conforme.

Il comprit soudain ce qu'était l'émotion qui l'envahissait, lui serrait la gorge, faisait monter les larmes à ses yeux, lui brûlait le visage et se traduisait en un sanglot silencieux. Il se mordit la lèvre dans l'espoir que la douleur ferait reculer sa peine, mais en vain : Ender était parti.

Mais à présent qu'il avait identifié l'émotion, il pouvait la maîtriser. Il s'allongea sur la couchette et pratiqua des exercices de relaxation jusqu'à ce que l'envie de pleurer fût passée. Ender lui avait pris la main pour lui dire adieu ; il avait aussi déclaré : « J'espère qu'il saura reconnaître ta valeur. » Après cela, Bean n'avait plus grand-chose à prouver. Il s'appliquerait avec l'armée du Lapin parce qu'un jour, peut-être, lorsque Ender se tiendrait sur la passerelle du vaisseau amiral de la flotte humaine, il aurait un rôle à jouer, une aide à apporter, une manœuvre inédite dont Ender aurait besoin pour déconcerter les doryphores. Il ferait donc tout pour plaire aux professeurs, il leur en mettrait plein les yeux pour qu'ils continuent à ouvrir les portes devant lui jusqu'au jour où derrière l'une d'elles se trouverait son ami Ender et où il pourrait réintégrer l'armée d'Ender.

19

Rebelle

« Le dernier geste de Graff a été d'intégrer Achille à l'École, et nous savons que cette décision soulevait de graves inquiétudes. Pourquoi ne pas choisir la sécurité et ne pas affecter Achille dans une autre armée, au moins ?

— Il n'est pas dit que Bean se retrouvera dans la même situation qu'Ender avec Bonzo Madrid.

— Mais rien ne nous assure du contraire, mon général. Le colonel Graff conservait de nombreux renseignements par-devers lui ; par exemple, il n'a rédigé aucun mémo sur de nombreuses conversations qu'il a eues avec sœur Carlotta. Graff détient des informations sur Bean et, vous pouvez me faire confiance, sur Achille aussi. Je crois qu'il nous a tendu un piège.

— Non, capitaine Dimak : si Graff a tendu un piège, ce n'est pas à nous.

— Vous en êtes certain ?

— Les petits jeux internes au service ne l'intéressent pas, et il se fiche royalement de vous comme de moi. Si piège il y a, c'est à Bean qu'il l'a tendu.

— Mais c'est exactement ce que je soutiens depuis tout à l'heure !

— Je l'ai bien compris. Mais Achille restera quand même à l'École.

— Pourquoi ?

— Ses tests révèlent un tempérament remarquablement équanime. Il n'a rien à voir avec Bonzo Madrid ;

par conséquent, Bean ne court aucun danger physique ; l'affrontement semble devoir être de nature psychologique, un genre de test de caractère ; or c'est précisément le domaine où nous avons le moins de données sur Bean, étant donné son refus de participer au psychojeu et l'ambiguïté des informations que nous avons retirées des recherches qu'il a faites sous l'identité d'un enseignant. Je pense donc qu'il vaut la peine de l'obliger à se frotter à son croquemitaine.

— Son croquemitaine ou sa Némésis, mon général ?

— Nous les surveillerons de près. Je ne laisserai jamais les adultes s'éloigner d'eux au point d'être incapables d'intervenir à temps, comme Graff l'avait fait pour Ender et Bonzo. Toutes les précautions seront prises. Je ne joue pas à la roulette russe comme Graff, moi.

— Si, mon général. L'unique différence, c'est qu'il savait n'avoir qu'un alvéole vide dans son revolver tandis que vous ignorez combien sont pleins dans le vôtre, parce que c'est lui qui l'a chargé. »

Le lendemain matin de sa nomination à la tête de l'armée du Lapin, Bean trouva à son réveil un papier sur le sol. Il resta un instant abasourdi : un ordre de bataille avant même qu'il ait eu le temps de faire connaissance avec ses soldats ! Mais, à son grand soulagement, le message avait un caractère beaucoup plus trivial.

Étant donné le nombre de nouveaux commandants, la tradition consistant à n'avoir accès au mess des officiers supérieurs qu'après la première victoire est abolie. Vous dînerez au mess des commandants dès aujourd'hui.

C'était logique : puisqu'on allait accélérer le programme de bataille pour tout le monde, il fallait que les commandants aient la possibilité d'échanger des informations dès le départ – et qu'ils subissent la pression sociale de leurs pairs, également.

Sa feuille à la main, Bean revit Ender tenant ses ordres à chaque nouvelle et improbable modification du jeu. Ce n'était pas parce que cet ordre-ci avait un sens qu'il était bon : Bean ne considérait pas le jeu comme sacré, par conséquent les changements de règles et de traditions ne le dérangeaient pas ; en revanche, la façon dont les enseignants les manipulaient l'agaçait.

Comme quand on lui fermait l'accès aux dossiers des élèves, par exemple. La question n'était pas de savoir pourquoi on lui interdisait soudain cet accès, ni même pourquoi on le lui avait autorisé si longtemps, mais de comprendre pourquoi les autres commandants ne disposaient pas de toutes ces informations. S'ils devaient apprendre à exercer l'autorité, il fallait leur fournir les instruments de l'autorité.

Et puisqu'on changeait le système, pourquoi ne pas se débarrasser des éléments pernicieux et destructeurs, comme par exemple les tableaux de résultats qu'on trouvait dans tous les réfectoires ? Les scores et les classements, au lieu d'inciter commandants et soldats à se donner à fond dans la bataille présente, les poussaient à se montrer prudents et conservateurs. Cela expliquait que la tradition ridicule des batailles rangées ait perduré si longtemps ; Ender n'était sûrement pas le premier à imaginer une meilleure manière de faire la guerre, mais personne ne voulait faire de vagues, nul n'osait innover au risque de chuter dans les classements.

Non, il fallait prendre chaque bataille comme un problème complètement nouveau, et s'y engager comme s'il s'agissait d'un jeu et non d'un travail ; ce serait alors un défi suprême à la créativité de chacun ; en outre, lorsqu'ils donneraient un ordre à une section ou à un soldat, les commandants ne se demanderaient pas s'ils les forçaient à sacrifier leur classement pour le bien de toute l'armée.

Plus important, cependant, était le défi représenté par la décision d'Ender de blackbouler le jeu. Qu'il ait obtenu son diplôme avant d'avoir eu le temps de se mettre en grève ne changeait rien au fait qu'il aurait bénéficié du soutien de Bean.

Mais, à présent qu'il avait quitté l'École, boycotter le jeu n'avait plus de sens, surtout si Bean et les autres devaient progresser jusqu'à un niveau où ils auraient peut-être l'occasion d'entrer dans la flotte d'Ender quand les vraies batailles débuteraient. Néanmoins, ils pouvaient prendre en mains les règles du jeu et s'en servir à leurs propres fins.

C'est pourquoi, vêtu de son uniforme de l'armée du Lapin flambant neuf – et mal taillé –, Bean monta de nouveau sur une table, cette fois dans le mess des officiers. Son discours de la veille faisait déjà partie de la légende, et des rires et des huées éclatèrent quand il se dressa devant ses camarades.

« On mange avec les pieds, là d'où tu viens, Bean ?

— Si tu grandissais au lieu de monter sur les tables ?

— Mets des échasses, que le dessus reste propre ! »

Mais les autres commandants nouvellement nommés et qui appartenaient naguère à l'armée du Dragon se turent, et leur attention respectueuse fit bientôt retomber le silence dans la salle.

Du doigt, Bean désigna le tableau qui indiquait les classements. « Où est l'armée du Dragon ? demanda-t-il.

— Elle a été dissoute, répondit Petra Arkanian. Les soldats ont été répartis dans les autres armées, sauf vous, les anciens chefs de section. »

Bean l'écouta sans rien dire, mais il n'en pensait pas moins : deux jours plus tôt, elle avait joué, volontairement ou non, le rôle de Judas pour attirer Ender dans un piège.

« Sans le Dragon, fit-il, ce tableau ne veut rien dire. Quels que soient les résultats futurs de nos armées, ils seraient différents si le Dragon existait toujours.

— Oui, mais, ça, on n'y peut pas grand-chose, fit observer Dink Meeker.

— Le problème n'est pas l'absence du Dragon, répondit Bean. Le problème, c'est que ce tableau ne devrait pas exister. Nous ne sommes pas les ennemis les uns des autres : le seul véritable adversaire, ce sont les doryphores. Nous devons nous conduire en alliés entre nous, apprendre les uns des autres, échanger nos idées et nos informations, nous sentir libres de faire des expériences, d'essayer de nouvelles méthodes sans craindre pour nos places dans les classements. Ce tableau que vous voyez là fait partie de la stratégie des professeurs pour nous retourner les uns contre les autres – comme Bonzo vis-à-vis d'Ender. Personne ici n'est aussi malade de jalousie que lui, mais soyons clairs : il était le produit de ce système de classement. Il était décidé à casser la tête de notre meilleur commandant, de notre meilleure chance de repousser la prochaine invasion de doryphores, et tout ça pourquoi ? Parce qu'Ender l'avait humilié dans les classements ! Réfléchissez-y : son classement était plus important à ses yeux que la guerre contre les Formiques !

— Bonzo était cinglé, dit William Bee.

— Alors, évitons de lui ressembler, répliqua Bean. Éliminons du jeu ce système de classement, effaçons l'ardoise à la fin de chaque bataille et affrontons la suivante sans nous occuper des précédentes. Essayons toutes les tactiques imaginables pour gagner, puis, une fois le combat terminé, que chaque commandant discute avec son adversaire, qu'ils échangent leurs idées, les motifs de leurs manœuvres, afin qu'ils apprennent l'un de l'autre. Plus de secrets ! Que tout le monde essaye ce qu'il veut ! Et aux chiottes les classements ! »

Un murmure approbateur accueillit ces paroles, et pas seulement de la part des anciens Dragons.

« C'est facile à dire pour toi, remarqua Shen. Pour le moment, ton armée est dernière ex æquo.

— Voilà un excellent exemple du problème, dit Bean. Tu te méfies de mes motivations, et pourquoi ? À cause du classement ! Mais est-ce que nous ne devons pas tous devenir un jour commandants de la même flotte ? Travailler main dans la main ? Nous faire mutuellement confiance ? La F. I. serait mal barrée si tous ses capitaines, tous ses commandants de troupes d'assaut et tous ses amiraux passaient leur temps à s'inquiéter de leur classement au lieu de collaborer pour battre les Formiques ! Je veux apprendre ce que tu sais, Shen, pas te disputer un rang sur un tableau accroché à ce mur par les professeurs dans le but de nous manipuler !

— Tu parles ! Comme si vous, les anciens du Dragon, vous intéressiez à ce que des minables comme nous peuvent vous apprendre ! » fit Petra Arkanian.

Enfin ! L'abcès était ouvert.

« Si ! Si, je m'y intéresse, justement parce que j'étais dans l'armée du Dragon. Nous sommes neuf ici à ne savoir que ce qu'Ender nous a enseigné, ou à peine plus. Or, il avait beau être génial, ce n'était pas le seul de toute la flotte ni même de l'École à posséder un cerveau et à savoir s'en servir. Je dois apprendre ta façon de penser ; si tu me fais des cachotteries, je n'en tirerai rien d'utile, et, si je t'en fais, tu n'en tireras rien d'utile non plus. La réussite exceptionnelle d'Ender tenait peut-être à ce qu'il poussait ses chefs de section à échanger des idées ; il nous laissait libres d'essayer de nouvelles méthodes du moment que nous partagions ce que nous apprenions. »

Le murmure d'approbation fut plus général cette fois ; même ceux qui doutaient encore hochaient la tête d'un air pensif.

« Alors voici ce que je propose : le rejet unanime des tableaux de classement, pas seulement de celui qui se trouve ici mais aussi de celui du réfectoire des soldats. Nous convenons de ne plus y prêter attention, point final. Nous demandons aux enseignants de les déconnecter ou de ne plus rien y inscrire. S'ils refusent, nous recouvrons les appareils d'un drap ou nous les détruisons à coups de chaise. Rien ne nous oblige à nous plier à leurs règles ; nous sommes capables de prendre en charge notre propre formation et de nous préparer à l'affrontement avec notre véritable ennemi. Nous ne devons jamais oublier qui est notre vrai adversaire.

— Ouais : les profs ! » lança Dink Meeker.

Tout le monde éclata de rire, après quoi Dink rejoignit Bean sur la table. « Je suis le commandant le plus âgé ici, maintenant que les anciens ont obtenu leur diplôme ; je suis même l'élève le plus âgé de toute l'école sans doute. Je propose donc qu'on adopte la proposition de Bean sans attendre, et ensuite j'irai voir les profs pour exiger qu'ils coupent les tableaux. Quelqu'un a-t-il une objection à formuler ? »

Silence.

« Accepté à l'unanimité, donc. Si les tableaux sont encore allumés au déjeuner, apportons des draps pour les couvrir. S'ils marchent encore au dîner, inutile de les bousiller à coup de chaise : refusons simplement de mener nos armées au combat tant qu'ils n'auront pas été déconnectés. »

De sa place dans la queue, Alaï déclara : « C'est pour le coup que nos classements vont... »

Il se rendit compte soudain de ce qu'il disait et il éclata d'un rire d'autodérision. « Merde, mais c'est qu'ils nous ont complètement conditionnés ! »

Bean était encore rouge de fierté quand, après le petit-déjeuner, il se rendit au casernement du Lapin pour faire officiellement connaissance avec ses soldats. L'armée du Lapin avait entraînement à la mijournée, ce qui ne laissait à Bean qu'une demi-heure entre le repas du matin et le début des cours. La veille, lorsqu'il s'était entretenu avec Itú, il avait l'es-

prit ailleurs et il n'avait prêté qu'une attention super-
ficielle aux quartiers des Lapins ; mais à présent il se
rendait compte qu'à la différence des soldats du Dragon ceux du Lapin avaient tous l'âge normal et qu'aucun n'était aussi petit que lui-même, et de loin. Il
avait l'air d'une poupée et, pire, il avait l'impression
d'en être une, en suivant l'allée centrale du dortoir
sous le regard de tous ces garçons immenses – auxquels se mêlaient quelques filles – qui le dominaient
de toute leur taille.

Arrivé à mi-longueur du couloir, il se retourna face
à ceux devant lesquels il était passé. Autant prendre
le taureau par les cornes.

« Le premier problème que je constate, dit-il d'une
voix forte, c'est que vous êtes tous beaucoup trop
grands. »

Personne ne rit. Bean se sentit un peu défaillir,
mais il devait continuer.

« Je m'efforce de grandir le plus vite possible ; à
part ça, je ne vois pas ce que je peux faire. »

Cette fois, il obtint un ou deux petits rires. Il se
sentit soulagé de savoir que certains ne lui étaient
pas complètement hostiles.

« Notre premier entraînement ensemble a lieu à
1030. Pour notre première bataille ensemble, j'ignore
quand elle se déroulera, mais j'ai une certitude : les
professeurs ne me laisseront pas les trois mois tradi-
tionnels après ma nomination à la tête d'une nouvelle
armée, et il en ira de même pour les autres commandants qui viennent de recevoir leur affectation. Ils
n'ont accordé à Ender Wiggin que quelques semaines avec le Dragon avant de l'envoyer au combat – or
le Dragon était une nouvelle armée, bâtie de toutes
pièces, alors que le Lapin est une bonne armée avec
un passé plus qu'honorable. Le seul nouveau ici,
c'est moi. Je pense que les batailles commenceront
d'ici quelques jours, une semaine au maximum, et
qu'elles seront fréquentes. Donc, pour nos premières
séances d'entraînement, c'est vous qui allez me for-

mer au système que vous avez déjà mis en place : il faut que je voie comment vous travaillez avec vos chefs de section, comment les sections opèrent les unes avec les autres, comment vous réagissez aux ordres, quelles instructions vous appliquez. J'aurai quelques observations à faire qui concerneront davantage des questions d'attitude que de tactique, mais, dans l'ensemble, je veux assister à un entraînement tel que vous le pratiquiez sous Carn. Vous me faciliteriez la tâche en y mettant toutes vos tripes, de façon que je vous voie au meilleur de vous-mêmes. Des questions ? »

Aucune. Le silence.

« Un autre point. Avant-hier, Bonzo et certains de ses amis guettaient Ender Wiggin dans les couloirs. J'ai compris le danger, mais pour la plupart les soldats de l'armée du Dragon étaient trop petits pour tenir tête à la bande que Bonzo avait constituée. Ce n'est pas par hasard si, ayant besoin d'aide pour mon commandant, j'ai frappé à la porte de l'armée du Lapin. Votre casernement n'était pas le plus proche, mais je savais que Carn Carby avait le sens de la justice et j'ai songé que son armée devait partager cette attitude. Même si vous n'éprouviez pas d'affection particulière pour Ender Wiggin ou l'armée du Dragon, je savais que vous ne resteriez pas les bras croisés pendant qu'un ramassis de brutes flanquerait une raclée à un petit qu'ils étaient incapables de battre à la loyale dans la salle de bataille. Je ne m'étais pas trompé : quand vous êtes sortis de ce casernement et que vous vous êtes posés en témoins dans le couloir, j'ai ressenti de la fierté de vous voir prendre position pour une bonne cause. Aujourd'hui, je suis fier de faire partie de votre armée. »

Son discours eut l'effet recherché. La flatterie est souvent efficace, et toujours lorsqu'elle est sincère. En annonçant à ses nouveaux soldats qu'ils avaient déjà gagné son respect, Bean avait dissipé une grande partie de la tension que sa nomination suscitait chez eux, car, naturellement, ils craignaient son mépris, lui ancien Dragon, pour la première armée battue par Ender Wiggin. Ils étaient désormais rassurés et Bean aurait la possibilité de mériter à son tour leur respect.

Itú donna le signal des applaudissements, et tout le monde se joignit à lui. L'ovation ne dura guère mais elle suffit à Bean pour savoir que la porte était ouverte, ou au moins entrebâillée.

Il leva les mains pour calmer les applaudissements – juste à temps, car ils commençaient déjà à s'éteindre.

« J'aimerais m'entretenir quelques minutes avec les chefs de section dans ma cabine. Les autres, quartier libre jusqu'à l'entraînement. »

Presque aussitôt, Itú s'approcha de lui. « Bien joué, dit-il. Tu n'as fait qu'une erreur.

— Laquelle ?

— Tu n'es pas le seul nouveau chez nous.

— On a affecté un ancien Dragon au Lapin ? » L'espace d'un instant, Bean se prit à espérer qu'il s'agissait de Nikolaï. Un ami de confiance serait le bienvenu.

Mais ce n'était pas le cas.

« Non, un soldat du Dragon, ce serait un vétéran ! Là, je te parle d'un vrai nouveau ; il est arrivé à l'école hier après-midi et il a reçu son affectation chez nous hier soir, après ton passage.

— Un bleu ? Directement affecté à une armée ?

— On lui a posé la question, et il nous a répondu qu'il avait suivi à peu près les mêmes cours que nous pendant qu'on lui faisait subir toute une série d'opérations chirurgicales sur Terre, mais...

— Quoi, il est en convalescence, en plus ?

— Non, il marche normalement ; il est... Écoute, pourquoi ne pas aller le voir tout simplement ? Moi, tout ce que je veux savoir, c'est si tu veux l'affecter à une section ou non.

— D'accord, allons le voir. »

Itú conduisit Bean au fond du dortoir. Le nouveau était là, à côté de sa couchette, avec dix ou quinze centimètres de plus que Bean ne se le rappelait et les deux jambes à présent bien droites et de la même longueur, le nouveau qui, la dernière fois que Bean l'avait vu, caressait Poke, quelques minutes avant de jeter son corps dans le fleuve.

« Ho, Achille ! dit Bean.

— Ho, Bean ! répondit Achille avec un sourire engageant. Il paraît que c'est toi le grand patron, ici.

— "Grand", façon de parler, dit Bean.

— Vous vous connaissez, tous les deux ? demanda Itú.

— On s'est rencontrés à Rotterdam », expliqua Achille.

Ce n'est sûrement pas un hasard si on l'a affecté dans mon armée, songea Bean. Je n'ai révélé son crime qu'à sœur Carlotta, mais comment savoir ce qu'elle a raconté à la F. I. ? On l'a peut-être inscrit chez moi parce qu'on croyait que, sorti comme lui des rues de Rotterdam, de la même bande – de la même famille –, je pourrais l'aider à s'intégrer plus rapidement dans l'école. Ou bien on savait que c'est un assassin à la rancune tenace, capable de frapper au moment le plus imprévisible, et qu'il projetterait ma mort aussi sûrement qu'il avait projeté celle de Poke. On a peut-être voulu en faire mon Bonzo Madrid personnel.

Oui, mais, moi, je n'ai jamais suivi de cours d'auto-défense, et il est deux fois plus grand que moi ; même en sautant, je n'arriverais pas à lui donner un coup de poing sur le nez. Je ne sais pas ce que les dirigeants cherchaient en mettant la vie d'Ender en danger, mais il avait de toute façon de meilleures chances de s'en tirer que moi.

Le seul élément qui joue en ma faveur est qu'Achille tient plus à sa propre survie et à sa réussite qu'à la vengeance. S'il peut garder indéfiniment une dent contre quelqu'un, il ne se pressera pas d'agir ;

en outre, au contraire de Bonzo, il ne se laissera jamais pousser à frapper dans des circonstances où il serait aussitôt identifié comme l'auteur du crime. Tant qu'il estime avoir besoin de moi et que je ne reste jamais seul, je ne risque probablement rien.

Rien ? Un frisson d'angoisse le traversa. Poke aussi croyait ne rien risquer.

« À Rotterdam, c'était Achille mon commandant, dit-il. Nous étions un groupe de gosses et c'est lui qui nous permettait de survivre en nous faisant entrer dans les cuisines populaires.

— Bean est trop modeste, protesta Achille. L'idée de notre organisation, c'est lui qui l'avait eue ; en fin de compte, il nous a appris à travailler en équipe. J'ai beaucoup étudié depuis, Bean. J'ai passé une année à lire des livres et à suivre des cours – quand on n'était pas en train de me charcuter les jambes, de me pulvériser les os et de les faire repousser droit – , et j'en sais assez aujourd'hui pour me rendre compte du bond que tu nous as fait faire. Grâce à toi, on est passés de la barbarie à la civilisation. Bean incarne une espèce de raccourci de l'évolution. »

Bean était trop intelligent pour ne pas remarquer quand on lui passait la brosse à reluire ; cependant, il n'était pas mécontent que ses soldats voient ce nouveau venu tout droit de la Terre manifester du respect pour lui.

« De l'évolution des pygmées, en tout cas, dit-il, répondant à la dernière phrase d'Achille.

— Je vous jure, Bean était le petit le plus dur à cuire que j'aie jamais connu dans les rues. »

Cette dernière remarque était moins bien venue que les précédentes. Achille venait de franchir la limite entre la flatterie et la possessivité. Une expression comme « le petit le plus dur à cuire » allait obligatoirement établir Achille comme le supérieur de Bean, avec le droit de porter des jugements de valeur sur lui. Des histoires courraient, certaines peut-être même avec Bean comme héros, mais elles serviraient surtout à donner une légitimité à Achille, à l'intégrer plus vite dans la communauté ; or Bean ne tenait pas à ce qu'il soit tout de suite intégré.

Achille poursuivait alors que de nouveaux soldats s'approchaient pour l'écouter. « Quand j'ai été recruté dans la bande de Bean, c'était...

— Il ne s'agissait pas de ma bande, le coupa Bean. Et ici, à l'École de guerre, on ne parle pas de chez soi et on n'écoute pas les autres en parler. Je te serais donc reconnaissant de ne plus jamais évoquer ce qui s'est passé à Rotterdam tant que tu feras partie de mon armée. »

Il s'était montré sous un jour avenant lors de son discours d'arrivée, mais il était maintenant temps de faire preuve d'autorité.

La réprimande ne parut pas embarrasser Achille. « J'ai compris ; pas de problème.

— Il est l'heure de vous préparer à vous rendre en cours, dit Bean en s'adressant à l'ensemble des soldats. Je dois m'entretenir avec mes chefs de section. » Du doigt, il désigna Ambul, un soldat thaïlandais qui, d'après ce que Bean avait lu dans son dossier, aurait été nommé chef de section depuis longtemps s'il n'avait pas eu tendance à désobéir aux ordres stupides. « Ambul ! Je te donne pour mission de conduire Achille à ses cours, de l'en ramener, de lui apprendre comment enfiler une combinaison de combat, comment elle fonctionne, et de lui enseigner les rudiments des déplacements en salle de combat. Achille, tu obéiras à Ambul comme au bon Dieu lui-même jusqu'à ce que je t'affecte à une section. »

Achille eut un sourire plein de sous-entendus. « Je n'obéis pas au bon Dieu. »

Tu crois que je ne le sais pas ? « La bonne réponse à un ordre de ma part est : "Oui, commandant." »

Le sourire d'Achille s'effaça. « Oui, commandant.

— Je suis content de t'avoir chez nous », dit Bean en sachant parfaitement qu'il mentait.

— Moi aussi, commandant », répondit Achille, et Bean eut la quasi-certitude qu'il ne mentait pas, lui, mais qu'il se réjouissait pour des motifs très complexes parmi lesquels, désormais, le désir renouvelé de le voir mourir.

Pour la première fois, Bean comprit pourquoi Ender s'était toujours comporté comme s'il ne tenait pas compte de la menace que représentait Bonzo. Il s'agissait en réalité du résultat d'un choix très simple : ou bien il faisait en sorte de sauver sa peau, ou bien il faisait en sorte de conserver le contrôle de son armée. S'il voulait détenir véritablement l'autorité, Bean devait exiger une obéissance et un respect absolus de la part de ses soldats, même si, pour cela, il lui fallait rabattre le caquet d'Achille et accroître par là même le risque qu'il courait.

Et pourtant, une autre partie de lui-même songeait : Achille ne se trouverait pas ici s'il n'avait pas l'étoffe d'un chef. Il se débrouillait remarquablement bien dans son rôle de papa à Rotterdam ; aujourd'hui, j'ai le devoir de le mettre à niveau le plus vite possible à cause de son utilité potentielle pour la F. I. Je n'ai pas le droit de laisser mes craintes personnelles ni ma haine de ce qu'il a fait à Poke intervenir dans la responsabilité qui m'est confiée. Donc, même si c'est le diable incarné, mon travail est d'en faire un soldat le plus efficace possible pour qu'il devienne peut-être un jour commandant.

Et, en attendant, je surveillerai mes arrières.

20

CRIME ET CHÂTIMENT

« Vous l'avez fait entrer à l'École de guerre, n'est-ce pas ?

— Sœur Carlotta, j'ai été mis en congé, ce qui signifie que je suis viré, si vous n'êtes familière du jargon de la F. I.

— Viré ! C'est sûrement une erreur judiciaire. On aurait dû vous fusiller.

— Si les sœurs de Saint-Nicolas avaient des couvents, votre mère supérieure vous infligerait une sérieuse pénitence pour nourrir une pensée aussi peu chrétienne.

— Vous l'avez enlevé à l'hôpital du Caire pour l'emmener directement dans l'espace malgré mes mises en garde.

— Vous n'avez pas remarqué que vous me parliez sur le réseau terrestre ? Je ne suis plus dans l'espace. C'est quelqu'un d'autre qui dirige l'École de guerre.

— Ce garçon est un tueur récidiviste. Il ne s'agit plus seulement aujourd'hui de la jeune fille de Rotterdam ; il y avait aussi un enfant, là-bas, celui que Helga surnommait Ulysse ; on a retrouvé son cadavre il y a quelques semaines.

— Achille a passé toute l'année à l'hôpital.

— Le médecin légiste estime que le meurtre remonte un peu plus loin. Le corps était dissimulé derrière des conteneurs qu'on ne déplace que rarement, près du marché au poisson, afin de couvrir l'odeur. Et je n'ai pas fini : il y a aussi un professeur de l'école où je l'avais placé.

— Ah ! C'est vrai ! Vous l'aviez mis à l'école long-temps avant moi.

— L'enseignant est mort défenestré.

— Pas de témoin, pas de preuve, je suppose ?

— Exact.

— Et vous voyez un fil conducteur dans tout ça ?

— C'est justement ce que j'essaye de démontrer. Achille ne tue pas de façon irréfléchie, et il ne choisit pas ses victimes au hasard : il ne supporte pas l'humiliation d'être vu impuissant, infirme, vaincu ; il doit purger l'offense en acquérant un pouvoir absolu sur celui ou celle qui a osé l'humilier.

— Vous faites dans la psychologie maintenant ?

— J'ai exposé les faits à un spécialiste.

— Les faits supposés.

— Nous ne sommes pas au tribunal, colonel ; je m'adresse à l'homme qui a fait entrer ce tueur dans la même école que le garçon qui l'a fait humilier à Rotter-dam et qui a demandé sa mort. Le spécialiste que j'ai consulté me l'a garanti : les chances qu'Achille ne tente rien contre Bean sont égales à zéro.

— Dans l'espace, ce n'est pas aussi facile que vous le croyez. Il n'y a pas de quais, là-haut.

— Savez-vous comment j'ai appris que vous l'aviez emmené à l'École de guerre ?

— Vous disposez sûrement de sources personnelles de renseignement, aussi bien mortelles que célestes.

— C'est une excellente amie à moi, le docteur Vivian Delamar, chirurgienne de son état, qui s'est occupée de restaurer la jambe d'Achille.

— Si ma mémoire est bonne, c'est vous qui nous l'aviez recommandée.

— C'était avant d'apprendre qui était Achille. Quand je l'ai découvert, j'ai appelé Vivian pour la prévenir d'être prudente ; l'expert psychologue m'avait avertie qu'elle aussi était en danger.

— Alors qu'elle avait remis sa jambe en état ? Pour-quoi ?

— Personne n'avait vu Achille dans un état de plus grande impuissance que le chirurgien qui l'avait opéré alors qu'il gisait, anesthésié jusqu'aux oreilles. Rationnellement, j'en suis persuadée, il savait qu'il n'avait aucun motif de faire du mal à cette femme qui lui avait fait tant de bien ; mais il aurait dû appliquer le même raisonnement à Poke, lors de son premier meurtre – si c'était bien le premier.

— Donc, ce docteur... Vivian Delamar, vous l'avez mise en garde. Qu'a-t-elle vu ? Achille a-t-il fait des aveux alors qu'il était sous anesthésie ?

— Nous n'en saurons jamais rien. Il l'a assassinée.

— Vous plaisantez ?

— Je me trouve actuellement au Caire ; l'enterrement a lieu demain. On parlait de crise cardiaque jusqu'au moment où j'ai insisté pour qu'on recherche sur son corps la trace d'une piqûre ; on en a trouvé une, et à présent l'affaire est considérée comme un meurtre. Achille sait lire, ne l'oubliez pas ; il a appris quels produits employer ; en revanche, j'ignore comment il s'y est pris pour maintenir Vivian immobile pendant qu'il lui faisait l'injection.

— Comment vous croire, sœur Carlotta ? Ce garçon est généreux, charmant, il a une personnalité magnétique ; c'est un chef-né. Les gens comme lui ne commettent pas de meurtres !

— Qui sont les victimes ? Le professeur qui s'est moqué de son ignorance quand il est arrivé à l'école, qui l'a montré du doigt à toute la classe, la chirurgienne qui l'a vu inerte devant elle, sous anesthésie, la gamine des rues dont la bande l'a vaincu, le garçon qui a fait le serment de le tuer et l'a obligé à se cacher. Un jury se laisserait peut-être ébranler si on arguait de la coïncidence, mais ce n'est sûrement pas votre cas.

— En effet, vous m'avez convaincu qu'il existait peut-être un danger bien réel. Mais j'ai déjà prévenu les enseignants de l'École de guerre qu'il pouvait y avoir un risque, et aujourd'hui je n'ai plus d'autorité là-haut.

430

— Mais le contact n'est pas rompu. Si vous leur adressez une mise en garde plus pressante, ils prendront des mesures appropriées.

— Je les avertirai en conséquence de ce que vous m'avez appris.

— Vous mentez.

— Même au téléphone, vous vous en rendez compte ?

— Vous tenez à exposer Bean au danger !

— Ma sœur... oui, c'est vrai. Mais pas à un danger d'une telle ampleur. Je vais faire tout ce qui est en mon pouvoir.

— S'il arrive du mal à Bean à cause de vous, Dieu vous demandera des comptes.

— Il faudra qu'il attende son tour, sœur Carlotta. La cour martiale de la F. I. a préséance. »

Bean regarda la prise d'aération de sa cabine et s'étonna d'avoir pu un jour s'y glisser. Quelle taille avait-il donc alors ? Celle d'un rat ?

Heureusement, maintenant qu'il avait des quartiers privés, il n'était plus limité aux conduits d'arrivée d'air. Il hissa sa chaise sur la table, grimpa dessus et se retrouva au niveau des étroites fentes horizontales qui couraient le long de la paroi mitoyenne avec le couloir. Il sortit de leur logement plusieurs longues sections du cadre, et il n'eut guère plus de mal à retirer les panneaux au-dessus, séparés de la paroi rivetée. À présent, l'ouverture était assez grande pour permettre à n'importe quel élève ou presque de se glisser dans l'espace vide au-dessus du plafond du couloir.

Bean se dévêtit et s'enfonça de nouveau dans le système d'aération.

Il était plus à l'étroit qu'autrefois ; il avait grandi de façon étonnante ! Il gagna rapidement le secteur d'entretien près des chaufferies, découvrit comment fonctionnait le système d'éclairage et se mit à ôter délicatement les ampoules et les appliques murales de la zone désirée. Bientôt, il se retrouva dans un vaste puits complètement obscur quand la porte était fermée, plein d'ombres profondes quand elle était ouverte. Soigneusement, il entreprit de tendre son piège.

Achille était toujours stupéfait de constater que l'univers se pliait à sa volonté ; tout ce qu'il désirait semblait lui venir naturellement : Poke et sa bande qui l'avaient fait s'élever au-dessus des brutes de la rue, sœur Carlotta qui l'avait fait entrer dans l'école religieuse de Bruxelles, le docteur Delamar qui avait redressé sa jambe, si bien qu'il était capable désormais de courir et qu'il ne paraissait pas différent des enfants de son âge. Et aujourd'hui, arrivé à l'École de guerre, qui devait être son premier commandant ? Le petit Bean lui-même, prêt à le prendre sous son aile et à l'aider à faire son chemin dans la hiérarchie. On aurait dit que l'univers avait été créé dans le seul but de le servir, et ses occupants accordés à ses souhaits.

La salle de bataille était absolument géniale ; c'était la guerre en réduction : on pointait son flingue et le môme en face devenait tout raide. Naturellement, Ambul avait commis l'erreur d'en faire la démonstration sur Achille lui-même, puis d'éclater de rire devant sa victime désorientée qui flottait en l'air, incapable de bouger, incapable de modifier la direction de son vol. Il ne fallait pas faire ça ; ce n'était pas bien, et Achille se sentait mal tant qu'il n'avait pas réussi à remettre les pendules à l'heure ; un peu de bonté et de respect n'aurait pas fait de mal au monde.

Tiens, Bean, par exemple : leurs retrouvailles auguraient bien de l'avenir, mais il avait fallu qu'il le rabaisse devant les autres, qu'il leur montre bien qu'Achille était son papa autrefois mais qu'il n'était plus aujourd'hui qu'un soldat de son armée. C'était absolument gratuit. On n'humilie pas les gens comme ça ! Bean avait changé. Le jour où Poke l'avait fait tomber sur le dos, à sa grande honte, devant tous les petits, c'était Bean qui lui avait marqué du respect. « Tue-le », avait-il dit ; il savait alors, ce microbe, que, même par terre, Achille restait dangereux. Mais apparemment il l'avait oublié depuis ; Achille était même pratiquement certain que Bean avait donné l'ordre à Ambul de geler sa combinaison de combat et de l'humilier dans la salle de bataille pour faire de lui la risée de l'armée.

J'étais ton ami et ton protecteur, Bean, parce que tu me manifestais du respect ; mais aujourd'hui je dois mettre dans la balance ton attitude actuelle : aucune considération pour moi, macache !

L'ennui, c'est qu'on ne fournissait rien aux élèves qui puisse servir d'arme, et tous les objets étaient étudiés pour ne pas blesser. En outre, personne ne restait jamais seul – sauf les commandants, isolés dans leurs quartiers. Ça, c'était intéressant ; mais Achille soupçonnait les enseignants d'avoir le moyen de repérer à tout moment un élève où qu'il se trouve. Il allait devoir apprendre comment fonctionnait le système et comment le déjouer avant d'entreprendre de régler ses comptes.

Mais il avait déjà une certitude : ce qu'il aurait besoin de savoir, il l'apprendrait ; des occasions se présenteraient et, étant ce qu'il était, il les saisirait. Rien ne viendrait interrompre son ascension jusqu'au moment où il tiendrait tout le pouvoir entre ses mains ; alors régnerait une justice parfaite en ce monde au lieu de ce sinistre système qui laissait tant d'enfants le ventre vide, ignorants et invalides dans la rue pendant que d'autres menaient une existence privilégiée, sans risque et en bonne santé. Tous les adultes qui avaient un jour ou l'autre détenu l'autorité au cours des millénaires passés étaient des imbéciles ou des nullités, mais l'univers obéissait à Achille. Lui et lui seul pouvait corriger les maux de la société.

Alors qu'il se trouvait à l'École de guerre depuis trois jours, l'armée du Lapin livra sa première bataille sous le commandement de Bean. Elle perdit. Cela ne serait pas arrivé si Achille avait été à sa tête : Bean avait joué les demoiselles effarouchées qui ne veulent heurter personne et il avait laissé ses chefs de section mener la danse, or il était évident que le prédécesseur de Bean les avait mal choisis. S'il désirait gagner, il devait serrer la vis à son armée, mais, quand Achille tenta de le lui expliquer, Bean se contenta de répondre avec un sourire entendu – et un air supérieur exaspérant – que la clé de la réussite reposait sur ce que chaque chef de section et, finalement, chaque soldat devaient avoir une vue d'ensemble de la situation et agir de façon autonome pour obtenir la victoire. C'était un raisonnement si stupide et si erroné qu'Achille eut envie de le gifler. Celui qui sait ordonner son environnement ne laisse pas les autres semer leur petite pagaille dans les coins ; il prend les rênes et les tire d'une main dure, tout en fouettant son équipage pour l'obliger à obéir. Comme disait Frédéric le Grand : « Le soldat doit craindre ses officiers plus que les balles de l'ennemi. » On ne gouverne pas sans exercer le pouvoir au vu et au su de tous. Les subalternes doivent courber la tête devant le chef ; ils doivent même renoncer à s'en servir pour se laisser mener uniquement par l'esprit et la volonté de leur dirigeant. Or, à part Achille, nul ne paraissait se rendre compte que c'était précisément là que résidait la grande force des doryphores : dépourvus de volonté individuelle, il ne réagissait qu'à l'esprit de la ruche. Ils étaient entièrement soumis à la reine. Les hommes ne pouvaient les vaincre qu'en apprenant d'eux, qu'en devenant comme eux.

Mais expliquer cela à Bean aurait été une perte de temps ; il n'aurait pas écouté. Jamais, donc, il ne ferait une ruche de l'armée du Lapin ; il œuvrait au contraire à créer davantage de confusion. C'était intolérable.

C'était intolérable – mais, alors qu'Achille pensait ne plus pouvoir supporter tant de gaspillage et de stupidité, Bean le convoqua dans ses quartiers.

En entrant, il s'étonna de constater que Bean avait ôté le couvercle de la prise d'aération et une partie du panneau mural, ce qui laissait à nu le système d'aspiration de l'air. Il ne s'y était pas du tout attendu.

« Déshabille-toi », ordonna Bean.

Achille flaira une tentative d'humiliation.

Mais Bean avait déjà commencé à se dévêtir. « Les profs nous surveillent grâce à nos uniformes, dit-il. Si tu n'en portes pas, ils ignorent où tu te trouves, sauf au gymnase et dans la salle de combat, où il y a un appareillage extrêmement coûteux capable de repérer la chaleur du corps. Comme ce n'est pas là qu'on va, déshabille-toi. »

Il était nu comme un ver à présent, et Achille ne pouvait plus considérer comme une humiliation de l'imiter.

« C'est un truc qu'on avait mis au point, Ender et moi, reprit Bean. Tout le monde croyait Ender génial, mais la vérité c'est qu'il connaissait à l'avance les plans des autres commandants parce qu'on allait les espionner grâce au réseau de ventilation. Et pas seulement les commandants : les profs aussi, on savait quels étaient leurs projets. On était toujours au courant de tout à l'avance. Ça n'avait rien de difficile de gagner, dans ces conditions. »

Achille éclata de rire. Alors ça, c'était fabuleux ! Bean était peut-être un petit crétin, mais cet Ender dont tout le monde parlait, celui-là savait ce qu'il faisait !

« Il faut être deux, c'est ça ?

— Pour se rendre là où on peut espionner les profs, on passe par un large puits où il fait noir comme dans un four. Je ne peux pas y arriver seul ; j'ai besoin de quelqu'un pour me descendre puis me remonter. Je ne savais pas à qui faire confiance dans l'armée du Lapin, et, d'un seul coup, te voilà, un vieux copain d'autrefois. »

Une fois de plus, l'univers se pliait à la volonté d'Achille. Il serait seul avec Bean, personne ne saurait où ils se trouvaient, et personne ne saurait ce qui s'était passé.

« D'accord, je marche, dit-il.

— Fais-moi la courte échelle, répondit Bean. Toi, tu es assez grand pour monter tout seul. »

Manifestement, ce n'était pas la première fois que Bean empruntait ce passage : il avançait à bonne allure, les talons et les fesses éclairés par intermittence par la lumière du couloir qui filtrait entre les plaques du plafond. Achille observa où il plaçait les mains et les pieds, et se montra vite aussi doué que Bean pour se déplacer sans bruit dans le conduit. Chaque fois qu'il sollicitait sa jambe, il s'émerveillait de son efficacité : elle se plaçait où il le voulait, et elle possédait la force nécessaire pour supporter son poids. Le docteur Delamar était une chirurgienne chevronnée, or même elle reconnaissait n'avoir jamais opéré de patient dont l'organisme réagissait aussi bien que celui d'Achille aux opérations. Son corps était fait pour être sain et fort ; toutes les années d'infirmité qu'il avait vécues avaient permis à l'univers de lui enseigner le caractère intolérable du désordre. Et aujourd'hui Achille possédait un corps parfait, prêt à agir pour remettre le monde dans son bon sens.

Il prêtait grande attention au trajet qu'ils suivaient car, si l'occasion se présentait, il reviendrait seul, et il ne pouvait pas se permettre de se perdre ni de révéler sa présence dans les conduits en appelant au secours. Nul ne devait savoir qu'il y avait jamais pénétré, et, tant qu'il ne leur donnerait pas de motif de le suspecter, les enseignants ne se douteraient de rien. Bean et lui étaient amis, voilà tout ce qu'ils savaient, et quand Achille pleurerait l'enfant disparu, ses larmes seraient sincères – comme toujours, car ces morts tragiques ne manquaient pas de grandeur, celle de la volonté du vaste univers dont les mains adroites d'Achille n'étaient que les outils.

Dans le rugissement des chaufferies, ils pénétrèrent dans un espace où la structure de la station se révélait. Le feu, voilà qui était bien ; il laissait si peu de résidus... Les gens mouraient en tombant dans le feu, et ce genre d'incident se produisait fréquemment. Bean, qui se promenait seul dans le coin... Si seulement ils s'approchaient des chaudières...

Mais non : Bean ouvrit une porte qui donnait sur un espace plongé dans la pénombre. La lumière de la chaufferie laissait voir un trou noir à l'intérieur, non loin de l'ouverture. « Fais attention de ne pas tomber là-dedans », fit Bean d'un ton enjoué, puis il ramassa un rouleau d'une corde très fine. « C'est un filin de survie. Ça fait partie du matériel de sécurité et ça sert à empêcher les ouvriers de partir accidentellement dans l'espace pendant qu'ils travaillent à l'extérieur de la station. Ender et moi l'avons fixé comme il faut : le fil passe par-dessus une poutre, là-haut, et il me maintient au milieu du puits. On ne peut pas s'y accrocher à la main : ça entaille la peau si on glisse ; alors on l'enroule serré autour de la taille, ce qui évite tout glissement, et on se prépare au choc. Comme la gravité n'est pas considérable, on se laisse simplement tomber dans le puits. Ender et moi avons bien pris les mesures et on s'arrête exactement au niveau des conduits qui mènent aux quartiers des profs.

— Ça ne fait pas mal quand on arrive au bout du fil ?

— Un mal de chien, tu veux dire, répondit Bean. Mais on n'a rien sans rien, non ? Une fois en bas, je déroule le fil, je l'accroche à un bout de métal et il reste là jusqu'à mon retour. Quand je reviens, je tire trois fois sur le filin et tu me remontes – mais pas à la main. Tu retournes à la porte, tu la franchis et tu continues jusqu'à l'entrée ; là, tu contournes le poteau et tu vas jusqu'au mur, puis tu attends que j'aie le temps de me balancer et d'atterrir sur la corniche, là. Ensuite je me décroche, tu reviens et on laisse le fil en place pour la visite suivante. C'est simple, non ?

— Pigé », dit Achille.

Au lieu de tourner au niveau du poteau, rien ne l'empêchait de continuer tout droit de façon que Bean se retrouve suspendu en l'air sans rien à quoi se raccrocher. Achille aurait alors tout le temps de trouver un moyen de fixer le filin pour que Bean reste dans la même position ; au milieu du rugissement des chaudières et des ventilateurs, personne n'entendrait ses appels à l'aide. Achille aurait tout loisir d'explorer le secteur et de découvrir comment accéder aux chaudières, après quoi il n'aurait plus qu'à remonter Bean, l'étrangler et jeter son cadavre dans la fournaise. Puis il laisserait tomber le filin dans le puits, où nul ne le trouverait. Il était même très possible qu'on ne retrouve pas Bean non plus, et, dans le cas contraire, ses tissus mous auraient disparu, calcinés, et avec eux toute trace de strangulation. Net et sans bavure. Il faudrait sans doute un peu improviser, mais c'était toujours ainsi, et Achille était en mesure de régler les problèmes mineurs à mesure qu'ils se présenteraient.

Il passa une boucle du filin par-dessus sa tête, puis la serra sous ses aisselles tandis que Bean prenait l'autre bout du fil.

« Prêt, dit Achille.

— Vérifie que c'est bien serré, que tu ne risques pas de te faire entailler quand j'arriverai au fond.

— C'est bon. »

Mais Bean voulut en avoir le cœur net. Il passa un doigt entre la peau et le fil. « Serre davantage », dit-il.

Achille obéit.

« Très bien, fit Bean. On y est, tu peux y aller. »

Y aller ? Mais c'était Bean qui devait descendre !

Soudain, le filin se raidit et Achille se sentit soulevé de terre. Il y eut quelques saccades et il se retrouva suspendu dans le puits obscur. Le fil lui mordait cruellement la chair.

Quand Bean avait dit « Tu peux y aller », c'est à un comparse qu'il s'adressait, quelqu'un qui était arrivé avant eux et avait attendu le moment propice à l'affût. Le sale petit traître !

Cependant, sans dire un mot, Achille tendit le bras pour voir s'il atteignait la poutre au-dessus de lui, mais elle était hors de portée ; et pas question de grimper à mains nues le long du filin tendu par le poids de son corps.

Il s'agita et parvint à s'imprimer un mouvement d'oscillation ; mais, si loin qu'il parvienne dans quelque direction, il ne rencontra que le vide, aucune paroi, nulle part où s'accrocher.

Il était temps de discuter.

« Pourquoi tu fais ça, Bean ?

— À cause de Poke.

— Mais elle est morte.

— Tu l'as embrassée, puis tu l'as tuée et tu l'as jetée dans le fleuve. »

Achille sentit son visage s'empourprer. Il n'y avait pas de témoin ; ce n'étaient que des hypothèses ! Oui, mais... si Bean n'avait pas assisté à la scène, comment savait-il qu'il avait d'abord embrassé Poke ?

« C'est faux, dit Achille.

— C'est bien triste, dans ce cas, parce que c'est un innocent qui va mourir pour ce meurtre.

— Mourir ? Ne me raconte pas de blagues, Bean. Tu n'es pas un assassin.

— C'est l'air chaud et sec du puits qui se chargera de la tâche. Tu vas te déshydrater en une journée. Tu as déjà la bouche un peu sèche, non ? Et tu vas rester là, suspendu, à te momifier petit à petit. Nous sommes dans le système d'aspiration, et c'est là que l'air est filtré et purifié ; par conséquent, même si ton cadavre empeste pendant quelque temps, personne ne sentira rien. Personne ne te verra non plus : tu es suspendu au-dessus du rai de lumière qui passe par la porte ; et, de toute façon, nul ne vient jamais par ici. Non, la disparition d'Achille deviendra le mystère de l'École de guerre, et on racontera des histoires sur ton fantôme pour faire peur aux bleus.

— Bean, ce n'est pas moi le coupable.

— Je t'ai vu, pauvre crétin ! Tu peux raconter ce que tu veux, moi je t'ai vu. Je n'aurais jamais cru avoir l'occasion de te faire payer le meurtre de Poke. Pourtant, elle ne t'a fait que du bien ; je lui ai dit de te tuer mais elle a eu pitié de toi ; elle a fait de toi le roi des rues ; et tu l'as remerciée en l'assassinant ?

— Je ne l'ai pas assassinée.

— Je vais t'expliquer la situation, Achille, puisque tu es visiblement trop bête pour comprendre tout seul. D'abord, tu as oublié où tu te trouvais. Sur Terre, tu avais l'habitude d'être beaucoup plus intelligent que ceux qui t'entouraient ; mais ici, à l'École de guerre, tout le monde est aussi intelligent que toi, et la plupart d'entre nous le sont davantage. Tu crois qu'Ambul n'a pas remarqué la façon dont tu le regardais ? Tu crois qu'il ne se savait pas condamné à mort parce qu'il s'était moqué de toi ? Tu crois que les vétérans du Lapin ont mis ma parole en doute quand je leur ai parlé de toi ? Ils s'étaient déjà rendu compte qu'il y avait quelque chose d'anormal chez toi. Les adultes n'ont peut-être rien vu, ils se sont peut-être laissé rouler par ta façon de leur cirer les pompes, mais pas nous. Et, comme la situation venait de se produire d'un gosse qui avait essayé d'en tuer un autre, personne n'avait envie que ça recommence ; personne n'avait envie d'attendre que tu attaques, parce que, le truc, c'est que l'équité au combat, on s'en fout. Nous sommes des soldats, et les soldats ne laissent pas sa chance à l'adversaire : ils tirent dans le dos, ils tendent des pièges et des embuscades, ils mentent à l'ennemi et ils se battent à plusieurs contre un s'ils en ont l'occasion. Ta façon de tuer n'a cours que chez les civils ; or tu étais trop crâneur, trop stupide et trop dément pour t'en apercevoir. »

Bean avait raison, Achille le savait : il avait commis une grossière erreur de jugement. Il avait oublié que, lorsque Bean avait demandé à Poke de le tuer, ce n'était pas seulement une façon de marquer son respect pour Achille ; il voulait aussi qu'Achille meure. Les affaires se présentaient plutôt mal.

« Tu n'as donc que deux manières de mettre fin à cette situation. La première : tu restes suspendu, nous te surveillons à tour de rôle pour nous assurer que tu ne trouves pas un moyen de t'en tirer, tu meurs et alors nous te laissons ici pour continuer notre vie comme si de rien n'était. La seconde : tu nous avoues tout – et je dis bien *tout*, pas seulement ce que tu crois que je sais déjà – et ensuite tu avoues aux enseignants, puis aux psychiatres qu'ils t'enverront, et ainsi de suite jusqu'à ce qu'on t'enferme dans un asile d'aliénés sur Terre. Peu importe celui que tu choisiras ; ce qui compte, c'est que tu ne puisses plus jamais te promener librement dans les couloirs de l'École de guerre ni ailleurs. Alors, qu'est-ce que tu décides ? Tu sèches au bout de ton fil ou tu expliques aux professeurs que tu es complètement détraqué ?

— Amène-moi un prof, je lui avouerai tout.

— Tu ne m'as pas bien écouté : je viens de te dire que nous ne sommes pas idiots. Tu avoues tout maintenant, devant témoins, et ce sera enregistré. Pas question de faire venir un prof qui va se répandre en excuses devant toi et nous engueuler en te voyant pendu en l'air comme ça. Quand on en fera monter un, il saura précisément ce que tu es, et il sera accompagné de six ou sept marines pour te maîtriser et t'obliger à rester calme, parce qu'ici, Achille, on ne rigole pas. On ne laisse pas aux gens la moindre chance de s'échapper. Tu n'as aucun droit à bord de cette station, et tu n'en retrouveras qu'une fois revenu sur Terre. C'est ta dernière chance. Avoue. »

Achille faillit éclater de rire, mais il fallait laisser croire à Bean qu'il avait gagné – ce qui était le cas, pour le moment. Il ne pouvait plus rester à l'École de guerre, c'était évident, mais Bean n'était pas assez futé pour le tuer une fois pour toutes ; non, Bean, alors que rien ne l'y obligeait, lui laissait une chance de vivre. Et, tant qu'Achille serait vivant, le temps jouerait pour lui ; l'univers se plierait jusqu'à ce que la porte s'ouvre et le libère ; et cela se produirait plus tôt qu'on ne s'y attendait.

Tu n'aurais pas dû me laisser d'ouverture, Bean, parce que je te tuerai un jour, je te le jure. Toi et tous ceux qui m'ont vu réduit à l'impuissance dans ce puits. « D'accord, dit-il. C'est moi qui ai tué Poke ; je l'ai étranglée et je l'ai jetée dans le fleuve.

— Continue.

— Qu'est-ce que tu veux de plus ? Tu veux que je te dise qu'elle s'est pissé et chié dessus en mourant ? Tu veux que je te décrive ses yeux exorbités pendant que je lui serrais la gorge ?

— Un seul meurtre ne suffirait pas à t'envoyer définitivement en hôpital psychiatrique, Achille. Tu avais tué avant, tu le sais bien.

— Qu'est-ce qui te fait croire ça ?

— Le fait que tu n'as pas eu de scrupules à éliminer Poke. »

Je n'ai jamais eu de scrupules, même la première fois. Tu ne comprends pas le pouvoir, c'est tout : si tu as des scrupules, c'est que tu n'es pas fait pour détenir le pouvoir. « J'ai tué Ulysse, naturellement, mais seulement parce qu'il m'énervait.

— Et qui d'autre ?

— Je n'ai pas décimé des foules entières, Bean.

— Tu vis pour tuer, Achille. Allons, crache le morceau, et ensuite convaincs-moi que c'est bien tout. »

Mais Achille ne faisait que s'amuser avec Bean : il avait déjà décidé de tout lui dire.

« La dernière en date, c'est le docteur Vivian Delamar. Je lui avais demandé de ne pas m'opérer sous anesthésie totale, de me laisser éveillé, en lui assurant que je serais capable de supporter la douleur s'il y en avait. Mais elle voulait tout gérer à sa façon ; alors, si elle savait si bien gérer les choses, pourquoi m'a-t-elle tourné le dos ? Et pourquoi a-t-elle eu la bêtise de croire que j'avais vraiment un flingue ? J'ai appuyé un abaisse-langue contre son dos et elle n'a même pas senti l'aiguille pénétrer juste à côté. Elle est morte d'une crise cardiaque devant moi dans son bureau, sans que personne sache que je m'y trouvais. Il t'en faut davantage ?

— Je veux tout, Achille. »

En l'espace de vingt minutes, Achille raconta l'ensemble de sa chronique, les sept fois où il avait remis de l'ordre dans le monde. Il prit plaisir à faire ce récit, finalement : jusque-là, personne n'avait eu l'occasion de prendre la mesure de sa puissance. Il regrettait seulement de ne pas voir le visage de ceux qui l'entouraient ; il aurait voulu observer l'expression de dégoût qui révélait leur faiblesse, leur incapacité à regarder le pouvoir en face. Machiavel avait compris, lui ; si on veut gouverner, on ne recule pas devant le meurtre. Saddam Hussein le savait aussi : il faut être prêt à tuer de ses propres mains ; on ne peut pas toujours rester à l'écart et laisser les autres faire le travail à sa place. Staline avait compris lui aussi : on ne peut pas être fidèle à quiconque parce qu'on s'en trouve toujours affaibli ; Lénine l'avait pris sous son aile, lui avait donné sa chance, l'avait tiré de rien pour en faire le gardien des portes du pouvoir, mais cela n'avait pas empêché Staline de le faire jeter en prison, puis exécuter. C'était cela que ces imbéciles n'arriveraient jamais à saisir ; tous les auteurs militaires n'étaient que des philosophes de salon, et la plupart de leurs ouvrages étaient inexploitables. La guerre n'était qu'un des moyens par lesquels les grands hommes parvenaient au pouvoir et y restaient ; et la seule manière d'arrêter un grand homme dans son ascension était celle qu'avait employée Brutus.

Or tu n'es pas Brutus, Bean.

Allume, que je voie vos visages.

Mais le puits resta dans l'obscurité. Quand il eut achevé ses aveux, quand ceux qui l'avaient piégé sortirent, la seule lumière qui entra fut celle qui passait par la porte ouverte, découpant les silhouettes des soldats. Ils étaient cinq, tous nus mais munis du matériel d'enregistrement ; ils allèrent même jusqu'à l'essayer pour s'assurer qu'ils avaient bien toute la confession d'Achille. Il entendit sa propre voix, forte et ferme, pleine de la fierté de ses actes. Ce serait pour les faibles une preuve supplémentaire de sa « démence », et ils ne le condamneraient pas à mort. Il resterait en vie jusqu'à ce que l'univers plie à nouveau le monde selon sa volonté et le libère pour lui permettre de régner sur la Terre dans le sang et dans l'horreur. Comme il n'avait pas pu voir le visage des cinq soldats, il n'avait pas le choix : quand il aurait rassemblé tout le pouvoir entre ses mains, il devrait tuer tous ceux qui se trouvaient actuellement à bord de la station. De toute façon, ce serait une bonne idée : étant donné que tous les plus grands esprits militaires de l'époque y étaient passés à un moment ou à un autre, il était évident que, pour gouverner sans risque, Achille devrait se débarrasser de tous ceux dont les noms apparaîtraient sur les listes de l'École de guerre. Alors il n'aurait plus de rivaux – mais il continuerait à faire tester les enfants pour repérer ceux qui auraient en eux la plus petite étincelle de talent militaire. Hérode savait comment on conserve le pouvoir.

Sixième partie

VAINQUEUR

21

CONJECTURES

« Nous n'avons plus le temps d'attendre que le colonel Graff répare les dégâts qu'a subis Ender Wiggin : il n'est pas nécessaire que ce garçon passe par l'École tactique pour la mission dont il sera chargé. Il faut aussi que les autres soient promus immédiatement ; eux, ils ont besoin de sentir physiquement ce dont sont capables les vieux vaisseaux avant qu'on les transfère chez nous pour les entraîner en simulateur, ce qui ne se fera pas en cinq minutes.

— Mais ils n'ont participé qu'à quelques combats !

— Je n'aurais même pas dû leur donner autant de temps. Le LIS sera terminé dans deux mois, et, le temps que ces gosses en aient fini avec l'École tactique, le voyage jusqu'au quartier général de la Flotte prendra quatre mois. Ça ne leur laisse que trois mois en Tactique avant que nous les emmenions à l'École de commandement. Trois mois dans lesquels nous devons compresser trois ans de formation.

— Je dois vous dire que Bean semble avoir réussi le dernier test de Graff.

— Un test ? Quand j'ai relevé Graff de ses fonctions, je pensais que cela mettait aussi un terme à son sinistre petit programme de tests.

— Nous ignorions à quel point cet Achille était dangereux. On nous avait bien prévenus qu'il présentait un certain risque mais... il était si avenant... Je ne fais aucun reproche au colonel Graff, comprenez-moi, il ne pouvait pas savoir.

— Savoir quoi ?

— Qu'Achille était un tueur en série.

— Voilà qui devrait réjouir Graff : Ender, lui, en est à deux meurtres.

— Je ne plaisante pas. Achille a sept assassinats à son actif.

— Et il est passé à travers le filtrage d'entrée à l'École de guerre ?

— Il savait comment répondre aux tests psychologiques.

— Par pitié, dites-moi qu'aucun des sept meurtres n'a eu lieu à l'École de guerre !

— Le huitième a bien failli s'y produire ; mais Bean a obtenu la confession d'Achille.

— Bean est devenu prêtre, maintenant ?

— À la vérité, mon général, il a mis en œuvre une stratégie très astucieuse. Il a roulé Achille, il lui a tendu un piège dont il ne pouvait se tirer que par des aveux complets.

— Ainsi, Ender, le gentil petit Américain moyen, tue le gosse qui veut lui flanquer une raclée dans les toilettes, tandis que Bean, le petit voyou des rues, remet respectueusement un tueur en série aux mains de la loi.

— Le plus important, dans l'optique qui nous occupe, est qu'Ender avait le talent de former des équipes mais qu'il a battu Bonzo seul à seul, alors que Bean, le solitaire à peu près sans ami au bout d'un an à l'école, a battu Achille en assemblant une équipe dont les membres lui ont servi de protecteurs et de témoins. J'ignore si Graff avait prévu ces résultats, mais il ressort de tout cela que ses tests ont poussé chacun des deux garçons à se comporter à l'encontre non seulement de nos attentes, mais aussi de ses propres préférences.

— Ses préférences, major Anderson ?

— Tout sera dans mon rapport.

— Tâchez de le rédiger sans employer une seule fois le mot "préférences".

448

— Oui, mon général.

— J'ai désigné le contre-torpilleur Condor pour embarquer le groupe.

— Combien en voulez-vous, mon général ?

— Nous en avons besoin de neuf au maximum à chaque fournée. Nous dirigeons déjà Carby, Bee et Momoe vers l'École tactique, mais, d'après Graff, de ces trois-là, seul Carby a des chances de collaborer efficacement avec Wiggin. Nous devons garder une place pour Ender, mais mieux vaut prévoir un remplaçant. Envoyez-m'en dix.

— Lesquels ?

— Que voulez-vous que j'en sache ? Disons... Bean, évidemment ; pour les neuf autres, prenez ceux qui, à votre avis, travailleront le mieux sous les ordres de Bean ou d'Ender, selon le choix qui sera fait.

— Une seule liste pour les deux commandants possibles ?

— Avec Ender comme préférence. Il faut qu'ils s'entraînent ensemble, qu'ils finissent par former une équipe soudée. »

L'ordre tomba à 1700 : Bean devait embarquer sur le *Condor* à 1800. Cela ne lui laissait guère de temps, mais il n'avait pas grand-chose à empaqueter, et, une heure, c'était toujours davantage que ce qu'on avait accordé à Ender. Il alla donc annoncer la nouvelle à ses soldats et leur apprendre où on l'envoyait.

« Mais on n'a eu que cinq combats ! fit Itú.

— Eh ! Il faut attraper le bus quand il arrive à l'arrêt, répondit Bean.

— Ouais.

— Qui d'autre s'en va ? demanda Ambul.

— On ne me l'a pas dit. Seulement que j'allais à l'École tactique.

— On ne sait même pas où ça se trouve.

— Quelque part dans l'espace, fit Itú.

— Sans déconner ? » La repartie était nulle mais tous éclatèrent de rire. Les adieux n'avaient rien de déchirant : Bean ne faisait partie du Lapin que depuis huit jours.

« Je regrette qu'on n'ait pas remporté une seule victoire, dit Itú.

— Nous aurions gagné si je l'avais voulu », répondit Bean.

Ils le dévisagèrent comme s'il était fou.

« C'est moi qui ai proposé qu'on ne tienne plus compte des classements, qu'on cesse de s'intéresser aux victoires et aux défaites ; de quoi j'aurais eu l'air si j'avais gagné chaque rencontre, après ?

— On aurait pensé que tu ne te fichais pas tant que ça des classements, fit Itú.

— Moi, ce n'est pas ça qui me gêne, intervint un autre chef de section. Tu prétends que tu as fait exprès de nous laisser perdre ?

— Non, je dis que j'avais d'autres priorités. Qu'apprenons-nous en nous battant mutuellement ? Rien. Nous n'aurons jamais à combattre des enfants humains ; nous allons devoir affronter des doryphores. Que devons-nous apprendre, dans ce cas ? À coordonner nos attaques, à réagir les uns par rapport aux autres, à sentir dans quel sens va la bataille et à en prendre la responsabilité même si on n'est chef de rien du tout. C'est à ça que j'ai travaillé avec vous. Si nous avions gagné, si nous étions arrivés et que nous avions retapissé la salle de combat avec nos adversaires en employant ma stratégie, qu'auriez-vous appris ? Vous saviez déjà comment manœuvrer sous un bon commandant ; il vous restait à savoir comment collaborer entre vous. C'est pourquoi je vous plaçais dans des situations difficiles, et à la fin vous commenciez à vous entraider pour surmonter l'obstacle.

— On n'a jamais surmonté l'obstacle au point de gagner.

— Je ne fondais pas mon évaluation là-dessus. Vous improvisiez, voilà l'important. Quand les doryphores reviendront, ils vont fausser tout le système ; en dehors des affrontements normaux, ils vont faire des trucs auxquels nous n'aurons pas songé parce qu'ils ne sont pas humains et ne pensent pas comme nous. Dans ces conditions, à quoi bon des plans d'attaque ? Nous faisons ce que nous pouvons, mais l'important c'est de savoir réagir quand l'autorité s'effondre, quand on se retrouve seul avec une escadre, seul avec un transport, seul avec un groupe d'assaut épuisé qui n'a plus que cinq armes réparties sur huit vaisseaux différents. Comment s'entraide-t-on ? Comment se débrouille-t-on ? C'est à ça que je travaillais avec vous ; ensuite, je me rendais au mess des officiers et j'expliquais aux autres commandants ce que j'avais appris, ce que vous m'aviez montré, et eux aussi me racontaient ce qu'ils avaient appris. Je vous répétais tout ce qu'ils m'avaient dit, non ?

— Ouais, mais tu aurais pu nous expliquer ce que tu apprenais grâce à nous », fit Itú. Manifestement, ils lui en voulaient tous un peu.

« C'était inutile puisque vous le saviez déjà.

— Tu aurais pu au moins nous prévenir que ce n'était pas grave de ne pas gagner.

— Mais il fallait que vous essayiez de gagner ! Je ne vous avais pas avertis parce que ma stratégie n'opère que si on arrache de la valeur à la victoire. Et, quand les doryphores arriveront, ça en aura pour de bon. À ce moment-là, vous allez vous défoncer, parce qu'en cas de défaite ce serait la fin pour vous, pour tous ceux que vous aimez, pour toute l'humanité. Écoutez, je savais que nous n'aurions pas beaucoup de temps ensemble, alors j'ai employé le délai disponible du mieux possible pour vous comme pour moi. Maintenant, vous êtes tous prêts à prendre le commandement d'une armée.

— Et toi, Bean ? » demanda Ambul. Son sourire avait quelque chose d'ironique. « Tu es prêt à commander une flotte ?

— Je ne sais pas. Si nos chefs veulent qu'on gagne, oui, répondit-il avec un clin d'œil espiègle.

— Les soldats n'aiment pas perdre, Bean, fit Ambul.

— Et c'est justement pour ça que la défaite est un bien meilleur prof que la victoire », rétorqua Bean.

Cette réponse leur donna à réfléchir, et certains hochèrent la tête.

« Si on survit », ajouta Bean avec un sourire complice.

Ils lui rendirent son sourire.

« Je vous ai donné ce qui me semblait le mieux pendant cette semaine, dit-il, et vous m'en avez appris autant que mon pauvre cerveau pouvait en absorber. Merci. » Il se leva et salua militairement.

Ils l'imitèrent.

Il sortit et se rendit au casernement de l'armée du Rat.

« Nikolaï vient de recevoir ses ordres », lui apprit un chef de section.

L'espace d'un instant, Bean se demanda si Nikolaï allait l'accompagner à l'École tactique ; sa première réponse fut : Impossible qu'il soit déjà prêt ; la seconde : J'aimerais bien qu'il vienne avec moi ; et la troisième : Je ne vaux pas grand-chose comme copain si je commence par me dire qu'il ne mérite pas d'être promu !

« Quels ordres ? demanda-t-il.

— On lui confie une armée. Merde, il n'était même pas chef de section chez nous ! Il est arrivé la semaine dernière !

— Quelle armée ?

— Le Lapin. » Le garçon jeta un coup d'œil à l'uniforme de Bean. « Ah, eh bien, c'est toi qu'il remplace, je suppose ! »

En riant, Bean se dirigea vers son ancienne cabine.

La porte était ouverte ; Nikolaï était assis sur la chaise, l'air perdu.

« Je peux entrer ? »

Nikolaï leva les yeux et un sourire illumina son visage. « Par pitié, dis-moi que tu reviens prendre le commandement de ton armée !

— J'ai un truc à t'indiquer : essaye de gagner. Ils s'imaginent que c'est important.

— Je n'arrive toujours pas à croire que tu aies perdu tes cinq combats.

— Je trouve que, pour une école où on n'affiche plus les classements, tout le monde suit les résultats de drôlement près !

— C'est toi que je suis, moi.

— Nikolaï, je regrette que tu ne m'accompagnes pas.

— Que se passe-t-il, Bean ? Ça y est ? Les doryphores sont là ?

— Je n'en sais rien.

— Allons, tu as du flair pour ces choses-là !

— Si les doryphores étaient vraiment à nos portes, est-ce qu'on vous laisserait tous à la station, est-ce qu'on vous renverrait sur Terre ou bien est-ce qu'on vous évacuerait sur un obscur astéroïde ? Je l'ignore. Certains éléments indiquent que la conclusion approche, d'autres qu'il ne se passe rien d'important.

— Alors peut-être qu'on s'apprête à lancer cette fameuse flotte contre le monde des doryphores et que vous autres, ceux qui avez été choisis, devez devenir adultes pendant le trajet.

— Peut-être, répondit Bean. Mais c'est juste après la Seconde Invasion qu'il aurait fallu la lancer.

— Oui, mais imagine qu'on n'ait découvert l'emplacement de la planète des doryphores que tout récemment ? »

Bean en resta pantois. « Ça ne m'a jamais traversé l'esprit. Après tout, les doryphores devaient envoyer des signaux chez eux ; il suffisait de repérer leur direction, bref, de suivre la lumière. En tout cas, c'est ce qu'on raconte dans les manuels.

— Et s'ils ne communiquaient pas grâce à la lumière ?

— Il lui faut peut-être toute une année pour parcourir une année-lumière, mais c'est quand même ce qu'il y a de plus rapide dans l'univers.

— Le plus rapide que nous connaissions », fit Nikolaï.

Bean le dévisagea, ahuri.

« Oh, je sais, c'est idiot ! reprit Nikolaï. C'est contre les lois de la physique, mais... Enfin, je ne peux pas m'empêcher de réfléchir, voilà ; et je n'aime pas rejeter une idée sous prétexte qu'elle est impossible. »

Bean éclata de rire. « *Merda*, Nikolaï, j'aurais dû me taire et t'écouter davantage quand on avait nos couchettes en vis-à-vis !

— Bean, je ne suis pas un génie, tu le sais.

— Des génies, il n'y a que ça ici.

— Mais moi je ramais derrière toi.

— Tu n'es peut-être pas un Napoléon, d'accord, Nikolaï. Tu n'es peut-être qu'un nouvel Eisenhower. Ne me demande pas de pleurer sur ton sort. »

Ce fut au tour de Nikolaï d'éclater de rire.

« Tu vas me manquer, Bean.

— Merci de m'avoir accompagné pour affronter Achille, Nikolaï.

— Ce type me donnait des cauchemars.

— À moi aussi.

— Et j'étais content que tu aies amené les autres, Itú, Ambul, Tom le Dingue. Et encore : Achille avait beau être réduit à l'impuissance, je me serais senti plus à l'aise si on avait été six de plus. Quand on voit des types comme lui, on comprend pourquoi on a inventé la pendaison.

— Un jour, dit Bean, tu auras besoin de moi comme j'ai eu besoin de toi alors, et je serai là.

— Je regrette d'avoir refusé d'entrer dans ton escouade, Bean.

— Tu as eu raison. Je te l'avais proposé parce que tu étais mon ami et que je pensais avoir besoin d'un ami, mais j'aurais dû me conduire moi-même en vrai copain et me rendre compte de ce qui était bon pour toi.

— Plus jamais je ne te laisserai tomber. »

Bean prit Nikolaï dans ses bras, et Nikolaï lui rendit son étreinte.

Bean revit le jour où il avait quitté la Terre ; il avait serré sœur Carlotta contre lui, mais c'était le résultat d'une analyse froide : c'est ce qu'elle attend de moi, ça ne me coûte rien, donc je peux le faire.

Je ne suis plus cet enfant-là.

Peut-être parce que je suis arrivé à venger Poke ; je suis intervenu trop tard pour l'aider, mais j'ai réussi à faire avouer son meurtrier. J'ai réussi à le faire payer, même si son remboursement ne suffira jamais.

« Va faire connaissance avec ton armée, Nikolaï, dit Bean. J'ai un vaisseau à prendre. »

En regardant Nikolaï sortir, il sut, avec un brutal sentiment de regret, qu'il ne reverrait jamais son ami.

Dimak se tenait au garde-à-vous dans la cabine du major Anderson.

« Capitaine Dimak, je voyais le colonel Graff laisser passer vos plaintes incessantes, votre résistance à ses ordres, et je me disais : Dimak a peut-être raison, mais jamais je ne tolérerais un tel manque de respect si j'étais son commandant. Je l'enverrais sur les roses et j'inscrirais « indiscipliné » dans toutes les marges de son dossier. Il me semblait devoir vous en avertir avant que vous ne me présentiez votre plainte. »

Dimak cilla.

« Allez-y, je vous écoute.

— C'est moins une plainte qu'une question.

— Eh bien, posez-la !

— Je vous croyais censé choisir une équipe compatible à la fois avec Ender et Bean.

— L'expression « à la fois » n'a jamais été employée, si ma mémoire est bonne. Mais, même dans le cas contraire, ne vous est-il pas venu à l'idée que c'était peut-être impossible ? J'aurais pu désigner quarante enfants surdoués qui se seraient tous montrés fiers et empressés de servir sous Ender Wiggin ; combien auraient eu la même réaction s'ils devaient servir sous Bean ? »

Dimak ne sut que répondre.

« Selon mon analyse, les soldats que j'ai choisi d'embarquer sur ce contre-torpilleur sont les plus proches émotionnellement d'Ender et les plus sensibles à sa personnalité, et ils font en même temps partie de la dizaine des meilleurs commandants de l'École. De plus, ils ne nourrissent pas d'animosité particulière envers Bean ; donc, s'ils se trouvent placés sous ses ordres, ils se donneront sans doute à fond pour lui.

— Mais ils ne lui pardonneront jamais de ne pas être Ender.

— Ce sera sans doute le défi qu'il aura à relever. Qui d'autre aurais-je pu envoyer ? Nikolaï est l'ami de Bean, mais il n'est pas à la hauteur. Un jour, il sera prêt à entrer à l'École tactique, puis à celle de commandement, mais pas tout de suite. Et quel autre ami Bean a-t-il ?

— Il s'est attiré beaucoup de respect.

— Et il l'a perdu en se faisant battre lors de ses cinq combats.

— Je vous ai expliqué pourquoi il...

— L'humanité n'a pas besoin d'explications, capitaine Dimak ! Il lui faut des vainqueurs ! Ender Wiggin avait l'ardeur qu'il faut pour gagner, alors que Bean est capable de perdre cinq batailles de suite comme si ça n'avait aucune importance.

— Ça n'en avait aucune. Il a appris ce qu'il voulait savoir en y participant.

— Capitaine Dimak, je m'aperçois que je suis en train de tomber dans le même piège que le colonel Graff : d'enseignant, je vous ai laissé devenir avocat. Je vous relèverais volontiers de vos fonctions d'instructeur auprès de Bean si la question ne présentait désormais pas plus qu'un intérêt académique. Les soldats que j'ai désignés partiront, un point c'est tout. Si Bean est aussi doué que vous le dites, il trouvera le moyen de travailler avec eux.

— Oui, major, fit Dimak.

— Si ça peut vous rassurer, n'oubliez pas que Tom le Dingue faisait partie des soldats que Bean a emmenés entendre les aveux d'Achille, et Tom a accepté. Cela laisse penser que mieux ils connaissent Bean, plus ils le prennent au sérieux.

— Merci, major.

— Bean n'est plus sous votre responsabilité, capitaine Dimak. Vous avez fait du bon boulot avec lui, et je vous en rends hommage. Maintenant... retournez au travail. »

Dimak salua.

Anderson lui rendit son salut.

Dimak sortit.

Les membres de l'équipage du contre-torpilleur *Condor* ne savaient trop que faire du groupe d'enfants qui grouillaient à leur bord. Ils avaient tous entendu parler de l'École de guerre, et le capitaine comme le pilote y avaient obtenu leur diplôme. Mais après quelques entretiens de pure forme – dans quelle armée étiez-vous ? oh, à mon époque, le Rat était le meilleur, alors que le Dragon perdait tout le temps, hier c'était différent, aujourd'hui c'est différent – les sujets de conversation vinrent à manquer.

Privés des soucis communs qui sont le lot des commandants d'armée, les enfants reformèrent peu à peu leurs groupes d'affinités naturels. Petra et Dink étaient amis depuis leur entrée à l'École de guerre et ils étaient tellement plus âgés que les autres que nul n'essayait de s'infiltrer dans leur petit cercle. Alaï et Shen, qui faisaient partie du groupe de bleus d'Ender Wiggin, et Vlad et Dumper, qui commandaient les sections B et E et comptaient parmi les plus fervents adorateurs d'Ender, ne se quittaient plus. Tom le Dingue, Molo la Mouche et Hot Soup étaient déjà inséparables dans l'armée du Dragon. Sur un plan personnel, Bean ne s'attendait pas à se voir un jour inclus à un de ces groupes, sans pour autant en être vraiment exclu ; Tom le Dingue, entre autres, lui manifestait un respect non feint et l'attirait souvent dans ses conversations. Si Bean appartenait à un des groupes du bord, c'était à celui de Tom.

Le seul motif pour lequel cette division en petites coteries le gênait tenait à ce que le groupe général avait été composé avec soin et non choisi au hasard. Il fallait que la confiance se développe entre tous ses membres, une confiance profonde sinon également répartie. Mais ils avaient été choisis pour Ender – n'importe quel imbécile était en mesure de s'en rendre compte – et ce n'était pas à Bean de suggérer qu'ils organisent des jeux communs, qu'ils apprennent en commun : s'il tentait de prétendre à une quelconque autorité, cela ne ferait qu'agrandir le fossé qui existait déjà entre eux et lui.

Il n'y avait qu'une seule personne dont Bean estimait qu'elle détonait dans le groupe, et il n'y pouvait rien. Apparemment, les adultes ne tenaient pas Petra pour responsable de sa quasi-trahison d'Ender dans le couloir le soir où il avait dû se battre pour sa vie contre Bonzo ; Bean, lui, n'en était pas si sûr : Petra faisait partie des meilleurs commandants du lot, elle avait l'esprit vif et elle était capable de saisir une situation dans son ensemble. Comment, dans ces conditions, aurait-elle pu se laisser abuser par Bonzo ? Naturellement, elle ne souhaitait sûrement pas la mort d'Ender, mais au mieux elle s'était montrée imprudente, et, au pire, elle s'était prêtée à un jeu que Bean ne comprenait encore pas. Il continuait donc à se méfier d'elle ; un tel manque de confiance était peut-être malvenu, mais il ne pouvait pas le nier.

Pendant les quatre mois de voyage, Bean passa le plus clair de son temps à la bibliothèque. À présent que l'École de guerre se trouvait loin derrière eux, les élèves ne faisaient plus l'objet d'une surveillance aussi étroite : le vaisseau n'était pas équipé pour cela ; par conséquent, Bean pouvait choisir ses lectures sans être toujours obligé d'imaginer quelles conclusions ses enseignants allaient en tirer.

Il laissa de côté les ouvrages d'histoire et de théorie militaires : il avait déjà lu tous les auteurs principaux et beaucoup de moindre importance, et il avait étudié les campagnes majeures en long, en large et en travers, du point de vue des camps opposés ; à présent, toutes ces connaissances se trouvaient dans sa mémoire, à sa disposition en cas de besoin. Non, ce qui lui manquait, c'était une image d'ensemble : le fonctionnement du monde, son histoire politique, sociale, économique, comment vivaient les pays quand ils étaient en paix, comment ils entraient en guerre et comment ils en sortaient, en quoi la victoire et la défaite les affectaient, comment les alliances se formaient et se défaisaient.

Et, plus important que tout, mais aussi plus difficile à découvrir : ce qui se passait dans le monde en ce moment même. La bibliothèque du contre-torpilleur ne renfermait que des informations datant de son dernier arrimage au lanceur interstellaire – autrement dit, le LIS – où on pouvait télécharger les documents autorisés. Bean aurait pu passer commande de renseignements supplémentaires, mais pour cela l'ordinateur de la bibliothèque aurait dû lui-même présenter des demandes officielles et utiliser la bande passante des communications, ce qui aurait exigé des justificatifs ; cela n'aurait pas été très discret et on aurait fini par vouloir savoir pourquoi un enfant étudiait des questions qui ne pouvaient en aucun cas l'intéresser.

Néanmoins, à partir de ce qu'il put trouver à bord du vaisseau, il réussit à se former une image grossière de la situation sur Terre et à parvenir à certaines conclusions. Au cours des années qui avaient précédé la Première Invasion, différents blocs d'influence avaient intrigué pour monter dans l'échelle des nations en recourant à un mélange de terrorisme, de frappes « chirurgicales », d'opérations militaires à petite échelle et de sanctions économiques, boycotts et embargos, pour se faire une place au soleil, donner des avertissements ou simplement exprimer une colère nationaliste ou idéologique. À l'arrivée des doryphores, la Chine venait d'émerger comme la première puissance mondiale sur les plans économique et militaire après avoir procédé à sa réunification sous forme de démocratie. L'Amérique du Nord et l'Europe jouaient toujours les « grands frères » de la Chine, mais l'équilibre économique avait fini par basculer.

Cependant, aux yeux de Bean, le moteur de l'Histoire était la résurgence de l'Empire russe. Là où les Chinois tenaient pour acquis que le destin les avait désignés pour être le centre de l'univers, les Russes, sous la conduite de divers démagogues ambitieux et généraux partisans de l'autorité, avaient le sentiment que l'Histoire, au cours des siècles, les avait écartés de la place qui leur revenait et qu'il était temps d'y mettre bon ordre. C'était donc la Russie qui avait poussé à l'instauration du Nouveau Pacte de Varsovie, qui ramenait ses frontières à ce qu'elles étaient à l'apogée de la puissance soviétique – et même au-delà, car cette fois la Grèce faisait partie de ses alliés, tandis que la Turquie restait prudemment sur son quant-à-soi. L'Europe était sur le point de se voir neutralisée, et le rêve russe d'une hégémonie qui s'étendrait du Pacifique à l'Atlantique était enfin à portée de main.

Et puis les Formiques étaient arrivés et avaient tracé un andain de destruction à travers la Chine, qui avait fait cent millions de morts. Brusquement, les conflits terrestres avaient paru sans intérêt et on avait mis en suspens les questions de compétition internationale.

En surface, du moins ; car, en réalité, les Russes avaient joué de leur influence sur le bureau du Polémarque pour organiser un réseau d'officiers placés aux postes clés dans toute la flotte. Tout était prêt pour un vaste coup d'État dès l'instant de la défaite des doryphores – voire avant, si les Russes y voyaient un avantage. Chose curieuse, ils ne dissimulaient guère leurs intentions – comme toujours : la subtilité n'était pas leur fort, et ils compensaient ce défaut par une opiniâtreté stupéfiante. Les négociations entre pays à propos de tout et de n'importe quoi pouvaient prendre des dizaines d'années, et, pendant ce temps, les Russes infiltraient la flotte de façon massive. Les forces d'infanterie fidèles au Stratège se retrouveraient bientôt isolées, incapables de se rendre là où on aurait besoin d'elles parce qu'aucun vaisseau ne voudrait les transporter.

Quand la guerre contre les doryphores prit fin, les Russes ne cachèrent pas que leur plan consistait à s'emparer en quelques heures de la Flotte et, par conséquent, de la Terre. Tel était leur destin. Les Nord-Américains laissèrent faire, comme d'habitude, certains que le sort ferait tourner les événements en leur faveur, et seuls quelques démagogues perçurent le danger. Les Chinois et le monde musulman restèrent vigilants, mais n'osèrent prendre aucune mesure de rétorsion de crainte de rompre l'alliance qui avait permis de résister aux doryphores.

Plus il avançait dans ses recherches, plus Bean regrettait de devoir passer par l'École tactique. La guerre imminente était celle d'Ender et de ses amis ; or, Bean avait beau adorer Ender autant que ses camarades, prêt à servir à ses côtés contre les doryphores, le fait était qu'on n'avait pas besoin de lui. C'était la guerre suivante, la lutte pour la domination du monde, qui le passionnait : on pouvait arrêter les Russes si on s'y préparait comme il fallait.

Mais il ne pouvait alors se poser que cette question : fallait-il les arrêter ? Un coup d'État rapide, sanglant mais efficace, qui placerait le monde sous un gouvernement unique, une telle prise de pouvoir mettrait un terme à la guerre entre les hommes, non ? Les pays ne se porteraient-ils pas mieux d'un tel climat de paix ?

Ainsi, tout en mettant au point son plan pour empêcher la prise de pouvoir par les Russes, Bean tenta d'imaginer un empire russe de taille mondiale.

Et la conclusion fut qu'il ne durerait pas, car, en plus de leur vigueur nationaliste, les Russes possédaient un talent étonnant pour gouverner de façon déplorable, dû à un caractère qui permettait de croire à chacun d'entre eux qu'il avait droit à tout et qui faisait de la corruption un mode de vie. La tradition de compétence dans les institutions, essentielle pour garantir la réussite d'un gouvernement mondial, n'existait pas chez eux ; c'était en Chine que ces valeurs étaient les plus fortes, mais même la Chine ne ferait qu'un piètre substitut pour un authentique gouvernement du monde qui transcenderait les intérêts nationaux. Un pouvoir mondial inadapté finirait par s'effondrer sous son propre poids.

Bean aurait voulu pouvoir discuter de ces sujets avec quelqu'un, Nikolaï ou même un enseignant. Ses réflexions tournaient en rond et cela le ralentissait, car, sans stimulation extérieure, il est difficile de se libérer de ses propres présupposés. L'esprit n'est capable de réfléchir qu'aux questions qu'il est en mesure de se poser ; il se surprend rarement lui-même. Cependant, l'analyse de Bean progressa, bien que lentement, pendant le voyage, puis pendant les mois qu'il passa à l'École tactique.

Son séjour ne fut qu'une succession de courts trajets et de visites détaillées de vaisseaux divers et variés. À son grand mécontentement, les cours traitaient uniquement d'appareils déjà anciens, ce qui lui paraissait sans intérêt : à quoi bon former des commandants à utiliser des vaisseaux dont ils ne se serviraient pas au combat ? Mais les enseignants répondaient à son objection par le mépris, en lui faisant remarquer qu'un vaisseau restait toujours un vaisseau et que les appareils les plus récents devant être envoyés en patrouille sur le périmètre du système solaire, il n'était pas question d'en détourner un seul de sa tâche pour former des enfants.

On ne leur apprit pas grand-chose du pilotage, car on ne les entraînait pas à conduire les bâtiments mais à les commander. Ils devaient seulement savoir comment fonctionnaient les armes, comment étaient propulsés les vaisseaux, ce qu'on pouvait attendre d'eux et quelles étaient leurs limitations. On les gavait d'informations à savoir par cœur... précisément le genre d'enseignement auquel Bean excellait, puisqu'il était pratiquement capable d'apprendre en dormant et de se rappeler tout ce qu'il avait lu ou entendu, quel que soit le degré d'attention qu'il y eût prêté.

Ainsi, tout en obtenant d'aussi bons résultats que ses camarades, il passa son séjour à l'École tactique à se concentrer sur les problèmes de la situation politique sur Terre. L'École se trouvait sur le site du LIS, si bien que la bibliothèque était constamment mise à jour, et pas seulement avec les documents autorisés à bord de la banque d'ouvrages des vaisseaux. Pour la première fois de sa vie, Bean put lire les écrits des penseurs politiques de la Terre. Il assimila ce qui venait de Russie et s'étonna de nouveau de la franchise avec laquelle les ambitions du pays étaient étalées. Les auteurs chinois n'ignoraient pas le danger que représentait leur grand voisin mais, étant Chinois, ils ne faisaient rien pour se rallier le soutien d'autres pays afin d'organiser une forme quelconque de résistance. Pour eux, une fois qu'une information était connue en Chine, cela suffisait. Quant aux nations euro-américaines, elles paraissaient affecter une ignorance étudiée qui, pour Bean, n'était rien d'autre qu'une pulsion de mort.

Pourtant, il se trouvait encore quelques individus éveillés qui s'efforçaient de créer des coalitions.

Deux commentateurs en vue retinrent en particulier l'attention de Bean. À première vue, Démosthène était un agitateur qui jouait sur les préjugés et la xénophobie du grand public, mais il avait inspiré un grand mouvement populaire qu'il dirigeait avec efficacité. Bean ignorait s'il serait plus agréable de vivre sous un gouvernement mené par Démosthène que sous les Russes, mais avec Démosthène, au moins, le spectacle ne manquerait pas. L'autre commentateur était un nommé Locke, gaillard hautain doué d'un esprit de haute volée, qui pérorait sur la paix dans le monde et la nécessité de forger des alliances ; pourtant, si on oubliait un instant son apparente suffisance, Locke semblait se fonder sur les mêmes données que Démosthène et partait de l'idée que les Russes avaient l'énergie nécessaire pour « diriger » le monde, mais qu'ils n'étaient pas prêts à jouer ce rôle de façon « bénéfique ». D'une certaine façon, on avait l'impression que Démosthène et Locke menaient leurs recherches ensemble, lisaient les mêmes sources, tenaient leurs informations des mêmes correspondants, mais s'adressaient ensuite à des publics complètement différents.

Un moment, Bean joua avec l'idée que Démosthène et Locke n'étaient qu'un seul et même personnage. Mais non : les styles d'écriture étaient bien distincts et, plus important, la pensée et les analyses étaient dissemblables. Selon Bean, nul ne pouvait être assez brillant pour parvenir à un tel résultat.

En tout cas, c'étaient ces deux commentateurs qui portaient sur la situation du monde le regard le plus acéré, et Bean en vint à concevoir son essai sur la stratégie dans le monde post-formique comme une lettre adressée à Locke et Démosthène – une lettre privée et anonyme. Ses observations devaient être connues du grand public, et ces deux personnages paraissaient détenir les meilleures positions pour faire fructifier ses idées.

Retournant à ses vieilles habitudes, Bean passa quelque temps dans la bibliothèque à observer plusieurs officiers pendant qu'ils se branchaient sur le réseau, et il eut bientôt six pseudonymes à sa disposition. Il rédigea alors sa lettre en six parties, en se servant d'un pseudo différent pour chacune d'entre elles, et les envoya à Locke et Démosthène à quelques minutes d'écart. Il s'y prit à un moment où la bibliothèque était bondée et veilla à rester lui-même branché sur le réseau par le biais de son bureau, dans son casernement, où il fit semblant d'être captivé par un jeu. Il était peu vraisemblable que quelqu'un comptabilise ses frappes sur le clavier et s'aperçoive qu'il n'était pas du tout en train de jouer. Et puis, si on remontait la filière de la lettre jusqu'à lui, eh bien, tant pis ! Locke et Démosthène, en tout cas, n'essaieraient sans doute rien dans ce sens : dans sa lettre, il leur demandait de s'en abstenir. Qu'ils le croient ou non, qu'ils tombent d'accord ou non avec ses conclusions, il ne pouvait faire plus. Il leur avait exposé avec précision les risques de la situation, la stratégie des Russes et les mesures à prendre pour les empêcher de réussir leur coup de force.

Un des points sur lesquels il insistait le plus était la nécessité de ramener le plus vite possible sur Terre les enfants des Écoles de guerre, de tactique et de commandement une fois les doryphores vaincus, car, s'ils demeuraient dans l'espace, les Russes s'empareraient d'eux ou la F. I. les maintiendrait isolés et inefficaces, alors que ces enfants représentaient la fine fleur militaire de l'humanité. S'il était nécessaire de soumettre une grande puissance, il faudrait lui opposer les plus talentueux des officiers supérieurs.

Moins de vingt-quatre heures plus tard, Démosthène publiait un article sur les réseaux où il appelait à la dissolution immédiate de l'École de guerre et au retour des enfants chez eux. « On nous a volé nos rejetons les plus brillants ; nos Alexandre, nos Napoléon, nos Rommel, nos César, nos Frédéric, nos

Washington et nos Saladin sont enfermés dans une tour, coupés de nous, d'où ils ne peuvent aider leurs propres peuples à se garantir contre la menace de la domination russe. Et qui peut douter que les Russes ont l'intention de s'emparer de ces enfants pour servir leurs propres desseins ? Ou, à défaut, d'essayer, à l'aide d'un missile bien ajusté, de les réduire en millions de particules, nous privant ainsi de nos chefs militaires naturels ? » C'était là un exemple parfait de démagogie, bien conçu pour déclencher la peur et l'indignation chez le bon peuple. Bean imaginait la consternation de l'armée devant la politisation de la question de sa chère école ; Démosthène continuerait d'appuyer sur l'aspect émotionnel du problème, et d'autres nationalistes partout dans le monde s'empresseraient d'y faire écho. Et, comme des enfants étaient en cause, aucun politicien n'oserait s'opposer au principe de leur retour sur Terre à l'instant où la guerre prendrait fin. En outre, Locke prêta sa voix prestigieuse et modérée à la cause en soutenant ouvertement l'idée de ramener les enfants chez eux : « Nous vous en prions, payez le joueur de flûte, débarrassez-nous des rats, puis rendez-nous nos enfants ! »

J'ai vu, j'ai écrit, et le monde a un petit peu changé, se dit Bean. C'était un sentiment enivrant. Par comparaison, le travail qu'il accomplissait à l'École tactique lui semblait sans grand intérêt ; il avait envie d'entrer brusquement dans la classe pour annoncer son triomphe aux autres. Mais ils se contenteraient de le regarder comme s'il était devenu fou : ils ne savaient rien du monde dans son ensemble et ne ressentaient aucune responsabilité envers ce qui s'y produisait. Ils étaient enfermés dans le monde de l'armée.

Trois jours après que Bean eut envoyé ses lettres à Locke et Démosthène, les enfants apprirent, à leur arrivée en cours, qu'ils devaient partir aussitôt pour l'École de commandement, en même temps cette fois que Carn Carby, qui se trouvait dans la classe supérieure. Ils n'avaient passé que trois mois au LIS, et Bean ne put s'empêcher de se demander si ses missives n'avaient pas eu quelque influence sur le programme des transferts : s'il existait un risque que les enfants soient renvoyés prématurément chez eux, la F. I. devait s'assurer que ses éléments d'élite restent inaccessibles.

22

RÉUNION

« Je pense être tenu de vous féliciter d'avoir réparé les dégâts que vous aviez provoqués chez Ender Wiggin.

— Mon général, je réfute respectueusement le fait d'avoir provoqué ces dégâts.

— Ah ! Très bien, dans ce cas, je n'ai pas à vous féliciter. Vous vous rendez compte, bien sûr, que votre statut chez nous sera celui d'observateur.

— J'espère avoir aussi la possibilité d'apporter des conseils fondés sur mes années d'expérience avec ces enfants.

— L'École de commandement travaille depuis des années avec des enfants, vous savez.

— Avec tout le respect que je vous dois, mon général, l'École de commandement travaille avec des adolescents, de jeunes gens ambitieux, dopés à la testostérone et qui vivent dans un esprit de compétition. Et, cela mis à part, nous fondons de grands espoirs sur ces nouveaux arrivants, et je sais sur eux des détails dont il faut tenir compte.

— Ils doivent normalement se trouver dans vos rapports.

— Ils y sont, mais, très respectueusement, quelqu'un de chez vous a-t-il mémorisé mes rapports si soigneusement que les détails nécessaires lui viendront à l'esprit dès qu'il en aura besoin ?

— Je prêterai l'oreille à vos avis, colonel Graff. Et cessez, s'il vous plaît, de m'assurer de votre respect chaque fois que vous vous apprêtez à me traiter d'idiot.

— Je pensais que ma mise en congé était destinée à rabattre ma prétention ; je m'efforce donc de me montrer humble.

— Auriez-vous à l'esprit un de ces fameux détails sur les enfants ?

— Un point important, mon général : étant donné que beaucoup de choses dépendent de ce qu'Ender sait ou ne sait pas, il est vital que vous le sépariez des autres. Il peut assister aux entraînements, mais en toute circonstance il faut lui interdire toute conversation ou échange d'informations.

— Et pourquoi donc ?

— Parce que, si Bean vient à être au courant de l'existence de l'ansible, sa conclusion le mènera droit au cœur de la situation. En l'état actuel des choses, il est déjà capable d'y parvenir tout seul : vous ne pouvez pas savoir à quel point il est difficile de lui dissimuler des renseignements. Ender est d'une nature plus confiante, mais il ne peut faire son travail que s'il est informé de l'ansible. Vous comprenez ? Il faut absolument empêcher que Bean et lui disposent du moindre moment de libre ensemble, qu'ils s'entretiennent d'autre chose que leur mission.

— Mais, dans ces conditions, Bean ne peut pas être le remplaçant d'Ender, parce qu'alors il faudrait lui parler de l'ansible.

— Ça n'aura plus d'importance à ce moment-là.

— Mais c'est vous-même qui avez affirmé que seul un enfant...

— Mon général, rien de ce que j'ai dit ne s'applique à Bean.

— Pourquoi ?

— Parce qu'il n'est pas humain.

— Colonel Graff, vous me fatiguez. »

Le trajet jusqu'à l'École de commandement dura quatre longs mois, et, cette fois, les enfants reçurent une formation, la meilleure en mathématiques de visée, en explosifs et autres domaines en rapport avec les armes susceptibles d'équiper un croiseur rapide. Ils finirent par former un groupe soudé, dont l'élève de tête, comme tous s'en aperçurent sans tarder, était Bean : il maîtrisait les sujets du premier coup et ce fut bientôt vers lui que les autres se tournèrent quand ils avaient besoin d'explications sur des concepts qu'ils n'avaient pas tout à fait saisis. De paria pendant le premier voyage, il devint un proscrit durant le second, mais pour un motif opposé : il devait désormais sa solitude à ce qu'il détenait la position la plus élevée.

Il luttait contre cette situation parce que, il le savait, il devait être en mesure de travailler comme un membre lambda de l'équipe et pas seulement comme mentor ou expert. Il devenait essentiel qu'il prenne part aux loisirs des autres, qu'il se détende avec eux, qu'il plaisante avec eux en se rappelant l'École de guerre – et même une époque antérieure.

Car le tabou qui interdisait de parler de chez soi était enfin tombé ; chacun se rappelait tout haut un père et une mère qui n'étaient plus aujourd'hui que de lointains souvenirs, mais qui jouaient toujours un rôle fondamental dans sa vie.

Comme Bean n'avait pas de parents, ses camarades s'étaient d'abord montrés circonspects à son égard, mais il avait saisi cette occasion pour se mettre à raconter toute son existence : son séjour dans le réservoir des toilettes de la maison propre, le gardien de nuit espagnol qui l'avait recueilli, la faim dans les rues tandis qu'il cherchait sa chance, ses conseils à Poke pour battre les brutes à leur propre jeu, sa rencontre avec Achille qu'il avait d'abord admiré et ensuite craint à mesure que le handicapé créait leur petite famille des rues, puis marginalisait Poke avant de la tuer. Quand il évoqua sa découverte du cadavre de Poke, plusieurs enfants se mirent à pleurer, en particulier Petra qui éclata en sanglots.

C'était une ouverture, et Bean en profita. Naturellement, Petra s'enfuit aussitôt pour laisser libre cours à ses émotions dans l'intimité de ses quartiers ; dès qu'il le put, Bean la suivit.

« Bean, je n'ai pas envie de discuter.

— Moi, si, répondit-il. Il y a un sujet que nous devons aborder, pour le bien de toute l'équipe.

— Parce que nous formons une équipe ? demanda-t-elle.

— Petra, tu sais ce que j'ai fait de pire dans toute ma vie ; Achille était dangereux, je le savais, mais ça ne m'a pas empêché de laisser Poke seule avec lui, et elle l'a payé de sa vie. Ça me ronge chaque jour de mon existence ; chaque fois que je commence à être heureux, je pense à elle, au fait que je lui dois la vie et que j'aurais pu la sauver ; chaque fois que j'aime quelqu'un, je sens cette peur en moi de le trahir comme je l'ai trahie, elle.

— Pourquoi me dis-tu tout ça, Bean ?

— Parce que tu as trahi Ender et que je pense que ça te ronge. »

Les yeux de Petra flamboyèrent de fureur. « Ce n'est pas vrai, je ne l'ai pas trahi ! Et c'est toi que ça ronge, pas moi !

— Petra, que tu te l'avoues ou non, quand tu lui as fait ralentir le pas dans le couloir ce fameux jour, tu ne pouvais pas ignorer ce que tu faisais. Je t'ai vue à l'œuvre, tu as l'esprit vif, tu remarques tout ; par certains côtés, tu es le meilleur commandant tactique du groupe entier. Il est absolument impossible que tu n'aies pas remarqué tous les gros bras de Bonzo dans le couloir, en train d'attendre de massacrer Ender ; et toi, qu'as-tu fait ? Tu as essayé de le ralentir, de le séparer de son groupe.

— Et tu m'en as empêchée, dit Petra. Donc le problème est purement académique, non ?

— Il faut que je sache pourquoi tu as agi ainsi.

— Tu n'as rien à savoir !

— Petra, nous devrons nous battre côte à côte un jour, et il faudra que nous puissions nous faire confiance. Or je ne te fais pas confiance parce que j'ignore les raisons de ton comportement ce jour-là. Et maintenant tu ne me feras plus confiance parce que tu sais que je me méfie de toi.

— Quelle pelote nous emmêlons !

— Qu'est-ce que ça veut dire ?

— C'était une expression de mon père : quelle pelote nous emmêlons quand nous nous essayons au mensonge !

— C'est exact. Eh bien, débrouille celle-là pour moi.

— C'est toi qui embrouilles tout pour moi, Bean. Tu sais des choses que tu ne révèles à personne. Tu crois que je ne m'en rends pas compte ? Tu veux que je te permette de retrouver ta confiance en moi mais tu ne m'apprends rien d'utile.

— Je t'ai ouvert mon cœur ! objecta Bean.

— Non, tu m'as parlé de tes sentiments ! » Elle prononça le mot avec un mépris total. « Tant mieux, je suis contente de savoir que tu en as, ou du moins que tu estimes profitable de faire semblant d'en avoir ; personne n'a de certitude à ce sujet. Mais, nom de Dieu, tu ne nous dis jamais ce qui se passe vraiment ! Or nous pensons que tu le sais.

— Ce ne sont que des conjectures.

— À l'École de guerre, les profs te révélaient des trucs que nous ignorions tous. Tu connaissais le nom de tous les mômes de l'école, tu savais des détails sur nous, sur nous tous ; tu détenais des renseignements que tu n'aurais pas dû posséder. »

Bean était abasourdi : son accès spécial était-il donc si repérable qu'elle l'ait remarqué ? N'avait-il pas fait assez attention ? Ou bien Petra était-elle encore plus observatrice qu'il ne le croyait ? « J'ai piraté les dossiers des élèves, dit-il.

— Et tu ne t'es pas fait prendre ?

— Je pense que les autorités l'ont su dès le début. En tout cas, elles étaient au courant plus tard. » Et il lui raconta l'anecdote de la liste du Dragon.

Elle se rejeta sur sa couchette et regarda le plafond. « C'est toi qui les avais choisis ! Tous ces rebuts et ces petits cons de bleus, c'est toi qui les avais choisis !

— Il fallait bien que quelqu'un le fasse. Les profs n'avaient pas la compétence nécessaire.

— Et Ender s'est retrouvé avec les meilleurs. Ce n'est pas lui qui en a fait les meilleurs ; ils étaient déjà au top dès le départ.

— Il s'agissait des meilleurs qui n'appartenaient pas déjà à une autre armée. Je suis le seul qui était encore un bleu quand le Dragon a été formé et qui fait partie aujourd'hui de l'équipe actuelle. Shen, Alaï, Dink, Carn et toi n'êtes pas passés par l'armée du Dragon, or vous êtes manifestement parmi les meilleurs. Le Dragon gagnait parce qu'il était composé de bons éléments, c'est vrai, mais aussi parce qu'Ender savait comment les employer.

— N'empêche que ça fait encore un petit bout de mon univers qui s'écroule.

— Petra, j'ai fait ma part. Nous avions un marché.

— Ah ?

— Explique-moi en quoi tu n'as pas joué le traître à l'École de guerre.

— J'ai joué le traître, dit Petra. Ça te va comme explication ? »

Bean eut envie de vomir. « Et tu me dis ça comme ça, sans la moindre honte ?

— Tu es idiot ou quoi ? rétorqua Petra. J'avais le même but que toi : sauver la vie d'Ender. Je savais qu'il était entraîné au combat au corps à corps, au contraire de ces gros bras, et moi aussi j'avais suivi des cours. Bonzo avait complètement monté la tête à ces types mais, en réalité, ils n'avaient pas beaucoup d'affection pour lui ; il les avait simplement énervés contre Ender. Donc, s'ils arrivaient à coller quelques gnons à Ender au milieu de ce couloir où l'armée du Dragon et d'autres soldats interviendraient aussitôt, et où je me trouverais à côté de lui dans un espace étroit, ce qui limiterait les coups qui nous tomberaient dessus, je me suis dit qu'Ender attraperait quelques bleus, qu'il aurait peut-être le nez en sang, mais qu'il s'en sortirait et que ces truands seraient satisfaits. Pour eux, Bonzo et ses rancœurs, ce serait de l'histoire ancienne. Bonzo se retrouverait de nouveau isolé et Ender échapperait au pire.

— C'était beaucoup parier sur tes aptitudes au combat.

— Et sur celles d'Ender. Nous étions tous les deux très bons et en excellente forme physique. Et, tu sais, je pense qu'il avait compris mon plan et qu'il ne l'a pas suivi uniquement à cause de toi.

— De moi ?

— Il t'a vu plonger tête baissée dans la mêlée ; tu allais te faire massacrer, c'était évident. Il s'est donc arrangé pour éviter toute explosion de violence à ce moment-là, ce qui signifie qu'à cause de toi il s'est fait coincer le lendemain, là où c'était le plus dangereux, parce qu'il était tout seul, sans aucun renfort à proximité.

— Mais pourquoi ne jamais me l'avoir expliqué ?

— Parce qu'à part Ender tu étais le seul à savoir que je l'avais manœuvré, et que je ne m'intéressais guère à ce que tu pouvais penser alors – encore moins qu'aujourd'hui.

— C'était un plan stupide, dit Bean.

— Meilleur que le tien, en attendant, répliqua Petra.

— Vu la façon dont la situation a tourné, on ne saura jamais si ton plan était vraiment idiot ou non. En tout cas, ce qui est sûr, c'est que le mien s'est retrouvé dans les choux. »

Petra eut un bref sourire d'où toute sincérité était absente. « Alors, tu me fais confiance maintenant ? Est-ce qu'on peut reprendre l'étroite amitié qui nous a liés si longtemps ?

— Je vais te dire une chose, Petra : tu perds ton temps en te montrant agressive avec moi ; c'est même une erreur de ta part de t'en prendre à moi, parce que je suis le meilleur ami que tu aies ici.

— Allons bon ?

— Eh oui. Parce que, de tous les garçons présents, je suis le seul à reconnaître des qualités de commandant chez une fille. »

Petra le regarda un moment d'un œil vide, puis répondit : « Il y a longtemps que le fait d'être une fille ne compte plus pour moi.

— Mais pas pour eux, et tu le sais. Tu sais qu'ils sont toujours un peu gênés que tu ne sois pas un garçon. Bien sûr, ce sont tes amis, du moins en ce qui concerne Dink, et ils t'aiment bien ; mais, en même temps, il y avait combien ? dix filles dans toute l'école ? Et, à part toi, aucune ne faisait partie des soldats de haut niveau. On ne te prenait pas au sérieux.

— Ender, si, fit Petra.

— Et moi aussi, dit Bean. Tous les autres savent ce qui s'est passé dans le couloir, ne te fais pas d'illusions ; ce n'est pas un secret. Mais sais-tu pourquoi aucun n'a jamais eu la conversation que j'ai avec toi en ce moment ?

— Non ; pourquoi ?

— Parce qu'ils te prenaient tous pour une idiote qui ne se rendait pas compte qu'elle avait failli faire massacrer Ender. Je suis le seul avec assez de respect envers toi pour savoir que tu n'aurais jamais commis une gaffe pareille par accident.

— Je dois prendre ça pour un compliment ?

— Tu dois cesser de me traiter en ennemi. Tu es presque aussi isolée dans le groupe que moi, et, quand les véritables combats commenceront, tu auras besoin de quelqu'un qui croie en toi autant que toi-même.

— Je ne demande aucune faveur.

— Et maintenant, je te laisse.

— Ce n'est pas trop tôt !

— Quand tu auras réfléchi et que tu te seras rendu compte que j'ai raison, inutile de venir t'excuser. Tu as pleuré pour Poke et ça fait de nous des amis. Tu peux me faire confiance, je peux te faire confiance ; pas la peine d'en rajouter. »

Il n'entendit pas la fin de sa réplique cinglante : il était déjà trop loin. C'était tout Petra, ça : il fallait toujours qu'elle joue les dures. Mais cela était égal à Bean : ils s'étaient dit mutuellement ce qu'ils avaient besoin d'entendre.

L'École de commandement se trouvait au quartier général de la Flotte, dont l'emplacement était un secret jalousement gardé. La seule façon de le découvrir était d'y être affecté, et rares étaient ces privilégiés qui retournaient un jour sur Terre.

Les enfants eurent droit à un briefing juste avant d'arriver : le quartier général était installé à l'intérieur de l'astéroïde vagabond Éros, et de fait, lorsqu'ils approchèrent, ils s'aperçurent qu'il était bel et bien à l'intérieur : presque rien n'était visible à la surface en dehors de la station d'amarrage. Ils montèrent à bord de la navette qui leur évoqua un bus de ramassage scolaire et atteignirent la surface cinq minutes plus tard. Là, la navette pénétra dans ce qui ressemblait à une grotte, et un tube serpentin se tendit vers elle pour l'englober complètement. Les enfants sortirent de l'appareil en gravité presque nulle, et un puissant courant d'air, comme celui d'un énorme aspirateur, les emporta dans les entrailles d'Éros.

Bean vit aussitôt que la station n'avait pas été fabriquée de main d'homme : les tunnels étaient trop bas – et pourtant les plafonds avaient manifestement été rehaussés après la construction initiale, car, alors que la partie inférieure des murs était lisse, les cinquante centimètres supérieurs montraient des marques de taille. C'étaient les doryphores qui avaient creusé ces souterrains, sans doute lorsqu'ils préparaient la Seconde Invasion, et ce qui était autrefois leur base avancée constituait à présent le cœur de la Flotte internationale. Bean tenta d'imaginer la bataille qu'il avait fallu mener pour récupérer l'astéroïde : les doryphores courant de toutes leurs pattes dans les tunnels, l'infanterie arrivant, munie d'explosifs à la puissance limitée pour les éliminer, les éclairs de lumière, et puis le nettoyage, l'extraction des cadavres de Formiques de ces cavernes qu'on avait peu à peu converties à l'usage des hommes.

C'est ainsi que nous avons obtenu nos technologies secrètes, se dit Bean. Les doryphores possédaient des machines génératrices de gravité, nous avons appris comment elles fonctionnaient, puis nous en avons construit nous-mêmes pour les installer à l'École de guerre et partout où elles étaient nécessaires. Mais la F. I. n'a jamais rendu ces connaissances publiques, car les gens auraient été effrayés de l'avance technologique de l'ennemi.

Que nous ont-elles appris d'autre ?

Bean remarqua que les enfants baissaient la tête dans les couloirs, alors qu'il y avait un espace d'au moins deux mètres entre le sol et le plafond, et qu'aucun d'eux n'atteignait cette taille, de loin ; mais les proportions étaient dérangeantes pour l'esprit humain, si bien que le sommet des tunnels paraissait trop bas, comme prêt à s'effondrer. L'impression devait être bien pire à l'arrivée des premiers humains, avant que les plafonds aient été surélevés.

Ender serait à son affaire ici. Il serait mal à l'aise, naturellement, puisqu'il était humain ; mais il se servirait des constructions pour mieux pénétrer dans la mentalité des doryphores qui en étaient les maîtres d'œuvre. Il était impossible de comprendre totalement un esprit extraterrestre, évidemment, mais, avec l'astéroïde, on pouvait au moins essayer.

Les garçons furent logés dans deux dortoirs, et Petra eut une petite cabine pour elle toute seule. Le décor était encore plus nu qu'à l'École de guerre, et le roc froid omniprésent. Sur Terre, la pierre paraissait toujours solide ; dans l'astéroïde, on l'aurait crue carrément poreuse. Les murs étaient criblés de traces de bulles, et Bean ne pouvait chasser le sentiment que l'air fuyait sans cesse dans l'espace. L'air fuyait, le froid entrait, accompagné peut-être de pire, des larves des doryphores qui se creusaient un chemin dans la pierre, comme des vers de terre, et qui pénétraient dans la station la nuit par les trous laissés par les bulles, s'infiltraient dans le dortoir quand il faisait noir, grimpaient en rampant sur le front des élèves, lisaient leur esprit et...

Il s'éveilla, la respiration hachée, une main crispée sur la tête. Il osait à peine bouger. Ne sentait-il pas une créature sous sa paume ?

Sa main ne contenait rien.

Il aurait voulu se rendormir mais l'heure du réveil était trop proche, aussi resta-t-il allongé à réfléchir. Son cauchemar était absurde : il ne pouvait plus rester un seul doryphore vivant dans l'astéroïde ; pourtant, il était inquiet. Une angoisse le taraudait, et il en ignorait la cause.

Il repensa à une conversation avec un des techniciens chargés des simulateurs. Il y avait eu un mauvais fonctionnement dans l'appareil de Bean et, tout à coup, il avait perdu le contrôle des petits points lumineux qui représentaient ses vaisseaux en déplacement dans un espace à trois dimensions. À sa grande surprise, ils n'avaient pas continué sur la dernière trajectoire qu'il leur avait donnée, mais s'étaient rassemblés, puis avaient changé de couleur pour passer sous le contrôle de quelqu'un d'autre.

Quand le technicien était venu remplacer la puce défectueuse, Bean lui avait demandé pourquoi les bâtiments ne s'étaient pas simplement arrêtés ou n'avaient pas poursuivi leur course dans l'espace. « Ça fait partie de la simulation, avait répondu le technicien. Là-dedans, vous n'êtes pas le pilote ni même le capitaine de ces vaisseaux : vous êtes l'amiral ; par conséquent, chaque appareil comporte un simulacre de capitaine et de pilote ; quand vous avez perdu le contact, ils ont réagi comme l'auraient fait de vrais humains dans la même situation. D'accord ?

— Ça me paraît bien compliqué.

— On a eu tout le temps de travailler sur ces simulateurs, avait répondu le technicien. Ils reproduisent exactement les conditions d'un combat.

— À part le retard dans les communications », avait dit Bean.

Le technicien l'avait regardé un instant sans comprendre. « Ah, oui ! Le retard dans les communications ! Bah, ça ne valait pas le coup de l'inclure dans le programme. » Et il était parti.

Cet instant d'incompréhension chez son interlocuteur avait mis Bean mal à l'aise. Les simulateurs étaient aussi parfaits qu'on avait pu les concevoir, ils imitaient parfaitement les batailles réelles, et pourtant ils ne tenaient pas compte du retard dans les communications à la vitesse de la lumière. Les distances simulées étaient assez considérables pour que, la plupart du temps, il y ait un léger décalage entre un ordre et son exécution, décalage qui pouvait atteindre plusieurs secondes ; néanmoins, rien de tel n'était programmé dans les simulateurs ; toutes les communications étaient traitées comme si elles étaient instantanées. Quand il s'était renseigné sur ce sujet, Bean s'était fait remettre à sa place par le premier instructeur qui les avait formés aux appareils. « C'est une simulation. Vous aurez tout le temps de vous habituer au retard luminique quand vous vous entraînerez à bord des vrais vaisseaux. »

Bean avait vu dans cette réponse un exemple typique de la stupidité de la pensée militaire, mais il se rendait compte à présent que c'était un mensonge, tout simplement. Si on avait programmé la réaction des pilotes et des capitaines en cas de coupure des communications, on aurait très facilement pu inclure également le délai luminique. Si la simulation de ces vaisseaux comportait une réception instantanée des communications, c'était parce qu'elle reproduisait à l'identique les conditions que Bean et ses condisciples connaîtraient dans l'espace.

Les yeux ouverts dans le noir, Bean trouva enfin le joint. C'était criant, une fois qu'on avait compris ! Ce n'était pas seulement la maîtrise de la gravitation qu'on avait volée aux doryphores, mais aussi les communications ultraluminiques ! C'était un secret qu'on se gardait bien de révéler aux Terriens, mais les vaisseaux de l'humanité étaient capables d'échanges instantanés.

Et si les vaisseaux en étaient capables, pourquoi pas le quartier général d'Éros ? Quelle était la portée des communications ? Étaient-elles vraiment instantanées, indépendamment de toute notion de distance, ou bien seulement plus rapides que la lumière, si bien qu'à très longue distance un décalage commençait à se faire sentir ?

Bean envisagea toutes les possibilités ainsi que toutes leurs implications : nos patrouilleurs seront en mesure de nous prévenir de l'approche de la flotte ennemie longtemps avant qu'elle arrive jusqu'à nous. Les dirigeants savent sans doute depuis des années qu'elle est en route et à quelle vitesse ; c'est pour ça qu'on a accéléré notre formation : ils savent depuis longtemps à quel moment va commencer la Troisième Invasion.

Une autre idée : si cette communication instantanée fonctionne indépendamment de la distance, nous sommes peut-être capables de nous entretenir avec la flotte d'attaque que nous avons envoyée contre le monde natal des doryphores juste après la Seconde Invasion. Si nos vaisseaux voyagent à une vitesse proche de celle de la lumière, le différentiel de temps relatif complique sans doute la communication mais, puisqu'on en est à imaginer des miracles, ce problème ne doit pas être difficile à résoudre. Nous saurons si notre attaque contre leur monde a réussi ou non au bout de quelques instants ; et, tiens ! si la communication est vraiment bonne, avec de la bande passante à revendre, le quartier général serait peut-être même en mesure d'assister à la bataille, ou du moins à une simulation, et...

Une simulation de la bataille ! Chaque vaisseau de la force expéditionnaire envoie constamment sa position, l'appareil de communication reçoit ces données, les fournit à un ordinateur, et ce qui en sort... c'est la simulation sur laquelle nous nous entraînons !

On nous forme à commander des appareils au combat, non pas chez nous, dans le système solaire, mais à des années-lumière d'ici. Les capitaines et les pilotes sont bien partis, eux, mais les amiraux qui les commanderont se trouvent toujours ici, sur Éros, au quartier général. La F. I. a eu des générations pour trouver les bons commandants, et c'est nous !

Bean était soufflé. Il n'osait croire à ce qu'il avait découvert, et pourtant ce scénario était beaucoup plus plausible que tous ceux qu'il avait pu imaginer ; tout d'abord, il expliquait parfaitement pourquoi on avait fait s'entraîner les enfants sur des vaisseaux anciens, car la flotte qu'ils allaient commander avait été lancée des dizaines d'années plus tôt, alors que ce qui passait aujourd'hui pour démodé représentait encore la pointe du progrès.

Ce n'est pas parce que la flotte des doryphores est sur le point d'atteindre le système solaire qu'on nous a poussés à mort à l'École de guerre et de tactique ; c'est parce que notre flotte à nous va bientôt parvenir près du monde des doryphores !

Comme l'avait dit Nikolaï, on ne peut pas écarter l'impossible, parce qu'on ne sait jamais quelle hypothèse sur ce qui est possible se révélera fausse dans la réalité des faits. Bean avait été empêché de songer à cette explication pourtant simple et rationnelle parce qu'il s'était enfermé dans l'idée que la vitesse de la lumière marquait la limite des trajets et des communications ; mais le technicien avait soulevé un petit bout du voile qui cachait la vérité et Bean, ayant réussi à ouvrir son esprit dans cette direction, connaissait à présent le secret.

À un moment quelconque de notre entraînement, sans aucun avertissement, sans même nous prévenir de ce qu'ils font, les hauts dirigeants peuvent nous basculer sur de véritables vaisseaux et nous les faire commander dans une véritable bataille. Nous croirons qu'il s'agit d'un jeu mais c'est une guerre que nous mènerons.

Et ils ne nous disent rien parce que nous sommes des enfants ; ils nous croient incapables d'affronter la vérité, à savoir que nos décisions causeront des morts et des destructions, que, quand nous perdrons un vaisseau, des hommes mourront pour de bon. Ils gardent le secret pour nous protéger de notre propre compassion.

Mais moi, le secret, je le connais maintenant.

Il sentit tout à coup tout le poids de ce savoir interdit et, le souffle coupé, il ne put respirer qu'à petits coups. Maintenant, je sais. En quoi cela allait-il modifier sa façon de jouer ? Non, il ne devait rien changer. Il donnait déjà le meilleur de lui-même ; être dans le secret des dieux ne le pousserait pas à travailler plus dur ni à jouer mieux. En revanche, cela risquait de faire baisser son niveau, de l'inciter à hésiter, à perdre sa concentration. Durant tout leur entraînement, on leur avait enseigné que, pour gagner, il fallait être capable d'oublier tout à part ce qu'on faisait sur l'instant. On pouvait garder à l'esprit la situation d'ensemble de tous ses vaisseaux, mais seulement si, lorsque l'un d'eux était mis hors de combat, on arrivait à le chasser de ses préoccupations. Si on se mettait à penser à des cadavres, à des corps déchirés aux poumons vidés de leur air par le néant glacé de l'espace, comment jouer encore en sachant que le jeu se terminait ainsi ?

Les enseignants avaient raison de garder le secret, et le technicien aurait dû passer en cour martiale pour avoir laissé Bean jeter un coup d'œil derrière le rideau.

Il ne pouvait en parler à personne. Les autres enfants ne devaient rien savoir, et, si les enseignants apprenaient qu'il avait découvert le pot aux roses, ils le retireraient du jeu.

Il devait donc jouer la comédie.

Non. Il devait se persuader qu'il s'était trompé, oublier que c'était vrai. Ce n'était pas vrai ! La vérité était telle qu'on la leur enseignait et la simulation ne tenait pas compte des limitations de la vitesse de la lumière, voilà tout. On les formait sur d'anciens appareils parce que tous les nouveaux étaient déployés et qu'on ne pouvait pas se permettre d'en détourner un seul pour entraîner des gamins. Le combat auquel on les préparait était destiné à repousser une invasion de Formiques, non à envahir le système ennemi. Bean n'avait fait qu'un rêve aberrant, totalement illusoire. Rien n'allait plus vite que la lumière, et, par conséquent, la transmission ultraluminique était impossible.

En outre, si l'humanité avait réellement envoyé une flotte d'invasion si longtemps auparavant, la F. I. n'avait pas besoin de mômes comme eux pour la commander. Mazer Rackham devait l'accompagner : on n'aurait jamais pu la lancer sans lui. Il était sans doute encore en vie grâce aux effets relativistes du voyage à une vitesse quasi luminique ; peut-être ne s'était-il écoulé que quelques années depuis son départ, selon son point de vue. Et il était prêt à l'attaque. Il n'avait pas besoin des enfants.

La respiration de Bean s'apaisa, les battements de son cœur se calmèrent. Il ne devait plus se laisser emporter par des inventions aussi abracadabrantes ; il aurait l'air fin si quelqu'un entendait parler de la théorie stupide qu'il avait imaginée durant son sommeil ! Et il n'était même pas question de la mentionner comme un simple rêve : le jeu devait rester ce qu'il avait toujours été.

L'intercom sonna le réveil. Bean sortit de son lit – il avait une couchette du bas, cette fois – et se joignit aussi naturellement que possible aux plaisanteries de Tom le Dingue et de Hot Soup, tandis que Molo la Mouche gardait son air revêche, habituel le matin, et qu'Alaï disait ses prières. Bean se rendit au réfectoire et mangea comme d'habitude. Tout était normal. Le fait que ses intestins ne se relâchèrent pas à l'heure ordinaire ne signifiait rien, pas plus que la vague nausée qu'il ressentit pendant le déjeuner ni les colites qui le tenaillèrent toute la journée. Cela provenait d'un manque de sommeil, voilà tout.

Au bout de presque trois mois sur Éros, l'entraînement sur les simulateurs changea : en plus des vaisseaux directement sous le contrôle de chacun, il y en avait d'autres encore en dessous à qui il fallait donner des instructions à voix haute, tout en continuant à utiliser les commandes pour les entrer manuellement. « Comme au combat, dit leur superviseur.

— Au combat, fit observer Alaï, nous saurions qui sont les officiers qui servent sous nos ordres.

— Ça n'aurait d'importance que si vous dépendiez d'eux pour obtenir des informations, or ce n'est pas le cas. Toutes les données dont vous avez besoin sont transmises à votre simulateur et apparaissent sur l'affichage. Vous donnez donc vos instructions à la fois oralement et manuellement. Vous n'avez qu'à partir du principe qu'elles seront suivies. Vos enseignants surveilleront les ordres que vous envoyez pour vous aider à apprendre à être explicites et rapides. Vous devrez aussi maîtriser la technique qui consiste à passer des échanges entre vous aux ordres que vous donnerez à vos différents vaisseaux ; c'est très simple : tournez la tête à droite ou à gauche, selon ce qui est le plus pratique pour vous, si vous voulez parler les uns avec les autres ; par contre, si vous gardez le visage face à l'affichage, tout ce que vous dites est transmis au vaisseau ou à l'escadre que vous avez choisie grâce à vos commandes. Pour vous adresser à tous vos vaisseaux à la fois, regardez l'afficheur bien en face et baissez le menton, comme ceci.

— Et que se passe-t-il si on relève le menton ? » demanda Shen.

Alaï prit l'enseignant de vitesse. « Alors tu t'adresses à Dieu. »

Une fois que les rires se furent apaisés, l'homme répondit : « Tu n'es pas loin d'avoir raison, Alaï. Quand vous levez le menton, vous parlez à votre commandant. »

Plusieurs voix demandèrent en même temps, d'un ton surpris : « Notre commandant ?

— Vous n'imaginiez tout de même pas que nous vous formions pour que vous deveniez tous commandants suprêmes en même temps, si ? Non, pour le moment, nous allons désigner l'un d'entre vous au hasard pour jouer ce rôle dans le cadre de l'entraînement. Disons... le petit, là. Toi, Bean.

— C'est moi le commandant ?

— Juste à titre d'entraînement. À moins qu'il ne soit pas compétent ? Vous ne lui obéiriez pas au combat, les autres ? »

La réponse fut unanime et méprisante : bien sûr que Bean était compétent ! Bien sûr qu'ils lui obéiraient !

« D'un autre côté, il n'a pas gagné une seule bataille quand il commandait l'armée du Lapin, fit Molo la Mouche.

— Tant mieux ; ainsi, vous devrez aussi relever le défi consistant à faire de ce microbe un vainqueur malgré lui. Et, si vous croyez que ce n'est pas une situation militaire réaliste, c'est que vous n'avez pas bien étudié l'histoire ! »

Il advint donc que Bean se retrouva à la tête de dix enfants de l'École de guerre. Chacun était tout émoustillé, naturellement, car ni Bean ni les autres ne croyaient un instant que le choix du professeur était dû au hasard. Chacun savait qu'au simulateur Bean était supérieur à tout le monde. Petra lui avait déclaré un jour, à la fin d'une séance d'entraînement : « Nom de Dieu, Bean, j'ai l'impression que tout est si clair dans ta tête que tu arriverais à jouer même les yeux fermés ! » Et c'était presque la vérité ; il n'avait pas besoin de vérifier sans cesse où ses vaisseaux se trouvaient. Il avait un tableau mental complet de la situation.

Il leur fallut quelques jours pour apprendre à pratiquer la manœuvre de façon automatique, à recevoir les ordres de Bean et à transmettre des instructions aux appareils tout en utilisant manuellement les commandes. Au début, les mêmes erreurs se répétèrent : on plaçait la tête dans la mauvaise position, si bien que les commentaires, les questions et les ordres n'allaient pas aux bons destinataires, mais les mouvements devinrent rapidement instinctifs.

Bean insista alors pour que les autres assument à tour de rôle la fonction de commandant. « Je dois m'entraîner autant qu'eux à recevoir des ordres, dit-il, et à tourner la tête pour parler à mes voisins ou à mes vaisseaux. » L'instructeur lui donna raison et, au bout d'une journée, Bean maîtrisait la technique aussi bien que ses camarades.

Se faire remplacer dans le siège de commandement eut un autre effet positif : même si personne ne salopa complètement le boulot, il apparut clairement que Bean était plus vif et plus précis que quiconque, avec une meilleure appréhension de la progression des situations et une meilleure capacité à faire le tri de ce qu'il entendait et à le mémoriser.

« Tu n'as rien d'humain ! s'exclama Petra. Personne n'est capable de faire ce que tu fais !

— Si, je suis humain, répondit Bean d'un ton mesuré. Et je connais quelqu'un qui peut faire mieux que moi.

— Qui ça ? demanda Petra, étonnée.

— Ender. »

Tous se turent un instant.

« Ouais, mais il n'est pas là, dit enfin Vlad.

— Qu'est-ce que tu en sais ? répliqua Bean. Si ça se trouve, il est là depuis aussi longtemps que nous.

— C'est idiot, intervint Dink. Pourquoi ne l'aurait-on pas laissé s'entraîner avec nous ? Pourquoi garder sa présence secrète ?

— Parce que la F. I. adore les secrets, répondit Bean. Et peut-être aussi parce qu'il suit un entraînement différent. Et peut-être aussi que c'est comme avec Sinterklaas : on veut nous faire la surprise.

— Et peut-être aussi que tu as la *cabeza* fêlée », dit Dumper.

Bean éclata de rire sans rien ajouter. C'était Ender qui devait devenir leur commandant, c'était évident ; le groupe avait été formé spécialement pour lui, et c'est sur lui que reposaient tous les espoirs de l'humanité. Si on avait placé Bean au poste suprême, c'était parce qu'il tenait le rôle de remplaçant : si Ender était pris d'une crise d'appendicite en pleine guerre, c'est à Bean qu'on confierait les commandes – Bean qui donnerait alors des ordres et déciderait quels vaisseaux devaient se sacrifier, quels hommes devaient mourir. Mais en attendant ces choix reviendraient à Ender, pour qui ce ne serait qu'un jeu, sans mort, sans souffrance, sans peur ni remords. Rien qu'un jeu.

Oui, c'était Ender le plus apte à commander. Et le plus tôt serait le mieux.

Le lendemain, leur superviseur leur apprit qu'Ender Wiggin deviendrait leur commandant l'après-midi même. Devant leur absence de surprise, il s'étonna. « Bean nous l'avait déjà annoncé », répondirent-ils.

« On me demande de découvrir comment tu as obtenu des informations confidentielles, Bean. »

Graff dévisagea l'enfant, si petit ! qui le regardait de l'autre côté de la table.

« Je ne détiens pas d'information confidentielle, répondit Bean.

— Tu savais pourtant qu'Ender allait être nommé commandant.

— Je l'ai deviné. Ça n'avait rien de compliqué ; voyez le groupe que nous formons : rien que les amis les plus proches d'Ender ou ses chefs de section. C'est lui le point commun entre nous tous. Il existe quantité d'autres gosses que vous auriez pu transférer ici, sans doute aussi bons que nous ou presque. Mais ceux que vous avez choisis suivraient Ender dans l'espace sans combinaison s'il leur disait que c'est nécessaire.

— Joli discours, mais tu as derrière toi un passé où tu espionnais tout le monde.

— D'accord ; alors dites-moi quand j'aurais pu voler ces données confidentielles ? À quel moment du jour ou de la nuit sommes-nous seuls ? Nos bureaux sont de simples terminaux, nous n'avons jamais l'occasion d'observer quelqu'un en train d'entrer ses coordonnées ; je ne vois pas comment j'aurais pu dérober l'identité d'un autre. Je passe mes journées à obéir aux ordres qu'on me donne. Vous autres, vous partez toujours du principe que nous sommes stupides alors que vous nous avez choisis justement à cause de notre intelligence supérieure, et maintenant vous m'accusez d'avoir volé des informations que n'importe quel crétin pouvait deviner !

— Pas n'importe lequel.

— Ce n'était qu'une expression.

— Bean, dit Graff, je crois que tu me racontes un tas de conneries.

— Colonel Graff, même si c'était vrai, et ça ne l'est pas, quelle importance ? J'ai découvert qu'Ender venait nous rejoindre parce que j'espionne vos rêves en secret ; et alors ? Ça n'empêche pas qu'Ender va venir, qu'il va nous commander, qu'il va s'en tirer brillamment, puis qu'on va tous nous promouvoir et que je vais me retrouver assis sur un siège éjectable dans un vaisseau quelque part dans l'espace, à donner des ordres à des adultes de ma voix de petit garçon jusqu'à ce qu'ils en aient plein le dos de m'entendre et qu'ils me balancent dans le vide.

— Le fait que tu aies su pour Ender ne m'intéresse pas, ni que tu l'aies simplement deviné.

— Je sais que ces détails ne vous passionnent pas.

— Je veux savoir ce que tu as deviné d'autre.

— Mon colonel, dit Bean d'un ton soudain très las, ne vous rendez-vous pas compte que le fait même de me poser cette question sous-entend qu'il y a autre chose à découvrir et augmente donc fortement les chances que j'y parvienne ? »

Le sourire de Graff s'élargit. « C'est exactement ce que j'ai répondu au... à l'officier qui m'a confié la mission de m'entretenir avec toi et de te poser ces questions. Je l'ai averti que je finirais par t'en révéler davantage que tu ne nous en avoueras jamais, simplement parce que nous aurons eu cette entrevue, mais il a déclaré : "Ce gosse n'a que six ans, colonel Graff."

— J'en ai sept, je crois.

— Il avait travaillé sur un vieux rapport et il n'avait pas effectué le calcul.

— Dites-moi quel secret vous voulez être sûr que j'ignore, et je vous dirai si je le connais déjà.

— Voilà qui m'aide beaucoup !

— Colonel Graff, est-ce que je fais du bon boulot ?

— Évidemment ! C'est idiot, comme question !

— Si je détiens un renseignement que vous voulez cacher aux enfants, en ai-je parlé autour de moi ? L'ai-je révélé aux autres ? Cela a-t-il modifié mes résultats ?

— Non.

— Ça me fait penser à l'arbre qui tombe dans la forêt alors qu'il n'y a personne pour entendre le bruit qu'il fait. Si je possède un renseignement parce que je l'ai deviné mais que je n'en fais part à personne et que ça n'affecte pas mon travail, pourquoi perdre votre temps à essayer de savoir quelles connaissances je détiens ? Parce qu'à la suite de cette conversation vous pouvez être sûr que je vais tout faire pour trouver le moindre secret qui risque de traîner là où un gamin de sept ans peut le dénicher ; néanmoins, même si je tombe sur quoi que ce soit, je n'en dirai rien aux autres et ça ne changera rien à mon comportement. Alors pourquoi ne pas cracher le morceau, tout simplement ? »

Graff passa la main sous la table et appuya sur quelque chose.

« Parfait, dit-il. Ils ont l'enregistrement de notre conversation, et, si ça ne les rassure pas, rien ne les rassurera.

— Les rassurer à quel sujet ? Et de qui s'agit-il ?

— Bean, ce que nous disons maintenant n'est pas enregistré.

— Si, répondit Bean.

— J'ai coupé le magnéto.

— Peuh ! »

De fait, Graff n'était pas absolument certain que l'enregistrement était bel et bien arrêté. Même si l'appareil dont il avait le contrôle était éteint, cela ne signifiait pas qu'un autre ne fonctionnait pas dans la pièce.

« Allons faire un tour, dit Graff.

— Pas dehors, j'espère. »

Graff quitta la table – laborieusement, parce qu'il avait beaucoup grossi et qu'on maintenait la base d'Éros sous pleine gravité – et emmena Bean dans les tunnels.

Tout en marchant, il dit à mi-voix : « Faisons au moins en sorte de ne pas leur faciliter la tâche.

— D'accord.

— La F. I. est dans tous ses états à cause d'une fuite apparente de sécurité ; je pensais que tu aimerais le savoir. Quelqu'un ayant accès aux archives les

490

plus secrètes aurait écrit des lettres à deux pontes des réseaux, qui se sont mis à soulever l'opinion publique pour qu'on renvoie dans leurs pays d'origine les enfants de l'École de guerre.

— C'est quoi, un ponte ? demanda Bean.

— À mon tour de te répondre : « Peuh ! » Écoute, je ne t'accuse pas. Il se trouve simplement que j'ai eu sous les yeux une copie des lettres envoyées à Locke et Démosthène – qu'on surveille de très près, comme tu peux t'en douter – et, quand je les ai lues – intéressantes et très adroites, les différences entre les deux – , je me suis aperçu qu'elles ne contenaient en réalité aucune information top secrète, rien que ce que sait n'importe quel élève de l'École de guerre. Non, ce qui les affole complètement, c'est que l'analyse politique est parfaitement exacte, même si elle se fonde sur des renseignements insuffisants. En d'autres termes, partant de ce qui est du domaine public, l'auteur de ces lettres ne pouvait pas parvenir aux conclusions auxquelles il est arrivé. Les Russes affirment qu'on les a espionnés – et ils mentent naturellement sur ce qu'on aurait découvert. Mais moi je suis entré dans la bibliothèque du *Condor* et j'ai cherché ce que tu y avais lu ; puis j'ai vérifié ton utilisation des archives du LIS à l'époque où tu te trouvais à l'École tactique. Tu n'es pas resté les bras croisés, dis-moi.

— J'aime bien m'occuper l'esprit.

— Tu seras content d'apprendre que le premier groupe d'enfants a déjà été renvoyé chez lui.

— Mais la guerre n'est pas terminée !

— Tu crois que, quand tu commences à faire rouler une boule de neige politique, elle va toujours se diriger là où tu le veux ? Tu es intelligent mais naïf, Bean. Si tu donnes une chiquenaude à l'univers, tu ne peux pas savoir quels dominos vont tomber ; il y en a toujours dont tu croyais qu'ils n'étaient pas reliés à l'ensemble. Et puis quelqu'un donnera toujours une chiquenaude un peu plus forte en sens inverse. Quoi qu'il en soit, je suis heureux que tu aies pensé aux autres enfants et que tu aies fait en sorte de les libérer.

— Mais ce n'est pas notre cas.

— La F. I. n'est pas obligée de rappeler aux agitateurs de la Terre que l'École de tactique et celle de commandement sont encore pleines d'enfants.

— Moi non plus, je ne le leur rappellerai pas.

— Je le sais. Non, Bean, j'ai l'occasion de te parler parce que tu as affolé certains des haut gradés en devinant avec brio qui allait commander votre équipe, mais je tenais à te mettre au courant de certains éléments, en dehors du fait que ta lettre a obtenu en grande partie l'effet désiré.

— Je vous écoute, même si je ne reconnais avoir écrit aucune lettre.

— Tout d'abord, je pense que tu seras très intéressé d'apprendre l'identité de Locke et Démosthène.

— L'identité ? Il ne s'agit que d'une seule personne ?

— Un esprit, deux voix. Écoute, Bean, Ender Wiggin est le troisième enfant de sa famille. Il s'agit d'un privilège spécial accordé à ses parents, pas d'une naissance illégale ; son frère et sa sœur aînés sont aussi doués que lui, mais, pour diverses raisons, on les a jugés inaptes à entrer à l'École de guerre. Cependant, le frère, Peter Wiggin, est un jeune homme très ambitieux et, comme la voie militaire lui était fermée, il a choisi la politique. Une double carrière.

— C'est à la fois Locke et Démosthène, dit Bean.

— C'est lui qui établit la stratégie pour les deux, mais il rédige seulement les articles de Locke. C'est sa sœur Valentine qui s'occupe de Démosthène. »

Bean éclata de rire. « Je comprends mieux maintenant !

— Tes deux lettres sont donc arrivées au même destinataire.

— Si j'en suis l'auteur.

— Et le pauvre Peter Wiggin est dans tous ses états. Il puise à toutes les sources de renseignements de la Flotte pour découvrir qui les a envoyées, mais personne ne le sait à la F. I. Les six officiers dont tu as utilisé les coordonnées ont été mis hors de cause, et, comme tu peux t'en douter, personne ne pense à vérifier si le seul gamin de sept ans qui soit entré à l'École tactique n'aurait pas employé son temps libre à rédiger des missives politiques.

— Sauf vous.

— Oui, parce que, crois-le ou non, je suis le seul à savoir à quel point les enfants que vous êtes sont intelligents.

— Et nous le sommes à quel point ? demanda Bean avec un sourire espiègle.

— Notre promenade ne va pas durer éternellement, je ne perdrai donc pas de temps en flatterie. L'autre sujet que je voulais aborder est celui-ci : sœur Carlotta, qui s'est retrouvée sans emploi après ton départ, s'est donné beaucoup de mal à rechercher tes origines. Je vois d'ici deux officiers qui s'approchent et qui vont mettre un terme à cette conversation confidentielle, je serai donc bref. Tu possèdes un nom, Bean. Tu t'appelles Julian Delphiki.

— Delphiki ? C'est le nom de Nikolaï.

— Julian est le prénom de son père et du tien. Ta mère se prénomme Elena. Nikolaï et toi êtes de vrais jumeaux. Vos ovules fertilisés ont été implantés à des moments différents, et tes gènes ont été modifiés d'une façon infime mais avec un résultat d'une grande portée. Donc, quand tu vois Nikolaï, tu te vois tel que tu aurais été si on ne t'avait pas manipulé génétiquement et si tu avais grandi auprès de parents qui t'aimaient.

— Julian Delphiki... fit Bean.

— Nikolaï fait partie de ceux qui sont déjà en route pour la Terre. Une fois qu'il aura été rapatrié en Grèce, sœur Carlotta s'occupera de l'informer que tu es bel et bien son frère. Elle a déjà prévenu ses parents de ton existence. Tu habites une charmante résidence, une maison sur les collines de Crète qui dominent la mer Égée. D'après sœur Carlotta, tes parents sont de braves gens. Ils ont pleuré de joie en apprenant que tu étais vivant. Et maintenant notre entrevue touche à sa fin. Nous discutions de ta mauvaise opinion sur la qualité de l'enseignement dispensé à l'École de commandement.

— Comment l'avez-vous deviné ?

— Il n'y a pas que toi qui saches faire des hypothèses. »

Les deux officiers – un amiral et un général qui arboraient tous deux un sourire faussement amical – les saluèrent et leur demandèrent comment s'était déroulée l'entrevue.

« Vous avez l'enregistrement, répondit Graff, y compris le passage où Bean soutient que le magnéto tourne toujours.

— Et pourtant vous avez poursuivi votre entretien.

— Je parlais au colonel Graff, dit Bean, de l'incompétence des enseignants de l'École de commandement.

— L'incompétence ?

— Nous livrons toujours bataille contre des adversaires informatiques exceptionnellement idiots, après quoi les professeurs nous infligent de longues analyses sans intérêt sur ces combats pour rire, alors qu'il est impossible qu'un ennemi ait un comportement aussi stupide et prévisible que celui des simulateurs. Selon moi, la seule façon d'obtenir une rivalité efficace consiste à nous diviser en deux groupes et à nous faire combattre mutuellement. »

Les deux officiers échangèrent un regard. « Intéressant, dit le général.

— Mais hors de saison, répondit l'amiral. Ender Wiggin s'apprête à entrer dans votre jeu. Nous pensions que tu voudrais être présent pour lui souhaiter la bienvenue.

— Oui, en effet, fit Bean.

— Je vais t'accompagner, dit l'amiral.

— Profitons-en pour bavarder un peu », fit le général en s'adressant à Graff.

En chemin, l'amiral parla peu et Bean put répondre à ses remarques sans y réfléchir, ce qui l'arrangeait : les révélations de Graff l'avaient laissé troublé. En y songeant, il n'était pas étonnant que Locke et Démosthène fussent les frère et sœur d'Ender ; s'ils étaient aussi intelligents que lui, il était inévitable qu'ils accèdent à des positions élevées, or les réseaux leur permettaient d'y parvenir tout en dissimulant leur identité d'enfants. Mais Bean avait été attiré par eux sans doute en partie à cause de leur ton qu'il ressentait comme familier ; ils devaient lui évoquer Ender et il l'avait perçu, de cette manière subtile qu'ont les gens qui ont longtemps vécu ensemble de capter les nuances d'expression les uns des autres. Bean ne s'en était pas rendu compte de façon consciente mais cela avait dû le rendre plus sensible à leurs articles. Il aurait dû déceler la vérité, et, de fait, à un certain niveau, il l'avait découverte.

Mais l'autre nouvelle, celle selon laquelle Nikolaï était son frère... comment y croire ? On aurait dit que Graff avait lu dans son cœur, mis le doigt sur le mensonge qui pénétrerait le plus profondément dans son âme et le lui avait servi. Je serais grec ? Mon frère se serait trouvé par hasard dans le même groupe de bleus que moi, ce garçon qui est devenu mon ami le plus cher ? Nous serions jumeaux ? J'aurais des parents qui m'aiment ?

Je m'appellerais Julian Delphiki ?

Non, c'est inconcevable. Graff n'a jamais été sincère avec nous ; il n'a pas levé le petit doigt pour protéger Ender contre Bonzo ; tout ce qu'il fait vise à nous manipuler.

Mon nom est Bean. C'est Poke qui me l'a donné, et il n'est pas question que j'y renonce en échange d'un mensonge.

D'abord, ils entendirent sa voix ; il parlait à un technicien dans une autre pièce. « Comment puis-je travailler avec des chefs d'escadre que je ne vois jamais ?

— Et pourquoi voudriez-vous les voir ? rétorqua le technicien.

— Pour les connaître, pour savoir comment ils pensent...

— Vous apprendrez à les connaître et à savoir comment ils pensent à partir de leur façon de travailler avec le simulateur. Mais, de toute façon, je ne crois pas que vous ayez à vous inquiéter. Ils vous écoutent en ce moment même. Mettez votre casque. »

Tous se mirent à trembler d'exultation, sachant qu'il allait bientôt entendre leurs voix comme ils entendaient la sienne.

« Que quelqu'un dise quelque chose ! fit Petra.

— Attends qu'il ait mis son casque, répondit Dink.

— Comment on saura qu'il est prêt ? demanda Vlad.

— Moi d'abord », fit Alaï.

Un silence, puis un léger sifflement dans les écouteurs.

« Salaam, murmura Alaï.

— Alaï ! fit Ender.

— Et moi, dit Bean. Le nain.

— Bean ! »

Oui, songea Bean tandis que les autres s'adressaient à Ender chacun à son tour. C'est comme ça que je m'appelle. C'est le nom qu'emploient ceux qui me connaissent.

23

LA STRATÉGIE ENDER

« Mon général, vous êtes le Stratège. Vous disposez de l'autorité nécessaire pour agir, et vous en avez l'obligation.

— Ce n'est pas un commandant cassé de l'École de guerre qui va me dire quelles sont mes obligations !

— Si vous n'arrêtez pas le Polémarque et ses conjurés...

— Colonel Graff, si je frappe le premier, je serai tenu pour responsable de la guerre qui s'ensuivra.

— En effet, mon général. Mais, à votre avis, quelle serait la meilleure issue : que tout le monde vous en veuille mais que nous gagnions la guerre, ou bien que personne ne vous en veuille parce qu'on vous aura placé contre un mur et qu'on vous aura fusillé après que le coup d'État du Polémarque se sera soldé par la prise de pouvoir des Russes sur le monde entier ?

— Je n'ouvrirai pas le feu le premier.

— Un commandant militaire qui refuse de frapper de façon préventive alors qu'il détient des preuves irréfutables que...

— La politique de cet acte...

— Si vous les laissez gagner, il n'y aura plus de politique !

— Les Russes ne sont plus les méchants depuis le vingtième siècle !

— Le méchant, c'est celui qui se conduit en hors-la-loi ! Et vous, vous êtes le shérif, mon général, que le public vous approuve ou non. Faites votre travail. »

497

Ender arrivé, Bean reprit aussitôt sa place parmi les chefs de section. Nul ne fit le moindre commentaire : il avait été leur commandant suprême, il les avait bien entraînés, mais Ender restait le leader naturel du groupe et, maintenant qu'il était revenu, Bean avait retrouvé sa stature habituelle.

Et à juste titre, il le savait bien. Il commandait bien mais, à côté d'Ender, il avait l'air d'un novice. Leurs stratégies n'étaient pas meilleures l'une que l'autre ; elles étaient parfois différentes, mais Bean remarquait souvent qu'Ender prenait exactement les décisions qu'il aurait prises lui-même.

Non, l'important, c'était son attitude envers ses subordonnés. Il avait droit à une dévotion absolue de leur part, au lieu de l'obéissance très légèrement teintée de rancune qu'ils accordaient à Bean, et grâce à cela il fut immédiatement accepté à son nouveau poste. Mais il gagnait aussi cette dévotion en remarquant, non seulement ce qui se passait pendant les batailles, mais ce que pensaient ses chefs de section. Il était sec, voire cassant, et il était évident qu'il attendait d'eux mieux que le meilleur, mais, en même temps, il avait une façon particulière de donner une certaine intonation aux paroles les plus banales qui évoquait l'appréciation, l'admiration, l'intimité. Ses auditeurs se sentaient connus et reconnus par celui dont le respect était pour eux un élément vital. Bean, lui, n'était absolument pas doué pour cela ; ses encouragements étaient toujours trop évidents, un peu trop appuyés, et les autres y attachaient moins d'importance parce qu'ils paraissaient calculés – ce qui était le cas. Ender se contentait... d'être lui-même. L'autorité lui était aussi naturelle que l'acte de respirer.

On a basculé un interrupteur génétique chez moi ; on a fait de moi un athlète intellectuel ; je suis capable d'envoyer le ballon dans les buts de n'importe où sur le terrain. Mais pour savoir quand donner le coup de pied, comment fondre une bande de joueurs en une véritable équipe, quel interrupteur a-t-on basculé dans les gènes d'Ender ? Ou bien s'agit-il d'un élément plus profond que le génie mécanique de l'organisme ? Existe-t-il un esprit, et ce que possède Ender est-il un don de Dieu ? Nous le suivons comme des disciples un maître. Nous attendons tous de le voir faire jaillir de l'eau d'un rocher.

Puis-je apprendre à l'imiter ? Ou bien suis-je comme tant de ces auteurs militaires que j'ai étudiés, condamnés à rester d'éternels seconds et à demeurer dans les mémoires uniquement à cause de leurs chroniques et de leurs exégèses sur le génie des autres ? Quand tout sera fini, écrirai-je un livre pour exposer comment Ender s'y est pris pour gagner ?

Non. Qu'Ender l'écrive, ce livre, ou bien Graff. Moi, j'ai du travail à faire ici, et, quand j'en aurai terminé, je choisirai ma propre tâche et je la mènerai du mieux possible. Si on se souvient de moi seulement parce que j'ai fait partie des compagnons d'Ender, qu'il en soit ainsi. Servir avec Ender porte en soi sa propre récompense.

Mais qu'il était douloureux de voir le bonheur des autres, de remarquer qu'ils ne lui prêtaient plus aucune attention sinon pour le taquiner comme un petit frère, comme une mascotte ! Qu'ils avaient dû souffrir quand ils étaient sous ses ordres !

Et le pire était qu'Ender le traitait exactement de la même façon. Certes, personne n'avait le droit de le voir, mais, pendant leur longue séparation, Ender avait apparemment oublié à quel point il s'était reposé sur Bean. C'était sur Petra qu'il s'appuyait le plus, ainsi que sur Alaï, Dink et Shen : tous ceux qui n'avaient jamais fait partie de la même armée que lui. Il se servait de Bean et des autres chefs de section du Dragon, il leur faisait toujours confiance, mais quand il avait une mission difficile, une mission qui exigeait du flair et de la créativité, Ender ne songeait jamais à Bean pour l'exécuter.

C'était égal. Il ne fallait pas y penser : en plus de sa fonction de chef d'escadre, Bean avait une tâche plus importante à accomplir. Il lui fallait observer la tournure de chaque combat afin d'être prêt à tout moment à prendre le commandement si Ender hésitait. L'intéressé ne semblait pas conscient de cette confiance que les enseignants plaçaient en Bean, au contraire de celui-ci, et, si cela le rendait parfois un peu distrait lorsqu'il remplissait ses missions, si Ender lui reprochait parfois d'être un peu en retard, un peu inattentif, cela n'avait rien d'inattendu. Ender ignorait qu'à tout moment, si le superviseur lui faisait signe, Bean pouvait prendre sa place et poursuivre son plan, diriger les chefs d'escadre et sauver le jeu.

Au début, cette tâche secrète parut devoir le rester : Ender était en bonne santé et il avait l'esprit vif. Mais un jour un changement se produisit.

La veille, Ender avait mentionné en passant qu'il avait un enseignant en plus de ceux de ses camarades. Il parla de « Mazer » une fois de trop et Tom le Dingue lança : « Avec un prénom pareil, il a dû en entendre des vertes et des pas mûres à l'école !

— Quand il était à l'école, son prénom n'était pas célèbre, répondit Ender.

— Si c'est bien celui dont on parle, il doit être mort depuis longtemps, remarqua Shen.

— Sauf s'il a fait un voyage aller-retour à une vitesse quasi luminique. »

C'est alors qu'ils comprirent. « Ton prof, c'est le fameux Mazer Rackham ?

— Vous savez qu'on le décrit comme un grand héros ? » fit Ender.

Naturellement, ils le savaient.

« Ce qu'on ne dit pas, c'est qu'il est raide comme s'il avait un parapluie où je pense. »

Puis ce fut l'heure de la simulation et ils retournèrent au travail.

Le lendemain, Ender leur apprit que le programme était modifié. « Jusqu'ici, nous avons joué contre l'ordinateur ou bien les uns contre les autres ; à partir d'aujourd'hui, à quelques jours d'intervalle, Mazer lui-même et une équipe de pilotes expérimentés contrôleront la flotte ennemie. Tous les coups seront permis. »

Une série de tests avec Mazer Rackham en personne comme adversaire ? Cela parut louche à Bean.

Ce ne sont pas des tests mais des mises en situation, des préparations aux conditions qu'il faudra peut-être affronter face à l'armada des doryphores près de leur planète natale. La F. I. reçoit des renseignements de la flotte expéditionnaire, et elle nous affûte pour ce que les doryphores vont nous balancer quand la vraie bataille commencera.

L'ennui était que, si brillants que soient Mazer Rackham et les autres officiers, ils n'en étaient pas moins humains. Quand le combat débuterait pour de bon, les doryphores étaient fichus de sortir des armes auxquelles des humains n'auraient jamais songé.

Le jour du premier test arriva – et les enfants restèrent sidérés de voir à quel point la stratégie de l'ennemi était simpliste : une formation en globe tout autour d'un seul vaisseau.

Pour ce combat, Ender disposait manifestement de connaissances qu'il gardait pour lui. Par exemple, il ordonna à ses subalternes de ne pas s'occuper du bâtiment central : ce n'était qu'un leurre. Mais comment pouvait-il le savoir ? Parce qu'on l'avait prévenu que les doryphores mettraient ainsi un de leurs vaisseaux en avant et que c'était un piège – ce qui signifiait que les doryphores s'attendaient à ce que les humains l'attaquent.

Oui, mais, naturellement, ce n'étaient pas les doryphores qui étaient là, mais Mazer Rackham ; dans ce cas, pourquoi pensait-il que les doryphores s'attendraient à ce que les humains s'attaquent à un vaisseau isolé ?

Bean revit les vidéos qu'Ender se repassait sans cesse à l'École de guerre, tous les films de propagande de la Seconde Invasion.

Elles ne montraient jamais de combat parce qu'il n'y avait pas eu de combat ; et Mazer Rackham n'avait pas mené sa force d'assaut en suivant une stratégie géniale : il avait détruit un seul vaisseau et la guerre s'était aussitôt arrêtée. Cela expliquait qu'il n'existait pas de vidéos où l'on vît des combats au corps à corps : Mazer Rackham avait tué la reine ; et, aujourd'hui, il pensait que les doryphores utiliseraient un vaisseau comme leurre parce que c'était de cette façon que l'humanité avait gagné la première fois.

Qu'on tue la reine, et les doryphores se retrouvaient tous sans défense, la tête coupée. C'était le sens des vidéos. Ender le savait, mais il savait aussi que les doryphores n'ignoraient pas que les hommes l'avaient compris, par conséquent il ne se laissait pas prendre à leur attrape-nigaud.

Le second élément connu d'Ender, mais qu'il ne communiqua pas à ceux qui le servaient, était l'usage d'une arme qui n'avait jamais fait partie des simulations jusque-là. Ender mentionna le « Petit Docteur », puis n'en dit pas davantage – avant d'ordonner à Alaï de l'employer là où la flotte ennemie était la plus concentrée. À la surprise des enfants, l'effet de l'arme déclencha une réaction en chaîne de vaisseau en vaisseau jusqu'à ce que tous les bâtiments formiques aient été détruits, à part ceux qui se tenaient à l'écart et qu'il ne fut pas difficile d'éliminer. L'aire de jeu était nette quand ils eurent fini.

« Pourquoi ont-ils choisi une stratégie aussi stupide ? demanda Bean.

— C'est aussi la question que je me posais, répondit Ender. Mais nous n'avons pas perdu un seul bâtiment, donc ça me va. »

Plus tard, Ender leur apprit ce que Mazer avait déclaré : ils avaient simulé une séquence d'invasion complète, et ils menaient l'ennemi factice sur une courbe d'apprentissage. « La prochaine fois, il en saura davantage. Ce ne sera pas aussi facile. »

Cette annonce emplit Bean d'inquiétude. Une séquence d'invasion ? Pourquoi un tel scénario ? Pourquoi pas des échauffements dans l'optique d'une bataille unique ?

Parce que les doryphores possèdent plus d'un monde, se dit-il. Évidemment : quand ils ont découvert la Terre, ils pensaient l'ajouter simplement à leurs autres colonies.

Nous disposons donc de plus d'une flotte : nous en avons une par monde de Formiques.

Et si les doryphores sont capables de progresser entre deux batailles, c'est parce qu'ils peuvent aussi communiquer plus vite que la lumière.

Toutes les conjectures de Bean se confirmaient ; il connaissait aussi le secret qui se cachait derrière ces tests : Mazer Rackham ne commandait pas une flotte factice de doryphores ; c'étaient de vraies batailles, dans lesquelles la seule fonction de Rackham était de surveiller la tournure qu'elles prenaient afin d'expliquer ensuite à Ender les stratégies ennemies et la façon de les contrer.

Telle était la raison pour laquelle la plupart des ordres étaient transmis oralement : ils étaient communiqués aux véritables équipages de véritables vaisseaux, qui les suivaient et livraient de véritables batailles. Chaque fois que nous perdons un bâtiment, songea Bean, ce sont des hommes et des femmes qui meurent ; la moindre faute d'inattention de notre part et ce sont des vies qui disparaissent. Cependant on ne nous dit rien justement parce que le fardeau de ce savoir serait trop lourd à porter pour nous. En temps de guerre, les commandants ont toujours dû apprendre le concept des « pertes acceptables » ; mais ceux qui conservent leur humanité sont incapables de se faire à ce concept, Bean le comprenait à présent ; cela les ronge. Alors ils nous protègent, nous les enfants soldats, en nous maintenant dans l'illusion que nous ne participons qu'à des jeux et des tests.

Par conséquent je ne peux révéler à personne que je suis au courant de la supercherie, je dois accepter les morts sans un mot, sans laisser paraître aucun remords de conscience ; je dois chasser de mon esprit ceux qui meurent de notre intrépidité et dont le sacrifice s'inscrit non seulement dans le score de nos parties mais aussi dans leur propre chair.

Les « tests » avaient lieu tous les deux ou trois jours et duraient chaque fois un peu plus longtemps. Alaï dit en plaisantant qu'on devrait leur mettre des couches afin qu'ils ne soient pas distraits en pleine bataille par une vessie distendue : le lendemain, on les munit de sondes creuses. Ce fut Tom le Dingue qui protesta : « Qu'on nous donne donc des bassins, tout simplement ! On ne peut pas jouer avec un truc qui nous pend du zizi ! » On leur fournit des bassins. Bean n'entendit jamais dire que l'un d'entre eux s'en fût un jour servi cependant, et, bien qu'on se demandât entre garçons quel ustensile on avait trouvé pour Petra, nul n'eut jamais le courage de lui poser la question au risque d'encourir sa fureur.

Très vite, Bean remarqua qu'Ender se trompait parfois. Par exemple, il se reposait trop sur Petra ; c'était toujours à elle que revenait le commandement de la force principale, où elle devait s'occuper d'une centaine de détails en même temps, si bien qu'Ender pouvait se concentrer sur les feintes, les ruses et les astuces. Ne se rendait-il donc pas compte que Petra, perfectionniste dans l'âme, était rongée par le remords et l'humiliation à chacune des bévues qu'elle commettait ? Lui qui comprenait si bien les autres, il paraissait la croire dure comme l'acier, alors que cette dureté n'était qu'un masque qui dissimulait une angoisse intense. Chaque erreur lui pesait ; elle dormait mal, et sa fatigue était de plus en plus marquée au fur et à mesure que les combats avançaient.

Mais Ender n'avait peut-être pas conscience de ce qu'il lui infligeait parce que lui-même était épuisé – comme tout le monde. Tous s'affaiblissaient un peu – parfois beaucoup – sous la pression ; usés, ils devenaient de plus en plus susceptibles d'erreur alors que les tests se compliquaient et qu'ils avaient affaire à plus forte partie.

Les batailles gagnant en difficulté à chaque nouveau « test », Ender dut toujours davantage déléguer les décisions, si bien qu'au lieu d'exécuter sans avoir à réfléchir les instructions détaillées de leur commandant les chefs d'escadre virent leurs responsabilités s'accroître. Pendant de longs moments, Ender était trop occupé par un secteur du combat pour donner des ordres concernant un autre, et les chefs d'escadres affectés commencèrent à discuter entre eux pour décider de la tactique à adopter en attendant qu'Ender veuille bien remarquer à nouveau leur existence ; et Bean nota avec plaisir que, si Ender ne lui confiait jamais de mission complexe, certains des autres s'adressaient à lui quand l'attention d'Ender était tournée ailleurs. Tom le Dingue et Hot Soup inventaient leurs propres plans, mais les soumettaient automatiquement à Bean ; or, comme lors de chaque bataille il passait la moitié de son temps à observer et analyser la stratégie d'Ender, il était en mesure de leur expliquer avec une assez grande précision comment adapter leur plan pour étayer la stratégie de leur commandant. De temps en temps, Ender félicitait Tom ou Soup pour des décisions qui provenaient des conseils de Bean. C'étaient les seuls éloges qu'il obtenait d'Ender et il devait s'en contenter.

Les autres chefs de section et les enfants les plus âgés se désintéressaient totalement de Bean. Il savait pourquoi : ils avaient dû éprouver une profonde rancœur quand le professeur l'avait placé au-dessus d'eux avant l'arrivée d'Ender. À présent que leur commandant était là, il n'était plus question qu'ils prennent, même de loin, l'air soumis devant Bean. Il comprenait, mais cela faisait quand même mal.

Cependant, qu'ils acceptent ou non sa surveillance de leur travail, qu'ils en ressentent ou non de la rancune, cela restait sa mission et il était décidé à ne pas se laisser surprendre. À mesure que la pression s'intensifiait, qu'ils se fatiguaient, qu'ils se montraient de plus en plus irritables les uns avec les autres, moins généreux dans l'estimation de leurs performances mutuelles, Bean devenait de plus en plus attentif parce que les risques d'erreurs augmentaient d'autant.

Un jour, Petra s'endormit en plein combat. Elle avait laissé son escadre s'éloigner jusque dans une position trop vulnérable, et l'ennemi en profita pour mettre ses appareils en pièces. Pourquoi ne donnait-elle pas l'ordre de battre en retraite ? Pire encore : Ender ne se rendit compte du problème que tardivement. Ce fut Bean qui le prévint : « Il y a quelque chose qui ne va pas avec Petra. »

Ender appela la jeune fille. Comme elle ne répondait pas, Ender bascula le contrôle de ses deux appareils survivants à Tom le Dingue, puis tenta de se tirer du mieux possible de la bataille. Comme d'habitude, Petra occupait la position centrale, et la perte de la plus grande partie de sa grosse escadrille était un rude coup ; c'est seulement l'assurance excessive de l'ennemi lors du nettoyage qui permit à Ender de lui tendre quelques pièges et de reprendre l'initiative. Il gagna, mais les pertes étaient lourdes.

Apparemment, Petra se réveilla vers la fin des combats, commandes coupées et incapable de communiquer tant que la bataille ne fut pas terminée. À ce moment-là seulement, son micro fut rebranché et tous l'entendirent pleurer : « Je m'excuse, je m'excuse ! Dites à Ender que je m'excuse, il ne m'entend pas, je regrette... »

Bean alla la voir avant qu'elle regagne sa cabine. Elle avançait dans le tunnel d'un pas chancelant, en pleurs, en s'appuyant contre la paroi et en tâtonnant devant elle parce que ses larmes lui brouillaient la vue. Bean la rattrapa et posa la main sur son épaule. Elle s'ébroua pour la chasser.

« Petra, dit Bean, quand on est épuisé, on est épuisé. Tu ne peux pas rester éveillée si ton cerveau s'éteint.

— Mais c'est mon cerveau à moi qui s'est éteint ! Tu ne sais pas l'impression que ça fait, toi, parce que tu serais capable de faire notre travail à tous en participant à une partie d'échecs !

— Petra, il comptait trop sur toi, il ne te laissait jamais souffler...

— Lui non plus ne se laisse jamais souffler, et je ne le vois pas...

— Si, tu le vois. Il était évident que ton escadre se comportait anormalement plusieurs secondes avant qu'on attire son attention sur le problème. Et, même alors, il a essayé de te réveiller en confiant les commandes à quelqu'un d'autre. S'il avait réagi plus vite, il te resterait six vaisseaux au lieu de deux.

— C'est toi qui lui as signalé le problème. Tu me surveillais, tu avais l'œil sur moi !

— Petra, j'ai l'œil sur tout le monde.

— Tu disais que tu me ferais confiance, mais c'est faux. Et tu as bien raison ! Personne ne peut me faire confiance ! »

Elle se mit à sangloter de façon incontrôlable, adossée à la pierre de la paroi.

Deux officiers apparurent alors et l'emmenèrent, mais pas vers sa cabine.

Graff convoqua Bean peu après. « Tu as parfaitement traité la situation, dit-il. C'est pour ça que tu es là.

— Moi non plus, je n'ai pas été très rapide, répondit Bean.

— Tu observais ce qui se passait. Tu as vu où le plan battait de l'aile et tu y as attiré l'attention d'Ender. Tu as fait ton boulot. Les autres enfants ne s'en rendent pas compte et je sais que ça doit te blesser...

— Qu'ils en aient conscience ou non ne m'importe pas...

— Mais tu as fait ton boulot. Dans cette bataille, tu as marqué un essai.

— Qu'est-ce que ça veut dire ?

— C'est un terme de rugby. Ah, c'est vrai, ça ne devait pas vous passionner dans les rues de Rotterdam !

— Je peux aller me coucher maintenant, s'il vous plaît ?

— Encore une minute. Bean, Ender se fatigue, et il fait des erreurs. Il est donc d'autant plus important que tu aies l'œil à tout. Sois là pour l'aider. Tu as vu dans quel état se trouvait Petra.

— Nous nous épuisons tous peu à peu.

— Eh bien, Ender aussi, plus que tout le monde. Il pleure en dormant, il fait des cauchemars bizarres, il raconte qu'il a l'impression que Mazer Rackham sait ce qu'il projette, qu'il espionne ses rêves.

— Vous voulez dire qu'il est en train de lâcher la rampe ?

— Je veux dire que la seule personne à qui il en demande plus qu'à Petra, c'est lui-même. Protège-le, Bean. Soutiens-le.

— C'est ce que je fais déjà.

— Tu es sans cesse en colère, Bean. »

La remarque le prit de court. Tout d'abord, il songea : Non, ce n'est pas vrai ! Puis il réfléchit : Et si c'était vrai ?

« Ender ne te confie rien d'important, et ça doit te porter sur les nerfs alors que tu t'es trouvé à sa place. Mais ce n'est pas sa faute. Mazer lui répète qu'il a des doutes sur ton aptitude à gérer des vaisseaux en grand nombre ; voilà pourquoi on ne te donne pas de missions compliquées ni intéressantes. Ender ne prend pas l'avis de Mazer pour parole d'évangile, mais il perçoit tous tes actes à travers la lentille déformante de la méfiance de Mazer.

— Mazer Rackham pense que je...

— Mazer Rackham sait exactement ce que tu es et ce dont tu es capable ; mais nous avons dû faire en sorte qu'Ender ne te confie pas de mission trop complexe afin que tu puisses surveiller le jeu dans son ensemble ; et cela sans prévenir Ender que tu es son remplaçant.

— Alors pourquoi me révéler tout ça ?

— Quand le test sera terminé et que tu recevras de vrais ordres, nous dirons à Ender la vérité sur ton rôle et sur les raisons pour lesquelles Mazer a émis cet avis. Je le sais, à tes yeux, il est important d'avoir la confiance d'Ender ; or tu n'as pas l'impression qu'il te la donne, et je voulais t'en expliquer le motif. Je t'ai dit pourquoi il en est ainsi.

— Pourquoi cette soudaine sincérité ?

— Parce que je pense que tu seras encore plus efficace en étant au courant.

— Je le serai encore plus en croyant ce que vous me dites, que ce soit vrai ou non. Vous pourriez aussi bien me raconter des craques. Dans ces conditions, ai-je appris quoi que ce soit de cette conversation ?

— Crois ce que tu veux, Bean. »

Petra resta absente de l'entraînement pendant quelques jours. Naturellement, quand elle revint, Ender ne lui confia plus de missions lourdes ; elle se débrouillait parfaitement de celles qu'on lui donnait, mais elle avait perdu toute effervescence. Elle était brisée.

Mais, nom de Dieu, elle avait dormi pendant plusieurs jours ! Tous étaient un peu jaloux d'elle pour cette raison, même s'ils n'auraient jamais accepté d'échanger leur place contre la sienne. Qu'il croie en un dieu ou non, chacun priait en lui-même : Pourvu qu'il ne m'arrive pas la même chose ! Pourtant, chacun formait aussi le vœu inverse : Ah, si seulement je pouvais dormir, passer une journée sans penser au jeu !

Les tests se poursuivirent. Combien de mondes ces cochons ont-ils donc colonisés avant d'arriver à la Terre ? se demandait Bean. Et sommes-nous sûrs de les avoir tous libérés ? Et à quoi bon détruire leurs flottes alors que nous n'avons pas les forces nécessaires pour occuper les colonies vaincues ? À moins que nous ne laissions simplement nos vaisseaux sur place pour tirer sur tout ce qui essaye de quitter la surface ?

Petra ne fut pas la seule à craquer. Vlad sombra dans la catatonie sur sa couchette et il fallut trois jours aux médecins pour le réveiller ; mais, à la différence de Petra, il ne fut pas réintégré dans l'équipe. Il n'arrivait plus à se concentrer.

Bean s'attendait à ce que Tom le Dingue suive son exemple, mais, malgré son surnom, plus il se fatiguait, plus il paraissait gagner en santé mentale. En revanche, Molo la Mouche se mit soudain à éclater de rire quand il perdit le contrôle de son escadre ; Ender l'éjecta aussitôt et, pour une fois, il confia les vaisseaux de la Mouche à Bean. Molo revint le lendemain sans un mot d'explication, mais tout le monde comprit qu'on ne lui confierait plus de missions essentielles.

Et Bean devint de plus en plus conscient de la baisse de vigilance d'Ender : ses ordres arrivaient après des silences de plus en plus longs et, en certaines occasions, ils étaient mal formulés. Bean les traduisait aussitôt de façon compréhensible et Ender ne se douta jamais qu'il avait pu y avoir confusion ; mais les autres commençaient enfin à se rendre compte que Bean suivait l'ensemble des batailles et pas seulement une partie ; peut-être même s'aperçurent-ils qu'il posait une question ou faisait une remarque qui attirait l'attention d'Ender sur un élément important, mais qu'il s'arrangeait toujours pour ne pas donner l'impression d'une critique. Après les combats, un ou deux des plus âgés s'adressaient à lui, pas pour des sujets d'importance vitale, mais, avec la main sur l'épaule ou une tape dans le dos, ils lui disaient : « Bonne partie ! », « Joli boulot ! », « Garde le cap ! » ou « Merci, Bean ! »

Ce n'est qu'en recevant l'hommage des autres qu'il prit conscience à quel point il en avait besoin.

« Bean, pour le prochain jeu, je crois devoir te prévenir.

— De quoi ? »

Le colonel Graff eut une hésitation. « Nous n'avons pas réussi à réveiller Ender ce matin. Il fait des cauchemars, il ne mange que si on l'y force, il se mord la main en dormant, jusqu'au sang. Et aujourd'hui nous ne sommes pas arrivés à le réveiller. Nous nous sommes débrouillés pour retarder le... le test, donc il sera au poste de commandement comme d'habitude mais... pas comme d'habitude.

— Je suis prêt. Je suis toujours prêt.

— Oui, mais... écoute, ce qu'on sait sur ce test, c'est que... il n'y a pas de...

— C'est fichu d'avance.

— Fais tout ce que tu peux pour nous aider, n'importe quelle proposition.

— Votre Petit Docteur ; Ender ne l'a pas utilisé depuis longtemps.

— L'ennemi en a appris suffisamment à son sujet pour ne plus laisser ses vaisseaux assez proches les uns des autres pour permettre une réaction en chaîne. Il faut une certaine quantité de masse pour maintenir le champ. Pour l'instant, ce n'est guère plus que du lest ; ça ne nous sert à rien.

— Si vous me l'aviez dit plus tôt, ça m'aurait été utile.

— Il y a des gens parmi nous qui refusent de te révéler quoi que ce soit, Bean. Qu'on te donne un petit bout d'information et tu t'en sers pour en deviner dix fois plus que nous ne désirons t'en apprendre.

Les gens dont je te parle renâclent un peu à te fournir ces petits bouts d'information.

— Colonel Graff, je sais aussi bien que vous que ces batailles sont réelles. Ce n'est pas Mazer Rackham qui les concocte ; quand nous perdons des vaisseaux, des hommes meurent. »

Graff détourna le regard.

« Et ces hommes, Mazer Rackham les connaît, non ? »

Graff eut un léger hochement de tête.

« Ne croyez-vous pas Ender capable de percevoir ce que ressent Mazer ? Je ne connais pas ce type, il est peut-être dur comme l'acier, mais moi je pense que, lors de ses séances de critique avec Ender après les combats, il laisse suinter... disons sa détresse... et qu'Ender le sent, parce qu'il est beaucoup plus fatigué après ces critiques qu'avant. Il ignore peut-être ce qui se passe réellement, mais il sait que l'enjeu est terrifiant, et il voit bien que chacune de ses erreurs bouleverse Mazer Rackham.

— Aurais-tu trouvé un moyen d'entrer en douce chez Ender ?

— Non, mais je sais l'écouter. Je ne me trompe pas sur Mazer, n'est-ce pas ? »

Graff secoua la tête.

« Mon colonel, ce que vous ne comprenez pas, ce dont personne ne se souvient apparemment, c'est la dernière bataille à l'École de guerre, celle où Ender m'a confié son armée. Ce n'était pas une nouvelle stratégie de sa part : il laissait tomber. Il en avait assez, il se mettait en grève. Vous ne vous en êtes pas aperçus parce que vous lui avez remis tout de suite son diplôme, mais l'affrontement avec Bonzo l'avait achevé, et je crois que l'angoisse de Mazer Rackham produit le même effet. Je pense que, même s'il ne sait pas consciemment qu'il a tué, il le sent au fond de lui-même, et ça le ronge. »

Graff lui lança un coup d'œil aigu.

« Je sais que Bonzo est mort : je l'ai vu, et, des morts, j'en avais déjà vu avant. Quand on a le nez enfoncé dans le cerveau et qu'on a perdu cinq litres de sang, on ne se relève pas pour s'en aller en sifflotant. Vous n'avez jamais appris à Ender que Bonzo était mort mais, si vous croyez qu'il ne le sait pas, vous vous fourrez le doigt dans l'œil ! Il sait aussi, grâce à Mazer, qu'à chaque vaisseau qu'il perd ce sont de bons soldats qui meurent. Il ne le supporte plus, colonel Graff.

— Tu es plus doué en psychologie qu'on ne le croit en général, Bean.

— Je sais : j'ai un intellect froid et inhumain, c'est ça ? » Bean éclata d'un rire amer. « J'ai été modifié génétiquement, par conséquent je suis aussi monstrueux que les doryphores. »

Graff rougit. « Personne n'a jamais dit ça.

— Ou plutôt vous ne me l'avez jamais dit en face consciemment. Mais vous n'avez pas l'air de comprendre qu'il suffit parfois de révéler la vérité aux gens et de leur demander de vous rendre le service que vous désirez au lieu de les y amener par la ruse.

— Tu veux dire qu'il faut avouer à Ender que le jeu est réel ?

— Non ! Vous êtes fou ? Si le savoir inconsciemment le met dans un tel état, imaginez le résultat s'il apprenait qu'il le savait depuis toujours. Ça le paralyserait.

— Mais pas toi, c'est ça ? C'est toi qui devrais diriger la prochaine bataille ?

— Vous ne comprenez toujours pas, colonel Graff. Si je ne reste pas paralysé, c'est parce que je n'ai pas la responsabilité de la bataille. Je donne un coup de main, j'observe, mais je suis libre, parce que ce jeu, c'est celui d'Ender. »

Le simulateur de Bean s'alluma.

« C'est l'heure, dit Graff. Bonne chance.

— Colonel Graff, il n'est pas impossible qu'Ender se mette à nouveau en grève, qu'il laisse tomber, qu'il se dise : Ce n'est qu'un jeu et j'en ai marre ; ils peuvent me faire ce qu'ils veulent, je m'en fous. Il en est capable, vous savez, le jour où les tests lui paraîtront complètement injustes et sans intérêt.

— Et si je lui promettais que le prochain sera le dernier ? »

Tout en plaçant ses écouteurs sur sa tête, Bean répondit : « Serait-ce vrai ? »

Graff acquiesça.

« Bah, je ne pense pas que ça ferait grande différence. En outre, c'est l'élève de Mazer maintenant, non ?

— Sans doute, oui. Mazer envisageait de lui révéler qu'il s'agit de l'examen final.

— Mazer est à présent le professeur d'Ender, fit Bean d'un ton pensif. Et vous vous retrouvez avec moi à votre charge, moi le gosse dont vous ne vouliez pas. »

Graff rougit de nouveau. « C'est exact, dit-il ; puisque tu sais tout, apparemment, c'est vrai : je ne voulais pas de toi. »

Ce n'était pas une nouveauté pour Bean mais ces paroles lui firent quand même mal.

« Mais, Bean, poursuivit Graff, j'avais tort, tu sais. » Il posa la main sur l'épaule de l'enfant et sortit.

Bean entra ses coordonnées. Il fut le dernier des chefs d'escadre à s'inscrire.

« Vous êtes là ? demanda la voix d'Ender dans les écouteurs.

— Tous présents, répondit Bean. Alors, on est en retard pour l'exercice du matin ?

— Désolé, répondit Ender. J'ai eu une panne d'oreiller. »

Tout le monde éclata de rire sauf Bean.

Ender leur fit faire quelques manœuvres en manière d'échauffement avant la bataille, et puis ce fut l'heure. L'écran s'éclaircit.

Bean attendit, l'estomac noué d'angoisse.

L'ennemi apparut sur l'afficheur.

Sa flotte était déployée tout autour d'une planète qui occupait le centre de l'image. Ils avaient déjà engagé des combats au voisinage de diverses planètes mais, à chaque fois, le monde en question se trouvait près du bord de l'écran, et la flotte ennemie s'efforçait d'en éloigner son adversaire.

Mais, là, aucune opération d'éloignement : on ne voyait qu'une masse monstrueuse de vaisseaux. En maintenant toujours une certaine distance les uns par rapport aux autres, des dizaines de milliers d'appareils suivaient des trajectoires aléatoires, imprévisibles, qui s'entrecroisaient et formaient un nuage de mort autour de la planète.

C'est leur monde natal, songea Bean. Il faillit le dire tout haut mais se retint à temps. Non, c'est une *simulation* de la défense des doryphores de leur planète d'origine.

Elles ont eu des générations pour se préparer à notre venue. Toutes les batailles précédentes n'étaient rien. Ces Formiques peuvent se permettre de perdre autant de combattants qu'ils le veulent sans que ça les gêne. L'élément important, c'est la reine, comme celle que Mazer Rackham a tuée lors de la Seconde Invasion ; or ils n'ont pas risqué une seule reine dans aucun de nos combats – jusqu'à aujourd'hui.

C'est pour ça qu'ils sont si nombreux : ils protègent une reine.

Mais où est-elle ?

À la surface de la planète, se dit Bean. Leur stratégie consiste à nous empêcher d'atteindre la surface.

C'est donc là que nous devons foncer. Il faut de la masse au Petit Docteur, or une planète représente de la masse. C'est tout simple.

Oui, mais comment réussir à faire traverser à une flottille de vaisseaux humains la masse grouillante des appareils ennemis et à la faire s'approcher suffisamment de la planète pour déclencher le Petit Docteur ? S'il y avait une leçon à tirer de l'Histoire, c'était celle-ci : il arrive que l'adversaire soit si puissant que la seule conduite raisonnable consiste à battre en retraite afin de conserver son armée pour combattre un autre jour.

Dans la guerre présente, cependant, il n'y aurait pas d'autre jour et il n'existait pas de possibilité de battre en retraite. Les décisions qui avaient causé la perte de la bataille et par conséquent de la guerre avaient été prises deux générations plus tôt, à l'époque du lancement des vaisseaux, dont la puissance était inadaptée. Les commandants qui avaient mis cette flotte en branle ne se doutaient peut-être même pas qu'ils visaient le monde d'origine des doryphores. Personne n'était responsable. Les hommes n'avaient même pas de quoi érafler la défense ennemie, et tout le génie d'Ender n'y pouvait rien. Quand il n'y a qu'un seul homme armé d'une pelle face à la mer, il est impossible de construire une digue pour protéger les terres.

Pas de retraite, pas de possibilité de victoire, pas de place pour des manœuvres de fuite ni de retardement, pas de raison pour que l'ennemi ne continue pas ce qu'il avait commencé.

La flotte humaine ne comptait que vingt vaisseaux, chacun accompagné de quatre chasseurs qui faisaient partie des plus anciens et des plus lents à côté de certains que les enfants avaient eu à commander lors d'autres combats. C'était logique : le monde natal des doryphores était sans doute le plus éloigné de la Terre, si bien que la flotte qui se trouvait à présent devant lui était partie avant toutes les autres – avant qu'on ne fabrique de meilleurs appareils.

Quarante chasseurs contre cinq, voire dix mille vaisseaux ennemis ; il était impossible d'en déterminer le nombre exact. Sous les yeux de Bean, l'écran ne cessait de perdre le contact avec les bâtiments adverses et leur chiffre fluctuait constamment ; ils étaient si nombreux qu'ils surchargeaient le système et apparaissaient et disparaissaient comme des lucioles.

Un long moment passa – plusieurs secondes, peut-être une minute. D'habitude, à ce moment-là, Ender, les avait déjà fait se déployer, parés à l'action ; mais seul le silence parvenait aux chefs d'escadre par les écouteurs.

Une lumière se mit à clignoter sur la console de Bean. Il savait ce qu'elle signifiait : il lui suffisait d'appuyer sur un bouton et c'est lui qui prendrait le commandement de la bataille. On le lui proposait parce qu'on croyait Ender paralysé.

Il n'est pas paralysé, se dit Bean. Il ne s'affole pas. Il a compris la situation, tout bêtement, comme je l'ai comprise : il n'y a pas de stratégie possible. Seulement il ne voit pas dans la situation une fortune de guerre, une catastrophe inévitable ; pour lui, c'est un test inventé par les enseignants, par Mazer Rackham, un test d'une iniquité si absurde que la seule conduite raisonnable consiste à le refuser.

Ils s'étaient crus malins, à lui dissimuler la vérité ! Mais ça allait leur retomber sur le nez ! Si Ender avait su qu'il ne s'agissait pas d'un jeu, que la vraie guerre s'en trouvait à ce point, il aurait peut-être pu faire un effort surhumain, trouver grâce à son génie une solution à un problème qui, aux yeux de Bean, n'en possédait pas. Mais Ender ignorait la réalité et il réagissait comme le jour où, face à deux armées dans la salle de bataille, il avait remis toute l'affaire aux mains de Bean et refusé de jouer.

L'espace d'un instant, Bean fut tenté de hurler la vérité dans son micro : Ce n'est pas un jeu ! C'est pour de vrai, c'est la dernière bataille, on a finalement perdu la guerre ! Mais qu'y aurait-il à y gagner, sinon à semer la panique chez tout le monde ?

Cependant, le seul fait d'envisager d'appuyer sur le bouton pour prendre le relais relevait de l'absurde. Ender ne s'était pas effondré, il n'avait pas échoué. La défaite était assurée ; il n'y avait même pas à combattre. La vie des hommes qui se trouvaient à bord des vaisseaux ne devait pas être sacrifiée lors d'une charge de la brigade légère où les chances de réussite étaient nulles. Je ne suis pas le général Burnside à Fredericksburg ; je n'envoie pas mes hommes se faire inutilement tailler en pièces sans espoir et sans logique.

Si j'avais un plan, je prendrais le commandement. Mais je n'en ai pas ; donc, pour le meilleur ou pour le pire, c'est à Ender de jouer.

Et puis Bean avait une autre raison de ne pas prendre le relais.

Il se revoyait debout devant le corps prostré d'un gros dur trop dangereux pour être un jour apprivoisé, et il s'entendait dire à Poke : « Tue-le ! Tue-le tout de suite ! »

Il avait raison, alors. Et, encore une fois, il fallait tuer le gros dur. Même s'il ignorait comme s'y prendre, l'humanité ne pouvait pas perdre cette guerre. Bean ignorait comment la gagner, mais il n'était pas Dieu, il ne voyait pas tout. Ender, lui non plus, ne voyait peut-être pas de solution, mais, si quelqu'un pouvait en trouver une, si quelqu'un pouvait la mettre en œuvre, c'était lui !

La situation n'était peut-être pas désespérée ; il existait peut-être un moyen de descendre jusqu'au ras de la surface et d'éradiquer les doryphores de l'univers. L'heure était venue de faire des miracles. Pour Ender, les autres feraient tout ce qui était en leur pouvoir ; si Bean prenait les commandes, ils en seraient si retournés, si distraits que, même s'il imaginait un plan qui eût quelque chance de réussir, il échouerait parce qu'ils n'y mettraient pas tout leur cœur.

Il fallait que ce soit Ender qui essaye. S'il ne faisait rien, tout le monde mourrait, parce que, même si les doryphores n'avaient pas eu l'intention d'envoyer une nouvelle flotte, après un coup pareil, ils y seraient obligés : les humains avaient battu toutes leurs forces lors de toutes les batailles jusqu'à présent. S'ils ne remportaient pas celle-ci de façon décisive, en détruisant chez l'ennemi toute chance de faire à nouveau la guerre aux hommes, les doryphores reviendraient un jour. Et, cette fois, ils auraient imaginé comment fabriquer eux-mêmes un Petit Docteur.

Nous n'avons qu'un seul monde, se dit Bean. Nous n'avons qu'un seul espoir.

Vas-y, Ender !

Bean entendit soudain les mots qu'avait prononcés Ender lors de leur premier jour d'entraînement dans l'armée du Dragon : « N'oubliez pas, la porte ennemie est en bas. » Lors de la dernière bataille du Dragon, alors que tout espoir semblait vain, c'était cette même stratégie qu'Ender avait employée, en envoyant l'escouade de Bean appuyer ses casques aux quatre coins de la porte, ce qui leur avait fait gagner la partie. Dommage qu'on ne pût utiliser un truc pareil aujourd'hui !

Déployer le Petit Docteur sur la surface de la planète pour la faire exploser, voilà ce qu'il fallait faire ; seulement, il n'y avait pas moyen d'atteindre la surface.

Il était temps de baisser les bras, de quitter la partie, de dire aux autorités de cesser d'envoyer des enfants faire le travail d'adultes. C'était sans espoir. La guerre était perdue.

« N'oubliez pas, dit Bean d'un ton ironique, la porte ennemie est en bas. »

Molo la Mouche, Hot Soup, Vlad, Dumper et Tom le Dingue éclatèrent d'un rire sinistre. Ils avaient appartenu à l'armée du Dragon. Ils se rappelaient ce que signifiaient ces mots alors.

Mais Ender ne parut pas saisir la plaisanterie.

Il ne semblait pas se rendre compte qu'il n'y avait pas moyen de poser le Petit Docteur à la surface de la planète.

Non, les écouteurs crépitèrent et il donna ses ordres. Il fit mettre ses vaisseaux en formation serrée, en cylindres concentriques.

Bean eut envie de crier : « Non ! Ne fais pas ça ! Il y a des hommes dans ces vaisseaux et, si tu les envoies contre l'ennemi, ils vont mourir, ils vont se suicider sans la moindre chance de vaincre ! »

Mais il se tut parce qu'au fond de son esprit, quelque part dans un recoin de son cœur, il espérait encore qu'Ender était capable de l'impossible ; et, tant qu'il conservait cet espoir, on pouvait sacrifier la vie de ces hommes : ils en avaient fait le choix quand ils s'étaient embarqués pour l'expédition.

Ender fit avancer sa formation en la faisant zigzaguer au milieu du dessin changeant de l'essaim ennemi.

Les doryphores doivent bien se rendre compte de ce que nous faisons ! se dit Bean ; ils doivent bien voir que toutes les trois ou quatre manœuvres nous nous rapprochons de la planète !

L'ennemi pouvait les anéantir en un clin d'œil quand il le désirait, simplement en concentrant ses forces. Qu'est-ce qui les en retenait ?

Une idée vint à Bean : ils n'osaient pas rassembler leurs vaisseaux près de la formation humaine parce qu'alors Ender pourrait se servir du Petit Docteur.

Puis il entrevit une autre explication : peut-être les bâtiments des doryphores étaient-ils trop nombreux, tout bêtement ? Peut-être la ou les reines devaient-elles recourir à tout leur pouvoir de concentration, toute leur force mentale pour maintenir dix mille vaisseaux en train de patrouiller dans l'espace sans les rapprocher excessivement les uns des autres.

À la différence d'Ender, la reine ne pouvait pas confier le commandement de ses vaisseaux à des subordonnés : elle n'avait pas de subordonnés ! Chaque doryphore pris séparément était ses mains et ses pieds, et elle avait aujourd'hui des centaines de mains et de pieds, voire des milliers, qui s'agitaient tous ensemble.

Voilà pourquoi elle ne réagissait pas intelligemment : ses forces étaient trop nombreuses ; voilà pourquoi elle n'effectuait pas les manœuvres pourtant évidentes pour tendre des pièges à Ender, pour l'empêcher d'amener son cylindre toujours plus près de la planète à chacun des mouvements latéraux, des esquives et des glissements qu'il opérait.

À dire le vrai, la réaction des doryphores était ridicule : à mesure qu'Ender s'enfonçait dans le puits gravifique de la planète, ils bâtissaient une épaisse muraille de vaisseaux derrière la formation humaine !

Ils lui barraient toute retraite !

Aussitôt, Bean perçut une troisième raison qui expliquait ce qui se produisait, une raison essentielle : les doryphores n'avaient pas appris les leçons qu'il fallait des précédentes batailles. Jusque-là, la stratégie d'Ender avait toujours consisté à veiller à la survie du maximum de vaisseaux humains et, pour cela, il s'était toujours gardé une voie de repli. Les doryphores, étant donné leur avantage numérique écrasant, étaient enfin en position de s'assurer qu'aucun appareil humain ne ressortirait de la bataille.

Il était impossible, à l'ouverture du combat, de prévoir une telle erreur de leur part ; pourtant, tout au long de l'Histoire, on s'aperçoit que les grandes victoires sont dues autant aux erreurs des armées défaites qu'au talent des vainqueurs. Les doryphores avaient enfin appris que les humains accordaient de la valeur à la vie de chaque individu, qu'ils ne jetaient pas brutalement leurs forces dans la bataille parce que chaque soldat pouvait être comparé à la reine d'une ruche dont elle était le seul membre. Mais ils appliquaient la leçon au moment le plus inopportun, car les hommes sont capables, quand la cause en vaut la peine, de sacrifier leur propre vie : ils se jettent à plat ventre sur une grenade pour sauver leurs camarades au fond d'un trou sur le champ de bataille, ils se lancent à l'assaut des tranchées de l'ennemi et meurent comme des asticots sous un chalumeau, ils se bardent le torse de bombes et se font exploser au milieu de leurs ennemis. Quand la cause en vaut la peine, ils deviennent fous.

Les Formiques ne croient pas que nous oserons utiliser le Petit Docteur, se dit Bean, parce que ce serait la destruction assurée de nos vaisseaux. Dès l'instant où Ender a commencé à donner ses ordres, tout le monde a compris qu'il lançait une mission suicide ; ces vaisseaux n'ont pas été conçus pour fonctionner dans une atmosphère ; mais il le fallait pour approcher suffisamment de la planète et déclencher le Petit Docteur.

Ils doivent se laisser tomber dans le puits gravifique et lancer l'arme juste avant que les appareils se consument ; et, si le plan fonctionne, si la planète se désagrège sous l'énergie que recèle cette arme effrayante, la réaction en chaîne s'étendra jusque dans l'espace où elle détruira tous les vaisseaux survivants.

Que nous gagnions ou que nous perdions, il n'y aura pas de rescapés humains dans cette bataille.

Ils ne nous ont jamais vus effectuer une telle manœuvre. Ils ne comprennent pas qu'en effet les humains agissent toujours de manière à préserver leur existence – sauf quand ils font le contraire. Du point de vue de l'expérience des doryphores, des êtres autonomes ne se sacrifient pas ; dès lors qu'ils avaient compris cela, la graine de leur défaite était semée.

À force de les étudier, à force de se concentrer sur eux de façon obsessionnelle au cours de ses années de formation, Ender en était-il venu à se douter qu'ils commettraient un jour une erreur aussi désastreuse ?

Moi, je n'en savais rien, se dit Bean. Je n'aurais pas suivi cette stratégie – parce que je n'en avais pas. Ender était le seul commandant qui pouvait savoir, ou deviner, ou espérer inconsciemment qu'en jetant toutes ses forces dans la mêlée il pousserait l'ennemi à hésiter, à trébucher, à tomber, à échouer.

Mais le savait-il seulement ? N'était-il pas plutôt parvenu à la même conclusion que moi, c'est-à-dire que la victoire était impossible ? N'avait-il pas plutôt décidé de jeter le gant, de se mettre en grève, de tout laisser tomber ? À ce moment-là, ma citation amère – « La porte ennemie est en bas » – aurait déclenché ce geste vain et futile de désespoir : lancer tous ses vaisseaux vers une destruction certaine parce qu'il ignorait qu'il s'agissait de vrais bâtiments, habités par de vrais hommes, qu'il envoyait à la mort ? N'a-t-il pas été aussi étonné que moi par les erreurs de l'ennemi ? Se pourrait-il que notre victoire soit un accident ?

Non ; car, même si mes paroles ont provoqué la mise en action d'Ender, c'est quand même lui qui a choisi un certain type de formation, un certain type de feintes et d'esquives, un certain trajet en lacets. C'est Ender dont les précédentes victoires ont incité l'ennemi à croire que nous étions des créatures d'un certain genre alors que nous sommes des êtres tout à fait différents. Il leur a fait croire depuis le début que les hommes étaient une espèce rationnelle, alors que nous sommes les pires monstres que ces pauvres extraterrestres pouvaient imaginer dans leurs plus horribles cauchemars. Ils ne pouvaient pas connaître l'histoire de Samson qui, aveugle, avait fait s'écrouler le temple sur sa propre tête pour tuer en même temps ses ennemis.

Sur ces vaisseaux, là-bas, songea Bean, il y a des hommes qui ont abandonné leur foyer et leur famille, le monde où ils sont nés pour traverser le vide interstellaire de la Galaxie et faire la guerre à un terrible adversaire. À un moment ou l'autre de leur vol, ils comprendront sûrement que la stratégie d'Ender exige leur mort ; peut-être le savent-ils déjà. Et pourtant ils obéissent et ils continueront à obéir aux ordres qui leur parviennent. Comme lors de la célèbre charge de la brigade légère, ces soldats donnent leur vie à des commandants à qui ils se fient pour en faire bon usage. Pendant que nous sommes assis dans nos salles de simulation, bien en sécurité, à jouer à un jeu informatique complexe, ils obéissent et meurent pour que le reste de l'humanité survive.

Et pourtant, nous qui les commandons, nous les enfants dans nos machines sophistiquées, nous n'avons aucune notion de leur courage, du sacrifice qu'ils sont prêts à faire. Nous ne pouvons leur rendre l'hommage qu'ils méritent parce que nous ne savons même pas qu'ils existent.

Sauf moi.

Bean se souvint soudain d'un passage de la Bible qu'affectionnait particulièrement sœur Carlotta, peut-être parce qu'elle-même n'avait pas d'enfants. Elle racontait à Bean l'histoire de la révolte d'Absalom contre son propre père, le roi David ; au cours d'une bataille, Absalom se faisait tuer. La nouvelle, apprise à David, signifiait la victoire, la fin du massacre de ses soldats, la sécurité du trône et de la vie du roi ; mais lui ne pouvait penser qu'à son fils, son fils bien-aimé, son garçon qui était mort.

Bean baissa le menton afin de n'être entendu que des soldats sous ses ordres, et puis, juste le temps de dire ce qu'il avait à dire, il enfonça le bouton de prise de commandement qui envoya sa voix dans l'oreille de tous les hommes de la flotte lointaine. Il ignorait à quoi ressemblerait sa voix, une fois là-bas : la percevraient-ils comme celle d'un enfant, ou bien serait-elle déformée au point qu'ils croiraient avoir affaire à un adulte, ou bien encore entendraient-ils une voix métallique de machine ? Peu importait. Ces hommes de cette flotte lointaine capteraient ses mots, transmis Dieu savait comment plus vite que la lumière.

« Ô Absalom mon fils, dit Bean à mi-voix, en connaissant pour la première fois de sa vie la détresse qui pouvait tirer de telles paroles à un homme. Mon fils, mon fils Absalom ! Dieu fasse que je sois mort à ta place, ô Absalom mon fils ! Mes fils ! »

Il avait un peu brodé, mais Dieu comprendrait. Ou, sinon lui, sœur Carlotta.

Vas-y maintenant, se dit-il. Vas-y, Ender ! N'approche pas plus, sans quoi tu vas abattre tes cartes. Ils commencent à comprendre le danger, ils concentrent leurs forces. Ils vont nous détruire en plein ciel avant que nous ayons le temps de lancer nos armes...

« Allons, tout le monde, sauf l'escadre de Petra, dit Ender, tout droit vers le bas, vitesse maximale. Déclenchez le Petit Docteur contre la planète. Attendez la dernière seconde. Petra, couvre-nous autant que tu peux. »

Les chefs d'escadre, et Bean parmi eux, répétèrent les ordres d'Ender à leurs hommes, et puis il n'y eut plus qu'à regarder sans rien faire. Chaque appareil était livré à lui-même.

L'ennemi comprit soudain et se précipita pour détruire les vaisseaux humains en chute libre. Les appareils de la flotte formique firent exploser les chasseurs les uns après les autres, et seuls quelques appareils humains parvinrent à survivre assez longtemps pour pénétrer dans l'atmosphère.

Accrochez-vous ! se dit Bean. Accrochez-vous aussi longtemps que vous le pouvez !

Les vaisseaux qui avaient lancé leur Petit Docteur trop tôt virent leur arme brûler avant d'avoir le temps d'exploser ; quelques autres se consumèrent eux-mêmes sans déclencher la bombe.

Il restait deux appareils. L'un d'eux appartenait à l'escadre de Bean.

« N'éjectez pas votre arme, dit-il dans son micro, le menton baissé. Déclenchez-la à l'intérieur de votre appareil. Dieu vous accompagne. »

Bean ne put déterminer si ce fut son appareil ou l'autre qui réussit l'opération ; tout ce qu'il vit, ce fut les deux vaisseaux qui disparaissaient de l'écran sans rien lancer et, tout à coup, la surface de la planète qui se mettait à bouillonner. Une monstrueuse éruption monta brusquement vers les derniers chasseurs humains, ceux de Petra, à bord desquels restaient peut-être quelques humains vivants qui virent la mort venir à eux – et la victoire approcher.

Sur l'écran du simulateur, dans un rendu spectaculaire, la planète explosa et engloutit tous les vaisseaux ennemis dans une réaction en chaîne. Mais, longtemps avant que le dernier appareil eût disparu, toute manœuvre avait cessé ; ils flottaient dans l'espace, inertes, comme les bâtiments ennemis des vidéos de la Seconde Invasion. Les reines de la ruche avaient péri à la surface de la planète. La destruction des vaisseaux restants n'était plus qu'une simple formalité : les doryphores étaient tous morts.

Bean sortit dans le tunnel et y trouva ses camarades déjà rassemblés, en train de se féliciter mutuellement, de faire des commentaires élogieux sur l'explosion finale et de se demander si une arme pourrait vraiment produire un tel effet.

« Oui, dit Bean, c'est possible.

— Qu'est-ce que tu en sais ? fit Molo la Mouche en s'esclaffant.

— Je sais que c'est possible, répondit Bean. Cette arme a servi. »

Tous le regardèrent avec un air d'incompréhension. Quand cela s'était-il produit ? Personne n'en avait jamais entendu parler. Où aurait-on pu tester une arme de ce genre sur une planète ? Ah, mais oui, bien sûr : on avait détruit Neptune !

« On vient de l'utiliser, dit Bean. On vient de la lancer sur le monde d'origine des doryphores. La planète vient d'exploser et tous les doryphores sont morts. »

Ils finirent par comprendre qu'il ne plaisantait pas, et aussitôt les objections fusèrent. Il leur expliqua le système de communication ultraluminique, mais ils refusèrent de le croire.

Une nouvelle voix intervint alors dans la conversation. « Ça s'appelle l'ansible. »

Tous levèrent les yeux : le colonel Graff se tenait un peu plus loin dans le tunnel.

Bean disait-il la vérité ? La bataille avait-elle vraiment eu lieu ?

« Elles ont toutes eu lieu, répondit Bean. Tous ces prétendus tests étaient de véritables combats, et les victoires étaient réelles. Exact, colonel Graff ? Nous dirigions la guerre depuis le début.

— C'est terminé, aujourd'hui, dit Graff. L'humanité est sauvée. Les doryphores ont disparu. »

Ils finirent par se laisser convaincre, et cette prise de conscience leur donna le vertige. C'est la fin ! Nous avons gagné ! Nous ne nous entraînions pas, nous étions de vrais commandants !

Enfin le silence retomba.

« Ils sont tous morts ? » demanda Petra.

Bean hocha la tête.

À nouveau, tous regardèrent Graff. « Nous avons des rapports. Toute activité a cessé sur les autres planètes colonisées. Ils devaient avoir rassemblé leurs reines sur leur planète d'origine. Quand elles sont mortes, les Formiques sont morts aussi. Il n'y a plus d'ennemi. »

Petra se mit à pleurer, adossée au mur. Bean voulut poser une main amicale sur son épaule, mais Dink le prit de vitesse. Ce fut lui qui la serra contre lui et la réconforta.

Certains avec calme, d'autres pleins d'exultation, ils regagnèrent leur casernement. Petra n'était pas la seule à pleurer, mais nul n'aurait su dire si ces larmes étaient des larmes d'horreur ou de soulagement.

Bean, lui, ne retourna pas à sa couchette, peut-être parce qu'il était le seul qui ne fût pas sous le coup de l'étonnement. Il demeura dans le tunnel en compagnie de Graff.

« Comment Ender a-t-il pris la nouvelle ?

— Mal, répondit Graff. Nous aurions dû la lui apprendre avec plus de délicatesse mais, dans l'ivresse de la victoire, nous n'avons pas pu nous retenir.

— Toutes vos mises se sont révélées bien placées, finalement.

— Je sais ce qui s'est passé, Bean. Pourquoi lui as-tu laissé le commandement ? Comment savais-tu qu'il allait imaginer un plan ?

— Je l'ignorais. Je savais seulement que, moi, je n'en avais pas.

— Mais tu as dit : « La porte de l'ennemi est en bas. » Et c'est la stratégie qu'a suivie Ender.

— Ce n'était pas une stratégie de ma part, répondit Bean. Ça lui a peut-être donné l'idée d'un plan, mais c'est lui, Ender, qui l'a exécuté. Vous avez parié sur le bon cheval. »

Graff regarda Bean sans rien dire, puis lui ébouriffa légèrement les cheveux. « Je me demande si vous ne vous êtes pas aidés mutuellement à franchir la ligne d'arrivée.

— Ça n'a pas d'importance, n'est-ce pas ? C'est terminé – de même que l'unité provisoire de l'humanité.

— Oui », dit Graff. Il retira sa main des cheveux de Bean et la passa dans les siens. « Ton analyse m'a convaincu, et j'ai essayé de tirer des sonnettes d'alarme. Si le Stratège a prêté attention à mes conseils, on est en train d'arrêter les hommes du Polémarque ici, sur Éros, et partout dans la flotte.

— Vont-ils se laisser faire sans réagir ? demanda Bean.

— Aucune idée », répondit Graff.

Une détonation retentit au loin dans un tunnel.

« On dirait que non », fit Bean.

Ils entendirent des hommes courir au pas cadencé puis virent apparaître un contingent d'une dizaine de marines armés.

Bean et Graff les regardèrent approcher. « Amis ou ennemis ?

— Ils portent tous le même uniforme, répondit Graff. C'est toi-même qui l'as voulu, Bean. Derrière ces portes (il indiqua les casernements des enfants), ces gosses sont le butin de la guerre. À la tête d'armées sur Terre, ils sont l'espoir de la victoire. Toi, entre autres. »

Les soldats s'arrêtèrent devant Graff. « Nous avons pour mission de protéger les enfants, mon colonel, dit leur chef.

— Contre quoi ?

— Il semble que les hommes du Polémarque résistent, mon colonel. Le Stratège a ordonné qu'on assure la sécurité de ces enfants à tout prix. »

Graff fut manifestement soulagé de savoir à quel camp appartenait la troupe. « La fille se trouve dans la cabine, là-bas. Je vous suggère de les rassembler tous dans ces deux casernements en attendant la fin des conflits.

— C'est le gosse qui a obtenu la victoire ? demanda le soldat en montrant Bean.

— Il en fait partie.

— C'est Ender Wiggin qui a obtenu la victoire, dit Bean. C'était notre commandant.

— Il se trouve dans un de ces quartiers ? demanda l'homme.

— Il est en compagnie de Mazer Rackham, répondit Graff. Et je garde celui-ci avec moi. »

Le soldat salua et entreprit de mettre ses hommes en position le long du tunnel, en ne laissant qu'un garde devant chaque porte pour empêcher les enfants de sortir et de se perdre au milieu des combats.

Graff enfila le couloir d'un pas décidé, et Bean dut trotter pour rester à sa hauteur.

« Si le Stratège a bien fait le boulot, les ansibles sont déjà sous contrôle. Je ne sais pas pour toi, mais moi je tiens à être présent quand la nouvelle de la démission du Polémarque arrivera – et repartira.

— C'est dur à apprendre, le russe ? demanda Bean.

— C'est ce que tu appelles de l'humour, je suppose ?

— Une simple question, rien d'autre.

— Bean, tu es un gosse extra, mais ferme-la, d'accord ? »

Bean éclata de rire. « D'accord !

— Ça ne te dérange pas si je continue à t'appeler Bean ?

— C'est mon nom.

— Ton vrai nom aurait dû être Julian Delphiki. Si tu avais eu un certificat de naissance, c'est ce qui aurait été inscrit dessus.

— Quoi, c'était donc vrai ?

— Tu crois que je mentirais sur un tel sujet ? »

Graff prit conscience de l'absurdité de sa question et ils éclatèrent de rire. Ils souriaient encore quand ils passèrent devant le détachement de marines qui gardait l'entrée du complexe de l'ansible.

« Vous croyez que quelqu'un voudra de moi comme conseiller militaire ? demanda Bean. Parce que, cette guerre-ci, je vais la faire, même si je dois mentir sur mon âge pour m'engager dans les marines ! »

24

RETOUR

« J'ai pensé que vous voudriez être au courant. J'ai de mauvaises nouvelles.

— Il n'en manque jamais, même au milieu de la victoire.

— Quand il est devenu clair que le LIS tenait l'École de guerre et renvoyait les enfants chez eux sous protection de la F. I., le Nouveau Pacte de Varsovie a fait quelques recherches et découvert un élève de l'École qui ne se trouvait pas entre nos mains : Achille.

— Mais il n'y est resté que quelques jours !

— Il a réussi nos tests, il a été intégré. C'est le seul qu'ils pouvaient récupérer.

— Et ils y sont arrivés ? À le récupérer ?

— Toute la sécurité était conçue pour empêcher les prisonniers de sortir. Trois gardes tués, tous les prisonniers lâchés dans la population. On les a tous retrouvés sauf un.

— Il est donc encore dans la nature.

— Ce n'est pas exactement l'expression que j'emploierais. Ils ont l'intention de se servir de lui.

— Savent-ils ce qu'il est ?

— Non. Son casier était classé confidentiel parce qu'il n'est pas majeur. De toute manière, ce n'était pas son dossier qu'ils voulaient.

— Eh bien, ils vont découvrir ce qu'il contient. À Moscou non plus on n'apprécie pas les tueurs en série.

— Il n'est pas facile à épingler. Combien de personnes sont mortes avant que nous ne commencions à le soupçonner ?

— La guerre est terminée, pour l'instant.

— Et les menées sont déjà entamées pour prendre l'avantage lors de la prochaine.

— Avec un peu de chance, colonel Graff, je serai morte quand elle éclatera.

— Je ne suis plus colonel, sœur Carlotta.

— Ils vont vraiment aller jusqu'à vous faire passer en cour martiale ?

— Non, ils vont se contenter d'une enquête.

— N'empêche, je ne comprends pas pourquoi il leur faut un bouc émissaire pour cette victoire.

— Je m'en tirerai sans trop de mal. Le soleil brille toujours sur la planète Terre.

— Mais il ne brillera plus jamais sur le malheureux monde des doryphores.

— Votre dieu est-il aussi le leur, sœur Carlotta ? Les a-t-il emmenés au ciel ?

— Ce n'est pas mon Dieu, monsieur Graff ; mais je suis son enfant, tout comme vous. J'ignore s'il voit aussi les Formiques comme ses enfants.

— Ses enfants... Sœur Carlotta, qu'ai-je donc fait aux enfants qui m'étaient confiés ?

— Vous leur avez donné un monde où ils sont chez eux.

— Oui, à tous sauf un. »

Il fallut plusieurs jours pour soumettre les hommes du Polémarque, mais le quartier général de la Flotte finit par se trouver entièrement sous la domination du Stratège, sans qu'aucun vaisseau commandé par les rebelles ait été lancé. Un triomphe. Selon l'accord de trêve, l'Hégémon démissionna, mais cela ne fit qu'officialiser une réalité de longue date.

Bean resta aux côtés de Graff durant tous les combats, et ils lurent ensemble toutes les dépêches et écoutèrent les rapports faisant état des événements dans la Flotte et sur Terre ; ils discutèrent de l'évolution de la situation, s'efforcèrent de lire entre les lignes, interprétèrent ce qui se passait du mieux qu'ils le purent. Pour Bean, la guerre contre les doryphores était du passé ; tout ce qui importait à présent était l'état de la Terre. Quand une trêve incertaine fut signée et mit temporairement fin aux hostilités, Bean comprit qu'elle ne durerait pas. On allait avoir besoin de lui. Une fois revenu sur Terre, il pourrait se préparer à jouer son rôle. La guerre d'Ender est finie, se disait-il. La prochaine sera la mienne.

Pendant que Bean suivait les nouvelles avec avidité, les autres enfants restaient confinés dans leurs quartiers sous bonne garde et, pendant les pannes de courant de leur secteur d'Éros, l'inquiétude les saisissait. À deux reprises, leur section de tunnels fut soumise à des assauts, mais nul ne put deviner si les Russes essayaient d'accéder aux enfants ou s'ils se contentaient de tester la zone à la recherche d'éventuelles faiblesses.

Ender faisait l'objet d'une surveillance bien supérieure à celle des autres enfants, mais il l'ignorait. Complètement exténué, et peut-être incapable de supporter l'énormité de ce qu'il avait commis, ou bien le refusant, il demeura inconscient des jours durant.

Il ne se réveilla qu'à l'arrêt des combats.

On autorisa alors les enfants à quitter leurs casernements, à se retrouver entre eux, puis ils se rendirent comme en pèlerinage dans la chambre où Ender se trouvait sous la protection à la fois des militaires et des médecins. Il leur apparut enjoué, capable de plaisanter, mais Bean perçut chez lui une lassitude profonde, une tristesse dans le regard qu'il était impossible de ne pas voir. La victoire lui avait coûté cher, bien plus qu'à quiconque.

Plus qu'à moi, se dit Bean, et pourtant je savais ce que je faisais, alors qu'il ne nourrissait aucune mauvaise intention. Il se torture tandis que moi je poursuis ma route ; peut-être parce qu'à mes yeux la mort de Poke était plus importante que celle de toute une espèce que je n'avais jamais vue. Poke, je l'ai connue, et elle est restée dans mon cœur ; mais je n'ai jamais connu les doryphores. Comment pourrais-je pleurer sur leur sort ?

Ender en est capable, lui.

Après qu'on l'eut mis au courant des événements qui s'étaient produits pendant son sommeil, Petra lui caressa les cheveux. « Ça va ? demanda-t-elle. Tu nous as flanqué une sacrée trouille, tu sais. Les médecins nous disaient que tu étais dingue, et nous leur répondions que c'étaient eux, les dingues.

— Je suis dingue, répondit Ender. Mais ça va, je crois. »

Les échanges de taquineries se poursuivirent un moment, puis les émotions d'Ender prirent le dessus et, pour la première fois, tous le virent pleurer. Bean se trouvait près de lui et, quand Ender tendit les bras, ce furent Petra et lui qu'il serra contre lui. Le contact de ses mains, l'étreinte de ses bras, ce fut plus que Bean ne put en supporter, et lui aussi éclata en larmes.

« Vous me manquiez, dit Ender. Je mourais d'envie de vous voir.

— Eh bien, ce n'est pas un joli spectacle que nous t'offrons », répondit Petra. Elle ne pleurait pas ; elle l'embrassa sur la joue.

« Vous avez été magnifiques. Ceux dont j'avais le plus besoin, je les ai usés le plus vite ; c'était une mauvaise planification de ma part.

— Tout le monde va bien maintenant, fit Dink. Ce qui n'allait pas chez nous, ces cinq jours passés à se planquer dans des casernements fermés à clé au milieu d'une guerre civile l'ont guéri.

— Je ne suis plus obligé d'être votre commandant, n'est-ce pas ? demanda Ender. Je ne veux plus jamais commander qui que ce soit. »

Bean le croyait volontiers ; et il était aussi convaincu qu'Ender ne donnerait plus jamais d'ordres dans une bataille. Il avait peut-être toujours les talents qui l'avaient mené à la place qu'il occupait, mais il n'était pas obligatoire d'employer les plus importants pour la violence. S'il existait une once de bonté ou simplement de justice dans l'univers, Ender ne serait plus jamais forcé de tuer. Il avait sûrement rempli son quota.

« Tu n'es plus obligé de commander, fit Dink, mais tu restes notre commandant. »

Bean sentit la vérité de ces paroles : tous sans exception garderaient Ender dans leur cœur où qu'ils aillent, quoi qu'ils fassent.

Ce qu'il n'eut pas le courage de leur annoncer était que, sur Terre, les deux camps avaient exigé d'obtenir la garde du héros de la guerre, le petit Ender Wiggin, dont l'immense victoire avait enflammé l'imagination populaire. Celui à qui on remettrait Ender aurait non seulement à sa disposition – du moins le croyait-on – ses talents militaires mais aussi tout le bénéfice de la publicité et de l'adulation générale dont il était l'objet.

Ainsi, les dirigeants politiques, en recherchant une trêve, étaient parvenus à un compromis simple et évident : tous les enfants de l'École de guerre devaient être rapatriés – sauf Ender Wiggin.

Ender Wiggin ne rentrerait pas chez lui, et aucun camp ne pourrait se servir de lui. Tels étaient les termes du compromis.

Et c'était Locke, le propre frère d'Ender, qui les avait proposés.

Quand il avait appris la nouvelle, Bean s'était senti bouillir intérieurement, comme lorsqu'il croyait que Petra avait trahi Ender : c'était mal ; c'était intolérable.

Peut-être Peter Wiggin avait-il agi ainsi pour empêcher qu'on traite Ender comme un pion, pour garantir sa liberté – à moins que ce ne fût pour l'empêcher de se servir de sa célébrité pour mener ses propres intrigues dans la course au pouvoir politique. Peter Wiggin s'efforçait-il de sauver son frère ou bien d'éliminer un rival potentiel ?

Un jour, je le rencontrerai face à face et je saurai ce qu'il en est, se dit Bean. Et, s'il a trahi son frère, je le tuerai.

Bean pleurait dans la chambre d'Ender, mais pour une raison que les autres ignoraient encore : il pleurait parce que, aussi sûrement que les soldats qui étaient morts dans leurs appareils, Ender ne reviendrait jamais de la guerre.

« Et maintenant, fit Alaï, rompant le silence, qu'est-ce qu'on fait ? La guerre des doryphores est terminée, celle sur Terre aussi, et même celle qu'on a subie ici. Qu'est-ce qu'on fait maintenant ?

— On est des gosses, dit Petra. On va sans doute nous mettre à l'école. C'est la loi : l'école est obligatoire jusqu'à dix-sept ans. »

Ils se mirent tous à rire aux larmes.

Ils se revirent de temps en temps au cours des jours suivants, puis ils embarquèrent à bord de divers croiseurs et contre-torpilleurs pour regagner la Terre. Bean savait bien pourquoi on les faisait voyager sur des vaisseaux différents : ainsi, personne ne songerait à demander pourquoi Ender ne les accompagnait pas. Et, si Ender avait appris avant leur départ qu'il ne reverrait pas la Terre, il n'en laissa rien paraître.

Elena eut du mal à contenir sa joie quand sœur Carlotta l'appela pour lui demander si son époux et elle seraient chez eux une heure plus tard. « Je vous ramène votre fils », dit-elle.

Nikolaï, Nikolaï, Nikolaï ! répétait Elena dans sa tête en chantonnant le prénom. Son mari, Julian, dansait presque lui aussi tout en mettant de l'ordre dans la maison. Nikolaï était si petit quand il était parti ! Il était tellement plus âgé aujourd'hui qu'ils auraient de la difficulté à le reconnaître. Ils ne comprendraient pas ce qu'il avait vécu, mais c'était sans importance. Ils l'aimaient et ils réapprendraient à le connaître ; ils ne laisseraient pas le temps perdu faire obstacle aux années à venir.

« La voiture arrive ! » s'écria Julian.

En hâte, Elena retira les tissus qui recouvraient les plats afin que Nikolaï entre dans une cuisine pleine des mets les plus frais et les plus fins qu'il se rappelait de son enfance. Ce qu'on mangeait dans l'espace n'était sûrement pas aussi bon.

Puis elle courut à la porte et se tint aux côtés de son époux tandis que sœur Carlotta descendait du siège du passager.

Pourquoi ne s'était-elle pas installée à l'arrière, en compagnie de Nikolaï ? Peu importait. La portière arrière s'ouvrit et Nikolaï sortit, dépliant son jeune corps dégingandé. Qu'il avait grandi ! Et pourtant c'était encore un enfant : il restait en lui un je ne sais quoi de puéril.

Cours vers moi, mon fils !

Mais, au lieu de se précipiter vers sa mère, il lui tourna le dos.

Ah ! Il tendait le bras vers le siège arrière. Un cadeau peut-être ?

Non : un autre enfant.

Un enfant plus petit, mais avec les traits de Nikolaï ; peut-être trop soucieux pour quelqu'un d'aussi jeune, mais le visage empreint de la même franchise et de la même bonté que Nikolaï, lequel arborait un sourire qui lui allait d'une oreille à l'autre ; mais le petit garçon ne souriait pas ; il paraissait incertain, hésitant.

« Julian », dit l'époux d'Elena.

Pourquoi prononçait-il son propre prénom ?

« Notre second fils, dit-il. Ils ne sont pas tous morts, Elena. L'un d'eux a survécu. »

Elle avait enterré au fond de son cœur l'espoir que représentaient tous ces enfants ; rouvrir ce cimetière caché lui fut presque douloureux, et l'émotion lui coupa le souffle.

« Nikolaï a fait sa connaissance à l'École de guerre, poursuivit son mari. J'ai dit à sœur Carlotta que, si nous avions eu un autre fils, tu aurais voulu le baptiser Julian.

— Tu étais donc au courant de son existence ! fit Elena.

— Pardonne-moi, mon amour. Mais, à l'époque, sœur Carlotta n'était pas sûre qu'il était de nous, ni qu'il pourrait un jour venir chez nous. L'idée de te donner un espoir et de risquer de le briser ensuite m'était insupportable.

— J'ai un second fils, dit-elle.

— Si tu veux bien de lui, répondit Julian. Son existence a été dure, et c'est un étranger ici. Il ne parle pas grec. On lui a dit qu'il venait simplement en visite, que ce n'était pas notre enfant sur le plan légal, plutôt un pupille de l'État. Nous ne sommes pas obligés de l'accepter, si tu refuses, Elena.

— Chut, imbécile d'homme ! » fit-elle. Puis, elle cria aux deux garçons qui s'approchaient : « Voici mes deux fils revenus de la guerre ! Venez près de votre mère ! Vous me manquiez tellement, et depuis tant d'années ! »

Ils se précipitèrent vers elle et elle les étreignit ; ses larmes tombèrent sur eux, et les mains de son mari reposaient sur la tête des deux enfants.

Il se mit à réciter un texte. Elena le reconnut aussitôt : c'était un extrait de l'Évangile selon saint Luc ; mais, comme Julian n'avait appris le passage qu'en grec, le petit garçon ne comprit pas. C'était égal : Nikolaï se mit à traduire en standard, la langue de la Flotte, et aussitôt le petit reconnut les mots et les répéta de mémoire, tels que sœur Carlotta les lui avait lus un jour, des années auparavant.

« Mangeons et réjouissons-nous : car voici mon fils qui était mort et qui est ressuscité ; il était perdu et il est retrouvé. » Et puis le petit garçon éclata en larmes, se serra contre sa mère et embrassa la main de son père.

« Bienvenue chez toi, petit frère, dit Nikolaï. Je t'avais bien dit qu'ils étaient chouettes. »

Remerciements

Un livre m'a été particulièrement utile lors de la préparation du présent roman : Peter Paret, ed., *Makers of Modern Strategy : From Machiavelli to the Nuclear Age* [1] (Princeton University Press, 1986). Tous les articles n'y sont pas d'égale qualité mais ils m'ont fourni une bonne idée des textes qu'on pourrait trouver dans la bibliothèque de l'École de guerre.

Je ne conserve que de bons souvenirs de Rotterdam, ville aux habitants aimables et généreux. La dureté que je leur prête envers les pauvres dans le roman serait aujourd'hui inconcevable, mais le but de la science-fiction est parfois de représenter des cauchemars impossibles.

Je dois aussi des remerciements à :

Erin et Philip Absher pour, entre autres, le fait d'éviter de vomir dans une navette spatiale, la taille du réservoir des W-C et le poids du couvercle ;

Jane Brady, Laura Morefield, Oliver Withstandley, Matt Tolton, Kathryn H. Kidd, Kristine A. Card et tous ceux qui ont lu le premier jet du manuscrit et y ont apporté suggestions et corrections. Certaines contradictions gênantes avec *La Stratégie Ender* ont pu ainsi être évitées ; celles qui demeurent ne sont pas des erreurs, mais simplement de subtils effets littéraires

---

1. « Les artisans de la stratégie moderne : de Machiavel à l'époque du nucléaire ».

conçus pour manifester la différence de perception et de souvenir entre les deux comptes rendus des mêmes événements. Comme diraient mes amis programmateurs : il n'y a pas de bogues, seulement des caractéristiques spécifiques ;

Tom Doherty, mon éditeur ; Beth Meacham, ma correctrice ; et Barbara Bova, mon agente, pour sa réaction très positive à l'idée de ce livre quand je l'ai proposé sous la forme d'un projet en collaboration, puis quand j'ai pris conscience que je préférais l'écrire seul. Et, si je considère toujours qu'*Urchin*[1] était le meilleur titre pour le présent ouvrage, je n'en suis pas moins d'accord pour reconnaître que mon second titre, *La Stratégie de l'ombre*[2], est plus vendeur ;

Mes assistants, Scott Allen et Kathleen Bellamy, qui, à divers moments, défient la gravité et accomplissent d'autres miracles bien utiles ;

Mon fils Geoff, qui, bien que ce ne soit plus l'enfant de cinq ans qu'il était quand j'ai écrit *La Stratégie Ender*, reste le modèle d'Ender Wiggin ;

Mon épouse, Kristine, et les enfants qui étaient parmi nous pendant la rédaction de ce livre : Emily, Charlie Ben et Zina. Leur patience envers moi alors que je cherchais la meilleure approche du roman n'a été surpassée que par celle dont ils ont fait preuve lorsque j'ai enfin trouvé comment aborder le sujet et que je m'y suis complètement absorbé. Je savais comment devait se dérouler la scène où j'amène Bean dans une famille aimante parce que j'y assiste tous les jours.

---

1. *Urchin* : « gosse des rues ».
2. Le titre original est *Ender's Shadow* : « L'ombre d'Ender ».

TABLE

8204

Composition PCA
Achevé d'imprimer en France (La Flèche)
par Brodard et Taupin
le 12 décembre 2006. 38937
Dépôt légal décembre 2006. EAN 978-2-290-35684-5

Éditions J'ai lu
87, quai Panhard-et-Levassor, 75013 Paris
Diffusion France et étranger : Flammarion